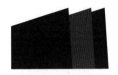

오월문학총서 2

소설

| 일러두기 |
이 소설집은 작품 발표순으로 편집되었다.

오월문학총서 2024

오월문학총서간행위원회 엮음

2

소설

5·18기념재단 The May 18 Foundation

문학들

오월문학이 추구한 간절한 소망

　5월, 그날이 다시 우리에게 찾아왔습니다. 한국 현대사에서 1980년 5월, 이른바 '5·18민주화운동'은 특별한 의미를 지니고 있습니다. '5·18'은 광주시민들이 겪어야 했던 참담한 고통을 연상시키며, 이 땅의 민주주의를 위해 투쟁을 멈추지 않았던 한국인들의 역사가 오롯이 담겨 있기 때문입니다.

　돌이켜 보면 그해 5월이 '광주사태'에서 '광주민중항쟁'으로 그리고 '5·18민주화운동'으로 규정되어 오늘에 이르고 있지만, 5·18은 여전히 '미완의 항쟁'입니다. 5월 18일이 '국가기념일'로 지정되고, 오월 영령들이 잠들어 있는 곳이 '국립5·18민주묘지'로 명명되고 있지만, 우리는 '광주학살'의 최고 책임자, 발포 명령자를 사법적 심판대에서 단죄하지 못했고, 암매장 행방불명자 등에 대한 진상규명이 여전히 미완의 숙제로 남아 있기 때문입니다.

　더구나 2021년에는 '광주학살의 전리품'으로 '대통령'이란 자리에 오른 전두환—노태우가 사망하고 말았습니다. 두 전직 대통령은 자신의 죄과에 대해 단 한 번도 참회하지 않은 채, 진정한 사과 한 마디 없이 이승을 떠남으로써 우리들에게 통한의 마음을 안겨준 바 있습니다.

　혹자는 '오월광주'에 대해 40년도 더 지난 과거의 일이니, 이제 그만 잊어버리자고 말하기도 합니다. 하지만 우리가 역사를 배우는 까닭은 현재를 이해하고 미래를 전망하기 위해서입니다. 산 자들이 국가폭력에 의해 억울하게 죽어간 사람들을 기억할 때 그들이 살아 있는 역사로 온전하게 존재하게 됩니다. 역사가 산 자에게 부여한 임무는 덕행의 망각을 방지하고, 악행에 가담한 자들에게 불명예를 안겨주는 것이라고 생각합니다.

그동안 〈5·18기념재단〉은 '절대공동체', '불멸의 공동체'라고 명명된 '오월광주'를 참답게 계승하고자 제반 노력과 여러 기념사업을 수행해왔습니다. 특히 지난 2011년 5월에 '5·18민주화운동기록물'이 〈유네스코 세계기록문화유산〉에 선정된 것을 기억합니다. '5·18기록물'이 광주와 대한민국을 넘어서 전 인류의 소중한 문화유산이 된 것입니다. 이를 기념하여 〈5·18기념재단〉은 2012년과 2013년에 『오월문학총서』 1차분으로 전 4권을 발행한 바 있습니다. 그리하여 올해 5·18항쟁 44주년과 〈5·18기념재단〉 창립 30주년을 맞아 시, 소설, 희곡, 평론, 아동·청소년 부문 등 전 5권으로 『오월문학총서』 2차분을 출간하게 되었습니다.

'오월문학'은 한국문학의 '영혼'으로 존재해 왔습니다. '오월문학'은 민주주의를 위해 죽음을 두려워하지 않았던 위대한 '시민정신'을 기억했고, '절대공동체'라는 아름다운 '대동세상'을 소환했으며, 오월의 비극이 '분단체제'에서 비롯된 것임을 깨닫게 했습니다. '광주학살'이라는 참담한 비극과 '해방광주'라는 환희의 영광 속에서 탄생한 '오월문학'은 좌절된 희망과 슬픔을 계승하는 데 그치지 않았습니다. 삼라만상의 뭇 생명들의 소중함, 분단이데올로기의 타파와 평화적 삶에 대한 간절한 소망으로 나아갔던 것입니다.

그토록 뼈아픈 오월의 고통, 그토록 아름다운 오월을 문학적으로 형상화한 작품들은 광주시민들과 이 땅의 국민들에게 '역사 정의 실현'이라는 새 희망을 안겨줄 것입니다. 끝으로 『오월문학총서』 간행에 참여해주신 작가와 문학인, 관계자 여러분께 감사의 말씀을 전합니다.

2024년 5월

원순석 5·18기념재단 이사장, 오월문학총서간행위원장

차례

책을 펴내며 4

얼굴 | 이순원 9

완전한 영혼 | 정찬 47

그대에게 보내는 편지 | 홍희담 97

회색고래 바다여행 | 김승희 163

최후의 테러리스트 | 손홍규 215

지워진 풍경 | 전성태 241

그럼 무얼 부르지 | 박솔뫼 257

기억의 유통기한 | 신수담 279

은주의 영화 | 공선옥   303

가죽가방 | 범현이   357

마지막 새벽 | 전용호   377

너를 따라가면 | 이현석   409

쿄코와 쿄지 | 한정현   439

민주유해자 | 손병현   481

장인표 상사, 공적을 청원하다! | 채희윤   501

편집자의 말   526

얼굴

이순원

1957년 강릉 출생. 1985년 〈강원일보〉 신춘문예로 등단.

소설집으로 『말을 찾아서』 『은비령』 등,

장편소설로 『압구정동엔 비상구가 없다』 『수색 그 물빛무늬』 『박제사의 사랑』 등이 있음.

현대문학상, 동인문학상, 이효석문학상, 동리문학상, 황순원작가상 등 수상.

타자기에 꽂힌 흰 종이에 '오월은 아직도 계속되고 있다' 찍히는 것을 끝으로 테이프는 끝이 났다.

없다……

확실히 어느 곳에도……

마지막 화면의 타자기가 총알 같은 글자쇠를 날려 그의 가슴에 그런 글씨를 새기는 듯했다. 길게 한숨을 내쉬며 그는 비디오 세트의 스위치를 눌렀다. 정말 어느 곳에도 그의 모습은 보이지 않았다. 벌써 열 번도 넘게 확인하는 테이프였다. 그런데도 어디엔가 분명 그때 그곳에 투입된 자신의 모습을 잡은 카메라가 있을 것이란 생각은 자신의 모습이 보이지 않는 테이프를 확인할 때마다 역으로 무슨 불안처럼 웅크리고 들어오는 것이었다. 정말 없는 것인가. 있는데 내가 잘못 본 것은 아닌가. 아직 내가 보지 못한 테이프 속엔 또…… 문득 그런 생각이 들면 그는 다시 처음처럼 끝도 없이 불안해지기 시작하는 것이었다. 「어머니의 노래」도, 「광주는 말한다」도, 그리고 그보다 일찍 외국 기자들이 찍어 제 나라에 방영

했던 것들을 다시 나라 안에서 편집해 만들었다는 다른 비디오를 볼 때도 그랬다.

처음 얼마 동안은 거기 '없다'는 것만으로도 어느 정도 마음이 놓이는 듯도 했다. 그러다 정말 없는 건가 못 미더워 다시 보면 볼수록 그 속 어딘가에 금방이라도 총을 겨냥하고 있거나 곤봉을 휘두르고 있는 자신의 모습이 튀어나올 것만 같은 생각이 들곤 하는 것이었다. 아직 없다고 아주 없으란 법도, 또 실제 그곳에 가 있었던 지난 기억까지 그렇게 지워질 수 있는 게 아니라는 생각이 그 불안을 더욱 눈덩이처럼 키우는 것이었다.

군인들, 쏘지 마!
쏘지 마세요!

쉽게 잠이 올 것 같지 않았다. 새벽 두 시였다. 있던 자리에 테이프를 꽂고 조용히 그는 마루로 나와 찬장 문을 열었다.

"인자 그만 자거라."

안방에서 아직 눈 붙이지 못한 소리로 어머니가 말했다.

"예."

"낼 또 출근해얄 사람이, 시방 몇 신 줄이나 아나?"

"제 걱정 마시고 어머니 먼저 주무세요."

그는 술병을 꺼내 글라스 가득 술을 따라 들고 방으로 들어왔다. 그리고 다시 무심결에 손이 가는 게 「어머니의 노래」였다. 아마 서른 번은 더 보았을 테이프였다. 빠른 속도로 테이프가 되감기는 동안 그는 입안에 조금씩 술을 털어 넣었다.

광주……

어느덧 세월은 그렇게 흘렀으며, 그 세월 동안 그는 제대 이후 줄곧 그때 그곳에서의 일을 잊으려 노력했다. 가능하다면 그 도시의 이름조차 기억하고 싶지 않았다. 그때 나는 그곳에 갔었는가. 그리고 그곳에 정말 그런 일이 있었는가. 우리는, 나는 그랬었는가.

그러나 잊은 건 아무것도 없었다. 단지 의식적으로 생각하지 않으려 노력했을 뿐이었다. 33개월의 군복무 기간 전체보다, 아니 지금까지 살아온 모든 날들보다 더 길고도 아득했던 그 열흘 동안 태어나 그때 처음 발을 디뎌 본 그 도시에서 어쩌다 나는 그런 악역을 담당하게 되었는가. '폭도'라는 이름으로 나라가 면허한 살육과 그런 살육이 이루어지는 동안 우리는 우리가 저지르는 살육에 대해 어떤 생각들을 했었던가. 알잖는가, 얼룩무늬 검은 베레모…… 훈련 과정 하나하나가 전쟁이며 그것이 곧 죽음으로의 추락과 맞닿아 있는 우리에게 계엄군이란 이름으로, 시작부터 그러한 살육이 우리의 유일한 임무처럼 허락되고 강요되는 분위기에서, 왜 꼭 그래야만 하는가 하는 이유조차 생각할 틈 없이 충돌하면 충돌할수록 더욱 광포해지는 본능적인 적의와 적개심으로, 살인을 하지 않으면 오히려 그렇게 살인을 당하게 될지 모른다는 가해자의 자기 방어 공포 속에 우리는 그 열흘 동안 우리 스스로도 모를 용맹과 잔학성의 가치 혼돈을 일으켰던 것은 아니었는가. 아니, 그러도록 이미 그렇게 훈련되고 교육되었던 것은 아니었는가.

— 엄마, 조국이 우리를 부릅니다.

못 나가게 말리니까, 애기가 딱 그 소리를 해요. 그래서 제가 너무 놀라서 쳐다보니까, 그렇게 애기가 슬픈 모습으로 고개를 처박고 코가 쭉 빠져서 노래를 부르는데, 굉장히 슬픈 노래를 불러요. 그래서 제가 마음이 짠해서 아무 말도 못 했죠. 그러니까 그 이튿날, 21일이죠, 아침에 애기가 학교에 못 가니까, 아침을 느지막하게 먹고 설거지를 하고 들어오니 애기가 없어졌어요……

　그것이 마지막이었다.
　이 어머니는 그 뒤 아들의 얼굴을 보지 못했다.

　전영진. 80년 5월 21일, 계엄군의 총탄에 맞아 열아홉의 꽃다운 나이
로 그는 그렇게 갔다. 어머니의 가슴에 못다 부른 노래와 깊은 한을 남기
고……

　"그만 자래두."
　"예."
　"대답만 말구 불부텀 *끄구*."
　"어머니 먼저 주무시라니까요."
　"잠이 와야 자제. 의지할 자식이라는 게 밤마동 텔레비전 귀신이 씌
어 그러는데."

　이 땅의 어머니가 모두 그러하듯 자식을 사랑하는 데 세상 어느 족속
에게 우리가 뒤지랴. 이 어머니의 가슴에 이토록 깊은 한과 씻지 못할 상
처를 남긴 80년 5월 광주는 우리에게 무엇인가.

　"야이야, 시 시가 다 된다, 시 시가. 뭔 눔의 테레빈 그래 밤마동 봐쌓
는지."
　"*끄고* 잘게요. 주무세요."

　그러나 1980년 5월 17일 자정. 확대 비상계엄이 전국적으로 선포되면

서 민주화에 대한 기대는 물거품처럼 사라지고 군사독재와 대학살을 예고하는 검은 구름이 광주를 뒤덮는다. 이날 밤, 광주에는 계엄군이 진입하게 된다. 여기서 우리는 잠시……

그 발표가 있은 건 같은 날 23시 40분이었다고 했다. 그 시간 그는 광주로 가는 트럭 위에 있었다. 막연하게 짐작은 하고 있었지만 아직은 구체적으로 그곳에 가서 해야 할 일이 무엇인지조차 모르는 채 그냥 그렇게 남으로 남으로 짐짝처럼 실려 가고 있었다. 5월이라지만 아직 밤공기는 찼으며, 달리는 트럭 위에서 일부러 끌어당겨 맞는 바람은 더욱 을씨년스럽게 느껴졌다.

그러나 그날, 애초의 예정대로라면 그는 고향 동해 쪽으로 달렸어야 했다. 첫 휴가. 그동안 얼마나 기다리고 기다려온 휴가였던가. 그 흥분으로 지난밤에도 2번 근무자들이 외곽 보초를 교대할 시간까지도 잠을 이루지 못했다.

"잠이 안 와?"

불침번 박 하사가 물었다.

"아닙니다."

"임마, 가야지 가는가 보다 하는 거지."

상황의 어떤 긴박감 때문이었다기보다는 박 하사도 그냥 한번 악의 없이 해 본 소리였을 것이다. 가야지 가는가 보다 하는 거지. 군대 일이란, 더구나 검은 베레모들의 일이란 늘 그런 것이었다. 지난가을부터 생각지도 않았던 비상 출동 때문에 갑자기 휴가가 취소되거나 미뤄지는 경우는 또 얼마나 자주 있었던가. 그러나 행여 내일 그런 일이 있을 거라곤 생각지도 못했다. 나라 형편이 좀 어렵게 돌아간다는 것은 알고 있었지만, 두 달이 넘도록 야외 출동 한 번 없이 공수부대와는 상관도 없을 듯

싶은 데모 진압 '충정훈련'만 받아오던 지금에 와 갑자기 휴가가 취소될 이유가 없었다. 또 내일 당장 실제 진압 출동이 떨어진다 하더라도 그 정도의 일로 이미 일정까지 정해진 휴가자의 발목까지 잡을 것 같지는 않았다.

그러나 다음날 아침, 휴가 신고 준비를 위해 대대 행정과에 가 있던 중 느닷없이 출동 대기 비상이 걸려버린 것이었다. 대대장은 열외의 유동 병력 없이 휴가 예정자들도 각자 내무반으로 돌아가 출동 준비를 하라고 했다.

"씨팔, 하필이면 오늘······"

"봤마, 가야지 가는가 보다 하는 거라니까."

박 하사가 그렇게 불을 지를 때까지만 해도 그는 오히려 그들의 출동지가 북쪽 서울일 거라고 생각했다. 지난해 가을 대통령이 죽고 나서 세상은 거의 개판으로 돌아가고 있었다. 봄 들어서는 이틀이 멀다하고 '민주화 대행진' 아니면 거리까지 뛰쳐나와 외치느니 '계엄 철폐'였다. 그동안 텔레비전을 통해 본 서울 거리 상황은 구호와 최루탄이 어울린, 그래서 고통스럽고 절실하다기보다는 오히려 그것이 이 나라 대학생들에게만 주어진 무슨 특권이 아닌가 여겨지는 한판의 '안개 축제'와도 같았다. 어떤 놈은 운 없게도 이런 데 끌려와 검은 베레모를 쓰고 있고, 어떤 놈들은 부모 잘 만난 덕에 대학 다니며 하라는 공부는 안 하고 밤낮으로 데모질이나 하고 있고······ 그걸 볼 때마다 그는 속에서 늘 어떤 주먹 같은 것이 치받쳐 올라오곤 했다.

개새끼들, 올라가면 데모하는 새끼들 다 때려죽이고 말 거야.

오랜 ─그래 봐야 하루 낮 동안이긴 하지만─ 대기 시간 끝에 오후 여덟 시, 명령에 따라 출동 차량에 분승하며 너 나 할 것 없이 한마디씩 그렇게 내뱉곤 했다. 그러나 그들을 실은 차량 행렬은 부대 정문을 벗어난

다음 얼마 후 이리시市 외곽으로 나와 남쪽 도로를 타기 시작했다.

"광주로 가는 모양이다."

누군가 트럭 위에서 작은 소리로 말했다.

"마, 가는 거야 얼루 가든 데모하는 새끼들은 다 작살내놓고 말 테니까."

다시 누군가 그보다 큰 소리로 말했다.

그때 처음 그는 자신을 태운 트럭이 광주로 가고 있음을 알았다. 제대로 출발했다면 벌써 집에 닿았을지도 모를 시간이었다.

그곳 전남대에 도착한 건 다음 날 새벽 두 시가 조금 지나서였다. 밤공기는 여전히 차고 추웠다. 군데군데 강의실엔 불이 켜져 있었고, 먼저 도착한 대원들이 불 켜진 강의실을 뒤져 그곳에 남아 있던 학생들을 끌어내 왔다.

"개새끼들, 지금 때가 어느 땐데 데모질할 준비야."

"이런 씨팔놈들 때문에 우리가 이런 고생을 하는 거 아니냐구."

"뭐, 아니라구? 이 순 빨갱이 같은 새끼들, 똑바로 꼬나박지들 못해!"

영문도 모르게 끌려 나온 학생들은 잔뜩 겁에 질린 채 곤죽이 되도록 봉변을 떨다 집으로 돌아갔다. 이미 학생회 간부들은 낮에 서울서 온 연락을 받고 튀었다고 했다.

18일 아침에 제가 계엄령 확대 선포라 해서 (화면에, 김용일, 당시 세탁소 주인) 전대 정문 쪽에 사람이 웅성웅성해서 일을 멈추고 나가 봤더니 공수단들이 열두 명씩 조를 짜가지고 곤봉과 대검을 가지고 서 있더라고요. 학생들이 정문에 들어간다, 군인들은 못 들어간다 하니까 아무래도 충돌이 되겠죠. 제가 보기에는 학생들이 약세드라구요. 학생들이 약해서 대항하지 못하고 도망가니까 가서 잡고, 곤봉으로 때리고, 피가 쭉쭉 흐르고, 피가 난사되고, 끄집어 가고 그러드라구요.

아마 그때 그곳 정문에서의 상황을 잡은 카메라가 있었다면 그의 얼굴도 광주 비디오에마다 나왔을지 모른다. 티오 10분의 2(사병 10명에 장교 2명)의 분대 편제로 구성된, 그가 속한 팀이 그날 아침 정문 경비를 맡았다. 그중 사병 열 명 가운데 여덟 명은 지원 하사관들이었고, 의무 주특기를 가진 그와 통신 주특기를 가진 다른 한 명만 논산훈련소에서 줄 잘못 선 죄로 차출된 일반병이었다.

생각하면 일은 논산훈련소에서부터 잘못 꼬인 것인지도 몰랐다. 4주간의 훈련이 거의 끝나갈 무렵 훈련병들은 중대 기간병들과의 이런저런 통로를 통해 자신의 주특기를 알게 되었다. 160, 그것이 그가 최초로 받은 주특기 번호였다.

훈련병들은 이제 어느 정도 얼굴이 익숙해진 훈련 조교에게 자신의 주특기에 대해 물었다. 그가 받은 160은 중대 내에 두 명밖에 되지 않았다. 뭔가 특별한 임무가 주어지는 모양이구나. 그것만으로도 그는 장차 자신의 군대 생활이 남들보다 조금은 편하게 될지 모른다는 희망적인 생각을 했다.

"160은 뭡니까?"

각개전투장에서 고지탈환을 하고 내려오던 중 그는 조교에게 자신이 받은 주특기에 대해 물어보았다.

"그럼 우리 중대 160이 바로 너냐?"

"예, 그렇습니다."

"그거 흔하지 않은 건데."

"대대 전체에 여섯이 있다고 들었습니다."

"뭐 그런 게 있어. 남자라면 멋도 있고 아주 좋은 거야."

조교는 더 이상 말을 하지 않았다. 그도 막연하게 그럴 거라고 생각하며 괜히 어깨를 으쓱거렸다. 그리고 만나는 동료들에게마다 너는 주특기가 뭐냐, 나는 160이다, 하고 자랑을 하고 다녔다.

"그러고 보니 공수부대로 간다는 게 바로 너구나."

그는 그 소리를 소대 향도에게 들었다.

"임마, 공수부대가 바로 160이야 임마."

"뭐라구?"

"향도 집합해서 기간병 내무반에 갔더니 누가 그러더라구. 우리 중대에도 160이 두 명 있는데 그게 바로 공수부대라고."

그로선 정말 최악의 차출이었다. 입대를 하면서도 제발 그런 곳에만은 떨어지지 않으면 했던 것 중의 하나가 바로 공수부대였다.

수용 연대에서 장정들을 상대로 공수특전단 모집을 나왔을 때에도 그는 먼발치에서 그저 남의 일처럼 그것을 바라보기만 했다. 이왕 군대 생활하는 거 제대로 봉급 받고 대우받으며 하는 게 낫지 않냐, 사나이로 한 세상 태어나 화끈하게 베레모 한번 써 보는 것도 멋있는 일 아니냐, 사회의 웬만한 봉급쟁이보다 나은 게 그래도 생명 수당까지 나오는 공수특전단의 하사관들이다, 여기 내 옆에 서 있는 두 사람을 봐라, 대한민국의 어느 군대가 이토록 늠름하고 멋있겠는가, 일반병으로 제대한 다음 사회에 나가서도 별 볼 일 없을 것 같으면 지금 바로 나를 따라오는 게 차라리 낫다, 자, 선택은 여러분이 하는 것이다. 어쩌면 여러분 일생을 결정지을 마지막 기회일지도 모른다. 모집 나온 소령은 공수단이 '하늘'의 군대가 아니라 마치 '천국'의 군대인 것처럼 말했다.

"새끼들, 지원자가 적으니 별수단 다 부리는구나."

옆에 선 얼굴 흰 서울 장정이 말했다. 그리고 그도 그 말에 전적으로 동의했다. 대부분의 장정들과 마찬가지로 그도 공수부대는 자기와는 거리가 먼 뭔가 별종 같은 사람들만이 갈 수 있고, 또 그런 사람들만이 그곳의 훈련 과정을 견뎌낼 수 있는 매우 특수한 군 집단일 거라고 생각해왔다. 그런 만큼 그 집단을 이루는 사람들은 또 얼마나 억세고 거칠 것인가.

가정 형편상 실업계 고등학교를 진학하긴 했지만 그래도 졸업과 동시에 반듯한 직장 하나는 잡아놓고 군에 들어온 그였다. 비록 남의 돈을 보관하고 셈해주는 곳일망정 매일같이 흰 와이셔츠에 반듯하게 넥타이를 매고 양복을 입고 출근해야 할, 군 복무 기간 동안에도 꼬박꼬박 그의 통장 구좌로 월급이 들어올 직장이 아니던가. 소령을 따라 차에 오르는 여남은 명 장정을 보며 그래도 그는 그런 목숨을 건 직업으로부터 자유로울 수 있는 자신의 처지를 여간 다행스러워하지 않았다. 더구나 언젠가 그는, 훈련 중 공중에서 낙하산이 펼쳐지지 않아 날개 접은 새처럼 그대로 저세상으로 추락하는 공수부대원의 모습을 보지 않았던가. 그 끔찍한 기억은 늘 어제의 일처럼 선명해 이후에도 공수부대 사람들을 볼 때마다 마치 눈앞의 일처럼 떠오르곤 했다.

그런 나에게 160 주특기라니, 아니, 그토록 자랑스럽게 여겨지던 160이 공수부대 차출 주특기라니. 논산에서의 훈련이 끝나던 날까지 그는 정말 하늘을 쳐다볼 맛이 없었다. 경리단까지는 아니라 하더라도 아무리 못 풀려도 대충 병참 정도의 주특기 차례가 오게 되지 않을까 기대했던 그였다. 그러나 어쩌겠는가. 이미 그렇게 정해진 다음의 일을. 내일 같이 자대로 가거나 후반기 교육을 떠나야 하는 날 저녁, 일생에 처음 그는 훈련소 내 교회를 찾아갔다. 제발 살아 돌아가게 해주십시오. 특별하게 기도하는 방법을 몰랐던 그는 한 시간 내내 마음속으로 그 말만 울부짖었다.

이후, 칠팔월 불볕더위 속에서 한 달 반 동안 받은 기본 공수 교육은 그 순간순간들이 이것이 내 생의 마지막 시간들이 아닌가 여겨지는 차라리 무간지옥에서 보낸 시간들이었다. 꿈속에서조차 '고양이처럼 사뿐하게'라고 잠꼬대할 정도로 피 터지게 이어지던 낙법 훈련과 낙하 접지 훈련, 일찍이엔 상상조차 하지 못했던 육체적 고통과 정신적 압박의 연속이었다. 쉴 틈이 없는 피티와 안전사고의 예방 차원에서 훈련의 한 과정으로 가해지는 기합과 내무반에서의 군기, 거기에 낙하 예비 단계의 훈련은 또 얼마나 고통스러운 것이던가. 상상해 보라. 저쪽에서 이삼십 명이 잡아당길 끈이 연결된 주낙하산 몸체 연결 부분을 어깨에 착용하고 죽은 듯이 누워 있다가 예고도 없이 어느 한순간 그들이 머리 뒤쪽 방향으로 그 끈을 잡아당기며 뛸 때, 거꾸로 누운 자세로 끌려가는 사람이 느끼는 체감 속도와 그 공포의 무게를. 일기가 고르지 못하면 바람에 낙하산이 그렇게 날아갈 수도 있는 것이라고 했다. 훈련은 끌려가면서도 자세를 바로잡고 일어나 가능한 빨리 자신의 몸에서 그것을 떼어내 해체시키는 것이었다.

"새끼들, 이게 훈련이냐, 애들 장난 노는 거지. 우리 땐 임마 사람이 끌지 않고 자동차 뒤에 매달아 훈련했어, 임마."

그 한 달 반 동안 네 번의 낙하 점프-말하지 않겠다. 이것이 바로 죽음으로의 추락인가 싶었던 그때의 긴장에 대해선 따로-를 한 다음 비로소 그의 머리에도 베레모가 씌워졌다. 그것이 공수부대의 전통이라고 했다. 최소한 네 번의 점프를 마쳐야지만 무슨 월계관이라도 되는 양 베레모를 쓸 자격이 주어진다는. 그래서 처음엔 그 모진 훈련 과정을 끝내고 베레모를 쓰게 되었을 때 어떤 뿌듯한 성취감 같은 것이 긍지처럼 차오르기도 했다. 그러나 이내 그는 그것이 어떠한 긍지도 아님을 알았다.

아, 사람이란 이렇게 쉽게 황폐해질 수도 있구나.

베레모를 쓴 다음 그는 특별한 까닭도 또 구체적인 대상도 없이 세상 모든 일들에 대해 이글거리고 있는 자신의 적의를 오랜 일처럼 되돌아보았다. 자칫 성취감이나 긍지처럼 생각되기 쉬울, 또 그렇게 분명 교육받고 있는 그것은 남들과 다르게 겪는 살벌하고도 혹독한 훈련 과정에서 필연적으로 생겨나는 어떤 반대급부의 보상 심리에 다름 아니었다. 그런 과정을 거쳐 베레모를 쓰고, 또 앞으로도 그런 과정을 겪어나갈 공수대원들로선 행동 하나하나가 광포하고 거칠어도 좋을 어떤 특권이 있기나 하다는 식의.

거기에 투입되기 바로 전날까지 받은 '충정교육'은 또 어떠했는가. 해 뜨면 연병장에 나가 해 질 때까지 두 달을 거의 매일이다시피 데모 진압 훈련만 받아오지 않았던가. 서울은 봄이었지만 그들에게 그것은 지옥이나 다름없었다.

차라리 혹한기 훈련이나 점프 훈련이 낫겠다.

누구 입에서나 그런 소리가 나올 만큼 그 훈련은 지루하고도 짜증스럽게 이어졌다. 8차선 도로 정도 넓이의 V자 대형으로 길게 늘어서서 앞발을 쿵쿵 울리며 가슴 앞에 총을 세웠다 눕혔다 하며 앞으로 나아가고 돌아서는, 가두데모 진압 훈련이었다. 그런 가운데 진압 요령보다 앞서 가는 건 시위 학생들에 대한 타오르는 적개심이었다. 누구 때문에 허구한 날 우리가 이런 고생을 해야 하는가. 그 새끼들만 아니면 우리가 이런 짜증스러운 고생은 하지 않아도 되는 것 아닌가. 훈련 중간중간 실시되는 지휘관들의 정신교육이라는 것도 결국 국가안보라는 이름으로 그런 적개심에 불 지르는 것 외엔 아무것도 아니었다. 출동에 임박해선 여러 차례 대대 대항 '충정 작전' 경연 대회를 갖기도 했다.

개새끼들, 정말 출동하기만 하면 골통을 확 부숴놔 버릴 거다.

씨팔, 날마다 좆같이 훈련만 시킬 게 아니라 광화문 네거리에 한번 풀어놔 봐달라구.

쌍년들, 데모하는 년들은 아주 씨도 못 받게 만들어놓을 테니까.

어쩌면 그날 정문에서의 첫 유혈 상황은 대원들 스스로도 모르는 사이 이미 오래전부터 집단적인 무의식 속에 그런 기회가 오길 기다려왔던 것인지도 모른다. 충돌이야 한순간의 일이지만 그것을 위해 갖추어야 할 개개인의 마음 준비는 그들에 대한 적개심만으로도 이미 갖출 것 다 갖추고 있던 것이나 다름없었다.

모여든 학생 50명이 100명이 되고, 그 100명이 다시 200명이 되고 300명이 되자 전두환 물러가라, 계엄군 물러가라, 구호가 터져 나왔다. 그리고 이쪽의 강제해산 경고 뒤 곧바로 중대장의 '돌격 앞으로!'가 있었다. 그때 만약 거기에 카메라가 있었다면…… 비디오를 볼 때마다 그 부분에 이르면 그는 늘 식은땀이 흐르곤 했다. 정말 우리는, 나는 무얼 하였던가.

한 놈씩 끝까지 쫓아가 붙잡아!

한 놈만 쫓아가라니까!

얼굴을 향해 날아오는 돌조차 두렵지 않았던, 그리고 그렇게 쫓아가 무자비하게 곤봉을 휘둘렀던 적의는 무엇이었던가.

그래서 피하고 피하다 (화면에, 박병률, 당시 조선의대 학생) 화장실로 도망갔는데 화장실까지 쳐들어와서 공수부대들이 곤봉으로 때리고 발로 차고 저희가 정신을 잃을 때까지 완전히 무자비하게 발길질을 하고 때립니다. 저는 그 당시 저희를 때렸던 공수부대의 얼굴을 역력히 기억하고 있습니다.

이어지는 화면, 착검한 엠16 소총과 곤봉을 들고 거리로 뛰어드는 공수부대원들. 붙잡아! 야! 그쪽 맡으라니까! 삐익, 삐익! 하는 호루라기

소리, 내리치는 곤봉! 찢어지는 비명! 헬리콥터 소리. 잡지 마! 군인들, 잡지 말라니까!

　　"이누마야, 지발 좀 자거라, 인자 그마……"
　　다시 어머니가 나와 방문을 두드렸다.
　　"………."
　　"왜 못 자고 밤마동 그래? 니가 뭔 죄가 있다고."
　　"잘게요."
　　그러나 불을 끄고 누워서도 좀처럼 잠이 오지 않았다. 저는 그 당시 저희를 때렸던 공수부대의 얼굴을 역력히 기억하고 있습니다. 기억하고 있습니다. 기억하고, 기억…… 혹시 그가 기억하고 있는 것은 바로 내 얼굴이 아닐까. 아니면 조선대 앞에서도 그와 똑같은 일이 있었던 것일까.

　　곰곰이 생각하면 그 불안은 단순히 그 속에 내 얼굴이 있지 않을까 하는 생각만도 아닌 듯했다. 매일같이 비디오를 보는 건 최근 들어서의 일이지만 그런 불안은 이미 제대 직후부터 있어왔던 것인지도 모른다.
　　제대하여 집으로 돌아오던 날, 그는 부대원들이 만들어 선물한 방패를 달리는 버스 안에서 창문을 열고 강물에 던져버렸다.
　　영원히 그렇게 묻혀버려라, 내 젊은 날의 악몽 같은 그 기억들…… 가능한 그는 자신의 기억 속에서 그 삼 년을 지워버리고 싶었다. 긴 꿈을 꾸었다고 생각하자. 그때 거기에 간 건 내가 아니라 나라의 부름을 받고 군에 입대한, 더럽게도 운이 없어 그곳으로 차출된 한 익명의 공수부대원이었다고 생각하자. 그리고 그렇게 차출되어 그 자리에 서게 되면 집단적인 무의식 속에 누구라도 그런 짐승 같은 행동을 했을 것이라고 생각하자. 그는 버스 안에서 내내 그런 생각을 했다. 집에 와서도 동사무소와 지역예비군 중대에 하는 전역 신고보다 먼저 그는 입대 전 다니던 은행에 복직을 신청했다.

그러나 그건 혼자 생각하지 않는다 하여 아주 상관없이 잊을 수 있는 일이 아니었다. 사람들은 마치 그의 전력을 알고 있기나 하듯 집요하게 그의 군대 생활에 대해 물었다. 어디에서 근무를 했느냐, 주특기는 무엇이었느냐, 광주사태가 있을 땐 또 어디에 있었느냐. 복직을 환영하는 첫 술자리에서부터 사람들은 그의 군대 생활에 대해 집요하게 물고 늘어졌다. 그는 후방에서 근무를 해 별로 기억나는 이야기도 없을뿐더러, 또 광주에 대해서는 이미 모든 상황이 종료된 다음 나중에 이야기를 들어서 그런 일이 있은 줄 알았다고 대답했다. 전역 신고식 때 대대장도 그때의 일은 가능한 밖에 나가서도 잊고 말하지 않는 게 좋을 거라고 말했다.

"혹시 김 형, 방위 갔다 온 거 아니우?"

워낙 그가 말을 않자 누군가 그런 우스갯소리를 다 했을 정도였다. 아직 때가 때인지라 드러내놓고 그 일과 연계하여 '전통'을 비난하는 사람은 없었지만, 그래도 다들 그때 그곳에 진입한 공수부대가 얼마나 무자비했는가 하는 것에 대해서는 죽일 놈들 살릴 놈들 하고 있었다. 82년 봄, 대학가를 제외하곤 아직 광주에 대한 어떠한 사진 자료나 학살 진상 내용도 나오지 않고 있었다.

"생각해 봐요. 공수부대가 어떤 군댄가를. 전쟁이 나면 곧바로 낙하산을 타고 적 심장부에 뛰어들어가 게릴라전을 하는 애들이 아니에요? 그런 놈들이 계엄군이라고 들어갔으니 그런 난린들 왜 나지 않았겠어요."

"그때 광주에 있었던 사람이 그러는데 정말 눈 뜨고 못 볼 지경이었대요."

"소문을 들으니까 임신한 여자의 배까지 갈랐다는데 그게 어디 사람 인종들입니까? 악마고 야차夜叉지."

아직 독재자는 건재했다. 그런 독재자 아래에서 그 광기에 대한 일차적 타깃은 그런 독재자가 아니라 그 독재자의 명령에 따라 그곳에 투입된 꼭두각시나 다름없는 익명의 공수부대원 개개인들이었다.

"원래 그런 놈들인데 오죽이나 좋아 사람들을 죽였겠어요."

그래도 그는 아무 말도 하지 못했다. 그렇다고 만약 당신이 그 자리에 있었다면 어떻게 했겠어요, 하고 되물을 수도 없는 일 아니던가. 어쩌면 이것은 내 평생을 두고 따라다닐지 모를 광기의 어두운 그림자인지도 모른다. 처음엔 얼마간 조심을 하다가 끝내 그날 그는 군에서까지 자제했던 술을 대책 없이 퍼마시기 시작했다.

광주……

그때 어떤 급류처럼 우리를 휩쓸고 지나가던 그 광기 어린 분위기는 무엇이었는가. 정말 우리는, 나는 그랬었는가.

엠602 트럭에 아마 시체인 듯 가마니로 덮어씌운 것을 총을 들고 지키고 선 얼룩무늬의 공수부대원, 한 청년의 바지 뒤춤을 잡고 발길질하며 그를 연행하는 또 다른 공수부대원, 시가지를 행진하는 군인들, 여러 모습들이 어지러운 가운데 셔터가 내려진 어느 가게 앞에 꿇어 엎드린 한 청년의 공포에 질린 얼굴, 그 옆에 그를 지키고 선 방독면을 쓴 공수부대원의 모습, 거리 곳곳에 얼룩진 피, 피, 피, 두 손을 머리에 얹고 피를 흘리며 공수부대원에게 끌려가고 있는 청년들의 모습. 그 가운데 옷을 벗기어 흰 팬티만 걸친 맨발의 청년, 화면, 계속 어지럽게 움직이는 가운데 비명 같은 단말마, 잡지 마세요, 군인들, 잡지 말라니까! 간헐적으로 들리는 총소리, 비명 소리, 자동차 소리, 자욱한 최루탄 안개……

리어카에 실려 있는 처참한 시신의 모습, 허리께에 붉게 핏물이 들어 있는 흰옷, 시신을 덮은 태극기, 따르는 사람들……

환자들의 상태는, (안성례, 당시 기독교병원 간호감독) 엠16 살인무기는 아주 잔인한 살인 무기드라고요. 그래서 인접 장기를 전부 파괴시켜버려요. 척추나 대장, 콩팥과 같은 인접 장기를 말아가는 총알이라 하데요. 안에서 윤회하면서, 돌아가면서, 맞은 사람마다 다 중태고, 그리고 죽으라고 쏘는 것 같았어요. 복부나 두부를 엠16으로 난사당한 사람들은 머리 속의 골까지 확연히 드러나서, 사람이 아니고 어떤 산돼지나 무슨 동물을 해쳐버린 것 같은 참상이었어요. 우리가, 아이고 차마……

다시 교차되는 시위대와 공수부대원들의 모습, 착검한 엠16 소총, 곤봉을 들고 거리로 뛰어드는 공수부대원들, 상황, 예측할 수 없도록 긴박하게 흐르는 가운데 금방 도착한 트럭에서 줄지어 뛰어내리는 공수……

다음날 밤에도 그는 퀭한 눈으로 두 개의 비디오를 보았다. 요즘 들어서는 어느 하루도 그걸 보지 않고는 잠을 이룰 수 없었다. 처음 비디오를 보기 시작한 건 방송국에서 저마다 그걸 방영한 다음부터였지만, 그래도 그땐 이렇게 매일같이는 아니었다. 어쩌다 문득 정말 거기에 내 얼굴이 없는가 스스로 확인하고 마음 놓고 싶을 때 아무도 몰래 그는 비디오를 틀곤 했다. 그러다 다른 비디오엔, 하는 생각이 들어 이런저런 경로를 통해 그는 구할 수 있는 대로 광주 비디오를 구해 그것을 복제해 보관했다. 이젠 어느 비디오든 그 안의 화면은 물론 해설까지 다 외울 정도가 되었지만, 나아진 건 아무것도 없었다.

"너무 깊이 생각하지 마십시오. 그냥 아무 일도 없었다고 여기세요."

며칠 전, 오랜 망설임 끝에 모처럼 용기를 내 찾아간 의사는 그렇게 말했다.

그러나 그날 그는 의사에게 광주 이야기를 하지 못했다.

"십 년 전, 제 원래 마음은 그게 아니었는데 누구에겐가 큰 죄를 졌습니다. 그런데 한동안 잊고 지내다 최근 갑자기 그 생각이 나 견딜 수 없는 것입니다."

"그래 십 년 전 무슨 일이 있었는데요?"

그는 차마 공수부대 이야기를 하지 못했다. 처음부터 속일 생각은 아니었지만, 누구에겐가 그 이야기를 하면 이번엔 다시 그것을 이야기했다는 것 때문에 더욱 불안해져 견딜 수 없을 것 같았다.

"십 년 전 봄이었는데, 그러니까 요즘 흔히 말하는 80년 서울의 봄 때였습니다. 그때 저는 전경으로 입대했었는데, 종로5가에서 크게 학생 시위가 있었습니다. 지금도 똑똑히 기억나는데, 그때 학생들은 '우리의 소원은 자유'를 부르며 연좌데모를 했습니다. 아마 수만 명은 되었을 겁니다. 광주 5·18 직전이었으니까 전경도 본격적으로 무력 진압을 하던 때였지요. 그때 사람을 다치게 했습니다. 자욱한 최루가스 속에 쓰러져 엉금엉금 인도 쪽으로 기어가는 한 학생을 방패로 여러 차례 허리며 옆구리, 다리를 내려찍었는데 그때 그 학생이 아마 많이 다쳤을 것 같은 생각이 듭니다. 모르지요, 아주 불구의 몸이 되었는지도요."

그건 '천주교 광주대교구 정의평화위원회'가 외국 필름들을 편집해 제작한 「오월 그날이 오면」에 나오는 일본 NHK 자료 화면이었다.

"그때 그 학생이 불구가 되었을 거라는 생각 때문에 마음이 괴롭다 이거지요?"

"그렇습니다"

"아마 아닐 겁니다. 그냥 그렇게 생각하세요. 요즘 최루탄이다, 방패다, 그런 것에 사람이 다친다는 얘기가 자주 나오니까 갑자기 그때의 일이 생각나 그러시는 것 같은데, 그 학생 아마 아무 일도 없었을 거예요. 김주호 씨 혼자 아무 일도 아닌 걸 가지고 괜히 걱정하는 거지."

"그래서 그 사람이 죽었으면 어떻게 합니까? 얼마든지 죽이고 죽을 수도 있는 상황이었고요, 광주에서처럼……"

"그거하곤 다르지요. 광주야 실제로 수많은 사람이 죽었거나 다쳤고, 또 거긴 전경이 아니라 공수부대가 투입됐던 데가 아닙니까?"

그러면서 의사는 그를 정말 실성한 사람 보듯 쳐다보는 것이었다.

"마음 편하게 먹으라니까요. 그 학생은 죽지도 않고 다치지도 않았으니까. 문제는 왜 지금까지 그걸 까마득히 잊고 있다가 갑자기 생각나면서 불안해졌는가 하는 건데 아마 어떤 계기가 있을 거예요. 그걸 생각해 내일 다시 한 번 찾아와 보세요."

사실대로 밝혔다면 의사도 다른 식으로 얘기했을지 모른다. 그러나 그가 이야기한 범위 내에서는 의사도 일단 광주 정도의 일이라면 문제는 심각할 수 있다는 식으로 이야길 하고 있었다. 밝혀진 것만도 200여 명의 죽음이라고 했다. 그중에 내 곤봉과 내 총에 죽은 사람은 없을 것인가. 또 다친 사람은.

아마 어떤 계기가 있을 거예요.

박영은.

작은 소리로 그는 그 여자의 이름을 불러 보았다. 어쩌면 그 여자가 시작이었는지도 모른다. 고향에 있는 지방 영업점에서 서울 영업점으로 올라온, 그러니까 86년도 겨울에 만난 여자였다. 그때 그는 창구의 행원으로 앉아 있었다. 어느 중소기업의 경리를 보던 그 여자는 오전 오후 하루두 차례씩 그가 근무하는 은행으로 출납 일을 보러 왔다. 웃으면 치아가

전표에 적은 그녀의 글씨만큼이나 고르고 예쁘던 여자였다. 매일 주고받는 말이야 몇 마디 되지 않았지만 여자는 언제나 서울말을 쓰곤 했다. 안녕하세요, 김 주임님. 양복이 참 멋있어요. 넥타이도 잘 어울리고요.

그러던 어느 날, 마감 시간이 다 되어 입금시킬 수표를 들고 온 그녀에게 그는 미리 약속 시간과 장소를 써두었던 메모지를 내밀었다. 결혼을 하게 된다면 그는 그 여자와 할 것이라고 생각했다. 간 사람은 간 사람이고 산 사람은 또 살아야지 않겠나. 인자 니가 집안에 사람을 늘여야제. 지난해 아버지가 돌아가신 다음부터 어머니는 부쩍 그의 결혼 이야기를 꺼냈다.

"광주에서 여고를 나왔어요."

학교를 묻자 커피를 마시며 여자가 말했다. 순간적으로 그는 뭔가 일이 잘못되어간다고 생각했다. 광주라, 하필이면……

"전 박영은 씨가 늘 서울말을 써서……"

"서울내기가 뭐 따로 있나요? 와서 배웠지요. 올라온 지 벌써 삼 년이나 되는걸요."

"가족은요?"

"광주에 아빠하고 엄마가 계세요."

"그럼 딸 하나만요?"

"제 바로 위에 학교 다니던 오빠가 있었어요."

"지금 뭘 하는데요?"

"그 오빠는…… 아시죠? 광주에서 있은 일. 그때 대학 3학년이었는데, 아마 살았다면 지금 김 주임님 나이쯤 됐을 거예요. 혹시 광주 가 보신 적 있으세요?"

"아뇨, 아직 한 번도."

이것이 마지막이겠구나, 그는 여자를 쳐다보았다. 평소 그녀에게 가졌던 애틋한 마음도 이미 천 리 밖으로 달아나 있었다. 대체 이 여자의 어느 부분을 나는 좋아했던가. 그는 마음속으로 가만히 그때의 숨 막히던 상황을 떠올려 보았다.

03:00 작전 개시. 사방에서 총성 울림.

04:00 탱크를 앞세우고 도청 완전 포위. 장갑차의 서치라이트를 밝힌 가운데 항복 권유 최후통첩. 폭도들에게 경고한다. 현재 너희들은 완전히 포위되었다. 무기를 버리고 항복하라! 반응 없음. 잠시 고요. 그 가운데 순간 한 발의 총성 울림. 장갑차의 서치라이트 부서짐. 칠흑 같은 어둠.

04:10 일제 사격, 도청에 투입.

04:45 도청 점령.

04:53 잠적 폭도들과 치열한 교전.

05:12 도청 잠적 폭도 소탕 완료.

05:23 광주시 완전 점령.

도청에 투입된 것은 3공수였고, 그가 소속된 7공수는 광주공원 쪽에 투입되었다. 광주공원이 완전 진압된 것은 나중에 안 시간으로 05시 05분이라고 했다. 상황이 끝나고 우리는 무얼 하였던가. 소탕 후, 조금이라도 자세가 이상해 보이는, 죽일 것들은 죽이고, 엎어놓고 묶을 것들은 손을 뒤로 돌려 비웃 두름 엮듯 묶은 다음 또 하루의 아침이 밝아오는 여명 속에 우리가 한 일은 무엇이었던가.

"반동 준비!"

팀장 하나가 앞에 나서서 구령을 불렀다.

"아잇!"

"반동은 좌에서 우로 반동 시작. 흐아 두아, 흐아 두…… 반동 간에 군가 한다, 군가는 공수부대가, 악으로 깡으로, 흐아 둘 셋 니아!"

보아라 장한 모습 검은 베레모
무쇠와 같은 우리와 누가 싸우랴
하늘을 뛰어 솟아 구름을 찬다
검은 베레모 가는 곳에 자유가 있다
삼천리 금수강산……

"이해하실지 안 하실지 모르지만 지금도 전 혼자서는 텔레비전 뉴스를 잘 못 봐요. 그 사람 얼굴만 보면 저도 모르게 자꾸 몸이 떨려서요. 길을 가다 공수부대 사람들을 만나도 그렇고요."

"그럼 그때 박영은 씨는……"

"무서워서 집에만 있었어요. 우리 친구 중 어떤 애들은 헌혈도 하고 했는데, 헌혈하러 갔다 오던 길에 죽은 애도 있고요. 또 어떤 애들은 데모하는 데 나가 보기도 했다는데, 그때 본 공수부대 얼굴도 안댔어요."

다음날에도 여자는 그가 앉은 창구에 어음과 수표를 들고 와 서울말을 썼다. 어머, 김 주임님, 안경을 쓰셨네요? 전 또 자리가 바뀌었나 했어요.

점심시간 전, 잠시 외출을 해 안경점에 가 그는 얼굴 모습이 확 달라 보일 수 있는 안경을 찾았다. 안 써도 되겠는데요. 시력 검사를 끝내며 안경점 주인이 말했다. 시력 보호 안경이란 것도 어느 정도 상태가 안 좋아야 쓰는 거지요. 정 쓰시고 싶거든 아주 연한 갈색 계통으로 그냥 도수 없는 안경을 쓰지 그래요. 하긴 요즘 멋으로도 안경을 많이 쓰니까. 안경점 주인은 양쪽 눈 다 아무 이상이 없다고 했지만, 실제로 그날 아침 그는 왠지 모르게 눈이 침침했다. 그러나 이미 지난밤, 여자와 헤어지고 들어올 때 그는 이제 안경을 써야겠다고 생각했다. 그리고 후에도 도수 없는 안경인데도 느낌상 안경을 썼을 때와 벗었을 때의 시력이 다르게 나타나는 것 같았다.

광주……

하루에 수백 명도 더 드나드는 고객 중에서 혹시 그때 그곳에 가 있었던 내 얼굴을 기억하는 사람은 없을 것인가. 안경을 쓴 다음부터 왠지 그는 창구에 앉아 있기가 두려웠다. 어쩌면 시작은 그때부터였는지 모른다.

몇 번 본점 인사부를 찾아가 면담을 한 다음 그는 그해 가을 인사이동 때 본점 고객관리부로 자리를 옮겼다. 뒤늦게 여자에게서 전화가 왔지만 그는 바빠서 시간을 낼 수 없다고 말했다. 그럼 늘 건강하세요. 여자는 그가 전화를 끊을 때까지 오래도록 송수화기를 들고 있었다.

그러나 고객과 직접 상대하지 않는 본점 부서도 그에겐 편한 자리가 아니었다. 지점으로 돌 땐 고향 영업점에서조차 그가 공수부대 출신이라는 걸 아는 사람은 없었다. 어쩌다 한 번씩 받는 예비군 훈련통지서도 늘 동 단위의 예비군 중대에 근무하는 방위병이 집으로 가져오곤 했다. 그때마다 그는 대부분의 특수부대 출신의 예비군들과는 달리 자신의 훈련 복장이 남보다 티 나지 않도록 조심하곤 했다.

그러나 본점에서는 그것이 통하지 않았다. 전근 온 지 일주일쯤 지났을 때 안전관리실의 직장예비군 중대장이 일부러 전화를 해 예비군 소속을 직장예비군으로 옮기라고 했다.

"뭐 번거롭게…… 그냥 있는 데다 두면 안 됩니까?"

"지역예비군보다는 직장예비군이 편하지 않습니까? 훈련 가서도 심심하지 않고요."

"어차피 시간 때우기는 마찬가지인데요 뭘."

"그래도 옮기세요. 우리 규정이 그러니까."

안 옮길 도리가 없었다. 그가 79년도에 입대해 82년 봄에 제대한, 그러니까 어쩌면 광주사태 때에 투입되었을지도 모를 공수부대 출신이라는 소문은 아마 안전관리실에서부터 나왔을 것이다.

"군대 생활 에프엠으로 했겠네요."

첫 소집 훈련 통지서를 받으러 갔을 때 거기에 적힌 주특기 번호를 보며 중대장이 말했다.

"뭐 별로요. 행정을 봤습니다."

"점프는 행정병들도 열외가 없지요?"

"그런 셈이죠. 장교도 대위까지는."

"가장 힘들 때 군대 생활을 했겠네요?"

"이거 일곱 시까지 정문으로 나오면 되는 거지요?"

"늦으면 곤란해요. 교장까지 이동하는 시간이 있으니까."

그 후로도 중대장은 눈치 없이 여러 사람 있는 앞에서 시시콜콜하게 그의 군대 생활에 대해 물어오곤 했다. 김주호 씨, 3공수였어요? 아뇨. 그럼 7공수? 예. 거여동에 있는 건 그건 몇 공수예요? 그때 혼났겠네요, 광주 가서. 안 갔다니까요. 에이, 안 가긴, 다 아는데. 감사실 육문환 씨알지요? 그 사람은 광주사태 때가 아니라 그전에 왜 부마사태라고 있었잖아요? 박정희 대통령 죽기 얼마 전에. 그때 동아대 간분가 뭘 했는데 그때 다릴 다친 사람 아니에요. 얘길 들으니 거기도 공수부대가 갔었다면서요? 모른다니까요. 그때 난 기본 교육 마치고 얼마 안 있다 특수전 (주특기) 교육 들어가 있었으니까. 그럼 광주엔 갔었겠네요 뭘, 7공수라면서.

그레고리안 성가의 진혼곡이 배경음으로 깔리는 가운데, 얼굴의 형상을 알아볼 수 없는 시신, 천으로 얼굴을 가린 시신, 얼굴 여기저기에 칼 자국이 난 시신, 허옇게 골이 드러나 보이는 시신, 입과 턱이 흩어져 가슴께로까지 문드러져 내려온 시신, 곤봉과 개머리판으로 짓이긴 듯 얼굴이 완전히 깨어진 시신, 아예 머리 반쪽이 없다시피 한 시신, 온몸이 피투성이가 된 시신, 벌겋게 피 묻은 배를 드러낸 허리가 꺾여버린 시신, 그런 참혹한 시신의 모습이 하나하나 스친다. 계속하여 들것에 실린 채 트럭으로 올려지는 사망자의 모습, 다시 클로즈업되는 짓이겨져 얼굴 형체를 알아볼 수 없는 시신의 모습.

상상을 초월하는 엄청난 살상이 광주 전역에서 발생하자 시민들은 공포에 사로잡혔다. 그러나 눈앞에서 똑같은 시민들이 무자비한 진압에 쓰러지고, 비참한 최후를 맞이한 시신을 맞이하자 최초의 공포는 서서히 분노와 저항 의식으로 바뀐다.

이때 화면, 아마 광주 외곽 도로인 듯 시민군들이 탄 지프가 지나간다. 길가에서 손을 흔드는 시민들. 태극기를 단 지프, 시가지로 들어온다. 환호와 박수. 반은 각목, 반은 총을 들고 있다. 수건으로 눈만 남기고 얼굴을 가린 청년의 모습. 다른 한 청년은 카메라가 다가가자 조금은 쑥스러운 표정을 짓는다. 손을 흔드는 아낙들과 아이들. 「진짜 사나이」를 부르는 시민군.

전투와 전투 속에 맺어진 전우야
산봉우리에 해 뜨고 해가 질 때에
부모 형제 우릴 믿고 단잠을 이룬다

와― 하는 함성과 박수.

새벽까지 잠을 안 자고 있는데 (김순희, 고 전영진 군의 어머니) 차로 다니면서 아주 가냘픈 여자 목소리가 나오데요. 광주시민 여러분, 계엄군이 쳐들어와서 다 죽는다고……

아마 그날이었던가. 뒤이어 온 부대에게 전남대를 넘기고 조선대로 숙영지를 옮긴 다음, 그뿐 아니라 공수대원 모두 하나같이 불안에 떨던 밤이 있었다. 턱없는 적의와 적개심으로 이미 저지른 죄가 너무 컸다. 그때 시가지 쪽에서 바로 그 여자이지 싶은 확성기를 통한 '폭도'들의 선무 방송이 들려왔다.

…… 전투경찰 아저씨, 우리에게 최루탄을 쏘지 마세요. 여러분과 우리는 함께 힘을 모아 우리 광주시민을 몰살하려는 전두환 놈을 몰아냅시다. 광주시민 여러분, 우리는 맨주먹입니다. 그러나 우리는 반드시 이깁니다. 끝까지, 최후의 한 사람까지 물러서지 맙시다. 우리 스스로 광주시를 수호합시다. 저 악마 같은 공수부대가 우리 형제들을 죽이고 있습니다. 여러분, 도청으로, 도청으로 갑시다. 도청으로, 도청으로!

지금도 그에겐 그 열흘 동안 가장 섬뜩했던 기억이 바로 그 여자의 목소리였다. 저 여자의 정체는 무엇인가. 모두들 낮과는 다른 불안과 공포에 떨었다. 지휘관들은 간첩과 불순분자들이 광주로 몰려들고 있다고 했다. 우리 대원 중 몇이 폭도들에게 붙잡혀 사지가 찢어발겨진 채 도청 앞에 매달려 있다는데, 전라도 놈들이 공수부대원 가족들을 몰살하고 있다는데, 바깥과 마찬가지로 부대 안에도 그런 루머가 사실처럼 돌았다. 투입된 간첩이 분명할 그 여자의 선무 방송이 끝나면 거리는 다시 시민들과 폭도들의 함성 속에 휩싸이곤 했다. 사면초가가 따로 없던 밤이었다. 과연 저 카랑카랑한 목소리로 가두방송을 하고 있는 여자의 정체는 무엇인가. 이러다 정말 김일성이가 밀고 내려오는 것은 아닌가. 그 방송은 새벽 두 시가 넘어서도 계속되었다. 그리고 그때마다 잠시 잠잠하던 도시는 다시 맹렬한 불길처럼 함성 속에 들떠 오르곤 했다. 다음날 저녁, 조선대 뒷산을 넘어 퇴각하며 그는 공수부대가 그 여자 한 사람과의 싸움에서 졌다고 생각했다. 스스로의 공포에 못 이겨 그는 수도 없이 총알을 날렸다. 그러나 이제와 그때의 그 공포와 불안, 초조를 누구에게 이야기할 것인가. 분명 물리적 가해자였으면서도 또 다른 정신적 피해자라고 어느 누구에게 말할 것인가.

87년 겨울, 대통령 선거 유세 때 여의도로 가 그 황색 물결 속에 비로소 그는 광주학살 진상 사진을 보았다.

같은 상황을 연속적으로 찍은 세 개의 사진: 시위 학생을 잡으면 먼저 곤봉으로 머리를 때려 쓰러뜨리고(상), 서너 명이 한꺼번에 달려들어(중), 얼굴을 군홧발로 뭉개고 곤봉으로 쳐서 피곤죽을 만들었다(하).

같은 상황을 연속적으로 찍은 두 개의 사진: 넥타이를 맨 남편은 코피를 손수건으로 막으며 공수대원에게 끌려가고 있다(상), 그 옆에 부인도 손과 옷에 피를 묻힌 채 안타깝게 따라가고 있다(하). 그들은 짐승이었다.

장갑차 옆에 연행한 청년을 곤봉으로 내려치는 공수대원: 이런 군대는 필요치 않다. 국민을 몰라보는 미친 군대는 없어져야 한다. 누가 이 군인들을 미치게 했는가. 국민을 살상하라고 명령한 원흉은 누구인가.

트럭 가득 연행된 젊은이들: 수천 명의 젊은이들이 아무 이유 없이 잡혀갔다. 이성을 잃은 공수대원들은 다방에서 차를 마시거나, 길을 걸어가거나, 심지어는 지나가는 버스를 세워 젊은 사람들을 끌어내렸다.

시신 속에서 뽑아낸 총알들: 당시 계엄군들이 사용한 총알 중에는 전쟁 중에도 사용이 금지된 납탄 총알이 발견되었다.

총을 든 다섯 명의 계엄군에게 붙잡혀 옷을 벗기우는 청년: 그리고 그는 아직도 돌아오지 않고 있다.

바로 그 사진이었다. 그는 그 다섯 명의 얼굴들을 알고 있었다. 아니, 이름까지도. 카메라를 향해 손바닥을 내밀어 자신의 얼굴을 부분적으로 가리고 선 사람은 부대 내에서도 독실하다고 소문난 크리스천이었다. 그리고 연행된 청년의 뒤에서 어깨 옷소매를 붙잡고 선 사람은 대학 3학년 중에 입대했다고 했다.
"이것 말고도 사진 자료가 많습니까?"
그는 사진 자료집을 파는 청년에게 물었다.
"이건 일부분이지요. 아직 공개되지 않은 것도 많고요."
"주로 공수부대를 찍은 건요?"
"그런 것도 많을 거예요, 아마. 하나 사시겠어요?"
"주세요. 그리고 저것도요."

그날 그는 밤새 잠을 이루지 못했다. 뒤이어 나오는 쉰 장도 넘는 시신들의 얼굴을 찍은 사진, 그 가운데 어떤 것들은 짓뭉개져 사람의 얼굴이라기보다는 정육점에 매달아놓은 고깃덩어리 같은 것도 있었다. 이 중 어쩌면 그 여자의 오빠도 있을지 모른다.

광주에 갔었어도 믿어지지 않는 일이었다. 그때 우리는, 나는 그랬었는가. 그리고 이런 사진들을 보면서도 우리가 또 다른 정신적 피해자라고 말할 수 있는가. 언젠가 그들은 '폭도'의 누명을 벗고 복권되어도 우리는 영원히 그러하지 못할 것이다. 어둠과 광기, 누가 우리에게 그러한 살육이 우리의 유일한 임무인 것처럼 허락하고 강요하였던가. 그리고 그때 우리는 그들을 꼭 죽여야 할 어떤 절실한 이유가 있었던가. 턱없이 끓어 올랐던 적의와 적개심, 내가 선 바로 그 자리에 서 있었다면 다른 사람들도 그러했을 것인가. 그들을 부른 조국과 날 그 자리로 끌어내 부른 조국은 어떤 조국들인가.

"김주호 씨야 당연히 이거겠지요?"

선거 바로 전날, 직장 동료 중 하나가 비웃음인지 경멸인지 모를 표정으로 그에게 엄지손가락을 치켜세워 보이며 물었다. 그는 아무 대답도 하지 못했다. 아니라고, 당신이 무슨 신앙처럼 여기고 있는 바로 그 번호라고 하면 믿을 것인가. 아니, 어쩌면 그런 피 묻은 표는 필요 없다고 말해올지도 모른다. 다음 날, 어머니는 '널 위해' 1번을 찍고 왔다지만 그는 투표장 근처에도 가지 않았다.

"이그 저런 저 전라도 것들, 졌으면 진 거지 저것들은 꼭 뒤끝이 안 좋다니까. 그러니 그때도 나랄 상대로 그런 역적질이나 하다 남의 귀한 자식만 죽일 뻔했제."

구로구청 부정투표함 사건이 보도되자 텔레비전을 향해 어머니는 가차 없이 그렇게 못을 질렀다.

"어머닌 무슨 말씀을 그렇게 하세요?"

"왜 내가 못할 소리 했냐? 하여간 저 전라도 것들은 저끄믄 저끌수록에 손해라니까."

"어머니가 뭐 얼마나 전라도 사람들을 겪어서요?"

"왜 안 저까. 자식 하나 있는 게 그만큼 저졌으믄 됐지, 거서 뭘 또 얼마나 더 저끄라고."

이후, 청문회 때에도 그는 거의 매일 밤을 새우다시피 텔레비전을 보았다. 대령으로 진급한 대대장은 전남대 정문에서와 같은 상황은 있을 수도, 있어서도 안 되며, 자기로선 도저히 이해가 안 가는 부분이라고 했다. 제가 알기로는 당시 학생들이 가방에서 돌을 꺼내 던진 걸로도 알고 있습니다. 그리고 대검으로 찔렀다는 건 말도 안 됩니다. 위력 시위를 할 때 이렇게 총구를 위로 해 꽂기는 (볼펜으로 그런 동작을 해 보이며) 합니다만, 그건 어디까지나 위력 시위에 한해서이지 그것으로 사람을 찔렀다, 어쨌다 하는 건 교범에도 있을 수 없는 일입니다.

"그 새끼 그거 김 형 부대 대대장이었어요?"

"난 못 봤어요. 텔레비전……"

"하긴 뭐 볼 맘도 아니었겠지요."

그러면서 그 동료는 돌아서며 혼잣소리로 대대장 새끼나 쫄병 새끼나 그 새끼가 그 새끼들이지, 했다. 그러나 더욱 견딜 수 없는 건 말도 없이 이상한 눈초리로 자기를 바라보는 다른 동료들의 얼굴들이었다. 그들은 청문회에 대해 이러쿵저러쿵 이야기를 하다가도 자기가 다가가면 마치 수음이라도 하다가 들킨 사람들처럼 어색한 포정을 지으며 자리에서 흩어지곤 했다.

"씨팔, 입 가지고 '평생 동지'들 때문에 말도 제대로 못 하고 살겠네."

그때에도 아까 그 동료는 어김없이 한마디씩 그렇게 내뱉곤 했다. 아무래도 고향 지점으로 옮겨 가야 할 것 같았다.

"어머니, 우리 이민 갈래요?"

그날 그는 대책 없이 혼자 술을 마시고 와 뜬금없이 어머니에게 그렇게 말했다.

"뭐시라? 이민?"

"예, 이민요. 미국이래도 좋고 소련이래도 좋고요."

"야가, 야가…… 니 시방 미쳤나?"

"예, 미쳤어요. 이민을 가고 싶어 미쳤다고요, 어머니. 미국이든 소련이든 남미든 다 좋아요. 어머니가 그렇게 싫어하는 전라도가 없고 광주가 없는 나라에 가 살자구요."

"회사에서 뭔 일이 있었나?"

"아뇨. 회사에서 뭔 일이 있은 게 아니라 광주에서 뭔 일이 있었던 거지요. 그때 제가 말이죠, 이 용감한 공수부대 용사가 말이죠, 어머니가 이유도 없이 싫어하고 미워하는 광주 놈들을 총칼로 때려죽이고 찔러 죽이고 쏴 죽이고 했단 말입니다. 아시겠어요? 어머니의 하나밖에 없는 이 장한 아들이요."

"그기사 그넘들이 짐대중인가 뭔가 하는 넘을 앞세워 역적질을 했으니까 나랄 구하느라 그랬던 거제. 난 뭐 텔레비전도 안 보구 사는 줄 아나? 에미도 보고 듣는 게 있어 알건 다 안다 말이다."

헬리콥터 소리.

자동차 소리.

화면, 탱크에 장치된 기관총에 끊임없이 들어가는 탄알. 그 탱크에서 계엄군 하나가 열심히 무선을 교신하고 있다. 웃는 얼굴이다. 카메라, 거리 쪽으로 움직이며, 공수부대원, 피투성이가 된 한 청년을 끌고 간다. 같은 거리의 다른 장소, 청년의 머리를 끄들어 꿇어앉히는 계엄군, 꿇어앉은 청년을 군홧발로 마구 걷어차는 얼룩무늬의 공수부대원. 먼 데서 바라보는 시민들.

한 시민, 계엄군 지휘관(아마 중대장인 듯)에게 거칠게 항의를 하며, 어제 그 부대는 그랬다고, 전라도 놈들 다 죽여야 한다고, 30만은 죽여야 한다고 그랬다고! (세운 손바닥 모서리를 다른 손바닥에 힘껏 내리치며) 내가 그런 소릴 하는 걸 똑똑히 들었다고!

다시 시민군의 자동차. 플라스틱 바가지에 물을 받아 마시는 시민군의 모습. 환호하며 박수 치는 아낙네들과 아이들. 계속되는 시민군의 군가. 전투와 전투 속에 맺어진……
와— 하는 함성.
박수 소리.

그런 시민들의 자위적인 행동이 점차 커지면서 이들은 시내 곳곳에서 시민들의 열렬한 환영을 받는다. 이제 상황은 광주 시민과 계엄군과의 대결이라는 걷잡을 수 없는 상황으로…… 화면, 만세를 부르는 시민군.

"저런 죽일 놈들, 저런 저, 저……"
「어머니의 노래」가 방송되어 나오던 날, 그는 어머니와 함께 텔레비전을 보았다. 니는 그때 저기 저 얼룩얼룩한 옷을 입었댔나? 처음 어머니는 그렇게 물었다. 그리고 어머니는 시민군이 나올 때까지 아무 말도 없이 묵묵히 그걸 보기만 하다가 그들이 총을 들고 만세를 부르는 모습이 나오자 느닷없이 신음처럼 '죽일 넘들'을 뱉는 것이었다.

…… 이 땅의 어머니가 모두 그러하듯 자식을 사랑하는 데 세상 어느 족속에게 우리가 뒤지랴.

앞서에서도 그런 해설이 있었다. 처음부터 어머니는 그 어머니와 다른 악보의 노래를 부르고 있었다.

"저넘들이 니들한테 총을 쐈단 말이제? 저런 저, 숭악한……"

어머니의 눈엔 이쪽의 곤봉과 대검과 총은 보이지도 않는 모양이었다. 오직 아들이 얼룩무늬의 군복을 입고 있다는 것만 중요할 뿐이었다. 그러다 다시 계엄군의 곤봉과 대검과 총이 나오고 저들의 피 흘리는 모습이 나오면 언제 그랬냐는 식으로 굳게 입을 다무는 것이었다.

"저런, 저, 저, 총을 들고 나오긴 어디로 나와? 눌 쏴 죽일랴구."

도청, 계속되는 총소리.
처참한 시신들.

이제 모든 것이 끝났다.

죽은 자와 산 자.
그 밖에 이곳 광주에 남은 것은 정녕 아무것도 없었다……

그 당시에 그 상황은 무엇이라고 말해야 할지, (김순희, 고 전영진 군의 어머니) 제가 그 아들 하나 의지하고 정말 그 아들한테 기대를 다 하고 있는데 느닷없이 나가서 그 애가 시체로 변해가지고…… 아침에 밥 한 숟가락 해서 먹여서 내보내가지고, 죽어서 있어도 얼굴도 못 봤어요. 20년 가까이 내 목숨보다 더 소중하게 길렀는데, 그래서 죽어서, 흐흐

흑……

"어느 년의 새끼는 그래 안 기르고……"

그 당시에 군인들이 와가지고 무차별 학살을 했을 때 우리는 그 당시
에 군인만 보면 몸서리가 쳐지고…… 지금 와서 생각해 보면 군인들도
피해자의 한 사람 아닙니까. 그 사람들은 명령에 살고 명령에 죽는 사람
들이니까. 그 위에 있는 사람들이, 정권을 탈취할 흉계를 꾸민 사람들이
책임을 져야……

그 어머니는 자식을 잃고도 그렇게 말했다. 그런데 어머니는 살아온
자식 앞에서도 끝까지 그게 아니었다.

"대체 어머니는 왜 그러세요?"

"그래, 마음 아프기사 자식 잃은 에미가 백배 천배 더하겠제. 하지만
그쪽은 이미 가슴속에 묻어두고 지키는 자식이고 나한테 니는 이제나저
제나 가슴 밖에 내놓고 지키는 자식 아니겠나. 언제 또 어떻구러 세상이
변해 그때 거기 간 느들 말이 나올지도 모르는 세상이구."

"김 형도 그거 봤지요?"

다음 날 회사에 나가자 먼저 나와 기다렸다는 듯이 그 동료가 물었다.

"거기 김 형 얼굴은 안 나오던가요?"

그때에도 그는 아무 말도 하지 못했다. 만약 당신이 나처럼 그렇게 차
출되어 그 자리에 서 있었다면 어떻게 했겠어요. 그는 그 말을 가까스로
눌러 참았다. 어쩌면 평생을 두고도 입 밖으로 쏟아내지 못할 말인지도
모른다. 그리고 무엇보다 얼굴……

아마 그때부터였을 것이다. 그는 월부로 자기 방에 놓아둘 텔레비전과 비디오 세트를 구입하고, 구할 수 있는 대로 광주 비디오를 구해 복제하기 시작했다. 뒤이어 나온 KBS의 〈광주는 말한다〉를 볼 때도 그는 내내 거기 어디엔가 있을지 모를 자신의 얼굴을 찾아보았다. 없었다. 어느 곳에도. 그는 안심했다. 그리고 그 안심을 다짐하듯 생각날 때마다 어쩌다 한 번씩 오랫동안 묵혀두었던 기계를 점검하듯 테이프를 꺼내 그것들을 확인했다.

그러던 어느 날, 그는 그 테이프를 확인하는 기간이 점점 빨라지고 있음을 느낌과 동시에 문득 그 속 어딘가에 자신의 얼굴이 화면 안에서 바깥으로 튀어나올지도 모른다는 생각이 드는 것이었다. 그리고 그 불안은 얼굴 없는 테이프를 확인하면 할수록 점점 더 눈덩이처럼 커지기 시작하는 것이었다. 광주 문제로 사사건건 부담을 주던 동료가 지방 영업점으로 발령을 받아 나가던 날에도 그는 오래도록 테이프를 보았다. 그러나 그가 없다고 하여 끝까지 그 일과 나는 상관이 없을 수 있을 것인가. 그때 우리는 광주에서 어떤 노래를 불렀던가.

"야이야, 지발 좀 그마하구 자래두."

"예. 어머니 먼저 주무세요."

"에미두 그거 볼 만큼은 봤다. 어디두 니 얼굴 안 나온다니까."

"알아요, 저도."

"망할 넘들 그런 건 왜 찍어 내보내가지구……"

"다 끝나가요. 주무세요, 먼저."

화면, 아버지의 영정을 두 손으로 받쳐 든 아이. 클로즈업되는 영정 속의 사진, 차례로 조감되는 망월동의 여러 모습. 검은 천과 함께 조기로 매달린 태극기.

　그는 비디오를 껐다.
　오늘도 그의 얼굴은 나오지 않았다.
　없다……
　어느 곳에도……
　불을 끄자 방 안 가득 칠흑 같은 어두움이 몰려오고, 꺼진 텔레비전 화면 속에 분명 예전의 그였을 철모를 쓴 얼굴 하나 바깥쪽의 그를 향해 아까부터 총을 겨누고 있었다.
　오랜만이다, 너……
　그래, 오랜만이다, 너……
　　－『문학과사회』 1990년 겨울호/이순원 소설집 『얼굴』(문학과지성사, 1993년)

완전한 영혼

정찬

1953년 부산 출생. 1983년 무크 『언어의 세계』로 등단.

소설집으로 『기억의 강』, 『완전한 영혼』 등과

장편소설로 『세상의 저녁』, 『유랑자』, 『발 없는 새』 등이 있음.

동서문학상, 동인문학상, 오영수문학상, 요산김정한문학상 등 수상.

1

회상이란, 그것이 즐거움이든 괴로움이든 사유思惟의 일상적 영역이다. 인간에게 시간은 영원한 쇠사슬인 동시에 자유의 짙푸른 공간이다. 그리하여 시간이란 절망이며, 치욕이며, 희망이며, 혁명이다. 그리움이며, 눈물이며, 비애이며, 탄생과 죽음이다. 회상은 이 시간의 살 속으로 파고드는 인간의 사유 행위이며, 언제나 구체적인 영혼과 구체적인 육체에 닿는다. 인간은 순수하게 사물만을 회상할 수 없다. 설혹 회상의 대상이 사물이라 할지라도, 사물의 핵심에는 인간의 모습, 인간의 영혼이 있다. 이것은 인간이 시간에 대해 가질 수 있는 유일한 특권이다. 시간은 결코 이 특권을 빼앗지 못한다.

나는 지금 한 사람을 회상함으로써 이 특권을 누리려 한다. 그의 이름은 장인하. 그는 1991년 5월 7일 저녁 10시경, 40세의 나이로 이승의 삶을 마쳤다. 가혹하고, 미묘하며, 아름답고, 이상스러운 삶이었다.

2

1987년 겨울은 나에게 잔인한 시간이었다. 그해 12월 대통령 선거가 있었고, 결과는 참담한 패배였다. 기득권을 잃지 않을까 전전긍긍하는 자, 반공 이데올로기에 함몰되어 있는 자, 군사독재 정권에 대한 혐오보다 변혁의 논리가 불러일으키는 심정적 불안에 짓눌린 자들에게 그것은 승리요, 환희요, 안도였으나, 닫힌 솥의 형상으로 밀폐되어 인간의 삶이 썩고 욕망이 썩어가는 사회에 대한 진보에의 갈망을 티끌만큼이라도 갖고 있는 이들에게 대통령 선거의 결과는 잔혹한 패배였다. 깊은 갈망이 순식간에 절망이 되어버리는 현실은 차라리 마술이었다. 패배는 고통스러운 분석을 요구했지만, 많은 사람은 세계가 연출한 그 기막힌 마술 앞에 넋을 놓고 있었다.

나는 그 사람들 중의 하나였다. 하루하루가 음울한 폭음으로 이어지고 있었다. 대학 시절, 일찌감치 운동권으로 분류되어 졸업을 한 학기 앞두고 제적되었고, 그 후 번역거리로 호구지책을 삼으면서 운동의 전선을 기웃거렸던 나는 박종철 고문치사사건에 이어 6월항쟁의 함성이 뜨거운 불기둥으로 이 땅의 중심부로 진입하는 것을 보면서 변혁을 예감했다. 지금 생각하면 그것은 예감이 아니라 갈망이었다. 변혁에의 닫힘은 상상하는 것만으로도 끔찍스러웠던 까닭에 아예 그 가능성을 스스로 차단함으로써 갈망이 예감의 형태로 나타난 것이 아니었을까. 그러나 나는 베일이 벗겨진 세계의 모습에 진저리를 쳐야 했고, 지하실 자취방에서 음울한 폭음으로 시간을 죽이고 있었다. 그러던 어느 날, 해가 뉘엿뉘엿 질 무렵 지성수가 찾아와 파란색으로 장정된 책 한 권을 나에게 툭 던졌다.

"번역 한번 해 봐라. 출판사가 튼튼하니까 원고료 넉넉히 나올 게다."

그것은 나의 가난을 헤아린 지극한 애정이었으나 나는 아득한 눈으로 지성수를 쳐다보았다. 산다는 것이 끔찍스러운데 생계를 위해 일하라는 그가 낯설었다. 그런 나에게 지성수는 엉뚱한 이야기를 끄집어내었다.

"저 멀리 하나의 풍경이 있다. 흐릿하고 메마르고 황량하고 텅 빈 풍경 같은 것. 세상에 그토록 메마른 풍경이 있을까. 손이 닿지 않는 풍경, 아무리 발버둥 쳐도 변하지 않는 풍경, 흐르는 시간 속에서조차 벗어나 있는 풍경, 잔인하고 절망적인 풍경. 나는 그 풍경을 보았다. 그것은 패배와 죽음의 풍경이다. 변혁을 위해 운동하는 이는 그 풍경을 견뎌야 한다."

나는 그가 무슨 말을 하고 있는지 몰라 멍하니 보고만 있었다.

"대통령 선거의 패배는 메마른 풍경의 일부일 뿐이다. 나 역시 누구 못지않게 승리를 목말라했다. 그러나 승리에의 욕망으로 조급해진 자들이 패배를 스스로 불렀다. 그들이 조금만 겸손했더라면 결과가 달라졌을 것이다. 하지만 그것은 이미 메마른 풍경 속에 편입되어버렸다. 이제 우리의 할 일은 견디는 것뿐이다."

지성수의 표정은 담담했다. 너무나 담담해 평온하게 보일 지경이었다. 나를 비롯한 젊은 활동가들은 대부분 그를 좋아했다. 그는 기성 활동가들이 가진 중요한 책무로서 후배 활동가가 올바르게 성장할 수 있도록 길을 만들어나가는 일을 무엇보다 중요시했다.

— 운동 속으로 뛰어든 이는 적의 이빨 아래 맨몸으로 노출되어 있다. 그가 입는 상처는 더 큰 운동으로의 디딤돌이 될 수도 있지만, 동시에 흉기가 될 수도 있다. 그의 상처는 균형을 잃은 증오를 만들기도 하고, 헤어날 길 없는 좌절 속으로 밀어 넣기도 한다. 기성 활동가들은 후배들의 상처를 기억해야 하며, 상처의 극복에 함께 노력해야 한다.

나는 지성수의 그 말을 떠올리며 메마른 풍경의 의미를 생각했다. 견딘다는 것, 그리고 풍경. 그러나 여전히 모호하고 혼란스러웠다. 빛을 느릿느릿 삼키고 있던 어둠은 이제 그의 얼굴을 침식하기 시작했다.

"지 선배가 말씀하시는 풍경이란……"

나는 할 말을 찾지 못하고 있었다. 흐릿하고 텅 빈 풍경 속에 갇혀버린 느낌이었다.

"그것은 허무주의자의 내면 풍경이 아니다. 허무주의란 운명의 힘에 함몰된 상태지만 그것은 함몰된 풍경이 아니다. 운명을 바라본다고 할까. 운명이라는 게 있다면……"

여기서 그는 입을 닫았다. 어둠은 그의 얼굴을 지우고, 그 지움 위로 정적이 내려앉고 있었다. 조금 후 그는 가만히 일어났고, 나는 그를 따라 대문 밖으로 나왔다.

"좋은 책이니 번역 잘해 봐라."

그는 나의 어깨를 툭 치며 돌아섰다. 마르고 껑충한 그의 뒷모습이 어둠 속으로 사라질 때까지 나는 우두커니 서 있었다.

지성수가 다녀간 지 일주일이 지나도록 파란색 책을 한 번도 들추지 않았다. 시간은 여전히 고통스러웠고, 폭음은 계속되었다. 그러던 어느 날 나는 갈증에 못 이겨 눈을 떴고, 어기적어기적 수돗가로 갔다. 푸른 달빛이 마당에 가득했다. 차가운 물을 삼키며 하늘을 쳐다보았다. 별이 있었다. 먼 곳에서 별은 은은히 빛났다. 세계에 대한 우리들의 열망은 어디로 갔는가. 그 뜨거웠던 열망, 가슴을 치던 함성. 그것은 우리의 손에 닿을 수 없는 열망이었던가. 눈에 눈물이 고이고, 뺨으로 흘러내렸다.

나무가 떠오르고 있었다. 잎 하나 달려 있지 않은 잿빛 나무. 그리고 황량한 벌판. 바람이 불고, 메마른 나무가 흔들렸다. 저것은 무엇인가? 누구의 풍경인가? 눈을 감았다. 나무는 나를 향해 휘어지고 있었다. 또다시 견뎌야 하는가. 혹독한 세월을. 입술을 깨물었다. 다음 날 아침 나는 파란색 책을 펼쳤다.

3

낡은 집을 개조한 출판사는 보기보다 넓었다. 햇빛이 들지 않는 긴 복도를 지나 나무 계단을 오르니 책과 원고 더미가 쌓인 사무실이 보였다. 웬일인지 사람들이 없었다. 시계를 보니 약속 시간인 5시가 거의 다 되어 있었다. 나는 고개를 갸웃거리며 안으로 들어갔다. 책상에 앉아 있는 한 남자의 뒷모습이 보였다. 밖에서 보이지 않았던 것은 책상이 입구에서 오른쪽 벽으로 바싹 붙어 있었기 때문이다. 흰머리가 제법 눈에 띄는 남자는 한쪽 어깨를 약간 내려뜨리고 일에 열중하고 있었다. 나는 의도적으로 인기척을 내었으나 그는 듣지 못한 듯했다.

"실례합니다."

나는 한 발자국 다가서며 말을 던졌다. 하지만 그의 자세는 변함이 없었다. 목소리를 더욱 크게 했다. 내가 놀랄 정도로 큰 목소리였음에도 그는 요지부동이었다. 나는 약간의 짜증과 낭패스러움으로 그를 내려다보았다. 비스듬한 그의 뒷모습에 기묘한 정적이 있었다. 뭐라고 할까, 사물에 고여 있는 정적이라고나 할까…… 손을 그의 어깨로 뻗었다. 낯선 이가 말도 없이 불쑥 어깨를 짚는다는 것은 무례한 행동이었다. 하지만 내 손은 그의 어깨에 닿았고, 그가 고개를 돌렸다. 나는 내 무례함이 불러일으킬지도 모를 난처한 사태에 불안해 했는데, 뜻밖에도 그는 미소를 지었다. 생각보다 젊은 얼굴이었다. 나를 올려다보고 있는 큰 눈은 선량해 보였고, 둥그스름한 얼굴에 비해 여윈 턱이 묘한 대조를 이루면서 맑은 인상을 만들고 있었다.

"저…… 말씀 좀 묻겠습니다."

나는 어색한 표정을 지으며 조심스럽게 말했다.

"죄송합니다. 제 귀가 들리지 않아서……"

전혀 예상치 않은 말이 그의 입에서 흘러나왔다. 귀가 들리지 않는다고? 귀가 먹은 사람이 직장 생활은 어떻게 하지? 혹시 그가 지금 농담을 하거나, 나를 조롱하는 게 아닐까? 나는 의구심이 가득한 눈으로 그를 보았다.

"귀는 없더라도 눈은 있지요."

그러면서 그는 펜과 종이를 내 앞으로 밀었다. 나는 엉거주춤 펜을 잡았으나 혼란에 빠진 내 머리는 다음 동작에 대한 명령을 내리지 못하고 있었다. 그때 문 여는 소리가 났고, 사람들이 우르르 들어왔다. 그 속에 지성수의 얼굴도 있었다.

"어, 왔군. 편집회의하느라고 딴 방에 있었지. 오래 기다렸나? 인사하지. 이 양반이 바로 사장 나리야."

지성수는 머리가 약간 벗어지고 몸피가 두툼한 남자의 어깨를 툭 치며 말했다.

"한기준이라고 합니다. 말씀 많이 들었습니다. 앞으로 잘 좀 도와주십시오."

그는 붙임성 있는 태도로 나에게 악수를 청했다.

지성수가 가져온 파란색 책의 번역이 거의 마무리되어갈 무렵, 그에게서 전화가 왔다. 그 책을 낼 출판사에서 직원 한 사람이 필요한데 마땅한 계획이 없으면 취직하는 게 어떻겠느냐고 물었다. 선뜻 대답을 못 하고 있었는데, 지성수는 당분간이라도 자리를 잡는 게 좋겠다는 말을 덧붙였다. 나에게는 그의 제의를 거절할 마땅한 이유가 없었다. 지성수의 마음은 변함없이 따뜻했다.

출판사 사장 한기준과 친구 사이인 지성수는 매일 출근하는 게 아니라 기획위원 자격으로 일주일에 한두 번꼴로 사무실에 나와 출판 기획을 돕고 있었다. 한기준에게 내가 해야 할 일과 보수 등을 들은 나는 내주부터 출근하겠다고 말했다. 지성수와 한기준은 아직 해가 떨어지지 않았는데도 나를 술집으로 끌고 갔다. 나무판자로 얼기설기 엮은 듯한 술집은 구수한 설렁탕 냄새로 가득했다. 술이 한 순배 돌자 한기준은 대통령 선거 이후 분열의 늪에 빠져 있는 운동 그룹의 장래를 걱정스럽게 이야기했고, 지성수는 말없이 술만 들이켰다. 곰곰이 생각해 보면 지난 두 달 동안 용케 견뎌왔다는 느낌뿐이었다. 고통은 강도가 많이 약화되기는 했으나 몸안에서 여전히 살아 있었다.

"아 참, 아까 우리들이 사무실로 들어올 때 이 형이 장인하 씨와 이야기하고 계신 것 같았는데, 얘기가 잘됩디까?"

한기준은 입가에 장난기 어린 미소를 머금고 물었다.

"그분의 성함이 장인하 씬가요. 귀가 안 들린다고……"

"상황을 살펴보건대 이 형이 먼저 말을 걸었을 텐데, 뭐 난처한 사태가 발생하지 않았습니까?"

한기준은 우울한 분위기를 바꾸어 보려고 의도적으로 익살스러운 말투를 하고 있는 듯했다.

"많이 당황했습니다. 그분이 귀가 안 들린다고 했는데 정말입니까?"

"정말이지요. 허허."

"귀가 안 들리는 분이 어떻게 직장 생활을 합니까?"

"이 친구 때문이지요. 유능한 교정 사원 한 사람 구해달라고 부탁했더니 귀먹은 사람을 터억 데리고 와선 한다는 소리가, 뛰어난 능력을 가진 분이니 특별 대우를 하라는 겁니다. 정말 기가 막혔지요."

한기준은 당시의 표정을 재현이라도 하듯이 입을 쩍 벌렸다. 그의 익살은 무척 자연스러웠다. 지성수와의 두터운 우정에서 우러나오는 익살이었다.

"그런데 정말 기가 막힌 것은……"

한기준의 눈이 반짝거렸다.

"장인하 씨의 교정 속도예요. 조금 과장하면 다른 직원들보다 두 배는 빨라요. 그리고 정확해요. 도무지 실수가 없어요."

한기준은 고개를 절레절레 흔들었고, 지성수는 빙그레 웃었다.

"내가 유심히 관찰한 결과, 장인하 씨의 놀라운 작업량의 원천은 바로 그의 귀라는 것을 알았습니다."

"귀라뇨?"

"왜 귀일까요?"

한기준은 의미심장한 문제를 던진 사람처럼 눈을 가느스름하게 뜨며 되물었다.

"지금 당장 이 형한테 가르쳐줄 수는 없습니다. 앞으로 일을 하시면서 잘 관찰해 보시길 바랍니다. 이 형의 자리를 장인하 씨 옆에 마련할 테니까요."

장인하와의 만남은 그렇게 시작되었다. 내 자리가 장인하 옆이었던 것은 한기준의 말대로 그를 잘 관찰하기 위한 배려가 아니고, 빈자리가 거기밖에 없었기 때문임을 나중에 알았다.

4

장인하에 대한 나의 관심은 각별했다. 첫 대면에서의 경험과 한기준이 불러일으킨 궁금증만 해도 관심을 갖기에 충분했는데, 지성수가 그를 추천했다고 하니 관심이 증폭되지 않을 수 없었다. 가능한 한 대화를 자주 하려고 애썼다. 필담은 생각보다 고약했다. 우선 즉흥적인 대화가 불가능했다. 생계를 위한 일자리에서 정신적 교감이 전혀 없는 사람과 나

눌 수 있는 이야기가 무엇이겠는가. 사무적인 용무 아니면 사소한 주변 이야기일 뿐이다. 하루에 여덟아홉 시간씩 의자에 앉아 있다 보면 지루해질 때가 있다. 그럴 때 옆 사람과 나누는 일상적 이야기와 가벼운 농담은 청량제 역할을 한다. 그런데 장인하와는 그런 것이 되지 않았다. 창밖의 노을빛이 좋다든가, 점심때 먹은 음식이 어떠했다든가 하는 것들을 글로 적는다는 것이 무척 부자연스러웠다. 그것들은 혀끝에서 톡톡 튀어나와야 제격이었다. 혀로는 술술 나올 수 있는 말이 글로 표현하자니 뭔가 꽉 막히는 것 같고, 자연히 신경이 곤두서면서 펜이 머뭇거렸다. 혀끝에서 도는 말의 생기가 펜을 쥐는 순간 증발해버린다고나 할까. 게다가 종이에 적어놓은 글을 보고 있으면 낚싯바늘에 매달린 죽은 물고기를 보는 느낌이었다. 낚싯대에 실려 오는 생명의 탄력적 감촉, 혹은 햇빛 속에서 파닥거리는 은빛 물고기의 싱싱함이 불러일으키는 즐거움은 깡그리 사라지고 푸르죽죽한 몸뚱이와 맞닥뜨리는 일이란 참으로 고약했다.

장인하는 내가 적는 글에 하나하나 민감한 반응을 보였다. 고개를 끄덕이면서 미소를 짓기도 하고, 눈을 깜박이며 생각에 잠기는가 하면, 심지어 전혀 그럴 일이 아닌데도 눈물을 글썽이기도 했다. 나의 눈에는 죽은 물고기에 불과한 것들이 그에게는 살아 퍼덕이는 은빛 물고기로 보이는 모양이었다.

장인하의 교정 능력은 정말 놀라웠다. 다른 사람의 작업량보다 두 배는 될 것이라는 한기준의 말은 결코 과장이 아니었다. 그의 능력은 집중력에서 비롯되고 있었다.

우리는 잠을 자지 않는 한 소리라는 물질적 현상에서 자유로울 수 없다. 사무실에 앉아 있노라면 거리의 차 소리, 의자가 삐걱대는 소리, 직원들의 발소리, 소곤거리는 소리, 가느다란 펜 소리 등 온갖 소리들이 들렸다. 그러나 장인하는 그 모든 소리에서 벗어나 있었다. 그는 우리들과 같은 공간 안에 있으면서 동시에 홀로 있었다. 그것이 그의 놀라운 집중력의 비밀이었다.

　장인하가 드러내는 내면세계에는 독특하고 미묘한 울림이 있었다. 뭐라고 할까, 단순한 투명함이라고 할까, 아니면 투명한 단순함이라고 할까. 너무나 단순해 투명해 보일 지경이거나, 아니면 투명함이 지나쳐 단순해 보이거나 그 어느 쪽이었다. 장인하에 대한 한기준의 배려는 무척 세심했는데, 그것은 장인하의 탁월한 업무 능력보다 지성수와의 관계 때문이라고 나는 생각했다. 언젠가 출판사에 들른 지성수에게 장인하의 귀에 대해 슬며시 물었던 적이 있다. 그때까지 내가 알고 있었던 것은 7, 8년 전 어떤 사고로 귀를 잃었다는 사실이 전부였다. 그것이 무슨 사고였는지, 딴 데는 다 멀쩡한데 하필이면 왜 귀가 그렇게 되었는지 나는 전혀 알지 못했다. 모르기는 다른 직원들도 마찬가지였는데, 떠돌아다니는 소문의 여운이 묘했다. 교통사고였다는 말이 있는가 하면, 고문의 후유증이라는 말도 있었고, 어떤 충격으로 갑자기 멀쩡한 귀가 먹어버렸다는 말까지 떠돌았다.

　"그렇게 궁금하면 직접 물어보지그래."

　지성수는 빙그레 웃으며 나의 물음을 슬쩍 비켜 나갔다.

　"본인에게 아픈 기억일 텐데 어떻게 직접 물어봅니까?"

　나의 말에 지성수는 고개를 끄덕였다.

　"유감이지만 난 너의 질문에 대답할 수 없어. 본인이 원하지 않으니까. 장인하 씬 자신의 귀를 숨기고 싶어 해."

　나는 할 말이 없었다. 당사자에게는 비밀로 하라면서 귓전에 소곤거릴 지성수가 아니었다.

　"선배는 장인하 씨를 어떻게 아셨습니까?"

　이 부분도 장인하의 귀 못지않게 궁금했다. 지성수가 직장을 알선하는 대상은 운동권 후배들이었다. 거의가 아니라 전부였다. 권력에 저항하는 이들이 다닐 수 있는 직장은 한정되어 있었고, 지성수는 그들을 위해 오랫동안 애를 썼다. 그런데 장인하는 운동권에서 생소한 인물이었다. 그에 대한 지성수의 애정의 끈이 무엇인지 궁금하지 않을 수 없었다.

"우연히 만났어."

지성수의 짧은 대답은 이제 그만 물으라는 의사 표시였다.

5

내가 장인하에 대해 호기심을 넘어서는 어떤 감정의 통로를 갖게 된 것은 야유회 날 강가에서 그가 보여준 무구성 때문이었다. 겨울은 흔적만 남아 있을 뿐, 봄의 따뜻한 기운이 감돌던 3월 어느 날, 한기준의 즉흥적인 제의로 야유회를 가게 되었다.

야유회 날 아침 왠지 몸이 피로했고, 미열이 느껴졌다. 가지 말까, 생각했지만 입사 후 첫 야유회라는 사실이 마음에 걸려 집을 나왔다. 장인하에 대한 호기심도 적잖게 작용했다. 책상 옆에서만 그를 보아온 나로서는 야유회라는 새로운 상황에서 그가 어떻게 행동할 것인지, 무척 궁금했던 것이다. 출판사 앞에서 차를 탄 지 한 시간 반 만에 목적지인 청평 부근의 강가에 도착했다. 평일이라 사람들은 거의 보이지 않았다. 넓은 모래사장과 푸른 강, 그 너머의 나지막한 산들이 마음을 싱그럽게 했다. 피로와 미열이 사라지지는 않았지만 맑은 공기를 마시니 기분이 한결 좋아졌다. 한기준의 간단한 인사말에 이어 소주 파티가 시작되었다. 나와 맞은편에 앉은 장인하는 조용히 술잔을 기울이고 있었다. 술을 즐기는 모습이었다. 그가 술을 무척 좋아한다는 말은 익히 들었다.

술잔이 오고 가면서 분위기가 무르익었고, 간간이 튀어나오는 우스갯소리에 폭소가 터졌다. 그럴 때 장인하의 입가에 엷은 미소가 번졌다. 분위기와 퍽 어울리는 미소였다. 모두가 웃는 자리에서 한 사람이 딱딱한 표정을 짓고 있다면 대단히 어색할 것이다. 옆에 앉은 직원이 장인하에게 필담으로 우스갯소리를 알려주곤 했다.

이상한 일이었다. 취기가 오를수록 몸의 상태가 나빠졌다. 속이 메슥거리고, 구역질이 나고, 머리가 지끈거렸다. 술 탓인가? 술의 영향을 전혀 배제할 수는 없겠지만, 술 이전에 무엇이 있었다. 아침에 느꼈던 피로와 미열이 께름칙했다. 자리에서 슬며시 일어났다. 한 걸음 옮길 때마다 발밑에서 퍼석거리는 모래 소리가 귀를 자극했다. 평상시 같으면 즐거이 들을 수 있는 그 소리가 신경을 들쑤셨다. 일행들이 보이지 않게 되자 나는 강가 모래 위에 힘없이 앉았다. 소리 없이 흐르는 강과, 강 너머 산이 뿌옇게 흐려졌다. 두 손으로 관자놀이를 눌렀다. 사람 우는 소리가 들려왔다. 뿌연 안개 속에서 한 사람이 울고 있었다. 그는 무릎 꿇고 두 손을 비비며 울며 애원하고 있었다.

저 사람은 누구이며, 무슨 이유로 저렇게 무릎을 꿇고 빌고 있는가. 눈을 감았다. 치욕이 솟구쳐 올랐다. 난 부들부들 떨면서 빌었지. 제발 고통을 멈추게 해달라고. 고통은 멈추었고, 나는 지옥 같은 방을 나올 수 있었어. 그곳을 나와 햇빛 가득한 길 위에서 나는 한 가지 사실을 깨달았지. 내가 무릎을 꿇었다는 사실을, 꿋꿋이 버티고 있었어야 할 두 다리가 꺾였다는 사실을. 빛 속에서 부끄러움을 느꼈지. 부끄러움을 피해 들어간 곳은 동굴이었어. 치욕과 절망의 공기로 가득 찬 동굴.

거기에서 나를 끄집어낸 이가 지성수였다. 그는 아무도 눈여겨보지 않는 음산한 폐허의 동굴 속으로 들어와 내 손을 잡으며 속삭였다.

― 고문 앞에 승리자는 없다. 죽음조차도 패배이다. 패배는 우리가 해

야 하는 운동의 일부다. 고통 앞에 무릎을 꿇는다는 것. 진정한 운동은 그것을 자신의 일부로 받아들인다. 패배를 용납하지 않는 운동은 관념이며 허깨비이다. 이제 너는 운동의 일부가 되었다.

지성수는 가슴에서 우러나오는 말을 하였고, 나는 고통과 치욕의 동굴에서 벗어날 수 있었다. 그런데 그것이 어이하여 지금, 이 봄날의 강물 위로 홀연 떠오르는가. 나는 얼굴을 무릎에 묻고, 두 손을 그러쥐었다. 세계에 대한 열망이 있었을 때 열망에 의해 가려졌으나, 열망이 사라지자 다시 돋아 오르는 상처. 어쩌면 영원히 치유될 수 없는 상처인지도 모른다. 눈물이 걷잡을 수 없이 흘러내리고 있을 때 누군가의 손이 어깨에 닿았다. 부드럽고 따뜻했다. 지성수라고 생각했다. 그는 내가 울고 있을 때 언제나 나에게로 다가왔다. 나는 고개를 들었다. 눈물 사이로 한 사람의 얼굴이 보였다. 눈을 깜빡였다. 지성수가 아니었다. 장인하였다. 그는 두 손을 나의 어깨에 얹고 나를 내려다보고 있었다. 그의 두 눈은 눈물로 글썽였다. 장인하의 그 눈을 지금도 또렷이 기억한다. 슬픔이 가득한 눈이었다. 나는 혼란스러웠다. 누군가와 더불어 울 수도 있지만, 지금은 홀로 흘려야 할 눈물이었다. 그는 당연히 모른 척했어야 했다. 모른 체하는 것이 홀로 우는 자에 대한 예의였다. 나는 황망하게 일어났다. 현기증과 함께 몸이 비틀거렸다. 그가 내 손을 잡았으나 나는 뿌리쳤다.

"제가 여기 있으면 안 될까요?"

부드럽고 조심스러운 목소리였다. 나는 물끄러미 그를 보았다. 나의 시선에 그는 수줍고 천진하게 웃었다. 이상했다. 수줍고 천진한 그의 웃음이 부끄러움과 황망함을 지우면서 가슴속으로 따뜻이 흘러들어 오고 있었다.

그날 이후 나는 장인하와 급속도로 가까워졌다. 그와 나 사이에 딱딱한 벽이 허물어졌고, 우리들은 즐거이 서로에게 마음의 손을 내밀었다.

그를 알면 알수록 얼핏 느꼈던 천진함이 점점 또렷해졌다.

어떤 사람이라도 딱딱한 부분이 있게 마련이다. 상대로 하여금 조심스럽게 만드는 성격의 어떤 모습이라고 할까. 그것은 자존의 영역으로, 그 안으로 침입해서는 안 된다는 내밀한 경고의 표현이기도 하다. 아무리 하찮은 사람일지라도 자존의 영역은 있게 마련이며, 그것을 상대에게 어떤 식으로 나타내는가에 따라 인격이 드러난다. 자존의 영역은 마땅히 존중되어야 하며, 존중이 파괴될 때 상처가 생긴다. 물론 터무니없는 자존을 내세우는 이들도 있지만, 사람과 사람이 어울리다 보면 대체적으로 그것은 자연스럽게 드러난다. 그런데 장인하에게는 자존이 보이지 않았다. 보이지 않았다는 것은 정확한 표현이 아니다. 사람을 편안하게 하는 묘한 부드러움이 그의 자존을 감싸고 있다고 할까.

사람과 사람 사이에는 길이 있다. 그 길은 그야말로 천태만상이다. 험하고 가파른 길이 있는가 하면, 돌투성이 길도 있다. 반면에 편안한, 혹은 가파르기는 하나 산길처럼 상쾌한 길도 있다. 장인하가 나에게 보여준 길은 오솔길이었다. 거기에는 푹신한 흙과 풀이 있다. 상쾌한 바람이 있고, 풀의 사각거리는 소리가 있다. 장인하는 그 길 위에서 나를 향해 천진하게 웃었다. 가끔 장인하와 지성수를 비교해 보곤 했는데, 지성수 역시 장인하와 비슷한 오솔길에 서 있었지만 느낌은 확연히 달랐다. 한 사람은 치열한 정신으로 무장된 변혁운동가였고, 또 한 사람은 풀 냄새가 나는 듯한 어린아이였다.

상처가 있는 사람은 한이 있게 마련이다. 한은 살아가는 데 커다란 힘이 되기도 하지만, 타인을 향한 적대의 가시가 될 수도 있다. 사람의 목소리를 들을 수 없다는 것. 비가 오는 소리도, 아이의 흥얼거리는 소리도, 현악기의 투명한 소리도, 사람의 발소리도 듣지 못한다는 것. 장인하의 상처는 예사롭지 않았다. 나는 궁금했다. 그의 상처가 만들어낸 한이 어디에 숨어 있는지를.

"귀의 기원을 아십니까?"

우리는 점심 후 출판사 뒤의 야산으로 산책을 즐겨 했는데, 어느 날 장인하가 서녘 하늘을 바라보며 나직한 목소리로 물었다. 나는 긴장했다. 그가 왜 청각을 상실했는지 그전부터 알고 싶었다. 하지만 대단히 민감한 내용이어서 당사자가 스스로 말하기 전까지는 묻기가 힘들었다. 그런데 장인하는 처음으로 귀에 대해서 말하고 있었다.

"글쎄요."

내가 모른다는 표정을 짓자 그는 빙긋 웃었다.

"4억 5천만 년 전, 따뜻한 바닷속에 오스트러코덤이라는 기묘한 생물이 살고 있었지요. 가시와 등딱지가 있는 그놈은 턱과 이빨이 없습니다. 등뼈를 가진 동물로서 가장 오래된 놈인데, 소용돌이 모양의 뼈 화석을 남기곤 세상에서 영영 사라져버렸습니다. 그런데 이 소용돌이 모양의 뼈가 귀의 평형기관을 지배하는 반규관과 흡사하다는 것이 밝혀졌습니다. 귀는 이 원시 어류의 평형기관에서 진화된 것입니다. 상상해 보십시오. 4억 5천만 년이라는 깊은 시간의 바닷속에 작고 말랑말랑한 한 생물이 살았습니다. 그때 바닷속은 따뜻했고 인간이란 짐승은 존재하지 않았습니다. 쇠붙이가 없는 시대였지요. 그놈은 부드럽고 날렵한 동작으로 바닷속을 돌아다니며 주위를 두리번거리고, 코를 킁킁거리고, 귀를 쫑긋 세웠습니다. 사람들은 그 원시 어류에 무슨 눈이 있으며 코와 귀가 있느냐고 반문하겠지요. 하지만 그것은 인간의 오만한 사고 체계에서 비롯된 생각일 뿐입니다. 물론 오늘날과 같은 눈과 귀와 코는 없었겠지요. 오스트러코덤은 우리들과 같은 눈도, 귀도 갖고 있지 않았습니다. 지극히 단순하고 작은 존재였으니까요. 작고 단순한 생명 속에는 그것에 맞는 작고 단순한 생명 구조가 있게 마련입니다. 인간의 오만한 사고는 그것을 하등동물이라 부르겠지만 그 생명은 우리가 상상하기 힘든 세계 속에서 사물을 보고 듣고 느끼는 감각기관을 갖고 있었습니다."

장인하는 나의 기대에 어그러지는 이야기를 하고 있었다. 잔뜩 긴장하고 있었던 나는 그만 맥이 풀렸는데, 그는 여전히 오솔길 위에 서서 낯익은 바람 소리를 내고 풀내음을 풍기고 있었다.

"오스트러코덤은 그렇게 물속을 유영하면서 세상 속에서, 세상과 마주 보며 살았습니다. 그런데 언젠가부터 그놈은 자신의 말랑말랑한 몸뚱이에 닿는 낯선 감촉을 느꼈습니다. 그것은 뭐랄까, 차갑고 섬뜩한, 혹은 단단하고 완강한, 아무리 주위를 두리번거려도 눈에 보이지 않는 이상한 감촉이었습니다. 때로는 그것이 가슴 깊숙이 파고들어 내부를 뒤흔들어 놓고는 슬며시 사라지곤 했습니다. 오스트러코덤은 두려움을 느꼈습니다. 도대체 형체가 없으면서 몸에 닿는 존재가 어디 있단 말인가. 그놈은 따뜻한 바다 한구석에 몸을 웅크리고, 가끔 전신을 뒤척이면서 알 수 없는 존재에 대해 골똘히 생각했습니다. 그러던 어느 날 예리한 가시가 눈을 찌르는 듯한 통증에 그놈은 하마터면 비명을 지를 뻔했습니다. 화들짝 눈을 감은 그놈은 조금 후 조심조심 눈꺼풀을 들어 올렸습니다. 통증은 없어지지 않았지만 처음보다 훨씬 덜했습니다. 저것이 무엇인가? 그놈의 입에서는 탄성이 절로 터져 나왔습니다. 수없이 많은 작고 투명한 물방울이 현란한 빛을 발하면서 춤을 추고 있었습니다. 따뜻하고 어두운 바닷속에서 한 번도 보지 못했던 아름다운 모습이었습니다. 그 순간 오스트러코덤은 깨달았습니다. 자신이 그동안 어두운 바닷속에서 조금씩 조금씩 위로 올라왔다는 사실을 말입니다. 눈에 보이지 않는 그 낯선 감촉은 이 상승 때문이라는 것을 비로소 깨닫게 되었습니다."

장인하는 서녘 하늘로 향하고 있던 시선을 나에게로 돌렸다.

"오스트러코덤은 처음으로 지상의 빛을 보았던 것입니다. 따뜻하고 어두운 바다 밑에서 지상의 빛이 닿는 곳으로 올라왔고, 빛의 아름다움에 이끌려 마침내 짐승의 발자국이 널려 있는 마른땅에 발을 내디뎠습니다. 그리고 인간의 귀가 되었지요."

장인하는 자신의 귀를 만지작거리며 속삭이듯 말했다. 사람의 귀가 원시 어류의 평형기관에서 진화되어왔다는 것은 과학적 사실이다. 장인하는 이것을 동화의 세계로 바꾸어놓고 있었다. 그때 나는 어떤 과학적 사실을 듣는 것이 아니라 동화를 듣고 있었다. 어린아이처럼 반짝이는 눈, 자신이 그 원시 어류인 것처럼 이야기의 내용에 따라 얼굴을 찡그리기도 하고, 몸을 웅크리기도 하는 천연스러운 표정과 몸짓은 과학적 사실을 동화의 공간으로 변용시키고 있었다. 동화란 어린아이를 위한 상상과 서정의 이야기다. 말하자면 서른 넘은 사내에게는 먹혀들지 않는 투명한 이야기다. 그런데 나는 장인하가 직조하는 상상과 서정의 그물 속으로 나도 모르게 빠져들었다.

"물속의 생명이 마른땅으로 올라온다는 것은 놀라운 일이지요."

장인하의 눈이 흐려졌다. 먼 곳을 더듬는 눈이었다.

"학자들의 연구에 의하면 지구의 나이는 약 45억 년입니다. 늦어도 35억 년 전부터는 지구상의 물속에 박테리아 같은 생명의 형태가 서식하기 시작했고, 그 이후 적어도 30억 년 동안 지구 위의 생명은 물속에만 한정되어 있었습니다. 메마른 땅 위에는 생명이 없었습니다. 당연한 일이지요. 지구상의 물, 특히 바다는 생명이 살기 적합한 조건을 갖추고 있었으니까요. 바닷속에는 기후라는 게 없었습니다. 온도가 거의 변하지 않지요. 그런데 육지는 여름과 겨울, 비와 눈과 바람과 폭풍 등 무자비한 자연현상이 있습니다. 물속에서는 부력으로 인해 사실상 중력이 제거되므로 백 톤이나 되는 고래도 자유자재로 움직일 수 있습니다. 그러나 땅 위에서는 중력이라는 보이지 않는 힘이 끊임없이 잡아당기기 때문에 생명체는 자신을 지탱시켜줄 뼈대 조직을 발달시키지 않으면 안 됩니다. 그렇지 않으면 대단히 작은 상태로 머물러 있을 수밖에 없지요. 하지만 시간은 이 모든 것을 해내었습니다. 그 까마득한 시간 속에서 생명은……"

장인하의 입에서 한숨이 새어 나오고 있었다.

"4억 5천만 년 전 따뜻한 바닷속에 살고 있었던 오스트러코덤의 말랑말랑한 몸뚱이에 닿은 낯선 감촉, 차갑고 섬뜩하고 단단하고 완강한 그것은 바로 시간이었습니다. 시간이 오스트러코덤의 몸에 닿았던 것입니다. 그 시간은 천천히 냉혹하게 그리고 끊임없이 오스트러코덤을 변신시켰습니다. 그놈을 바다 위로 밀어올리고 마른땅으로까지, 마침내 귀의 모습으로 만든 장본인은 바로 시간이었습니다."

장인하는 다시 자신의 귀를 만지작거렸다.

"저는 가끔 이런 생각을 해 봅니다. 우리의 귀가 본래의 그 어둡고 따뜻한 바닷속을 그리워하지 않을까 하고 말입니다. 사람들이 양수의 아늑함과 따뜻함을 무의식적으로 그리워하듯 말입니다."

나는 할 말을 찾을 수 없었다. 자신의 삶을 유폐시킨 귀를 만지작거리면서 그것의 생명적 근원을 동화적으로 읊조리고 있는 그의 모습은 지독한 무구였다. 내가 알고 싶었던 것은 무구 속에 숨어 있는 상처의 동굴이었다. 그 동굴은 전혀 예기치 않은 모습으로 자신을 드러내었다.

6

봄날의 햇살이 몸을 나른하게 하던 5월 어느 날, 사무실은 사각거리는 종이 소리만 들려올 뿐 고요했다. 한기준은 의자에 등을 파묻고 무언가 골똘히 생각하고 있었고, 다른 직원들도 모두 일에 빠져 있었다. 나는 신문을 뒤적이고 있었는데, 거친 숨소리가 간헐적으로 귀에 닿았다. 처음에는 무심코 지나쳤으나, 그것이 반복되다 보니 소리의 진원을 찾지 않을 수 없었다. 장인하였다. 고개를 숙인 채 한 손으로 이마를 짚고, 또 한 손으로 입을 막고 있는 모습이 예사롭지 않았다. 그의 어깨를 막 짚으려 하는데 그는 목을 꺾으며 두 손으로 자신의 귀를 막았다. 그것은 본능에 의한 다급한 동작이었다. 감당하기 힘든 빛 앞에서 눈을 감듯, 감당하기 힘든 소리에 귀를 막고 있는 듯했다. 나는 그가 들을 수 없다는 사실을 잊었다. 곧이어 터져 나온 비명 소리는 사무실 사람 모두를 놀라게 했다. 그것은 장인하의 소리가 아니었다. 오솔길 위에서 어린아이의 천진한 웃음을 짓는 이에게서 나올 수 없는 비명이었다.

귀를 막고 있던 장인하의 손이 툭 떨어졌다. 땀에 젖은 그의 얼굴이 종이처럼 창백했다. 비명이 장인하의 것이 아니듯 얼굴도 장인하가 아니었다. 흙과 풀이 있고, 바람과 식물의 향기가 있는 오솔길 위에서는 어울리지 않는 얼굴이었다. 말없이 사무실을 나가는 그의 뒷모습을 나는 멍하니 보고만 있었다.

다음날 장인하는 출근하지 않았다. 그에게서는 아무런 연락이 없었고, 한기준은 그의 전화번호를 모르고 있었다. 당황한 한기준은 무슨 일로 잠시 지방에 내려가 있는 지성수에게 전화를 했다. 지성수가 알려준 것은 주소뿐이었다. 그도 전화번호를 모르고 있었다. 주소만 달랑 손에 든 한기준은 난감해했다. 그는 자신이 직접 찾아가야 한다는 사장으로서의 의무감과, 장인하와의 만남이 야기하는 심리적 불편함 사이에서 머뭇거렸다. 나는 그에게 내가 다녀오겠다고 말했고, 한기준은 반색했다.

우리는 끊임없이 사람을 만난다. 우리의 삶이란 사람과 사람과의 관계가 만드는 일종의 틀이다. 삶은 틀의 규칙 속에서 쳇바퀴를 돈다. 틀의 규칙이 만들어내는 기계적 일상이야말로 오늘날 세계를 이루는 무수한 결의 실체이며, 사람들은 결과 결의 만남과 어긋남 속에서 자신의 삶을 꾸려간다. 이러한 기계적 일상 속에서 마주치는 사람의 얼굴이란 몰개성적 모습이기가 십상이다. 저마다의 다른 삶과 개성이 있지만, 그러나 그것은 기계적 일상 속에서 끊임없이 마모되며, 상실된다. 회고하건대 장인하는 그런 일상적 모습에서 일탈해 있었다. 그의 얼굴은 조그만 출판사에서 교정으로 생계를 유지하는 서른 후반의 일상인이 가지기 어려운 표정을 간직하고 있었다. 더구나 그는 청력을 상실한 불구자였다. 나는 그가 왜 귀를 잃었는지 모르지만, 그 불구가 그를 어린아이의 얼굴로 만들었다고는 생각하지 않았다. 오히려 상처와 적의로 으르렁거리는 늙은 얼굴로 만들기가 훨씬 쉬웠을 것이다.

　장인하를 만난 것은 그가 사라진 지 열흘이 지난 후였다. 그동안 신림동 변두리에 있는 장인하의 낡은 집을 두 번 찾아갔으나 그는 집에 없었다. 정확하게 말한다면 집에 없다는 그의 여동생의 말만을 들었을 뿐이다. 그가 집에 있는데도 숨기고 있지 않나 하는 느낌을 받았으나 어쩔 수 없었다. 두 번째 헛걸음을 하게 되자 맥이 풀린 데다 은근히 부아가 나기도 해서 한기준에게 더 이상 찾아갈 수 없노라고 말했고, 한기준은 난감한 표정만 지을 뿐 별다른 대꾸가 없었다. 그로부터 이틀이 지난 후 장인하의 여동생에게서 전화가 왔는데, 뜻밖의 말을 했다. 장인하를 만나주었으면 좋겠다는 것이었다. 며칠째 끼니를 거른 채 술만 마신다고 했다. 그 순간 내 눈앞에는 장인하의 다른 모습, 어린아이의 얼굴 뒤에 숨어 있는 또 다른 얼굴이 어른거렸다. 후에 안 일이지만 장인하의 동생은 미경이라는 이름을 가진 스무 살 여성으로, 몇 년 전 홀어머니가 돌아가신 후 유일한 피붙이인 오빠와 함께 살고 있었다.

대문에서 나를 맞은 미경은 자신이 전화한 사실을 숨기는 것이 좋겠다고 말했고, 나는 동의했다. 장인하의 방으로 먼저 들어간 미경은 조금 후 나를 불렀다. 장인하는 어두운 방 안에서 홀로 술을 마시고 있었다. 그는 나를 보자 약간 웃었다. 쓰디쓴 웃음이었다. 그의 얼굴은 눈에 띄게 수척해 있었다. 나는 미리 준비한 종이와 펜을 조심스럽게 꺼내놓았다. 무겁고, 어색하기도 한 분위기에서 필담을 한다는 것이 버거웠지만 어쩔 수 없었다. 소식이 없어 궁금해서 왔다고 썼다. 그는 고개만 끄덕일 뿐 입을 굳게 다물고 있었다. 나는 놓았던 펜을 다시 들었다.

― 제가 여기에 온 것은 출근하시도록 권유하기 위해서입니다. 사장님이 꼭 다시 모셔오라고 저한테 간곡히 부탁하셨습니다.

글은 본 장인하의 얼굴에는 반가움과 믿기지 않는다는 표정이 뒤섞여 있었다.

"그게…… 정말인지……"

간신히 말을 잇고 있는 그에게 나는 웃으면서 고개를 끄덕였다. 그의 얼굴이 밝아지면서 미소가 입가에 떠올랐다. 그 전에 자주 보았던 천진한 표정의 미소였다. 나는 그에게 왜 해고되리라 생각했느냐고 물었다.

"저처럼 하잘것없는 사람이 그렇게 소리를 질러댔으니…… 어찌 용서받을 수 있겠습니까?"

나는 한숨을 쉬었다. 겸손이라면 지나친 겸손이고, 천진이라면 어리석은 천진이었다.

― 왜 그때 소리를 지르셨는지?

나의 질문을 읽은 그는 어둡고 쓸쓸한 얼굴로 술잔을 만지작거렸다.

"술 한잔하시겠습니까?"

내가 고개를 끄덕이자 그는 만지작거리던 잔을 내게 건넸다.

"가끔 제 머릿속에서 소리들이 일어납니다. 귀의 고막이 흔들리면서 나는 소리와는 다른 소리입니다. 외부의 소리가 아니라 내부의 소리이지요. 물론 아름다운 소리도 있습니다. 바람의 소리, 바람에 쓸리는 나뭇잎 소리, 그 나뭇잎이 떨어지는 작은 소리, 햇빛이 얼굴에 닿는 소리, 빛이 떨어지는 투명한 소리. 이 소리들은 스스로 일어나 움직이지요. 소리란 움직임이며 생명입니다. 저는 그 생명의 소리들을 듣습니다. 생명 속에는 오스트러코텀도 있지요. 그놈은 찰랑이는 물소리로 자신을 나타냅니다. 깊고 따뜻한 바닷속에서 한없이 부드러운 숨소리로 저에게 다가옵니다. 전 언제나 그놈을 반기지요."

입가에 미소가 어리고 있는 장인하의 얼굴은 꿈꾸는 듯한 표정이었다. 저 꿈이 천진한 얼굴의 원천이 아닌가 하는 생각이 들었다.

"이렇게 아름다운 생명의 소리만 있다면 저는 참으로 축복받은 사람입니다. 그런데 가끔 괴로운 소리가 들립니다. 무엇인가가 허물어지는 소리, 생명이 파괴되는 잔인한 소리들이지요. 그 소리들이 간헐적으로 절 괴롭혀왔습니다. 하지만 저는 견딜 수 있었습니다. 아름다운 생명들이 저를 떠나지 않는다는 것을 알고 있었으니까요. 하지만 5월이 되면…… 괴로운 소리들이 심해집니다."

나는 그가 무슨 소리를 하는지 몰랐다. 5월이 되면 심해진다니, 따뜻한 봄날이 그에게 어떤 작용을 한단 말인가.

"그날도 괴로운 소리가 일어났습니다. 그것을 견뎌야 했는데……이를 악물고 견뎌야 했는데…… 소리를 지르지 말았어야 했는데……"

나는 혼란스러웠다. 이야기의 비약에 가닥을 잡기가 힘들었다.

─5월이 오면 왜 괴로운 소리들이 심해집니까?

그는 고개를 왼쪽 어깨로 약간 기울이고 내 글을 가만히 내려다보았다.

"그것은……"

그가 말한 것은 1980년 5월 광주였다. 나는 멍했다. 그 순간 내 머릿속에 떠오른 것은 이게 무슨 진부한 사연인가 하는 생각이었다. 얼마나 어처구니없는 생각이었던가. 1980년 5월 이후, 우리는 참으로 진실을 목말라했다. 가려진 진실, 은폐된 진실, 학살되고 있는 진실을. 그러나 시간이 흐르고, 시간의 성긴 틈 사이로 은폐된 사실들이 하나둘 드러나면서 우리들의 그리운 목마름은 바래졌다. 진실은 여전히 은폐되고 있음에도 그리움은 시들어가고, 허무가 만들어내는 냉소에 길들여져 갔다. 장인하가 1980년 5월 광주를 이야기했을 때 나는 영락없이 허무적 냉소에 갇힌 자의 꼴이었다. 변명을 한다면 장인하에 대한 일방적인 상상과 그에 따르는 기대의 어그러짐에 대한 실망으로 표현할 수 있을는지…… 나는 그가 나에게 보여주었던 투명하고 순수한 동화의 세계에 매혹당했었다. 우리의 좌절과 피투성이 역사의 모습과는 완전히 다른 세계, 역사의 흔적조차 보이지 않는 절대적 순수 공간을 보고자 하지 않았을까. 그렇다 하더라도 그것은 무례한 욕심이었다.

장인하는 짐승의 논리로 들여다보아야만 가까스로 보이는 시간과 공간 속에서 그가 겪은 이상스러운 비극을 힘겹게 이야기했다.

7

1980년 5월 당시 장인하는 인쇄소 식자공이었다. 물론 귀도 말짱했고, 자신의 직업에 대해 무척 만족해하고 있었다. 해체되어 있는 활자와 구두점 기호 등을 찾아 말을 만드는 작업이 재미있을 뿐 아니라, 가슴을 뿌듯하게 했다. 사람의 생각을 나타내는 글자를 만질 수 있다는 것, 그것의 촉감을 느낄 수 있고, 더 나아가 독특한 향기가 있다는 것은 놀라운 일이었다. 가끔 동료들에게 그런 이야기를 하면 농담으로 흘려버리거나 허튼소리로 치부했지만, 장인하는 그런 즐거움을 알지 못하는 그들이 안타까웠다.

5월 18일, 그날도 장인하는 지하실 작업장에서 글자 맞추기에 골몰하고 있었다. 오후 4시가 지나고 있을 때, 그는 구부렸던 허리를 폈다. 이 시간이면 그는 늘 가벼운 산책을 했다. 점심시간이 끝나는 오후 1시부터 작업이 다시 시작되는데, 4시쯤 되면 눈이 침침하고 몸이 뻐근해왔기 때문이다. 가벼운 산책이 필요한 시간이었다. 지하실 작업장은 바람 한 점, 햇빛 한 줄기 들어오지 않았다.

장인하는 지하실 계단을 올라와 뒷문으로 통하는 복도로 느릿느릿 걷는다. 뒷문을 열면 큰길의 소음이 가라앉아 있는 조그만 길이 그를 기다린다. 그곳은 빌딩도 없을 뿐 아니라 막다른 길이어서 언제나 조용하다. 비록 나무 한 그루 없는 조악한 시멘트 바닥이지만, 햇빛이 있고 바람이 있고 정적이 있다. 장인하는 그 길 위를 오고 가면서 조금 전 만든 글자의 모양과 향기를 되새기기도 하고, 그다음 어떤 글이 나올까 미리 상상도 해본다. 그러나 5월 18일 그날은 달랐다. 그가 막 뒷문을 여는데 거친 숨소리와 요란한 발소리가 들렸다. 그는 눈을 크게 떴다. 세 남자가 막다른 길의 담벼락에서 파랗게 질려 있었고, 그들을 향해 곤봉과 총을 움켜쥔 두 군인이 달려들었다. 그는 자신의 눈을 의심했다. 달려든 군인들은 총의 개머리판과 곤봉으로 남자들을 무자비하게 구타했다. 비명과 함께 붉은 핏물이 튀어 올랐다. 장인하는 자신도 알 수 없는 소리를 질렀고, 두 군인은 몸을 돌렸다.

"그들의 얼굴을 보는 순간 가슴이 섬뜩했습니다. 그 모습을 어떻게 표현해야 할지…… 그들 스스로도 통제할 수 없는 어떤 힘에 사로잡힌 사람들처럼 보였습니다. 눈은 초점을 잃고, 얼굴은 벌겋게 달아올라 있었습니다. 저는 그들을 묶고 있는 어떤 힘으로부터 깨어나게 하지 않으면 참사가 일어나리라는 것을 본능적으로 깨달았습니다. 그들을 깨우기 위해서는 우선 그들이 쥐고 있는 총과 몽둥이를 빼앗아야 한다고 판단했습니다."

장인하가 이 말을 했을 때 지성수의 얼굴이 떠올랐다. 상황이 낯익었다. 다급히 펜을 들었다.

- 혹시 그 골목이 누문동이 아니었습니까? 금남로 근처에 있는.

장인하가 고개를 끄덕이자, 나는 깊이 숨을 몰아쉬었다. 지성수와 장인하를 잇고 있는 보이지 않는 끈의 실체가 홀연 눈앞에 나타난 것이다.

1980년 5월 당시 지성수는 전남대 복학생이었다. 5월 18일 오후 3시 40분경 광주시 북구 북동 180번지 앞 큰길, 금남로라고 불리는 그 길 위에 얼룩무늬 군복의 공수특전단 소속 군인들이 세 겹의 행렬로 도청을 향해 전진했다. 그들의 등 뒤에는 M16 소총이 대각선으로 둘러메어져 있었고, 오른쪽 가슴에는 날개 달린 하얀 말이 새겨진 마크가 보였다. 지성수에 의하면 그들의 규칙적인 군홧발 소리는 암울하고 차갑고 매몰찼다고 했다.

제자리 섯!

정렬!

군인들은 일제히 걸음을 멈추었다. 유동 삼거리에서 5백 미터쯤 떨어진 횡단보도였다. 사위는 고요했다. 그것은 불길한 고요였다. 지성수는 시계를 보았다. 오후 4시였다. 무척 긴 시간이 흐른 것 같았는데 불과 20여 분밖에 지나지 않았다는 사실이 믿기지 않았다. 시계에서 눈을 떼는 순간, 군인의 대열을 따라온 초록색 차량 위의 스피커에서 날카로운 금속성 목소리가 튀어나왔다.

"거리에 나와 있는 시민 여러분, 빨리 집으로 돌아가십시오. 빨리 돌아가십시오."

시위하던 학생들뿐 아니라 경찰의 진압 과정을 보도에서 지켜보던 사람들과, 우연히 길을 지나다가 호기심으로 서성이는 사람들이 스피커의 위압적인 목소리를 듣고 있었다. 1분이 채 지났을까, 거리의 사람 전원을 체포하라는 명령이 떨어졌고, 군인들은 진압봉과 착검한 소총을 손에 쥐고 사람들을 향해 달려들었다. 그들은 사람이 일단 사정거리에 들어오면 진압봉과 개머리판을 무자비하게 휘둘렀다. 도망하는 이들을 악착같이 쫓아갔고, 건물 안으로까지 뛰어들었다.

지성수는 낯선 일행 두 명과 함께 누문동 쪽의 골목으로 달아났는데, 불행히도 그곳은 막다른 길이었다. 그들을 쫓아온 두 명의 군인은 착검한 M16을 겨누고 달려들었다. 몇 초가 지났을까. 대검이 옆 사람의 옆구리로 파고드는 것이 얼핏 보였다. 지성수의 입에서 짧고 깊은 비명이 터져 나왔다. 곧이어 찍어 누르는 개머리판의 충격으로 지성수는 시멘트 바닥 위를 뒹굴었다. 흐릿한 시선으로 옆 사람의 모습이 들어왔다. 뭉개진 얼굴에서 피가 줄줄 흘러내리는데도 그는 멍청하게 서 있었다. 개머리판이 그의 어깨를 쳤고, 그의 머리가 휙 돌면서 시멘트 벽에 세차게 부딪혔음에도 그는 비틀거리기만 할 뿐 여전히 서 있었다. 그때였다. 이상한 소리가 들려왔다. 비명과 흡사했지만 비명이 아니었다. 두 군인은 흠칫 놀라며 동작을 멈추었다. 피투성이가 되어 담벼락에 기대고 있던 남자의 몸은 비로소 허물어졌다. 지성수는 이상한 소리를 향해 고개를 돌렸다. 놀랍게도 거기에는 몸이 작은 한 남자가 서 있었다. 검은 작업복을 입은 그 남자는 눈을 크게 뜨고, 입을 약간 벌린 채 다가오고 있었다. 지성수는 제정신을 가진 사람인지 의심스러웠다. 그곳은 막다른 골목이었다. 설사 골목에 무슨 볼일이 있어 들어왔다 할지라도 낭자한 피와 비명에서 마땅히 달아나야 했다. 그는 작고 초라한 남자였고, 아무런 힘이 없어 보였다. 그럼에도 점점 가까이 오고 있었다. 그는 무엇을 잡으려는 듯

두 손을 올렸다. 하지만 무엇을 잡으려 하는지 알 수 없었다.

당황한 표정이었던 두 군인의 얼굴이 어이없는 표정으로 바뀌고 있었다. 남자는 여전히 두 손을 올린 채 고개를 흔들기 시작했다. 그것은 애원이었다. 사람에게 그래서는 안 된다는 간절한 애원이었다. 남자의 손은 마침내 군인의 총에 닿았다. 그가 잡으려 한 것은 총이었다. 믿을 수 없는 광경이었다. 둔탁한 소리와 함께 남자의 몸이 기우뚱거렸다. 군인이 개머리판으로 그의 머리를 찍은 것이었다. 힘없이 쓰러지는 남자의 몸이 보였다.

"이 자식 미친놈 아냐."

한 군인은 중얼거리듯 말했고, 다른 군인은 핼쑥한 표정으로 쓰러진 남자를 내려다보았다. 총과 진압봉을 든 그들의 손이 축 늘어졌다.

"가지."

한 군인이 턱짓을 했고, 다른 군인은 고개를 끄덕였다. 골목길을 나가는 그들의 뒷모습은 적막함이 느껴질 정도로 왜소해 보였다. 그들이 보이지 않자 지성수는 아픈 몸을 끌고 인근 건물로 들어가 사람들을 불렀고, 쓰러진 이들을 병원으로 옮길 수 있었다.

두 손으로 총을 빼앗으려 했던 이상스러운 남자가 장인하였다. 그가 나타남으로써 폭력의 표적이 바뀌었을 뿐 아니라, 어이없는 그의 행동이 군인들을 당황하게 만들었고, 결국 흉기를 내려뜨리게 한 것이었다. 지성수가 장인하를 생명의 은인으로 생각할 만했다. 그런 행동을 하면서 두렵지 않았느냐고 묻자 장인하는 곤혹스러운 표정을 지었다.

"글쎄요…… 물론 있었겠지요. 하지만 눈에 빤히 보이는 참사를 막아야 한다는 생각에만 정신이 팔린 탓인지……"

"그렇다면 군인의 총을 빼앗을 수 있다고 생각하셨습니까?"

"이상하게 들릴지 모르지만 빼앗을 수 있다고 믿었습니다."

장인하는 눈을 내리깔며 나직이 말했다. 그러자 내 머릿속에서 잊고 있던 기억 하나가 떠올랐다. 내가 중학생이었을 때다. 고향 마을의 소 한 마리가 마구간을 뛰쳐나와 동네를 헤집고 다녔다. 어른들은 소의 고삐를 잡지 못해 전전긍긍했다. 우여곡절 끝에 소를 막다른 구석으로 몰아넣긴 했으나 누구도 선뜻 고삐를 잡으려 나서지 못했다. 그런데 열 살쯤 되어 보이는 작은 아이가 사람들 속에서 불쑥 나와 황소가 있는 쪽으로 걸어 갔다. 모두가 황소에 정신이 팔려 있었고, 아이가 나오리라고는 생각도 못했던 상황이라 아이를 잡을 틈이 없었다. 사람들의 입에서 "어, 어" 하는 소리가 나왔고, 누군가가 위험하다고 외쳤으나 아이는 무엇을 잡으려는 듯 두 손을 벌리고 태연스럽게 황소에게로 다가갔다. 황소는 바짝 다가와 손을 내밀고 있는 아이에게 뿔을 휘둘렀다. 아이의 몸은 허공에 잠시 떴다가 땅으로 곤두박질쳤다. 그사이 소는 본래의 온순한 모습으로 되돌아와 있었다. 옆구리가 찢어지고 다리뼈가 부러진 아이는 보름 동안 병원에서 지냈다. 나중에 들은 이야기에 따르면 아이가 황소에게 다가간 이유는 고삐를 잡기 위해서라고 했다. 황소가 자기를 무척 따랐기 때문에 위험하다는 생각이 들지 않았다는 것이다.

"총을 막 잡으려는데 제 몸에서 무슨 소리가 났습니다. 무엇인가가 허물어지는 소리였습니다. 내부가 파열되는 소리였지요. 정신을 잃었습니다."

의식이 다시 돌아왔을 때 그는 자신이 차에 실려 어디론가 가고 있다는 것을 알았다. 몸이 몹시 흔들렸지만 통증을 거의 느낄 수 없었다. 맑은 하늘이 보였고, 파란 버드나무가 스쳐 지나갔다. 세상은 물속처럼 고요했다. 물속 같은 세상에서 바람에 흔들리는 버드나무가 홀로 서 있었다.

"눈을 떴을 때 저는 병원 침대에 누워 있었습니다. 의사와 낯선 남자 한 분이 저를 내려다보고 있더군요. 나중에 알았지만 그분이 지성수 선생님이었습니다. 그분이 뭐라고 말씀하시는 것 같은데, 잘 들리지 않을 뿐 아니라, 무언가에 짓눌린 소리처럼 들렸습니다."

짓눌린 소리? 그 말이 얼른 머리에 닿지 않아 고개를 갸웃했다.

"그 소린 비명과 흡사했습니다. 낮고 희미한 비명 말입니다. 목소리 뿐이 아니었습니다. 귀에 들려오는 모든 소리가 낮고 희미한 비명으로 들렸습니다. 세상은 비명으로 가득 찬 방과 같았습니다."

"이해가 되지 않습니다. 그 군인이 선생을 쳤다면 딴 곳은 멀쩡한데 하필이면 귀가……"

"그가 저의 뇌를 쳤을 때 소리를 인지하는 달팽이관이 훼손되었습니다. 소리의 착란 현상은 그것 때문이었습니다. 전화기에 이상이 생겨 상대방의 목소리가 비정상적으로 들리는 것과 같은 이치지요. 의사는 그것을 인지도의 착란이라고 하더군요."

"그렇다면 지금처럼 청력을 완전히 잃으신 것은 아니군요."

장인하는 고개를 끄덕였다.

"다른 데는 다치지 않았습니까?"

"두개골과 그 속에 있는 뇌수가 따로 노는 것처럼 머리가 흔들렸습니다. 움직일 때마다 주위의 모든 것이 흔들려 도무지 몸의 중심을 가눌 수 없었습니다. 평형감각이 파괴되었기 때문이지요. 턱이 떨어지고 어깨뼈에 금이 갔습니다만 귀의 상처에 비하면 아무것도 아니었습니다."

낮고 희미한 비명 소리가 때로는 주파수가 맞지 않은 라디오의 잡음처럼 거칠고 조악한 소리로 변하기도 했다. 소리는 그에게 고통이었다. 그러던 어느 날 그는 새로운 소리를 들었다. 어린아이의 울음소리였다. 먼 곳에서 들려오는 듯한 울음소리는 다른 것과는 달리 물처럼 부드럽게 그의 머릿속으로 흘러들어 왔다.

"병원에서 의식을 회복한 후 처음으로 고통 없이 들어 보는 소리였습니다. 고통스럽기는커녕 피폐한 신경을 부드럽게 쓰다듬고 있었습니다. 저는 넋을 잃고 그 소리를 따라갔습니다. 비틀거리는 걸음걸이로 조심조심 소리를 찾았습니다."

소리가 나는 곳은 병원 지하실의 시체 안치실이었다. 처참하게 죽은 시체들이 여기저기 보였다. 얼굴이 새까만 아이가 흰 무명천으로 가린 시체 곁에서 하염없이 울고 있었다. 아이의 어머니인 듯한 젊은 여인은 넋을 놓고 있었고, 주름살투성이 노인은 아이 곁에서 눈물을 흘리고 있었다.

"그 후 저는 틈만 나면 시체실을 찾았습니다. 그곳은 언제나 비통한 울음으로 가득 차 있었습니다. 참혹하게 난자당한 시체를 부둥켜안으며 벽을 주먹으로 두드리며 통곡하는 사람들이……"

그는 시체실 한 귀퉁이에 쪼그리고 앉아 그들의 울음소리에 귀를 기울였다. 가만히 귀를 기울이고 있노라면 소리가 물이 되어 어디론가 흘러가고 있었다. 그들의 울음이 왜 상처 난 귓속으로 물처럼 흘러들어 오는지, 자연스럽게 알게 되었다. 그들의 울음소리 자체가 상처의 소리였다. 소리의 상처와 귀의 상처가 다를 것이 없었다. 어쩌면 지극히 비과학적인 생각인지도 몰랐다. 상처 난 청각기관이 슬픈 울음이라고 그냥 내버려두겠는가. 의사의 말처럼 고장 난 전화선이 어떤 소리인들 가리겠는가. 휘어진 길은 휘어지면서 가게 되게 마련이다. 비록 그렇다 할지라도 결국은 마찬가지였다. 비통한 울음들이 다시 휘어지고 뭉개지고 일그러진다 한들 얼마나 달라지겠는가. 비록 달라졌다 할지라도 그에게는 한없이 소중한 소리였다. 이 세상에 살아 있는 유일한 소리, 닫힌 방의 창살 틈으로 새어 들어오는 사람들의 다정한 소리, 험하고 힘든 길을 허우적거리며 걸어와 해진 가슴에 안기는 생명의 소리였다.

"군인들이 도청에서 철수했다는 소식을 들은 것은 그 무렵이었습니다. 수많은 사람이 도청 앞으로 몰려들었습니다. 차량들은 속출하는 부상자들을 병원으로 옮기고 있었고, 사망자들은 입관시켜 분수대 앞으로 운반했습니다."

앰뷸런스가 도청 분수대 앞에 관을 내려놓을 적마다 사람들의 울음소리는 높아져갔다. 관이 열리고, 피에 젖은 시체들의 모습이 드러났다. 목이 없는 시체, 내장이 터져 나오고 얼굴이 뭉개진 시체, 손과 발이 잘리고 피부가 검푸르게 변색된 시체 등 참혹함은 이루 말할 수 없었다. 혹시 잃어버린 가족이라도 찾을까 해서 시체들을 더듬던 사람들은 놀라 주저앉기도 하고, 손수건으로 입을 틀어막기도 했다. 그러다가 행여나 살아 있을까 하던 이가 발견되면 관을 부여안고 통곡했다. 혼절하는 이들도 있었다.

"잘 아실지 모르겠지만 당시 발견된 시체들은 도청 안의 시체실에 안치되었습니다. 거기서 신원이 확인된 시체들은 입관되어 상무관의 빈소로 옮겼지요."

그는 당시를 회상하는 듯 눈을 감았다.

"저는 수습대책위원회를 찾아가 시체실에서 일하게 해달라고 부탁했지요. 간절히 부탁했습니다. 다행히 그들은 허락을 해주더군요."

그는 관 안에 누워 있는 한 시체를 망연히 내려다보았다. 얼마나 혹독하게 맞았는지 몸이 피멍투성이였다. 관 위에는 천 원짜리 지폐 두 장과 낡은 열쇠고리가 덩그렇게 놓여 있었다. 초라한 유품이었다. 이 가난한 청년은 마지막 숨을 거두면서 무슨 생각을 했을까. 그는 열쇠고리를 조심스럽게 집어 들었다. 은빛 열쇠가 흔들리면서 따라 올라왔다. 이 열쇠로 무엇을 열고자 했는지 궁금했다. 시체실 저쪽에서 비명 소리가 들렸다. 시체를 부둥켜안고 몸부림치는 여인의 모습이 눈에 들어왔다.

힘드시죠. 벽에 등을 기대고 눈을 감고 있는 그에게 여자의 낮은 목소리가 들려왔다. 눈을 떴다. 그 여자였다. 잠도 제대로 자지 않고 종일 시체실에서 일하는 젊은 여자가 있었다. 술집 접대부라는 둥 창녀라는 둥 확실치 않은 말들이 떠돌기는 했으나 아무도 그 여자의 정확한 신분을 알지 못했다. 그녀는 피에 엉긴 참혹한 시체를 물로 정성껏 씻었고, 자신이 마련한 양말과 속옷 등을 시체마다 갈아입혔다. 흙과 피로 범벅이 된 옷을 벗겨내고 새 옷으로 갈아입힐 때는 살아 있는 사람에게 옷을 입히는 듯한 착각에 빠지곤 했다.

"27일 밤 계엄군이 진입할 것이라고 판단한 항쟁 지도부는 자정이 지나자 도청 안의 모든 전등을 껐습니다. 저는 도청 뜰에 서서 어둠과 정적에 잠긴 도시를 바라보았습니다. 소리 한 점 없는 밤, 삼라만상이 죽어버린 밤이었습니다."

"왜 도청을 떠나지 않았습니까?"

"지도부는 집으로 돌아갈 것을 권유했습니다. 하지만 전 떠날 수 없었습니다. 험하고 먼 길을 허우적거리며 걸어와 슬픔의 손으로 상처 난 제 귀를 어루만지고, 해진 가슴 토닥거리는 소리를 두고 차마 떠날 수 없었습니다."

"죽음이 두렵지 않았습니까?"

"죽음?"

그는 눈을 깜박이며 나를 쳐다보았다.

"이상하게도 저의 죽음에 대해서는 전혀 생각나지 않았습니다. 제가 두려워한 것은…… 소리의 죽음이었습니다."

소리의 죽음?

"분명 죽음의 손이 다가오고 있었습니다. 깜깜한 어둠 속에서 누구도 막을 수 없는 죽음의 손이……"

그는 죽음의 손이 소리의 목을 조르기 위해 오고 있다고 생각했다. 핏물 씻으며, 잘린 팔 뜯긴 가슴 여미며 굽이굽이 흘러가는 소리. 눈물 글썽이며 죽음을 어루만지는 소리를 죽이기 위해 다가오고 있었다. 그때 요란한 사이렌 소리와 함께 가냘픈 여자의 목소리가 흘러나왔다.

광주시민 여러분 비상입니다. 지금 계엄군이 탱크를 앞세우고 광주로 들어오고 있습니다. 우리는 광주를 끝까지 사수할 것입니다. 최후까지 싸울 것입니다. 시민 여러분 우리를 잊지 말아주십시오.

"전 그 소리를 잊을 수 없습니다. 가슴을 저미듯 아프게 파고드는 애절한 소리를."

그의 눈이 흐려지면서 물기가 서렸다.

"마침내 죽음의 손이 다가와 거대한 손바닥을 벌렸습니다. 쇠를 긁는 듯한 총소리가 들렸습니다. 조명탄의 창백한 불빛 속에서 꽃도 없이 뒹구는 화단대가 드러났습니다. 수류탄이 터진 것은 잠시 후였습니다. 자욱한 연기가 걷히고 몸이 찢긴 여자의 시체가 눈에 들어왔습니다. 그 여자였습니다. 시체실에서 끊임없이 일하던 여자 말입니다. 끊어진 그녀의 손이 푸른 새벽빛에 잠겨 있었습니다."

그는 하늘을 올려다보았다. 새벽별이 멀리 떠 있었다. 바람이 땀에 젖은 이마를 쓸고 지나갔다. 들꽃의 청아하고 풋풋한 냄새가 났다. 그 냄새였다. 시체실의 들꽃 냄새.

도청 시체실 한 귀퉁이에 몸이 싸늘하게 식어버린 중학생 아들을 부여안고 "내 아들 치료받게 해서 살려내야 헌디"라는 말만 되풀이하던 늙은 어머니가 있었다. 걸을 힘이 없어 "내 몸뚱이 머스매새끼 하나밖에 없었는디, 내 몸뚱이 머스매새끼 하나밖에 없었는디" 하면서 시체실을 울며 기어 나갔던 그 늙은 어머니는 한참 후 꽃을 한아름 안고 들어왔다. 하얀색과 노란색의 들꽃이었다. 그 꽃을 아들의 몸에 한 송이 한 송이 놓았다. 총탄이 뚫고 지나갔는지 거죽만 남아 있는 이마 위에도, 이미 썩어 부풀어 오른 흙빛 발 위에도, 관 위에 고인 핏물 위에도 꽃을 한 송이 한

송이 뿌렸다. 그 꽃내음이 바람에 실려 그의 몸 안으로 스며들었다. 눈을 감았다. 바람에 꽃이 흔들렸다. 하얀 꽃 노란 꽃 파란 꽃…… 늙은 어머니가 울면서 꽃을 어루만지고 있었다. 주름살투성이 얼굴에 눈물은 하염없이 흘러내리고, 굵고 투박한 손은 바람에 흔들리는 꽃과 함께 흔들리고 있었다.

그의 몸이 허물어졌다. 온몸에 힘이 빠지면서 정신이 혼미해졌다. 바람이 멈추었는지 흔들리던 꽃들이 움직이지 않았고, 늙은 어머니는 엎드려 울고 있었다. 차가운 땅이 뺨에 닿았다. 피가 보였다. 그는 미소를 지었다. 내가 피를 흘리고 있구나. 죽어 누워 있는 그들과 똑같은 피를 지금 내가 흘리고 있구나.

"예리한 통증과 함께 몸이 흔들렸고, 저는 정신을 잃었습니다. 눈을 떠 보니 아무런 소리가 들리지 않았습니다. 신음 같은 소리도, 조악한 소리도 전혀 들리지 않았습니다."

"어떻게 해서 그렇게 되었을까요?"

"의사의 말에 따르면 소리의 인지기관인 달팽이관이 완전히 망가졌다고 하더군요. 이미 상한 상태였기 때문에 보통 사람들은 견딜 수 있는 충격에도 쉽게 허물어진다고 설명했습니다. 달팽이관은 현대 의학으로는 치료 불가능한 영역이라고 하면서 만약에 그런 충격을 받지 않았다 하더라도 이미 상한 달팽이관은 천천히 그 기능을 잃어갈 것이라고 위로를 하더군요."

다음날 장인하는 출근했다. 그는 여느 때처럼 일에 몰두했고, 어린아이 같은 천진한 웃음을 보였다. 일상의 모습으로 돌아온 장인하에 대해 다행스럽게 생각한 한기준은 무단결근에 대해 입을 다물었다. 나는 조심스럽게 그를 관찰했는데, 그전과 달라진 점을 발견할 수 없었다. 그의 오솔길은 여전히 맑고 평안해 보였다.

8

이제 장인하의 죽음을 이야기할 때가 되었다. 죽음의 자리란 추억의 자리이며, 그 추억은 어느 때보다도 명료하고 사무친 모습을 띤다. 그런 죽음의 자리에서 지성수는 오랫동안 숨겨두었던 장인하의 모습을 비로소 드러내었다. 나의 눈에 장인하는 오솔길 위에 서 있는 어린아이의 모습으로 비쳤다. 그것은 비현실적 아름다움이었다. 피의 공간이었던 광주의 현장 속에서도 장인하는 그런 모습에서 일탈하지 않았다. 도대체 그에게는 분노가 보이지 않았다. 그는 삶과 역사의 땅에 발을 딛고 있지 않았다. 허공에서 몽상적 아름다움을 빚고 있었을 뿐이었다. 나에게는 그랬다. 하지만 지성수가 드러낸 장인하에게는 허공이 없었다. 장인하가 허공에 떠 있지 않다는 것, 지성수의 사상적 정신 속에서 견고한 인간의 모습으로 서 있다는 것은 놀라운 일이었다.

장인하의 죽음은 충분히 예견할 수 있는, 그러나 참으로 어처구니없는 죽음이었다.

1991년 4월 26일 하오 5시 10분경, 서울 서대문구 남가좌동 명지대 앞에서 동료 학생 4백여 명과 함께 시위하던 강경대(20세, 경제학과 1학년)가 시위 진압 전경 5, 6명에게 폭행당해 머리를 다쳐 병원으로 옮겨지던 중 숨졌다. 경찰의 시위 진압 방식이 안고 있는 문제점에서 비롯된 예견된 사건이었다. 백골단이라 불리는 사복 체포조가 무자비하게 휘두른 쇠파이프에 의해 타살됨으로써 정권의 비도덕성과 구조적 폭력성이 드러났고, 재야 운동권은 전면적인 대정부 투쟁을 선언했다.

4월 29일 하오 3시 15분경 전남대 5·18광장 옆 잔디밭에서 박승희(20세, 식품영양학과 2학년)가 분신자살을 기도, 중태에 빠졌다. 박승희는 '강경대 학우 살인만행규탄 및 노태우정권 퇴진결의대회'가 열리고 있던 5·18 광장에서 불길에 휩싸여 2만 학우 단결 투쟁, 노태우 정권 타도하자 등의 구호를 외치며 뛰어나오다 도로에 쓰러졌다.

박승희의 분신에 이어, 안동대 김영균과 경원대 천세용의 분신으로 나흘 만에 세 학생이 사망, 충격을 불러일으켰다. 이것에 대해 수구 언론들은 사회운동의 실천에서 최악의 선택으로, 성실하고 진지한 개혁 의지의 반영이 아니라 감상적 이상주의자들의 나약한 허무주의의 드러냄이며, 자신과 나라와 민족에 아무런 의미가 없는 자해, 꿈과 현실을 분간치 못하는 환각적 행위라고 비난했다. 너무나도 낯익은 목소리였기에 진부했다.

권력이 인간의 욕망이라면 변혁과 혁명 역시 인간의 욕망이다. 전자가 증식으로의 욕망이라면, 후자는 정화로의 욕망이다. 그러므로 권력을 가진 자는 스스로 생명을 끊지 않는다. 그런 일이 일어난다면 천지가 개벽할 일이다. 그러나 정화에의 욕망에 시달리는 변혁가와 혁명가는 스스로 목숨을 버릴 수 있다. 목숨을 버린다는 것은 증식의 행위가 아니다. 그것은 정화로 다가간다. 정화의 세계를 움켜쥐려는 과격한 욕망의 짧은 불꽃이다. 이 불꽃의 모습은 최선의 선택은 아니지만, 최악의 선택이라고 말할 수도 없다. 꿈과 현실을 분간치 못하는 환각적 행위는 더더구나 아니다. 그것은 정화의 욕망이 선택할 수 있는 여러 방법 가운데 하나일 뿐이다. 그럼에도 나는 그들을, 증식에의 욕망이 들끓고 있는 천박한 자본주의 사회에서 그 욕망과 대척적인 자리에 서서 육신을 스스로 태운 그들을 가슴의 뜨거움 없이 떠올릴 수 없었다.

그날 밤 나는 술에 취해 있었다. 인천에서 노동운동을 하는 지우들과 오랜만에 만나 대낮부터 술추렴을 했다. 나는 평범한 생활인으로 늙어가고 있었고, 그들은 소련과 동유럽의 거대한 변혁이 할퀸 상처에 황망해 있었고, 쇠파이프로 한 생명을 죽이는 정권의 폭력성과 운동권의 잇따른 분신에 비통해 있었고, 여전히 모순투성이인 세상 앞에서 절망하고 있었다. 우리는 오랫동안 통음을 했고, 적막한 밤길을 비틀거리며 걷다가 헤어졌다. 내가 집으로 들어왔을 때 자정이 막 넘고 있었다. 얼굴을 씻고 잠자리에 들려고 하는데 전화가 왔다. 늦은 밤의 전화벨 소리는 사람을 놀라게 한다. 더욱이 전화를 한 이는 지성수였다. 그가 자정이 넘은 시각에 전화를 한 적은 없었다.

"여기 병원 영안실이다."

나는 숨을 훅 들이켰다.

"장인하 씨가 죽었다. 교통사고다."

그날이 1991년 5월 7일이었다.

새벽의 병원 영안실은 쓸쓸하고 적막했다. 몇몇 친척들 외에 지성수와 한기준, 출판사 직원 두세 명이 보였을 뿐 문상객이 너무 적었다. 나는 향을 피우고 절을 한 후 영정을 물끄러미 보았다. 오솔길 너머 흐릿한 안개 속에서 미소를 짓고 있는 장인하의 모습이 떠올랐다.

사고의 경위는 이러했다. 장인하는 여느 날처럼 7시에 퇴근했는데, 10시경 집 근처의 주점 앞 도로변에서 트럭에 치여 즉사했다. 목격자인 술집 주인의 말에 따르면 그는 8시 조금 넘어 혼자 들어와 소주 두 병을 마시고 나갔다. 주인 남자는 창을 통해 그의 뒷모습을 바라보았다. 사람이 조금 이상하게 보였기 때문이라고 했다. 혼자 술 마시는 손님이 종종 있어 왔기에 처음에는 눈여겨보지 않았는데 시간이 갈수록 눈길이 자꾸 그쪽으로 가더라고 했다. 오랜 시간 동안 한자리에 꼼짝도 않고 앉아 있는 모습도 그렇거니와, 일하는 아이가 사기그릇을 바닥에 떨어뜨려 모든 손님의 고개를 돌리게 했는데도 변함 없는 그의 모습이 무척 이상해 보였다고 말했다. 그가 신호등 없는 길을 건너려 할 때 트럭이 요란하게 클랙슨을 누르며 달려왔다. 그 소리는 주점 안에 있는 주인 남자도 미간을 찌푸릴 만큼 컸다고 했다. 그런데도 그는 걸음을 멈추지 않았고, 순식간에 트럭 속으로 빨려들었다.

지성수는 벽에 등을 기댄 채 눈을 감고 있었다. 그의 얼굴은 창백하고 피곤해 보였다.

"장인하는 홀로 술을 먹으면서 무엇을 생각했을까?"

물음이라기보다 독백에 가까웠는데, 여전히 눈을 감은 채였다. 벽에 등을 기댄 자세조차 변하지 않았다. 그동안 한기준이 두 차례 와서 말을 붙이려 했으나 꼼짝도 않는 그를 보고 물러갔다. 시간이 얼마나 흘렀을까, 지성수가 몸을 움직이기 시작했다. 벽에 붙인 등을 떼고, 어깨를 펴고, 숨을 들이켰다.

"장인하는……"

지성수는 천천히 눈을 뜨면서 말했다.

"나에게 소중한 사람이었다."

소중한 사람? 나는 그 말을 어떻게 받아들여야 할지 몰랐다. 그것의 무게와 빛깔의 깊이가 가늠되지 않았다.

"나는 장인하를 병원에 누이고, 아버지의 강제적 권유로 광주를 빠져 나갔다. 몇 달 후 다시 돌아왔을 때 수많은 친구와 동료가 죽고 다치고 감옥에 있었다. 나는 미친 듯이 그들을 수소문하고 다녔다. 장인하도 그들 중의 한 사람이었다. 나는 그가 귀를 잃은 줄을 몰랐다. 그를 병원에 옮겼을 때 귀에 이상이 있다는 의사의 말을 듣긴 했으나 다른 상처 부위를 염려했을 뿐 귀는 대수롭지 않게 생각했다. 마침내 그를 찾았을 때 청력을 완전히 잃은 상태였다. 그에게 일자리가 필요했지만 듣지 못하는 이를 고용하는 데를 찾기가 힘들었다."

그는 소주를 큰 컵에 가득 따라 천천히 들이켰다. 내가 오기 전에도 술을 많이 마셨다고 했다.

"이듬해 장인하가 서울로 올라왔으며, 조그만 인쇄소에 일자리를 구했다는 반가운 소식을 전화로 전했다. 그의 목소리를 묵묵히 듣는 동안, 그동안 그를 잊고 있었다는 사실을 깨달았다. 나는 장인하를 제대로 알지 못했다. 그 무지에서 눈을 뜬 것은 1985년 두 번째 수배 생활을 할 때였다."

수배자의 생활은 또 다른 유형의 시간이다. 길을 걷다가 우연히 부딪히는 눈길과 버스 속의 무심한 표정만으로도 수배자를 질식시킬 수 있다. 전국 어느 곳에나 붙어 있는 수배 포스터 속에서 자신의 얼굴이 자신을 빤히 본다. 어둠 속에 몸을 뉘어 눈을 감으면 불길한 상상이 서늘한 촉수를 심장에 댄다. 수배자는 가장 먼저 수배 예상 범위를 그려야 한다. 가족, 친척, 친구, 동지 등의 연고지 안으로 한 발자국도 들어가서는 안 된다. 수배자를 숨기면 범인은닉죄로 구속된다. 수배자는 갈 곳이 없다. 그럼에도 밤에는 잠을 자야 하고, 때가 되면 먹어야 한다. 수배자가 가는 길은 어둠의 동굴과 이어져 있다.

"내가 장인하를 찾은 것은 무엇보다도 정보 경찰의 수사망 속에 그가 들어 있지 않다는 사실 때문이었다. 그의 집은 안전한 거처였다. 그에게 며칠 신세 지고 싶다고 했을 때 쾌히 승낙했다. 나를 숨겨준다는 것이 어떤 굴레가 되는지를 알고 있음에도 나와의 만남을 진심으로 반가워했다. 그럼에도 나는 내가 떠나야 하는 날을 가늠하고 있었다."

처음에는 반가워한다. 하지만 하루가 지나고 이틀이 지나고 사흘이 지나면, 이제 그만 떠나주었으면 하는 표정이 보이기 시작한다. 그런 표정이 노골적으로 드러나기 전에 떠나야 한다. 자신을 미워하기 전에.

"내가 떠나야 하는 날을 가늠하는 동안 장인하는 좁고 누추한 집이 나에게 끼치는 불편함을 염려하고 있었다는 사실을 알고, 나는 수배자를 숨기는 행위가 초래하는 위험을 다시 거론했다. 그의 위선을, 위선 속에 숨어 있는 이기적 본능을 드러내고 싶었던 것이다. 진심으로 나를 돕는 이에게 나는 무례를 저질렀다. 왜 그랬을까?"

무사상적 인간에 대한 불신 때문이었다고 지성수는 말했다.

"사상적 인간은 세계의 본질을 투시하면서 과학적 인식과 과학적 사랑의 무장으로 욕망과 타락과 부도덕의 심장을 향해 온몸이 칼이 되어 전진한다. 장인하는 무사상적 인간이었고, 무사상적 인간의 사랑이 얼마나 허약한가를 나는 체득하고 있었다."

지성수는 내가 끔찍한 상처로 신음하고 있었을 때 나에게로 다가와 내 상처를 어루만진 유일한 사람이었다. 그것이 그가 말하는 과학적 사랑이든 아니든 사랑의 소중함에는 아무런 변화가 없다.

"장인하는 완벽한 무사상적 인간이었다. 완벽이라는 말을 나는 좋아하지 않는다. 인간을 수식할 때는 지극히 위험한 말이기까지 하다. 그럼에도 그에게만은 완벽이란 말을 쓰고 싶다. 그는 악의 힘을 알지 못하는, 혼돈과 광기와 모순으로 가득 찬 세계를 볼 수 없는 완벽한 무사상적 인간이었다. 나는 인간의 무게를 사상의 무게로 측정했다. 장인하에게는 무게가 없었다. 세상에서 곧 증발해버릴 것처럼 가벼운 존재였다. 하지만 난……"

지성수는 두 손으로 얼굴을 쓸었다.

"그의 위선을 드러내려는 나의 행위가 얼마나 어리석은 짓인가를 깨닫게 되었다. 그는 세계의 악에 무지했다. 누문동 골목길에서 광기에 갇힌 짐승을 향해 어린아이의 모습으로 다가간 장인하의 어처구니없는 행위는 악을 모르는 그의 무사상적 정신에서 비롯되었음을 나는 그때 깨달았다.”

“악을 모르는 정신이 있을까요?”

나는 조심스럽게 이의를 제기했다.

“나 역시 그런 정신을 상상하지 못했다. 인간이 왜 악을 모르겠는가. 장인하라고 해서 악을 모를 리 있겠는가. 그럼에도 악을 모르는 정신이라고 말할 수밖에 없는 것은 고통에 대응하는 그의 식물적 정신 때문이다.”

식물적 정신? 나는 멀뚱히 지성수를 보았다.

“진부한 이야기지만 인간은 사회적 동물이다. 귀를 잃었다는 것은 사회적 존재로부터의 추방을 뜻한다. 말이 단절된 세계, 집단으로부터 소외된 세계는 끔찍한 형벌이다. 장인하의 미묘한 정신은 형벌을 받아들인다. 견디는 것이 아니라 받아들이고 더 나아가 그 속에 뿌리를 내린다. 그의 천진한 미소와 타인에 대한 따뜻함은 그것의 표징이다. 자신의 상처를 끊임없이 괴로워하는 영혼은 그런 미소를 지니지 못한다. 그의 집에 은신하고 있었을 때 그에게 일깨우고자 한 것은 증오였다. 그에게는 증오가 없었다. 자신의 삶에 돌이킬 수 없는 상처를 입힌 권력의 폭력에 대해 장인하는 무지했다. 그 무지가 증오의 감정을 막고 있다고 나는 판단했다. 악에 대한 증오는 선이라고 믿었고, 지금도 믿고 있다. 그런데 장인하의 무지는 달랐다.”

상처 입은 정신은 가해자에 대한 증오를 품는다고 지성수는 말했다. 그것은 본능이며, 깊이를 알 수 없는 에너지의 덩어리라고 했다.

“그 증오는 악의 원천이다. 동시에 그 악과 싸우는 선의 원천이기도 하다. 악에 대한 증오야말로 세계를 변혁하는 힘의 원동력이다. 그런데 장인하의 정신 속에는 증오가 없었다. 자신을 짓이기고, 귀를 못 쓰게 한

자들의 폭력에 대해 그의 정신은 증오를 품지 않았다. 핏물과 주검뿐인 도청 시체실을 회고할 때도 증오는 없었다. 비통과 슬픔뿐이었다. 비통과 슬픔이 너무 커 증오가 끼어들 틈이 없었을까? 그것을 물었을 때 웃음만 지을 뿐 대답하지 않았다."

지성수는 보름 후 장인하의 집을 나왔고 운동의 격류 속에서 자연히 그를 잊었다. 장인하가 다시 떠오른 것은 혹독한 육체의 고통 속에서였다. 1986년 5월에 체포된 지성수는 고문을 겪었다. 포악한 고문이었다.

"나도 모르게 울부짖을 수밖에 없는 고문이었다. 깊은 동굴 속에서 나오는 듯한 나의 울부짖음은 길고 아득하게, 짧고 날카롭게 끊임없이 계속되었다. 입안은 피냄새로 가득했다. 거친 손이 입속으로 들어와 혀를 밖으로 끌어냈다. 지옥 같은 그 순간에 누군가의 얼굴이 보였다. 먼 곳에서 흐릿하게 보이는 얼굴이 조금씩 다가오고 있었다. 장인하였다. 슬픔이 가득한 표정임에도 입가에는 미소가 감돌았다. 미소는 내 몸에서 물처럼 흘러내렸다. 갈기갈기 찢긴 몸뚱이가 물처럼 흘러내리면서 다시 모였다. 작은 물방울이 모여 큰 물방울을 이루듯. 내 몸이 동그란 물이 되면서 세계가 아득해지고 있었다. 납득이 되지 않았다. 그들이 고문의 강도를 낮추었거나 멈춘 모양이라고 생각했다. 하지만 곧이어 몸속으로 파고드는 전류가 살을 찢고, 핏줄을 끊었다. 나는 그들 앞에 꼿꼿이 서고자 했다. 하지만 금방 무너졌다. 고통을 멈추게 해달라고 눈물로 애원했으나 그들은 차갑게 거부했다. 시간이 흐르고, 고문이 멈추고, 폐쇄된 독방에 갇혔다."

텅 빈 방에 죽은 듯이 누워 있던 그는 눈을 떴다. 작은 창이 보였다. 그러나 창밖의 풍경은 보이지 않았다. 갈색의 건물이 있고, 나무가 있고, 나무 너머 물빛 하늘이 보이는 풍경은 어디론가 사라져버리고, 뿌연 안개 같은 것이 어른거렸다.

"나는 눈을 깜박이기도 하고 손으로 비벼 보기도 했으나 변화가 없었다. 아, 내 정신이 무너져버렸구나, 눈앞의 사물을 보게 하는 힘조차 사라져버렸구나. 나는 절망했다. 분열된 자아 앞에서 손가락 하나 움직일 수 없었다. 안개가 걷히고 있었다. 눈앞을 뿌옇게 가린 안개가 걷히면서 풍경이 떠올랐다. 황량하고 메마르고 텅 빈 풍경, 내 손이 닿지 않는 풍경, 아무리 발버둥 쳐도 변하지 않는 풍경, 내 삶이 결코 벗어날 수 없는 잔인하고 절망적인 풍경이었다."

지성수는 1987년 겨울 대통령 선거 패배 후 깊은 늪에 빠져 있던 나에게 한 이야기를 반복하고 있었다.

"풍경은 좀처럼 사라지지 않았다. 사흘이 지나도 풍경은 눈앞에 달라붙어 있었다. 눈을 감으면 보이지 않는 손이 스르르 다가와 내 눈꺼풀을 열었고, 잠 속으로 빠져들면 차가운 손이 내 뺨을 두드리며 풍경을 향해 내 몸을 일으켰다. 나는 이것이 미쳐가는 증세가 아닌가 생각했다."

미쳐간다는 것. 정신이 붕괴되고, 붕괴의 폐허 속에서 낯선 정신이 새로 일어나 세계를 재구성한다. 보이지 않는 세계를 보고, 들리지 않는 소리를 들으며, 허공 속에서 사물과 생명을 만진다. 이것이 미쳐가는 증세다.

"나는 눈물을 흘리며 고개를 흔들었다. 사랑하는 사람을 잊어버린다는 것. 사랑하는 사람의 세계를 떠나 다른 세계에 갇힌다는 것. 차라리 죽음이 낫지 않을까. 사랑하는 사람들의 기억 속에서나마 존재할 수 있는 죽음이. 그러던 어느 날이었다. 낯선 풍경 속에서 어떤 기적이 있었다. 바람에 스치는 나뭇가지 소리 같은 기적이었다. 기적과 함께 정지해 있던 풍경이 움직이기 시작했다. 풍경을 움직이고 있는 이가 누구인지 궁금했다. 풍경 속을 두리번거렸다. 잿빛 풍경 속에서 사람의 모습이 보였다. 장인하였다. 그 순간 하나의 깨달음이 빛처럼 빠르게, 불처럼 뜨겁게 몸속으로 파고들었다. 고문에 유린된 내 몸이 왜 동그란 물이 되었는지를."

장인하의 슬픈 표정과 천진한 웃음이 그의 몸에 들끓고 있던 공포와 분노와 저항과 갈망을 무화해버렸기 때문이라고 지성수는 말했다.

"그 순간 나는 하나의 식물이었다. 바람이 불면 흔들리고, 비가 오면 젖고, 짐승의 이빨이 들어오면 찢기고, 꺾으면 꺾이고, 자르면 잘리는 식물."

조금 전 지성수가 장인하를 표현하면서 식물적 정신이라는 말을 사용했을 때 무슨 뜻인지 알지 못했다. 고통에 저항하지 않는 정신이 식물적 정신이라면 장인하에게는 맞는 말이었다. 분노하고 저항하는 장인하의 모습을 상상한다는 것은 거의 불가능했다.

"나는 세계가 객관적으로 존재하며, 세계를 진보의 방향으로 움직이게 하는 객관적 진리가 있다고 믿었다. 죽음의 풍경은 이 믿음의 뿌리까지 흔들었다. 진보에의 믿음은 절망이 깊을수록 아름다워진다. 1980년대 우리의 아름다운 영혼은 광주의 절망 속에서 잉태되지 않았느냐. 그런데 그때 왜 그토록 잔혹한 풍경이 떠올랐을까? 고문자들 앞에서 눈물을 철철 흘리며 고통을 멈추게 해달라고 빌었기 때문이었을까? 굴욕 속에서 증오가 일어나고, 증오는 믿음을 강화시킨다. 하지만 그것은 증오가 만든 풍경이 아니었다. 풍경 속에 열정의 불꽃은 어디에도 없었다. 싸늘한 죽음뿐이었다. 납득할 수 없었다. 내 정신을 의심한 것은 죽음뿐인 풍경을 납득할 수 없었기 때문이다. 정신이 흐려져간다는 것은 세계의 실체를 인식하는 힘이 흐려져간다는 것을 뜻한다. 나는 내가 미쳐간다는 것을 또렷이 느낄 수 있었다. 그것은 세계를 절대화한 자가 받아야 할 형벌이었다."

형벌? 나는 마음속으로 되뇌며 지성수의 말을 기다렸다.

"나는 인간이 지향해야 할 절대적 세계가 존재하며, 내가 딛고 있는 길만이 그곳으로 향하는 유일한 길임을 믿었다. 세계를 절대화한다는 것은 세계를 향한 나의 시선을 절대화한다는 것을 뜻한다. 거기에는 나의 길 위에 서지 않는 자를 질타하는 나의 절대성이 있다. 절대성은 예언자적 열정을 낳는다. 이 길을 믿지 않는 자, 이 길에 서지 않는 자. 너희들은 악한 자이며, 멸망하리라! 예언자의 육신은 진흙투성이지만 정신은 빛으로 가득 차 있다. 세계와 자아의 완벽한 결합에서 나오는 황홀한 빛이다. 황홀한 빛은 변혁운동가에게 가장 강력한 무기이며, 동시에 덫이기도 하다."

지성수는 빈 술잔을 다시 채웠다. 그의 통음을 막을 수가 없었다.

"종교적 예언자는 그의 영혼 위에 신이라는 완전한 존재가 있다. 신 앞에 자신은 한갓 불완전한 인간일 뿐이다. 불완전한 존재는 신 앞에 무릎을 꿇는다. 한없는 겸손만이 신에게 다가갈 수 있는 유일한 통로임을 알기 때문이다. 불완전함에 대한 인식이야말로 인간에 대한 하염없는 사랑의 원천이며, 강인한 철의 영혼을 만든다. 그런데 나는, 예언자적 열정에 충만했던 나는 어떠했는가. 나의 영혼 위에는 신이 없었다. 내가 무릎을 꿇어야 할 존재, 나의 불완전함을 온몸으로 일깨우는 존재가 없었다. 혹독한 고문 후 죽음의 풍경이 나타난 것은 영혼 위에 신이 없었기 때문이다."

목소리가 슬펐다.

"신을 우러르는 예언자는 육신이 갈가리 찢겨도 정신은 허물어지지 않는다. 영혼이 신의 빛 속에 있기 때문이다. 나는 종교적 예언자가 아니었다. 나의 눈이 천상으로 향하기에는 지상의 비참이 너무 무겁다. 지상의 비참을 짊어지고 천상을 향할 수도 있겠지만, 내 영혼은 두 세계를 동시에 안지 못한다. 어쩌면 이것이 변혁운동가의 운명일지도 모른다. 신의 빛이 없는 예언자의 영혼이 허물어졌을 때 무엇이 나타날까? 죽음의 풍경이다. 역사의 객관적 진실에 대한 믿음이 절망 속에서 오히려 더 푸른 아름다움으로 나타난다고 해도, 절망이 한계를 넘으면 아름다움은 무너진다. 그때 내 무장된 정신은 고통을 견디지 못했다. 견디지 못한 자가 할 수 있는 일이 무엇이겠는가. 자신이 깡그리 부정된 세계, 죽음의 풍경이다. 그 풍경은 내 믿음의 뿌리를 송두리째 흔들었다. 뿌리가 흔들림으로써 나는 미쳐가고 있었다. 눈앞의 세계가 납득되지 않을 때 인간이 할 수 있는 유일한 행위는 미치는 일이다. 미쳐가고 있는 나를 막은 이가 장인하였다. 장인하는 죽음의 풍경에 나타난 유일한 생명이었다. 나는 폐쇄된 방에서 망가진 육신의 고통에 신음하며 장인하라는 이상한 존재에 천착했다. 세계와 현실에 대한 백치적 무사상, 굴욕과 괴로움을 거역하지 않는 정신의 단순성, 천진한 미소와 겸손에 대해."

지성수는 이야기의 매듭을 지으려 하고 있었다. 깊은 숨이 서려 있는 말에서 그것을 느꼈다.

"영혼 위에 신이 없는 예언자는 위험하고 허약하다. 그의 열정의 모태는 절대화된 세계와, 거기로 나아가는 절대화된 자신의 존재이다. 세계와 인간에 대한 사랑을 반성과 겸손이라는 자양분 속에서 피어나는 꽃이라 한다면, 절대성이라는 생명은 반성과 겸손을 끊임없이 부정한다. 이념이 만들어내는 사랑은 고귀하나 거기에는 반성과 겸손이 결핍되어 있다. 그러므로 위험하고 허약한 사랑이다. 위험하고 허약한 사랑에 무엇으로 강인한 생명을 불어넣을까? 자신의 불완전함을 일깨우는 신을 만드는 것이다. 나에게 그 신의 존재는 장인하였다. 놀랍지 않을 수 없었다. 사상가가 무사상가를 우러른다는 것이, 세계의 악에 대한 증오로 무장한 실천가의 열정이 증오가 없는 단순한 정신 앞에 무릎을 꿇는다는 것이, 메마른 강인함이 부드러움과 약함 앞에 머리를 숙인다는 것이, 지상의 열쇠를 찾는 이가 천상의 열쇠를 소중히 한다는 것이. 이것은 사상을 버리는 행위가 아니다. 사상 속으로 생명을 불어넣는 행위다. 지상의 열쇠를 더욱 빛나게 하는."

　　이제 회상을 매듭지으려 한다. 장인하는 광주 근교 야산에 있는 그의
어머니 묘 옆에 묻혔다. 지성수는 작은 무덤 앞에서 오열했다. 산을 내려
오면서 장인하를 생각했다. 한 인간이 지상을 떠났다. 그가 지상에 남긴
흔적은 무엇인가. 흔적은 없었다. 몇몇 사람 외에는 그의 죽음을 아무도
몰랐다. 누구도 지붕 위에서 그의 죽음을 소리치지 않았다. 세상에 드러
나지 않은 조그만 죽음이었다. 그 조그만 죽음이 회상 속에서 완전한 영
혼의 모습으로 떠오를 때 그것을 받아들여야 할까? 지상에서는 존재하
지 않는, 시간 저 너머에서 지상으로 흘러내려 오는 비현실적 영혼의 모
습을. 뒤를 돌아보았다. 봄날의 산은 밝고 따뜻한 햇살 속에 아늑히 누워
있었다.
　　— 정찬 소설집 『완전한 영혼』(문학과지성사, 1992년 초판, 2018년 개정판)

그대에게 보내는 편지

홍희담

1945년 서울 출생. 본명은 홍희윤. 이화여대 국문과 졸업.

1980년 5·18민주화운동 당시 〈송백회〉 회원으로 항쟁에 참여.

1988년 『창작과비평』 봄호로 등단.

소설집으로 『깃발』 등과 공동 저서로 『5·18의 기억과 역사 9 —송백회 편』 등이 있음.

1

산이 높아 오고 가는 구름이 다 걸려 있었다. 아파트 지붕 너머로 무
등산을 바라보던 영빈은 다시 하던 일을 계속했다. 남편의 와이셔츠를
탈탈 털어 빨랫줄에 널었다. 베란다에는 두 개의 빨랫줄이 있었다. 영빈
은 햇볕이 잘 드는 앞줄에 남편과 아이들의 옷가지를 촘촘히 널었다. 뒷
줄에는 그녀의 옷가지를 널었다. 베란다 창문에 갇혀 빨랫줄에 널려 있
는 옷가지들은 어딘지 모르게 후줄근해 보였다. 아파트 생활은 여러모로
편리하긴 하지만 빨래를 널 때마다 영빈은 긴 장대에 빨랫줄을 늘어뜨릴
수 있는 마당 넓은 집을 그리워하곤 했다. 색색의 옷가지들과 풀 먹인 하
얀 홑청이 햇빛에 눈부시게 빛나고 바람에 나부끼는 정경이 일상에서 사
라진 것은 소중한 생활의 한 부분이 새어나간 것과 같았다. 햇빛과 바람
에 노니는 옷가지와 이불 홑청은 상쾌한 울림을 가져다주는 일상의 작은
깃발이었다.

8월의 고요한 아침이었다. 빨래를 끝낸 영빈은 화분에 물을 주었다. 베란다의 반을 차지하고 있는 나무들은 온 여름내 꽃을 피웠다. 햇볕이 그중 잘 드는 곳에 놓아둔 산山동백은 오랜 풍상을 겪어낸 작은 고목 모습을 갖추고 있었다. 작고 동그마한 잎사귀에 묻은 물기가 한참 눈부시게 빛을 뿜다가 서서히 말라버렸다.

집안 청소까지 마치자 어느새 정오가 가까워져 있었다. 영빈이 가스불에 찻주전자를 막 올려놓았을 때 전화벨이 울렸다. 영빈은 수화기를 들었다.

"누님, 형석입니다. 그동안 별고 없으셨지요?"

"오랜만이네."

영빈은 흔연스럽게 대꾸했지만 머릿속엔 알 수 없는 불안이 서려들었다. 형석이 담배를 깊숙이 들이빨아대는 소리가 전선줄을 타고 들려왔다. 형석이 말했다.

"매형은 회사에 잘 다니시고요?"

"그럼."

"큰애가 초등학교……"

"3학년이야. 수경이는 유치원에 다니구."

"다 컸구만요."

일상적인 심상한 어조로 말을 마치자 형석은 잠시 사이를 두었다가 말을 이었다.

"요즈음 신문 보셨죠?"

"신문이야 보지."

"피해자 신고 하라는 기사 말이에요."

"보긴 했어."

"아무래도 누님과 얘기 좀 해야 될 것 같아서요."

영빈은 대꾸를 못하고 머뭇거렸다. 형석이 잇대어 말했다.

"형철 형님 문제를 터놓고 얘기할 수 있는 사람도 없구요. 누님이랑 얘기라도 나누면 좋겠어요."

형석이 본 지도 오래되었다. 재작년 그의 결혼식 때 먼발치에서 잠깐 보았을 뿐이다. 영빈이 말했다.

"그렇지 않아도 숙모님을 찾아뵈야 할 텐데……"

형석의 어머니와 영빈의 어머니는 외사촌뻘이 된다. 외가 쪽 사촌 이상은 호칭이 없어 그의 어머니를 그냥 숙모로 불러왔다.

"언제쯤 오시겠어요?"

"글쎄……"

"내일은 어떠세요?"

"그러지 뭐."

"누님 편한 시간에 오세요. 저희 회사가 집에서 가깝거든요. 전화만 하면 금방 나올 수 있어요."

영빈은 그가 살고 있는 아파트 주소를 받아 적었다. 영빈은 수화기를 내려놓고 김을 내뿜으며 끓고 있는 찻주전자를 멍하니 바라보다가 그냥 가스 불을 꺼버렸다. 차 마실 기분은 간데없이 사라졌다.

문민 대통령이 망월묘역의 흙을 밟지도 못하고 대학생들에게 쫓겨 갔을 때 언론들은 하나같이 그들을 매도했다. 이에 힘입어서인지 문민정부는 5·18광주민중항쟁의 진상규명과 책임자 처벌에 관해서는 일언반구도 비추지 않고 해결방안을 제시하였다. 망월묘역의 성역화와 시민들에게 도청 무상증여, 피해자의 신고에 따른 배상금 등이었다. 뒤이어 피해자 신고는 연일 대만원을 이루었다.

영빈은 온종일 일이 손에 잡히지 않았다. 아이들에게 줄 간식도 준비해놓지 못했고, 여름 해가 설핏해져서야 저녁 준비를 하기 시작했다.

저녁식사를 끝내자 남편이 넌지시 물어보았다.

"당신 오늘 무슨 일 있었어?"

"일은 무슨."

"얼굴에 다 씌어 있는데, 뭐야? 말해 봐."

그가 죄어 물었다. 영빈이 마지못해 대답했다.

"아무래도 내일 형석이 집에 다녀와야 되겠어요."

"거긴 갑자기 왜?"

"형철 오빠 문제로 좀 보자고 전화가 왔어요."

"당신이 관여할 일이 아니잖아."

"그렇긴 하지만 숙모님을 찾아뵌 지도 오래되었고……"

영빈이 말끝을 흐렸다. 남편은 보일 듯 말 듯한 웃음을 지으며 말했다.

"형철 씨 그 양반 신고하면 배상금이 꽤 나오겠지? 몇 년째 정신병원에 있는 거지? 벌써 십 년이 넘어섰군. 배상금이 꽤 나오겠는걸."

영빈의 이맛살이 찌뿌려지고 얼굴이 흐려졌다. 그러나 남편은 모르쇠하고 계속해서 말했다.

"그때 당신은 뭐 했어? 잠깐 잡혀들어가거나 조금 부상을 당했더라면 이번 기회에 배상금을 톡톡히 탈 텐데 말야. 심사는 혼자 다 끓고 살면서 실속은 하나도 못 차리고."

영빈은 깊게 한숨을 짓는 것으로 남편의 말막음을 하였다.

"남들이 이런저런 말들을 많이 하니까 그냥 해 본 말인데."

신문을 들고 안방으로 사라지면서 남편은 혼잣말처럼 중얼거렸다.

영빈은 베란다에 나가 옷가지들을 차곡차곡 걸어 팔소매에 보듬고 거실 문턱을 넘어서다가 문득 뒤를 돌아다보았다. 어둠 속에 잠긴 동백을 보았을 때 영빈의 마음이 떨리고, 그리고 아픔이 찌르고 지나갔다.

생때같은 형철이 정신병자가 된 것을 그 당시 영빈은 감당할 수가 없었다. 그렇다고 그의 존재를 지워낼 수도 없었다. 어떤 상징으로라도 그를 기억해야 될 것 같았다. 이 동백은 형철이 정신병자로서 평생을 살아가리라는 진단결과가 나왔을 때 들여놓은 것이었다.

이튿날 영빈은 집을 나섰다. 일층까지 내려와서야 집안 단속을 안한 것에 생각이 미쳤다. 영빈은 뒤돌아섰다. 현관문을 연다. 가스 밸브를 점검한다. 수도꼭지를 다시 잠근다. 창문들이 꼭꼭 닫혔는지 확인한다. 안심을 하고 밖으로 나온다. 그렇게 단속을 하고 외출을 해도 영빈은 마음을 놓지 못한다. 남편은 편집증세라고 염려를 하기도 했다. 여행은 꿈도 꾸지 못한다. 가까운 산사조차도 가지 않는다. 저녁 이후엔 외출도 하지 않는다. 낮에 외출해도 두세 시간이 지나면 불안해져 급히 택시를 타고 집으로 달려온다. 집을 비운 사이 무슨 일이 벌어졌을까 전전긍긍하기 때문이다. 불이 났는지 도둑이 들었는지 또는 갑자기 이상한 세계로 변해 안주할 곳을 잃어버리는 것은 아닌지 온갖 망상으로 시달린다. 차라리 집안에 파묻혀 있는 것이 가장 안심이 된다. 왜 그런 증상을 갖게 되었는지 영빈 자신도 알고 있었다. 그러나 고쳐지지 않았다. 어느 날 느닷없이 들이닥친 계엄군의 총칼 아래 도시는 순식간에 변해버렸다. 아름다움과 선의 세계는 악과 살육과 증오의 세계로 변했다. 아니 오히려 도시는 총구멍 수백 개의 흔적뿐 아무 변화도 없었는지 모른다. 영빈의 마음 안의 도시, 영빈이가 살았고 앞으로도 살아가야 할 마음 안의 도시 풍경이 카키색 얼룩무늬 정글복과 군홧발에 짓뭉개져버렸다. 아무런 일도 없는 듯이 바로 그 다음날로 일상을 되찾은 도시가 영빈을 더욱 숨막히게 죄어왔는지도 모른다. 이런 숨막힘은 안온하고 평화로운 울타리가 언제 또 파괴될지 알 수 없다는 불안감으로 이어졌다. 아무리 파괴되어도 어느 누구도 알지 못하는 것, 그것이 마음 안의 파괴를 가속화했는지도 모른다.

형철의 주변과 동떨어져서 살아온 것도 그런 증세와 무관하지 않았다. 감당할 수 없는 그 무엇이 그곳에 있었다. 일상적인 생활만이 영빈을 지탱해주었다. 그녀는 집안을 살뜰한 보금자리로 꾸며놓았다. 커튼은 천사의 날개 같은 하늘하늘한 천으로 물결처럼 쳐놓고 식탁보며 의자 덮개는 하얀 레이스로 직접 만들어서 씌워놓았고 온갖 꽃나무로 베란다를 꾸며놓았다. 피 살육 총칼 계엄군 따위는 이 집안에서 그림자조차 찾을 수 없다. 그런 것들은 최소한 이 생활에서만큼은 모조리 사라져야 한다. 그런데 어느 날 밤이었다. 잠결에 아스라이 꽹과리 소리가 들려오는 것 같았다. 크지도 작지도 않게 똑같은 리듬으로 이어지고 있었다. 그 소리는 밤의 장막을 조금조금씩 갈라내는 것 같았다.

잰재 잰재 잰재재잰 잰재 잰재재잰……

영빈은 어느 집에서 굿을 하나, 하고 소리 나는 쪽을 가늠해보려고 귀를 기울였다. 방향이 도통 잡히지 않았다. 영빈은 거실로 나왔다. 커튼 사이로 달빛이 비치고 있었다. 창문을 열었다. 소리는 그쳐 있었다. 아낙네들이 쑤군거리던 이야기가 떠오르면서 영빈은 오싹한 한기를 느꼈다. 이 아파트가 들어선 것은 80년 5월 직후였다. 이 아파트 공사장에서 일하던 인부의 얘기가 입에서 입으로 전해졌다. 포크레인으로 정지작업을 할 때 서너 구의 시체를 봤다는 둥, 무더기로 묻혀 있던 가방이며 옷가지가 나왔다는 둥 갖가지 풍문이 나돌았다. 창문을 닫아도 한기는 사라지지 않았다. 무서움하고는 다른 느낌, 마치 죽음의 그림자가 와닿는 써늘하고 초현실적인 느낌. 영계靈界의 느낌이 있다면 바로 이럴 것이다. 원한을 풀지 못한 영령이 살며시 달빛을 타고 내려온 것일까. 그 후 영빈은 극락정토나 천국을 믿지 않지만 원혼이 떠도는 것은 믿게 되었다. 무풍지대라고 믿었던 보금자리에도 그런 식으로 5월의 잔영이 스며 있었다.

형석의 아파트는 하남공단 근처에 있었다. 영빈은 인근 슈퍼에서 쇠고기 두 근을 샀다. 숙모는 아기를 업은 채 영빈을 맞았다. 아기가 낯선 얼굴을 보자 울음을 터뜨렸다. 숙모는 산전수전 다 겪은 사람들이 그렇 듯이 표정을 드러내지 않았다. 오랜만에 찾아온 영빈에게 섭섭한 내색도 보이지 않았다. 다만 영빈 어머니의 안부를 물었을 따름이다. 숙모는 형 석에게 전화로 영빈이가 왔음을 알려주었다. 아기가 숙모의 등에서 잠이 들었다. 숙모는 아기를 누이러 방으로 들어갔다. 형철이 정신병원에 실 려 간 후로 숙모는 섬마을에 있는 논밭을 정리하고 형석과 살림을 합쳤 다. 방에서 나온 숙모는 수박을 내왔다. 수박 한 조각을 집어들며 영빈이 물었다.

"애엄마는 안 보이네요."

"일 나갔구만. 애비 혼자 벌어서 살림을 꾸릴 수가 있어야지."

"숙모님은 지금까지도 고생이시군요,"

숙모는 가시주름이 얽히는 웃음을 지었다. 웃음 끝에 문득 표정이 굳 어지며 말을 하였다.

"영빈이한테 줄 것이 있구만."

숙모는 작은방으로 들어가 잠시 후에 라면상자 하나를 내왔다. 숙모 는 한 손을 라면상자 위에 얹은 채 한숨을 섞어가며 말했다.

"큰애가 보낸 것들이네."

"형철 오빠가요?"

영빈은 눈가에 불덩이가 확 쏟아지는 것 같았다. 영빈은 라면상자 앞 에 바투 앉았다. 그러나 라면상자를 열 엄두를 못 내고 숙모를 바라보았 다. 숙모의 축 처진 눈의 웃시울에 경련이 일고 있었다. 숙모는 라면상자 를 열며 잦아들어가는 듯한 목소리로 말했다.

"뭘 할 말이 그리도 많은지……"

라면상자 안에는 헤아릴 수 없이 많은 편지봉투가 쌓여 있었다. 오랜

만에 대하는 형철의 글씨였지만 영빈은 단박에 알아보았다. 모가 나지 않게 부드럽고 한 자 한 자 정성스럽게 써간 그의 글씨체는 그의 풍모를 연상시켰다. 글씨 한 자 한 자가 생가슴을 날 선 손톱으로 할퀴듯 영빈의 가슴을 할퀴었다. 겉봉이 뜯긴 것도 있었지만 봉한 채로 있는 것이 태반이었다. 겉봉에는 온갖 사람들 이름이 써 있었다.

박관현, 윤상원, 신영일, 박용준, 홍비오, 전인하, 김영빈, 카터, 김대중, 노신, 윤기현, 김양래, 윤장현, 고리끼, 황석영, 똘스또이, 최권행, 윤한봉, 김영심, 김상윤, 정현애, 박형선, 윤경자, 최연석, 박경희, 박효선, 김현장, 김영애, 오창규, 임영희, 정향자, 김은경, 이강, 홍성담……

인하에게 보낸 편지가 제일 많았다. 오랫동안 기억의 한 켠으로 밀려나 있던 인하의 존재가 또렷한 형상으로 나타났다. 그것은 무거운 한숨이었다. 깊은 슬픔이었다. 영빈은 자신의 편지를 추리다가 인하의 편지도 추려내기 시작했다. 영빈의 눈이 축축히 젖어들었다. 숙모는 또 한 상자를 내왔다. 상자는 무려 다섯 개나 되었다. 인하에게 보낸 것만 해도 한 상자는 되었다. 숙모는 두 손으로 상자 한쪽을 잡고 있었다. 심줄이 불거지고 마디가 굵은 그 손은 마치 사무친 마음처럼 보였다.

영빈은 산처럼 쌓인 편지들 속에 얼굴을 파묻고 울었다. 오랫동안 울었다. 형철의 말이 산처럼 쌓여와 온몸을 뒤덮는 것처럼 느껴졌다. 형철에겐 꼭 하고 싶은 말이 있었을 것이고, 할 수밖에 없는 말이 있었을 것이고, 의식과는 상관없이 그대로 내뱉는 말이 있었을 것이다. 그 말들은 그동안 죽은 듯이 상자 안에 갇혀 있었다. 이제 그 말들이 튀어나와 영빈에게 비명소리를 질러대는 것 같았다. 형석이 왔을 때 영빈은 베란다에 나가 담배를 피우고 있었다. 숙모 앞에서 차마 담배를 피울 수가 없었다. 형철이 정신병원에 갇힌 뒤부터 인하와 영빈은 담배를 피웠다. 가슴에 주먹만 한 담이 생긴 것 같았는데 담배를 피우면 조금 가라앉는 기분이 들었다. 형석은 추려낸 편지들을 묶으며 낮고 쉰 듯한 목소리로 말했다.

"진즉 전해드리려고 했는데…… 형 면회 갈 때마다 간호사한테 받아온 편지들이에요. 형은 매일 편지를 써요. 갈 곳이 없는 이런 편지를……"

형석은 영빈의 기색을 살피며 조심스럽게 말을 이었다.

"굳이 필요하지 않으면 여기 두어도 돼요."

"아니, 그냥 가져가겠어."

영빈은 형석을 도와 편지묶음을 보자기에 쌌다. 형석은 매듭이 진 부분에 손가락을 집어넣고 잠시 멈칫거렸다. 그것은 슬프게 느껴지는 작은 동작이었다.

그들은 밖으로 나왔다. 숙모는 눈물보다 더 슬퍼 보이는 눈빛으로 영빈을 배웅했다. 그들은 아파트단지 안의 찻집으로 갔다. 잡지를 뒤적거리고 있던 아가씨가 느린 동작으로 그들에게 다가왔다. 주문을 받은 아가씨는 실내에 흐르고 있는 가요를 따라 부르며 주방 쪽으로 걸어갔다. 나팔꽃보다 짧은 사랑아 속절없는 사랑아……

차 한 모금을 마시고 형석은 쓸쓸하게 웃으며 말했다.

"누님도 벌써 중년 티가 나네요."

형석에겐 어딘가 사람의 마음을 진정시키는 힘이 있었다. 성실하게 다져진 생활력 때문일 것이다. 형석은 형철의 재난으로 대학도 못 가고 취업전선에 뛰어들었다. 중장비 기술자로 동생 하나를 전문대학에 보냈고 집안의 기둥 노릇을 했다. 형석이 말했다.

"오월 단체에서 연락이 몇 번 왔어요."

"뭐라구?"

"이번 피해자 신고에 한 사람도 빠지면 안 된대요. 마지막 기회라나요."

"……."

"어차피 5월항쟁은 역사화되는 것이고 그러려면 우리 스스로가 피해 상황을 정확히 내보여야 한대요."

훗날의 어느 역사가가 항쟁 사료를 뒤적이다가 정신이상자의 파일에서 형철의 피해자 신고서를 보게 된다.

(김형철은—당시 27세—5·18 때 도청을 끝까지 사수한 자로서 심문과정에서 심한 고문으로 뇌수에 이상이 생겼음. 정신병자로 일생을 마침.)

간결한 몇 줄 속에 형철의 인생이 담긴다. 형철이 헤매고 있는 저 무망한 어둠을 누가 알 것이며 천지간에 울려 퍼졌던 그의 울부짖음을 누가 들을 수 있을 것인가. 영빈은 역사라는 단어에 순간적으로 적의를 느꼈다. 영빈의 표정을 살피며 형석이 물었다.

"무슨 생각을 하세요?"

"아니 그냥."

영빈은 꼿꼿해진 눈살을 피며 말했다.

"배상금을 받게 되면 형의 희생이 헛되지는 것 같아 결정을 못 하겠어요."

형석의 음성은 조용했으나 굵은 목에서 울대뼈가 들먹거렸다.

"왜 배상금에만 초점을 맞추니?"

"그게 그거잖아요. 모두들 거절했으면 좋겠어요. 돈이란 일종의 당근이잖아요."

"신고한다는 데 의미를 두어 봐."

두 사람은 거의 동시에 깊은 한숨을 내쉬었다. 한숨은 낮추 떠돌면서 두 사람의 가슴을 답답하게 죄었다. 답답함을 몰아내기라도 하듯 형석이 불쑥 물었다.

"인하 누나는 잘 살아요?"

공격을 받은 것처럼 영빈은 어깨를 움츠렸다. 형석은 잠시 주저하다가 흔연스럽게 슬쩍 잇대었다.

"누님을 만나지 못하니까 인하 누나 소식도 통 들을 수가 없군요."

"나도 잘 몰라."

"몰라요?"

형석은 의외라는 듯 눈을 크게 뜨며 계속해서 말했다.

"형을 떠난 후로 연애한다는 소문이 무성했는데…… 누구였더라."

형석은 기억을 더듬는 듯 눈을 가늘게 떴다. 마침내 떠오른 생각을 끄집어냈다.

"노동 쪽에서 일하는 사람이라고 들었던 것 같은데요. 이름이……"

"익서, 유익서."

하고 말해놓고 영빈은 새삼스럽게 되살아난 과거의 기억이 의외로 강한 것에 자신도 놀랐다. 형석은 편지 보퉁이를 내려다보며 나지막이 물었다.

"그분과 잘 사시겠지요?"

영빈은 아무 대답도 하지 않았다. 다시 고개를 든 형석은 알 수 없다는 표정을 지었다. 영빈은 고개를 천천히 가로저었다. 형석이 다그치듯 물었다.

"그 사람하고도 헤어졌다는 거예요?"

"그렇게 됐어."

"그리고요?"

"그리고"

그리고 어디론가 사라졌다. 서울에서 봤다는 얘기도 들리고 외국에 갔다는 얘기도 들리고, 그러다가 몇 년 전부터 아예 풍문조차 나돌지 않았다.

"그 누나 참 고왔는데."

그가 진정에 넘쳐 말하기 시작했다.

"왜 그때, 그러니까 항쟁 일어나기 전 그해 2월쯤이었을 거예요. 형철 형님이랑 누님이랑 인하 누나랑 섬마을에 오셨잖아요. 어머니한테 신붓 감을 보이러 온 것이었지요. 세상에 그렇게 이쁜 여자가 형의 애인이라 니 공연히 샘도 났어요. 뽀얀 살결이며 웃을 땐 목단꽃 같았지요. 그때의 인하 누나같이 고운 여자는 다시는 보지 못했어요."

형석의 음성이 조용히 젖어들었다. 영빈의 두 눈에는 감춰진 고통의 빛이 떠올랐다. 그들은 고향 얘기며 고향에 남아 있는 친척들 얘기를 주 고받다 헤어졌다. 헤어지면서 형석은 조심스럽게 권유했다.

"누님도 형 얼굴이나 한번 볼 수 있으면 좋을 텐데……"

집으로 돌아온 영빈은 형철의 편지 뭉치를 장롱 깊숙이 넣어두었다. 식구들이 모두 출타하고 혼자 남게 되었을 때 영빈은 편지 뭉치를 꺼내 한 장 한 장 읽어 내려갔다. 5·18 당시 사건이 지금 전개되는 것처럼 씌 어 있는가 하면 절친했던 사람들의 안부를 묻는 대목도 여러 번 나왔다. 그중 서너 명은 망월묘역에 묻혀 있었다. 80년 5월 이전 기억은 놀랍게 도 모두 정확했다. 어릴 적 추억이 담긴 편지들은 영빈에게 아름답고 강 렬한 그리움을 불러일으켰다. 그 편지들은 바다 같았고 황혼의 빛 같았 고 다시는 돌아갈 수 없는 유년의 뜨락 같았다.

2

집성촌을 이루던 섬마을 바로 앞뒷집에서 형철과 영빈은 친오누이같 이 자랐다. 생활은 곤궁했지만 가는 곳마다 바람과 나무와 바다가 있었다. 형철은 어릴 때부터 마을 사람들의 기대를 한껏 모았다. 머리도 명민했을 뿐더러 많이 아는 것을 깊고 사색적인 눈 속에 간직할 줄 아는 겸허함도 아울러 지니고 있었다. 철이 없던 시절 영빈은 "나 오빠한테 시집갈래. 어른이 되면 오빠하고 함께 살 거야." 하고 졸라대곤 했다. 형철은 고등학교를 광주로 나와 다녔고 그즈음 영빈네도 논밭을 정리하고 광주로 솔가했다.

소슬한 바람이 부는 어느 가을 오후였던가. 군에 입대하기 전날 형철이 영빈의 집을 찾아왔다. 집안 어른들에게 인사를 올리고 둘이는 산책을 나갔다. 영빈에게 형철의 군 입대는 최초의 이별 같은 느낌이 들었다. 남자들에게 군 입대는 애벌레에서 나비가 되기 위해 단단한 번데기로 굳어 있는 기간이기도 했다. 군에서 제대하고 나비로 변하면 형철은 어느 곳으로든지 훌훌 떠나버릴 것 같았다.

"오빠."

하고 불러놓고 영빈은 가볍게 몸을 떨었다. 영빈을 바라보는 형철의 눈속에 조용한 우수가 깃들었다. 그는 가슴 깊은 곳에서 나오는 듯한 나직한 목소리로 말했다.

"전생의 부부가 이승에서는 오누이로 태어난다는 거, 너 알고 있니? 우린 헤어질 수도 떨어질 수도 없는 오누이 사이야. 얼마나 깊은 사이니?"

"하지만 오빠?"

"알아."

그리고 그들은 아무 말도 하지 않았다. 혼자 집으로 돌아오면서 영빈은 영원히 그녀의 것이 될 수 없는 남자를 생각하며 울었다. 눈물도 많고 온갖 호기심과 두근거림과 꿈과 환상의 세계가 저만치 물러나고 있었다. 영빈은 소녀 시절을 마감한 것을 어렴풋이 느꼈다. 영빈의 한숨과 눈물을 어느 정도 알고 있던 사람은 고등학교 입학 때부터 단짝인 인하였다.

그 당시 인하는 음악 선생을 사모하고 있었다. 선병질적인 얼굴에 항시 검은양복을 걸친 음악 선생은 소녀들의 마음을 설레게 했다. 그는 바이올린이 전공이었는데 이따금 음악실에 홀로 앉아 베토벤의 「로망스」를 연주하곤 했다. 가슴 저미게 하는 선율을 듣기 위하여, 아니 그의 길고 흰 손가락을 보기 위하여 인하는 남몰래 음악실 창문 앞을 서성대곤 했다.

영빈과 인하는 학교에서 매일 만나면서도 편지를 주고받았다. 편지에는 온갖 말린 꽃잎들, 사무치는 그리움, 이룰 수 없는 사랑의 슬픔, 빛나는 시어들이 들어 있었다. 두 소녀는 같은 대학에 나란히 입학했다. 2학년이 되었을 때 형철은 제대를 하고 복학생으로 두 여자애 앞에 나타났다. 항쟁이 일어나기 2년 전 봄 학기였다.

수강신청을 끝내고 인하와 영빈은 호숫가 근처 벤치에 앉아 있었다. 따뜻하고 부드러운 봄볕이 물결 위에 쏟아지고 있었다. 누군가의 시선을 의식하고 두 여자는 거의 동시에 시선을 돌렸다. 넓은 어깨를 비스듬히 세운 채 서 있는 남자, 형철이었다. 형철은 오래전부터 그 자리에서 두 여자를 바라보고 있었던 것 같았다. 그는 쑥스러운 듯 돌멩이를 집어 호수에 던졌다. 그리고 두 손을 혁대 안에 찔러 넣고 하늘을 바라보았다. 내면으로 향한 대부분의 사람들이 그렇듯이 형철의 어깨는 약간 꾸부정했다. 그는 두 여자에게로 천천히 다가왔다. 그의 시신이 영빈에게 머물다가 인하에게로 옮겨졌다. 그때 영빈은 보았다. 그의 눈빛에 미묘한 파문이 이는 것을. 그리고 인하의 입술이 꽃잎처럼 벌어지는 것을. 인하의 내면의 감정은 눈보다는 입술에 먼저 나타난다. 조그만 날개처럼 매우 섬세한 입술은 마음속의 동요를 나타내고 있었다. 사랑의 모든 형태가 운명적인 것은 아니지만 그러나 때로는 운명적인 순간을 향유하는 사람들이 있다. 그 순간이 그러했다. 아주 짧은 순간이었지만 영빈은 두 사람의 맞부딪치는 시선 속에 반짝이는 빛을 본 것 같았다. 호수에 반사된 빛이야, 하고 영빈은 자신에게 타일렀다. 그러나 가슴이 저려오는 것 같아 앉아 있을 수가 없었다.

며칠 후 형철이 영빈네 집으로 찾아왔다. 영빈은 자신의 심정을 숨기려고 호들갑을 떨었다. 그는 물끄러미 쳐다보기만 하더니 쉰 듯한 목소리로 말했다.

"그 앤 너랑 참 비슷하더라."

형철은 소녀에서 처녀로 성숙한 영빈을 바라보면서 어쩐지 낯선 느낌을 받았다. 오히려 인하가 예전의 영빈이가 지녔던 분위기를 갖고 있었다. 인하는 아직도 음악 선생에 대해 그리움 비슷한 것을 지니고 있었는데 형철 앞에서 숨기지 않고 드러냈다. 그 모습이 아련하기도 하고 손에 쉽사리 잡힐 듯하기도 했다.

3년 만에 돌아온 교정은 많은 것이 변모하고 있었다. 긴급조치 9호의 위세가 교정을 짓누르고 있었고 주변 학우들은 하나둘씩 사라져갔다. 형철이 야학의 강학이 된 것은 모순에 대한 나름대로의 돌파구였다. 야학이 있는 곳은 빈민가였는데 그는 아예 그곳에 방을 얻어 자취를 했다. 형철의 자취방은 강학들로 붐볐다. 대학을 중퇴하고 노동현장으로 들어가는 학우들도 생겨나기 시작했다. 형철이 학교를 그만둔 것은 강학들 중에 유일한 여대생이던 박기순의 죽음 때문이었다. 광주에서는 최초의 노동열사로 불리는 박기순은 스물세 살의 푸르른 나이에 과로사로 이승을 떠났다. 박기순의 장례식에 인하 영빈도 참석했다. 꽃상여가 가수 김민기의 애절한 노랫가락에 실려 망월묘역에 다다랐을 때 인하는 영빈의 손을 꼬옥 잡으며 말했다.

"나도 강학이 되겠어."

꼭 다문 인하의 입술은 어떤 결의를 나타내고 있었다. 구덩이에 안치된 관 위에 국화를 던지며 인하도 울었고 영빈도 울었다. 두 여자의 눈물의 의미는 달랐다. 영빈은 박기순의 푸르른 젊음을 슬퍼했지만 인하는 자신의 삶을 되돌아보며 울었다. 인하는 자신의 일에만 몰두했던 행태들이 몹시 부끄럽고 죄인같이 느껴지기조차 했다. 인하는 자신을 질책하며 울었다. 물론 형철을 사랑하고 그가 벌이는 일을 외경심으로 바라보기는 했다. 그러나 자신의 삶과 연관시키지는 못했다. 이제 꽃처럼 스러져간 박기순의 죽음 앞에서 인하가 지니고 있는 여러 품성들, 이를테면 연민, 신음에의 공감, 자의식, 무엇보다도 지고한 것에 대한 갈구 등등이 아우성을 치며 그녀의 감수성의 틀을 뒤흔들었다. 인하는 인생의 온갖 인상을 속속들이 포착한다. 포착하여 자신의 내면으로 흡수한다. 이런 것들이 영빈이가 보기엔 어쩐지 위험스러워 보였다. 많은 것을 느끼면 느낄수록 상처를 그만큼 많이 받고 다칠 것 같기 때문이었다.

영빈은 교직과목을 이수해야 했으므로 시간을 낼 수도 없었을 뿐더러 어쩐지 자기가 강학에 끼어서는 안 된다는 생각이 들었다. 기쁨과 아름다움을 준 존재로서 형철은 영빈의 가슴속 한 켠에 자리 잡고 있었고 인하도 가장 친한 친구임에 변함이 없었지만 그 두 사람이 함께 있는 것을 보면 공연히 시샘이 나고 쓸쓸해지는 것은 어쩔 수 없었다. 그러나 어쩌다 야학에 가서 어린 노동자들이 졸린 눈을 비비며 한 자라도 더 배우려고 열심인 것을 볼 때가 있었다. 그런 모습을 보면 영빈은 자신의 사랑의 슬픔이나 괴로움 따위가 얼마나 하잘것없는 것인가를 느끼기도 했다. 어느 결에 영빈이도 야학생들이 쓸 교재라든가 도서목록, 또는 책을 모아온다든가 하는 일들을 열심히 하게 되었다.

형철은 새벽마다 골목골목을 쓸고 공중변소를 도맡아 청소하기도 했다. 새로운 세상을 만드는 것은 주위를 깨끗이 하고 정돈하는 것에서부터 시작하는 것이라고 형철은 누누이 말하곤 했다. 어쩌다 시간이 나면 인하가 손수 만든 꽃무늬의 포플린 커튼 아래에서 차를 마셨다. 그들의 청춘은 새로운 세상을 이루려는 열정으로 가득 찼다. 새로운 세상은 저 멀리에 환상적으로 펼쳐지는 것이 아니었다. 새로운 세상은 바로 가까운 곳에서 시작되고 있었다. 야학생들이 점점 불어나는 곳에서도 엿보였고 동네 아이들로 북적대는 주민문고실에서도 엿보였다.

훗날에 영빈은 우연히 그 동네에 가 본 적이 있었다. 형철이가 매일같이 쓸던 골목길과 공중변소가 그대로 있었다. 공중변소를 둘러보니 온전히 깨끗했다. 영빈은 인근 슈퍼에 들러 물건을 사면서 은근히 물어보았다.

"여기 공중변소는 다른 데와 달리 참 깨끗하네요."

주인아줌마는 별걸 다 묻는다는 듯이 심상하게 대꾸했다.

"우리가 쓰는 곳을 우리가 깨끗하게 하는 게 뭐가 이상해요? 오래전부터 그렇게 해왔어요. 광주에서 여기만치 의좋게 지내는 동네는 없을 거예요."

이렇게 형철의 잔영은 곳곳에 스며 있었다. 슈퍼를 나오면서 영빈은 목이 메어왔다. 오빠, 형철 오빠.

항쟁이 일어난 해 초봄이었다. 세 사람은 모처럼 시간을 맞추어 형철의 고향에 찾아갔다. 형철은 어머니를 비롯하여 문중 어른들에게 신붓감을 보이려는 의도를 품고 있었다. 인하도 알고 있었다. 그 어색한 과정이 영빈이가 합류함으로써 자연스럽게 넘어갔다. 형철의 어머니는 인하의 가녀린 몸매를 못마땅하게 여겼지만 하늘 같은 아들의 선택에 두말없이 따랐다. 문중 어른들에게 인사치레를 하는 것만으로도 꼬박 이틀이 걸렸다. 사흘째 되던 날 그들은 간단한 제수 음식을 장만해 형철의 아버지 무덤이 있는 마을 뒷산에 올랐다. 정상에 오르자 가없는 바다가 펼쳐졌다. 봄 햇살을 받은 바다는 연푸른색으로 빛나고 있었다. 바닷가 특유의 낮은 소나무들이 햇빛에 반짝이며 하늘로 일제히 일어서 있었다. 바다내음을 온몸에 받으며 능선을 타고 걷던 인하는 연신 탄성을 질렀다.

"이곳에서 함께 놀며 자랐겠지?"

인하는 시샘을 했다. 능선 왼편 아래쪽에는 조가비 같은 초가집들이 몇 채 나란히 붙어 있고 그 밑으론 논과 갯벌 그리고 바다가 이어졌다. 능선의 세 번째 굽이를 지나 왼편으로 한 굽이 낮은 산언덕과 바다로 입수하는 중턱에 형철 아버지의 묘가 누워 있었다. 무덤 아래쪽에 잔물결이 섬을 만지는 소리가 들리고 인근 바다에 떠 있는 두어 개의 작은 섬이 이 섬을 향해 동무하고 있는 것 같아 묘는 외롭지 않아 보였다. 바다에 인접한 톱에 아름드리 동백이 늘어서 있었다. 묘 주변에도 형철이가 어릴 적에 심어놓은 동백들이 꽃망울을 터뜨리고 있었다. 동백꽃은 화사함도 있고 고요함도 있다. 관능도 있고 가녀린 섬세함도 있다. 동백꽃은 시드는 것이 아니라 떨어진다. 아름다운 자태를 지닌 채 똑 떨어진다. 영빈은 어릴 적 떨어진 동백꽃을 집어 들었다가 꽃이 생생히 살아 있는 것 같아 소스라치게 놀라 얼른 내던져버린 적이 있다. 어느 때는 땅을 파서 한 잎 한 잎 묻어주기도 했다.

세 사람은 간단한 제상을 차려놓고 성묘의식을 치른 다음 무덤 옆 잔디에 앉았다. 형철은 퇴주잔을 비우고 말없이 먼 수평선을 바라보았다. 하늘 멀리 물새가 날아오르고 있었다. 그는 또다시 잔을 비웠다. 인하는 살며시 일어나 동백 주위를 돌아보았다. 형철은 인하를 눈으로 좇았다. 사랑하는 사람을 보면서 무한을 느끼는 순간은 예기치도 않게 문득 다가온다. 그는 인하를 보았고 그리고 느꼈다. 모든 만물이 정지한 듯한 순간이 지나자 형철은 또다시 잔을 들었다. 인하가 자리에 앉으며 말했다.

"동백꽃 한 그루 가져갈 수 있을까?"

"어렵지 않지. 모양 좋은 걸 찾아보지."

형철은 선선히 대꾸하고 계속해서 말했다.

"이 마을에 전해 내려오는 동백꽃 전설을 얘기해줄게. 영빈이도 기억하고 있을 거야. 옛날에······"

옛날에 이 마을에 오래된 절이 있었다. 당시 해안에 왜구가 출몰하고 가뭄이 5년 동안 겹친 데다가 벼슬아치들의 각종 조세 폐해가 심해서 도처에 백성들이 곤궁을 면할 수 없었다. 한곳에 붙박여서는 입에 풀칠하기도 어려워 이리저리 떠돌아다니며 동냥질하여 목숨을 연명해나갔다. 어른들은 우는 아이들을 몰래 버리고 도망가기 일쑤였다. 울며불며 떠돌아다니다가 산짐승의 밥이 되기도 하고 굶어죽기도 하는 아이들의 숫자가 부지기수였다. 이 마을 절에 마음 착한 스님이 있었다. 어느 날 산속에 버려진 계집아이를 거두어 스님들의 밥 시중을 들게 하였다. 또 저자에서 동냥질을 하는 사내아이를 데려와 스님 곁에 두고 불화를 가르쳤다. 아이들은 소꿉장난도 즐기고 싸움질도 하며 오누이처럼 자랐다. 몇 살 위인 계집아이가 매사에 양보하고 아껴주었다. 스님은 명연, 연홍이라 법명을 내려주었다. 나이가 들자 서로 부끄러워하며 사랑하는 마음이 싹트게 되었다. 어느 날 스님이 한양에 큰 불사가 있어서 출타할 때 명연을 데리고 가게 되었다. 불사는 수년이 걸릴 것이므로 명연과 연홍은 서로 헤어지는 것이 생살이 찢어지는 것처럼 괴로웠다. 떠나기 전날 밤 뒷산에 오른 명연과 연홍은 꼭 살아서 다시 만나 행복하게 살 것을 굳게 다짐했다. 그들은 새끼손가락을 깨물어 피를 내어 바로 옆의 나무뿌리에 뿌리면서 다음과 같이 사랑의 징표로 삼았다.

"우리 둘의 피를 머금은 이 나무는 절대로 죽지 않으리라."

다음 날 스님과 명연이 한양으로 떠나고 연홍이 홀로 남아 날마다 뒷산에 올라 약속의 나무를 돌보았다. 나무는 언제나 푸르렀다. 5년이 지나고 6년이 지나도 명연은 돌아오지 않았다. 어느 날 연홍이 뒷산에 올라가 보니 약속의 나무가 거의 죽어가고 있었다. 연홍이 손에서 피를 내어 나무에 뿌렸으나 도무지 살아날 기미가 보이지 않았다. 이튿날도 마찬가지였다. 연홍은 나무 곁에서 떠나지 않고 피를 내고 또 내었다. 마지막 한 방울까지 다 쏟아냈을 때야 나무는 비로소 살아나기 시작했다. 그이듬해 나무에서 빨간 꽃이 피어났다. 이윽고 명연이 돌아와 이 사실을 알게 되었다. 연홍이 죽은 때를 따져 보니 자기가 몹쓸 병에 걸려 쓰러진 때와 같았다. 약발도 듣지 않아 스님도 그의 목숨을 포기했다. 그런데 하늘이 도왔는지 문득 원기가 돌아왔다. 명연이 다시 계속해서 그린 불화는 거의 신기에 가까웠다. 그 불화 앞에서 치성을 드리면 모든 근심 걱정이 사라진다는 소문이 나돌았다.

절통한 심정으로 뒷산에 오른 명연은 푸르른 나무에 삼줄을 걸었다. 삼줄에 목을 매고 디딤목을 발로 차버렸다. 순간 그의 몸은 작은 새로 변했다. 새는 꽃 주위를 날아다니며 떠나질 않았다. 마을 사람들은 그 새를 동박새라 불렀다. 피를 머금어 붉게 피어난 꽃. 어느 때부터인가 마을 사람들은 그 꽃을 동백꽃이라 부르게 되었다.

"저 아래 어디쯤엔가 절이 있었다더군."

이야기를 끝낸 형철은 완만한 계곡 쪽을 가리켰다. 그곳엔 동백숲이 있었다. 바닷바람이 동백숲머리에 걸려 서걱거렸다.

동백꽃 한 송이가 떨어졌다. 인하는 부리나케 일어나 동백꽃을 집어 들었다. 동백꽃 전설 때문이었는지 영빈은 인하의 손이 피로 물들어 보였다. 영빈은 순간적으로 현기증을 느꼈다. 영빈이 문득 고개를 들어 멀리 바라보니 바다는 푸른빛 넓은 벽처럼 버티고 서 있었다. 물새 한 마리가 바다 위에 수직으로 꽂히고 있었다.

그리고 5월이 그들의 봄을 습격했다. 도청이 함락된 이른 아침에 인하와 영빈은 형철의 생사를 알려고 도청 쪽으로 가 보았다. 도청 앞 광장에는 탱크가 위압적으로 늘어서 있고 간밤의 잔혹한 학살을 말해주듯 검붉은 핏자국이 아스팔트 위에 뒤엉켜 있었다. 소방차들이 물을 뿌려댔다. 아무리 뿌려도 닦이지 않는 부분은 도청 직원인 듯한 사람들이 빗자루로 비벼서 닦아냈다. 물에 씻긴 핏물이 하수구로 빠져나갔다. 도청 정문 안쪽으로는 방역차들이 연막소독을 끝없이 뿜어대고 철모에 흰 띠를 두른 군인들이 바쁘게 움직이고 있었다. 도청 건물 창문들은 하나같이 박살나 있었다. 전쟁이 휩쓸고 지나간 도청은 파괴의 흔적이 역력했지만 파괴되지 않은 비물질적인 강한 무엇인가가 남아 있었다. 자유와 해방의 상징을 얻기 위해 도청은 모진 파괴를 겪은 것이다.

인하와 영빈은 예술회관 근처에서 서성대고 있었다. 그때 군용 트럭이 도청 정문을 통과하여 예술회관 앞 대로를 지나갔다. 트럭 위에는 수십 구의 시체가 아무렇게나 포개져 있었다. 십여 대의 트럭이 줄을 이어 어디론가 사라졌다. 그들은 사색이 되어 트럭이 사라진 방향으로 달려가다가 경찰에게 검문을 당했다. 그들은 인근 경찰서에 끌려가 신원조회를 받았다. 행색이 깨끗하고 신원도 확실한 것이 판명되자 경찰은 마지못해 방면했다. 인하는 날마다 형철의 자취방에 들렀다. 도청이 함락되고 나흘째 되던 날 인하는 형철의 자취방을 수색하러 온 군인들에 의해 체포되었다. 계엄사가 저항세력을 파악할 수 있는 기간은 오래가지 않았다. 강학들은 대부분 도청에서 죽었거나 체포되고 수배 대상이 되었다. 그 무렵 각종 유언비어가 난무했다. 돈 액수에 따라 기소 사유의 경중이 매겨진다는 소문도 그중의 일부였다. 인하네는 친척 중에 고위급 장성이 있었는데 그를 통해 뇌물을 썼다. 인하는 상무대에서 광산경찰서로 옮겨졌다 —교도소엔 수감자들이 넘쳐 모두 수용할 수가 없었다— 석 달 후에 석방되었다.

형철은 교도소에서도 정신이상 증세를 보였지만 방치된 채로 일 년여를 보내고 출소했다. 형철의 어두운 넋은 꺼멓게 탄 살 속에서 겨우겨우

부지하다가 급기야는 뇌수함몰증이라는 진단을 받고 정신병원으로 실려 갔다. 인하는 넋을 놓고 망연히 앉아 있는 날들이 많아졌고 영빈은 시골 중학교에 발령이 났으나 부임하지 않았다. 영빈은 설렘도 없이 집에서 중매해준 남자와 결혼했다. 이제 그들은 음악을 듣지 않게 되었고 미래에 대해서 꿈꾸지 않았다. 미래에 대해서 가능성을 갖는다는 것은 형철에 대한 모욕이라고 생각했다. 인하는 먹을 것을 싸들고 형철에게 다녀오곤 했다. 인하는 그의 병 때문에 고통스러웠지만 남은 자신 때문에 더 고통스러워지기도 했다. 때로 그를 용서할 수 없었다. 인하는 망월묘역에 가면 그래도 마음이 가라앉곤 했다. 죽은 자들도 있는데, 총 맞아 죽고 매 맞아 죽고 육신이 갈가리 찢겨서 죽은 자들도 있는데 이 정도 고난쯤이야 별거 아니라고 자위도 해 보았다. 그러나 망월묘역을 떠나와 보면 세상은 나름대로 흘러가고 있었다. 차라리 세상이 모두 망월묘역과 정신병동이라면 좋겠다는 생각이 들기도 했다. 그러나 계절은 바뀌고 태양은 빛나고 꽃은 피어나고 주위의 친구들은 결혼하고 아이도 낳고 하는데 어떻게 망월묘역과 정신병동만 생각하며 살아갈 수 있겠는가.

항쟁지도부의 마지막 사수의 밤을 경험한 도청과 총구멍이 뚫린 건물들. 사람다운 사람은 죽거나 감옥에 가거나 수배되어 사라진 도시에서 남은 사람들은 조금씩 숨을 내쉬며 살아나갔다. 이 도시에선 어떠한 투쟁도 만족의 끝이 없었고 망월묘역과 연관되지 않은 어떠한 삶의 양식도 모두 빛바랜 활동사진과 같았다. 수만 개의 총구가 내뿜는 듯한 격렬한 몸짓들이 있는가 하면 그 몸짓 뒤에 가려진 허물어지는 영혼들도 있었다.

3

잿빛 구름이 모여들었다. 어느새 비를 머금은 구름이 하늘을 메워버렸다.

영빈은 오전 내내 뜨개질을 했다. 이렇다 할 마음의 질정이 없을 때 영빈은 뜨개질을 하곤 했다. 형철의 편지를 읽고 난 후 요 며칠 동안 영빈은 꽤 많은 양의 뜨개질을 했다. 가지가지 아픈 상념들을 뜨개질하며 흘려보냈다. 오후 나절에는 비가 내렸다. 영빈은 유치원에 간 아이가 돌아올 시간이 가까워오자 우산을 들고 집을 나섰다. 아파트 앞 작은 꽃밭을 지날 때 영빈은 저절로 미소를 머금었다. 상가 내에서 쌀집을 경영하는 아저씨가 가꾸는 꽃밭이었다. 도시에선 여간해서 볼 수 없는 일년초들이 비를 맞으며 함초롬히 피어 있었다. 올 여름엔 딸아이와 함께 봉숭아 꽃잎을 따다가 손톱에 물까지 들였다. 아이는 손톱을 들여다보며 환하게 웃었다. 버스에서 내린 아이는 영빈을 발견하고 함박웃음을 피웠다. 돌아오는 길에 아이는 꽃밭을 보고 또 웃었다. 세상의 아름다움은 쌀집 아저씨 손길에서 피어나고 있었다. 아이는 옷을 갈아입고 피아노 연습을 했다. 빗방울은 더욱 거세어졌다. 영빈은 저도 모르게 뜨개질감을 끌어당겼다. 줄을 바꾸어 다시 대바늘을 끼워 넣을 때 전화벨이 울렸다. 형석이었다.

"내일 병원에 가려고 하는데 시간이 괜찮다면 누님도 함께 갔으면 해서요."

영빈은 갑자기 숨이 차오르는 것 같았다. 형석은 머뭇거리다가 말을 이었다.

"힘드시면 다음 기회에 가서도 되고요."

"그렇진 않은데."

"신고하는 데 서류 첨부하는 것이 복잡하네요. 진료카드도 필요하고 인우보증인도 세 명이나 내세워야 한데요. 누님이 도와주실 일이 생긴 것 같아요."

그들은 이튿날 만나기로 했다. 수화기를 내려놓고 영빈은 두 손을 가슴에 가져다댄 채 단속적으로 숨을 내쉬었다. 영빈은 뜨개질감을 끌어당겨 손을 놀리기 시작했다.

터미널 근처 찻집에서 만난 그들은 두 명의 인우보증인을 선정하는 데에는 의논이 쉽게 맞았다. 형철과 함께 도청을 사수한 윤강옥과 형철의 진료를 위해 애를 썼던 인권목사 등이었다. 형석은 서류봉투 안에서 인우보증인 카드를 꺼내며 말했다.

"나머지 한 사람은 형의 전후 사정을 잘 아는 사람으로 하고 싶은데요."

형석은 영빈의 기색을 살피며 이어서 말했다.

"누님이야말로 형을 제일 잘 알잖아요."

영빈은 인우보증인 카드를 들여다보았다. 영빈은 형석이가 쥐여준 볼펜으로 써내려갔으나 생각은 자꾸 헷갈리고 동강났다.

"안되겠다. 집에 가서 차분히 써올게."

하고 영빈은 카드를 가방 속에 넣었다. 형석이 말했다.

"누님도 항쟁 사료에 등록되는 셈이지요."

"오빠 때문에 나도 역사에 남겠네."

그들은 조그맣게 소리 내어 웃었다. 웃음 끝에 서로의 가슴에 쌓인 슬픔과 분노를 묵새기는 듯 말이 없었다. 형석의 눈가에 붉은 기운이 감돌았다. 그는 눈을 씀벅거리며 나직이 말했다.

"이상하게 요즈음 눈물이 자꾸 나요. 사실 그동안 눈물 같은 거 없었는데."

영빈은 사회에서 격리되었던 지난 세월을 헤아려 보았다. 형철은 정신병원에서, 인하는 절망으로, 형석은 생활의 무게로, 영빈은 공포와 신경증으로. 각각의 고독은 서로를 연결시키지 못했다.

그들은 찻집을 나와 나주행 버스를 탔다. 나주시 못 미쳐 남평에서 버스를 내리면 택시들이 손님을 기다리고 있다. 택시를 타고 정신병원으로 달리는 길은 고적했다. 칠성사를 지나자 이윽고 ㄱ자로 꺾인 백회색 건물이 나타났다. 소나무와 잡관목으로 뒤덮인 야산이 백회색 건물을 품고 있었다. 야산 뒤로는 가없는 하늘이 펼쳐져 있었다. 풍진 세상을 내려다보는 것 같은 초연한 하늘빛이었다. 잔디밭에 옹기종기 앉아 있던 환자들이 택시에서 내린 두 사람을 일제히 쳐다보았다. 환자들의 얼굴 형상이 어슷비슷했다. 형석이 말했다.

"저 환자들은 그래도 나은 사람들이에요. 제 앞가림은 할 수 있거든요. 형은 바깥출입도 금지돼 있어요."

두 사람은 넓은 공터를 가로질러 건물 안으로 들어갔다. 겉보기에는 그렇게 밝아 보이던 건물이 내부에는 적막감이 감돌았다. 문들은 꼭꼭 잠겨 있었고 멀리 복도 끝을 간호원 한 명이 걸어가고 있었다. 그들은 2층으로 올라가 간호실에 들러 면회신고를 한 뒤 203호실 앞으로 다가갔다. 형석이 노크했다. 잠시 후 안에서 열쇠고리 풀어지는 소리가 났다. 문이 열리자 남자 간호사가 무표정하게 그들을 맞았다. 그곳은 넓은 홀이었다. 30여 명쯤 되어 보이는 환자들의 시선이 일제히 그들에게 쏠렸다. 다섯 개의 탁구대가 한 켠에 자리잡고 있고 쇠침대가 환자 수만큼 놓여 있었다.

"저쪽에서 기다리쇼."

간호사가 면회실을 가리키며 말했다. 형석은 못 들은 척하고 환자들 속으로 걸어갔다. 영빈은 면회실 앞에서 형석을 눈으로 좇았다. 형석은 중간쯤에 놓인 침대 발치에서 걸음을 멈추었다. 누워 있던 환자가 몸을 일으켰다. 두 사람은 얼싸안으며 면회실 쪽으로 걸어왔다. 그는 영빈의 손을 잡고 흔들며 웃었다. 영빈은 그의 앞니가 하나도 없는 것을 보았다. 머리는 희끗희끗하고 왼쪽 어깨는 축 처져 있었다. 형철은 오른쪽 뇌수에 이상이 있기 때문에 왼쪽 신체를 쓰지 못한다. 뇌수는 매일매일 마모되어간다. 그 과정에서 생기는 분비물을 밖으로 배출하기 위해 뇌와 방광까지 연결하는 인공 호스를 몸속에 장치해놓고 있었다.

그들은 면회실로 들어갔다. 나무 탁자와 의자가 놓여 있었다. 창문 너머로 태양이 빛나고 있었다. 차도를 지나 논배미가 펼쳐지고 나지막한 구릉들이 다복솔숲에 싸여 있었다. 영빈은 어떻게 저리도 평화로운 자연이 있으며 햇빛은 눈부시게 빛나는지 이상하였다.

"영빈아, 인자 오냐. 그만 앉아라."

형철의 음성이 너무 흔연스러워서 영빈은 오히려 당혹했다. 형석은 먹을 것을 꺼내어 탁자 위에 펼쳐놓았다. 불고기며 음료수, 포도 등이었다. 형철은 형석이가 쥐여준 젓가락을 다시 탁자 위에 내려놓으며 말했다.

"살기도 힘들 텐데 이런 건 만날 왜 가져오냐?"

"형 맛있게 드시라고."

"내가 뭐 어린애니?"

형철은 미소 지으며 말했다. 그 미소는 영빈을 보면서 사라졌다. 그리고 심중한 기색을 띠며 물었다.

"용준이네 쪽에도 김치랑 반찬을 갖다 주었냐?"

영빈은 그의 말을 요량할 수가 없어 형석을 쳐다보았다. 형석은 영빈이만 알아보게 눈을 찡긋거렸다. 그리고 영빈의 귀에 대고 낮은 소리로 말했다.

"형 기억은 80년 5월에 끝나 있어요."

용준인 80년 5월 27일 YWCA에서 계엄군의 총에 맞아 죽었다. 고아였는데 야학 출신이었다. 형철을 친형같이 따랐다. 용준이는 항쟁기간 동안 「투사회보」를 찍어내기 위해 밤낮으로 등사기를 밀었다. 형철은 지금 80년 5월 도청에 가 있다. 그는 용준이가 혹시 반찬 없는 밥을 먹는 것이 아닌가 염려를 하고 있었다. 형석이 힘지게 말했다.

"형, 시민들이 김치랑 먹을 것을 겁나게 갖다 주니까 염려 말고 들어."

"그래 알았다."

형철은 포도 한 알을 입에 넣고 영빈 쪽으로 눈길을 돌려 찬찬히 바라보며 말했다.

"너 얼굴이 못쓰게 됐구나. 니 신랑감은 내가 골라주기로 했는데 좀 기다려 봐라. 그런데 인하는 왜 함께 안 왔니?"

"바쁘다고 했잖아 형. 다음에 꼭 데려올게."

형석이 재빨리 대꾸했다. 형철은 고개를 숙이고 한동안 말이 없었다. 다시 얼굴을 들었을 때 그의 눈빛은 슬퍼 보였다. 형철은 갑자기 미간을 찌푸리며 말하기 시작했다.

"어젯밤에 한잠도 못 잤다. 아무래도 계엄군의 동태가 심상치 않아. 상원이 관현이 용준이 영일이 모두들 빨리 오라고 해."

"형, 그 사람들은 다 죽었어. 망월동에 묻혀 있다고 전번에도 말했잖아. 왜 자꾸 잊어먹어."

하고 형석은 눈물이 스민 눈으로 형철을 쳐다보았다. 형철은 형석과 영빈을 번갈아 보며 그가 가 있는 세계의 현재성을 내보이려고 애를 썼다. 간절한 심정이 그의 온몸에 굽이쳤다. 그의 음성이 조금 격해졌다.

"너 그런 말 함부로 하면 못쓴다. 망월동에 가서 무덤을 파 봐라. 빈 관만 있을 테니까. 얼마 전에도 만났는데 뭘. 얘기도 많이 나눴어."

형철의 눈은 점점 활기를 되찾는 듯싶다가 이내 절망스러운 표정이 엇갈렸다. 그의 굵은 손은 테이블 가장자리를 연신 문지르고 있었다. 그는 쉬지 않고 말을 이어나갔다.

"……세상엔 필요없는 것이 너무 많아 검찰청도 없어져야 해 검찰청이 있으니까 죄수가 생겨나지 보사부도 의사도 간호사도 없어져야 해 그래야 환자가 안 생기지 미국의 항공모함이 부산에 입항했다고 모두들 좋아했지 난 믿지 않았어 역사를 면밀히 분석해 보면 답은 뻔한데 그래도 시민들 안심하라고 미국의 정체를 내보이진 못했지 카터 대통령에게 편지를 보냈어 존경받는 위인으로 남으려면 어떻게 정책을 펴야 하는가를 소상히 써 보냈지 아직 답장은 없어 상원인 내 앞에서 죽었어 총이 수십 발 날아왔지 피를 흘리며 쓰러졌지 좋은 세상 이루려 했는데 그가 말했어 사과탄이 날아와 터졌어 불길이 커튼에 붙었어 불붙은 커튼이 쓰러진 상원이 위에 떨어졌지 그때 상원이가 그슬렸지 나중에 적들이 분신자살했다고 모함했지 비 오듯이 쏟아지는 총탄 속에서 어떻게 살아났는지 모르겠어 난 죽지 않고 살았어 어떤 땐 부끄러워 내가 죽으면 인하는 어쩌겠니 그 앤 이뻐 너무 이뻐서 슬퍼질 때도 있어 그 애랑 결혼하면 정말 아껴줄 거야 가장 중요한 것은 서로 사랑하는 거야 예수가 이 말을 했지 그래서 성경을 자세히 읽어 보았어 물론 사랑 얘기는 많이 나와 이상한 것은 노동에 대해서는 아무것도 씌어 있지 않다는 거야 일하지 않는 자는 먹지도 마라 이 정도뿐이야 그런 말로 세상을 설명할 수는 없지 내가 나가면 할 일이 많은데 영빈아 이 병원 언제 허물 거냐고 원장 선생님께 물어봐라 답답해서 사람들에게 편지를 보냈는데 아 머리가 아파 신이 또 장난치는군 신은 장난꾸러기야 난 필요하면 총을 또 들 거야 이 세상의 모든 악을 제거하는 마지막 전쟁이 일어나면 말야 우리들의 아름다운 처녀들이 계엄군의 군홧발에 짓밟혀서는 안 되지 왜 자꾸 먹으라고 하니다 먹으면 가려고 하지 천천히 가라 할 얘기가 많아 다음에 올 땐 이런 거 가져오지 마라 먹고 나면 가니까 먹기 싫어 여기엔 책도 없구 음악도 들을 수 없어 노래는 혼자 부르기도 해 노래 한 구절이 생각나는군 석영이 형님이 광주에 오셔서 퍼뜨린 노래야 불러 볼게 가난한 마을에 자라난 남녀가 있었네 악독한 원수와 싸움에 남남이 되었구나 악독한 원수와 싸움에 남남이 되었구나 슬픈 노래지 음악이 듣고 싶어 어떤 땐 미칠 것 같아……"

형철은 먹는 시간조차 아까워하며 한없이 말을 이어나갔다. 그는 어느 세계를 헤매고 있는 것일까. 모든 것이 사라지는 세월 속에서 그가 붙들어놓은 시간과 사람들이 그와 함께 불멸 속에 존재하고 있었다. 이상과 아름다움을 꿈꾸던 사람들과 그는 살고 있었다. 말하는 도중에 적에 대한 분노 때문에 얼굴이 일그러지고 숨이 콱 막힌 듯 거친 숨을 내쉬기도 하고 두 눈엔 적의감이 이글이글 타 번지기도 했다. 그러나 그것도 잠시였다. 그의 존재가, 그의 생명의 숨결이 그것을 넘어섰다. 적들이 그의 뇌수를 강타했지만 그의 이상과 꿈 그리고 사랑까지는 강타하지 못했다. 그때 영빈은 인하를 찾아 나서야겠다는 생각이 섬광처럼 스쳐지나갔다.

형석은 탁자 위에 놓인 것들을 챙기기 시작했다. 형철은 체념한 듯 시름없이 웃었다. 문을 나서기 전 형철은 영빈을 가까이 끌어당기더니 눈을 조용히 응시하면서 서글프게 물었다.

"인하가 동백을 잘 가꾸지? 예전에 고향에서 캐와서 인하네 뜰에 심어준 동백 말야. 처음엔 한 그루만 가져왔지. 잘 자라지 못해서 인하가 발을 동동 굴렀지. 또 한 그루 가져와 나란히 심었더니 보란 듯이 잘 자랐지. 동백은 쌍으로 키워야 한다는 걸 나도 그때 알았어."

형석이 뒤쪽에서 영빈의 팔을 슬쩍 당기었다. 영빈은 마지못해 형석을 따라 문 쪽으로 향했다. 간호사가 열쇠로 문을 열었다. 문을 나서기 전 영빈은 뒤를 돌아다보았다. 거기엔 주의 깊고 따뜻하며 뭔가를 요구하는 듯한 눈이 있었다. 영빈은 알았다는 듯이 고개를 두어 번 끄덕였다. 미친 사람들이 미치지 않은 사람에게 요구하는 진실된 삶에 대한 응낙의 고갯짓이었다. 간호사는 그동안 쌓인 형철의 편지 뭉치를 형석에게 건네주었다. 영빈은 5만 원을 예치했다. 형석은 담당의사로부터 진료카드 복사본을 받았다. 그들은 말없이 층계를 내려왔다. 차도엔 군내버스가 달려가고 있었고 다복솔숲의 잔바람은 형철이 수없이 토해내는 나지막한 말소리의 여운과 뒤섞여 여전히 서걱대고 있었다.

4

그해도 5월 영령들의 제의를 치르지 못했다. 전경들이 망월묘역으로 들어가는 도로마다 겹겹이 진을 치고 있었고, 어쩌다 샛길로 묘역 근처에까지 다다라도 체포되기 일쑤였다. 그해는 체육관 대통령이 광주에 내려왔다. 금남로를 지날 때 유가족들은 검은 세단 앞으로 돌진하며 살인마라고 외쳐댔다. 또 일부 부상자나 5월 관련자들은 전경 사슬을 간신히 뚫고 검은 세단 앞에 드러누웠다. 기름기 번들거리는 평수 넓은 얼굴이 백지장처럼 하얘졌다. 감히 광주 바닥에 발을 들여놓다니. 사람들은 울분을 토하며 황망히 떼몰려 다녔고 5월 관련자들과 일부 시민들은 분에 겨워 기를 쓰고 망월묘역으로 찾아들었다. 망월묘역은 죽은 자의 안식처이기도 하지만 산 자들의 눈물의 거처이기도 했다. 제대로 떼를 입히지 못해 흙더미나 다름없는 봉분을 끌어안고 서럽게 마디를 꺾어 넘기며 통곡을 하면 맺힌 한이 조금은 풀어지기도 했다. 망월묘역이 없었다면 산 자들은 살아갈 수 없었을 것이다.

"놈들이 몰려오고 있어요."

누군가가 외쳐대자 샛길로 들어서던 사람들이 주춤거리다가 워낙 많은 전경들이 떼몰려오는 것이 보이자 사방으로 흩어져 튀기 시작했다.

인하도 사람들 속에 끼여 달아나고 있었다. 야산을 에돌아 한참을 내달리다가 인하는 돌부리에 걸려 넘어지고 말았다. 곁을 지나치던 남자가 인하를 부축해 일으켜 세웠다. 남자는 인하의 팔소매를 부여잡고 들고뛰었다. 그렇게 얼마를 뛰었는지 모른다. 인하는 숨을 헉헉 몰아쉬다가 더 이상 걸을 수가 없어 자리에 주저앉았다. 새하얘진 여자의 얼굴을 본 남자도 걸음을 멈추었다. 전경은 보이지 않았다. 햇빛은 찬연했고 새들은 떼지어 날아다니다가 망월묘역 너머로 가뭇없이 사라져갔다. 진달래 몇 송이가 소나무 그늘에 가려 부끄러운 듯 피어 있었다. 인하는 흐르는 땀을 씻을 염도 없이 그저 망연히 앞을 바라보고 있었다. 초점이 흐려져 있는 여자의 눈은 마치 사람이나 사물을 의식하지 않는 것 같았다. 여자의 눈빛이 남자의 가슴을 건드렸다.

"가족 중에 5·18 때 희생당하신 분이 있나 보죠?"

남자가 낮은 목소리로 물었을 때 인하는 비로소 그를 바라보았다. 희고 반듯한 이마와 빛나는 눈을 지닌 남자였다. 남자는 담배를 꺼냈다. 그러자 인하도 담배를 피우려고 손을 내밀었다. 그는 여자가 담배 피우는 행위에 익숙지 못한지 잠시 주저했다. 인하는 담뱃갑에서 한 대를 꺼내 불을 붙였다. 내어뿜는 연기 속에 인하의 한숨도 배어나왔다. 여자가 흩날리는 담배 연기 때문이었을까. 눈빛 때문이었을까. 야산 너머 망월묘역의 스산함 때문이었을까. 남자는 여자 주위를 감싸고도는 비탄과 공허와 고독을 피부로 느꼈다. 그것이 망월묘역과 관련되었음을 그는 직감적으로 알았고 그래서 연민의 정이 솟아올랐다. 남자가 말했다.

"올해도 제대로 제의를 치르지 못하고 말았군요. 영령들 보기가 부끄러워요."

여자가 아무 말이 없자 그는 계속해서 말했다.

"두고 보세요. 망월동은 적들의 아킬레스건이에요. 피 묻은 정권은 절대로 정통성이 부여될 수 없어요."

그는 여자의 눈빛이 조금 달라진 것을 보았다. 나이를 가늠할 수 없을 만큼 무표정하고 공허한 얼굴에 작은 파문이 일었을 때 그는 여자의 얼굴이 상냥하고 아름답다는 것을 알았다. 남자는 무심코 풀꽃 하나를 꺾어 입에 물었다. 그는 웃음을 머금은 눈길로 찬찬히 여자를 쳐다보면서 말했다.

"이런 곳에서 만난 것도 인연이군요. 익서라고 합니다, 유익서."

인하는 그의 미소를 눈결에 보고 자신의 이름을 말해주었다. 익서는 시내에서 벌어진 사건을 마치 눈에 훤히 보이듯 자세히 말하기 시작했다. 피 묻은 정권에 대한 분노까지 간간이 섞어가며 매우 열정적인 어조로 말했다. 인하는 그의 이야기를 들으면서 형철이 이루고자 한 이상과 가치 있는 소중한 그 무엇의 실체가 살짝 엿보이는 느낌을 받았다. 망월묘역에 대한 공감대가 그런 느낌을 받기에 수월하게 했는지도 모른다. 어느 사람도 어느 물체도 어느 사건도 반사하지 않는 형철의 모습이 떠올라 인하는 몸서리를 쳤다. 그와 더불어 자신의 존재도 그렇게 공허처럼 사라질 것 같은 공포를 느꼈다. 그림자처럼 사라지려는 형상을 붙잡으려는 듯 인하는 형철의 존재를 낯선 남자에게 말하기 시작했다. 익서는 주의 깊고 때로는 깊이 꺼져가는 한숨을 내쉬며 인하의 이야기를 들었다. 익서의 눈에 눈물이 스며들었다. 그의 눈물은 인하의 맺힌 가슴을 조금 풀어주는 듯했다. 그의 눈물은 형철의 가족과 영빈이 흘린 눈물의 의미와도 달랐다. 그들의 눈물은 인하에게 돌이킬 수 없는 불행을 확인시켜줄 뿐이었다. 낯선 사람의 불행 때문에 눈물을 흘리는 익서를 바라보면서 인하는 감동과 안도감을 느꼈다.

그들은 자리에서 일어나 야산을 내려가기 시작했다. 햇빛을 가르는 인하의 치마폭 소리가 비상하는 새의 날갯짓 소리 같았다.

익서를 만나는 횟수가 늘어나면서 인하는 형철의 면회도 자주 다녔다. 익서에게 기울어지는 마음을 다스리기 위한 안간힘이었다. 형철과 걷던 캠퍼스 숲을 거닐기도 하고, 함께 드나들던 찻집에도 가 보고, 이미 폐쇄된 야학 앞을 서성대기도 했다. 사람의 숨결이 느껴지지 않는 장소란 얼마나 공허한 것인가.

"그해 봄, 난 대학 2학년이었지."

동료들이 모두 돌아간 빈 사무실에 앉아 익서는 인하에게 지나온 세월을 말하기 시작했다. 자기 내부를 응시하고 있는 것 같은 그의 깊은 눈 속에 회한의 빛이 떠올랐다. 인하는 기대와 빛이 담긴 눈길로 그를 바라보면서 다음 말을 기다렸다.

"난 아버지가 원하는 대로 법대에 들어가 착실히 공부하는 모범생이었지. 그리고 5·18이 일어났지……"

변호사인 아버지는 인공 시절을 들먹이며 공포에 떨었다. 아버지는 외곽으로 빠져나가려고 은밀히 알아보러 다녔다. 이미 계엄군에 의해 도시는 고립되었다. 죽음을 각오하지 않고는 빠져나갈 수가 없었다. 계엄군이 도시에서 퇴각한 그날 오후에 익서의 식구들은 자가용 기사 집으로 옮겼다. 해방기간 동안 익서는 장롱 안에 몸을 숨기고 지냈다. 아버지의 강요도 있었지만 익서도 공포 때문에 그럴 수밖에 없었다. 총까지 손에 넣은 폭도들이 언제 들이닥칠지 전전긍긍했다. 기사는 아침 일찍 나가 저녁 늦게야 돌아왔다. 말로는 폭도들의 동태를 알아보기 위해서라고 했지만 그의 얼굴에는 알 수 없는 열기로 가득 차 있었다. 도청이 진압되고 알게 모르게 해방기간의 상황이 알려지면서 익서는 자신의 행태가 몹시 부끄럽다는 것을 느꼈다. 부자 동네는 말할 것도 없고 시중 은행이나 상가 작은 구멍가게조차 무사했다. 해방의 기쁨이고 나눔의 공동체라는 말들이 은밀히 나돌았다. 무엇으로부터의 해방인가. 아버지는 무엇을 무서워했을까. 죽은 자들의 대부분이 빈민층이었는데 그들이 지키고자 한 것은 무엇이었을까. 의문들이 계속 떠오르면서 익서를 괴롭혔다. 사람들이 뒤에서 손가락질을 하는 것 같았다. 장롱 안에 숨으면 그나마 안도의 숨을 쉴 수 있었다. 장롱 안에 처박혀 있는 시간들이 점점 늘어났다. 이대로 가다간 정신질환이 올 것 같았다. 익서는 살기 위해서, 자신의 위치를 규정짓기 위해서 두려워하는 정체를 찾아 이리저리 헤매었다. 과 선배의 도움을 받게 되었다. 예비검속 때 구속되었다가 출소한 선배였다. 선배의 이야기를 듣고 그가 권하는 책을 읽었다. 가슴 한 귀가 열리는 듯했다. 장롱 안에 숨는 증상도 차츰 나아졌다. 선배는 비밀 서클에 그를 추천했다. 그곳에서 집중적인 학습을 받았다. 자신을 둘러싸고 있는 세계에서 그는 자신의 위치를 확정지었다. 그는 현장으로 뛰어들었다. 그의 현장 경험은 위장취업이 들통나 1년 2개월로 끝났지만 논리정연하고 또 그것을 정확히 전하는 재능이 있었기 때문에 두각을 나타냈다. 그룹에서 그는 중간 리더로서 현장활동가를 관리했다.

"……앞으로 모든 운동의 핵심은 노동운동이야. 노동자의 조직화가 우리 운동의 성패를 판가름할 거야."

익서는 단호하게 말을 끝맺었다. 인하는 그의 눈빛이 너무 강렬해서 이리저리 시선을 옮겼다. 회의용 긴 탁자, 서적과 서류 뭉치가 쌓여 있는 책장, 각종 시간 약속이 씌여 있는 칠판, 벽면에 유일하게 걸려 있는 그림, 그것은 노동자 대열이 빨간 띠를 머리에 두르고 한 손을 높이 쳐들고 행진하는 모습을 그린 그림이었다. 깃발처럼 힘차게 치켜든 손 하나가 만국의 노동자여, 단결하라! 는 구호를 가리키고 있었다. 인하는 공연히 숨이 가빠오는 것 같아 다시 시선을 옮겼다. 편안히 머물 곳을 찾지 못한 눈길이 이윽고 햇빛에 가닿았다. 창문으로 비쳐 들어온 햇빛이 인하 앞에 놓인 작은 탁자를 칼로 베어내듯 반으로 비스듬히 잘라내었다. 인하의 시선을 잡으려는 듯 익서는 자리에서 일어나 탁자에 걸터앉으며 담배를 꺼내어 물었다. 그는 허공의 한 지점에 담배 연기를 곧게 내뿜고 물었다.

"윤상원 열사를 알지?"

"알아."

"열사께서 은행원을 그만두고 왜 노동운동에 뛰어들었는지 곰곰이 생각해 봐야 한다구. 열사께서 항쟁지도부로서 도청을 사수한 것은 앞으로 우리 운동이 어떻게 가야 할 것인가를 명백히 보여주신 것이었어."

인하는 강학으로 있을 때 노동자들에게 느낀 감정이 새삼 솟구쳐 올라왔다.

"나도 가난하고 힘없는 사람들이 행복해지기를 바라."

익서는 빙긋 웃으며 말을 덧붙이려다가 그만두었다. 인하에게 노동운동은 막연한 것이었지만 어쩐지 그 일이 매우 중대하고 가치 있는 것임은 짐작되었다. 그러나 지난날의 상처는 외부로부터의 자극을 두려워하고 있었다.

인하는 창가로 가 기대섰다. 거리에는 오고 가는 차량과 사람들이 흘러가고 있었다. 곳곳에 고층빌딩이 들어서고 보도블록은 새로 놓으려고 여기저기 파헤쳐놓았다. 그녀는 살육과 죽음의 공포를 딛고 다시 일어서는 도시를 눈물겹게 바라보았다. 그녀도 지금 이 도시와 같았다.

익서가 다가와 한 팔로 그녀의 어깨를 감싸 안았다. 그녀는 본능적으로 두 팔을 겹쳐 가슴을 가렸다. 그녀는 가볍게 떨었다. 그 떨림 속에서 그녀는 지난날의 상처가 엷은 껍질로 덮이기 시작하는 것을 느꼈다. 인하의 마음속에 파괴되었던 세계가 또다시 새로운 아름다움에 싸여서 어렴풋이 다가오고 있었다.

그들이 만나는 장소는 주로 사무실이었다. 익서는 늘 바빴다. 잠시도 사무실을 비울 수가 없었고 틈이 나면 번역일을 해서 생활비를 벌어야 했다. 그래서 어느 날 익서가 외출하자고 말했을 때 인하는 공연히 마음이 부풀어 올랐다. 인하는 나뭇잎 사이에서 한가롭게 바람을 맞고 싶었다. 창가에 기대앉아 음악도 듣고 싶었다. 이런저런 바람과 어렴풋한 욕망을 느끼게 된 것이 참으로 얼마 만인가. 인하는 사랑이 다시 내부에 살아났음을 은연중에 깨달았다. 사랑은 다시 눈을 떴다. 익서와 나란히 거리에 발을 내디뎠을 때 인하는 의미없는 웃음을 지었다. 익서가 의아한 표정을 지으며 물었다.

"뭐가 그렇게 좋아?"

"그냥 함께 걸으니까 참 좋아."

"그런 모습을 볼 때면 난 가끔 불안해져."

"왜?"

익서는 대답을 회피했다.

그들은 익서와 같은 조직원의 애인 집으로 갔다. 짧은 커트 머리에 화장기 없는 얼굴을 한 말숙이가 그들을 맞았다.

"듣던 대로 미인이시군요."

말숙은 미간을 약간 찌푸리며 말했다. 말숙은 대학을 중퇴하고 현장에 간 지 5개월쯤 되었는데 집을 나와 자취를 하고 있었다.

"내가 찾아온 이유는……"

하고 익서는 안주머니에서 두툼한 편지 봉투를 꺼내 말숙에게 건네주었다. 익서와 말숙은 인하가 들어도 잘 알지 못하는 대화를 주고받았다. 문

건 비밀 현장 조직 등등의 낱말이 반복되어 나왔다.

아무 장식도 없는 방에는 맑스와 로자 룩셈부르크의 사진이 걸려 있었고 여자에게 기본적으로 필요한 화장대는 물론이고 화장품 하나 변변한 것이 없었다. 앉은뱅이 책상 위에 책과 노트가 뒤섞여 있었다. 말숙은 대화 도중에 간간이 인하의 손가락―인하 오빠가 외국 여행에서 사다준 예쁜 장식 반지가 끼여 있었다―과 고급 가방을 냉소적으로 바라보았다. 인하는 가벼운 충격을 입었다.

그날 밤 인하는 자신의 방 안을 찬찬히 둘러보았다. 고급 침대, 피아노, 책장, 화장대, 신비하고 예쁜 각 나라 관광 골동품들, 보석함. 그 안엔 인하의 어릴 적 꿈이 뒤엉켜 있었다. 그동안 한 번도 느끼지 못했는데 새삼 쓸데없는 물건이 너무 많아 보였다. 인하는 장신구들을 올케언니에게 나누어주고 골동품이며 피아노도 거실로 옮겨놓았다. 마음이 한결 홀가분해졌다.

임투를 앞두고 현장 간부들이 모여들었다. 익서는 복사해놓은 서류를 간부들에게 나누어주고 논의를 이끌어나갔다. 논의가 끝나자 차를 마시며 한담을 나누었다. 그때 인하가 나타났다. 긴 머리를 손수건으로 살짝 묶었다. 그녀는 가져온 보자기를 풀었다. 찬합에 김밥이 가득 들어 있었다. 그들은 마치 오래 기다렸다는 듯이 맛있게 먹었다. 인하는 집에서 먹고 왔다면서 남들 밥 먹는데 담배 피우기도 뭐해서 라이터만 만지작거렸다. 라이터는 작은 가죽주머니에 싸여 있었다. 이 라이터집은 영빈이가 공예를 전공하는 친구의 작업실에서 소가죽 자투리를 얻어다 만들어준 것이었다. 가죽은 오랜 손때가 묻어 윤이 났다.

동료들이 모두 돌아가고 난 후 인하는 흐뭇한 기분으로 그릇을 챙겼다. 고생하는 사람들에게 작은 헌신이라도 보여줄 수 있다는 것이 무척 기뻤다. 유난히 볼이 팬 익서의 얼굴을 보면서 다음엔 좀 더 영양가 있는 음식을 만들어와야지, 하고 속다짐하면서 인하는 마침 담배를 입에 무는 익서에게 불을 붙여주려고 라이터를 찾았다. 눈에 띄지 않아 두리번거리면서 물었다.

"내 라이터 못 봤어?"

"방금까지 인하가 만지작거리고 있었잖아."

"잠깐 놓았었는데 어디로 갔지?"

인하는 보자기를 다시 풀어 보고 가방도 뒤적거려 보았다. 익서도 책상서랍을 열어 보고 쓰레기통도 뒤져 보았다. 라이터는 끝내 보이지 않았다. 인하는 힘이 매시시 빠졌다. 익서가 성냥불에 담배를 붙여 한 모금 빨고 말했다.

"에이, 그까짓 라이터 하나 더 사면 되지. 다음에 시내 나가면 멋진 걸로 사줄게."

"아니 라이터가 중요한 게 아니라 가죽주머니가 중요한데. 그건 돈으로도 살 수 없는 거야. 어디로 갔을까."

"그럼 또 만들면 되잖아. 별것도 아닌데."

"왜 별거 아냐. 내 손에서……"

하고 인하는 라이터집을 갖게 된 햇수를 헤아려 보고 잇대어 말했다.

"거의 3년 동안 내 곁을 잠시도 떠나지 않은 물건인데."

인하는 볼멘소리로 말하였다. 익서는 알 수 없다는 표정을 지었다. 그런 표정이 인하의 비위를 건드렸다. 그러나 겉으로는 드러내지 않고 생각을 이끝저끝 더듬다가 마침내 짐작하는 바를 끄집어내었다.

"아까 그 사람들 중에 누군가 가져갔을까?"

"그 친구들이 그걸 왜 가져가니?"

"무심코 주머니에 집어넣었는지도 모르지. 전화 해봐."

"그걸 갖고 전화까지 해가며 수선을 피워야 해?"

익서는 난색을 보이며 말했다. 인하는 머리카락 끝을 만지작거렸다. 생각이 진정되지 않을 때 나타나는 버릇이었다. 익서는 내키지 않았지만 동료들에게 전화를 걸어 보았다. 그중 한 명이 겸연쩍은 목소리로 말했다.

"담배 피우고 무심코 주머니에 넣었던 모양이야. 그걸 갖고 전화하고 난리냐? 다음 모임 때 갖다줄게."

"그래라."

전화를 끊고 익서는 인하에게 통화 내용을 말해주었다. 인하는 성이 차지 않는 심정으로 말했다.

"안돼. 지금 갖고 오라고 해. 그 사이에 잃어버리면 어떻게 해?"

"어떻게 여기까지 또 오라고 하니? 바쁜 사람을."

"거기가 어디야? 내가 갔다 올게."

인하가 일어설 기미를 보이자 익서는 할 수 없이 다시 전화를 걸었다.

"지금 그리로 갈게. 라이터 꽉 보듬고 있어라. 호랑이가 물어가지 않게."

익서가 나가자 인하는 자책감이 들기도 했다. 익서의 말대로 또 만들면 될 것을 이런 수선까지 피우는 자신의 소견머리가 몹시 좁아보였다. 그러나 오랫동안 길들여온 라이터집은 마치 신체의 일부분처럼 느껴져서 도저히 포기할 기분이 아니었다. 까맣게 손때 묻은 라이터집은 인하의 젊은 날의 한 부분을 오롯이 들여다볼 수 있는 것이었다. 인하는 요모조모 라이터집을 매만지며 마음속에 떠오르는 사소한 생각들을 흩날리고 수년간을 살아왔다. 부드러운 가죽의 감촉을 느끼며 라이터를 켤 때 조그마한 불꽃이 오르면 인하의 내밀한 곳에 숨어 있는 그 어떤 열정이 가스 대신 타는 것 같다는 생각이 스치기도 했다. 가스가 다 되어 불꽃이 새끼손톱만큼 작아질 때는 인하의 내밀한 열정도 서서히 스러지는 것 같아 사라지는 모든 것에 슬픔을 맛보기도 했다. 스쳐지나가고 사라지는 온갖 사소한 것들을 인하는 잊어버렸을지 모르지만 세월의 더께를 말해주는 것은 라이터집이었다. 물건에 넋이 깃들인다는 것은 이런 경우를 두고 말하는 것이리라. 다시 돌아온 익서의 낯색이 화가 난 듯이 표표해 있었다. 그는 던지듯 라이터를 책상 위에 놓았다. 인하는 머뭇거리다가 담배를 꺼내어 물고 자연스럽게 라이터를 집어들었다.

"인하는 소유에 대한 집착이 너무 강해."

가라앉은 목소리로 익서가 말했다. 나긋하게 손에 안겨든 라이터를 만지고 있던 인하는 쑥스러움과 안도감이 묘하게 섞인 표정으로 그를 바라보았다.

익서는 라이터를 찾으러 갔을 때 동료가 한 말을 생각하고 있었다.

"개조하지 않으면 참 애매해질 수 있는 여자야. 차라리 부르주아 쪽으로 가버리면 잘살 여잔데. 사랑도 많이 받고. 널 사랑해서 그 여자도 힘들어지는 것 아냐?"

"그렇지 않아. 그 여자가 지향하는 것도 우리와 별반 다르지 않아. 표현 방법이 좀 다를 뿐이지."

익서는 대수롭지 않게 말했으나 동료 앞에서 자신의 성분이 시험대에 오른다는 느낌을 떨쳐버릴 수 없었다. 대학을 중퇴하고 현장으로 간 동료는 여성노동자를 애인으로 삼은 것으로 자신의 신념을 표출했다.

"사랑도 계급의 문제야. 우리 같은 학출들은 매사에 철저해져야 해."

하고 그 동료는 야릇한 미소를 띠었다. 동료와 헤어지고 돌아오면서 익서는 여러 가지 착잡한 상념에 빠져들었다. 일상이란 너무도 무서운 것이어서 자신도 모르게 타성에 젖게 마련이다. 보일러 집에서 살면 연탄 때는 집을 상상할 수 없다. 고기를 늘상 먹으면 명절 때나 고기를 먹게 되는 가난을 이해할 수 없다. 부자연스러울 정도로 자신의 생활을 단련하는 것도 존재가 의식을 반영한다는 명제에 충실하기 위해서였다. 집을 나와 자취를 하는 것도 그중의 일부였다. 이러한 철저성에 인하가 틈을 내고 있다. 자신처럼 인하도 단련시킬 필요가 있다. 두 사람의 사랑을 완성하기 위해서는 인하도 단련해야 될 방편을 가져야 한다. 그는 인하를 현장에 보내는 것에 생각이 미쳤다. 그러나 애처로워 보이고 마음속의 동요를 곧잘 드러내는 인하의 모습이 떠올라 이 문제는 그리 자신할 수가 없었다.

인하는 계속 라이터를 만지고 있었지만 얼굴에는 불안한 기색이 서려 있었다.

"인하는 개성이 너무 강해."

그의 어투가 건조하고 차가워서 인하는 단박에 그의 의도를 알아챘다. 익서는 말을 계속하려고 했으나 수치감이 떠오른 인하의 얼굴을 보고 입을 다물었다. 인하에게 자연스러운 행위들이 익서에겐 경멸스러운 것으로 보인다는 것만으로도 그녀의 영혼은 충격을 받았다. 인하는 슬그머니 라이터를 가방 속에 넣어버렸다. 인하는 속빈 웃음을 지으며 사무실을 나왔다.

이러한 갈등은 사소한 사건으로 번번이 일어나곤 했다. 그럴 때마다 인하는 자신이 초라하고 천박스럽기조차 했다. 인하는 사무실을 드나드는 여성노동자들을 눈여겨보게 되었다. 인하가 보기에 그 애들도 특별하게 다를 바가 없는데, 다른 것은 그 애들을 대하는 익서나 동료들의 태도였다. 그들에게 노동자들은 정의롭고 숭고하며 진리의 화신이었다. 인하는 노동자들을 알지 않고서는 익서와의 사랑이 불완전하다는 것을 깨닫게 되었다.

집에서는 대학원을 가든가 선을 보든가 양자택일하라고 성화였지만 인하는 조건이 좋은 -변호사의 아들- 애인이 있다는 것으로 말막음을 했다. 어머니와 올케언니는 인하의 눈치를 보며 은밀히 혼숫감을 장만하기 시작했다. 인하에게는 평범한 그들의 말이나 바람들이 최근 그녀가 빠져드는 세계를 모욕하는 것같이 생각되었다. 인하는 익서의 눈을 통해 세계를 보려고 노력했다.

세계를 변혁하려는 열정적이고 순결한 이상을 꿈꾸는 사람들. 프롤레타리아라는 말 자체가 호소력을 지니고 있으며 평등하고 아름다운 세계가 손짓하고 있었다.

인하는 말숙이가 다니는 회사가 파업할 때 그곳에 가 보게 되었다. 정문은 굳게 잠겨 있었다. 인하는 수위 아저씨와 실랑이를 벌이다가 샛문 안쪽으로 몇 걸음 내디뎠다. 30여명의 여성노동자들이 땡볕에 앉아 구호를 외치고 있었다. 앞에 나서서 구호를 선창하던 말숙이가 인하를 보고 달려나왔다. 말숙이는 수위 아저씨와 대거리하며 싸웠다. 이튿날 인하는 김치를 들통에 담아가지고 다시 찾아갔다. 수위실에서 말숙이를 만났다. 말숙이는 인하의 손을 꼭 잡으며 말했다.

"김치 먹고 힘내서 잘 싸울게요."

노동계급에 대한 헌신, 자기희생, 선에 대한 노력, 이와 같은 것이 말숙의 눈과 얼굴의 윤곽 하나하나에서 빛나고 있었다. 말숙은 때에 전 남방셔츠를 걸치고 머리는 짧게 잘라 너풀거렸지만 당당하고 넘치는 생기로 빛나 보였다. 그것은 인하에게 새로운 아름다움을 일깨워주었다. 인하는 외출할 때면 그날 분위기에 맞추어 무슨 옷을 입고 갈까, 어떤 가방이 어울릴까, 거울 앞에서 재는 시간이 많았는데 이제는 편한 것이 아름다워 보였고 그 아름다움에 자신을 갖게 되었다. 협상이 타결되어 파업이 끝났을 때 말숙은 인하에게 엄숙한 표정을 지으며 말했다.

"언니도 이제 노동자들에게 의무가 생겼어요."

인하는 그 말을 이해했고 그리고 받아들였다. 인하는 현장으로 갈 수밖에 없다고 스스로 단안을 내렸다.

익서는 인하의 변화를 더욱 깊은 사랑으로 화답해주었다.

익서는 조직에서 모아놓은 주민등록증 중의 하나를 자취방으로 갖고 왔다. 물그릇에 주민등록증 모서리를 담근다. 시간이 지나자 접착이 느슨해졌다. 예리한 면도날로 느슨해진 접착 부분을 조심스럽게 가른다. 사진을 떼어내고 인하의 사진을 붙인다. 그는 인하를 들여다본다. 곱고 애련한 얼굴이다. 눈가엔 아픔의 흔적이 맺혀 있다. 꽃잎같이 작은 입술이 마음속의 동요를 곧잘 드러낸 것이 떠올라 지금 그의 기분을 약간 손상시킨다. 인하의 애처로움을 이해하기에는 그는 너무 강하고 너무나 결연하다.

인하는 익서가 자취방에 들어올 시각에 맞추어 김치랑 밑반찬을 한아름 안고 왔다.

"드디어 만드는군."

인하는 주민등록증을 들여다보며 말했다. 익서는 가른 부분을 접착제로 다시 붙였다. 익서가 입가에 야릇한 미소를 띠며 말했다.

"봐 감쪽같지."

"많이 해 본 솜씨네."

"이렇게 해서 위장취업한 사람이 몇십 명은 된다구. 자세히 봐. 인하가 어떤 사람인가."

이순영. 나이는 인하보다 세 살 아래였다. 인하가 말했다.

"내가 얘야?"

"인하가 얘지. 이 이름에 익숙해져야 돼. 이제부터 순영이라고 부를 거야. 순영이."

익서는 장난기 섞인 웃음을 지었다. 익서는 주민등록증을 책갈피 속에 끼워 넣고 체중을 실어 손바닥으로 몇 번 눌렀다. 익서가 다시 인하를 바라보았을 때 그의 눈은 빛과 열정으로 가득 차 있었다. 인하는 가볍게 몸을 떨었다. 그는 그녀의 머리카락과 뺨을 어루만졌다. 무수한 빛의 바퀴가 그녀의 몸을 휘감아 돌았다. 그들은 깊고 황홀한 입맞춤을 했다. 그녀는 그의 심장이 힘차게 박동치는 것을 느꼈을 때 저절로 눈물이 솟구쳤다. 마침내 그녀는 그의 고결한 사상과 사랑이 일치했음을 알았다. 소리없이 깊어가는 어둠 속에서 육체의 아름다움이 피어나고 있었다. 정열이 대기 속으로 녹아들면서 밤은 더없이 아늑하고 아득했다.

바람은 가로수에 걸려 쇠락하는 나뭇잎들을 흔들어대고 있었다. 나뭇잎들이 돌개바람을 타고 날아다니다가 보도 위에 떨어졌다. 어느덧 가을이 깊어가고 있었다.

인하, 아니 순영은 통근버스를 기다리고 있었다. 나이가 들어 보인다고 해서 머리를 단발로 자르고 애교머리도 늘어뜨렸다. 순영은 석 달 전에 배터리 만드는 중소기업에 입사했다. 납중독이 염려된다고는 하지만 단순노동이기 때문에 그런대로 견딜 만했다. 가족들에게는 출판사에 취직을 했다고 말해두었다.

통근버스는 제시간에 도착했다. 순영은 버스에 오른다. 중간쯤 좌석에 같은 라인에서 일하는 영미가 꾸벅꾸벅 졸고 있다. 순영은 영미 앞으로 다가가 그녀의 무릎 위에 가방을 얹는다. 영미는 눈을 뜬다. 졸음이 달린 눈으로 순영을 쳐다본다. 영미는 미소를 지으며 다시 눈을 감는다. 순영은 영미와 비교적 친하게 지냈다. 순영은 2주일 단위로 익서에게 보고서를 올렸는데 영미와의 관계도 소상히 적혀 있었다. 함께 나눈 얘기, 집안 사정 ─영미는 위암으로 누워 있는 아버지와 시장에서 채소장사를 하는 어머니, 가출한 여동생, 고등학교에 다니는 남동생이 있었다— 성격, 독서 수준 등을 읽어 본 익서는 영미를 중심으로 계를 만들어 보라고 했다. 입사하고 두 달쯤 되었을 때, 순영은 영미의 마음을 떠보았다. 영미는 푼돈을 모아서 하는 건 괜찮겠다고 선선히 응락했다. 일 년 이상 근무한 영미는 동료들의 성격이며 집안 사정을 잘 알고 있었다. 겨우 설득해서 끌어모은 계원이 여섯 명이었다. 지난달 마지막 휴일이 첫 번째 곗날이었다. 시내에서 만나면 돈이 드니까 무등산에 올라가서 각자 싸온 도시락을 먹으며 즐겁게 놀았다.

2차선인 하남도로를 겨우 빠져나온 버스는 공단 끝 쪽에 위치한 진입로를 급하게 달렸다. 규모가 작은 청회색 건물 두 동이 나타났다. 버스가 속도를 늦추자 순영은 영미를 깨웠다. 버스가 멈춰 섰다. 영미와 순영은 출근 카드에 도장을 찍고 탈의실로 들어갔다. 각자 사물함을 열고 납가루에 찌든 작업복으로 갈아입는다. 벨이 울린다. 8시 30분. 작업 시작이다. 순영은 손수건 두 장이 겹쳐진 작업용 마스크를 쓰고 비닐 앞치마를 두른다. 손에 면장갑을 끼고 고무장갑을 덧씌워 낀다. 벌써 라인 벨트는 돌아가고 있다. 자재부에서 부품을 산더미처럼 쌓아놓았다. 순영은 '쌓기' 좌석에 앉는다. 옆에 놓인 함을 끌어다 납판, 종이, 알루미늄 순서대로 차곡차곡 쌓는다. 함 속이 가득 차면 라인 위에 놓는다. 다시 함을 끌어다 같은 동작을 되풀이한다. 순영이가 온종일 하는 동작이다. 옆 동료는 두 개의 빗살 기구를 가지고 함 속의 물품을 고정시킨다. 계원 중의 한 명인 순복이는 조그만 나사를 함 위에 올려놓는다. 납판과 나사를 연결하는 용접이 끝나면 빗살 기구를 빼낸다. 함 속의 물건을 꺼내 플라스틱 용기에 담는다. 빈 함은 '쌓기' 쪽으로 보내지고 플라스틱 용기를 받은 사람은 뚜껑을 고정시키는 '융착' 작업을 한다. 그 다음이 영미가 작업하는 '기밀'이다. 영미는 배터리 플라스틱 통을 물 속에 넣는다. 공기가 새는지 면밀히 검사한다. '기밀'을 통해 불량품을 가려낸다. 완성된 물품은 큰 상자에 담긴다. 순영은 정신없이 '쌓기'에 열중한다. 스피커에서 귀에 익은 대중가요가 흘러나온다. 라인 돌아가는 소리, 작업 소리, 스피커가 토해내는 목쉰 듯한 가수의 노랫소리. 순영의 손이 '쌓기'를 하는 것인지, 노랫소리가 '쌓기'를 하는 것인지, 라인 벨트가 '쌓기'를 하는 것인지……

12시 30분. 점심식사 시간이다. 순영은 속이 메슥거려서 한바탕 세수를 하고 구내식당으로 향한다. 식사시간에도 눈앞에 라인 벨트가 돌아가는 듯한 환영이 보인다. 밥, 국, 김치, 납판, 종이, 알루미늄, 밥, 국, 김치, 납판, 종이 알루미늄…… 식사를 끝낸 순영은 탈의실로 간다. 영미는 벌써 와서 한 켠에 누워 있다. 순영은 영미 곁에 눕는다. 익서는 이 시간을 잘 활용하라고 했는데. 가령 책을 읽거나 −호기심이 나서 빌려달랄 수도 있으니까− 또는 잡담이라도 나누며 친화력을 발휘해 보라고 했다. 익서와 이야기할 때는 모든 것이 잘될 것 같은데 막상 일터에서는 생각대로 되지 않는다. 순영 자신부터 온몸이 화장지처럼 구겨져서 피로가 엄습한다. 이런 지경에 책을 읽으면 청승이라고 눈총받기 십상이고 어쩌다 슬쩍 말을 걸라치면 누구 하나 반가워하질 않는다. 순영은 깜빡 쪽잠에 떨어진다. 끝 모를 허공을 허우적거린다. 영미가 순영을 흔들어 깨운다. 순영이 눈을 뜨자 영미가 걱정스러운 목소리로 물었다.

"나쁜 꿈 꿨니? 신음소리를 다 내고."

영미는 커피 두 잔을 뽑아왔다. 영미가 물었다.

"너 일이 힘든 거 아니니? 몸도 그렇게 건강해 보이지 않는데."

"아직 익숙해지지 않아서 그렇겠지."

"이 일에 익숙해지는 건 없어. 시일이 지나면 몸이 작살나는 것밖에는."

"넌 괜찮니?"

"두 달 전에 회사가 지정한 병원에서 진단을 해 봤는데 위험수위는 아니라는 거야. 그런데 웃기는 건 100이 위험수위라면 90이 나와도 괜찮다고 한단 말이야."

"위험수위가 나오면?"

"위로금조로 얼마를 쥐여주고 쫓아내버려."

"어쩜 그럴 수가."

순영은 벌린 입을 다물지 못하다가 열에 받쳐서 언성을 높여 말했다.

"노조가 없으니까 그런 거 아냐?"

영미는 주위를 두리번거리며 겁먹은 목소리로 말했다.

"너 그런 말 함부로 하면 안돼. 이 회사에선 노조의 노 자도 쓰지 못해."

벨이 울리자 그녀들은 무거운 몸을 이끌고 작업장으로 향한다. 오후 작업은 졸음과 싸워가면서 하기 때문에 더욱 고되다. 6시에 저녁식사를 부리나케 하고 곧바로 작업에 들어간다. 8시 20분. 드디어 라인 벨트가 작동을 멈춘다. 순영은 라인 밑에 떨어진 납가루를 쓸어낸다. 철판 안에 쌓인 납가루도 깨끗이 씻어낸다. 이 많은 양의 납가루 속에서 하루를 보냈다니 믿어지지 않는다. 샤워실로 몰려가 샤워를 한다. 외출복으로 갈아입고 밖으로 나온다. 통근버스는 이미 시동을 걸어놓고 있었다. 버스 안은 아침의 분위기와 사뭇 다르다. 소곤소곤 조장을 흉보기도 하고 휴일 날 놀러 갈 계획을 세우기도 하고 TV 프로, 스포츠, 나이트클럽 온갖 이야기로 소란하다. 버스에서 내린 순영은 고개를 꺾고 걷는다. 가을 잎새 하나가 순영의 발밑에 떨어진다.

계 하는 것이 누군가에 의해 관리과장에게 알려졌다. 먼저 영미가 불려가고 계원들이 차례차례 불려갔다. 순영이도 마지막으로 불려갔다. 관리과장은 계를 깨라고 일방적으로 통고한 후 순영에게 말할 기회조차 주지 않았다. 탈의실에 모인 동료들은 관리과장 욕을 해대면서 분노를 터뜨렸지만 눈총까지 받아가며 계를 할 필요가 있겠느냐는 의견도 있었다.

"항의 한번 못해 보고 이렇게 물러날 수는 없잖아."

옥죄이는 가슴을 겨우 피고 순영이 말했다. 영미는 순영을 찬찬히 바라보며 말했다.

"너 생각보다 당찬 데가 있구나. 하지만 우리가 항의라도 하면 그날로 다 잘려."

"너무 속상해서 그래."

"너 계 할 곳이 그렇게도 없니?"

"우리끼리 친목도 할 겸 하는 계잖아."

"친목이 뭐 따로 있니?"

순복이 의미 있는 미소를 흘리며 잇대어 말했다.

"우리 나이트클럽에 한번 가 볼래? 스트레스도 풀 겸 신나게 놀아 보자."

"너 전번에 자재부 박이랑 몰래 간 거 다 알아."

미순이가 삐죽이며 말했다. 얼굴이 해사하고 옷차림에 멋을 내는 자재부의 박은 여자들에게 인기가 있었다. 영미는 순영이가 아무 대꾸를 안 하자 긍정의 의미로 받아들이며 말했다.

"이번 주말에 가서 하룻저녁 신나게 놀아 보자."

그날 퇴근 후에 순영은 익서의 사무실로 찾아가 이 문제에 대해서 이야기를 나누어 보았다.

"그들과 친해지려면 어디든 못 가? 몇 사람이라도 단단히 결속하는 것이 중요해."

익서는 당연하다는 듯이 말했다.

"그런 곳엔 가기 싫어."

"왜 못 가?"

"한 번도 안 가 봤고 그런 분위기는 좀 역겨울 것 같아."

"일을 위해선 그런 것쯤은 참아내야지. 그들이 일터에서 생겨나는 온갖 억압을 그런 식으로 손쉽게 풀 수는 있어. 물론 자본가들이 허용한 범위에서지. 자본주의 문화가 어떻게 노동자들에게까지 먹혀 들어가 있는지 잘 살펴봐."

그에겐 모든 것이 단순명쾌했다. 그와 있으면 순영은 자신의 갈등이 하찮게 보였다. 그래서 순영은 나이트클럽에 가 보게 되었다. 흐느적거리는 선율, 땀, 자욱한 담배 연기, 음습한 조명들이 어울려 욕정을 발산하고 있었다. 순영은 동료들과 어울려 춤을 추었고 술도 마셨다. 집으로 돌아오면서 순영은 눈물을 흘렸다. 술 때문이야, 하고 순영은 자신을 변명했다. 그러던 어느 날 영미가 쓰러졌다. 병원으로 실려간 영미는 이미 납중독의 위험수위를 넘어 어쩌면 아이를 가질 수 없을지도 모르는 지경이 되어 있었다. 회사는 퇴직금에 약간의 위로금을 보태주고 해고했다. 순영은 노동상담소에 가자고 권유했지만 영미는 이렇게 쫓겨난 게 나 혼자뿐이 아닌데 뭘, 하고 서글프게 웃었다.

"……니 말대로 한다면 유리하게 될 수 있겠지. 그러나 퇴직금은 오랜 시일이 지난 후에야 나올 거 아냐. 차라리 지금 받는 목돈으로 아버지를 치료해드릴 수 있어서 기쁘기도 해."

영미는 밝게 웃었다.

영미의 아버지는 위암으로 앓고 있지만 치료 한번 제대로 받지 못하고 있었다. 영미의 병상을 드나들면서 순영은 울기도 많이 울었고 노동해방의 대의가 깊어지기도 했지만 완강한 노동현실 앞에 어떤 두려움마저 느꼈다. 몇 달 안가서 순영은 잔기침을 해댔고 숨도 가빠왔다. 이때쯤

해서 순영의 집에서 눈치를 챘다. 오빠 철하가 순영의 뒤를 밟았다. 철하가 관리과장을 만났다. 순영은 그날로 퇴사당했다. 인하는 철하에게 항의했지만 내심으로는 잘됐다는 생각도 들었다. 이러한 내심을 익서는 잘 읽어내고 있었다. 인하는 끝내 노동자가 되지 못하고 말았다. 세상의 모든 일처럼 노동자가 되는 길도 어렵고 험난했다. 그 와중에 인하는 임신한 것을 알게 되었다.

인하는 사무실 문 앞에 서서 잠시 머뭇거렸다. 그렇게 낯익어 보이던 문이 어느 때부터인지 서먹해 보였다.

인하는 심호흡으로 마음을 가다듬고 노크를 했다. 상큼하고 도전적으로 보이는 낯선 여자가 문을 열고 인하의 위아래를 훑어보더니 대뜸 물었다.

"무슨 일로 오셨어요?"

인하는 대꾸를 하지 않고 안으로 들어섰다.

익서와 동료 한 명이 인하 쪽으로 얼굴을 돌리고 있었다.

"늦게 웬일이야?"

익서가 의외라는 듯 물으며 자리에서 일어섰다. 낯선 여자가 큰 가방 속에 서류뭉치를 챙겨 넣으며 말했다.

"형, 다음 주말에 올게요."

"그래, 다음에 올 때 아까 말한 것 잘 정리해서 가져와."

"당연하지요."

그들이 가고 나자 익서는 책상 위에 흩어져 있는 서류를 정리하다가 문득 동작을 멈추고 담배를 피워 물었다. 그의 동작에는 어딘지 모르게 허둥대는 모습이 엿보였다. 그를 쳐다보는 인하의 눈동자엔 그리움 이상의 무언가가 깃들여 있었다. 익서도 예사롭지 않은 그녀의 눈빛을 느끼고 있었다. 그러나 그는 요즈음 몹시 불안하고 어수선한 심정으로 보내고 있었으므로 인하의 심중을 헤아릴 여유가 없었다. 운영위원 중 한 명이 3자 개입으로 구속되었고 노조위원장 서너 명이 수배 중이었다. 인하는 갑자기 어색해진 분위기를 피하려고 눈을 내리깔고 탁자의 윤기나는 모서리를 손으로 만지작거리고 있었다. 얼마나 많은 사람들의 옷깃이 이곳 모서리를 스쳐갔을까. 그리고 그 사람들은 이 탁자에서 마주 보며 열심히 의논했던 모든 것들을 지금 이 시각에도 기억하고 있을까. 인하는 움츠러드는 감정을 내보이지 않으려고 애써 심상한 어조로 말했다.

"너무 과로하는 것 아냐? 얼굴이 안됐어."

"나야 늘 그렇지 뭐."

그는 시름없이 흩어지는 담배 연기를 바라보며 침울하게 말했다. 인하는 임신 얘기를 할 기회를 찾으려고 익서를 주의 깊게 찬찬히 살펴보았다. 그의 표정엔 거의 적의에 가까운 무언가가 나타나 있었다. 그는 지금 적들에 대해 분노하고 있는 것일까. 꼭 적들을 향한 분노만은 아닌 듯했다. 그에게 적은 어느 범위까지일까. 또 동지는 어느 선까지일까.

인하는 그의 표정을 바꾸어 보려고 미소를 지으며 그의 앞으로 다가갔다. 그의 손을 자신의 입으로 가져가 이로 지그시 깨물었다. 그는 작은 웃음소리를 냈지만 웃음 끝에 건조하게 말했다.

"여긴 사무실이야."

그는 손가락을 인하의 입에서 뺐냈다. 인하는 당황한 얼굴을 보이지 않으려고 급히 창가로 걸어갔다. 어둠이 내린 창밖으로 네온사인 불빛이 반짝거리고 있었다. 인하는 어렴풋이 무수한 사물을 느꼈다. 가로등 불빛에 비친 겨울나무의 앙상한 가지, 고층 건물 사이로 떠 있는 낮 같은 달, 책장의 책들, 탁자, 의자, 서류 뭉치들, 익서와 인하의 자태. 이 모든 것이 무수히 중첩되면서 유리창에 어른거렸다. 익서 자태에 걸려 있는 나뭇가지가 인하에게 연결되어 있다. 모든 사물들이 투명하게 보이면서 경계가 사라진다. 그녀는 문득 모든 것이 통과할 것 같은 느낌이 들었다. 그녀는 뒤돌아섰다. 익서는 검게 빛나는 무표정한 눈길로 그녀를 바라보았다. 투명하던 외계의 사물들과 익서가 각기 형체와 무게를 내보이며 문을 닫았다. 인하의 한순간 환상도 간데없이 사라졌다. 뭐라고 말할 수 없는 비애감으로 그녀는 고개를 숙였다. 마침내 용기를 내어 임신 얘기를 꺼내려고 막 얼굴을 들었을 때, 익서가 혼잣말처럼 자신과 그녀의 공간 한쪽에 슬쩍 한마디를 던졌다.

"참 요즘 애들은 확실히 달라."

익서는 한참을 담배 연기가 사라지는 허공에 시선을 뿌리다가 다시 말을 이었다.

"좀 전에 나간 여자애 말야. 현장에 있는데 참 대단한 애야. 고3 2학기 때 자퇴를 했대. 대학생이 될 기득권을 스스로 파기하기 위해 그랬대. 그 애 오빠가 읽는 사회과학 서적을 어깨너머로 읽었던 모양이야. 그 앤 위장취업이 아니라 당당하게 노동자가 된 것을 자랑스러워해."

익서는 인하를 힐끗 쳐다보고는 한숨을 섞어가며 말했다.

"그 애를 보면 내가 너무 때가 묻었다는 느낌이 들어."

그가 말을 마치자 갑자기 무거운 정적이 벽처럼 그들 사이에 놓였다. 인하는 가느다란 숨소리도 민감하게 떨려나오는 것 같아 지그시 입술을 깨물었다. 숨가쁜 정적이 서려돌았다.

"그건 나에게 하는 말 같은데."

인하는 겨우 입을 열었다.

"사실이 그래."

"인하가 요즘 너무 예민해진 것 같군. 나도 그렇고……"

그는 공연히 서류를 뒤적거리기도 하고 의자를 고쳐 앉기도 했다. 그가 다시 인하를 보았을 때 그녀의 눈동자엔 서글프게 뭔가를 묻고 있는 듯한 표정이 깃들어 있었다. 그녀는 잠긴 듯한 목소리로 물었다.

"요즈음 왜 날 피하지?"

"내가 왜 피해?"

"혹시 딴 여자 생겼어?"

"무슨 얘길 함부로 하는 거야?"

불거진 푸른 핏줄이 그의 관자놀이에 뚜렷이 나타났다. 그는 좀 격해진 음성으로 말을 이었다.

"함께 편안하게 있을 곳이 있어야지. 집에는 동지가 와 있고, 그렇다고 여관에 갈 수도 없고 말야. 동지들이 감옥이다 수배다 하고 고생하는데 나만 혼자서 쾌락에 빠지는 것도 부끄럽고."

"쾌락이라니? 사랑하는 사람과 함께하는 시간을 단순히 쾌락이라고만 생각하는 거야?"

"오십보백보지 뭐."

하고 그는 자리에서 일어나 난로 쪽으로 다가갔다. 그는 인하에게 등을 보인 위치에 섰다. 그러나 추워서 난로 가까이에 간 것처럼 그는 두 손을 난로 위쪽에 얹었다. 그는 쉰 듯한 목소리로 말했다.

"난 무엇보다도 동지들에게 축복받는 사랑을 하고 싶어."

"그 사람들은 날 못마땅하게 생각하는군."

"꼭 그렇다고는 할 수 없지만 요즈음 말들이 좀 있어."

"그랬었군. 인하라는 여잔 어쩔 수 없는 부르주아 근성이 몸에 밴 사람이라고……"

인하는 냉소했다.

익서의 등은 완강한 벽처럼 좀체 움직일 줄 몰랐다. 인하는 소리 없이 걸어나와 문을 열고 나섰다. 복도를 정신없이 뛰었다. 계단으로 내려가는 모퉁이에서 뒤를 돌아다보았다. 어둠 속에 잠긴 복도엔 무거운 정적만이 드리워 있었다. 거리로 나왔을 때 한겨울의 스산함이 그녀의 가슴을 훑고 지나갔다.

당국의 수배망이 좁혀오기 시작하자 익서는 사무실에도 나오지 않았다. 그의 자취방도 굳게 잠겨 있었다. 연락은 오직 그로부터 걸려오는 전화뿐이었다. 어느 날 그의 통화는 몹시 다급하고 절박한 상태를 나타내고 있었다.

"오랜 기간 지하로 잠적해야 될 것 같아. 이런 통화도 이젠 위험해."

"그럼 어떻게 해?"

"전화로 긴 이야기를 할 수는 없고, 인하 내 말을 잘 새겨들어야 해."

그는 잠시 침묵을 지키다가 무겁게 가라앉은 목소리로 말을 계속했다.

"대학원을 가든가…… 어떻게든 잘 살아야 해. 정말 미안해."

통화 끝남을 알리는 기계음이 인하 가슴의 고동 소리와 같은 간격으로 울려왔다. 익서와 이어지는 끈이 달린 듯 인하는 한동안 수화기를 들고 있었다.

그는 자기 신념에 따라 멀리 가버렸다.

아이 문제는 인하 혼자의 문제로 떨어졌다. 아이를 지웠다. 인하는 방의 커튼을 밤이나 낮이나 꼭꼭 여며 치고 지냈다. 온몸에 신열이 오르면서 입안이 자꾸 말랐다. 가슴에는 단단한 덩어리가 뭉쳐진 것 같았다. 가족들은 입원을 시키려고 무진 애를 썼으나 그녀는 한사코 거부했다. 그녀는 자신을 방치했다. 어느 날 밤 가슴이 몹시 쓰리고 바늘 뭉치로 찌르는 것처럼 따가웠다. 가슴을 들춰 보았다. 불에 덴 것같이 붉은 반점이 수없이 돋아나 있었다. 며칠을 두고 부풀어 오르더니 진물이 나기 시작했다. 진물이 마르자 서서히 굳어지면서 딱지가 졌다. 딱지마저 떨어져 나갔을 때 그녀의 가슴에는 불에 데어 오그라진 것 같은 상흔이 선연했다. 가족들은 서울의 언니집으로 인하를 보내기로 합의를 보았다. 인하는 말없이 따랐다.

광주를 떠나기 전 인하는 망월묘역을 찾아갔다. 상원이 용준이 무덤 쪽으로는 가지도 못하고 먼발치에서 바라보기만 했다. 눈물도 없었다. 망월묘역에 와 눈물을 흘릴 수 있는 것도 일종의 자부심이 아니겠는가. 인하는 그 자부심마저도 잃어버렸다.

"그때 차라리 죽기라도 했더라면……"

망월묘역을 되돌아 나오면서 인하는 익서를 묻었다. 형철을 묻고 그리고 청춘을 묻었다.

5

피해자 신고 마감일이 일주일 앞으로 다가오고 있었다.

영빈은 신고 마감일을 게재한 신문을 들여다보다가 이따금 전화기를 바라보았다. 옆에는 인하의 전화번호가 적힌 메모지가 놓여 있었다. 인하의 전화번호를 알게 된 것이 닷새 전인데 아직도 통화를 못 했다. 닷새 동안 영빈은 어느 하나의 생각도 갈피를 잡을 수 없었다.

영빈은 형철에게 다녀온 후로 인하를 찾아나섰다. 인하의 집은 진즉 헐려 그 자리에 아파트단지가 들어섰고, 인하의 아버지 전 교수는 이미 정년퇴임을 한 뒤였다. 오빠 철하가 의과대학을 나온 것을 기억해낸 영빈은 전화번호 책자를 뒤져 보았다. 외과병원 기록부에서 그의 이름을 찾아냈다. 학창 시절에는 모두 몰려다니면서 다정하게 지내던 사이였다.

전선을 타고 들려온 철하의 목소리는 위험으로부터 자신을 보호하려는 본능적인 냉담함이 흐르고 있었다.

"이런저런 일 다시 기억하고 싶지 않구만."

하고 전화는 끊겼다.

영빈은 병원으로 찾아갔다. 그는 주위를 경계하듯 두 눈엔 날카로운 빛을 띠며 말했다.

"그 애 때문에 식구들이 받은 고통, 말로 다할 수 없어. 어머니는 화병으로 돌아가셨고 아버님은 한동안 말을 잊고 지내셨지."

"하지만 오빠."

"신고해서 우리 집안에 이런 사람이 있다고 내보이란 말인가?"

"인하의 뜻이 어떤지 물어보기라도 해야 될 것 아녜요?"

"지금 와서 그 애가 무슨 뜻이 있겠어."

영빈은 한수 낮추어 말을 꺼냈다.

"그냥 인하를 만나 보는 것은 허락하시겠어요? 신고 따위 얘기는 꺼내지도 않겠어요."

철하는 난처한 표정으로 담배를 몇 모금 들이빨았다. 철하의 눈에 양보와도 같은 빛이 떠올랐다. 누그러진 목소리로 그가 말했다.

"신고니 뭐니 권할 생각은 마라."

"안 할게요."

"그 앤 강릉에 있어."

"강릉? 아니 그 먼데까지 가 있어요? 거기서 뭐 하고 살아요?"

영빈이 다그치듯 묻자 철하는 시선을 외면하고 말했다.

"그냥 살아. 분식점을 하면서……"

"인하가 어떻게……"

영빈은 말끝을 흐렸다. 철하는 메모지에 전화번호를 적어 영빈에게 건네주며 말했다.

"그 애가 결혼한 것도 모르고 있었나?"

영빈은 얼굴의 근육이 무엇에 당기는 것처럼 어색하고 부끄러웠다.
웃옷의 가슴이 별안간 꽉 끼는 것 같았다. 그는 내처 말했다.

"아이 딸린 상처한 남자와 결혼했어."

인하를 남김없이 내보임으로써 그는 영빈을 또는 누군가를 질책하고
있었다. 영빈이가 일어서자 그는 다심스럽게 당부했다.

"아무에게도 말하지 마라."

영빈은 마음을 가다듬고 해야 할 말을 곰곰이 되씹어 보다가 커피를
진하게 타서 마시고, 그리고 전화기와 대결이나 하듯 다이얼을 꼭꼭 눌
러나갔다. 인하의 목소리를 확인했을 때 생각해둔 말은 한마디도 나오지
않았다. 대화는 건조했다.

"5·18 피해자 신고 때문에……"

"나도 신문에서 읽었어."

"이번이 마지막 기회야. 배상금이 나오면 생활에 도움도 될 테고."

"글쎄…… 배상금…… 남들이 받으면 나도 받아야겠지. 그렇지만 잘
모르겠어."

"그 문제도 있지만 니가 보고 싶어."

"……"

"수일 내에 시간을 내어 한번 갈게."

인하의 낮은 숨소리만 들려왔다. 침묵이 서려 돌았다. 침묵은 건조한
대화에 가려진 그 모든 아픈 기억들을 불러일으키는 듯했다. 인하가 울
음 섞인 목소리로 말했다.

"영빈아, 그래 네가 보고 싶어, 언제나."

인하의 목소리가 잦아들었다. 잠시 후 딸각 소리를 내며 통화가 끊겼
다.

"인하야, 인하야."

영빈은 다급하게 불렀다. 기계음은 무심하게 계속 울려대고 있었다.

피해자 신고 마감일을 이틀 앞두고 영빈은 강릉을 향해 집을 나섰다. 광주에서 서울로 가는 동안은 간밤에 잠을 이루지 못한 탓인지 반수면 상태에 있었다. 비몽사몽 중에도 영빈의 손은 옆자리에 놓인 큰 가방 위에 놓여 있었다. 가방 안에는 형철이 인하에게 보낸 편지와 피해자 신고서가 들어 있었다. 강남터미널에 내린 영빈은 간단한 요기를 했다. 강릉행 매표소는 같은 터미널에 있었다. 20분 정도 여유가 있어서 영빈은 자판기에게 커피를 뽑아 천천히 마셨다. 시계는 11시 5분 전을 가리키고 있었다. 여느 때면 집안일을 끝내고 잠시 휴식을 취하는 시각이다. 남편은 제시간에 일어나 아이들이랑 아침밥을 챙겨 먹었을까. 출근하면서 가스 밸브를 점검했을까. 어젯밤에 서너 번 당부한 것도 모자라 영빈은 식탁 위에 메모까지 남겨놓았다. 아이는 유치원 버스가 오기 전에 아파트 정문 앞에 대기하고 있었는지…… 영빈은 머리에 맴도는 일상사를 떨쳐내기라도 하듯 남은 커피를 마셨다.

강릉행 고속버스는 제시간에 출발했다. '경기도'라고 씌어진 표지판이 보일 때 영빈은 뒤돌아다보았다. 매연 속에 잠긴 도시는 차츰 멀어져갔다. 버스는 속력을 내어 달리고 있었다.

영빈의 나래 치는 생각 속에 인하의 마지막 모습이 떠오른다.

"그냥 떠나 보는 거야."

초췌하고 황량한 모습으로 인하는 광주에서 그렇게 사라져갔다. 처음에는 단기간의 부재일 뿐 별다른 의미로 다가오지 않았는데 시간이 흐를수록 하나의 공동空洞으로 자리잡았다. 영빈은 5·18 이후 죽거나 사라진 사람들이 내뿜는 괴이한 힘을 느끼고 있었다. 그것은 인하의 부재로 인해 확고하고 단순한 형태를 지니게 되었다. 없음을 느낄 때 그것은 있

있다. 형체도 무게도 없지만 분명히 존재했다. 현재의 날카로운 울림들, 이를테면 일상의 잡다한 소리들과 또 다른 보이지 않는 조용한 소리들을 들으며 영빈은 살아왔다.

익서와의 우연한 만남도 이 조용한 소리들 편에 속했다.

충장로 어느 길모퉁이에서였다. 2년 전 어느 초가을 날이었다. 스치고 지나가는 얼굴 중에 문득 짚여오는 얼굴이 있었다. 영빈은 되돌아보았다. 그는 등을 보이고 몇 걸음 걷다가 뒤돌아섰다. 익서의 얼굴에 당황한 기색이 나타나는가 싶더니 이내 부끄러운 듯한 어색한 표정이 되었다. 영빈은 그를 똑바로 쳐다보는 것만으로도 위해를 가하는 묘한 기분이 들었다. 영빈은 가던 길을 가려고 발걸음을 내디뎠다. 익서가 다가와 차 한잔 하자고 말했다. 근처 지하 찻집에 들어가 마주 앉자 익서는 인하에 대해 이모저모를 물어보았다. 영빈이 할 수 있는 말은 잘 모른다는 것밖에 없었다. 예전에 인하에게 들었거나 또 몇 번 만나 보아서 느낀 익서의 인상이 어딘지 모르게 달라 있었다. 익서의 완강함과 순결함 속에 보일 듯 말 듯 가려져 있는 어떤 종류의 혼돈이 엿보였다. 삶의 어려움을 겪고 나서 얻게 되는 혼돈일 수도 있었다.

그는 말했다.

"우리가 무너진 것은 외부의 조건 때문만은 아니었지요. 동구권이나 소련의 실패 때문만은 아니란 거지요. 우리 안에 무너질 요소를 이미 갖고 있었다고 봐요."

마음을 한군데 집중시켜 고민하고 있는 듯한 표정이 나타나면서 그는 계속해서 말했다.

"그때 인하랑 함께 갔어야 했어요. 사랑과 함께 갔어야 했지요. 한참 후에 나도 길을 잃고 헤매었지요."

그는 나직하게 말을 이었다.

"너무 많은 슬픔이 닥쳐왔지만 극복해내면 길이 보이겠지요."

댁은 길을 찾을 수 있을지 몰라도 인하의 망가진 인생은 어떻게 하나요? 하고 영빈은 묻고 싶었다. 사랑하는 사람을 잃고도 어떤 진리를 찾으려 하나요? 어떤 진리가, 어떤 아름다움이 사랑하는 사람을 잃은 슬픔을 치유해줄 수 있나요? 물음이 계속해서 떠올라왔으나, 그러나 영빈은 묻지 않았다. 그의 자책과 동요를 본 것만으로도 넉넉해지는 심정이 되어 있었다.

"바쁘실 텐데."

영빈은 가방을 들며 말했다. 익서는 할 말이 남아 있는 듯이 머무적거렸다. 그는 마지못해 일어섰다. 영빈은 찻값을 치렀다. 영빈의 뒤를 급히 따라 계단에 첫발을 내디디면서 익서는 혼잣말처럼 중얼거렸다.

"해야 할 일은 많은 것 같은데, 막상 아무것도 할 게 없고……"

꺾어진 계단을 돌자 위쪽에서 햇빛이 비스듬히 내비치고 있었다. 익서는 더듬거리면서 그러나 결연한 어조로 말했다.

"세상이 달라졌다고는 하지만 모순은 그대로 남아 있는 게 아니에요? 모순이 있는 한 우리의 투쟁도 일도 여전히 유효한 것이지요."

안간힘을 써서 강조하는 마지막 말투는 익서 자신의 내면과 밀착되어 있지 못하다는 것을 은연중에 나타내고 있었다. 이제 그의 결연함도 동요의 일종으로 영빈에게 느껴졌다.

영빈은 어느결에 계단 끄트머리에 와 있었다. 거리엔 부산하게 움직이는 사람들과 랩 음악이 흐르고 있었다. 그들은 가벼운 목례를 하고 헤어졌다. 영빈은 몇 걸음 걷다가 뒤돌아보았다. 고개를 꺾어 등이 굽어보이는 그가 사람들과 뒤섞여 걸어가고 있었다. 찻집에서는 미처 알아보지 못했는데 그는 색바랜 여름 남방셔츠를 걸치고 있었다. 영빈의 가슴이 아릿해왔다.

영빈은 몸을 돌쳐서다가 무심코 어느 옷가게 쇼윈도우에 눈길이 머물렀다. 가을 새옷을 걸치고 뽐내고 있는 마네킹이 영빈을 쏘아보고 있었다. 그때 가을바람이 영빈의 목덜미를 싸하니 스치고 지나갔다. 벌써 가을인데. 영빈은 익서가 걸어간 쪽으로 다시 고개를 돌렸다. 가을 옷으로 단장한 사람들이 걸어가고 있는 거리에 이미 익서의 모습은 보이지 않았다.

굽이굽이 긴 구릉을 지나자 빛살이 여러 색깔로 무늬져 결을 이루고 있었다. 햇빛이 바다에 반사된 빛이었다. 밀집한 인가며 사방으로 갈라져 나간 차도며 수런대는 승객들이며…… 영빈에게 이윽고 강릉에 도착했음을 알리고 있었다. 버스에서 내린 영빈은 광장에 서서 사위를 둘러보았다. 여느 소도시와 비슷했다. 영빈은 공중전화 부스에 들어가 전화번호를 눌렀다.

"동해분식점입니다."

소년의 음성이 들려왔다. 영빈은 저도 모르게 긴장하여 얼른 말이 나오지 않았다. 소년이 여보세요 여보세요 연거푸 불렀을 때야 겨우 인하의 이름을 댔다.

"아주머닌 잠깐 나가셨는데 곧 들어오실 거예요. 누구시라고 할까요?"

"친구예요. 광주에서 지금 막 도착했는데 그리로 갈게요."

소년이 위치를 설명해주었다. 영빈은 택시를 타고 은행 앞에서 내린 다음 길을 건넜다. 옷가게, 빵집, 다방, 약국 그리고 동해분식점이 나타났다. 어느 거리에서나 쉽게 접할 수 있는 분식점이었다. 인하와 분식점을 연결시켜보려고 외장을 살펴보았으나 어느 구석에도 특별한 것이 없었다. 영빈은 멈칫거리다가 그대로 지나쳤다. 길을 스쳐지나가는 사소한 우연들을 받아들이면서 마음의 긴장을 덜어내려고 애썼다. 어떤 노점 상인에겐 바다로 가는 길을 묻기도 했다. 상인은 버스로 20분 정도 가면 된다고 대꾸했다. 상점들을 기웃거리기도 하다가 드디어 오던 길로 되돌아가기 시작했다. 분식점 앞에 다다랐다. 막 문을 밀치고 들어가는 남자를 뒤따라 영빈이도 안으로 들어갔다. 학생 서너 명이 밝게 웃으며 떠들고 있었고 구석에 앉은 젊은 남녀는 음식을 들고 있었다. 방금 들어선 남자는 가운데 좌석에 앉았다. 영빈은 카운터 옆에 그대로 서 있었다. 소년이 물컵을 들고 다가오면서 영빈을 유심히 살펴보았다. 주방장인 듯이 보이는 남자가 주방 안에서 역시 영빈을 주시하고 있었다. 영빈은 주방 건너편 쪽으로 자리를 잡고 앉았다. 묵직한 가방을 한 켠에 놓았다. 가방 속에는 형철의 편지와 피해자 신고서가 주인을 기다리고 있었다. 소년이 물잔을 영빈 앞에 놓았다.

"좀 전에 전화를 건……"

영빈의 말이 채 끝나기도 전에 소년이 얼른 말을 받았다.

"아주머닌 급한 일이 생겨 어디 좀 가셨어요. 이삼 일 후에나 오실 거예요."

소년은 어색하게 웃었다. 그리고 주방 쪽으로 시선을 돌렸다. 소년과 남자는 서로만 알 듯한 애매한 눈길을 주고받았다. 그때 학생들 중의 한 명이 물을 달라고 큰 소리로 말했다. 소년은 재빨리 몸을 움직였다.

영빈은 아무 생각도 떠오르지 않았다. 소년이 다시 다가왔을 때 영빈은 비로소 인하가 자리를 피한 것에 생각이 미쳤다. 영빈이 말했다.

"좀 앉아 봐요."

소년이 앉자 영빈은 성화를 부리듯 말하였다.

"아주머닐 만나 볼 수 없나요? 먼 길을 왔는데……"

"어디 가셨다고 했잖아요."

"어딜 갔어요?"

"그냥 뭐 급히 볼일이 있다고 하시던데, 저도 잘 몰라요."

"그러니까……"

영빈은 말끝을 사려버렸다. 잠시 침묵이 흐른 뒤 영빈이 물었다.

"장사는 잘 돼요?"

"그래도 주인들이 직접 하시니까 수입은 괜찮아요."

"주인들이라니?"

"주방 아저씨가 아주머니 남편이에요."

소년은 목소리를 낮추어 말했다. 그때 남자가 소년을 불렀다. 주방 쪽으로 갔다가 되돌아온 소년은 머쓱한지 손바닥을 비비며 말했다.

"식사 안 하셨으면 김밥이라도 드시고 그냥 돌아가시는 게 좋겠어요."

문을 밀치며 새로운 손님들이 들어왔다. 남자가 주방 창구로 김밥을 내보냈다. 영빈은 자리에서 일어섰다. 소년이 김밥을 들고 오면서 말했다.

"드시고 가세요."

영빈은 별 생각이 없다고 말하고 밖으로 나왔다. 영빈은 비틀거리며 걸음을 떼었다. 거리의 모든 것이 부유하고 있는 것 같았다. 그녀는 몸의 중심을 잃지 않으려고 가로수에 몸을 기댔다. 지나가는 사람들이 이상한 눈초리로 쳐다보았다. 영빈은 천천히 걷기 시작했다. 버스정류장이 나타났다. 영빈은 걸음을 멈추고 마치 버스를 기다리는 사람처럼 서 있었다. 영빈의 눈이 본능적으로 자연을 찾아 헤매었다. 가없는 하늘은 맑고 푸르렀다. 가로수의 잎들이 바람에 날리었다. 카페 창가에 내놓은 작은 화분에 피어 있는 꽃들이 햇빛에 반짝거렸다. 영빈은 차츰 마음이 진정되었다. 아직도 부유하는 듯한 몸은 무거운 가방이 영빈의 한쪽 어깨를 지그시 눌러 중심을 잡아주고 있었다. 영빈은 가방을 쓰다듬었다. 가방 안에 가득 차 있는 형철의 편지는 잊을 수 없는 우리들의 상흔이었다.

눈물겹게 생활에 뿌리를 내리는 인하에게 이 편지를 보여서는 안 된다고 영빈은 지금 확연히 깨달았다. 아마 인하도 마음속으로 편지를 수 없이 썼을지 모른다. 이제 형철의 편지와 인하 마음속의 편지를 누군가가 받아 보아야 한다. 편지를 받아 볼 사람은 영빈일 수 있고, 익서일 수 있고, 어쩌면 형철과 인하를 잊고 사는 모든 사람일 수 있다.

빈 택시가 달려왔다. 영빈은 손을 들었다. 택시에 몸을 실었다. 문을 닫고 무심코 백미러를 쳐다보았다. 낯선 풍광이 비쳐오면서 거리를 걸어가는 사람들도 거울 안에 들어왔다. 거울 속 깊은 곳에 보일 듯 말 듯 가려져 있는 한 낯익은 모습이 잡혀왔다. 가로수 뒤에 몸을 숨기고 얼굴만 비스듬히 내밀고 서 있는 여자. 인하였다. 서너살쯤 되어 보이는 여자아이가 인하의 치마폭을 꽉 쥐고 있었다. 잠시 확인할 겨를도 없이 그리운 모습이 순식간에 거울 밖으로 밀려났다. 새로운 거리가 거울 속에 나타났다. 택시는 우회전을 하고 있었다. 택시는 속력을 내기 시작했다. 백미러 속의 풍취도 급하게 뒤로 물러나며 바뀌어갔다. 낯선 거리는 무심하게 흘러갔다.

영빈의 몸이 앞으로 쏠리면서 택시가 멈추어 섰다. 영빈은 요금을 지불하고 택시에서 내렸다. 영빈은 터미널 광장을 향해 걸어가기 시작했다.

－『창작과비평』 1995년 여름호/홍희담 소설집 『깃발』(창작과비평사, 2003년)

회색고래 바다여행

김승희

1952년 광주 출생. 1973년 〈경향신문〉 신춘문예(시),

1994년 〈동아일보〉 신춘문예(소설)로 등단.

시집으로 『태양 미사』, 『왼손을 위한 협주곡』, 『단무지와 베이컨의 진실한 사람』 등과

소설집으로 『산타페로 가는 사람』 등이 있음.

소월시문학상, 청마문학상, 만해문학상 등 수상. 서강대학교 국문학과 명예교수.

베이는 왜 베이인가. 베이는 왜 바다가 아니고 베이인가. 이곳에 와서 머물렀던 육 개월 동안 어느새 그것은 나의 화두가 되었다. 베이는 왜 베이인가. 베이는 왜 바다가 될 수 없었는가.

이 도시는 조금만 언덕길을 올라가도 눈앞으로 푸른 물이 그렁그렁 적실 듯이 다가오는 아름다운 곳이다. 베이의 푸른 물결이 내 눈동자의 호숫가에 그렁그렁 비쳐와 넘실넘실 몰려들 때면 나는 뭉클하고, 부르지도 않았는데 다가오는, 마음속의 파란 것들이 마구 깨어나는 것 같은 함성을 느낀다. 푸른 것들의 북소리가 모래와 조갑지처럼 서걱이는 것들로 가득 찬 머릿속을 울리고 그럴 때면 누군가 잃어버린 내 혼을 부르기 위해 저 푸른 물들을 이곳으로 이곳으로 보내고 있는 것 같은 생각도 든다. 북이라는 것은 원래 안 보이는 것들을 부르기 위해 존재하는 마법의 악기다. 나는 저 푸른 물 위에서 물결치는 듯이 또는 맥박치는 듯이 움직이고 있는 물결의 이랑들을 느낄 때마다 고요한, 고요한 구름 같은 북소리의 고동을 느낀다. 푸른 물결의 북소리는 마비라는 이름의 내 혈액형을 부르고 있는 중이다.

그런데 왜 이곳은 바다가 아니고 베이인가. 나는 바다로 오고 싶었던 것이다. 그러나 내가 객원연구원으로 오면서 굳이 이곳을 선택했던 것은 이곳이 바닷가인 점도 있었지만 사실 이곳이 히피혁명의 발상지라는 점도 큰 작용을 했었다. 작년 봄, 사십을 한 해 앞둔 생일을 맞아 조카들이 생일 케이크에 촛불을 켜고 노래를 부를 때 나는 케이크 위에서 촛불 대신 꺾어진 새 날개들이 타오르고 있는 환상을 보았던 것이다. "개도 아니고 늑대도 아니다"—이런 생각이 머리를 맴돌기 시작한 것은 몇 년 전부터지만 그날 생일 케이크 위에서 타오르고 있던 새 날개의 화형식 장면은 더욱 나에게 감금의식을 갖게 하였다. 서른아홉 개의 새 날개들.

내가 이곳으로 오려고 결정했던 것은 아마도 이곳이 60년대의 전설적인 히피혁명의 발상지라는 이유가 더 컸을지도 모르겠다. 그렇다면 나에게는 바다 못지않게 또한 히피정신이 몹시 필요했던 것일까.

날개를 동경해서 날고자 했을 때 우리가 결국 만나게 된 것이 질질 끌리는 날개의 무게라면 우리의 벅찬 꿈은 피로를 느끼게 된다. 날개에도 무게가 있다. 날개의 무게—그것은 중력의 비애였다. 중력은 닫혀 있다. 무거운 것 안에 우리를 갇히게 한다. 그리고 새는 자신의 날개를 무겁게 생각하지 않는다. 날개가 무겁게 생각되는 순간 그 사람은 추락을 피할 수 없게 되는 것인지도 모른다. 추락. 그리고 "개도 아니고 늑대도 아닌" 중력의 지평선으로 굴러떨어지게 되는 것이다.

깊고 푸른 공기, 투명한 하늘, 오렌지즙이 흘러내리는 것같이 아름답고 풍성한 햇빛 속에서 처음에 나는 숨 쉬는 행위 하나하나에서 선명한 환희를 체험할 수 있었다. "거기 있는 것을 들이쉬라, 그리고 미소를 내쉬라.”라는 숨쉬기 명상법을 말한 틱낫한 스님의 말씀이 아니더라도 저절로 그 아름다운 자연 속에 있으면 숨을 들이쉬고 내쉬는 행위 자체가 신성하게 느껴졌었다. 그러나 언제부터인지 이곳이 바다가 아니고 베이라는 것이 나를 억누르기 시작하면서부터 나의 목에 어떤 거북한 힘이 살풋 얹혀지면서 얼굴 근육이 조금씩 연둣빛으로 식어드는 듯한 느낌이 들었다는 것은 어쩔 수 없는 육체적 사실이었다. 지도를 펴 보면 베이는 태평양의 물이 아메리카 대륙의 서쪽 끝에 엄지와 둘째손가락으로 만든 고리 같은 땅으로 에워싸여 있는, 곶의 안에 들어와 고여 있는 바다의 물인 것이다. 즉 땅의 괄호 안에 들어와 '앉아 있는' 바닷물, 엎드려 있는, 수감되어 있는 바닷물인 것이다.

나는 서 있는 물, 뛰어다니는 물, 벼락치듯 울부짖는 물, 자신을 내던지는 물, 절벽처럼 솟구치는 물, 갈기를 치고 솟구치는 상승하는 물, 죽음처럼 눈을 감고 추락하는 물을 보고 싶었던 것이 아닌가. 그러나, 그래서, 그러니까…… 벼락치듯 달려오는 푸른 바닷바람을 온몸에 맞으며 절벽의 끝에서 지친 혈액을 바꾸어 보고 싶었던 나의 마음은 괄호 안에 갇힌 베이의 물을 닮아 자꾸만 움츠러들고 고이고 막히려고 하는 것인가? 기억의 고집이 산산이 포말처럼 바람에 흩어져 날아가기를 바라기도 했었는데 베이는 자기 안에 기억의 늪을 가지고 있을 것 같기도 하다.

내가 서울의 직장을 잠시 떠나 이렇게 쉴 수 있는 것은 정말 뜻하지 않은 행운이었다. 신문기자, 그것도 일간지 기자생활 십 년 만에 일 년 동안의 연수, 아니 안식의 기회를 누릴 수 있다는 것은 정말 응급실에 입원을 시켜준 것처럼 생명에 관계되는 일이었다고 나는 생각한다. 사실 나는 그즈음 신문사 안에서 조금 문제적 인물이 되어가는 중이었다. 혹시 그것을 눈치챈 사람이 없다고 하더라도 나는 그것을 강하게 느끼고 있었다. 나날이 경쟁은 치열해가지, 옛날처럼 일에 대한 죽고 사는 것 같은 열정은 떨어지지, 사방에 눈치 볼 데는 왜 그렇게 많은지, 예전 같으면 눈에 잘 안 들어오던 비본질적인 것에 자꾸만 눈길이 가면서, 나는 그것이 일에 대한 나의 집중력이 감소했기 때문이라는 것을 스스로 느끼고 있었다. 그래, 늙은 거야. 사람이 자신의 늙음을 느끼는 것은 여러 가지가 있겠지만 그중에서 가장 보편적 증상으로는 싫증을 느끼는 것이 아닐까. 신이 나질 않아, 재미가 없는 것, 사람을 만나는 것이 직업이나 마찬가지인 기자생활에서 사람 만나는 것에 신선한 기대가 없고 그것이 두렵고 또한 그 두려움 때문인지 미소를 잃어버리고 굳은 표정을 펴지 못하는, 뫼비우스 신드롬이라는 병을 가진 메마른 얼굴의 기자를 어떤 사람이 좋아하겠는가.

게다가 십 년 동안이나 하던 문화면 문학담당에서 가정담당으로 발령을 받는 변화까지 겹쳐 나는 그토록 열심히 뛰어왔던 기자생활에 낯설음과 염증을 동시에 느끼면서 어딘지 세상 밖에 서 있는 것 같은 무감각의 고통을 느꼈다. 무감각이 고통일까. 나는 홍선 씨를 생각한다. 무감각은 어떤 경우 최후의 생존전략이 아닐까.

전출 이후 내 얼굴엔 "나는 가정면이 싫어요."라는 문패를 달고 다니는 것처럼 다른 사람들에겐 보였던지 선배 기자 중에는 "그동안 문화예술에서 뛰었으니 이제 가정 하다가 시집갈 준비하라는 것 아니겠어? 십 년간 명기자 했으니 이제 다른 후배에게 기회도 물려주고……"라고 농담 반 진담 반으로 마음을 풀어주려고 하는 이도 있었고 부장은 괜히 "유 기자가 문화에서 하도 날리니까 다른 여기자들이 불만이 많았어요. 여기자가 제일 날릴 수 있는 게 문화예술인데 혼자 십 년 했잖아요. 여기자들끼리 질투가 많아서 눈치를 안 볼 수도 없고……"라고 묻지도 않은 변명을 하기도 했다. 그렇다면 후임에 여기자 후배가 되었어야 하는데 남자기자가 문학을 맡았으니 부장의 말은 무엇을 위한 성별의 구분이었는지 알 수가 없었다. 또 이어서 그는 "가정면이 요즈음 얼마나 중요한지 유 기자도 알 거야. 우리 경쟁지가 가정면을 대대적으로 혁신하여 독자들이 그렇게 늘어난 것은 유 기자도 잘 알잖아. 요즈음 신문구독권은 집안의 주부들이 꽉 잡고 있다는 거야. 요즈음 주부들은 구식 주부들같이 남자 하나 출세시키고 반찬값 타령하는 구질구질한 의식 수준이 아니니 가장 화려한 볼거리가 가정면에서 나오도록 해야 돼요. 앞서가는 신세대 주부들에게 어필하는 가정면을 만들려면 유 기자의 고급한 문화 감각이 필요한 거야. 그 사정을 알고 도전을 하라구, 중산층 주부들에게 어필하는 오페라 같은 가정면이 되려면 세계적 안목과 문화에 대한 고급한 감각이 필요한 거야."라고 격려까지 해주었다.

그러나 나의 문제는 반드시 그런 변화 때문만은 아니었다. "90년대 이후 세계는 거대 담론을 상실하고 작은 담론의 시대로 접어들기 시작했다. 그래서 문학에서도 이제는 이데올로기 중심의 저항의 문법은 사라지고 작은 목소리가 들리기 시작하는 것이 세계적 추세다. 이제 우리 문학도 80년대식의 현실비판주의, 민중주의, 역사주의에서 벗어나 삶의 질을 풍부하게 하는 서정에 관심을 돌리고 있다."라는 돼먹지도 않은 글을 쓰는 문학 담당이 싫어진 것은 옛날이었다. 그것도 싫었지만 "신세대 주부 이렇게 산다" "여성들의 로맨틱 히어로 차인표" "신세대 여성들에게 나타난 모래시계의 재희—이정재 신드롬" "여성은 보디가드 같은 남성을 원한다—근육질에 낭만적 충성심, 섬세한 배려 갖춰야 여성의 사랑을 받는다" "성공하는 여자의 섹스 어필" 등등 도대체 연예인지 가정인지 알 수 없는 변장된 가정면이라는 것도 또한 싫었다. 요새 가정면은 너무 화장을 많이 하는 것은 아닐까. 그런 화장품의 과도 분장은 문학, 예술이나 사회 전반의 분위기도 마찬가지니 새로운 고민이라고는 말할 수 없었다.

"초등학교 학생들 사이 여름방학 해외연수 돌풍이 불어오고 있다" "천재는 태내에서부터 결정된다" "유럽으로 문화관광, 캐나다에 골프관광, 뉴질랜드에 원시탐험" 등—이런 페이지는 도대체 누구더러 읽으라고 밤낮으로 만드는지 모를 생각이 들기도 했다. 모두들 중산층이니 이제 80년대처럼 노동자 농민의 이야기를 한다든가 정상적인 인간의 덕목을 부추긴다든가 하면 궁상스러워 신문이 안 팔릴 것 같은 그런 대세가 있는 것 같았다. 80년대에 우리가 얼마나 궁상스러웠느냐, 이제 시대도 바뀌고 했으니 궁상은 그만 떨고 세계적 일류로 나가 보자—라고 누군가 안 보이는 입이 결정을 하고 모두들 그것을 우르르 따라가는 형국이라고나 할까.

어디에서나 그 안 보이는 입을 느꼈다. 어디에서나 그 안 보이는 입이 하는 말을 따라서 꼭 그것을 받아쓰기 하고 있는 것 같은 글만을 만났고 나 역시 어디엔가에 존재하고 있는 그 안 보이는 입이 귓속에 대고 소곤소곤 배급해주는 것을 받아쓰기 하고 있는 듯한 기분을 느꼈다. 아, 그래, 누가 누구를 표절하는지 모를 90년대의 이상한 모방현상이 문화를 온통 휩쓸어서 모두모두 같아지기 내기를 하고 있는 것 같았고 어서 빨리 역사니 민중이니 항쟁이니 구질구질한 것에서 탈출해서 좀 고급하게 포스트모던해지자고 누군가 결정을 한 것처럼 느껴졌다. 그런 판국에서 문학 담당을 하는 것에 자부심과 애정은 느껴지지 않았다. 기자란 결코 자기 의견을 가져서는 안 되고 타인의 의견이 있는 곳에 함께 있어주는 사람—이라는 언론인 교서 1조를 몰라서가 아니라 나는 그렇게 급변하는 적당한 90년대적 문화의 기회주의가 좋아 보이지 않았던 것이다.

한 친구는 늘 그렇게 조금 늦는 나를 통과제의의 지진아로 부르긴 했다.

"미환 씨는 좀 통과제의가 늦는 사람인 것 같애. 80년대에 무슨 운동권을 한 것도 아닌데 왜 역사주의에 계속 매달려 있는지……"

그러나 그것은 나로서도 답변할 말이 많았다. 운동권만이 공동선이나 역사를 생각할 자격이 있는 것처럼 말하는 그의 발상도 낯설었지만 80년대에만 역사와 인간의 관계에 대해 생각해야 하는 것처럼 생각하는 시대의 대세라는 것이 낯설었던 것이다. 그것은 기자로선 치명적인 일이었다. 기자는 새로운 조류에 남보다 더 먼저 유영해야 한다. 파도의 첫머리에 서 있어야 하는 것이다. 아니 그것은 절대로 역사주의 때문이 아니다. 우리 문학은 역사주의로부터 한시바삐 빠져나와야 한다고 나는 오히려 생각해오던 사람이다. 그러면 왜 그렇게 90년대적 문화의 변신이 나를 괴롭게 했다고 말할 수 있을 것인가? 아마도 90년대적 문화의 무서움은 자기반성이 없는 사고의 세포증식과 상업주의의 범람에 의한 것일지도 모르겠다. 어제까지 억압받는 계층의 사회적 고통 때문에 고통받던 지식인들이 다 함께 성의 자유, 몸의 발견, 에로티시즘의 구원에 달려가려고 하고 적어도 그들 중 몇몇은 성공적으로 그것의 상업성에 착륙했다고 한다면 좀 우스운 일이 아닌가.

우리 현대문학은 아직 자기 나름의 자율성이 부족하다고 나는 기자로서 생각하고 있었다. 80년대엔 역사주의의 지배로부터 자유롭지 못했고 이제 역사주의에 의해 황폐해진 제 몸을 추스르기도 전에 외래의 포스트모더니즘이나 상업주의의 폭격에 다시 한 번 자기를 내어주고 만다면 그야말로 우리 현대문학은 스스로 설 수 없게 돼버릴 것이다—라는 두려움을 나는 가지고 있었던 것이다.

가정면을 막 시작했을 때 어떤 한국계 미국인 2세와 인터뷰를 한 일이 있었다. 그가 했던 말이 참 인상 깊게 남아 있다. 그는 미국에서 산업디자인을 공부하고 졸업하자마자 포드자동차회사에 발탁되어 그곳에서 디자이너로 일하다가 스물일곱에 포드자동차 사상으로도 처음으로 최연소 디자인실 매니저가 된 아주 유능한 사람인데 포드가 마쯔다와 기술협

력을 하고 있기 때문에 일본에 나와 몇 년씩 일하기도 하는 사람이다. 그는 일본에 있다 한국에 오면 그 차이가 굉장히 강하게 느껴진다고 하면서 "미국은 무엇을 볼 때 멀리서부터 본다. 일본은 아주 가까이에서 정밀하게 본다. 그런데 한국은 터널 비전을 가지고 있는 것처럼 느껴진다. 어서 이 터널만 빠져나가고 보자, 라는 태도처럼 무엇을 길게 보지 못하고 단기적 전망밖에 가지고 있지 않은 것 같다."라고 했다.

그 말이 참 맞다는 생각을 했다. 80년대는 갔고, 갔으면 갔으니, 이제 우리는 그 문제와 아주 상관없는, 천상천하에서 처음 보는 새로운 사고를 하지 않으면 안 된다는 헐떡이는 강박관념을 가지고 있는 것 같다. 그러나 과연 80년대의 문제가 80년대로만 끝나는 꼭 그런 문제였을까. 80년대, 아니 90년대가 와도, 아니 21세기가 온다고 해도 80년대적 문제는 여전히 탐구되어야 할 인류 보편의 조건에 관한 탐구 내지는 투쟁이었다는 것을 작가들도 지식인들도 거의 다 망각하고 있는 것만 같은 분위기가 휩쓸었다. 포드자동차의 디자이너는 그것을 이렇게 말했다.

"그런 단기적 비전은 우리 근대사에서 생긴 것 아닐까요. 우리 민족은 근대사에서 하도 많은 시련을 겪어오느라 한 문제에 대해 오래 생각하는 사치를 즐길 수 없었기 때문인 것 같아요."

그럴지도 모른다. 한 가지 문제를 깊이 있게 탐구하는 것은 우리에겐 누릴 수 없는 사치일지도 모른다. 휴전선이 있기 때문에? 또 그 휴전선이 언제 폭발할지 모르기 때문에? 어서 이 터널만 빠져나가고 보자는 도망자 의식이 우리 모두에게 있는지도 모른다. 어서 이 구질구질 궁상스런 80년대적 피와 살점의 이야기, 최루탄 가스, 물고문, 지겹도록 들은 광주, 속이구 선언, 분열, 야합, 배신, 음모—이 모든 것에서 탈출해서 좀 멋지게 살아 보자고 생각할 수 있겠다. 참을 수 없는 존재의 지긋지긋한 무거움에서 어서 빨리 탈출하여 참을 수 없는 존재의 가벼움으로의 멋진 상승. 그렇게 본다면 문학 담당을 하면서 누군가 안 보이는 입의 존재를 느끼면서 어쩌면 유력한 아니 잘 나가는 평론가, 혹은 어느 막강한 출판자본 집단의 눈치를 느끼며 쓸 때보다 가정면에서 일하는 것이 훨씬 마음이 편하다는 것을 조금씩 조금씩 나는 알아가고 있었다. 그것은 적어도 생산적인 노동으로 보였고 생산적인 노동에만 공경심을 느끼는 나의 입장에서는 가정면을 꾸미는 일이 더 정직한 보람을 주었던 것이다. 그 무렵 신문사에서 일 년에 몇 명 보내주는 해외연수의 기회에 추천을 받았으니 얼마나 귀중한 일이었나.

한때 날리는 소설가였던 편집국장은 아무리 신문의 소비화 시대가 왔다고 해도 언론의 존엄성을 깨닫고 있는 순수한 사람이다. 그도 역시 90년대 들어서도 여전히 위로부터의 압력을 받고 있다. 상업주의에서 밀리면 안 된다는 자본의 욕망과 그 뜨거운 압력에서 그도 자유로울 수 없는 것이다. 80년대엔 정치적 권력의 억압으로 조마조마 항상 눈치를 보고 살았는데 이제 또다시 상업주의라는 더 거대한 소모적 권력에 압박을 받고 있으니 사람이 한평생 사회적 동물로서 산다는 것이 얼마나 어려운 일인가를 그를 보면 절감하게 된다. 그의 별명이 뇌암이다. 항상 입버릇처럼 그가 "내가 죽으면 꼭 뇌암에 걸려 죽은 줄 알라구."라고 말하고 다니기 때문이다. 글쎄, 홍선 씨 때문에 그가 나에게 호의를 베풀었는지도 모르겠다. 내가 뭐길래? 홍선 씨의 뭐길래? 그러나 이제 홍선 씨는 예전처럼 한낱 시대에 쫓기는 사람이 아니고 세상의 한가운데서 세상을 만들어가는 편에 속하고 있으니 혹시 또 모르지. 사람에겐 개인보다도 그 사람이 속한 '편'이라는 것이 훨씬 더 중요한 것임을 한국 사회만큼 보여주는 곳은 없으리라.

천리향이라는 말이 있지 않은가. 보이지 않는 향기가 천 리를 간다는 말이지만 사람의 향기를 천 리를 가게 놓아두지 않는 우리 풍토에서는 오직 권력의 냄새만이 천 리를 갈 수 있는지도 모른다. 감옥에 드나들던 홍선 씨가, 구치소 속에서 맹장이 터져 바닥을 뒹굴어도 오히려 꾀병이라고 경찰의 놀림을 받고 수술도 받지 못했던 어둠의 세월을 뒤로하고 바뀐 시대에 편승하여 정부의 편에 서게 되자 그의 권력의 향기가 나처럼 보잘것없는 사람까지 감싸주게 된 것일까. 글쎄, 국장을 그렇게 속물로 볼 수는 없을 것이다. 단지 호의라고나 하자. 그리고 내가 홍선 씨의 무엇이냐는 말이다. 참 긴 시간 동안을 가까이 있었던 선후배로서 서로의 고통의 과정을 지켜보았던 우정 같은 것이 있었다고 할 수 있을까, 남자와 여자 사이에 있을 수 있다고 생각되는 그런 감정이나 약속 같은 것은 아니었다. 어느 정도 상냥한 신뢰감 같은 것이 둘 사이엔 있었지만 그것은 어느 날 문득 마흔이 넘은 그가 만혼을 해버림으로써 적어도 외부적으로 보기에는 깨어져버린 듯 보였다. 내가 그의 결혼에서 배신감을 느끼지 않은 것은 아니지만 그렇다고 그와 결혼할 사이라고는 느끼지 않았기 때문에 그저 상실감 정도가 있었다고나 할까. 견디지 못할, 쓰디쓴, 패배감 같은 것은 아니었다. 그러나 남들에게는 연인 관계로 보여졌던지 홍선 씨의 늦은 결혼 이후 모두들 내 등뒤에서 수군대는 것을 느낄 수 있었다. 돌아서면 수군대는 입들이 나를 향해 있었고, 그 입들은 손가락질을 하며 내 등을 가리키는 듯했다.

국장은 송별회 날 나에게 말했다.

"유미환 씨, 정말 귀한 시간 가져요. 그동안 그렇게 뛰었으니 이제 좀 놀 의무가 있는 거야. 모든 걸 텅 비우고 배터리를 일단 **빼버려**. 자기 청소를 좀 해요. 노처녀 생활에 대한 반성도 좀 해 보고. 그 다음 한참 있다가 재충전을 하도록 해요. 무슨 특별한 이야길 보거나 들어도 보도해야겠다고 생각하지 말고, 일단 회사일은 잊어버리고 즐겨요. 텅 빈 것을 즐기는 일을 현대인이 제일 못 하는데—그래도 유 기자는 자기 문화가 있으니까…… 공허를 창조적으로 잘 사용할 수 있을걸. 첫째 여행을 많이 하고 활자를 잊어버리고 신문도 보지 말고…… 다시 만날 때는 밝게 좀 웃는 얼굴을 보여달라구, 응?"

아니, 그는 권력의 천리향 때문이 아니라 남몰래 내가 감추고 있는 병, 인간의 미소와 살아 있는 표정을 만드는 얼굴 근육을 점점 상실해가 고 있는 뫼비우스의 신드롬이라는 그 병의 고통을 그즈음 알고 있었는지 도 모르겠다. 그러나 요 몇 년 동안 나의 얼굴을 본 사람들은 모두 그것 을 알고 있었으리라고 나는 확신할 수 있다. 나의 얼굴에 그렇게 써 있었 으리라. 나는 뫼비우스 신드롬이라는 병을 감추고 있답니다. 웃을 수가 없어요. 표정을 짓는 근육에 고장이 나서 미소도 짓지 못하고 얼굴에 아 무 표현을 만들지 못하는 병이래요. 그런 막연한 병으로 남모르게 고통 을 받고 있다는 것을 글쎄, 국장이 아니더라도 누구나 알고 있었을 것만 같다. 그것은 사회생활에 부담을 주어 사람들이 가급적 나를 피하려고 하는 것 같은 느낌을 받았다. 부담스러운 존재—그것은 90년대적 인간 관에서 가장 타기해야 하는 타입인지도 모른다. 여하튼 나는 그의 관대 한 배려가 고맙게도 나의 해외연수에 개입되었음을 느꼈다. 남모르는 질 환에 시달리고 있다고 해서 모두 황금의 휴가를 얻는 것은 아니니까 말 이다. 결혼한 남자기자들은 또 혼자 사는 내가 선발된 것에 얼마나 불만 들이 많았던가.

그러니 나는 꼭 베이가 아니고 바닷가로 가야 하지 않았을까? 날개의 무게가 아니고 날개의 해방을 느꼈어야 하지 않느냐 말이다.

이곳에서 우리나라를 생각해 본다. 기자들은 꼭 무슨 생각을 해도 나 라라거나 시대라거나 하는 큰 것을 생각하는 게 병이다. 그렇다, 자신이 병이라는 것을 아는 것과 환자가 완쾌된다는 것과는 다르니 이 병은 못

고치는 병이리라. 어쨌든 우리나라를 먼 곳에서 생각해 본다. 그것은 하나의 버선을 닮았다. 버선목이 실로 칭칭 매여 있는 버선. 분단이라는 실로 버선의 목이 칭칭 감겨져 있어 위로 대륙 쪽으로 공간적 이동이 금지된 버선목 안에서의 삶. 버선목 안은 후덥지근하고 냄새도 나고 공기도 나빴었다는 생각이 든다. 그 버선목 안에서 공기청정기의 역할을 해줄 수 있는 것이 바로 언론의 역할이 아니었을까. 권력이나 금력의 눈치를 보지 않고 바른 것을 말하고 바른 길을 제시하여 폐쇄된 버선목 안의 악취와 공기오염을 줄여주고 산소를 생성시키는 것. 그것은 우리처럼 정치가 부패한 나라에서는 오직 언론만이, 문학만이, 교육만이 할 수 있는 일이라는 생각이 든다. 버선목 안의 삶. 서로서로 냄새를 풍기며 그 악취가 빠져나갈 길이 없어서 어쩔 수 없이 서로를 미워하게 되어버린.

이곳은 60년대 히피운동이 일어났던 대학촌이다. 그래서인지 거지들과 홈리스 피플들이 세상에서 가장 선호하는 곳이란다. 지금이야말로 사실은 가장 히피정신이 필요한 때가 아니냐는 생각으로 나는 이곳에서 어슬렁거리고 있다.

이곳에서 가장 나의 마음에 드는 사람은 세계 석학들도 끼여 있다는 교수나 학생보다도 세계에서 가장 휴머니티가 풍부하기로 소문난 이곳 대학 캠퍼스 앞을 어슬렁거리며 낮에는 구걸하고 밤에는 벤치에서 자는 거지들과 홈리스 피플들이었다. 나는 그들과 나를 동일시하기로 하고 꼭 그 마음만 되자고 작심하였다. 그들을 볼 때 나는 미소 지을 수 있었고 따스한 물결이 얼굴 근육 위로 퍼져가는 것을 느꼈다. 누군가는 그랬다. 왜 B대학 앞의 거지들은 그렇게 살까. 홈리스 피플들은 집이 없어서 그렇게 살 수밖에 없다고 치더라도, 구걸자라기보다는 낭만적 아웃사이더 같이 예쁜 펑크 머리의 젊은 거지들은 다 백인이고 영어도 잘하는데⋯⋯

거기에 우리 고민들이 들어 있어서 다 같이 웃었다. 그래서 생각했다. 영어도 잘하고 백인이더라도 저렇게 소유를 떠나 자기 자리를 떠나 방랑하고 구걸하고 우리같이 소시민적 정착민들에게 의문 부호를 느끼게 하는 데에 그들의 존재의 의미가 있는 것이 아니겠느냐고. 거기에 "개도 아니고 늑대도 아닌" 정착민들에게 던지는 질문이 있는 것이 아니냐고. 인간이기 때문이다.

그래서 지난번 이 대학에서 홈리스 피플에 대한 세미나를 열었을 때 "홈리스는 해결이 아니고 문제다."라는 의견 못지않게 "홈리스는 문제가 아니고 하나의 해결이다."라는 의견도 만만치 않았던 것인가. 인간은 더 먼 곳에 있는 것을 구하고 바라기 때문에. 영어도 잘하고 백인이어서 차별받지 않을 수 있다 하더라도 괄호가 싫어지는 날 그 괄호를 한번 밖에서 바라볼 수도 있는 것이 인간이기 때문에. 아나키스트도 세상에는 있어야 하기 때문이라고. 괄호 안에 괄호가 있고 괄호 안에 괄호가 있고 괄호 안에 괄호가 있어서 끝내 괄호 안의 죽으로 존재를 만들고 마는 그 일상의 엄청난 분쇄를 알기 때문인지도 모르고 이 자본주의의 사회, 인간을 하나의 자본으로만 아는 비인간적 제도 안에서 자기 존재의 순수한 알갱이를 구해야 된다고 생각하기 때문인지도. 기성복의 패턴에 자기를 넘겨 팔지 않고 자기 특유의 혼의 알갱이를 꼭 만들고 싶어서인지도. 글쎄, 그런 각도에서 본다면 저 거지같은 홈리스가 하나의 사회적 문제가 아니고 20세기를 마감하는 이 후기자본주의 시대, 후기식민주의 시대에 하나의 해결의 방향이 되는 것인지도.

새벽이라고 생각하는데 전화벨이 울린다. 새벽의 전화는 꼭 앰뷸런스를 연상시킨다. 앰뷸런스를 타고 오는 사람을 새벽 전화벨에서 연상하면서 나는 얼른 일어나 벽에 붙은 수화기를 잡으려고 벽을 더듬는다. 그러다가 책상에 걸려 넘어진다. 원룸 시스템의 아파트라는 게 다 그 모양이다. 부딪치는 데에 모든 것이 다 모여 있다. 나는 이곳이 미국이라는 것도 잊고 "여보세요"라고 크게 대답한다. 헬로우 소리가 나면서 너무도 낯선 목소리가 이상한 이야기를 한다. 영어도 영어지만 도저히 그 내용을 알 수 없어 다시 한 번 묻는다. 잘못된 전화가 아니냐고. 그의 이름은 레이 타호바라고 한다. 몬트레이에서 그림을 그리며 살고 있는 화가 강채청이 친구가 아니냐고 한다. 이것은 그 친구에 관한 이야기라고 한다. 아, 그래, 그런데, 아니, 무슨 일이지? 새벽의 모든 것들은 아주 신속하게 어제 저녁의 어둠의 보자기를 벗어던진다. 채청이라는 친구와 같이 사는 사람인데 그녀가 많이 아프고 열이 나서 혼수상태로 헛소리를 자꾸 하는데 한국인 친구가 빨리 와주었으면 한다고 한다. 퍼시픽 그로우브, 버지니아 트레일, 1751.

나는 남자의 다급한 목소리에 영향을 받아 알았다고, 금방 가겠다고 대답하고서 그냥 전화를 끊었다. 끊고 나서 생각하니 채청이 어디가 아픈지, 그녀의 증세가 어떻고 병명이 무엇인지 묻지도 않고 그냥 끊은 나 자신이 너무도 한심한 생각이 들었다. 아무리 지금 휴가 중이라고 하지만 그래도 십 년 넘어 기자생활을 해오던 인물이 아니냐, 그래, 너 참, 편집국장의 말을 잘 받아들인 충성부하로구나…… 나는 그토록 자신이 직업적 전문성에서 떨어진 것을 발견하고서 쓴웃음이 다 나왔다. 이곳에 머무는 육 개월 동안 적어도 "자신을 텅 비울 것"이라는 명제 하나는 성취한 셈인가……

그러나저러나 어떻게 하지? 아까 엉겁결에 가겠다고, 빨리 가겠다고 대답하긴 했지만 나는 이곳에서 아직까지 프리웨이 운전을 해 본 적이 없었다. 십 년쯤 된 중고차 볼보를 오자마자 4천3백 불에 사서 지금껏 타고 다니긴 하지만 아직 프리웨이 운전을 나가 본 적이 없었던 것이다. 세상에, 어떻게 하지? 누구에게 운전을 부탁해야 하나? 미국에서 누구에게 무엇을 부탁한다는 것은 쉬운 일이 아니다. 모두들 너무나도 절실하게 시간에 매달려서 살아가기 때문이다. 누구?

나는 그때 얼른 경파가 떠올랐다. 사실 경파 외에는 아는 사람도 없는 것이나 마찬가지였다. 다른 객원연구원들은 모두 남자였고 서로 전공도 다르고 직업도 다르니 스쳐 지나가면서 "안녕하세요? 어떻게 지내세요? 잘 지내시죠?" 등등 동포의 차원에서 인사말 정도를 나누는 사이일 뿐 깊이 있게 알고 지내는 사람도 없으니 말이다. 사실 내가 외국 땅에서 가장 성취하고 싶었던 명제 중의 하나가 인간관계에서의 도피였으니 그것은 당연히 내가 불러온 소외라고나 해야 할 것이다.

그래, 경파뿐이다. 그러나 그녀는 얼. 마. 나. 바. 쁜. 가. 말. 이. 다. 그녀는 B대학 4학년 학생으로 올 가을 대학원에 입학할 목적으로 열심히 공부를 하고 있는 스물아홉 살 노처녀다. 캠퍼스 액티비스트(activist)라고나 해야 할까, 그러면서도 생활비를 벌기 위해 아르바이트도 하고 주말에는 커뮤니티 봉사일까지 하는 아주 씩씩한 코리안 아메리칸이었다. 글쎄, 고등학교 3학년에 이민 온 이민 1.5세 아니 1.2세라고나 부르는 게 더 정확할는지…… 그녀는 차는 없지만 운전은 잘하고 나는 차는 있지만 운전은 잘 못하니 참 좋은 파트너이기는 하지마는……

지금이 여섯시 반이니 그녀에겐 한밤중과 같은 시간이 아닐는지. 그러나 나는 채청의 일을 생각하고선 전화번호를 황급히 눌렀다. 경파는 자다가 침대에서 받는 것이 역력한 가라앉은 목소리로 "오늘 수업이 두 개나 있는데 어떡하지요?" 하더니 "그래도 급한 일이라면 가야지요. 어떻게 하죠? 유 기자님이 집으로 오시겠어요? 저희 동네 기억하세요?"하고 말한다. 역시 그녀는 커뮤니티 봉사를 오래 하고 앞으로도 아시안 아메리칸 스터디스를 공부하려고 하는 사람답게 이타적인 데가 있다. 서

글서글한 그녀의 응답이 나의 움츠린 마음의 긴장을 완화해주는 것 같았다. "그래, 내가 갈게. 집 주소가 뭐였지? 주소만 있으면 찾을 수 있을 거야……" 경파는 빠르게 말하고 한 시간 후에 집 앞으로 나오겠다고 한다.

경파는 이민 와서 처음엔 어렵게 비즈니스 하는 부모님들 돕느라 고생도 많이 했다는데도 전혀 위축된 흔적이 없고 언제나 벅찰 정도로 힘이 있다. 이민 올 때 가져온 자본으로 사업을 하다가 믿었던 친구한테 사기를 당해 돈을 다 잃어버리고, 아주 바닥에서부터 다시 시작하여 청소 일, 그 다음에 그로서리 일, 그 다음에 세탁소로 나아가는 한인 이민자들의 전형적인 코스를 밟아 지금은 세탁소를 하시며 생활의 안정을 누리고 있다는 부모님께 작은 폐라도 끼치지 않기 위해 학비와 생활비를 스스로 벌어 충당하고 있다. 내가 그녀를 알게 된 것도 민족 커뮤니티 봉사회에서였고, 그 뒤 이민자들의 자녀들이 주립대학에 입학할 때 소수민족 배려 차원에서 그동안 주어오던 쿼터제를 내년부터 폐지하기로 하는 법안이 통과되자 그것에 반대하는 소수민족 권리옹호를 외치는 어퍼머티브 액션(affirmative action)을 구경하고 있다가 거기서 열렬하게 시위를 하고 있던 경파를 다시 보게 된 것이었다. 경파는 대학교수였던 아버지가 80년 당시 강제로 해직되다시피 했던 분이라고 말하면서 그래서인지 나에게 스스럼없는 친밀감을 처음부터 보였다. 나도 그녀의 아버지가 이민 초기에 가지고 온 돈을 믿었던 친구에게 사기당하고 직업도 없이 어렵게 고생했다는 이야기를 듣고 무언가 벅찬 동정을 느꼈던 것이다. 거기엔 언제나 어떤 죄의식이 있지 않나, 80년대에 어찌되었건 무사했던 사람은 80년대에 어찌하여 무사하지 못했던 사람에 대해 무언가 어떤 어두운 마음이 아직도 있지 않나. 시인 황지우의 80년대 비가의 한 구절처럼 "잘 들어라, 지금 잘 먹고 잘사는 사람, 대학에 아직 남아 있는 사람, 지금도 신문사에 남아 있는 사람은 언젠가 그것이 혐의점이 되리니……"라고 했던가.

그것이 혐의점이 되는 시대가 이미 왔는지, 올 것인지, 아니면 이제 오기는 영영 틀렸는지는 알 수 없지만, 그러나 쫓겨 다니던 홍선 씨가 이제 오히려 쫓는 편의 사람이 된 것을 생각해 보면 시대는 아주 음과 양을 바꾼 것인가. 그리고 문학 또한 이미 청산주의로 넘어간 지 옛날이 아닌가. 나는 그런 어중간한 청산을 가장 싫어했던 사람이고 가짜 감상으로 80년대의 만가를 부른 미모의 여성작가의 소설들이 베스트셀러가 되어 무슨 핫도그처럼 팔려나간다는 기사를 가장 쓰기 싫어했던 사람이다. 80년대를 그렇게 싸구려 감상주의 연애소설로 묻어서는 안 된다고…… 그러나 시대의 대세, 즉 주류들의 흐름을 거역할 수는 없었다. 모두 다 포스트모더니즘 아니면 사랑시를 썼다. 하루아침에 민중은 천한 것이 되었고 이상주의는 금기가 되었다. 얄팍한 반도근성이었다. 문화의 기회주의라고나 할까, 그런 어설픈 것에 영합해야 되는 기자 노릇이 하기 싫었다. 슬픔이 들어 있지 않은 지식은 진실의 지식이 아니다. 진실을 좋아하는 사람이 상식을 싫어하듯 나는 유행적 지식을 가장 경계하였다.

아니, 그 모든 것을 떠나 "하지 마."라고만 말하는 사회에서 온 나 같은 사람의 눈에 그녀의 "난 할 수 있어."라는 태도는 그냥 하나의 찬탄이었고 경이였다. 그녀는 나의 느낌표였고 누군가 정체도 알 수 없는 남의 목소리를 대신 받아쓰기 하고 있는 것 같은 나의 어중간한 입장에서 보자면 분명한 자기 목소리를 갖고 있고 또 그것을 분명히 낼 줄 아는 선명한 정체성을 가진 존엄성이 있는 존재였다. 나는 경파의 순수한 직선적인 용기와 그 용기로 자신의 존엄을 지켜갈 줄 아는 도도한 자존심, 그리고 남에게 자신의 지식과 힘을 나누어줄 줄 아는 지식인의 겸허와 강한 행동력을 사랑하고 있었다.

새벽은 가고 아침이 다가오는 것을 느끼면서 빨리 씻고 빨리 옷을 갈아입고 나는 집을 나선다. 차에 시동을 걸어 엔진을 덥히면서 이제야 채청에게 갈 방도가 마련된 것에 대한 안도감과 더불어 지금 그녀의 상태가 어떤지 걱정이 앞섰다. 키 큰 유칼립투스 나무 아래가 나의 지정 주차장이기 때문에 아침이면 앞유리창 아래 떨어져 있는 유칼립투스 열매며 잎을 볼 수 있다. 유칼립투스는 아주 키가 크고 씁쓸한 국화 향기 같은 냄새가 온몸에서 나는 나무인데 줄기가 빨갛고 잎새는 길쭉길쭉 날씬한 원추형이다. 그리고 작고 붉은 열매가 조롱조롱 달렸다. 그녀의 큰 키 아래 가끔 서 있으면 오래 살아온 생명에서 풍기는 거룩함과 존재의 숭고함 같은 것이 느껴지는 듯하였다. 언젠가 한번, 아마도 두 달쯤 전, 우리 집에 온 채청이 이 나무를 올려다보며 이런 말을 했다.

"이 나무 이름 아세요? 유칼립투스라는 남미가 원산지인 나무예요. 이 나무도 타의에 의해 이민 온 나무예요. 그래서 유칼립투스와 이민자들의 숙명이 같다는 생각이 들어요. 맨 처음 북미대륙에서 이 나무를 목재용으로 쓰려고 대대적으로 돈을 들여 남미로부터 이주를 시켜 심고 키웠대나 봐요. 그랬는데 나중에 나무의 진액이 너무 많아 목재로 사용할 수 없다는 판정이 나왔대요. 불쌍한 나무지요. 폐기처분하려고 해도 워낙 강해서 쉽게 없어지지도 않구요. 그래서 저렇게 크게 자라 서 있는 나무가 되었대요. 보세요, 백 년은 넘지 않았겠어요? 이민 올 때와 이민 와서의 목적과 처지가 달라져버린, 대부분 이민 생활자들이 유칼립투스 운명과 비슷한 처지가 아닐까요. 한국에서 의사를 하다가 이민 온 사람도 해외에서의 의사자격증을 인정해주지 않으니 그로우서리를 하거나 리쿼스토어, 식당을 하거나 루핑업을 하거나 하는 실정이거든요. 영문학 교수였던 분이 구두수선방을 하고 있는 걸 본 적도 있거든요.

차를 몰고 쭉 뻗은 아침 길을 달리며 왜 나는 프리웨이의 프리를 아직도 감당하지 못하는지 한탄스런 심정을 느꼈다. 어쩐지 스피드와 정열은 꼭 희생을 요구하는 것만 같이 느껴져서이고 나는 아마도 희생의 의미를 믿지 못해서인지도 모른다. 요즈음 홍선 씨의 일을 생각하면 과연 공동선을 위한 희생과 개인의 욕망 사이에는 무슨 차이가 있을까, 하는 회의가 든다. 그렇다고 모든 사람이 종교인도 아닌데 턱낫한 스님처럼 "나는 당신의 고통을 압니다. 그래서 나는 여기 당신을 위해 있습니다."라고 말할 수는 없겠지만, 날개의 무게가 힘들어질 때 사람은 때로 추락을 면하기 위해 날개의 꿈을 버리고 중력의 편을 택할 수도 있다고 하지만…… 경파는 회색 반코트에 청바지를 걸친 간편한 차림으로 자기 집 앞 교회 옆에 나와 있다.

나는 운전석을 그녀에게 내주고 그녀의 옆자리에 들어가 앉는다. 경파는 아침잠을 빼앗긴 사람답지 않게 신선한 기운으로 넘쳐 있다. 마치 몸 안에 황금빛 모닥불을 지닌 것 같은 따스한 생명의 기운이 그녀로부터 나에게 교통신호의 푸른 화살표처럼 흘러온다. 정말 그녀는 푸른 신호등처럼 언제나 자기 갈 길을 갈 수 있는 힘이 있는 거라 나는 느낀다.

"유 기자님, 지도 가지고 오셨어요?"

나는 얼른 지도를 꺼낸다. 그녀는 지도를 손가락으로 짚으면서 해안 쪽으로 해서 1번 도로로 갈 건지 아니면 산호세 쪽으로 내려가 내륙으로 갈 건지를 지금 정해야 한다고 말한다. 글쎄……나는……

"1번 도로로 가면 시간은 좀 더 걸리지만 덜 붐빌 것 같구요. 지금 내륙으로 가면 계속 들어오고 나가는 차량 때문에 오히려 복잡할 것 같아서 그래요. 차라리 거리가 더 멀더라도 1번 도로로 가서 한산하게 가는 게 낫지 않을까요?"

나는 그러자고 한다. 언젠가 채청이 1번 도로로 내려오는 길이 너무 아름다우니 꼭 한번 놀러오라고 했던 말이 생각나서다. 그러나 모든 일에는 어울리는 시간과 장소가 있는 것이 아닐까. 그녀가 아프다는 전갈을 받고 가는 길인데 세상에서 가장 빼어난 절경이라도 그 길을 꼭 오늘 보아야 하겠는가. 그러나 짧은 거리로 가다가 차가 막혀 서 있는 것보다는 긴 거리일지라도 한적하게 가는 것을 어찌 꼭 나쁘다고 하겠는가. 속으로 변명을 하는 습관은 언제나 내가 누군가의 눈동자를 의식하면서 자기 행동에 꼭 변명을 다는 것을 느끼게 한다. 왜 그럴까, 내 인생의 주인은 나라고 생각하면서도 누군가 나를 내려다보는 감시의 눈길과 왜 그렇게 하지?라고 힐난의 눈동자로 자기를 바라보고 있는 존재를 항상 의식하고 사는 것과도 같지 않은가. 글쎄, 항상 자신의 행동을 누구에겐가 변명하는 듯 생각하는 습관, 그것을 고치지 않으면 자유인의 삶이라고 말할 수 없지 않겠는가.

경파는 벌써 프리웨이로 들어서 시속 70마일을 유지하며 달리고 있다. 아닌 게 아니라 이곳도 벌써부터 러시아워 혼잡이 시작되었는지 차량이 상당히 많다.

"아, 참, 어떤 친구분인데 그렇게 많이 아프시대요? 가까운 곳에 친구가 없는가 보죠? 새벽부터 선생님께 연락한 걸 보면요……"

"그런가 봐. 그 친구가 직접 전화한 게 아니고 어떤 미국 남자가 전화를 했어. 그림을 그리는 강채청이라는 사람이 많이 아파 열이 심하고 자꾸 헛소리 같은 걸 하는데 한국인 친구의 도움이 필요하다고 했어. 근처에 친구가 없는 모양이야. 그 남자가 누군지는 모르겠어. 누구와 함께 산다는 말은 못 들어 본 것 같은데 …… 몰라, 영어로 하도 빨리 말해서 내가 잘 알아들었는지도 모르겠어."

말을 듣고 있던 경파가 깜짝 놀란다. 차는 이제 성대한 곳으로 향하는 입구처럼 높다랗게 펼쳐진 베이 브리지로 올라가고 있다.

"강채청 씨라고 하셨어요? 혹시 그분 M자 많이 그리는 여류화가 아니세요? 그분?"

내가 맞다고 하자 경파는 깜짝 놀라 목소리를 높인다.

"아, 그분이 언제부터 거기 사셨을까. 전에 뉴욕에 살았다고 들은 것 같은데…… 뉴욕에서 작품활동 하시던 분 아닌가요?"

이제 나야말로 놀라 "아니, 경파가 어떻게 강채청 씨를 알지? 세상에, 세상이 참 넓고도 좁구나. 하긴 작년에 여기 대학촌에서 열렸던 소수민족 미술제에 그림도 출품하고 했으니 이미 대학가에선 상당히 알려진 화가일 거라고 생각은 했지만…… 나도 그때 미술제에서 그림 보고 처음 사귀었으니까. 그림이 참 좋더라구……" 했다.

"네, 그분 그림 참 좋아요. 저도 그분 그림 작년에 대학 전시회에서 보았는데 더 좋아진 것 같더라구요. 전에는 아주 무서운 그림 그렸었거든요. 맨 처음 우리 집이 이민 온 데가 뉴욕이었거든요. 뉴욕에서 활동할 때 토네이도우 화가라고 불렸다던데, 소호에 있는 전위화랑에서 한국인으로선 드물게도 초대전도 했었어요. 요즈음은 왜 그 하늘에 높이 떠 있는 M자 많이 그리잖아요? 요새는 맥도날드 화가라고 한다던가…… 왜 그 맥도날드 햄버거 가게 로고가 지붕에 떠 있는 M자 아녜요? 그래서 그러는가……"

"글쎄, 맥도날드 M자를 그린 것 같은 그림은 나도 작년에 봤었지. 그런데 그게 꼭 맥도날드 로고 M자일까, 난 모르겠어."

"그런데 선생님은 어떻게 그분하고 이렇게 친해지셨어요? 그분 사람 잘 안 사귀고 까다롭기로 유명한 분이라던데…… 제가 봉사회 센터에서 일을 오래 했잖아요. 그러다 보니 이런 이야기, 저런 이야기 참 많이 들어요. 그분이 뉴욕 살 때의 이야기 듣고 참 가슴이 아팠었는데."

차는 프리웨이 교차로로 들어서면서 잠시 거북이걸음을 하고 있다. 이제 그 유명한 금문교 공원 쪽으로 계속 나가면 한산한 해안도로가 펼쳐질 모양이었다.

"아니 강채청 씨에게 뉴욕에서 무슨 일이 있었는데? 난 자세한 이야기는 잘 몰라. 자기 이야기 안 하는 것 같던데, 내가 문화부 기자였으니까 그냥 예술에 대해 이런저런 이야기를 나누고 서로 늦은 나이에 혼자사니까 호흡이 좀 맞은 것뿐일 거야. 채청 씨가 서른넷이고 내가 지금 꽉찬 서른아홉 아니야. 그러니까 같은 노처녀끼리 지난 반년 동안 죽이 좀맞은 것뿐일 거야. 알고 보니 광주 출신이야. 나와 고향이 같아. 그래서푸근한 느낌이 있어서 예술 이야기는 참 많이 했어."

"아 그렇군요."

경파는 차선을 바꾸느라 잠시 운전에 열중하다가 계속 말을 한다.

"그분이 뉴욕 아트스쿨 다닐 때 이야긴데요. 토네이도우, 왜 아시죠?남부에 부는 광풍 말이에요. 그 토네이도우를 그렇게 많이 그렸어요. 한번은 직접 토네이도우를 취재하러 간다고 가서 하마터면 태풍의 눈 속에휘말려들 뻔했대요. 일에 대한 용기는 대단한 것 같더라구요. 프로죠. 토네이도우는 테러리즘이다, 나는 인간에게 다가오는 모든 테러에 관심이있다, 그래서 토네이도우에 미친다─뭐 그런 말을 했을 거예요. 미국신문에서 인터뷰 기사를 읽은 것 같은데…… 토네이도우라는 게 아주 무서운 바람이에요. 거기 한번 휘말리면 커다란 빌딩도 국수가락처럼 날아가버리고 버팔로우 빌도 라면 봉지 하나만큼처럼 가볍게 흩날려버려요. 토네이도우 끝난 벌판엔 어떤 거대한 인간의 재산도 한 움큼의 먼지 같아요. 그것은 인간의 노력과 성취를 부정하는 원시의 반란 같은 거죠. 그래서 그 기자가 물었던 것 같아요. 왜 인간에게 다가오는 모든 테러에 관심을 갖느냐고. 여성화가라면 대자연의 다른 측면, 즉 생명적인 면에 관심을 더 가질 것 같은데 왜 파괴적 에너지에 더 관심을 갖느냐고. 그랬더니강채청 씨가 아주 멋진 말을 했어요. 인간은 역사적 존재라고요. 나는 정말 그 말에 놀라버렸어요. 우리 아버지는 그로우서리 가게를 하실 때도 〈뉴욕 타임즈〉와 〈로스앤젤레스 타임즈〉〈워싱턴 포스트〉 등 신문을 잔뜩 쌓아놓고 보는 분이신데 저더러도 막 읽으라고 하시죠. 가게는 주로 엄마가 다 꾸려갔다고 해야 해요. 그런 전력 때문에 제가 시사에 관한 영어단어 실력이 상당히 늘었어요. 아버지가 강채청 씨 인터뷰 기사를 주시면서 참 훌륭한 예술가다, 가짜가 아니고 진짜를 말할 줄 안다, 라고 하시던걸요."

　나는 어떻게 해서 일이 이상하게 되어간다고 생각하면서 "인간은 역사적 존재다. 그리고 역사는 나에게 파괴사라는 생각이 든다."라는 채청의 말을 곰곰 음미해 보고 있었다. 참으로 이상한 우연이 아닌가. 지금 채청의 문병을 가는 것은 내가 아니고 경파라는 생각이 들면서 어떻게 보면 나의 책임이 그만큼 가벼워지는 것도 같은 느낌이 들었다. 토네 이도우 화가라니, 그 당시의 그림은 본 적이 없지만 채청의 그림 안에 들어 있을 역사적 문맥에 대해서 짐작을 할 수는 있었다. 5·18 때 고3이었다는 말을 그녀는 한번 한 적이 있었다. 도청 뒤 서석동에 집이 있었는데 5·18 때 자기가 직접 본 것은 하나도 없는 것이 정말 기이하게 느껴진다고. 27일 새벽에 계엄군이 폭도 소탕작전을 한답시고 탱크를 앞세우고 들어와 시민군들을 사살했을 때 무차별로 마구 쏜 총알 하나가 자기 집으로 날아와 이층 벽을 뚫고 지나갔다고. 오월 광주가 다 끝나고 금남로의 피도 다 수도호스로 물을 뽑아 지운 다음 다시 평정을 되찾은 시내를 걸었을 때 그 오월의 아름다운 햇살이 그녀에겐 그렇게 낯설었다고. 그러나 자연이 무엇을 줄 수 있겠는가. 그것을 알면서도 가끔 이층 방에 들어가 그 총알구멍 속으로 바깥세상을 내다보면 바깥세상의 평화로운 햇빛들이 그렇게 우습게 보이더라고. 역사는 역사가 치료해야 한다는 최인훈의 말처럼 인간의 역사는 인간의 역사가 치료해야 할 뿐 자연에는 죄가 없는데 오월의 햇빛을 보면 자욱이 치밀어오르는 저주를 어떻게 참을 수가 없더라는 것을.

"아니 고3 때 5·18을 겪고도 그 어렵다는 대학에 어떻게 합격을 했어요?"

내가 놀라서 묻자 채청은 "그러기에 그런 것이 다 우스운 거지요. 내가 국정교과서처럼 살았다는 이야기 아니겠어요. 바보 같은 국정교과서에다 또 그나마 돈 있는 집 딸이어서 유학도 오게 된 것일 거구요." 담담히 말했다.

서울에 가서 대학을 다니면서 침묵의 마스크를 쓰고 사는 자신이 싫어 유학을 오게 되었다고 담담히 말하는 그녀에게서 토네이도우 같은 광풍은 찾아보기 어려웠다. 말하자면 그녀는 아주 차가운 대리석 같은 표정에 감정을 보이지 않는 지성적 얼굴을 하고 있어서 얼핏 보면 가까이 하기 어려운 오만한 인상이다. 까만 단발머리에 차갑게 하얀 피부는 과거 비틀즈의 전설적 싱어였던 존 레논의 카리스마적 아내이자 자기 스스로 작곡가 겸 가수에 행위예술가인 오노 요꼬 같은 인상을 풍긴다고 느꼈다.

차는 이제 확 트인 해안도로를 달린다. 오른쪽 차창 너머로 태평양의 푸른 물결이 모래사장을 할퀴면서 마구 돌진하고 있고 파도는 분노하는 말의 갈기처럼 희게 더펄거리며 자신의 생명에 취해 높이 솟구쳐 마치 하늘로 육박하려는 듯한 기상을 보이고 있었다. 그래, 저런 생명의 꿈틀거림과 용솟음과 철썩철썩 하는 파괴에로 달려가는 그리움이 있을 때 생명의 혁신이 있는 것 아닐까. 내가 베이를 싫어하고 바다를 그리워했던 것은 바로 저기 저, 자기를 파괴하고서 다시 세우고자 원하는 정직한 멸망의 의지를 보고 싶어서가 아니었겠는가. 때린다, 부순다, 무너버린다, 철썩, 철썩, 척, 튜르릉, 콱…… 이것은 최남선의 「해에게서 소년에게」의 한 구절이지만 최남선 시대 못지않게 우리 시대에도 해에게서 소년에게 보내는 파도의 사자후가 있어야 한다고 생각하고 있을 때 경파가 조금 상기된 목소리로 말한다.

"저기 저 해안을 자세히 살펴보세요. 이맘때면 일부러 바다를 보려고 사람들이 이 길로 나오곤 해요. 캘리포니아 해안선을 따라 좋은 구경거리가 있거든요. 뭐 좀 보이는 것 있으세요?"

"글쎄, 아직은 바다밖에는 특별한 것은 모르겠는데……"

나는 탐정의 눈을 하고 다시 바다를 살펴본다. 위엔 푸른 자로 그은 듯이 쪽 고른 수평선이 펼쳐져 있고 앞쪽으론 멸망했다가 다시 자기를 세우는 높고 흰 파도의 율동만이 있을 뿐이었다.

"이맘때면 겨울나기를 하러 갔던 고래들이 이동하고 있거든요. 시월부터 저 위 북극해에서부터 바하 캘리포니아 남단의 생 이그나시오 만에 이르기까지 대략 오천 마일이라든가, 그 대장정에 소요되는 시간이 석 달 정도라고 해요. 겨울나기를 하려고 남단에 갔던 고래들이 새끼를 낳고 따뜻한 해안에서 겨울을 보낸 뒤 서서히 북극해를 향해 이동을 하는 거예요. 대충 일월부터 사월까지는 고래 구경의 피크인데 이맘때쯤이면 캘리포니아 해안에서 아직 남행 중인 고래와 북행 중인 회색고래 떼가 교차하고 있어 아주 장관을 이룬다고 해요. 아주 해안선 가까이에서 이동하고 있기 때문에 해안에서도 볼 수 있다고 하더라구요. 고래 관광선도 운행되고 있다던데……"

나는 경파의 말을 들으며 고래라니, 집채만 한 고래가 해안선 가까이 나타난다니 무슨 영화 같은 이야기인가, 하고 생각한다. 미국에 와서 영화처럼 아름다운 장면들을 참 많이 보았지만 그럴 때마다 느끼는 것은 "마치 영화 같군."이라는 것이었다. 영화처럼 아름다운 장면들이 무수히 많은 이 나라의 거대한 자연에는 그러나 육박해오는 실감이 없었다. 실감이 없다는 것은 내가 이 나라의 구경꾼이기 때문이겠지. 우리나라의 자연은 이곳 자연에 비할 때 어린아이 장난감처럼 작고 영세한 규모이긴 하지만 처절한 혼의 울림 같은 것이 있지 않은가. 그것은 물론 우리에게만 통하는 울림의 코드겠지. 가령 아주 작은 산, 아주 작은 절 하나를 보아도 임진왜란 때 불탄 것을 다시 지었다든가 병자호란 때의 이야기라든가 하는 것이 있다. 서울 한복판에 있어서 신비가 아주 사라지고 만 경복궁만 해도 눈물 없이는 들을 수 없는 역사의 이야기 같은 것이 있지 않은가. 그리고 그런 이야기는 민족의 혼을 울린다. 경복궁 호수 앞쪽으로 전에 민속박물관이란 것이 있고 그 근처에 공중화장실이 있었다. 어떤 학자가 그 공중화장실을 이전해야 한다고 주장했을 때 사람들은 전혀 그 이유를 알지 못했다. 그 자리가 바로 일본 자객이 명성황후를 능욕한 후 칼로 난자하여 시해한 자리라는 것이었다. 바로 그 자리에 공중화장실을 세워 한 나라의 황후를 계속 능멸하고 있다는 것이었다. 그런 처절한 이야기가 어디에나 있는.

또한 한국인이면 누구나 낙화암이 얼마나 작은가를 안다. 누구나 그곳에 갔을 때 실망한다. 그러나 그곳엔 삼천궁녀, 그 꽃 같은 목숨들의 장엄한 멸망의 신화가 있어 그 작은 절벽은 작은 절벽만이 아니고 무릎 꿇고 사느니 차라리 서서 죽겠다는 백제의 혼을 보여준다. 그리고 그것은 비극적 영웅을 사랑했던 희랍의 혼과 같은 것이기도 하다. 그런 이야기들이 있는 삼천리 반도.

그런 울림의 코드가 있는 삼천리 반도는 구구절절의 자연이 모두 우리의 성감대가 되고 누선의 지대가 되지 않겠는가.

그러나 이 나라의 거대한 자연엔 나의 감각을 찌르는 인간의 신화가 없다. 아니 이 거대한 대륙 방방곡곡에 피를 뿌린 네이티브 아메리칸들의 신화와 학살, 좌절, 방황이 있다. 아직도 있다. 그러나 아무리 아름다운 것을 보아도 미국의 대자연이 그냥 대자연일 수밖에 없는 것은 바로 그런 인간의 내러티브가, 전설이, 신화가 나에게 무슨 캔디스 버겐 주연의 〈솔저 블루〉나 〈나를 운디드니에 묻어다오〉와 같은 영화처럼만 느껴지기 때문이다. 할리우드 기획의 거대한 영상산업 속으로 이 땅의 모든 역사, 이슈, 학살과 속죄는 모두 흘러들어가 영화가 되었고 그래서 우리는 그 파란 눈의 헐리우드적 렌즈를 통해서만 인디언의 역사, 흑인의 역사, 아시안 이민들의 역사를 바라보게 되었는지도 모르겠다. 그래서 우리에게 이 땅은 그저 한 편의 영화 속의 장면일 수밖에 없는 것이다. 정말이지 나는 영화를 좋아하지 않는다. 그것은 근본적으로 인간의 소외 위에 기초하고 있기 때문에. 경파는 계속 액셀을 밟으며 고래 이야기를 하고 있다.

"고래가 오천 마일이나 되는 대장정을 해 온다는 것을 생각하면 생물의 본능이란 것이 참 무섭다는 생각이 들어요. 단지 따뜻한 나라에서 살겠다는 것만은 아니고 따뜻한 곳에 자기 새끼를 번식시키려고 오는 것이니까 말예요. 갓 이민 온 사람을 FOB라고 부르거든요. 막 보트에서 내렸다는, Fresh Off the Boat라는 뜻이래요. 그런 이민자들이 아메리카라는 거대한 대륙에 발을 디디는 것도 다 자식의 장래를 위해서라고 하지요. 아마 고래의 대장정과도 같은 것이 아닌가, 그런 생각이 들고. 얼마 전 체첸의 그로즈니에서 어떤 한국 동포가 무조건 관광단에 끼여 샌프란시스코로 왔다는 이야기를 들었어요. 옛 소련에서 유명한 대학 경제학과를 졸업한 인텔리 계급인데 옛날 소련에서 1930년대 소수민족을 강제이주 시킬 무렵 코카서스 지역으로 강제이주 된 한국계 2세래요. 농민의 아들로 태어났지만 공부도 잘하고 사업도 잘하고 유럽과 무역도 할 정도로 유능한 사람이었던 모양인데 소련이 붕괴되고 체첸이 러시아하고 전쟁까지 하니까 아주 망해버렸대요. 그나마 같이 사업하던 동업자가 마피아에게 죽기까지 하고 나서 안 되겠다, 여기서 죽느니 미국에 가서 새 기회를 갖겠다, 하고 전재산 팔천 달러를 들고 일단 LA로 왔는데 친구가 소개해준 사람을 찾아 샌프란시스코에 오다가 휴게소에서 버스를 놓쳐버렸대요. 결국 가방은 찾았지만 빈털터리가 되어버린 거예요. 영어도 전혀 못 하죠, 한국말도 못 하죠, 지금은 막노동을 하면서 돈을 벌고 있다지만 그가 생각하는 더 나은 미래를 어떻게 이룰 수 있겠어요. 단지 회색고래의 대이동처럼 맹목적인 동물의 본능을 느끼게 해요. 지금 미국은 그런 기회의 땅도 아닐뿐더러 오히려 반 이민 물결이 높고 인종갈등으로 언제 보스니아처럼 될지 알 수도 없는데요."

차는 아름다운 해안선을 끼고 시속 70마일 정도를 유지하며 달려 나간다. 연변 동포, 사할린 동포에 이어 이제 체체니아의 동포라니…… 그것이 아메리칸 드림인가, 코리안 드림인가…… 머나먼 나라 체첸에서부터 오직 보다 나은 땅에 대한 꿈과 보다 나은 미래에 대한 꿈 하나만을 가지고 이곳까지 왔다는 그 니콜라이라는 한국계 동포에게서 나는 인간의 굽혀질 수 없는 꿈의 근육을 느낀다. 한인 이민이 시작된 것이 1890년대 하와이 사탕수수밭 노동자들로부터가 아닌가. 인천에서부터 배를 타고 하와이 사탕수수밭 노동자로 낯선 땅에 왔을 때 그들을 기다리는 것은 말 못할 착취와 가난이었다지만 그러나 그들은 더 나은 미래에 대한 꿈을 버리지 않고 노동을 하고 사진결혼을 하여 가족을 만들고 내일을 만들었다. 그 자손들 중에 캐시 송처럼 주류문단에서 인정받는 완전한 영어와 시학을 구사하는 아름다운 시인도 나오고 정치가도 나오고 사업가도 나오고 학자도 나오는 것이다. 한국인, 아니 유교국가의 사람들에게는 이민 1세의 고생이나 중노동은 아무것도 아닌지도 모른다. 더 나은 시간에 대한 꿈과 믿음—그것은 바로 자손들의 보다 나은 시간에 대한 꿈과 믿음이 아닐까. 유교적 이념 안에서 보자면 미래는 곧 자식인 것이다. 회색고래들의 바다여행처럼 그들은 바로 따뜻한 남단의 바닷가에 새끼를 낳기 위해 왔다가 또 그 머나먼 길을 가는 것이 아닌가.

길이 절벽처럼 높아진다. 차는 구불구불 커브가 나 있는 높은 길을 달린다. 푸른바다는 고요한 또 하나의 아득한 나라인 것처럼 보인다. 멀리서 보면 바다에 전쟁은 없다. 잠든 것처럼 보이지만 그러나 바다는 인간의 무의식 속의 충동들이 한시도 쉬지 않는 것처럼 그 안에 내부의 전쟁을 간직하고 있다. 일벽만경이라지, 푸른 물이 한없이 펼쳐진 것을 두고 이름이 아닌가. 바로 그때 그 고요한 일벽만경을 뚫고 무언가 물보라 같은 것, 수면 위로 솟구쳐오르는 미끈거리는 하얀 덩어리, 먼 바닷속에서 뒤척이며 움직이고 있는 하얗고 우람한 덩어리 같은 것이 눈에 잡혀왔다. 아니, 경파 씨, 저기 저…… 저기 저…… 나는 차창을 열고 손으로 먼 바다 저 끝을 가리킨다. 멀어서 잘 보이지는 않지만 고래들이 약 45도 각도로 수면 위로 살짝 솟구쳐 올랐다가 비스듬히 다시 물속으로 뛰어드는 것이 보였다. 뛰어오르기 연습을 하는 것일까, 아니면 숨을 쉬기 위해 어쩔 수 없이 위험을 감수하고 수면 위로 몸을 노출하는 것일까. 햇빛을 반사하면서 하얗게 솟구쳐오르는 고래들의 어렴풋한 몸뚱이의 윤곽과 그때마다 하얗게 솟구치는 물보라들이 하얀 보석으로 된 우산을 편 듯이 반짝거리고 있다. 다시 보니 고요한 한 장의 그림만 같던 수평선 여기저기에 우리가 고래 그림을 그릴 때 꼭 그리는 분수의 물푸레들이 여기저기 간간이, 희디희게 솟아오르는 것이 보였다. 그래, 고래구나, 고래라니…… 고요한 바다 밑에 순식간에 수런거리는 에너지가 느껴지기 시작하고 한 번의 숨을 내쉬기 위해 폐 안에 공기를 저장하는 고래들의 어마어마한 폐활량의 숨은 힘이 느껴지는 것이었다.

고래가 숨을 쉰다는 것은 자기 생명을 보존하기 위한 것이지만 그러나 참고 참았던 숨을 내쉼으로써 고래는 자기의 위치를 고래 포획꾼에게 노출시켜야 하는 위험을 감수하고 있는 것이다. 고래는 숨구멍이 머리에 나 있어서 그렇다고 한다. 그렇다, 숨을 쉰다는 것은 그렇게도 벅차게 어려운 일이다. 나는 4, 5분 만에 한 번 숨을 쉰다는 고래의 호흡에 나의 숨을 맞추어 보려고 배에 힘을 주어 심호흡을 하면서 수평선을 바라보고 있었다.

바다 밑을 가는 고래의 수영을 생각했을 때 나는 이상하게도 옛날의 홍선 씨가 느껴졌다. 그는 70년대 말, '국민의 알 권리와 바른 언론을 위한 기자들의 서명' 사태로 일자리에서 거리로 쫓겨나 자기 자리를 못 잡고 긴 시간을 금 밖에서 살았다. 내가 그를 만났던 것도 그 이후였다. 그에게선 잘못된 시대의 금 밖에 서 있는 사람의 지성의 힘과 갈기의 야성이 느껴졌으며 그것이 신출내기 기자였던 나의 감상주의를 자극했는지도 모르겠다. 나는 어설픈 대로 그래도 인사이더였으며 그는 잘못된 시대의 금 밖에서 그 금 안의 세계를 비판하는 아웃사이더였다. 인사이더가 아웃사이더에게 느끼는 선망과 두려움, 그리고 부채의식이 있었는지도 모르지만 무엇보다도 그에게선 남성의 아름다움이 느껴졌다. 야채처럼 거세된 금 안의 남자들보다 강한 남성의 힘을 그는 펄펄 풍기고 있던 것이다. 말하자면 그는 순치되지 않은 야성 짐승의 힘과 꿈을 가지고 있던 존재로 나에게 비쳐졌다. 현실적으로는 십 년도 넘는 세월을 말할 수 없이 고생을 하던 그가 '보통 사람들의 시대'가 왔을 때 새로 창간된 신문사에 논설위원으로 초빙되어 고정 칼럼을 일주일에 세 번씩이나 쓰면서 다시 활동을 하게 된 것은 늦었지만 잘된 일이었다. 그동안 자기 목소리를 내는 기회를 빼앗기고 글쓰기에 굶주렸던 사람답게 그는 폭포수 같은 붓을 힘껏 휘둘렀다.

90년대 초 그가 썼던 글 중에 90년대의 성격을 예언적으로 규정한 것이 있었다. 나는 그것을 기억하고 있다. 90년대 벽두였다.

"우리의 90년대는 아주 수상하게 열린다고 나는 생각한다. 그토록 보내고 싶었던 80년대였고 그토록 맞이하고 싶었던 90년대였는데 90년대의 벽두는 아주 수상하다. 영등포에서 시작하여 종로, 서대문을 거쳐 이제 전 서울 시내로 확산되고 있는 연쇄방화 사건을 나는 주목한다. 연쇄방화 사건의 얼굴 없는 범인에게서 나는 불특정 다수에게 보내는 90년대적 메시지를 읽는다. 그 마음은 심히 불길하다. 왜 연쇄방화 사건의 범인은 잡히지 않는가. 오히려 연쇄방화 사건은 번지고 있고 시민들의 불안은 모두 자기 집 단속, 자기 대문 단속, 자기 집안의 불 단속에 나서고 있다. 그것이 90년대에 보내는 높은 곳에서의 메시지가 아니라고 말할 수 있으려면 이 연쇄방화범의 정체가 밝혀져야 한다. 그러나 신속한 경찰의 대응에도 불구하고 그 연쇄방화범의 정체는 밝혀지지 않고 있다. 이런 얼굴 없는 테러는 비겁하다. 테러의 기본 목적은 공포를 일으키는 것이고 그것은 소수가 다수를 빠른 시간 안에 지배할 수 있는 유일한 방법이다.

이런 얼굴 없는 방화 앞에서 모든 사람들은 대문 안의 자기이기주의로 몰리고 있는 형국이다. 누군가 우리를 대문 안으로 몰고 있다. 대문 안의 자기 생명과 재산, 울타리 안의 가족이기주의, 자신의 이익을 지키고자 하는 소승적 안락추구 안으로 우리를 몰아넣는 불길한 힘이 있다. 대문 밖에서 대문 안으로 들어가라고 몰아넣는 힘―거리 위의 비극적 영웅에서부터 이제 집안으로 들어가 보통 사람으로 살라고 들이미는 힘―그런 것을 나는 90년대 벽두를 장식한 이름 없는 연쇄방화 사건에서 느끼면서 3당 합당 선언이 나왔을 때 어쩐지 올 것이 왔다는 불길한 당연함을 확인한 느낌이었다. 대문 안의 이기주의를 위해서 이제 목적은 모든 수단을 정당화할 수 있을 거라는 묵시적 메시지를 두 사건은 보여주고 있다."

당시의 홍선 씨는 오랜만에 독자 대중 앞에서 자신의 목소리를 낼 수 있고 그것을 다른 사람들이 응시하고 경청한다는 것을 느껴서인지 조금 웅변적이고 예언자적인 목청을 가지고 있었다. 금 밖의 세상을 떠도는 동안 그의 지성은 더욱 날카로워져 있었고 금 안의 세상을 움직이는 보이지 않는 힘에 대한 통찰과 증오는 더욱 예리해져 있었다. 그의 칼럼이 든 신문을 집어 들기만 해도 얼굴이 칼에 베이는 듯한 아픔을 느낄 수 있었다고 나는 회상한다. 그런데 지금 생각해 보면 그것은 자기 자신의 행동의 변화를 예감하면서 그 변화를 예고하는 고백체의 냄새를 가지고 있지 않았던가. 자신이 원하건 원하지 않건 간에 그런 사회적 집단 무의식이 존재하고 있음을 날카롭게 응시하면서 아마도 그것에 계속 저항할 수 없을 것 같은 자기 예감적 고백체의 글을 쓴 것이었을까.

절벽 위로 가던 길이 점점 낮아지면서 프리웨이가 바다의 높이와 비슷하게 되자 더 이상 고래는 보이지 않게 된다. 경파는 "이제 거의 다 온 것 같아요. 몬트레이 시내 다 지나 퍼시픽 그로우브 바닷가로 가야 된다고 하셨죠?"라고 묻는다. 지도를 들고 앉아 나는 버지니아 트레일이 어디쯤일까, 살펴본다. 그러나 이것은 남캘리포니아주 교통지도이기 때문에 몬트레이 부근의 시가까지는 찾을 수가 없다. 조금 있다 주유소에 한번 내려서 이곳 지도 구해 보지요, 뭘…… 하고 경파는 말한다.

우리는 주유소에 들러 손도 씻고 커피도 마시고 화장실도 가고 담배도 피우며 잠시 쉬었다. 지도 한 장을 얻어서 보니 버지니아 트레일이란 몬트레이 시내를 빠져나간 직후 태평양 해안가에 있는 동네였다. 그때서야 아침도 못 먹고 달려온 생각이 나서 채청의 집에 전화를 걸어 본 다음 우리는 주유소 바로 옆에 있는 맥도날드에 가서 햄버거라도 먹기로 했다. 주유소 옆에 맥도날드, 맥도날드 옆에 홀리데이 인, 주유소 옆에 맥도날드, 맥도날드 옆에 컴포트 인…… 미국의 프리웨이는 이런 식으로 구성되어 있다고 생각하면 된다. 나는 코너에 있는 전화부스에서 채청의 집에 전화를 걸었다. 아침의 그 남자 목소리가 전화를 받았다. 남자에게 우리가 지금 몬트레이로 진입하는 입구 주유소에 있으며 곧 가겠고 하자 남자는 고맙다고 말하며 채청은 약을 먹고 잠들어 아직 깨어나지 않았다고 말했다. 빅맥과 코크 하나씩을 사서 차 안에서 먹는 동안 나는 맥도날드 지붕 위에 걸려 있는 부드러운 글자체의 로고 M자를 바라보았다.

워낙 배가 고픈 속에 허겁지겁 햄버거를 먹으면서 보아서 그런지 그 M자가 마치 하늘에 떠서 여행자들을 부르는 어머니 젖가슴처럼 보인다고 순간 생각했다. 어머니 젖가슴이 하늘을 향해 봉긋 솟아 있다. 유두는 솟아 있지 않지만 그것은 분명 어머니 젖가슴의 변형된 디자인이다. 그리고 긴 시간을 배가 텅 빈 채 달려온 배고픈 사람들은 따뜻한 커피나 차가운 음료, 따뜻한 햄버거를 꿈꾸면서 어머니의 젖가슴 M자 밑으로 모여든다. 어머니의 부엌에서 싸구려 패스트푸드지만 배를 채울 음식을 얻어먹으려고. 채청이 요즈음 그린다는 M자에는 어쩌면 그런 의미가 있는 것은 아닐까. 글쎄, 역사의 토네이도우가 스쳐지나간 자리에서 이제 황폐한 외국생활을 달래주고 자신의 굶주린 영혼을 먹여줄 어머니스런 존재에의 갈증이 하늘에 떠 있는 맥도날드 M자로 형상화된 것은 아닐까. 현대인들을 위한 최선은 아니지만 차선의 존재라고 할 수 있는, 기업화된, 인스턴트화된 어머니의 부엌, 혹은 어머니 젖가슴의 표상으로서. 대강 먹어치운 다음 우리는 급히 어머니 젖가슴 아래를 떠나 거리로 나왔다.

프리웨이가 끝나고 로컬 도로가 시작되었으므로 이제 운전을 교대하기로 하고 내가 운전석에 앉고 경파는 지도를 보며 길을 찾기로 했다. 깨끗하고 밝은 몬트레이 시내를 지나 해안 쪽으로 좌회전을 해서 들어가자 오른쪽으로는 바다가 그림처럼 펼쳐지고 왼쪽으로는 솔숲 사이에 집들 이 드문드문 서 있는 길이 나타났다. 바로 그 길에서 왼쪽으로 들어가는 곳이 버지니아 트레일이었다. 키 큰 솔숲에 둘러싸인 아담한 아파트 단 지 앞에 차를 세우면서 나는 마음속으로 좀 놀라움을 느꼈다. 채청이 꼭 가난하게 살고 있으리라고 단정해서 생각해 본 적은 없지만 그래도 예술 가니까 가난한 예술가가 아니겠느냐고 무의식적으로는 생각하고 있었던 지 아주 우아하고 고급한 아파트가 솔숲 사이에 서 있자 조금 서먹함을 느꼈던 것이다. 차에서 나오면 눈앞에 보이는 태평양 바다의 절경이라 니! 그 푸른 해안선, 그 조용한 맑음, 마치 세계의 탄생처럼 순결한 하얀 물결 위로 갈매기들이 한가롭게 오고가고 가고오고 있다. 어디가 그녀의 집일까, 생각하며 아파트촌을 올려다보고 있는데 솔숲 바로 옆 계단에서 한 백인 남자가 나오고 있었다. 우리는 그 남자에게 채청의 집을 물어보 는 게 좋겠다는 생각이 들어 그에게 다가갔다. 그러나 물어볼 것도 없이 그는 바로 우리에게 자신이 레이 타호바라고 스스로 소개하는 것이었다.

그녀의 집은 사치스러울 만치 크고 우아한 깨끗함과 정숙한 부드러움 이 흘러넘치고 있었다. 나는 격렬한 그림 한가운데서 채청이 단청빛 같 은 현란한 고열을 내면서 내림굿처럼 울고 있는 것을 상상했었는지 집안 이 너무 조용하자 조금 허탈한 기분이 되었다. 창밖에는 아주 키 큰 나무 들이 유리창 속을 지켜주려는 듯 기웃하게 바라보고 있고 하얀 망사 커 튼 한 장의 통유리문으로는 알맞은 햇빛들이 이랑이랑 부드러운 아다지 오처럼 넘실거리고 있었다. 어디를 보아도 폭발할 것 같은 고열, 혼수상 태에 빠진 광적인 뜨거움, 이해할 수 없는 헛소리의 혼란은 느껴지지 않 았다. 우리는 의자에 앉으며 서로를 소개했고 남자가 마실 것을 가지러

냉장고로 간 사이 경파와 나는 채청이 어디에 있는지 눈으로 실내를 훑어보고 있었다. 그러다가 나의 눈에 벽에 스카치테이프로 간단하게 붙여 놓은 크로키 한 장이 들어왔다. 가까이 가서 그림을 보니 그린 지 오래된 연필화인지 희미한 처녀의 얼굴이 있고 벗은 젖가슴 아래에 꽃이 담긴 쟁반을 들고 있는데, 고갱의 타히티의 처녀인가 하고 다시 보자 그것이 아님을 알게 되었다. 그녀가 벗은 젖가슴 아래로 들고 있는 쟁반에는 꽃송이가 아니라 유두에서 피가 솟고 있는 유방 한 개가 놓여 있었던 것이다. 제목?— 역사적 존재.

남자가 주는 음료수를 마시며 나는 어떻게 말을 시작하는 게 좋을지 몰라 머뭇거리고 있다. 그동안 휴가 기간에 정말로 기자 감각을 잃어버리긴 잃어버렸나 보다. 내가 주춤거리자 경파가 먼저 채청에 대해 묻는다.

"병원에서 준 열 내리는 약을 먹고 잠들어 있어요. 아마 걱정할 만한 상태는 아닐 거예요. 문제는 어제 병원에 갔을 때만 해도 괜찮았는데, 밤새워 무엇을 쓰고 그리고 하더니 자면서 알 수 없는 헛소리를 하는 데 있어요. 뭐라고 말하는지를 알아야겠는데 한국말을 모르니 알 수가 없죠. 그래서 제가 미스 유에게 전화를 한 거예요. 정말 오늘 새벽에는 끔찍했다구요."

남자의 얼굴은 피로와 걱정과 의문이 뒤섞여 있어 아주 회색으로 보인다. 연필처럼 마른 사람인데 금발이 섞인 갈색머리를 귀밑까지 기르고 있어 부드럽고 동양적으로 보인다.

"병원에서 아기를 가지고 있을 때 정신을 자꾸 잃어버리면 안 좋다고 하던데 열을 내리기 위해 또 약을 먹어야 하니 걱정이 되기도 하구요."

그 말에 놀라 나는 채청이 임신했느냐고 남자에게 물었다. 남자는 그렇다고 고개를 끄덕인다.

"그것도 지난주에야 알았어요. 병원에도 가 볼 겸 청을 로스앤젤레스로 오라고 하여 지난주 금요일에 내려와 살 집도 구하고 병원에 가서 진단도 받고 했지요. 내가 LA 아트센터에서 미술사를 가르치고 있거든요. 이제 곧 결혼을 하게 되면 청도 여름부터는 그곳에서 함께 살아야 하기에 미리 여러 가지 볼일이 많았어요…… 그런데 청이 웨스턴인가 월셔인가 하는 곳에서 친구를 만날 일이 있다고 해서 같이 누군가를 만났어요. 미스터 박이라고 청의 고향 친구라고 했어요. 그런데 오는 길에 기분이 좀 안 좋은 듯이 보였는데, 오다가 잠시 쉬려고 맥도날드에 들어가는데 거기서 갑자기 힘없이 쓰러지는 거예요. 오는 길 내내 마구 토하고 울고 열이 펄펄 나고…… 정신을 잃었어요. 주말이라 응급실에 갔는데 거기에선 열도 내리고 의사도 아무 문제 없다고, 임신부 구토증인지도 모르니 괜찮다고 하면서, 그래도 열이 너무 높으면 안 된다고 약을 주긴 했는데…… 어젯밤 내내 큰 소리로 알지 못할 말을 외치기까지 하는 거예요. 아침에 의사한테 전화를 해 보니 약 먹고 열만 내리고 안정을 취하면 별일 없을 거라고 하지만, 임신 중에 그렇게 히스테리를 보이는 아주 민감한 타입이 있다고는 하지만……"

남자는 그러고 보니 잠 한숨 못 자고 밤을 꼬박 새운 모양이다. 그제서야 앞뒤 상황을 알게 된 나는 "청이 밤새 외쳤다는 한국말이 뭐였는데요?" 하고 물었다.

남자는 그때서야 그 문제에 생각이 미쳤다는 듯이 "아, 참, 그런데 쾅주라는 게 뭡니까? 사람 이름 같기도 하고, 아니, 그 LA에서 만난 미스터 박하고도 쾅주라는 것에 대해서 그렇게 이야기를 하던데……" 하고 말하였다. 쾅주라니, 그러면 광주가 아닌가, 광주라니, 광주에 대해서…… 그렇다고 이 사람에게 그것에 대해서 무슨 말을 어떻게…… 나는 지금 채청이 빠져 있는 화염의 근거, 불의 진앙지가 어딘지, 무엇인지를 어렴풋이 알 수 있을 것 같으면서도 그러나 도대체 이 파란 눈의 금발이 섞인 남자에게 무슨 설명을 할 수 있을는지, 무어라고 말을 해야 전달이 될 것인지 아무 자신이 서지 않았다. 그때 얼른 경파가 커뮤니티 봉사 일을 오래 한 상담자답게 과격하지 않게, 완곡하게, 객관적으로 남자에게 설명을 하기 시작한다.

광주, 그것은 남한의 남쪽에 있는 한 도시의 이름이고 강 선생의 고향이고 80년 군부가 정권찬탈을 시작할 때 계엄령, 그리고 그 도시에서 시위하던 학생들과 시민들을 난폭하게 다루고, 봉쇄, 게르니카, 정치적 학살…… 남자는 게르니카란 말을 듣고 좀 놀라는 듯하였으나 침착하게 경파의 말을 귀 기울여 듣고 있었다. 그러더니 그럼 그때 청이 무슨 피해를 입었느냐고 묻는다. 우리는 대답을 하지 못했다. 나는 그런 것은 아니지만 그 상처는 동시대를 살아온 모든 사람들의 상처가 되었다고, 지금 한국에선 그 당시 군부책임자들을 내란죄, 혹은 군부반란죄로 기소하여 재판이 진행 중이라고 말하였다. 그러자 레이는 얼른 일어나 방으로 들어가더니 공책 한 권을 들고 나온다. 청이 열에 들떠서 정신없는 상태에서 헛소리를 하며 몽유병자처럼 스케치를 하고 글을 휘갈겨 쓰고 있는데 한국말이니 자신은 알 수가 없었다고, 자신은 지금 청의 가디언이나 마찬가지니 꼭 이 글을 알아야 한다고. 그래서 청의 수첩을 보고 한국 이름인 것 같은 전화번호로 전화를 건 것이라고.

"이 글을 쓰는 동안 아무리 불러도 대답을 안 하는 거예요. 그리고 죽은 듯이 또 잠에 빠져들고, 쾅주라는 이름을 부르며 베개 안에 머리를 박고 울고…… 이 공책을 보면 무언가 알아낼 수 있을지도 몰라요."

남자는 스케치북 같은 것을 우리에게 건네준다. 그것은 말하자면 아직 덜 그린 그림 같은 것이라고나 할까. 묘사가 덜 된, 그러나 앞으로의 작업에 밑그림이 될, 휘갈겨 쓴 어느 혼령의 받아쓰기? 자신의 내부에 있는 악마를 뱉어내기 위해 죽을힘을 다해 쓴 것처럼 환자의 것이라고 말할 수 없을 만치 글씨는 힘차고 획은 굵었다. 선생님, 여기를 좀……
경파는 얼른 손가락으로 어느 부분을 짚는다. 그것은 스케치다.

연등 아래 한 처녀가 길을 가고 있다. 처녀는 선녀 옷처럼 너울거리는
소매가 풍성한 원피스를 입고 있어 묘하게 부드럽고 온화해 보인다. 옷
소매가 봄바람에 흔들리는가, 부드럽게 흘러내리는 머리를 질끈 묶고 있
어서인지 청순해 보이고 또 가냘프게 애련해 보이기도 한다. 처녀는 연
등 아래를 걷고 있다. 꽃나무가 활짝 핀 그만큼의 허공에 연등은 어머니
젖가슴처럼 넉넉하고 자비롭게 꽃피어 있다. 꼭 젖가슴처럼 봉긋하게 피
어나 있는 허공의 연등 아래로 처녀는 투명한 봄 원피스를 날리며 걷는
다. 걷는다. 옷소매가 흔들려 생명의 음악을 타고 하늘로 날아올라가는
오대산 상원사 범종에 그려진 아름다운 비천상 같다.

그 옆 다음 그림엔 처녀가 대검을 꽂은 총으로 공격을 받으면서 쓰러
질 듯 기우뚱 서 있는 모습이다. 대검이 처녀의 젖가슴을 찌르면서 도려
내고 있는 듯 왼쪽 유방은 곧 몸에서 떨어질 것만 같다. 처녀의 두 손은
떨어지려는 자기 왼쪽 유방을 무서움 속에서 받치려는 듯 살큼 위쪽으로
향해서 가고 있다. 가고 있다. 아니, 이 그림은 저 벽에도 붙어 있는 그
림이 아니야, 나는 마주치기 싫은 진실을 어쩔 수 없이 좁다란 길에서 마
주친 사람처럼 고개를 흔들며 도망치고 싶다. 아니야, 아니야, 그건 유언
비어야, 유. 언. 비. 어. 라. 니. 까…… 채청의 흘려 쓴 글씨는 그것이 유
언비어가 아니라고 항변하고 있었다. 그녀는 혼수상태에서 쓴 사람 같지
않게 정확한 획으로 명확하게 역사적 사실을 기술해놓고 있다.
　─ 광주민중항쟁 사망자 명단 54번: 손옥례. 여 19세. 여고 졸. 취업
　　준비. 사망 일시 및 장소: 80. 5. 21. 장소 불상. 사인: 총상 및 자

상. 비고: 유방 자상 희생자.

그리고 공책의 다음 페이지엔 한없이 옥례라는 이름의 변주곡들이 밤의 무도회를 열 듯이 어지럽게 춤을 추고 있었다. 옥례를, 옥례가, 옥례야, 옥례처럼, 옥례는, 옥례만이, 옥례들이, 옥례만큼, 옥례 때문에, 옥례로부터, 너의 옥례, 나의 옥례, 옥례에게, 옥례를, 옥례가, 옥례야, 옥례처럼, 옥례는, 옥례만이, 옥례들이, 옥례만큼, 옥례 때문에, 옥례로부터, 너의 옥례, 나의 옥례, 옥례에게, 옥례를, 옥례가…… 다음 페이지, 그리고 그 다음 페이지에도 옥례의 이름을 변주한 추상화의 축제였다. 종이 위의 제사. 오늘은 회색의 흐린 이월인데 채청에게는 아직도 그 참혹한 오월이구나, 그것은 종이 위에 차려진 성찬의 제사였다. 자, 이것을, 이 한글을 타인에게 이방인에게 어떻게 설명하여 채청의 아픔과 이 한글과의 연관을 밝힌단 말인가. 그건 유언비어야, 그건 유언비어라니까, 라고 우리가 고개를 흔들며 부정하고 있는 동안 여기 한 사람은 자기 조개피 안에 역사의 상처를 기르면서 오직 고통 하나에 자기를 걸고 살고 있었구나. 채청의 글씨는 증언하고 있다. 19세, 손옥례. 좌유방부 자창 우측흉부 관통상. 5.19일 친구 병문안 간다고 집을 나간 후 21일 시신으로 발견된 처녀가 있었다고. 그럼 왼쪽 가슴은 대검으로 찔렸고 오른쪽 가슴은 흉탄으로 관통되었다는 것인가? 오월은 가지 않았고 아직 오월은 누군가를 죽음 속에 빠뜨리고 있다. 아직도 오월의 진실은 인간의 영혼을 지배하려고 방황하고 있다.

아무리 아무리 외친다 한들 어느 천사가 있어 너를 도와주겠는가……
이것은 릴케의 「두이노의 비가」의 일절이다.

설명할 수 없는 것을 설명해야 하는 지옥. 손옥례 양의 죽음에 대한 나와 경파의 진지하긴 하지만 한없이 서투른 설명을 다 듣고 난 남자는 한참을 깊이 생각하더니 "그럼 보스니아 같은 거로군요."라고 동의를 구한다. 보스니아와 같은 것이라고? 글쎄, 보스니아와 같은 것일까? 아니 그것이 더 나은지도 모르지, 적어도 그들은 인종이 다르고 종교도 다르지 않은가 말이다. 눈동자가 뿌옇게 흐려지면서 힘없는 눈물이 괜히 흘러내리기 시작한다. 그것은 보스니아가 아니다. 세르비아도 아니다. 보스니아도 세르비아도 아니고 대체 그럼 무엇이란 말인가……

그러자 레이는 LA에서 청과 고향 친구가 하던 말이 이제야 생각난다고 하였다. 청의 친구가 하던 말이 자신의 아버지가 쾅주에서 경찰의 높은 분이었는데 데몬스트레이션 진압을 잘하지 못했다고 군인들에게 끌려가 고문을 받았다고 하더라는 것이었다. 그리고 고문의 결과로 사망했는데 이제 고소를 하겠다고 하는 친구의 말을 듣고 돌아오는 길에서부터 토하고 열이 나기 시작했다는 것이었다. 레이는 그들이 영어로 이야기하고 있었음에도 불구하고 무슨 말을 하고 있는 건지 알 수 없었고 아마, 한국전쟁 때의 일을 말하나 보다, 라고 생각했다고. 전쟁이 아니고서야 어떻게 그런 일이 있는지 그때는 상상도 못 했노라고.

그랬을지도 모르겠다. 나는 그 파란 눈의 금발의 남자와 우리 사이에 있는 그 심연의 바다를 망망히 바라다보는 심정이 되었다. 그에게서 무엇을 기대할 수 있는가. 미국, 아메리카— 이 나라도 역시 학살과 노예매매와 노예착취와 인종분쟁으로 얼룩져 있다. 그러나 이 나라는 스스로 자신의 부당한 과거와 인간 억압을 직시하고 자유를 열망하는 인간의 소망을 위한 최소한의 기초작업은 하려고 노력하는 나라라는 것을 나는 여러 가지로 느꼈다. 1776년 7월 4일 세계를 향해 발표한 독립선언서의 한 구절.

"모든 사람은 동등하게 태어났고 창조주로부터 부여받은 생명과 자유와 행복에의 추구는 양보할 수 없는 인간의 권리이다."라는 구절은 지금도 다 실천되지 못한 항목이긴 하지만 그러나 그것은 비인간적 권력을 휘두르고 싶은 정치가나 특권층들에게는 항상 걸림돌로 작용해왔던 것이다. 그것이 걸림돌이 되도록 언론과 민중이 힘을 합쳐 감시를 게을리 하지 않았던 것이다. 우리처럼 슬그머니 넘어가주지 않는 것이다.

그런 자괴적인 거리감을 느끼면서 나와 경파는 채청을 한번 만나 볼 수 있는지 레이에게 다시 조심스레 물어보았다. 레이는 사정을 살펴보겠다고 하며 침실 문을 열고 들어갔다 나오더니 그녀가 아직까지 정신없이 잠에 취해 있다고, 미안하지만 청에게 한국 친구들이 왔다는 것을 알리고 싶지 않은데, 그것이 더 자극이 될까 봐서 그러니, 그래도 되겠느냐고, 그렇게 하는 것이 청의 회복에도 도움이 될 수 있을 것 같다고 우리의 양해를 구하는 것이었다. 그래도 새벽부터 애타게 그 먼 길을 달려왔는데…… 하는 표정으로 나는 경파를 쳐다보았다. 경파도 그런 표정이지만 그러나 그의 말을 따르는 게 좋지 않겠냐는 뜻을 보이며 나에게 가자는 신호를 했다. 그래도, 이렇게? 그래요, 그냥, 그게 낫겠어요, 경파의 눈이 말없이 나에게 말하고 있었다. 그래, 그러면…… 그럴까……?

우리는 남자와 인사를 하고 자리에서 일어났다. 그때 나는 거실 모퉁이 벤자민 화분 뒤에서 하나의 고요한 그림이 그동안 주욱 우리를 바라보고 있었던 것을 깨달았다. 나는 화분 뒤로 그 그림을 들여다보았다. 하나의 거대한 구릉이 있고 그 구릉의 한가운데 금잔디를 입힌 금빛의 무덤, 아니 왕릉 같은 고분이라고 불러야 할 봉토분이 아주 평화스런 푸른 하늘에 이마를 대고 있는 모습이었다. 구릉은 아주 높은 곳에 있는 듯 어깨 선 뒤로 다른 산의 능선들이 아주 자비롭게 흘러가고 있었으며 산들의 형세로 보아 높고 낮은 자들의 차별이 없는 무등등—그것은 무등산이라고 할 수밖에 없을 것 같았다. 전체적으로 그림은 너무나 평화스럽고 금빛을 입힌 듯 성스러운 자비로 빛나고 있어서 죽음이라는 것이 어두움 쪽에 속하는 것이 아니라 아주 밝은 쪽에 속하는 세계인 것을 느끼게 하였다. 나는 정말 봉토분이 좋다. 둥두렷 어머니 젖가슴처럼 산야에 솟아오른 봉토분을 보노라면 보름달처럼 거기 얼굴을 대고 울고 싶고 영원은 따스한 것일 거라는 생각을 하게 된다. 삶이란 얼마나 야만스러웠던 것인가. 영원이 있는 것이라면 반드시 그것은 금빛으로 따스한 것이어야 하고 그런 따스한 영원에는 저런 봉토분이 어울리는 것이다. 미국에 와서 숱하게 본 평석을 눌러놓은 무덤이란 정말 미적 감각도 없고 죽음에의 상상력이 빈약한 무덤이라고 생각했었다. 저기 저 두둥렷한, 어머니 젖이 마침 봉긋 솟아오른 듯한, 석촌동 백제 고분 같은, 부여 능산리 고분군, 경주에 있는 왕릉들의 그 유장한 곡선의 아름다움…… 들 속에 옥례를 안장하고자 채청은 저 그림을 그렸나…… 옥례야, 쉬어, 성스럽게 쉬라고……

그 그림을 그리는 동안 혼을 모으고 심혈을 다하여 캔버스 앞에 붓을 들고 서 있었을 채청을 생각하자 그 작업을 하는 동안 마치 그녀가 의사처럼 흰 가운을 걸치고 있었을 것만 같은 생각이 들었다. 예술은 어떻게 생각해 보면 중생의 의사가 될 수 있는 유일한 것인지도 모른다. 세상이 병을 앓고 있는데 어찌 나 혼자만 아프지 않길 바라겠느냐고 스스로 해탈을 미루고 사바의 세계로 돌아온 유마처럼 어떤 예술가는 세상의 병을 함께 앓고 또한 그 체험을 통해 중생의 의사가 될 수도 있다. 그러기 위해 예술가는 먼저 세계의 병을 자기의 병으로 하고 그것을 깊이깊이 자기의 병으로 앓아야 할 것이다.

채청의 고열, 무의식의 혼수상태, 그리고 임신과 출산이 모두 그녀에게 병이면서도 어차피 한번은 뛰어넘어야 할 치료이길 빌면서 우리는 남자에게 인사를 하고 복도에서 헤어졌다. 그는 곧 전화 연락을 할 테니 걱정 말라고 하면서 꼭 다시 한번 방문해달라고 말했고 우리는 아기가 건강하기를, 그리고 결혼식이 있으면 초대해주기를, 그리고 채청이 어서 힘을 되찾아 새로운 인생을 시작하기를 빌었다. 개구리가 늪 속으로 들어가는 것은 높이 뛰어오르기 위해서라고. 그리고 태어나는 아기에게 꼭 모유를 먹이도록 설득하라고.

"한국에선 처음 나오는 엄마의 모유 속엔 신비의 항생제가 들어 있어 아이를 사악한 것들로부터 구해준다는 믿음이 있어요. 모유를 먹이면 어쩌면 청도 자신의 과거에서 빠져나올 힘을 되찾을지도 모르겠어요."

지금 이 순간 나는 내가 얼마나 가정면을 맡고 있는 신문기자 같은가, 하는 것을 스스로 느끼고 있었다. 그리고 그것이 이상하게도 참 자랑스러웠다. 우리는 곧 다시 한번 만날 것을 서로 다짐하며 그렇게 그곳을 떠나왔다.

경파와 나는 힘이 다 탈진된 것을 느끼며 묵묵히 바다를 보며 차 안에 앉아 있었다. 좀 쉬지 않고서는 경파도 다시 차를 몰아갈 엄두가 안 날 것처럼 수척해 보였다. 채청의 침실 유리창이 어디쯤인지 자꾸 고개를 돌려 찾으며 그래도 우리는 차를 몰아 출발하였다. 신문기자식으로 말해 보자면 문화면이 가정면이고 정치면도 가정면이고 사회면도 가정면이라는 생각이 강하게 들어왔다. 그렇다, 새 가정이 태어나려 하고 있다. 채청 씨, 어서 일어나서 기운을 내고 막 먹어야지, 어서 먹어야지. 어서 막…… 나의 얼굴 위로 막을 힘이 없는 더운 눈물이 막연하게 흘러내리는 것을 느끼며 나는 그녀의 오월이 어서 갔으면, 그녀의 오월이 가기 위해 우리 사회는 무엇을 더 이루어야 할 것인가, 물으며 얼굴 근육이 차갑게 식어가는 것을 느끼고 있었다. 우리는 5천 볼트의 광주에 흥부 관통상을 입은 사람들이다. 한국과 멀리 이렇게 멀리 있는데도 그 5천 볼트의 오월로부터 해방될 수 없는 사람이 있다. 이렇게 머나먼 세상의 끝에서도 그것을 잊지 못해 존재가 일그러져가고 있는 사람이 있다는 게……

경파는 운전을 하면서도 힘이 없는지 낮은 목소리로 말을 한다.

"선생님, 역사는 무슨 고속도로인 것 같애요. 폭력의 역사일 땐 더욱더 참혹한 고속도로가 되지요. 고속도로에서 가령 사슴이나 토끼 같은 것이 갑자기 뛰어나오면 멈추지 말고 계속 달려가라고 하잖아요. 갑자기 초고속으로 달리다 멈추면 더 큰 사고가 벌어지니까. 그래서 가끔씩 차를 달리다 보면 사슴이나 토끼, 다람쥐 같은 것들이 차에 치여 죽어 있는 것을 볼 수 있잖아요. 역사가 그런 광폭한 힘으로 살상을 하고 달려갈 때 그때 치여 죽은 사슴들, 다람쥐들, 토끼들 같은 것은 죽음의 의미도 물어볼 수 없고 진혼도 불가능해지지요. 그것은 그냥 하나의 민족의 상처, 영혼의 상처로 기억에 켜켜이 포개지는 단층 속에 화석처럼 남아 있다가 어느 날 갑자기 폭포가 되고 벼락이 되고 전설이 되고 또 그것이 못 되는 기억들은 민족의 무의식 속에 끝내 악몽이 되어 떠돌겠지요."

바다는 어두워지려고 하는 것일까. 바다 빛깔과 하늘 빛깔이 같은 회색 빛깔로 잠기면서 아마도 일몰의 낙조를 준비하려는 듯 순간 우주는 조용히 운행의 다음 순간을 기다리고 있는 것 같다.

"그래, 경파 씨 말이 맞아. 나도 가끔 그런 생각을 했어. 난 가끔씩 임진왜란 때 일본이 만들었다는 귀무덤이라는 것을 생각해. 왜놈들이 사람을 죽여 그 증거로 귀나, 코를 베어갔대잖아. 끔찍하지. 그 귀들의 이야기를, 그 코들의 이야기를 어떻게 다 말로, 글로…… 할 수 있겠어. 채청 씨는 불가능한 것과 싸우고 있는 거야. 예술가들의 일은 동시대나 무엇이나 간에 자기에게 주어지는 운명을 짊어지는 것이지. 적당히 카드를 섞고 적당히 몸을 맡겨서는 안 돼. 요즈음 역사 바로 세우기를 하는데 그러나 그것이 제대로 된다고 해도 가령 손옥례 양 같은 죽음에 역사가 무엇을 해줄 수 있겠어? 역사는 가정을 비추고 가정은 또 역사를 비추고 서로는 서로를 비추어서 동시대 인간에게 미치는 파괴력이란 것은 말로 다 할 수 없지. 난 정말 모르겠어. 어떤 증오가 아무 죄도 없는, 단지 걸어가는 한 처녀를 대검으로 찌르고 유방을 도려내고…… 대체 그런 증오는 어디에서 올 수 있는 것이었나."

나는 목소리가 일그러지면서 눈물이 또다시 흘러내리는 것을 막을 수가 없었다. 눈물로 무엇을 말할 수 있는가, 라는 생각이 들었지만 그래도 그것은 그냥 하나의 제의 같은 것이었다. 그래, 내가 아는 사람 중에 5·18 당시 공수부대로 파견되어 광주에 머물렀던 사람이 있다. 그가 실제 어떤 작전에 참가했는지 한 번도 물어본 적이 없지만 그러나 너무도 착하고 곱고 명주같이 섬세한 감각을 가진 그에게서 언제 어떤 상황이라 하더라도 그런 맹목적 증오, 그런 공격적 가학성이 나올 수 있으리라고는 믿을 수 없다. 그는 너무도 착하고 온순하고 내성적인, 그야말로 명주같은 심성을 가진 사람인 것이다. 말하자면 이런 것인가. 인간은 유니폼을 일단 입으면 자기 의견은 가질 수 없다고. 유니폼이 말하고 유니폼이 행동하는 세계가 있고 그것을 유니폼을 벗은 사람에게 문의해서는 안 된다는. 그렇다면 어디까지가 인간의 일이고 어디까지가 유니폼의 일인지 누가 말할 수 있을 것인가. 누가 책임을 져야 하는 일일까.

그때 경파가 소리를 높여 말한다.

"지난번 채널 32에서 전직 두 대통령들이 법정에 나온 것을 보았는데 아주 속이 시원하더라구요. 그런데 그들의 태도가 몹시 당당하고 할 말을 하는 것을 보고 기가 막힌 생각이 들었어요. 왜 한국에선 피해자가 기가 죽어서 살고 가해자가 큰소리치는 부당한 일이 없어지지 않는지 정말 이상하더라구요. 대체 한국이 방글라데시만 못한 게 뭐가 있겠어요. 그래도 방글라데시는 쿠데타로 집권했던 전직 대통령을 살인죄로 유죄판결을 했잖아요. 그것도 우리나라처럼 양민을 많이 학살한 것도 아니고, 그 사람이 군 총사령관으로 있을 때 라만 대통령을 살해한 쿠데타군을 진압하는 과정에서 주모자와 가담 장교를 재판절차를 밟지 않고 총살했다는 혐의인데 그들과 사전 내통을 했기 때문이라는 의심을 받다가 이번에 살인죄로 유죄판결을 받은 거죠. 우리나라는 그렇게 많은 광주시민이 죽었는데도 살인죄라는 말은 없잖아요? 내란죄나라 반란혐의죄라나 그런 것 같던데…… 더구나 어떤 의원이 벌써 특사 이야기를 비추던데 이번에도 그렇게 적당주의로 넘어가려면 역사가 바로 세워지기는 틀린 거죠."

나는 요즈음 신문이나 방송을 가까이하지 않아 자세히는 모르지만 가끔씩 한국 식품점 앞에 있는 신문자판기에서 신문을 사 볼 때가 있었다. 그것을 통해 홍선 씨가 선거에 입후보한 것도 알았고 이제 정부에서부터 국회로 옮겨간 것도 알았다. 그는 안경을 바꾼 것 같았다. 예전의 까만 뿔테 안경이 아니고 가느다랗고 세련되어 보이는 금속의 테인 것처럼 보였다. 그는 오히려 금 밖에서 권력이 없이 광야를 떠돌 때보다 훨씬 약해 보였다. 오히려 무기력하고 권태스러워 보이기까지 했다. 그러나 제도권을 한 번도 믿지 않았던 그가 제도권에 들어갔다는 것은 제도권 자체를 변화시키기를 바랐던 소망이 있었기 때문임을 나는 믿고 싶다. 믿고 싶지만…… 그런 마음에서인지 나는 경파에게 "그래도 우리 한계 속에서 할 만큼은 하고자 하는 것이 아닌가?"라고 묻고 있었다. 그것은 내가 아직도 홍선 씨를 믿고 싶다는, 그를 잊지 못하고 있다는 반증인지도 모르겠다.

"그래도 하느라고 하는 것 같던데…… 그럼에도 있는 불충분은 우리의 한계겠지. 우리는 말하자면 너무 뛰어온 거지. 근대화를 향해 많은 것을 희생하며 뛰어온 거야. 아프리카에는 이상한 미신을 믿고 사는 종족이 있다고 해. 열병에 걸린 환자는 무조건 앞을 보고 전속력으로 뛴다는 거야. 병이 자기를 쫓아오지 못하게 하려면 무조건 빨리 달아나면 된다는 생각으로 그런다는 거야. 말하자면 우리는 그런 미신적 방법으로 역사의 병으로부터 도망하고자 했는지도 모르지. 식민지 시대로부터, 한국전쟁으로부터, 가난으로부터, 근대화의 모순으로부터, 공포정치로부터, 시대의 죄악으로부터 그렇게 뛰어서 도망치려고 했던 건지도 모르겠어. 그 도망의 과정에서 많은 상처들이 잊히고 올바른 진혼을 못 했지. 단지 그저 달아나는 것에만 급급했다고나 할까, 지금이라도, 지금이라도 한번 꼭 제대로 해야 하는데……"

경파는 아주 강한 분노를 가지고 말한다.

"아무리 역사를 바로 세워도 역사의 고속질주에 치여 죽은 사람들의, 그 가족들의 정신적 트라우마는 어떻게 해요. 그 악몽, 그 고통이 그들에겐 한 번밖에 없는 일생이 되는 건데……"

그녀는 울고 있는 것 같다. 아마도 아버지의 고통을 생각하고 있는 건지도 모른다. 자기 아버지 비슷한 고통을 가진 사람들이 어느 날 갑자기 뿌리 뽑혀 생활의 유민이 되어 한번 나온 광야를 벗어나지 못하고 떠돌고 있는 것 때문인지도. 그리고 광야의 아들은 또 광야의 아들이 되고 광야의 딸은 또 광야의 딸이 되어 광야는 광야를 낳고 광야는 광야를 낳아…… 한번 끼쳐진 악몽은 정치면에서 시작하여 사회면이 되고 문화면이 되고 급기야는 가정면이 되어 사람과 사람, 사회와 사회, 모든 관계와 관계 속을 파고들어 그것을 파괴하고 있지 않은가.

그때 갑자기 난 요즈음 채청이 많이 그린다는 맥도날드 M자의 상징을 알 수 있을 것 같았다. 무의식은 자신의 말을 다 하지 못하지만 그러나 그것은 또 때로 자신만의 기호를 가지고 나타날 때가 있다. 그것은 혹시 그녀의 잊을 수 없는 원형적 악몽, 잘라진 처녀의 유방, 아직도 저승으로 다 가지 못한, 영원히 저승으로 쉽게 갈 수는 없는 옥례의 유방을 상징하고 있을지도 모른다고. 아직 아무도 먹여 보지 못한 19세 처녀의 순결한 유방이지만 부처님 오신 날의 그 향기로운 생명의 유방인 그것을 혹시 어두컴컴한 밤길, 이국의 햄버거 집 지붕 위에서 문득 피할 수 없이 부딪치고선 그것을 자신의 소재로 삼아 M의 변주로써 옥례에의 진혼곡을 바치고 있었던 것은 아닐까. 그녀의 오월은 그렇게 넓게 그렇게 길게 항상 그녀를 그림자처럼 따라다니고 있었던 것일까. 그리고 이번의 혼수상태도, 레이의 말에 의하면, 그녀가 LA에서 오는 동안 맥도날드 햄버거 집에 들어가려고 하다가 갑자기 실신하면서 시작되었다고 하지 않았던가. 어쩌면 그녀는 어두운 밤의 하늘 위에서 붉은 네온빛을 흘리며 떠 있는 선혈의 M자를 보면서 항상 영혼의 그림자처럼 따라다니는 옥례의 찢겨진 유방의 악몽을 맞닥뜨렸던 건지도 모르겠다. 모르지, 알 수 없다. 인간의 무의식 속에 억압된 악몽이 얼마나 질긴 힘으로 사람을 뒤쫓고 있는지는, 그리고 언제 어디에서 의식의 검열을 뚫고 그 사람의 영혼을 공격해오는 건지도. 그녀의 그림에서 본 M자는 어떤 때는 아주 탐스럽고 요염하고, 또 어떤 때는 아주 아리땁고 슬프고, 또 어떤 때는 성모 마리아처럼 성스럽고, 또 어떤 때는 젊고 관능적인 유모의 젖처럼 희고 풍성하고, 또 어떤 때는 W자를 그리며 하늘에 떠 있는 카시오페이아 별자리를 뒤집어놓은 것처럼 별빛을 잔뜩 머금은 아우라의 금빛으로 빛나고 있기도 했던 것이다.

지금 어디에 고래가 갈까. 어느새 어둠이 내린 바다를 바라보며 나는 고래의 기척을 느껴 보고 싶다. 시대가 수몰시켜버린 거대한 수장을 뚫고 그래도 아직 묻히지 못한 것들이 있어 무의식과 기억의 혹들을 몸 안에 주렁주렁 종유석처럼 매단 몸으로, 검고 머나먼 바닷속을 헤엄쳐가고 있는 많은 영혼들이 있다. 묻힐 수 없는 꿈들이 있어 육중한 몸을 밀어 깊이를 알 수 없는 어두운 바닷속을 남모르는 해저 속을 헤엄쳐가고 있을지도 모른다. 가다가 가끔씩 궁전 같은 숨의 물푸레를 뿜으며 숨을 쉬기도 하고 무의식의 깊이를 박차고 한번쯤 솟구쳐 올라 자신의 잊힐 수 없는 말을 하고야 만다. 그러자 어딘가 지금도 인간의 해안 가까이 바닷속을 배회하면서 회색의 고래들이 각자 명동성당만 한 기도와 슬픔을 등에 지고 우리를 따라오고 있는 것 같은, 가까운 육중함의 북소리 같은 숨소리가 아스라하게 들려오는 듯했다. 둥, 둥, 둥······

모든 것을 자기 몸 위에 과시하듯 다 세우고 있는 육지보다 모든 것을 자기 안에 다 묻어서 안고 있는 바다가 더 넓다는 생각을 하면서 나는 누구에겐가 혼잣말을 하고 있었다. "역사는 집단의 체험이지만 상처는 개인의 것인가, 역사가 집단적 체험이라고 해서 같은 집단이 같은 기억을 공유하는 것은 결코 아닌 것 같아요. 어떤 이야기는 정치면에도 안 나오고 사회면에도 안 나오고 문화면에도 가정면에도 나올 수가 없는 이야기들이 세상에는 있어요. 땅 위에 있는 이야기들이 바닷속에 수몰된 이야기보다 훨씬 적다는 생각이 들 때가 있어요. 대체 이런 이야기, 대체 이런 이야기들은······"

어느덧 세상의 모든 고래들이 순식간에 우리가 가고 있는 바다 옆으로 모여들어 수런수런거리며 육중하게 물의 심연을 휘저으며 장엄하고 고독하게 헤엄쳐가는 것이 느껴진다. 그것은 좀 늦긴 했지만 하나의 어두운 회색의 운구행렬이라고 할 수 없겠는가. 저 고래들이 어느 방향으로 가는 것인지는 알 수 없다 하여도 결국은 우리들과 같은 방향으로 가는 것이라는 생각이 들면서 장엄한 장례식처럼 엄숙한 정장을 차려입은 저 고독하고 웅장한 회색고래들과 함께 같은 방향으로 가면서, 다 알 수 없는 바닷속 이야기들을 품고서 그렇게 한번 화려 웅장한 숨결의 궁전을 물푸레처럼 뿜어보고 싶다고 느낀다. 옅은 잠속에서인지 그 동물들의 미끄덩거리는 사지가 흐느적흐느적 내 몸 위로 얽혀옴을 느끼며 수런수런거리는 물결의 냄새들, 이끼가 낀 바위들의 냄새, 그리고 깊은 심연 속에 흔들리며 자라는 덧없는 해초들의 술렁거리는 속삭임들, 어디엔가에는 흐느적흐느적 흐느끼는 듯이 울면서 머리를 풀고 자라고 있는 검은 물미역들의 이야기도 있으리라. 물의 무게를 온몸에 받으면서, 물의 무게를 팔다리허리어깨발목발톱발가락복숭아뼈 위에 휘어감듯 받으면서, 이 물의 무게는 세계의 무게이며 세계의 무게는 가슴의 무게라고 물을 밀면서 밀면서 둥둥둥, 둥둥 두웅…… 회색고래들이 가고 있다, 가고 있다. 회색고래들은 그렇게 해안 가까이 나타나 상처받아 일그러진 우리들의 혼을 불러모아 자신의 뱃속 심연 안으로 빨아들여 깊고 차가운 바닷속으로 바닷속으로 끌고 들어간다. 긴 시간의 뱃속 심연에서 언제 물푸레 무지개의 날숨이 솟구쳐 올라올지 아무도 알 수 없지만 그러나 그 숨으로 뱃속 심연을 내뿜을 때 거기 존재하고 싶다고 꿈꾸면서 둥둥둥 둥둥두웅…… 나는 기꺼이 북소리를 따라 오늘은 익사해도 좋겠다고 아, 참, 아득한 밤 속으로 굴러 떨어지고 있었다.

— 『문학사상』 1996년 9월호/

김승희 소설집 『산타페로 가는 사람』(창작과비평사, 1997년)

최후의 테러리스트

손홍규

1975년 정읍 출생. 2001년 『작가세계』 신인상으로 등단.
소설집으로 『그 남자의 가출』 『봉섭이 가라사대』 『당신은 지나갈 수 없다』 등과
장편소설로 『귀신의 시대』 『청년의사 장기려』 『서울』 『파르티잔 극장』 등이 있음.
노근리평화문학상, 백신애문학상, 오영수문학상, 채만식문학상, 이상문학상 등 수상.

"옹, 옹이 죽이려고 했던 사람이 저 사람이야?"

박씨 할아버지 어쩌고 하기에 어른을 일컬을 때는 옹을 붙이는 거라고 일러줬더니, 재호는 재미를 붙인 듯 옹이라 부른다. 여자 앵커는 단정하게 흘러내린 머리칼만큼이나 또박또박한 말씨로 전직 대통령이 물의를 일으킨 사건을 보도하고 있었다.

"전두환인지 뭔지를 죽여 봐야 무슨 소용이야? 죽이려면 그놈의 자식들을 죽여야지. 자식 잃은 부모의 심정을 알게 해줘야지. 안 그래? 옹이 물러터진 건 내가 진작 알아봤어. 외팔이만 해도 그렇지. 뭐가 무섭다고 야코가 팍 죽어서 설설 기어?"

재호는 창문을 열고 방충망 너머 밖을 잠시 살펴보다 제자리로 돌아와서도 여전히 씨우적거린다.

"옹, 내 친구 가운데 한 놈은 저 여자 아나운서를 짝사랑한대. 저 여자가 화면에 나오기만 하면 바지를 내리고 딸을 잡아. 우습지 않아? 뉴스를 보면서 그 짓을 하게? ……옹, 요즘 여자애들은 남자친구와 헤어지면 가장 먼저 어딜 가는지 알아? 산부인과래."

십이 년 전 위의 반을 잘라낸 뒤 박은 늘 힘겹게 밥을 먹었다. 한 숟가락을 먹어도 스무 번 서른 번 꼭꼭 씹어야 했다. 채 반 공기를 비우지 못하고 가만히 앉아 위가 음식물을 소화시켜주기를 기다려야 했다. 이틀 전 박은 기어이 각혈을 했다.

부스럭거리는 소리가 나더니 외투를 입은 재호가 방을 나간다. 박은 고개를 돌려 재호를 올려다보았다.

"응, 나갔다 올 테니까 그동안 얌전히 처박혀 있어. 가고 싶어도 갈 수 없겠지만."

말은 저렇게 하지만 인정머리가 없는 녀석은 아니다. 한마디로, 보고 있는 동안은 이가 갈려도 안 보이면 보고 싶은 녀석이다. 운동화 코를 현관 바닥에 쿡쿡 찍어대는 소리가 들린다. 현관문 닫히는 소리를 끝으로 방 안에는 텔레비전에서 흘러나오는 소리만이 맴돈다.

둘째아들 명수도 녀석처럼 활달한 성격이었다. 명수를 떠올리면 그 녀석의 친구들도 한꺼번에 떠올랐다. 어린 시절부터 한동네에서 자란 녀석들은 부러울 정도로 우애가 깊었다. 서로의 집을 허물없이 드나들었고 박에게도 꼬박꼬박 아버님이라며 깍듯하게 대했다. 녀석들이 일을 마치고 우르르 집 안으로 몰려와 두부를 안주 삼아 막걸리를 마시면 박도 덩달아 흥이 났다. 막노동으로 단련된 팔뚝을 드러내며 팔씨름을 할때면 박도 절로 두 손이 불끈 쥐어졌다. 녀석들이 내뿜는 땀내, 발내조차 구수했다. 젊은이들이란 그런 존재들이다. 함께 있는 것만으로도 생기가 전염되는, 눅눅하고 퀴퀴하며 좁은 방 안에서도 세상을 품을 수 있는. 박은 재호에게 그걸 느낀다. 박은 꼭 한번 재호의 발을 씻겨주고 싶었다. 언젠가는 벗겨내고 벗겨내도 사라지지 않을 굳은살이 박일 테지만, 아직은 보드라울 게 분명한 녀석의 발바닥을.

박은 간신히 몸을 똑바로 뉘어 천장을 보았다. 언제 또 각혈을 할지 모른다. 이 깨끗한 침대를 자신의 피로 더럽히게 될까 봐 걱정이다. 혼자 사는 사내 녀석의 방치고는 퍽 깔끔하다. 제 어미를 닮은 거겠지.

때로는 그 시절의 일이 까마득한 옛일처럼 여겨지기도 하고 바로 어제 일어난 일처럼 여겨지기도 한다. 방문을 열면 방금 일을 마치고 돌아온 명수가 수건으로 발바닥을 닦다가 벌떡 일어나 꾸벅 인사를 할 것 같지만 이처럼 홀로 가만히 누워 있노라면 신묘역으로 이장할 때 본 육탈한 명수가 떠오르기도 했다. 그건 엄연한 현실이었다. 어릴 때부터 유난히 발 때문에 고생한 아이다. 평발이라 조금만 걸어도 힘들어했고 밤마다 종아리를 문질러 뭉친 근육을 풀어주지 않으면 밤새 끙끙 앓던 녀석이다. 나이를 먹으면서 익숙해진 건지 몸이 바뀌게 된 건지 어쨌든 힘든 내색을 하지 않았지만, 이따금 명수의 발바닥을 보게 되면 가슴이 저릿해지곤 했다. 저 발로 세상을 딛고 살아가기가 쉽지 않으리라는 걸 왜 몰랐겠는가.

재호는 홀서빙을 하는 연변 아주머니와 함께 아침 겸 점심을 먹었다. 오전 열한 시 삼십 분이다. 카운터에서 사장이 벌써 몇 개의 주문을 받아놓고 있다. 재호는 찌개 뚝배기들을 랩으로 감싼 뒤 두 개의 쟁반을 겹쳐놓고 오른쪽 어깨에 올렸다. 김치찌개 이 인분은 조그마한 출판사로 갈 것이고 오므라이스와 김치볶음밥은 그 옆의 정체를 알 수 없는 사무실로 갈 것이다. 그곳을 다녀오면 이 식당에서 점심을 매식하는 카센터에 팔 인분의 음식을 날라야 한다. 오늘처럼 비가 내리는 날에는 홀 손님보다 배달 손님이 많다. 재호가 배달을 시작한 지 이틀째 되던 날도 비가 내렸다. 가장 성가신 건 퀵서비스 사무실이다. 그곳에서는 김치찌개 하나, 된장찌개 하나, 때없이 주문을 하기 때문이다. 하지만 오늘처럼 배달이 밀

리는 날에는 사장도 쟁반을 들고 나가주니 오히려 수월한 편이다. 오전
열한 시부터 오후 세 시까지 네 시간 배달하고 시급 오천 원을 받는다.
네 시간이니 모두 이만 원. 적은 편은 아니다. 오늘로 여드레째. 그러나
재호는 아직 한 번도 그 오피스텔을 가 보지 못했다.

　바쁜 점심때가 지나고 오후 두 시. 한숨 돌리고 그릇들을 수거하러 가
야 한다. 가랑비는 어느새 소나기로 바뀌어 식당현관 유리문 밖은 자오
록하다. 연변 아주머니가 물걸레를 들고 바닥을 쓱쓱 밀고 있다. 재호는
얼른 물걸레를 뺏어든다. 때늦은 주문이 들어왔는지 사장이 투덜거리고
주방 쪽에서도 투덜거린다. 재호가 김치찌개 하나가 올려진 쟁반을 끌어
당기자 사장이 청국장과 순두부찌개가 올려진 쟁반을 가리킨다.

　"퀵서비스는 내가 갈 테니까 넌 이거 가라. 한양오피스텔 천오백육
호다."

　재호는 두 개의 뚝배기에 랩을 씌우고 신문 두 장을 겹쳐 덮었다. 오
른쪽 어깨에 쟁반을 얹으니 온기가 전해져온다. 반찬 그릇도 랩이 씌워
져 있어 빗물이 스며들 리는 없지만 재호는 달린다. 식당 앞 이면도로를
백 미터 남짓 달려 이순자산부인과 모퉁이를 지날 때쯤 숨이 가빠온다.
오피스텔 건물 앞에서 재호는 고개를 쳐들어 위를 보았다. 십오층은 어
디쯤일까. 자꾸만 빗물이 눈 속으로 스며들어와 눈을 깜박거릴 수밖에
없었다.

　재호는 두 대의 승강기 가운데 십층부터 십팔층까지 고층만 운행하
는 오른쪽 문앞으로 다가갔다. 승강기는 십칠층에 멈춰 있다. 버튼을 누
르고 기다리던 재호는 젖은 양말 속에서 발가락을 꼼지락거렸다. 들큰
한 청국장 냄새를 비집고 순두부찌개 냄새가 재호의 콧속으로 밀려들어
왔다. 현주는 순두부찌개를 좋아했다. 이제 얼추 승강기가 내려올 시간
이 되었다. 다시 알림판을 보던 재호는 입술을 깨문다. 승강기는 여전히

십칠층에 멈춰 있다. 그러고 보니 버튼에는 불이 켜져 있지 않다. 재호는 다시 버튼을 눌렀다. 그래도 불은 켜지지 않았다. 재호 또래의 여자가 옆 문 앞에 서서 버튼을 누른다. 버튼을 누르는 손가락이 희고 가늘다. 현주처럼. 주황색 불이 켜진다. 띵. 경쾌한 벨이 울리고 옆 승강기 문이 스르르 열렸다. 여자는 재호를 한번 힐끗 보고는 승강기 안으로 쏙 들어가버린다. 재호는 신경질적으로 버튼을 누른다. 그러나 아무런 응답이 없다. 사십 대 초반의 비구승이 우산을 털어내며 터벅터벅 걸어오더니 재호 옆에 섰다. 비구승은 버튼과 알림판을 번갈아 보더니 손을 뻗어 버튼을 눌렀다. 희고 가느다란 비구승의 손가락이 원래 있던 자리로 돌아가는 순간 재호는 현기증을 느꼈다. 잠시 뒤 재호 앞 승강기가 경쾌한 소리를 냈다. 재호는 비구승의 뒤를 따라 승강기 안으로 들어갔다. 예의 그 손가락이 십육층 버튼을 눌렀다. 비구승이 고개를 돌려 재호를 보았다. 몇 층까지 가느냐고 묻는 듯했다. 십육층이 수미산이라도 되는 듯 아득하게만 여겨졌다. 비구승이 내렸다. 문이 닫히자 재호는 재빨리 손가락을 뻗어 십오층 버튼을 눌렀다. 그러나 버튼은 완강했다. 승강기는 일층으로 내려갔다. 승강기 안으로 한 발을 들여놓으려던 삼십 대의 사내가 뒤로 물러섰다. 재호는 반사적으로 사내의 손을 보았다. 재호는 오피스텔을 빠져나와 식당으로 돌아갔다.

사장은 전화가 몇 번이나 온 줄 아느냐며 잔소리를 하다가 수건을 건네줬다. "죄송해요. 엘리베이터를 탈 수가 없었어요." "그게 무슨 말이냐? 폐쇄공포증 이런 거 있냐?" "그게 아니라, 버튼이, 아무리 눌러도 버튼이 작동을 안 해요." 사장은 끌끌 혀를 차고 직접 배달을 나갔다. 재호는 주방을 통과해 뒷문으로 나갔다. 주머니에서 담배를 꺼내고 손바닥이 코팅된 목장갑을 벗었다. 손바닥이 쭈글쭈글했다. 왠지 모를 서러움이 밀려왔다.

담배 한 대를 다 피울 무렵 사장이 돌아왔다. "이제 막 제대했다는 놈이 왜 그리 주변머리가 없냐? 하긴 나도 처음엔 좀 당황스럽더라. 그 엘리베이터 버튼이 말이야, 적외선인지 뭔지 하는 센서가 있단다. 그래서 장갑을 끼고 누르면 안 된다고 하더라." 재호는 희고 가느다랗던 손가락들을 떠올렸다. 그랬던 거다. 역시 그 오피스텔에는 현주가 있는 거다. 청국장을 좋아하는 누군가와 함께.

박은 자신이 침대에 누워 있는 건지 공중에 붕 떠 있는 건지 알 수 없었다. 부기로 여기저기 부풀어올라 온몸이 저릿저릿했다. 잠깐 잠이 들었다 싶었는데 깨어나니 빗소리가 요란했다. 재호가 우산을 가져갔는지 빈손으로 갔는지 알 수가 없다.

명수가 죽은 뒤 이태 동안 박은 허공을 부유하듯 살았다. 오감을 잃었다고나 할까. 기쁜 것도 슬픈 것도 없었고, 더운 줄도 추운 줄도 몰랐다. 살아남은 명수의 친구들조차 찾아오지 않았다. 죽은 친구의 아비를 볼 낯이 없어서인지, 그날을 떠올리기 싫어서인지 알 수는 없으나, 그들 가운데 대부분은 광주를 떠났다. 박도 구태여 아들의 친구들을 찾아다니고 싶지는 않았다. 그리움과 애틋함보다 원통함이 컸다. 그들을 만나면 왜 너희는 살고 명수만 죽었느냐는 악다구니가 쏟아져나올 것만 같았다. 그들이 명수를 죽인 것도 아닌데, 자꾸만 그들이 미워졌다. 박은 애증이라는 게 이런 거구나 싶었다.

봄햇살이 푸지던 어느 날, 박은 집 앞 골목을 멍하니 바라보고 있었다. 죽은 아들이 저 골목을 터벅터벅 걸어오는 상상을 몇 번이나 했는지 모른다. 모퉁이에서 명수와 체격이 비슷한 누군가 불쑥 나타나면 가슴이 덜컥 내려앉곤 했다. 골목은 아지랑이가 피어올라 마치 볼록거울로 비춰 보고 있는 듯한 기분이 들기도 했다. 그런데 그때 정말 명수가 나타났다.

여기저기 주름이 잡힌 갈색 면바지를 입고 야자수 그려진 흰색 와이셔츠의 팔뚝을 걷어붙인 명수가 총까지 어깨에 멘 채 걸어오는 게 아닌가. 박은 눈을 비볐다. 이게 꿈인가 생시인가. 정말 명수가 살아 돌아왔단 말인가. 박이 멍하니 지켜보는 동안 그 사람은 이미 코앞까지 다가왔다. 박이 어눌한 목소리로 물었다. "자, 자네는……?" "네, 삼거리 목공소집 셋째여라." 박은 한숨을 내쉬었다. 아지랑이 탓일 게다. 박은 힘겹게 손을 들어 목공소집 셋째아들이라는 사내의 어깨에 걸린 카빈총을 가리켰다. "아, 이거요. 이거 예전에 큰형님이 숨겨놓았던 모양인데, 제가 자진신고하러 가는 길입니다." 그해 오월 이후 여기저기 은닉되었던 총, 대검, 수류탄 들이 하나둘 세상으로 나오는 중이었다. 그 순간 박은 이태 동안 자신을 사로잡은 게 무엇인지 알았다. 박은 광주에 남아 있는 명수의 친구 종관을 떠올렸다. 종관은 그해 5월 21일, 도청 앞에서 명수가 계엄군의 총에 맞아 죽자 복수하겠노라 박에게 맹세하기도 한 녀석이다. 박은 곧장 종관이 몸담고 있는 공업사를 찾아가 거두절미하고 물었다.

"자네, 총 있지?"

종관은 용접봉을 내려놓으며 떨떠름한 표정으로 답했다.

"제가 무슨 총이 있어요?"

박은 종관 앞에 무릎을 꿇었다.

"내 다 알고 왔네. 내가 이렇게 사정을 하네. 내게 그 총을 좀 빌려주게나. ……복수하고 싶네."

박은 이태 만에 눈물을 흘렸다. 얼마나 많은 눈물들이 제 몸 안에 은닉되어 있는지는 박도 모른다. 용접 불꽃에 그을린 종관의 이마에 스물셋이라고는 믿을 수 없을 만큼 깊은 주름이 잡혔다. 종관은 그 시절 자신이 숨겨놓았던 총은 이미 반납했다며, 대신 공기총을 한 정 구해주겠다고 약속했다. 사흘 뒤 종관에게 연락이 왔다.

"아버님, 시간 되시죠? 지난번에 말씀드린 거 준비됐습니다."

박은 종관이 일러준 대로 양동시장의 보신원들이 즐비한 골목에서 김포수라는 사람을 만났다. "요새는 왜 이렇게 총을 찾는 사람이 많은지 모르겠네. 사제권총도 있는데 생각 있으시우? 성능이야 군용 못지않은데." "사제권총? 그건 얼만가?" 김포수가 손가락 열 개를 폈다. "열 장?" "아니, 공기총의 열 배." 박은 자신이 마련할 수 있는 현금을 헤아려 보았다. 아무래도 그 돈은 어려울 듯했다. 박이 고개를 젓자 김포수가 입맛을 다셨다. 김포수는 오토바이에 박을 태우고 어디론가 갔다. 화순으로 가는 길목인 듯했다. 도로를 벗어나 경운기 한 대 다닐 만한 농로를 타고 들어가니 마을이 나타났다. 그 마을을 에돌아 만난 야트막한 산굽이를 돌아가니 과수원이 있었다. 과수원 입구를 지나 탱자나무 울타리 옆으로 난 길을 따라 오분여를 올라가니 커다란 창고가 딸린 농가가 있었다. "다 왔수다." 박은 김포수를 따라 창고 안으로 들어갔다. 굳은 표정의 종관이 창고 한가운데 서 있었다. 박은 종관의 손을 잡았다. 종관의 손은 뜨거웠다.

"영점을 십 미터에서 잡아놨습니다. 표적이 십 미터일 때와 오십 미터일 때는 탄착점이 같으니까 정조준을 하시면 됩니다. 오점오 밀리 탄을 쓰면 좋겠지만 지금 당장은 오 밀리밖에 없습니다. 무엇보다 십 미터, 오십 미터, 이걸 잊지 마세요. 그리고 거리가 십 미터 이상 오십 미터 이하일 때는 원하는 표적의 좀 더 아래쪽을 겨냥하시면 되고 오십 미터를 넘어갈 때는 표적의 위쪽을 겨냥하시면 됩니다. 말하자면 정조준이 아닌 오조준을 해야 하는 겁니다."

종관이 이렇게 설명을 하는 동안 박은 고개를 끄덕이며 한마디도 흘려듣지 않으려 애썼다. 김포수가 옆에서 빈정거렸다.

"표적이 오십 미터 이상 떨어져 있으면 참새라도 쉽게 죽지는 않을 거요. 설마 사람을 겨냥할 일은 없겠지만, 사람을 겨냥한다면 확실한 건,

이쪽에 대고 빵, 쏘는 겁니다. 그러면 총알이 반대편으로 나오죠. 아시겠수?"

김포수가 자신의 오른쪽 관자놀이에 손가락을 대고 말했다. 박은 김포수에게 돈을 건네고 공기총을 받았다. 총열 아래 가스통과 압력게이지가 달린 가스식 공기총이었다. 개머리판에는 헝겊이 겹겹이 둘려 있었고 총열 끝부터 방아쇠 앞까지 까만 전기테이프로 친친 동여매져 있었다. 오랜 세월 사람의 손을 탄 듯했다. 박은 공기총을 조심스레 쓰다듬어 보았다. 섬뜩한 느낌이 전신을 휘감아왔다. 정말 이게 총이란 말인가.

"운이 따르는 총이니 횡재했다고 생각하시구려. 참새나 잡을 이 총으로 멧돼지를 잡은 사람도 있으니깐."

박이 총을 구입한 지 얼마 안 되어 철원에서 근무하던 큰아들 정수가 제대를 하고 돌아왔다. 명수의 장례식에도 참례하지 못한 정수는 그해 말 정기휴가를 받아 망월동에 한번 가 보더니 그 뒤로는 휴가를 나와도 광주까지 오지 않고 서울의 제 친구들 자취방을 전전하며 지내다 복귀하곤 했다. 그러니 박도 거의 일 년 반 만에 얼굴을 보는 셈이었다. 직업훈련소에 들어가 있던 셋째아들 경수도 큰형의 제대를 축하한다며 모처럼 집에 들렀고 막내딸 보윤과 아내까지, 이렇게 온 식구가 모이니 박의 집에도 오랜만에 생기가 맴돌았다.

큰아들의 제대를 축하하는 그날의 조촐한 자축연은 난장판으로 끝났다. 정수는 경수를 쓰러뜨려놓고 주먹질을 해댔고 급기야 막내도 제 큰형을 패대기치고 맞주먹질을 했다. 아내는 그 둘을 말리려다 방구석으로 떠밀려 장롱에 뒤통수를 찧으며 혼절해버렸고 막내딸 보윤은 악을 쓰며 울어댔다. 박은 이 아수라장을 수습할 재간이 없었다. 제 아비가 고함을 치든 말든, 자식들은 제 분을 못 이겨 서로 치고받으며 피투성이가 되었다. 박은 다락으로 올라가 숨겨놓았던 공기총을 꺼냈다. 탄환을 한 발

장전하고 방으로 내려왔다. 원래 우애가 깊은 동기간들은 아니었다. 보윤은 인문계 고등학교에 가고 싶어했으나 박의 의지대로 실업계를 갔다. 경수는 인문계를 나왔으나 대학에 가지 못하고 직업훈련소 원생이 되었다. 정수는 자신이 없는 사이에 손아랫동생을 죽게 내버려둔 식구들의 무능이 원망스러웠다. 박은 이 무례하기 짝이 없는 자식들에게 호통을 치고 싶었다. 무릎 벗겨가며 자식 헛 낳았다는 말을 실감했다. 박이 발사한 총탄은 거울을 맞혔고 거울이 와장창 깨지며 파편들이 다섯 식구를 덮쳤다. 복수는커녕, 다음 날 온 식구가 여기저기 밴드를 붙인 얼굴로 데면데면하게 서로를 바라보아야 했다.

이 비가 그치면 추위가 닥칠 것이다. 박은 생각만으로도 몸이 으스스 떨렸다. 광주를 도망치듯 떠나오던 날에도 이처럼 찬비가 내렸다. 박은 광주가 싫었다. 서울에 가자. 호랑이를 잡으려면 호랑이굴에 들어가야 하지 않는가. 홍제천이 내려다보이는 산비탈의 두 칸짜리 지하방이었다. 뒤쪽에서 보면 지하지만 앞쪽에서 보면 반지하인 곳이었다. 박은 우선 정부 기관원들의 감시의 눈초리를 벗어나야 한다고 생각했다. 망월동에 묻혀 있는 아들을 다른 곳으로 이장하면 천만 원을 주겠다고 했다. 박은 고분고분 받아들였다. 유족회 사람들이 박을 배신자 취급했다. 그래도 괜찮았다. 자금도 생겼고 덜 주목받게 된 것도 만족스러웠다. 아내도 지옥을 빠져나온 사람처럼 적이 마음을 놓는 눈치였다. 아닌 게 아니라, 그제야 박은 왜 그 많은 사람들이 광주에 진저리를 치며 떠나갔는지 알 것 같았다. 광주를 빠져나온 순간, 기억들이 역사가 되어버린 듯한 기분, 그 마약과도 같은 기분을 누구라고 거부할 수 있을까. 젊은 시절 자리를 잡아 이십오 년여 세월을 보낸 광주는 그렇게 박의 개인사에서도 지워졌다.

그러나 박의 내부에는 전보다 더 강렬한 복수심이 꿈틀거렸다. 그건 아마도 자신의 아들을 죽인 자가 바로 저곳, 눈앞에 보이는 산너머에 살고 있다는 자각 때문이었으리라.

아내는 시장에 나가 채소를 팔았고 박은 연탄배달이며 지게품도 마다않았다. 막내딸 보윤은 서울에 온 뒤 눈에 띄게 활달해졌다. 붙임성은 있는지 서울내기들과도 잘 어울렸다. 곧 겨울이 왔고 유난히 추웠다. 아내는 녹초가 되어 돌아와 저녁밥도 먹는 둥 마는 둥 하고 잠들기 일쑤였다. 그건 박도 마찬가지였다. 아내는 여전히 잠결에 헛소리를 했다. 아이고 명수야! 흐느끼다가 통곡하다가 고함을 지르기도 했다. 다음 날 아침 박이 넌지시 자네가 잠꼬대를 하며 명수를 찾데, 하면 아내는 모른 척했다. 어느 날인가 아내는 지나가듯이 이렇게 말하기도 했다. "저 썩을 놈들이 두 눈 시퍼렇게 뜨고 살아 있는데, 죽은 사람들의 피붙이들은 대체 어디서 뭘 하고 있는지 몰라. 그러고도 사람인가?" 박은 속이 뜨끔했다. 서울까지 올라온 심사를 내 모를 줄 아느냐, 그런데 왜 아직도 미적거리느냐, 이런 말인 것만 같았다. 박은 청계천에서 대검을 구해왔다. 아내까지 저러니 힘이 솟았다. 자신이 죽는다 해도 남은 자식들은 아내가 잘 건사하리라는 믿음도 있었다. 그래, 죽으나 사나 해 보자. 칼도 한번 뽑아 보지 못한다는 건 얼마나 수치스러운 일이냐. 박은 라디오를 끼고 살며 대통령에 관한 것이라면 한마디도 흘려듣지 않았다. 마침내 귀가 번쩍 뜨이는 소식이 들려왔다. 민정시찰 어쩌고 하면서 대통령이 생활보호대상자들을 만날 거라는 소식이었다. 어쩌면 기회가 있을지도 모른다. 박은 들뜬 마음에 날이 선 대검을 베갯머리에 두고 잠을 이루지 못하다 새벽녘에야 눈을 붙일 수 있었다. 두어 시간 잤을까. 머리가 지끈거리고 사지를 결박당한 듯 꼼짝도 할 수 없었다. 정신은 몽롱했으나 가위에 눌린 것 같지는 않았다. 구역질이 날 듯해 몸을 일으키려 했으나 손가락 하나 마음대로 움직일 수 없었다. 이러면 안 되지. 내가 왜 이러나. 박은 입술을 질끈 깨물고 몸을 옆으로 굴렸다. 그제야 박은 퍼뜩 정신이 들었다. 연탄가스를 마셨구나. 마침 연탄을 갈기 위해 나온 주인집 여자가 박의 신음을 들었다. 구급차가 오고 세 식구 모두 실려갔다. 막내딸과 박은 목숨을 건졌지만 아내는 죽었다. 눈물도 나오지 않았다. 장례를 치르기 위해 큰놈과 셋째가 올라왔다. 장례가 끝나자 셋째는 곧장 광주로 돌아갔지만 큰놈 정수는 사흘 동안 방 안에 틀어박혀 있었다. 나흘째 되는 날 박은 더는 참지 못하고 정수와 마주앉았다. "원하는 게 뭐냐?" "자전거포 하나 합시다." "네가 무슨 재주로?" "이래봬도 수송부에서 삼 년을 썩은 몸입니다. 빵꾸 때우는 것쯤은 직접 하고 다녔으니까요." "무슨 돈으로?" "그 돈 있잖아요." "그건 안 된다. 네 동생의 목숨값인 걸 너도 모르지 않잖냐?" "아니까 하는 말입니다. ……꿈에서 명수가 보입디다. 저는 갔어도 남은 식구들은 잘살았으면 좋겠다면서, 형님만 믿겠습니다, 합디다. 그러면서 어머니가 불쌍하다고 막 우는 게 아닙니까. 얼마나 생시 같았는지 깨고 나서도 명수 녀석 얼굴을 쓰다듬었던 손바닥에 그 감촉이 남아 있습디다. 아버지, 우리도 한번 잘살아 봅시다." 아내의 죽음으로 넋이 나가다시피 한 박의 마음은 이미 기울어 있었다.

"그래, 좋다. 대신 조건이 하나 있다. 그 총은 내게 다오."

정수는 아버지가 가지고 있으면 위험하다면서 여태껏 제가 몰래 그 공기총을 지니고 있었다.

"저도 좋습니다. 한 가지만 약속하시면요. 그 총, 사람한테는 절대로 쏘지 않는다고 약속하십쇼." 박은 고개를 끄덕였다. 자식에게 속아주기도 해야 하지만 때로는 자식을 속이기도 해야 한다.

정수는 간호전문대학 근처에 점포를 얻어 빛고을 자전거라는 그럴듯한 간판을 내걸고 일을 시작했다. 박은 빈 플라스틱통에 솜을 채워 표적으로 삼았다. 그걸 들고 뒷산에 올라 사격연습을 했다. 나날이 실력이 늘어갔다. 총알은 청계천에서 쉽게 구할 수 있었다. 표적이 오십 미터 이 내에 있다면 정확히 맞힐 자신이 있었다. 그러나 상대는 일국의 대통령 이었다. 퇴임한 뒤라면 몰라도 현직에 있는 동안은 기회가 없을 듯했다. 그러는 동안 정수는 간호전문대학 여학생과 사귀게 되었고 집에도 몇 번 데려오더니 결혼식을 올렸다. 큰아들 내외가 한 자전거를 타고 홍제천을 달리는 모습을 보면 박의 가슴에도 희열이 솟았다. 이듬해, 아시안게임 을 한 해 앞두고 며느리는 아들을 낳았다. 보윤도 여상을 졸업하고 중소 기업에 취직을 하면서 따로 나가 살았다. 셋째 경수도 광주의 한 공업사 에 취직했다. 자식들이 하나둘 자리를 잡아갈수록 박의 죄책감도 조금씩 희석되었다. 한편으로는 저 자식들처럼 이 세상을 살아갔어야 할 둘째아 들에 대한 그리움이 사무쳤다. 이제 박이 염려하고 근심해야 할 사람은 없었다. 아내마저 없는 이 세상인데 무어 아쉬울 게 있으랴. 머지않아 박 에게 기회가 왔다.

이틀 전 각혈을 한 박은 위암이 재발했음을 깨달았다. 암세포가 어디 까지 전이되었는지 알 수 없으나 이제 얼마 남지 않았다는 건 알 수 있었 다. 그러나 박은 숨이 끊어지는 순간까지도 그를 죽이기 위해 최선을 다 해야 한다고 생각했다. 한데 이게 웬일이란 말인가. 비몽사몽간에 거리 를 헤매다 도착한 곳은 바로 이곳 재호의 집이었다. 누군가를 죽일 만큼 넉넉한 시간이 아니라 재호의 발을 씻겨줄 만큼의 짧은 시간밖에 남지 않았음을 자인한 건지도 모른다.

박은 서울올림픽이 열리던 해를 떠올렸다. 그해 말 전직 대통령은 백 담사로 쫓겨들어갔다. 박에게는 더할 나위 없이 좋은 기회였다. 백담사 쪽은 시위 대학생들과 전경들 때문에 이목을 피하기 어려울 듯싶었다. 박은 한계령에서 중청으로 올라 소청과 오세암을 지나 백담사로 내려가는 등산로를 택했다. 이른바 배후습격이다. 장수대에서 곧장 대승령으로 올라 백담사로 내려가는 길도 있고 한계령에서 능선까지 오른 다음 귀때기청봉을 지나는 길도 있지만, 박은 많은 사람들이 이용하는 등산로가 의심을 받지 않는 길이라고 여겼다. 날이 건조해지면 등산로가 폐쇄되니 서두를 수밖에 없었다. 설악산으로 떠나던 날 새벽 박은 아내와 명수의 사진을 꺼내 한참을 들여다보았다. "임자, 잘 지내는가? 명수는 만났겠지? 나도 곧 그곳으로 갈 테니 조금만 기다려. 응? 그리고 명수 너는 인마, 그해 오월 이십일일이 부처님 오신 날이라며 어메랑 나랑 데리고 소풍 가겠다고 한 약속 이제는 지켜야 한다. 소풍 데리고 가겠다던 놈이 총이나 맞고, 넌 천하에 둘도 없는 불효자식이니 볼기를 내놓고 기다려라, 알았쟈?" 박은 산에서 하룻밤 새울 작정으로 배낭에 두꺼운 옷가지도 챙겨넣었다. 마지막으로 공기총을 배낭에 찔러넣으면서 찔끔 눈물도 흘렸다. 사진 속의 명수가 팔 년이라는 세월만큼 나이 들어 보이는 게 마음에 걸렸다.

새벽 첫 버스를 탔건만 한계령에 도착했을 때는 이미 오전 열 시가 넘어 있었다. 단풍철이 지난 지도 오래요 첫눈도 오래전 내린 탓에 그곳에서 내린 등산객은 박을 제외하고는 일행인 듯한 젊은이 셋이 전부였다.

마음은 급한데 발걸음은 정반대였다. 숨이 턱에 차올랐고 잠시 발걸음을 멈추면 땀이 식으면서 한기가 뼛속까지 스며들었다. 중청에 올랐을 때는 이미 날이 어둑어둑했고 박은 기진맥진한 상태였다. 앞서간 젊은이들은 대청봉으로 올라갔는지 보이지 않았다. 보통은 그곳에서 희운각을 거쳐 비선대로 가겠지만, 박이 가려는 등산로를 이용하는 사람도 더러 있을 터였다. 산장에서 잠시 몸을 데운 박은 오세암을 바라고 다시 걷기 시작했다. 한 걸음 내디딜 때마다 발바닥을 쇠뭉치로 때린 것처럼 아팠다. 조금만 참자. 저 아래 가면 명수를 죽인 사람이 있다. 그러면 나도 이 고단한 삶에서 벗어날 수 있다. 그러나 한겨울 산중의 밤은 빨리 찾아왔고 등산로는 희미한데, 눈발마저 날리기 시작했다. 오세암을 지날 때는 이미 한밤중이었고 한 치 앞도 분간할 수 없을 만큼 폭설이 내리고 있었다. 발은 푹푹 빠지고 몸은 천근만근이었다. 박은 외투 한 벌과 공기총, 탄환만 꺼낸 채 배낭을 버렸다. 오늘밤 중으로 도착하기만 하면 된다. 단출하게 차렸지만 수렴동 계곡을 내려갈 때는 몇 번을 굴렀는지 헤아릴 수도 없었다. 백담사가 내려다보이는 곳에 이르러 박은 기어이 발목을 접질리고 말았다. 나뭇가지를 잡고 비탈을 내려가다 중심을 잃은 거였다. 그 바람에 어깨에 걸려 있던 총이 절벽 아래로 굴러떨어졌다. 통증이 머리끝까지 뻗쳐올랐다. 그 자리에 주저앉아 발목을 움켜잡은 박은 눈으로는 총이 굴러떨어진 곳을 더듬었다. 눈발이 잦아진 데다 눈이 쌓여 있어 먹장 같은 어둠은 아니었으나 총이 어디에 있는지 찾을 수는 없었다. "내 총, 내 총!" 박은 암벽등산가들에 의해 구조되었다. 그들이 눈때문에 새벽 일찍 장비를 챙겨 백담사 쪽으로 하산하지 않았다면 꼼짝없이 산중고혼이 되었을 터이다. 박은 백담사 앞에서 구급차에 실려 전경버스가 즐비하게 서 있는 옆을 지나가게 되었다. 앳된 얼굴의 전경들은 하나같이 두 볼이 벌겋게 달아올라 있었다. 그들이 입을 열 때마다 뜨거운 김이 뿜어져나왔다. 방패를 들고 우르르 뛰어가는 그들을 보고 있자니 괜스레 눈물이 흘러나왔다. 거기에서 숱한 명수의 얼굴을 본 탓이다.

빗소리가 잦아들었다. 박은 헛웃음을 흘렸다. 생각해 보니 명수 덕분에 내설악의 설경, 그 장엄한 풍경 한가운데 있어 본 것도 아니겠는가. 아까부터 아랫배가 슬슬 아픈 듯하더니 명치까지 통증이 번졌다. 몸을 움직이려 하자 허리에 날카로운 칼날이 쑤시고 들어왔다. 설악산에서 허리를 삐끗하기도 했지만 허리가 시원치 않은 데에는 다른 이유가 있다.

박은 백담사 배후습격에 실패한 뒤 동네에서 가장 큰 태권도장을 찾았다. 관장은 사십 대의 몸집이 실한 사내였다. 그는 박을 위아래로 훑어보더니 연세도 있으신 분이 괜찮겠느냐고 물었다. 박은 허허 웃으며 나이가 무슨 상관이냐, 건강을 위해서도 운동은 해야 하는 거 아니냐고 되물었다. 관장은 오케이! 하고 큰 소리로 외치더니 젊은 사범을 불러 박에게 기본 동작을 가르치라고 일렀다. 박은 사범이 건네준 도복으로 갈아입었다. 이른 시간이라 도장에는 어린아이들밖에 없었다. 오와 열을 맞춘 채 품새를 익히는 아이들 뒤에 따로 자리를 잡고 서서 기본기를 배웠다. 기마자세니 정권이니 할 때까지는 굳은 몸이 풀리는 듯한 기분이 들기까지 했다. 한 십여 분 엉거주춤한 자세로 주먹질만 하다 보니 다리가 후들거렸다. 다른 걸 좀 가르쳐줬으면 싶었다. 박이 손짓을 하자 사범이 무덤덤한 얼굴로 다가왔다.

"사범님, 그 왜 있잖습니까? 영화에서 보면 주인공들이 공중에 붕 떠서 돌려차기하는 거 있잖아요. 그런 걸 좀 배우고 싶은데." 사범은 코웃음을 치더니 공중돌려차기를 보여주었다. 박은 절로 탄성이 나왔다. "맞습니다, 그런 거요." "어르신, 처음부터 무리하시면 큰일납니다. 무슨 운동이든 기본이 튼튼해야 하는 겁니다. 그럼 우선 앞차기부터 해 보실까요." 사범은 앞차기 시범을 보여주며 무릎을 치켜세웠다가 발을 쭉 내뻗는 게 요령이라고 강조했다. "높이 차려고 하지 마세요. 상대의 낭심을 발바닥 끝으로 밀듯이 찬다고 생각하시면 됩니다. 자, 그럼 한번 해 보시죠."

박은 있는 힘껏 오른발을 내뻗었다. 무게 중심이 뒤로 옮겨지면서 디딤발인 왼발이 쭉 미끄러졌다. 한마디로 넉장거리로 뻗어버린 거였다. "아이고, 나 죽네! 내 허리, 내 허리!"

빛고을 자전거는 신통치 않았다. 거리에는 오토바이가 늘어난 대신 자전거는 줄어들었다. 큰놈 정수는 하릴없이 점포를 지키다 술에 취해 집에 돌아오는 일이 잦았다. 며느리는 종합병원의 간호사였기 때문에 삼교대 근무를 했다. 일주일은 오전에, 다음 일주일은 오후에, 다음 일주일은 야간에, 이런 식이었기 때문에 손자 뒤치다꺼리는 박의 몫이었다. 정수는 점점 제 아내를 못 미더워하는 눈치더니 박의 앞에서도 다투기 일쑤였다. 며느리가 병원 의사와 놀아난다는 거였다. 그게 사실인지 아닌지 알 수 없었다. 모든 일이 그렇듯 선후를 알 수 없었다. 며느리가 일을 핑계로 살림을 소홀히 하며 밖으로 나돌아서 그렇게 된 건지, 정수의 벌이가 시원치 않고 술이 늘면서 며느리가 나돌게 된 건지, 무엇이 먼저인지 박은 알 수 없었다.

그즈음 명수가 국가유공자로 인정되면서 정식으로 보상금이 나왔다. 일억 원에 달하는 큰돈이 들어오자 박은 허망하기 짝이 없었다. 셋째와 막내딸이 찾아왔다. 큰놈은 마치 그 돈이 자신의 것인 양 딱 잘라 말했다.

"너희들이 한 게 뭐 있다고 그러냐? 여태 아버지 모시고 살아온 게 누군데 그 돈을 탐내?"

"그게 아버지 모시고 살아왔다고 주는 돈입니까? 명수형 보상금이잖아요. 우리도 지금까지 할 만큼 했습니다. 그 돈을 나눠 가질 자격이 있다구요."

셋째가 이렇게 대들자 막내딸도 함께 쏘아붙였다.

"오빠는 살림이 궁한 것도 아니잖아요. 시집 좀 가겠다는데 그렇게 으르딱딱할 필요가 뭐 있어요?"

박은 통장을 자식들 가운데 던지며 이렇게 말했다.

"이건 누구의 돈도 아니다. 너희들 것도, 내 것도, 돌아가신 너희 어머니 것도, 죽은 명수 것도. ……이 돈은 더러운 돈이다. 이거 먹고 떨어지라는 돈이다. 더는 광주를 말하지 말라는 돈이다. 그래도 갖고 싶냐?"

세 남매는 동시에 대답했다. "네."

"그럼 공평하게 삼등분해라." 박의 처사에 가장 크게 반발한 건 당연히 정수였다. 하지만 박은 완고했다. 돈은 삼남매에게 골고루 돌아갔다.

정수는 그 돈으로 집을 구해 며느리와 손자를 데리고 나가버렸다. 말이야 분가라지만 이제 박은 외톨이로 버려진 셈이었다. 분가한 지 채 일년이 못 되어 며느리가 손자를 데리고 박을 찾아왔다. 박은 며느리의 얼굴에 드리워진 그늘을 보았다.

"아버님, 죄송해요. 그이와 이혼하기로 합의했어요. 돈이 없는 것도 아니니 그 사람도 잘살 수 있을 거예요."

차라리 며느리가 돈을 들고 도망을 갔다면 어땠을까 싶었다. 그렇게 끝이 보이는 전형적인 비루한 삶이었다면 좀 더 견딜 만했을까. 그러나 박은 고개를 저었다. 좋은 파국이란 없다.

"아이는?"

"그이가 고집을 피워서 어쩔 수가 없었어요. 아버님께서 잘 보살펴주실 거라 믿어요."

서러워서인지 미안해서인지 어쨌든 며느리는 눈물을 흘렸다. 그 두 가지 감정 모두일 수도 있었고 혹은 단지 과거의 어떤 슬픈 일이 떠올랐는지도 모르겠다. 박은 산다는 게 이처럼 고단하다면 차라리 죽는 것만도 못하겠구나 싶었다가 그 사위스러움에 놀라며 고개를 저었다.

재호가 돌아올 때가 되지 않았나 싶었다. 속이 울렁거렸다. 숨을 내쉴 때마다 한 움큼씩 기운도 빠져나가갔다. 구역질이 났다. 참아야 한다. 타액이나 위액이 아니라 피를 토할 게 분명했다. 박은 어제 하루 종일 끌어안고 다니던 가방이 제대로 있는지 걱정이 되었다. 톱, 낫, 드라이버, 송곳, 망치, 스패너, 드릴은 물론이요 이제는 눈이 어두워 잘 보이지도 않는 바늘까지 들어 있는 가방이었다. 박이 날마다 윤을 내고 날을 세운 것들이다. 한 사람이 반평생 가까이 끌어안고 살기에는 조금 벅찬 것들이었으나 박은 용케도 견뎌왔다.

허리 때문에 물리치료를 받으러 다니던 시절, 박의 화두는 설령 검문을 당하더라도 흉기로 여겨지지 않을 만한 게 무엇일까, 였다. 여느 해처럼 부처님 오신 날은 명수의 기일이었다. 그해 오월 이후 십여 년 동안 박에게는 단 한 번도 부처가 오지 않았다. 박은 라디오 대신 이제는 텔레비전을 끼고 살았다. 아침뉴스부터 자정뉴스까지, 뉴스란 뉴스는 하나도 빼먹지 않고 시청했다. 은행이나 동사무소에 들러 여성잡지를 살피는 일도 빼먹지 않았다. 의외로 그런 잡지에서 솔찮은 정보를 얻곤 했다. 초파일을 앞두고 불교 관련 특집들이 많았는데 골굴사의 승려들이 익힌다는 선무도를 보며 박은 또 한번 정신이 번쩍 들었다. 드디어 부처가 오셨다. 내레이터가 솔잎으로 벽을 뚫고 운운하던 순간 밥을 먹던 박이 놓친 젓가락이 복사뼈에 꽂히듯 떨어진 거였다. 복사뼈가 금 간 듯 아팠지만 그 순간 박의 화두는 풀렸다. 그날 이후 박은 젓가락 던지기에 온 정신을 집중했다. 누가 젓가락을 흉기라고 상상이나 하겠는가. 처음에 박은 마을 앞도로의 제설도구함을 덮고 있던 새마을천을 훔쳐와 걸어놓고 연습했다. 던지는 족족 젓가락은 새마을천에 맞아 툭툭 떨어졌다. 여섯 달이 지나자 새마을천에 뻥뻥 구멍이 뚫렸다. 물론 그동안 박의 오른손 엄지와 집게손가락은 여러 번 허물이 벗겨졌다. 자신감을 얻은 박은 마당 한귀퉁이에 서 있는 주인집 감나무를 표적으로 삼았다. 그동안 버린 젓가락도 여러 벌이었다. 다시 여섯 달이 지나자 젓가락은 감나무에 탁탁 꽂혔다. 박은 이제 좀 더 거리를 두고 시험해 보고 싶었다. 길을 가다가도 저 멀리 오십 보 앞의 가로수를 겨냥해 젓가락을 던져 보곤 했다. 마음 놓고 연습을 할 수 없어 그다지 실력이 늘지 않았다. 그러는 사이 박의 오른팔만 기형적으로 두꺼워져 갔다. 막내딸 보윤은 시집을 갔고 셋째아들 경수는 딸을 낳았다. 이혼한 며느리는 딸이 하나 딸린 의사와 재혼을 했고 정수는 술이 더욱 늘어 폐인이 되어갔다. 박도 어느새 환갑을 지나버렸다.

이제 박은 오십 보 이상 떨어진 곳에서도 자신이 원하는 목표물에 젓가락을 명중시킬 수 있었다. 그러나 근력은 처음 젓가락을 잡았을 때보다 떨어져 있었다. 오른쪽 팔은 두꺼워졌지만 쉬이 기력을 잃었다. 서너번 젓가락을 던지면 부들부들 떨려 젓가락을 손에 쥐기도 힘들었다. 체중이 십여 킬로그램 빠졌고 머리칼은 백발이 되어버렸다. 박은 어느 날 아침 거울 앞에 선 채 상념에 잠겼다. 장년을 속절없이 떠나보내고 노년이 되어버린 자신이 믿어지지 않았다. 더는 미룰 수 없었다.

연희동으로 순조롭게 잠입하는 방법은 근처의 대학을 통과하는 것이었다. 박은 해 질 무렵부터 신촌을 어슬렁거리다가 밤이 되자 대학으로 들어갔다. 열대야였다. 근처의 시민들인지 가로등 불빛을 의지 삼아 배드민턴을 치거나 돗자리를 깔고 앉아 부채질하는 사람들도 있었다. 박은 벤치에 앉아 허리춤에 꽂은 젓가락 한 벌을 확인했다. 한 짝은 예비용이었다. 하루 종일 긴장한 탓일까. 잠깐 누웠다 싶었는데 깨어나 보니 사위는 괴괴했다. 시계를 보니 새벽 네 시였다. 오히려 잘되었다. 새벽 공기를 흠뻑 들이마신 박은 지난밤보다 정신이 더욱 맑아진 듯했다. 연희동 주택가로 통하는 서문을 바라고 걷던 박은 사위가 너무 고요한 게 마음에 걸렸다. 그때 서문 쪽에서 둔탁한 발소리가 들려왔다. 한둘이 아니었다. 수십 아니 수백 아니 어쩌면 수천일지도 모른다. 푸르스름한 서울 하늘을 반사시키는 헬멧들이 보였다. 그들은 박을 발견하고 소리를 질렀다. "저 새끼 잡아!" 박은 영문도 모른 채 뒤돌아 달려갔다. 그때 정문 쪽에서도 새카맣게 전경들이 몰려들어왔다. 꿈인가 생시인가. 그 자리에 우뚝 멈춰선 박은 이건 꿈인 게 분명하다 싶어 자신이 잠을 청했던 벤치로 가 다시 누웠다. 박은 자신 한 명을 잡으러 수천의 전경들이 올 리는 없다고 이성적으로 생각했다. 그리고 눈을 감았다. 이제 정말 잠에서 깨어나야 한다. 전경들의 발소리는 끊임없이 들려왔다. 박은 자신의 이마를 내리치는 둔탁한 감촉에 슬며시 눈을 떴다. 전경 한 명이 방망이로 자신의 이마를 툭툭 내려치고 있었다. "이봐, 여기서 뭐 하는 거야?" 꿈이 아니었다. "아, 그게 말이죠……" 그 순간 박은 벤치에서 굴러떨어졌다. 누군가 그의 옆구리를 걷어찬 것이다. "이 새끼 끌고 가!" 박은 두 명의 전경에게 양쪽 팔을 붙잡힌 채 정문 쪽으로 끌려갔다. 젓가락이 무사한지 확인하고 싶었으나 팔을 돌릴 수가 없었다. 가까스로 고개를 돌려 뒤를 보니 벤치 아래 젓가락 두 짝이 얌전히 떨어져 있는 게 보였다. "내 젓가락, 내 젓가락!"

경찰버스에 감금된 박은 동이 훤히 틀 무렵 학교에서 붙잡혀 온 서너 명의 학생들과 함께 경찰서로 끌려갔다. 그곳에서 조서를 쓰던 박은 자신이 끌려온 이유를 알았다. 김일성 조문파동으로 학내 압수수색영장이 발부되었다는 것이다. 점심 무렵 박은 형사가 사준 짬뽕을 먹다가 배에 통증을 느끼며 쓰러졌다. 병원에 실려간 박은 그때 위암선고를 받았고 위의 반을 잘라냈는데 그게 십이 년 만에 재발한 것이다.

박은 자신의 외투에 들어 있을 권총을 떠올렸다. 전직 대통령이 출소한 직후 청계천에서 구입한 것이었다. 그는 어제 처음으로 그걸 가방에서 꺼냈으나 누구를 죽여야 할지 갑자기 막막해졌다. 죽음이 임박하자 죽여야 할 사람이 너무 많이 떠올랐다. 아니, 단 한 사람도 죽일 수가 없었다. 정조준만 하고 살아왔는지도 모른다. 진정으로 목표물을 맞히기 위해서는 침착하게 오조준을 해야 했는지도 모른다. 권총은 녹슬어 있었다. 탄환들은 뇌관이 떨어져나가고 그 안의 장약은 흔적도 없었다. 쓸모

없는 권총을 품고 생의 마지막 하루일지도 모르는 시간을 허투루 낭비하고 말았다는 생각에 쓸쓸해졌다. 재호가 올 때까지 버틸 수 있을지도 의문이었다. 박은 퉁퉁 부은 손가락을 어렵사리 셔츠의 왼쪽 가슴에 달린 주머니에 밀어넣었다.

명함판 사진 속에서 명수가 활짝 웃고 있었다. 아니다. 스무 살 무렵의 명수는 사라진 지 오래였다. 그 사진 속에는 마흔 중반을 훌쩍 넘긴 초라한 중년의 사내가 들어 있었다. 명수는 사진 속에서 늙었다.

빗줄기가 다시 굵어졌다. 재호는 밥을 먹는 둥 마는 둥 하고 자리에서 일어났다. 연변 아주머니가 남는 우산이 하나 있으니 가져가라고 한다. 재호는 카운터 뒤의 아주머니들이 옷 갈아입는 방으로 들어갔다. 우산을 찾아들고 나서던 재호는 멈칫했다. 카운터 서랍에 들어 있어야 할 호신용 가스총이 선반에 얌전히 올려져 있었다. 재호는 자신도 모르게 그걸 집어들었다. 가스총은 재호의 두툼하고 거친 손바닥 안에 차지게 들러붙었다. 재호는 식당 앞에서 우산을 활짝 폈다. 그리고 지그시 끌어내렸다.

재호는 현관문을 열고 들어가며 박을 불렀다. 가느다란 신음이 들렸다. 아직은 살아 있다.

"옹, 옹이 좋아하는 순대 사왔어. 먹을 수나 있을지 모르겠지만." 재호는 방문을 열고 침대에 누워 있는 박을 확인한 뒤 외투와 양말을 벗었다. 빗방울이 거실 바닥에 후두두 떨어졌다. 식탁에 순대 봉지를 올려놓고 개수대에서 손을 씻었다.

"옹, 나 어렸을 때 홍제천 포장마차에서 순대 사줬잖아. 천 원어치. 그거 혼자 먹느라고 힘들었던 거 알아? 하여튼 구세대들은 밥, 밥. 사람은 말이야 먹는 것 말고도 중요한 게 있어." 신음이라도 들려야 하는데 조용하다. 재호는 방으로 가려다 식탁 아래 가방에 눈길을 줬다. 어제 저녁 박은 그 가방을 껴안은 채 현관 앞에 서 있었다. 박을 보는 순간 재호는 그가 귀신이 되어 찾아온 줄만 알았다. 허깨비나 다름없는 몰골로도 그 무거운 가방을 껴안고 있던 박이었다. 재호는 외투에서 가스총을 꺼내 그 가방에 넣었다. 쉽게 죽지는 않겠지. 재호는 방문을 열었다가 잠시 안을 들여다본 뒤 조심스레 닫았다. 재호는 욕실로 들어갔다. 문을 열어둔 채 옷을 훌훌 벗어버리고 샤워기 아래 섰다. 손잡이를 올리자 뜨거운 물이 살성이 검고 뻣뻣하여 한 그루 고목을 연상시키는 재호를 덮쳤다. 재호는 거울에 떠오른 곡두 같은 자신의 얼굴을 보았다.

"옹, 궁금한 게 있었어. 외팔이가 말이야, 엄마 죽이겠다고 총 쐈잖아. 그때 가스통이 폭발해서 팔이 잘렸잖아. 원래 질소나 이산화탄소를 채워야 하는데 자전거포에서 쓰던 산소를 집어넣었다며? 어쨌거나 총알은 발사됐거든. 근데 어디에서도 그 총알이 발견되지 않았어. 그 총알 어디로 갔을까? 옹은 알 것 같아. 누군가를 그토록 죽이고 싶어서 총을 쐈는데, 왜 총알은 그 사람의 마음을 몰라주는 걸까. ……조준을 잘못한 거야? 나 지금 옹한테 화내는 거 아냐. 외팔이가 총을 좋아하게 된 게 옹 때문이겠어? 다 지가 못난 거지. ……옹, 나 사랑해? ……뭐, 사랑이야 하겠지. 그럼, 나한테 물려줄 재산 있어? ……있다 해도 외팔이가 다 가져가겠지. 어쨌든 사랑하면 되는 거잖아. 그런데 왜 사랑한다면서 사람들은 헤어지는 걸까. 옹, 그냥 있어, 그대로. ……거기 가만히."

재호는 욕실 바닥에 무릎을 꿇고 쏟아지는 물을 그대로 맞았다. 방금 전 방문을 열었을 때 박은 입은 물론 몸의 구멍이란 구멍에서 모두 피를 흘리고 있었다. 샤워를 마친 재호는 침착하게 전화기의 버튼을 눌렀다. 버튼은 재호의 손가락이 닿을 때마다 경쾌한 소리를 내며 반짝반짝 빛을 냈다. 조금 뒤 구급차가 왔다.

단 한 사람도 암살하지 못한 늙은 암살자는 자신이 이 시대 최후의 테러리스트였다는 사실도 깨닫지 못한 채 방전된 자동차의 헤드라이트처럼 눈을 감고 숨을 거두었다.

　　－『작가세계』 2007년 봄호/손홍규 소설집 『봉섭이 가라사대』(창비, 2008년)

지워진 풍경

전성태

1969년 고흥 출생. 1994년 『실천문학』 신인상으로 등단.

소설집으로 『매향』, 『국경을 넘는 일』, 『늑대』, 『두 번의 자화상』 등과.

장편소설로 『여자 이발사』 등이 있음.

신동엽문학상, 채만식문학상, 현대문학상, 한국일보문학상 등 수상.

현재 순천대 문예창작학과 교수.

아들이 차에서 내리는 동안 노인은 묵묵히 기다렸다. 오후 내 운전대를 잡느라 낮잠을 거른 노인은 어디든 드러눕고 싶게 곤하였다. 아들은 낡은 개인택시의 뒷문을 잡고 마임배우 같은 짓을 하고 있었다. 차에서 더 내릴 사람이 없는데도 손잡아주는 시늉을 하는가 하면 상대를 끌어 세우는 몸짓을 할 때는 얼굴에 핏기까지 몰렸다.

아파트 주차장으로는 오후 네 시의 햇살이 비끼고 있었다.

가까운 공원 숲에서 날아든 버드나무 꽃가루가 봄볕 속을 부유했다. 볕이 미만한 대기는 아주 적나라하면서도 왠지 뿌연 느낌을 자아냈다. 노인은 자신이 마치 이런 모순된 느낌 속에서 살아온 듯싶었다. 그는 아들을 바라보았고, 어쩔 수 없이 맥맥했다. 아들은 유령이나 투명인간과 팔짱을 낀 것 같은 우스꽝스런 자세로 서서 핏기 없는 얼굴로 아파트 단지를 낯설게 둘러보고 있었다. 볕 아래로 드러난 벗어진 이마는 더 주름지고 메말라 보였다. 가늘고 성긴 머리가 희끗했는데 사십 대 중반에 벌써 머리가 세는 건 내림이었다.

청년의 자취가 사라지고 없는 아들을 노인은 낯설게 바라보았다. 아들에게서는 육친적인 실감은커녕 사람으로서도 남남이라는 의식보다 더 아득하고 낯선 느낌이 들었다. 생을 거듭하며 옭은 연緣의 무게가 온몸에 안긴다는 설법을 라디오에서 들은 게 어제였던가, 그제였던가? 라디오가 아니라 증심사에 가는 스님을 태웠다가 들었던가. 여하간 이 짧으나 신비로운 느낌은 사무치게 쓸쓸한 마음을 불러일으켰다.

아들이 데려온 저 아이하고도 함께 지내야겠지.

무슨 다짐처럼 노인은 중얼거렸다. 아들을 병원에서 데려다가 주말을 보내기로 마음먹은 며칠 동안 여러 번 되풀이한 생각인데도 그는 아들의 병적인 몸짓을 대할 때마다 처음인 듯 긴장되었다.

노인은 아들과 눈길이 마주치자 성끗 웃었다.

"아파트가 들어서서 몰라보겠지? 몰라볼 게야. 나도 겨우 알아봤는걸."

노인은 아파트를 휘둘러본 다음 후문 쪽으로 눈길을 던지며 말했다.

"아마 저기 경비실 자리쯤일 게야. 길 건너 공원으로 팽나무가 보이잖니?"

이차선 도로를 건너 공원의 오래된 돌담이 있었고, 보호수인 팽나무는 스스로 담장의 일부를 이룬 채 검은 가지를 하늘로 한껏 펼치고 있었다. 노인은 한결 생기 있는 목소리로 말했다.

"우리 집 옥상과 마주해 있던 그 팽나무지. 나도 저걸 보고서야 헐린 집 자리를 기억해냈지 뭐냐."

수년 새 알아보기 힘들게 변한 도심의 풍경 속에서 팽나무만은 변하지 않은 듯했다. 나무는 공원 한편에 세워진 고려의 돌탑처럼 이 도시의 유물처럼 보였으며, 보호를 받으며 가까스로 지켜진 느낌을 불러일으켰다. 노인은 자연스레 기도하는 심정이 되어 아들의 초점 없는 눈을 들여다보며 너와 내가 바뀔 수 있다면, 하고 입에 붙은 염불처럼 신음을 삼켰다.

이윽고 노인은 땅바닥에 놓인 두 개의 여행용 가방을 들었다. 아들은 예의 동행인을 부축하듯 조심스런 걸음새로 노인을 따랐다.

아파트에서는 새집 냄새가 코끝에 감겨왔다. 광고지로 도배된 승강기뿐 아니라 노인이 열어젖힌 803호 현관에서도 새집 냄새가 풍겼다.

"뭐 하니, 어서 들어오지 않고?"

아들은 마치 남의 집 현관에 선 듯 발을 선뜻 들이지 않았다. 노인이 손짓했다. 마침내 아들이 움직였다. 동행인이 신발을 벗고 거실로 오르는 일을 그는 아주 세심하게 거들었다. 그는 동행인을 낡은 가죽소파에 앉히고 나서 자신도 그 옆에 조심스럽게 앉았다. 힘겨운 일을 마친 듯 그는 소리 없이 한숨을 내쉬었다.

거실은 잘 정돈되어 있었으나 왠지 가재도구를 다 들이지 못한 신혼집처럼 안정감이 없었다. 아들은 텔레비전을 받친 괴목장 문갑이라든가 안방과 작은방 사이의 공간에 세워진 붉은 화초머릿장을 훑어보았다. 그건 모두가 한옥살이 때 이 집 안주인이 간수하던 가구들이었다. 집 안이 불안정해 보이는 것은 아마도 아파트의 단조로운 구조에 옮겨놓은 고가구들 탓인 듯도 했다. 베란다에는 아직 풀지 않은 박스가 쌓여 있었고, 그 틈바구니에서 크고 작은 독항아리들이 눈에 띄었다.

"집이란 게 참 요물이지. 사람처럼 정을 붙여야 해. 집도 처음에는 낯가림을 하고 거부까지 한단 말이지."

저녁 식탁에서 노인이 말했다. 곰국이 오른 식탁은 조촐했다. 아들 앞에 놓인 곰국 그릇에 노인은 다진 파를 듬뿍 넣어주었다. 아들의 외박 날짜를 잡아놓고 소꼬리를 사다가 틈틈이 사흘을 고았다. 노인은 식탁에 마주 앉은 아들을 건너다보며 그러나 자신은 반주로 소주를 한잔 따랐다.

"그게 다 냄새 탓이야. 사람도 짐승이라, 어느 곳이라도 제 냄새가 배

어야 비로소 편해지는 법이지. 음식 냄새도 풍기고 방귀도 뿡뿡 뀌고 그
래야 돼."

노인은 두 잔의 취기를 빌려 혼자 껄껄 웃었다. 스스로도 쓸쓸한 시
간을 견디고 있다는 자각이 들었고, 그럴수록 말이 많아졌다. 아들과 마
주앉아 밥 먹는 시간이 얼마만인가. 몇 년 만에 겨우 가져 보는 이 행복한
자리도 일껏 누군가 꾸며준 듯 버성겼다.

"나도 석 달을 지내고 보니 이제 겨우 집에 들 엄두가 나는구나."

그는 계면쩍어서 흘리듯 덧붙였다. 아들은 숟가락을 든 채 밥을 뜨지
않았다. 얼핏 불안한 기색이 엿보였고, 노인은 금방 이유를 깨달았다. 노
인은 중요한 일을 깜박했다는 듯 호들갑스럽게 말했다.

"네 누나도 식탁으로 초대해서 같이 먹자꾸나. 어서 앉혀라."

아들은 옆자리의 의자를 천천히 빼주었다. 그사이 노인은 숟가락과
젓가락을 한 벌 챙겨서 놓고, 옆에다가 빈 대접을 올려놓았다. 아들이 딸
아이를 의자에 앉히는 모습을 아프고 답답하게 바라보며 노인이 물었다.

"밥하고 국은 따로 뜨지 않아도 괜찮겠지? 빈 그릇만 올리자꾸나."

그는 동의를 구하듯 물었다. 아들은 고개를 끄덕였다. 아들은 표정이
한결 밝아졌고, 비로소 국에 숟가락을 댔다. 노인은 양파와 풋고추를 쌈
장과 함께 아들 앞으로 밀어주었다.

"지산유원지 농가에서 손님이 챙겨주는 걸 가져왔단다. 풋내가 제법
가셨더구나."

그리고 그는 다시 잔을 들어 입을 축였다.

새삼 그는 사인용 식탁을 둘러보았다. 둘이 가고 둘이 남았다. 아들은
행복한 아이였다. 그에게는 제 어미와 누나까지 가족 넷이 다 모인 저녁
식사일 게다. 의사는 아들이 제 망상을 조금씩 인정해가는 중이라고 말
했다. 망상을 영원히 떨칠 수는 없겠지만 천천히 호전되리라 했다. 그 소

리를 십 년째 듣고 살지만 들을 때마다 안부처럼 반가웠다. 아들과 같은 증상으로 치료를 받은 많은 환자들이 망상과 함께 평생 살아가면서도 큰 지장 없이 일상을 영위한다고 하니 그 정도만 되어도 더 바랄 게 없었다.

"그래. 어서들 먹어라."

노인은 이제 아들 곁에 그리운 딸까지 앉혀놓은 기분이 들었다. 그건 실감처럼 생생해서 이런 선물을 가져온 아들에게 고마운 마음까지 들었다.

"너희들 엄마 말이다."

노인이 기억을 더듬는 얼굴로 입을 열었다. 아들이 노인 옆자리의 빈 식탁을 바라보았다.

"하루는 점심을 먹는데 풋고추를 들지 않겠냐. 독이 바짝 오른 청양 고추였지. 너희들도 알다시피 너희 엄마는 속이 약해서 매운 걸 입도 못 댔지 않니? 그런 고추를 겁도 없이 한입 냉큼 베어 먹더구나. 저 사람이 미쳤나 싶었지. 대번에 오만상을 찡그리며 물을 찾는 게 절로 웃음이 나더구나. 하지 않던 장난이거니 했다. 낸들 알았겠니. 밥 몇 숟갈을 뜨고 겨우 진정되었을까 싶은데 이 정신없는 여편네가 아까 한입 베고 내던진 고추를 또 주워서 먹지 않겠니. 허허, 그날 식탁에서 너희 엄마가 그짓을 서너 번이나 했다. 그래서 알았다. 그 길로 병원에 가서 알았지. 네 엄마 는 참 편하게 말년을 보냈다. 아무런 기억도 없이, 죽음도 잊은 채…… 그래 그건 하나도 안 맵단다. 그래도 고추는 매워야 제격이지."

노인은 소주를 죽 들이켰다. 그리고 숟가락을 처음으로 적셨다. 국물 은 미지근해져 있었다. 아내는 치매 진단을 받고 오 년 만에 갔다. 마지 막 두 해는 노인도 몰라보고 거동도 못 하게 나빠져서 요양원에서 지냈 다. 아내가 치매에 걸린 사실을 알았을 때 노인은 당혹스러우면서도 차 라리 잘됐다고 생각했다. 자네는 참 팔자도 좋네. 노인은 남처럼 눈을 마주치지 않는 아내에게 말하곤 했다. 아내가 살아낸 생을 돌이켜 보건대 행복한 날들이 있었다고 할 수 없었다. 행복이 다 뭔가? 악몽 같은 날들이었다. 일찍이 딸을 앞세웠고, 잇따라 아들마저 망가졌다. 저런 자식 둔 부모는 눈도 못 감는다는 옛말이 하나도 그르지 않았다. 저런 자식을 자신에게 숙제처럼 맡겨놓고 아내는 저 혼자 좋은 세상으로 가고 말았다.

하루가 다르게 아내의 병세는 악화되었다. 느닷없이 죽은 딸을 초등학교에 넣겠다고 호들갑을 떨기도 했다. 음식 간을 못 보더니 끼니를 걸렀고, 집 안에 둔 물건을 못 찾는 일이 잦아지더니 끝내는 외출해서 집을 찾아오지 못했다. 그는 자신의 개인택시를 아내를 찾아다니는 데 더 많이 굴렸다. 택시에 싣고 출근한 날도 있었고, 침대에 묶어두고 출근한 날도 있었다. 그는 아내의 사소한 기억을 하나라도 잡아주려고 애달아했다. 삶이란 게 참으로 묘했다. 비록 지옥 같은 생일지라도 아내가 아무 기억 없이 눈을 감는다는 게 용납되지 않았다. 사람으로서 남들의 기억에서 잊히는 것이야말로 죽음이라는데 아내는 끝내 자신마저도 망실한 채 떠났다.

"그래 네 누이는 이 집이 마음에 든다니?"

노인이 물었다. 아들은 밥숟갈을 든 채 대답이 없었다. 뭔가를 숙고하는 듯 미간을 접은 표정이었다. 아들의 입에서 누나는 없어요, 망상이에요, 하는 소리를 듣게 돼도 행복할까. 그는 초조한 마음으로 아들을 바라보았다. 끝내 아들의 입에서는 어떤 대답도 나오지 않았다.

"딸기가 있는데 좀 내주랴?"

노인이 설거지를 하는 동안 아들은 거실 창문을 통해 어둠이 내리는 공원을 내다보았다. 팽나무 우듬지 너머로 가로등 불빛이 돌고 있었고, 낮은 언덕에 지은 팔각정이 박쥐처럼 검은 날개를 파닥였다. 시립공원은 어느 도시에나 있을 법한 오래된 공원이었다. 공원이 언제 생겼는지 알 수 없지만, 아름드리 벚나무가 많은 것으로 미루어 일본인들이 근대식 공원으로 꾸민 듯했다.

"누나도 맘에 든답니다, 아버지."

아들은 창밖을 바라보며 중얼거렸다. 노인은 등을 보인 채 설거지에 열중해 있었다. 수돗물 소리가 거세서 노인은 듣지 못하는 것 같았다. 아들은 소리쳤다.

"맘에 든답니다."

노인이 수도꼭지를 잠그고 건너다보았다.

"다행이구나. 네 마음에 들 줄 알았다."

아들이 일곱 살 때 아버지는 이곳에 처음으로 집을 장만했다. 아버지는 하위직 시청 공무원이었는데 마침 세 든 단층 슬래브 주택이 급매물로 나오자 융자를 끼고 샀다. 옥상에 오르면 팽나무를 사이에 두고 시립 공원이 정원처럼 펼쳐졌다. 공원이 아니더라도 이 동네는 곱창 골목이 유명해서 항상 붐볐다. 봄가을이면 시내의 유치원과 초등학교에서 공원으로 소풍을 오곤 했다. 교사들이 보물찾기 쪽지를 숲에 숨기는 것을 그는 옥상에서 망원경으로 훔쳐보곤 했다.

공원 한편에 작은 동물원이 있었다. 거대한 새장처럼 생긴 우리에 원숭이와 공작새와 금계가 한 가족을 이루고 살았다. 공원의 나무를 가꾸고 짐승들을 돌보는 이는 일흔이 넘은 노인이었는데, 어느 날 갑자기 보이지 않았다. 청와대 쪽에서 정원사로 데려갔다는 말이 돌았다. 동물원은 관리가 되지 않아 방치되다시피 했다.

그해 겨울을 나면서 공작새와 금계가 사라지고 원숭이 한 쌍만 남았다. 봄부터 수컷 원숭이가 벌건 성기를 드러내서 시민들의 발길을 붙들곤 했다. 수컷은 발정기도 없이 암컷을 괴롭혔다. 아이들은 원숭이 우리에 돌멩이를 집어던지며 킬킬거렸다.

어느날 암컷 원숭이가 소주병을 든 모습이 목격되었다. 그 일은 한 번에 그치지 않았다. 누군가 의도적이고 상습적으로 소주병을 원숭이에게 안기고 있었다. 부랑자나 어린애들 소행이라는 소문이 자자했다. 암컷은 금세 알코올중독 증세를 보였다. 술을 내놓으라고 격렬하게 철망을 흔들고는 했다. 머잖아 암컷 원숭이는 난폭해져서 예사로 수컷을 물어뜯어놓곤 했다. 결국 암컷은 격리되어 어디론가 사라졌다. 홀로 남은 수컷은 여전히 성기를 늘어뜨린 채 추물처럼 우리에 앉아 있었다.

아들은 공원의 또 다른 풍경을 떠올려 보았다. 가까스로 늙은 노새 한 마리가 떠올랐다. 당시 공원에는 노새도 한 마리 살았다. 동물원에서 키우는 짐승이 아니라 어느 수레꾼이 부리는 가축이었다. 수레꾼은 공원 근처의 재래시장에서 먹고 사는 노인이었는데 공치는 날은 노새를 공원에 묶어놓고는 했다. 노새는 늙어서 사람으로 치면 족히 백 살을 넘겼으리라 했다. 전쟁 때 중공군을 따라 들어온 짐승이라는 말도 있었고, 어느 서커스단에서 부려먹다가 내놓았다는 얘기도 있었다. 사람들은 노새와 더불어 사진을 찍고 싶어 했다.

아들은 그 노새의 마지막을 또렷이 기억했다. 계엄군이 도시에 진입했을 때였다. 탱크와 장갑차가 공원 앞에 나타났는데 노새가 놀라서 날뛰다가 그만 고삐가 풀리고 말았다. 노새는 아비규환의 도심을 가로질러 탱크 옆으로 유유히 사라졌다. 노새가 큰길로 질주하여 사라지던 모습은 그의 뇌리에 선명하게 남아 있었다. 그러나 그도 의문이었다. 어떻게 자신이 그날 밤에 한길로 나가 그 광경을 지켜봤는지 스스로도 설명할 수가 없었다. 이럴 때 그는 자신의 기억을 믿을 수 없었다.

공원에는 동물들 말고도 시민들의 눈길을 끄는 모자가 있었다. 어머니는 맹인이었고 아들은 정신이 모자란 청년이었다. 맹인 어머니는 청년의 목에 깡통을 매달아서 구걸을 다녔다. 둘 사이에는 끈처럼 막대기가 들려 있었다. 막대기를 두고 아들이 앞서고 어머니가 뒤를 따랐다. 모자는 서로 눈이 되고 보호자가 되어주었다. 환상적인 동업자들이라고 말하는 축도 있었다. 그들 모자가 어디에 사는지 알 수는 없었지만 그들은 매일같이 공원에 나타났고 구걸로 살아갔다.

그리고 가끔 그 모자의 막대기 가운데로 뛰어드는 모자란 소녀가 있었다. 열 살 난 그의 누이였다. 누나는 막대기 가운데를 잡고 함께 걸으면서 벙싯거렸다. 누나가 나타나면 맹인의 아들도 입이 벙그러졌다. 사람들은 맹인 여자에게 소리쳐 말하곤 했다. 며느리를 삼게나, 누가 데려가기 전에 짝을 지어줘. 누나도 공원의 명물이었다.

그는 누나가 없어졌으면 좋겠다고 생각한 적이 한두 번이 아니었다. 누나와 함께 옥상에서 놀 때 누나를 떼미는 상상을 하곤 했다. 아버지와 어머니 역시 딸을 두고 자주 다투었다. 집의 대문간 행랑채가 비어 있었는데, 어머니는 그 방을 세놓길 원했다. 예전 주인 때는 곱창집이 들어서 장사를 하던 곳이었다. 비어 있는 동안 세를 달라고 찾는 발길이 잦았다. 어머니 역시 곱창집 같은 식당이 드는 것은 원하지 않았다. 대신 양품점이나 문방구 같은 가게를 들이거나 방으로 개조해서 사글세를 놓았으면 했다. 아버지는 사람들이 집에 드나드는 건 질색이라며 반대하고 나서 다툼이 되곤 했다. 다툼 끝에는 늘 누나가 입에 올랐다. 아버지는 한 번도 인정하지 않았지만 어머니는 살아 있는 아이를 가둬놓고 키울 수는 없다고 소리치곤 했다. 그나마 누나가 공원이라도 자유롭게 출입할 수 있었던 것은 딸을 사람들 속에서 키우고자 하는 어머니의 의지 덕분이었다.

계엄군이 돌아와 시민들을 살육하던 밤이었다. 그는 이불 속에서 총성을 들었으나 그것이 꿈인지 생시인지 분간할 수 없었다. 숨죽여 우는 어머니, 윽박지르는 아버지, 몇 번씩이나 날카롭게 여닫히는 대문 소리, 종종걸음을 치는 발소리……

누이가 실종된 내력을 아는 데에는 오랜 시간이 걸렸다. 그의 부모가 입을 열어 말해준 적은 없었다. 그날 밤 오감으로 전해진 꿈 같은, 파편적인 꿈 같은 이미지들, 누이의 실종 이후로 집안을 잠식해버린 침묵과 탄식, 아버지의 우울증과 술주정이 쌓여서 누이가 어떻게 사라졌는지 그는 어렴풋이 짐작할 수 있었다.

"아버지!"

"아버지!"

노인은 어디선가 부르는 소리에 벌떡 일어났다. 새벽 두 시였다. 그는 꿈속에서 헛소리를 들었나 했다. 그러나 다시 부르는 소리가 들려왔다. 아들의 목소리였다.

"어디냐?"

비몽사몽간에 그는 어둠을 향해 소리쳤다.

"옥상이에요. 빨리 와 보세요. 누나가 총에 맞았어요."

노인은 거실로 뛰어나왔다. 그는 자신이 아파트에 있다는 사실을 깨달았고, 아들의 방으로 뛰어들어갔다. 어두컴컴한 방 가운데에 유령처럼 선 아들이 제 손바닥을 들여다보며 겁에 질린 목소리로 외쳤다.

"피를 흘리며 쓰러졌어요. 우리는…… 그냥 옥상에서 구경만 했는데…… 갑자기 저기 길에서 총알이……"

노인은 눈을 감았다. 격통이 가슴을 훑고 지나갔다.

"오냐, 넌 내려가서 엄마랑 방에 있어라. 절대 나오지 마라. 나와선 안 돼. 엄마도 나오게 해서는 안 된다."

노인은 세차게 머리를 저었다.

"아니야, 아니야. 너도 도와라. 이번에는 너도 날 도와. 자, 누나를 내 등에 업혀라."

그는 아들이 가리키는 방바닥을 향해 등을 내밀며 쪼그려 앉았다.

"뭐 하니? 빨리 네 누나를 업히지 않고!"

노인이 소리쳤다. 아들은 제자리에서 서서 몸을 부르르 떨었다.

"손에 피가 묻었어요."

아들이 우는 소리를 냈다. 노인의 무릎이 뜨뜻하게 젖어왔다. 아들이 오줌을 지린 모양이었다.

"뭣 해! 빨리 네 누나를 업히래도."

마지못해 아들은 방바닥에서 제 누나를 안아 아버지의 등에 업혔다.

"가자. 똑똑히 봐 둬라."

노인은 업은 시늉을 하고 현관을 나섰다. 아들도 따라나왔다. 노인은 엘리베이터를 눌렀다. 아들이 공포에 싸인 눈을 굴리며 '아아아……' 소리를 내며 노인의 허리춤을 잡았다. 노인이 말했다.

"걱정 마라. 넌 그날 밤 무슨 일이 있었는지 똑똑히 보고 기억해야 해."

엘리베이터가 도착했다. 노인은 아들을 엘리베이터에 밀어넣고 자신도 올라탔다.

"정신 차려라. 그날 밤 네가 얼마나 두려웠는지 안다. 네 눈앞에서 그 꼴을 봤으니까. 애비도 무섭고 두려웠다. 너도 알다시피 난 겁 많고 소심한 사람이었다만 그 밤이 누군들 두렵지 않았겠니. 네 죽은 누나를 나는 대문 밖으로 내놓을 생각이었다. 진정 두려웠다. 뒷날, 세상이 제대로 돌아왔을 때 네 누이가 군인에게 희생당한 사실을 증명하려면 그 길밖에 없었다. 아무리 그런 아이라지만 개죽음은 아니지 않느냐. 나는 그 경황에도 그런 생각이었다. 자, 눈을 떠라."

엘리베이터가 일 층에 도착했다. 노인은 딸을 업고 아들을 이끌고 뛰었다. 후문 경비실을 지나 팽나무 아래까지 달려갔다. 숨이 목까지 차올랐다. 그는 등에 업은 딸을 팽나무 밑에다가 부렸다.

"자, 여기에다가 두자. 아침이면 군인들이 병원으로 데려갈 거야. 어서 들어가자. 아니야. 그날 밤 나는 다시 이 밑으로 돌아왔지. 네 누나를 여기에 뒀다가는 군인들이 못 볼까 봐 다시 업고 저기 큰길까지 업고 갔지. 자, 다시 업혀라. 뭐 해, 어서!"

아들이 떨면서 제 누나를 안아 노인의 등에 업혔다. 그날 밤처럼 등이 묵직했다. 노인은 몇 번이나 흘러내리는 등짐을 까부르면서 큰길까지 뛰어갔다. 은행나무 가로수 아래에서 노인은 걸음을 멈추고 두렵게 주위를 둘러보았다.

"저 멀리 장갑차 불빛이 보였지. 그뒤로 군인들이 있었을 게야. 난 여기에다가 죽은 네 누나를 내려놓았다. 다시 보자고, 손을 잡고 이마를 쓸어줬단다…… 아아, 아직 온기가 식지 않은 어린것을 두고 집으로 돌아갔지."

노인은 기진맥진해서 땅바닥에 쪼그려 앉았다.

"끝날 것 같지 않은 밤이 지나갔단다. 밤새 뛰어나가려는 네 엄마를 붙들고 새벽을 맞았다. 새벽 공기를 가르고 집 밖에서 선무방송 소리가 들려왔지. 네 시 삼십 분 현재 계엄군이 시가지를 완전 장악했으니까 폭도 잔당들은 투항하라더라. 절대 외출하지 말라고 했지. 눈에 띄면 사살하겠다고 엄포야. 네 엄마가 먼저 집밖으로 뛰어나갔다. 나도 곧장 따라갔지. 네 누나는 온데간데없었다. 길가를 샅샅이 둘러봤는데도 없었어. 군용트럭이 나타나서 난 네 엄마를 끌고 다시 집으로 돌아왔단다. 그게 그날 하룻밤에 우리에게 일어난 일이야. 그게 전부란다."

노인은 아예 땅바닥에 퍼더버리고 앉았다.

"그래, 그게 끝이 아니었지. 네 누나 시신을 끝내 찾을 수 없었단다. 병원으로 화장터로 공동묘지로 안 다녀 본 곳이 없지. 군경 쪽 기록에도 희생자 단체 쪽 기록에도 없었다. 아무한테도 말 못했다. 누가 믿어주겠냐? 누군들 욕하지 않겠냐? 지금도 그날 아침 네 엄마의 표정이 잊히지 않는구나. 또 밖에서 선무방송 소리가 들려왔지. 공무원은 출근하라는 방송이었다. 출근하지 않는 공무원은 근무지 이탈로 간주하겠다더구나. 내가 주섬주섬 옷을 챙겨 입자 네 엄마가 딱 가로막고 서지 않겠니. 내 멱살을 잡아채더니 그렁그렁한 눈을 치켜뜨면서 '출근하려고? 이 인간아, 출근하려고?' 그래. 난 대답하지 못했다. 언젠가 우리 가족이 웃는 날이 온다면 네 엄마가 날 이해해주리라 믿었지. 그러나 끝내 그 아이를 찾지 못했다. 아마 네 엄마는 정신을 놓는 그 순간까지 날 원망했을 게다."

노인이 통곡하듯 울음을 삼켰다. 그는 문득 아들을 바라보며 말했다.

"정신을 차려, 이놈아. 니는 도망치지 마. 똑바로 기억해야 해."

노인은 아들의 어깨를 흔들었다.

"네 누나는 죽은 거야. 돌아올 수 없어."

아들은 고통스럽게 제 머리를 감싸쥐었다.

이튿날 아침, 노인과 아들은 공원으로 산책을 나섰다. 아들은 예의 누나와 팔짱을 낀 채 걸었다.

공원은 변함없이 그대로였다. 여전히 숲은 울울하고, 깊은 그늘 아래서 산책 나온 시민들이 쉬고 있었다. 노인은 어느 은행나무 아래에서 발걸음을 세웠다. 가슴 높이에서 손바닥으로 나무줄기를 쓸어내리던 노인이 주먹만 하게 옹이진 데를 짚으며 아들에게 말했다.

"여기를 만져 보렴."

아들이 손을 뻗어 옹이를 어루만졌다.

"총탄이 박힌 자리란다. 전국체전을 기념해서 심은 나무라 그때는 아주 어린 나무였지. 총탄이 박혀서 못 살 줄 알았다. 그런데 살아났지 뭐냐. 이 동네를 떠나기 전까지 몇 해 동안 난 하루도 거르지 않고 이 나무를 지켜봤단다. 옹이진 대로 아물며 여느 나무처럼 튼실하게 자라줬지.

여기 봐라. 이젠 그늘에 의자까지 놓였구나."

그는 아들을 나무의자에 앉혔다. 물론 그 옆에는 딸도 앉았다. 그들은 나무의자에 앉아 감회 어린 눈으로 공원을 바라보았다.

어느 풍경에 이르러 아들은 화들짝 놀란 사람처럼 입을 벌렸다. 막대기를 든 남자가 벙싯거리는 얼굴로 공원 앞을 지나갔다. 그도 나이가 들어 초로의 노인이 되었고 목에 매단 깡통이 사라졌지만, 결코 잊을 수 없는 맹인 여자의 아들이었다. 그는 막대기 끝을 뒤쪽 허공에 놓은 채 공원 광장을 가로질러갔다. 뭔가 그 끝이 허전하게 비어 있었다. 아들은 아득해져서 옆을 더듬어 손을 그러잡았다. 그렇게 더듬어서 아들은 아버지의 손을 잡았다.

　－『좋은소설』 2009년 여름호/전성태 소설집 『두 번의 자화상』(창비, 2015년)

그럼 무얼 부르지

박솔뫼

1985년 광주 출생. 2009년 『자음과모음』 신인문학상으로 등단.

소설집으로 『그럼 무얼 부르지』 『겨울의 눈빛』 『사랑하는 개』 『우리의 사람들』 등.

장편소설로 『을』 『백 행을 쓰고 싶다』 『도시의 시간』 『머리부터 천천히』

『인터내셔널의 밤』 『고요함 동물』 『미래 산책 연습』 등이 있음.

김승옥문학상, 문지문학상, 동리목월문학상, 김현문학패 등 수상.

해나를 만난 것은 샌프란시스코에서였다. 정확히 말하면 버클리인데 버클리대학 인근에서 한 달에 한 번씩 모이는 모임에 간 적이 있다. 해나는 그 모임에서 만났다. 그 모임은 한국에 관심이 있는 사람들이 모여 한국어를 배우는 모임으로 한국어가 익숙지 않은 교포들이 주로 많았다. 한국어-영어가 섞이는 모임이라 유학 온 지 얼마 되지 않은 학생들도 몇 있었다. 그때 나는 여행 중이었는데 카페에서 한국어로 된 책을 읽고 있는 나에게 누군가 이런 모임이 있는데 나오지 않겠느냐고 권해서 나가게 되었다. 그 사람이 누구였는지는 이제 가물가물하다. 읽고 있던 책은 기억하는데 친구에게서 빌린 잘 팔리는 프랑스 작가의 소설이었다. 그 옆에는 바닥을 드러낸 카푸치노가 있었다.

버클리대학 근처에 있는 테이블이 넓은 카페, 목요일 오후 8시였다. 그날의 밤공기가 가볍고 건조했다는 것이 기억난다. 모임은 대체로 정해진 순서대로 진행되는 듯했다. 그날의 순서인 사람이 자신이 발표하고 싶은 것들을 발표하고 거기 있는 단어들을 영어는 한국어로 한국어는 영어로 설명해 주는 식이었다. 그날은 해나의 차례였다. 해나의 어머니는 한국인이었지만 아버지는 미국인이었다. 어머니는 10년 전에 돌아가셨고 그 이후 아버지는 시애틀 출신의 미국인 여자와 재혼했다. 그래서 너는 지금 부모와 함께 사니? 아니. 아빠와 아빠의 아내는 엘에이에 살아. 나는 버클리에서 혼자 살고. 처음 본 나에게 이런저런 이야기를 하기 시작했다. 할머니 할아버지는 언제 미국에 왔고 그리고 어머니는……, 하는 이야기가 이어졌다. 나는 설명할 게 아무것도 없었다. 그런가? 하는 표정으로 해나의 이야기를 듣기만 했다. 이야기를 마친 해나는 고개를 돌려 지난주엔 이런 걸 발표했지 그리고 이런 일이 있었지 웃으며 말했다. 나에게 알려 주려 했다. 사람들은 아 맞아 그거 웃겼지 대답했다.

해나는 가방에서 스테이플러가 박힌 프린트물을 꺼내 사람들에게 건넸다. May, 18th에 관한 자료라고 했다. 아 5·18이 May, eighteenth구나 당연한 것을 신기하다고 생각하며 그래? 거기는 내 고향인데 말했다. 해나는 정말이야? 감탄하고는 나를 바라보았다. 왜 놀라워하는 거지 감탄하는 거지 어째서 눈을 크게 뜨는 거지 생각하다 웃으며 그래 나는 거기서 태어났어 덧붙였다. 그러고 보니 내가 샌프란시스코를 여행하던 그때는 5월이었다. 장소는 버클리 인근 카페로 예상치도 못한 곳이었다. 내가 태어난 곳에서 30여 년 전에 있었던 일을 듣게 되는 장소로는 말이다. 나는 한국인들은 정말 선풍기를 틀어 놓고 자면 죽는다고 생각하니? 설마 산소 부족이 이유라고 생각하는 거야? 같은 이야기를 하는 줄 알았는데. 그런 가벼운 이야기를 하는 줄 알았는데. 어쨌거나 거기서 듣는 5월의 이야기는 마치 아일랜드의 피의 일요일이라거나 칠레의 피노체트가 저지른 일과 억압받았던 그곳의 사람들의 이야기를 듣는 것처럼 명백하고 비교적 의문의 여지가 없는 일처럼 들렸다. 마치 영어가 사건에 객관을 주고 있기라도 한 것처럼 말이다. 해나가 가져온 프린트물은 5·18

재단에서 만든 영어로 된 자료와 〈뉴욕 타임스〉에 실린 기사를 편집한 것이었다.

자료를 나눠 받은 사람들은 이제 읽을 차례라는 표정이었다. 사람들은 익숙하게 돌아가며 한 문단씩 읽었다. 빽빽한 글씨로 된 A4 용지가 서너 장쯤 되었는데 의외로 금세 다 읽을 수 있었다. 주문한 음료가 나왔다는 소리가 들렸고 몇이 일어나 음료를 가져왔다. 그때 내 맞은편에 있던 머리 긴 여자애는 커다란 밀크셰이크를 시켰고 나는 카푸치노를 시켰다. 낮은 잔의 카푸치노의 맞은편에는 기다란 유리잔의 밀크셰이크가 있었다. 모두들 한 모금씩 마시고 해나를 바라보았다. 사람들이 제자리에 앉은 것을 보고 해나는 설명하고 그러니까 이때 한국은 하고 시작하는 이야기들. 그런 것들을 말했다. 그 이야기는 틀리지 않았지만 한국어로 듣는 것과 영어로 듣는 것 사이에는 몇 개의 장막이 있었다. 하지만 그 장막은 나에게만 있는 것으로 해나에게는 없는 것이었다. 나는 커피를 한 모금 마시고 다시 자료를 보았다. 흰 종이에 빽빽한 글씨와 몇 개의 사진, 뭉개진 얼굴의 남자와 트럭 위에서 머리에 띠를 두르거나 목에 수건을 두른 젊은 남자들과 무릎 꿇은 사람들을 내려다보는 군인 그런 사진들이었다. 다시 커피를 한 모금 마셨다. 그때 누군가 광주가 어디 있는 도시냐고 물었고 해나는 한국의 지도를 그렸다. 형태를 그렸다고 하는 것에 더 가까울 것이다. 해나는 간단히 그린 한국의 지도에서 광주를 짚었다. 해나는 광주가 어디인지 정확히 짚을 수 있었다. 여기, 서울의 남쪽 부산의 서쪽. 아, 몇 명이 고개를 끄덕였다. 샌프란시스코로 어학연수를 온 대학생이 massacre의 뜻을 물었다. 이거 무슨 뜻이지? 계속 나오는데 모르겠네. 누군가 쉽게 설명했다. 잔인한 방법으로 많은 사람들을 죽이는 것. 한국어로는 뭐니? massacre, 학살하다. 대학생은 각주를 달 듯 massacre에 줄을 긋고 그 밑에 적었다. 학살하다.

해나와는 이메일 주소를 교환했다. 그리고 그 자리는 끝이 났다. 뭔가 좀 더 다른 이야기들이 나왔던 것도 같은데 기억나는 것이 없다. 아마 다음 차례는 누구였지? 아 나 그날 일이 있어. 아 그래? 나 그럼 내가 먼저 할게. 어디서 보지? 네가 정해서 메일 보내. 알았어. 그런 이야기를 했을 것이다. 헤어질 때 해나는 나에게 종이 몇 장을 건넸다. 시가 있었다. 이걸 읽고 싶었는데 못 읽었어. 나는 종이를 받아 들고 숙소로 돌아왔다. 숙소는 차이나타운을 지나야 나왔다. 그때 밤의 색은 푸른색이었고 거리는 푸른색 아래 가늘게 이어지고 있었다. 신호등이 바뀌고 천천히 걸어가고 있을 때 어떤 중년 백인 남자와 눈이 마주쳤다. 중년 백인 남자는 내게 중국인이니 대만인이니 일본인이니 묻고 같이 술을 마시러 가자고 했다. 나는 어느 나라 사람인지 그 이름이 나오면 반응해야지 하고 고개를 끄덕일 준비를 했으나 끄덕일 수 없었다. 이 사람을 따라가 술을 마시고 무엇을 시키든 시키는 대로 해버려야지 누군가 내 안에서 속삭였다. 그런 마음으로 기다려도 고개를 끄덕일 차례는 오지 않았다. 나는 대답할 순간을 놓쳤다. 일어난 일은 아무것도 없었다. 아무 대답 없이 신호등을 건넜다. 멈춰 서 있는 그 남자를 지나쳐 숙소로 돌아왔다. 침대에 누워 종이를 펼쳤다. 그 시는 김남주의 「학살 2」였다. 한국어와 영어로 각각 타이핑된 그 시는 외국 사람의 시 같았다. 60년대 후반 멕시코나 칠레의 대학에 군인들이 들어섰을 때 그것을 숨죽이며 지켜본 누군가가 쓴 것 같았다. 거리에서 사람들이 사라지는 것을 보게 된 누군가 그 누군가가 쓴 것 같았다. 게르니카에 대한 글 같았다. 1947년의 타이베이에 대한 글 같았다. 밤의 골목에서 누군가 얻어맞는 시였다. 누가 때렸다고 하는 시. 누군가가 때리고 누군가는 맞고 죽이는 사람이 있으며 죽는 사람이 있다. 그리고 우는 사람은 아주 많다. 그런 시였다.

다음 장에는 누군가가 눌러쓴 것 같은 글씨가 보였다. 어떤 글이었는데, 그러니까 선언문이었다. 민주주의 수호 이런 말이 보였다. 복사된 선언문 위에 해나의 덧붙인 설명이 있었다. 단기 ####년은 19으로 바뀌어 있었다.

해나를 다시 만난 것은 3년 후인데 그사이 나는 일본의 교토로 여행을 갔다 온다. 이에 대해 언급하는 것은 두 가지 이유가 있는데 우선 그사이 여행은 그것이 전부였고 또 다른 하나는 광주에 대해 이야기하는 사람을 그곳에서도 보았기 때문이었다. 그 사람을 만난 것은 교토 시조 가와라마치 근처에 있던 바였다. 버클리대학 근처 카페와 교토의 시조역 근처 바, 둘 중 어느 곳이 더 의외이려나. 30여 년 전에, 내가 태어난 도시에서 있던 일에 대해 불현듯 듣는 것으로 말이다. 역시나 바에서 만난 이 사람의 이름도 기억하지 못하는데 커다란 덩치에 60대 초반 정도로 보이는 남자였다. 안경을 썼고 짙은 청색 셔츠를 입고 있었다. 어떤 표정 같은 것은 기억이 난다. 눈의 주름 같은 것도 함께. 어쩌면 그 사람은 내게 이름을 말해 주지 않았을지도 모른다. 아니면 말해 주었대도 내가 부른 적이 없어 기억할 수 없거나. 그 사람은 바의 주인이었고 바에는 나뿐이었고 한동안 나뿐이었다. 나는 생맥주를 마셨고 그 사람은 커다란 냄비에 니혼슈를 데워 마셨다. 나는 끓는 냄비를 바라보다 붉어지는 그 사람의 얼굴을 바라보다 다시 끓는 냄비를 바라보다 하는 것을 반복했다. 그러다 보니 끓고 있는 술이 정말로 알코올 용액 그 자체로 느껴졌다. 맥주는 이렇게 차가운데 데운 술은 몹시 뜨거우며 그것을 마시는 사람의 얼굴도 어쩐지 뜨거워 보여.

"너는 어디서 왔는데?"

"한국."

"한국 어디?"

"어딘지 말해도 모를걸요?"

"어딘데?"

"광주. 서울의 남쪽. 부산의 서쪽."

"아."

그 사람은 물을 한 모금 마시고 니혼슈 옆에서 끓고 있던 무를 건졌다. 장 안에서 달걀과 함께 끓고 있던 무. 무는 장과 함께 오랫동안 끓였기 때문에 짙은 갈색이었다. 정말로 짙은 갈색이었기 때문에 앞서 말한 '장과 함께 오랫동안 끓였기 때문에'를 '장과 함께 오랫동안 끓여져야만 했기에'라거나 '장과 함께 오랫동안 끓여져 버렸기 때문에', '장과 함께 끓이지 않으면 안 되었기 때문에'라고 말해야 할 것 같았다. 이 짙은 갈색을 설명하려면 말이다. 그 사람은 건진 무를 작은 접시에 담아 내게 주었다. 자기 앞으로도 하나 놓았다.

"거기 어딘지 알아."

"정말?"

"내 친구는 「코슈 시티」라는 노래도 만들었어. 이렇게 쓰는 거지?"

바 테이블에 놓여 있던 티슈 한 장에 볼펜으로 光州 City 하고 썼다. 나는 고개를 끄덕였다. 어떤 노래냐고 묻자 그때 군인들이 이 도시로 와 사람들을 많이 죽인 그것에 관한 이야기라고 했다. 아, 나는 짧게 반응하고 다시 맥주를 마셨다. 光州에서 사람들이 많이 죽었지? 제주도에서도 사람들이 많이 죽었지? 지나가는 말처럼 말했다. 술을 넘기며 말했다. 술을 한 모금 넘기며 사람들이 많이 죽은 이야기를 했다. 그 사람은 주방에서 나와 뒤편의 테이블 밑에 쌓인 책들을 뒤지더니 어딘가 구석에 꽂혀 있던 사진집을 하나 들고 왔다. 교토의 거리였고 노천카페였다. 누군가가 의자에 앉아 신문을 펴서 읽고 있었다. 선글라스를 낀 젊은 남자였다. 신문에는 피 흘리는 남자가 군인에게 끌려가고 있는 장면이 크게 실려 있었다. 끌려가는 남자는 정장을 입고 있었고 회사원처럼 보였다. 나는 그 페이지를 오래 보았고 그때 누군가가 바의 문을 열고 들어왔다.

그 이듬해 봄에 해나를 다시 만났다. 처음 샌프란시스코에서 만난 이후로 해나는 가끔 메일을 보내왔다. 어떨 때는 영어였지만 대체로 한국어로 쓴 메일이었다. 안녕, 잘 지내니? 이런 말들도 가끔 어색하게 느껴졌다. 해나의 한국어가 아주 어색한 것은 아니었지만 가끔 스윽 읽으면 한국어 덩어리들이 각각 뭉쳐져 화면에 점점이 찍혀 있는 것처럼 보였다. 그건 나름대로 묘한 분위기가 있었다. 보낸 사람을 특이한 어린이처럼 보이게 했다. 물론 조금 편협한 이야기이다.

해나는 서울에 있는 대학의 어학당에서 한국어 공부를 하고 있다고 했다. 다음 주에 광주에 갈 거야. 네가 광주에 있다면 만나고 싶어. 나는 지금 서울에 있다고 답장했다. 하지만 다음 주에 갈 일이 생길 것 같아. 그럼 만나자. 연락해. 안녕. 내 답장도 어쩐지 흔들거리는 한글의 덩어리 같아 보였다. 어디선가 떼어 와서 컴퓨터 화면에 붙여 놓은 조합들. 하나로 뭉쳐지지 않는 작은 덩어리들.

해나와 나의 목적은 도청 앞에서 열리기로 한 광주 시향의 말러 교향곡 2번 5악장 「부활」의 연주를 듣는 것이었다. 그해는 1980년 5월 광주에서 30년이 지난 해였다. 기념할 만한 해였기 때문에 그런 연주가 야외에서 열리는 것이었다. 해나는 그 전날 광주에 미리 도착해 망월동 묘역에 들를 것이라고 했다. 우리가 만나기로 한 곳은 충장로에 있는 우체국 앞이었다. 사람들은 모두 이곳에서 만나 다른 곳으로 향했다. 오랜만에 본 해나는 머리가 짧아져 있었고 검은 옷을 입어서인지 차분해 보였다. 우리는 인사를 하고 짧게 포옹을 했다. 우리가 보기로 한 연주는 비가 와서 취소가 되었대. 해나는 말했고 나는 아쉽기도 했지만 그럼 이제 몇 년 전 한 번 본 게 다인 해나와 무얼 해야 할지 약간 당황스러웠다. 어쩌지? 묻자, 글쎄 밥을 먹을까 하는 대답이 돌아왔다. 그날은 비가 올 듯 말 듯 한 날씨였지만 밤공기는 습하지 않고 상쾌했다. 우리는 근처 중국집으로 가 잡채밥을 먹고 나와 잠시 걸었다.

광주는 조용했고 딱히 다른 날과 다르지 않았다. 특별히 소리 내어 무언가를 말하는 사람은 없었다. 의외로 이곳에서 무언가를 말하는 사람은 없었다. 어떤 날은 큰 목소리로 무언가를 말했지만 다른 때는 입을 다물고 아무것도 말하지 않았다. 아무 말도 하지 않았다 대개는. 우리는 도청을 향해 걷다가 조금씩 떨어지는 빗방울을 맞다가 아 비네 비다 하고 낮게 말을 하다 손바닥을 위로 향해 허공에 내밀었다. 빗방울이 손바닥에 떨어졌다. 나는 손바닥을 털면서 걸었다. 비는 곧 그쳤다. 우리는 이 기간 동안만 특별히 공개된 구도청 안을 걸었다. 1층에는 당시 5월의 영상이 상영되고 있었다. 20대 남성 둘이 나란히 서서 당시의 영상을 보고 있었다. 두 남자는 손을 나란히 붙인 채 얌전히 서서 보고 있었다. 나란히 서 있는 나란한 흰색 셔츠 나란한 두 사람이었다. 그 뒤로는 50대로 보이는 일본인 남성 한 명이 또 다른 20대 남성과 일본어로 대화를 하고 있었다. 20대 남성은 한국인으로 보였는데 통역을 해 주고 있는 듯했다. 그들을 뒤로하고 2층으로 올라갔다. 해나와 나 외에는 아무도 없었다. 텅 빈 복도. 어두운 복도. 회색 무거운 회색 복도. 시멘트 건물, 벗겨진 페인트 그 둘의 냄새. 이 회색 복도에서 정말로 무슨 일이 있었는지 입 밖으로 소리 내어 말을 하는 사람은 드물다. 정말로 이곳에서 무슨 일이 있었는지 아는 사람들은 다른 이야기를 해 줄지도 모른다. 이제까지의 이야기와 다른 이야기를 말이다. 그렇다면 그것은 또 다른 하나의 이야기가 될 것이다. 밖을 보았다. 비가 다시 올지도 몰라. 그런 생각을 하다 도청을 나왔다.

다시 충장로로 돌아온 나와 해나는 구시청 쪽으로 갔다. 구도청을 지나 구시청 쪽으로 크지도 않은 구도심 안을 걷기만 했다. 구도청 구시청 구도심 모든 보지 못한 과거의 거리를 긴 시간을 아는 사람처럼 부르며 걸었다. 늘어선 술집들 중 가장 조용해 보이는 곳으로 들어갔다. 우리는 맥주를 시켰고 주인은 곧 맥주와 유리잔을 가져다주었다. 성능이 좋아 보이는 오디오가 바의 왼편에 있었고 그 주위로 음반들이 차례로 정리되어 있었다. 해나는 나오는 노래를 흥얼거렸다. 맥주를 한 모금 마시고 노래를 따라 부르고 고개를 돌려 구석구석을 살펴보고 있었다. 그때 흘러나오던 음악은 보사노바나 가벼운 재즈였을 것이다. 해나는 서울에 있는 어학당 선생님 이야기를 했고 지난주엔 이런 걸 하며 놀았어 이런 이야기를 했다. 우리는 맥주를 한 병씩 더 주문했고 맥주를 가지고 온 주인에게 해나는 지금 나오는 음악 다 좋아요 하고 웃으며 말했다. 주인은 재즈를 좋아하시느냐고 물었다. 둘은 이런저런 연주자들의 이야기를 했다. 나는 문득 그 전해에 교토에 갔던 것을 생각했다. 봄이었지만 아직 날씨가 쌀쌀했고 어느 날인가는 눈발이 날리기도 했다. 교토는 모든 것이 오래되고 정리되어 있는 것으로 보여서 처음에는 그 안의 사람들이 잘 보이지 않는 도시였다. 하지만 그러다가도 문득 풍경 속 사람들이 생생하게 드러날 때가 있었다. 그때 「光州 City」라는 노래를 만들었다는 사람은 지금 어디서 무얼 할까. 그걸 알려 준 사람은 이제 그 음반을 구하기 힘들 것이라고 말했다. 어딘가에 있겠지만 아마 구하긴 힘들 거야. 그렇게 말했지. 그 이야기를 할 때쯤 누군가 바의 문을 열고 들어왔다. 마르고 세련된 차림을 한 중년 남자였다. 귀를 덮는 은발에 어깨가 딱 맞는 정장을 입고 있었다. 그 사람은 매실이 들어간 술을 주문했다. 그 사람은 매실이 들어간 술을 마셨고 주인은 데운 니혼슈를 마셨으며 나는 차가운 생맥주를 마셨다. 나는 어디서나 맥주를 마셨고 어디서나 사람들은 음악

이야기를 한다.

"「光州 City」라는 노래 알지?"

"「光州 City」?"

"어. 82년쯤인가 나왔을걸."

"하쿠류인가? 하쿠류의 노래?"

"응. 그렇지."

"아 그때 공연 많이 봤는데."

"본 적 있어?"

"그럼. 뭐 그런 노래도 많았는데. 오키나와라든가 천안문이라든가."

"오키나와에 관련된 노래는 많았지."

"응. 그랬지."

그때 누군가가 들어섰는데 마르고 세련된 차림을 한 중년 남자는 아니었다. 귀를 덮는 은발에 어깨가 딱 맞는 정장을 입고 있는 남자는 아니었다. 당연하지라고 생각하며 맥주를 한 모금 더 넘겼다. 방금 들어온 사람은 근육이 붙은 커다란 몸에 아디다스 티셔츠에 면바지를 입고 있었다. 그 남자는 나와 해나를 쓰윽 보더니 주인 쪽으로 갔다. 이미 다른 곳에서 마시고 온 얼굴이었다. 붉다. 아마 만지면 뜨겁겠지. 그 사람은 바주인과 친한 듯 주인의 맞은편에 앉아 맥주를 달라고 했다. 그 남자의 왼편에는 40대 남녀가 끌어안고 키스를 하고 있었다. 한덩어리처럼 붙어 떨어지지 않아 어떤 얼굴을 하고 있는 사람들인지 알 수 없었다. 방금 들어온 남자는 아무런 관심이 없다는 표정으로 맥주병을 손에 쥐고 고개를 끄덕이기 시작했다. 혼자 중얼거렸다. 그제야 잠시 떨어진 남녀는 목이 말랐는지 각자 술잔을 입에 가져갔다. 키스를 마친 남자가 말했다. 잔을 높이며, 그 노래 틀어요. 그 노래. 그 노래는 그해에 서울에 있는 광장에서 부를 수 없게 된 노래였다. 왜인지 납득이 가지 않는 이유로 부를 수 없게 되었고 그 때문에 노래를 부르고 싶은 사람들을 구차하게 만들었다. 왜 부르면 안 되나? 부르게 하라 이런 질문과 발언의 과정을 거치게 했으므로 결론적으로 모멸감을 느끼게 했다. 맥주를 마시지도 않고 맥주병만 들고 고개를 끄덕이고 있던 남자는 천천히 고개를 돌려 묻는다. 그 노래? 키스를 마친 남자는 잔을 여전히 높게 들고 있다. 그래! 들어야지 오늘 같은 날! 그 노래를 들어야지.

"그 노래를 들어서 뭐 해?"

"그래도 언제 들어."

"그 노래를 들어서 뭐 해요? 여기서나 트는 거잖아."

"왜 들으면 안 돼요? 안 되는 거야?"

"듣기 싫으니까. 정말 듣고 싶지가 않으니까."

"그럼 무얼 듣지? 무얼 불러야 하지?"

맥주를 한 모금 마시고 그런가? 그런 거야? 중얼거리던 남자는 잔을 내리고 여자를 끌고 나갔다. 바 주인은 어색한 표정을 했다. 지금 흘러나오는 노래가 끝나자 음반을 바꿨는데 레퀴엠이었다. 바 주인은 레퀴엠을 틀었다. 노래가 금지되면 은유가 이용됩니까. 나는 키스하던 남자의 말을 중얼거려 보았다. 무얼 듣지? 무얼 듣나. 무얼 부르지? 무얼 무얼 무얼 말하다 보니 부엉 부엉 하는 것 같았다. 해나는 벽에 몸을 기대고 무릎을 모아 끌어안았다. 해나는 상념에 빠져 있는 모습을 했다. 나는 그게 싫지도 화나지도 지겹지도 않았다. 더운 기분이 들었다. 그 노래를 틀지 말라고 했던 남자는 다시 일어나서 이런 노래 좀 틀지 말라고 낮은 목소리로 말했다. 레퀴엠이 뭐야. 맥주는 조금도 줄지 않았다. 남자는 혼자 중얼거리다 바를 나갔는데 맥주는 줄지 않았고 여전히 취한 채였고 주인은 만 원짜리를 내미는 남자의 돈을 자꾸 안 받겠다고 했다. 남자는 만 원을 던지고 나갔다. 우리는 가만히 있었다. 나는 편의점에 잠깐 갔다 오겠다고 말하며 잠시 바를 나왔다. 여전히 상쾌한 밤의 공기 손가락 사이로 빠져나가고 있었다. 편의점을 두 바퀴쯤 돌고 캔 커피를 하나 샀다. 편의점 앞 파라솔에 앉아 커피를 마셨다. 이 캔 커피는 검은색 캔에 들어 있는 전혀 달지 않은 캔 커피였다. 검은색 캔에 흰색 글씨로 BLACK 이라고 쓰여 있었다. 네가 어떤 기대를 하든 나는 달지 않을 것이므로 달지 않을 것이라는 기대를 하면 나는 너를 만족시키리라, 웅변하고 있는 모양이었다. 달지 않은 캔 커피 쓴 커피를 다 마셨다. 손바닥을 폈다. 투둑 하고 떨어지는 빗방울이 손바닥에 닿았다. 천천히 두 번째 빗방울이 떨어졌다. 세 번째 빗방울, 간격을 두고 네 번째 빗방울도 떨어졌고 나는 모인 빗방울을 빈 캔에 흘려보냈다. 일어나 다시 바로 향했다. 이것 봐, 큰비는 오지 않잖아. 나는 오늘 취소된 공연을 생각했다. 큰비는 오지 않아. 간격을 두고 떨어지는 몇 개의 빗방울뿐이잖아.

해나 옆으로 돌아가 앉았다. 바에는 우리 둘뿐이었다. 주인은 우리에게 커피를 가져다주었다. 또 커피네? 주인은 방금 커피메이커에서 내린 커피를 건네주었다. 커다란 머그컵을 손에 쥐니 손 안이 따뜻해졌다. 방금 빗방울을 모으던 손바닥이었다. 따뜻한 커피를 마시며 나는 가방 안의 수첩을 꺼내 괜히 뒤적거렸다. 핸드폰도 확인했다. 내보일 만한 것은 없었다. 중요한 것은 없었다. 해나는 가방에서 사탕 껍질 같은 걸 버리려고 꺼냈다. 전단지도 꺼냈다. 그리고 종이 한 장을 꺼냈다. 유인물 같은 것이었다. 이거 누가 묘역에서 나눠 주었어. 그런데 주변에 사람이 없어서 나만 받았어. 나는 구겨진 종이를 건네받았다. 시였다. 나는 몇 년 전 버클리에서 해나가 내게 시를 건네주었던 것을 기억해 냈다. 김남주의 「학살 2」였고 나는 그것이 60년대 후반 남미의 상황을 그린 시 같다고 생각했다. 그때는 5월이었고 두 번째 시를 받게 되는 때도 5월이며 그 사이로 몇 년의 시간이 흐르고 그 중간에 교토가 점처럼 찍혀 있지만 그 모든 것은 끊어지지 않고 하나의 공기로 흐르고 있었다. 나는 3년 전의 시선으로 3년 후를 보았으며 내게는 그것이 자연스러웠는데 그 사이를 지나는 바람이 그대로였으며 사람들은 음악을 이야기하고 나는 차가운 맥주를 마시며 그것은 언제나 변하지 않을 것들 중 하나였으며 나는 누가 죽이고 누가 죽고 그리고 아주 많은 것들이 남아 있고 그런 것들을 아는 사람들을 만나고 있었는데 시간은 그 사이를 바람처럼 유유히 지나가고 있었다. 두 밤은 습기가 없는 상쾌한 밤이었고 나는 해나로부터 시를 받는다. 겹쳐지는 밤이었다. 나는 종이를 접어 손에 들었다. 커피와 맥주를 번갈아 가며 마시다 종이를 펴 테이블 가운데에 두었다. 우리는 머리를 맞대고 읽었다. 김정환의 「오월곡五月哭」이라는 시였다. 우리는 검지로 한 줄 한 줄 읽었다. 나의 검지 옆에 해나의 검지가 움직였다. 나의 검지는 해나의 검지를 밀듯이, 해나의 검지는 나의 검지에 붙어 있는 듯한 모양으로 움직였다. 우리가 시의 끝부분인 "은밀한 죄악의 밤조차 진저리쳤던 대낮이었습니다"라는 부분에 이르자 두 검지는 종이를 두드렸다 툭툭 하고. 서로의 손가락도 두드렸다. 손가락을 두드릴 때는 종이를 두드릴 때 같은 소리가 나지 않는다. 나는 펜을 꺼내어 이전에 해나가 했던 것처럼 줄을 그었다. "우리들 가난의 공동체여"라는 부분과 "제3세계여 공동체여"라는 부분이었다.

우리들 가난의 공동체여,

제3세계여 공동체여

(이 둘은 이어진 부분은 아니다.)

공동체는 community, 제3세계는 third world, 해나는 영어로 적는다. 공동체와 제3세계는 몹시 세계 공용 단어 같아서 그 두 단어에 밑줄을 그은 김정환의 시는 김남주의 「학살 2」처럼 꼭 광주의 이야기만은 아닐지도 몰라 이건 60년대 남미의 이야기일지도 모르지 하는 생각이 들게 했다. 모든 명확한 세계들이 내게서 장막을 치고 있었다. 해나는 그때 버클리대학 근처 카페에서 누군가 광주가 어디 있지? 하고 물었을 때 광주의 위치를 정확히 짚었다. 아까의 그 검지로, 대충 그린 한국의 지도에서 여기야 하고 광주를 짚었다. 누군가 massacre의 뜻도 물었는데 또 다른 누군가는 쉽게 설명해 주었어. 잔인한 방법으로 많은 사람들을 죽이는 것. 한국어로는 뭐니? massacre, 학살하다. 대학생은 각주를 달듯 massacre에 줄을 긋고 그 밑에 적었지. 학살하다 하고. 그리고 또 다른 누군가는 그러면 brutal은 한국어로 뭐니? 아 그건 잔인하다. brutal한 방법으로 많은 사람들을 죽이는 게 massacre. 나는 그런 명확한 세계에 없었다. 마치 아주 복잡한 지도를 보고 있는 것처럼 거기는 어디지? 하고 들여다보아야만 했는데 그렇다고 무언가가 보이는 것도 아니었다. 나는 그렇게 들여다보는 사람이었으므로 당사자는 아니며 또한 명확한 세계의 시민도 아니었다. 내 앞에는 장막이 있고 나는 장막을 걷을 수 없으므로.

검지를 들어 문장의 밑부분을 밀기 시작했다. 손톱이 시의 발을 긁고 있었다.

나는 그때 교토의 시조역에서 걸으면 5분쯤 걸리는 어느 바에 앉아 있었다. 한동안 바의 주인과 나뿐이었고 내가 맥주를 두 잔쯤 마셨을 때 어깨에 꼭 맞는 정장을 입은 은발의 남자가 들어왔다. 그 남자는 매실이 들어간 술을 주문했고 우리는 셋이서 이야기를 나눴다. 그리고 잠시 후 나는 그 말끔한 중년 남자를 보며 묻는다.

"어떻게 다 알아요?"

"뭐를?"

"광주에서 사람들이 죽은 거요. 거기에 사람들이 있었던 거요."

"다 알지."

데운 술을 마시던 남자가 정리하듯 말한다. 우리는 나이가 많은 사람이니까. 그때 살아 있던 사람이니까. 광주에서 사람들이 많이 죽은 거 알지, 제주도에서도 사람들이 많이 죽었다 그것도 알지. 나이 많은 아저씨들이니까 다 알지. 나는 웃었고 나이 많은 아저씨 둘도 웃었다. 그 두 사람은 내게 너는 광주 사람이니까 너도 다 아는 사람이지 했는데 나는 그런가? 하고 혼잣말을 내뱉으며 실실 웃었다. 나는 맥주를 두 잔 더 마시고 그 바를 나왔다. 어쩌면 한두 잔 더 마셨을 수도 있다. 어쨌거나 나는 거기 서 있는 사람은 아니고 거기 서 있는 건 누구라고 말할 수 있는 사람도 아니었고 손가락으로 광주가 어디 있는지 짚을 수 있는 사람도 아니었고 단지 손바닥을 허공에 내미는 사람이었다. 저기 누가 서 있어 하고 뒤돌아 걸으며 혼잣말을 내뱉는 사람. 빗방울을 모아 캔에 흘려보내는 사람.

해나는 움직이는 나의 검지를 바라보았고 나는 계속 검지를 밀었다. 바의 주인은 저기, 하고 우리를 부른다. 우리는 뒤를 돌아보았는데 그때 그 사람은 우리에게 저녁을 먹었느냐고 물었다. 우리는 왜 그런 걸 묻지 이 새벽에? 그런 표정으로 고개를 끄덕였다. 먹었어요 진작. 남자는 어쩔 수가 없다는 표정으로 또한 말하지 않고서는 참을 수 없다는 표정으로 이야기를 시작했다. 아뇨, 다름이 아니라 이 근처에 죽이 맛있는 집이 몇 군데 있거든요 떡이 맛있는 그러니까 떡집도 있어요 국수가 맛있는 집도 있고 아 아까 말한 죽은 팥죽인데 팥죽이 특히 맛있어요 호박죽도 있고 깨죽도 있고 그냥 쌀죽도 있고 그런데 닭죽은 없어요 닭죽은 아마 삼계탕 집에 가야 할 거예요 팥죽에는 새알이 들어간 것도 있고 그 위에는 가끔 삶은 밤을 올려 주기도 해요 그리고 밥이 들어간 것도 있지만 역시 면이 들어간 게 제일 맛있어요 그 집에서 쓰는 팥은 묵은 팥이 아니라 새 팥이에요 새 팥으로 팥죽을 만들어요 묵은 팥은 맛이 없어요 새 팥으로 팥죽을 끓여야 맛있어요 묵은 팥은 뭔가 눅눅한 묵은 맛이 나잖아요 떡집은 매일 아침에 새로 떡을 뽑는데 지나가면 가래떡을 먹어 보라고 주기도 하는데 정말 맛있어요 저는 무지개떡 같은 건 잘 안 먹는데 거기는 무지개떡도 맛있어요 백설기도 맛있고 시루떡도 맛있어요 바람떡도 맛있고 송편도 맛있어요 그리고 어떨 때는 거기서 식혜를 만들고 있기도 해요 근데 역시 가래떡이 제일 맛있고 그다음으로 인절미가 맛있는데 인절미를 달라고 하면 거기서 막 콩가루를 묻혀 줘요 뜨거운 떡에 고소한 콩가루를 묻혀 줘요 아 그리고 뭐든지 맛있는 걸 먹으려면 시장으로 가야 하는데 양동시장통에 맛있는 죽집이 있고 아까 말한 집이랑 다른 집인데 떡집 맛있는 떡집도 있어요 국수라고 하면 보통 메밀국수인데 시내에 있는 국숫집 맛있는 데 아시지요 거기 옛날에는 반판도 팔았어요 국수 반판 그렇지만 시장에 가면 다른 국숫집도 있어요 그런데 국수를 먹을 바에는 그냥 팥죽을 먹는 게 낫다 싶을 때가 있어요 아니 보통은 그래요 팥죽에 칼국수 면이 들어가잖아요 그걸 먹는 게 낫지 않나 싶을 때가 있어요 그래서 다시 아까 맨 처음에 말한 죽집으로 가요 새 팥으로 쑨 팥죽을 먹으러 가요.

죽과 떡과 국수의 이야기가 계속되었다. 바의 주인은 레퀴엠이 든 음반 같은 건 진작 빼버렸다. 레퀴엠을 끝까지 듣지 않고 꺼버렸다. 그리고 튼 음반은 팻 매시니 같은 거였다. 그날의 밤에 어울리는 연주였다. 다름 아닌 가끔 허공에 손바닥을 내밀면 빗방울이 시간의 간격을 두고 툭툭 떨어졌고 손을 흔들면 손가락 사이로 상쾌한 밤의 공기가 빠져나가는 그런 밤에 어울리는 음반이었다. 우리는 멍한 얼굴로 고개를 끄덕이다 한 번씩 먹고 싶다 하고 반응해 주며 죽과 떡과 국수의 이야기를 들었다. 주인은 말할 수 있는 것이 죽과 떡과 국수밖에 없는지도 몰랐다. 끝나지 않을 것 같은 떡과 죽과 국수의 이야기. 가끔 보면 한 달에 아니 두 달에 한 번 정도인가 어쩌면 1년에 10년에 한 번 정도일 수도 있어요, 아직도 종을 딸랑이면서 두부를 파는 할아버지가 있어요. 정말이에요. 나는 거짓말 같은 이야기라고 생각하며 고개를 끄덕였어.

그리고 계속되는 끝나지 않을 것 같은 떡과 죽과 국수의 이야기.

해나는 여름이 지나고 샌프란시스코로 돌아갔다. 연락은 끊겼다. 나는 해나의 전공을 모르고 해나의 직업을 모르고 해나도 내가 뭐 하는 사람인지 모른다. 가끔 해나의 이메일 주소가 기억이 날 때가 있기는 하다. 나는 3년 정도 되는 시간을 하나로 뭉쳐서 바라보는 사람이었는데 시간이 지나자 해나를 중심으로 더 긴 시간들이 뭉쳐졌다. 어떤 밤, 같은 공기를 가지고 있는 밤들은 하나로 모였다. 하나의 시간으로 모였다. 예를 들어 광주, 해나를 만난 곳은 광주였다. 광주의 그 밤에 특별히 크게 소리 내어 무언가 말하는 사람들은 없었다. 우리가 오래오래 들어야 했던 것은 떡과 죽과 국수의 이야기뿐이었다. 그 사람은 다른 중요한 이야기는 없다는 듯이 그 이야기를 했다. 마치 이야기가 끊어지면 안 될 것처럼 말이다. 나는 그 후로 꽤 긴 시간을 보냈지만 그토록 떡과 죽과 국수의 이야기를 열정적으로 오랫동안 이야기하는 사람을 만날 수는 없었다. 나는 그 사람만큼 음식에 대해 길게 이야기할 수는 없었다. 앞으로도 그럴 것이다. 하지만 전혀 달지 않은 블랙 캔 커피에 대해서는 자세히 말할 수 있었다. 전혀 달지 않았어, 그걸 기대하고 마시면 완전히 만족시켜 주는 캔 커피지. 해나의 검지는 어떻게 생겼는지 희미하고 하지만 해나의 이름은 기억하고 있잖아. 내게 처음 한국에 관심 있는 사람들이 모여 한국어를 말하는 모임이 있어 하고 권했던 사람은 이름도 얼굴도 기억나지 않는다. 바에서 데운 술을 마시던 사람은 붉은 얼굴이 기억난다. 그 사람은 내게 너는 광주 사람이지 했는데 그 말을 들었을 때 나는 내 옆에 누가 있기라도 한 것처럼 고개를 돌렸다. 고개를 돌린 쪽의 옆자리는 비어 있었다. 나는 광주 사람이라는 소리를 듣자 고개를 돌렸는데 꼭 아닌 것만 같아서 그랬다. 나는 광주에서 태어나고 자랐으며 그 이야기를 듣자 데운 술을 마시던 사람은 기다렸다는 듯이 할 이야기는 그것밖에 없다는 듯이 80년에 광주에서 있었던 일을 이야기했다. 이어서 내게 너도 광주 사람이지 하고 말했는데 그때 나는 순간적으로 아득함을 느끼고 고개를 휙 돌리고 반응도 하지 않고 맥주만 마셨다. 반대편의 말끔한 중년 남자는 매실이 들어간 술을 금세 비웠으며 몇 년의 시간이 지났지만 나는 매실이 들어간 술을 마신 적이 없다.

언젠가 시간이 좀 더 흐르고 김남주의 「학살 2」를 다시 읽어 보았다. 나는 이전에 김정환의 시를 읽을 때처럼 김남주의 시도 검지를 밀며 읽기 시작했다. "오월 어느 날이었다"가 반복되는 그 시는 "아 게르니카의 학살도 이리 처참하지는 않았으리/ 아 악마의 음모도 이리 치밀하지는 않았으리"로 끝이 났다. 한밤중 군인들이 도시로 밀려 들어와 사람들을 죽이는 것 사람들이 죽임을 당하는 것 비명을 지르는 것 통곡을 하는 것을 쓴 그 사람은 50이 되기 전에 병으로 죽었으며 그 사람이 죽은 때는 90년대로, 누군가 환멸의 시기라고 말하던 때였으며 60, 70년대 스페인과 멕시코가 어땠는지 무심하게 썼던 칠레의 대표적인 작가인 로베르토 볼라뇨는 50 즈음에 죽었으며 그것과 무관하게 그 시는 여전히 60년대 남미의 이야기처럼 보였고 아일랜드의 피의 일요일을 노래한 것처럼 보였는데 광주의 그날도 공교롭게 일요일이었다고 하며 내가 자꾸만 남미와 아일랜드를 들먹인다고 해서 남미와 아일랜드를 잘 안다는 이야기는 아니다. 그런 뜻은 아니다. 맛있는 떡과 죽과 국수를 잘 아는 사람처럼 남미와 아일랜드를 잘 아는 사람이라는 뜻은 아니다. 전혀 달지 않은 캔 커피에 대해 이야기할 수 있는 것처럼 말할 수 있다는 것도 아니다. 해나를 광주에서 만났던 날 광주는 조용했고 큰 소리로 무언가를 말하는 사람은 아무도 없었다. 그 사실을 말할 수 있는 것처럼 말할 수 있다는 것도 아니다. 아니다. 아니다. 다만 내 앞으로는 몇 개의 장막이 쳐져 있고 나는 그 앞으로 직선으로 나아갈 수 없다는 것, 그것만은 확실하다는 이야기다. 나는 3년 정도의 시간은 하나로 볼 수 있으며 3년 전은 3년 후의 시선으로 볼 수 있으며 그러므로 나는 모든 시제를 지울 수 있으며 그렇게 볼 수 있는 시간들은 점점 늘어나지만 나의 시선은 김남주가 이야기한 "광주 1980년 오월 어느 날"에는 가닿지 않는다는 말인데 이건 좀 신기할 수도 있지만 실은 당연한 이야기다. 확실한 이야기이다. 어떤 같은 밤들이 자꾸만 포개지는 나의 시간 속에서도 말이다. 몇 번의 5월의 밤이 포개지는 나의 시간 속에서도 말이다.

다음 장은 누군가 눌러쓴 선언문인데, 해나는 몇몇 부분을 고쳤다. 설명도 덧붙였다. 단기 ####년은 19년으로 바뀌어 있었다. ####년 광주 시멘트 건물 회색 복도 5월 마지막 남은 며칠, 그것은 역시나 내가 모르는 시간으로 내가 더하거나 내게 겹쳐지지 않는 시간들이었다.

－『작가세계』 2011년 가을호/박솔뫼 소설집 『그럼 무얼 부르지』

(초판 자음과모음, 2014년, 재출간 민음사, 2020년)

기억의 유통기한

신수담

1961년 출생. 2016년 '5·18문학상' 신인상으로 등단.

전태일문학상, 신라문학대상 수상.

공동 작품집으로 『살아남은 자의 도시』(사회평론, 2019년)

동생은 한 번도 뒤돌아보지 않았다. 차문이 열릴 때 잠깐 주춤했으나 이내 올라탔다. 사내는 동생을 뒷좌석으로 밀어 넣고 자신도 그 옆자리에 앉았다. 동생 몸에 안전벨트가 채워지는 모습을 그는 복도 창가에서 묵묵히 내려다봤다. 차문이 막 닫히려는 순간, 체념한 듯 사내에게 몸을 맡기던 동생이 그를 올려다보며 소리쳤다.

-너도 당숙과 한패야, 똑같은 놈이라고!

그의 얼굴이 노랗게 굳었다. 운전석에 앉아 있던 다른 사내가 시동을 걸었다. 차는 얼마 안 가 아파트 정문을 빠져나갔다. 사내들은 거기가 초행이 아니었다. 일 년에 서너 번은 그 병원을 간다고 했다. 익숙한 길이니 두 시간 정도면 도착하겠지. 어디로 가는지 동생에게는 말하지 않았다. 방문 앞에서 응급이송단원들과 마주쳤을 때 동생은 이미 눈치를 챘을 터였다.

경광등 불빛이 시야에서 사라지자 그는 기대섰던 창가에서 몸을 돌렸다. 일을 끝내고 병원으로 가자면 서둘러야 했다. 현관문을 열다가 옆집

사는 김과 눈이 마주쳤다. 자다가 나왔는지 부스스한 머리에 헐렁한 남색 추리닝 바람이었다. 김이 먼저 눈인사를 건넸다. 허술한 행색과 달리 부딪쳐오는 눈매가 예사롭지 않았다. 그는 김이 언제부터 나와 있었는지, 행여 무슨 눈치를 챈 건 아닌지 걱정이 됐다. 김은 궁금한 걸 참지 못하는 사람이었다.

고민이 있어 김에게 몇 번 상담을 한 적이 있었다. 나이는 비슷하지만 소설가라기에 생각이 남다를 것 같아서 찾아간 거였다. 다행히 사람을 잘못 보진 않았다. 김의 조언과 격려는 그에게 힘이 되었다. 시니컬한 표정과 직설적인 말투가 묘하게 매력 있고 신뢰가 갔다. 단 한 가지 김의 유별난 호기심이 신경이 쓰였다. 말꼬리를 잡고 이거저거 캐묻는데 난처했다. 나중에는 상담 내용과는 무관한, 그의 어눌한 말투며 손 떨리는 증상까지 관심을 보였다. 여전히 김에게 호감을 갖고 있었음에도 불구하고 무례하다는 생각이 들었다. 그 뒤로는 먼저 김을 찾아가지는 않았다. 그는 부러 바쁜 척 허둥대며 집 안으로 들어갔다.

그는 벽에 붙어 있는 노란 포스트잇들을 뚫어져라 쳐다봤다. 동생이 미처 노트에 옮겨 적지 못한 내용을 급한 대로 메모해서 붙여 놓은 듯했다. 메모지마다 자잘한 글자들이 빼곡했다. 책상 위에는 절반쯤 쓰다 만 노트가 활짝 펼쳐져 있었다. 노트는 책상 위에도 방바닥에도 흩어져 있었다. 이 자료들을 끌어안고 놓지 않으려 하던 동생이 떠올랐다. 그는 깊은 한숨을 내쉬었다.

3년 전 정신병원에서 퇴원한 뒤 동생은 갑자기 기록을 하기 시작했다. 병원의 강압적인 약물치료로 기억이 죽어가기 때문이라고 했다. 동생은 당시와 관련된 것이라면 무엇이든 적었다. 오래전에 죽은 아버지와 어머니를 끊임없이 노트 위로 불러냈고 당숙 말이라면 토씨와 욕설까지 그대로 남겼다. 이렇게 하지 않으면 세상이 당숙 말을 믿을 거라며 동생은 불안해했다. 자신이 정확한 자료를 남겨서 언젠가는 그의 주장이 잘못되었다는 것을 세상에 알리겠다고 했다. 맞춤법도 문장도 엉망이어서 누가 알아보기나 할까 싶었지만 동생은 그 작업에 광적으로 매달렸다.

노트에 정신이 팔려 있는 동안 동생은 자기 자신이 아니라 아버지와 어머니가 되었다. 그 배역에 몰입한 나머지 종종 제자리로 돌아오지 못하고 죽음을 앞에 둔 사람처럼 고통스러워했다. 자신으로 돌아오면 이번에는 당숙에게서 벗어나질 못했다. 동생은 당숙이 부모를 두 번 죽였다고 확신하고 있었다. 호감을 가질 수 없는 건 당연했다. 당숙을 죽이겠다고 난리를 쳤다. 퇴원 직후의 평온했던 표정이 날이 갈수록 일그러져 갔다. 약을 먹으면 마음이 편해진다고 달래봤지만 동생은 무시했다. 그의 눈에 동생은 수레바퀴를 막아서는 사마귀처럼 무모하고 어리석어 보였다.

그는 메모지를 한 장, 한 장 벽에서 떼어내기 시작했다. 당장 손대지 않으면 계속 주저하게 될 것 같았다. 20여 권의 노트와 함께 밖으로 내갔다. 방 정리를 끝낸 뒤 그것들을 쓰레기봉투에 넣어 버릴 참이었다. 재활용 수거함에 내놓으려다 마음을 바꿨다. 누가 읽어 볼까 염려가 됐다. 들고 있던 것들을 현관 앞에 내려놓고 돌아서는데 발바닥이 따끔거렸다. 문지방 주위에 톱밥이 흩어져 있어 지저분했다.

만능 키가 있으니 문 여는 건 문제없다던 사설응급이송단원들은 동생이 안에서 도어의 잠금 장치를 꽉 누르고 있자 당황했다. 그런 상황에서 만능 키는 무용지물이었다. 열쇠업자를 불렀다. 허리가 살짝 굽은 육십 대 노인이 공구함을 들고 나타났다. 노인은 안에서 의도적으로 잠근 문을 열었다간 칼부림이 날지도 모른다면서 돈을 더 준다는 데도 망설였다. 옆에 서 있는, 깍두기 머리에 역도선수처럼 다부진 근육의 이송단원들을 보고서야 공구함을 열었다. 이런 경우에는 이 방법밖에 없다면서

도어 옆 문틀에 전동드라이버를 들이댔다. 드르륵, 드르륵 구멍 뚫는 소리가 새벽 공기를 불안하게 흔들었다. 문지방 위로 톱밥이 우수수 떨어졌다. 와중에도 동생은 손잡이를 놓지 않았다. 무슨 일이라도 벌어지면 어쩌나 그는 조마조마했다.

응급대원이라기보다 얼핏 납치범처럼 보이는 사내들이 성큼 방 안으로 들어서자 동생은 손에서 커터 칼을 힘없이 떨어뜨리며 그 자리에 무릎을 꿇었다. 살려달라고 비는 동생을 그는 외면했다. 그런 비슷한 장면을 한 번도 아니고 이미 네 번이나 맞닥뜨렸다. 그러니까 이번이 다섯 번째인 셈이었다. 그 장면을 볼 때마다 그의 머릿속에서는 오래전 목격했던 첫 기억이 완벽하게 오버랩 됐다. 어디선가 아버지와 어머니의 날카로운 비명이 들려오는 듯했다. 그는 하마터면 동생처럼 사내들에게 무릎 꿇을 뻔했다. 이런 식의 입원 절차는 동생은 물론 그에게도 못할 짓이었다. 하지만 도리가 없었다. 그들의 완력을 빌리지 않고는 동생을 병원에 데려가는 건 불가능했다.

이젠 다 끝난 일이다. 이번이 마지막 입원이라고 그는 생각했다. 동생이 입원을 되풀이하는 동안 깨달았다. 동생에게는 집보다 정신병원이 안전하다는 것을. 적어도 그곳에는 당숙의 전화가 가지 않는다. 인터넷도 쓸 수 없다. 무엇보다 약을 먹게 되니 다행이었다. 폐쇄 병동에서 좀비처럼 지내게 될지도 모르지만 적어도 바깥세상보다는 그곳이 동생에게 안전하다고, 보내길 잘했다고 그는 애써 마음을 추슬렀다.

포스트잇이 사라진 벽은 휑했다. 둥그런 알루미늄 틀의 벽시계만 덩그러니 남아 오전 6시를 가리키고 있었다. 12시 전에 떠나게 될지 가늠이 안 됐다. 동생 방은 뉴스에서 이따금 보던 쓰레기 방과 흡사했다. 들여다보지 못한 지 반 년이 넘었다. 동생은 청소고 뭐고 다 싫다며 제 방에 발도 못 들이게 했다. 어디부터 손을 대야 할지 막막했다. 우선 입원

수속에 필요한 동생의 주민증부터 찾기로 했다. 책상 서랍을 열었더니 하얀 약봉지가 수북했다. 봉지마다 뜯지도 않은 약들이 들어 있었다. 퇴원한 뒤로 병원에 발걸음도 않는 동생을 대신해 그가 매달 먼 길을 가서 타온 약이었다. 동생이 안 먹는다는 걸 알고는 있었지만 막상 봉투째 쌓여 있는 약들을 보자 울화통이 터졌다. 동생은 약을 먹으면 무뇌아처럼 된다고, 기억을 잃는다고 끝까지 버텼다. 약이 머릿속을 백지로 만드는 줄 아는 모양이었다. 그런 약이 있다면 이렇게 살지 않았다. 그저 쇠창살로 막힌 병원에 갇히지 않을 정도의 약발이었을 뿐이다. 그는 동생도 자신처럼 그냥저냥 견뎌주기를 바랐다. 사마귀 같은 놈. 평생 거기 갇혀 지낼 수밖에. 그는 마음에도 없는 저주를 퍼부으며 약봉지들을 쓰레기봉투에 쓸어 담았다.

　－요새 누가 이런 걸 쓰나. 이렇게 시의성이 떨어지는 걸. 차라리 연애소설을 쓰는 게 낫지. 이 정도 상상력이면 뭐라도 쓰겠네.

코빼기도 안 보이는 주민증 때문에 속이 타던 중이었다. 옷가지와 이불은 죄다 누더기여서 입원실에 뭘 가져다 줘야 할지 몰랐다. 밖에서 들려오는 목소리에 그는 손을 멈추고 밖으로 나갔다. 현관 앞에 김이 서 있었다. 복도에서 계속 얼쩡거리더니 호기심을 못 참고 그예 들어온 모양이었다. 그는 김의 손에서 노트를 발견하곤 화들짝 놀라 그것을 빼앗았다. 김이 머쓱한 얼굴로 뒤통수를 긁었다. 눈에 띄기에 무심코 집어 들었다고 변명을 했다. 그는 그 말을 듣는 둥 마는 둥 하며 김을 쳐다봤다. 괜히 말을 붙였다가 지난번처럼 달라붙으면 어떡하나 주저하다 조심스레 입을 열었다.

　－저기, 좀 전에 한 말이 무슨 뜻이죠? …… 시의성이 없다고 했던가?

김은 피식 웃더니 혼자 중얼거린 걸 다 들었냐며 별 의미 없는 말이라고 했다.

　─그러니까 다 끝난 얘기라는 겁니다.

　─끝나다니…… 뭐가요?

　─아, 저게 동생이 쓴다던 그 소설 자료들 맞죠? 저런 소재는 이제 수명이 다했어요. 대체 그게 언제 적 얘기냐고요. 써 봤자 아무도 안 읽는다고. 다들 관심도 안 보이는 얘기라 이겁니다.

　그는 어리둥절했다. 말뜻을 몰라서가 아니라 믿어지지가 않아서였다. 뭔가 잘못 읽은 게 틀림없었다. 오류투성이인 문장들이 김의 시야를 흐리게 했는지도 모르겠다. 그래도 그렇지 그 이야기를 두고 그렇게밖에 말할 수 없었을까. 그는 김의 말을 받아들이기가 힘들었다. 아수라장이었던 그 며칠간의 상황이 머릿속에서 아우성을 쳤다. 모든 것이 너무도 생생했다. 그는 자신이 그것들을 버리려 했었다는 사실도 잊고 노트 서너 권을 집어 불쑥 김에게 들이밀었다. 동생이 꼭 쓰고 싶어 하는 이야기라고 했다. 노트를 받아든 김은 거실로 들어와 베란다 앞에 놓인 낡은 일인용 소파에 앉았다.

　동생 방으로 돌아온 그는 한동안 벽을 쳐다보고 서 있었다. 김이 던진 말도, 그 말에 욱해 저지른 자신의 행동도 마음에 들지 않았다. 동생의 기록을 타인이 읽는 건 처음이었다. 동생은 바라던 일이었을 테지만 그는 아니었다. 어떤 식으로든 당시의 기억을 다시 들먹이고 싶지 않았다. 당숙의 태도를 보면서 그 생각은 더욱 굳어졌다. 노트 속에는 그의 가족사가 낱낱이 기록되어 있었다. 김이 그놈의 시의성을 들먹이지만 않았어도 단호하게 버렸을 것이다. 그 말이 죽어가던 그의 신경을 건드렸다. 자신은 아직도 약에서 벗어나지 못하고 동생은 정신병원을 들락거리는데 사람들은 그 일을 다 잊었다니…… 그럴 수는 없는 일이라고 생각했다. 그는 왼쪽 손목의 상처를 들여다보며 입술을 깨물었다.

일이 손에 잡히지 않았다. 그때 일들은 한 번 떠오르기 시작하면 잘 가라앉지를 않았다. 자꾸만 숨이 차고 식은땀이 났다. 부엌으로 나가 찬장에서 약봉지를 꺼냈다. 약을 먹으면 신경이 둔해진다. 그때의 기억들도 희미해진다. 그러면 그럭저럭 견딜 만하다. 약물에 뇌가 짓눌리는 느낌이 들고 손이 조금 떨리지만 그런 부작용은 기억이 주는 고통에 비하면 참을 만했다.

그는 냉수로 알약을 삼켰다. 이마의 식은땀을 손등으로 훔치는데 부엌 창문으로 서서히 밝아오는 동쪽 하늘이 눈에 들어왔다. 구름 한 점 끼어 있지 않은 투명한 쪽빛이었다. 날씨는 오늘도 종일 쾌청할 듯했다. 빌어먹을. 이 계절의 하늘은 늘 눈이 부시게 푸르렀다. 세상 어디에도 어둠은 존재하지 않을 것 같은 찬란한 눈부심이었다. 당숙 말처럼 어둠 속에 처박혀 있는 존재는 세상에서 동생과 자신 둘 뿐인 듯했다.

문득 등 뒤에서 쯧쯧, 혀를 차는 소리가 들려왔다. 그는 고개를 돌렸다. 김이 노트를 보면서 안타까운 표정을 짓고 있었다. 혀를 차는 건 어떤 의미일까. 공감일까, 비웃음일까. 감이 잡히지 않았다. 하지만 그에게는 그 소리가 왠지 위로처럼 들렸다. 아니 위로라고 믿고 싶었다. 그러자 메말랐던 가슴 밑바닥에서 따뜻한 물이 차오르는 느낌이 들었다. 뻣뻣하게 굳었던 안면 근육에도 온기가 도는 듯했다. 그는 면도를 제때 하지 않아 수염이 텁수룩한 턱을 손으로 쓰다듬다가 그때까지 김에게 차한 잔도 대접하지 않았다는 사실을 깨달았다.

커피 잔이 바닥을 보일 때까지 김은 별말이 없었다. 커피를 마시고 한동안 그대로 앉아 있던 그는 주저하다가 노트를 펼쳤다. 읽을 마음은 없었다. 그냥 있기가 뻘쭘해서였을 뿐이다. 사실 읽지 않아도 대충 짐작이 되는 내용이었다.

─어때요? 진수 씨가 보기엔?

그가 노트를 두어 장 넘기는 시늉을 하자 김이 물었다.

-그, 글쎄요. 어쩐지 남 얘기 같지가 않네요.

-뭐 리얼하긴 한데.

고개를 끄덕이던 김이 갑자기 탁, 소리가 나게 노트를 덮더니 그를 빤히 쳐다봤다.

-솔직히 말해주는 게 낫겠죠? 내가 습작생들을 몇 년 가르쳐봤는데, 이런 사람 보면 진짜 딱해요. 진작 썼다면 세상의 이목을 끌었겠지만 이젠 아니야. 이런 얘긴 서점 매대에서도 사라진 지 오래예요. 아, 요새 터지는 사건만 해도 다들 감당이 안 되는 상황 아닙니까. 눈만 뜨면 배가 뒤집히고 비행기가 추락하고 건물이 무너지고……. 이런 마당에 다 끝난 얘기 끄집어내면 다들 지겨워한다고. 동생보고 최신 소설 좀 찾아 읽으라고 해요.

가슴속에 차오르던 따뜻한 물이 순식간에 식었다. 김의 말은 위로도 공감도 아닌 좀 나쁘게 말하자면 비웃음이라 할 만한 말이었다. 그는 뭐라고 대꾸를 해야 좋을지 몰랐다. 텅 빈 눈으로 노트의 한 부분을 멍하니 바라보다가 혼잣말처럼 중얼거렸다. 끝났다는 건 무슨 말일까. 단지 그때로부터 시간이 많이 흘렀다고 그렇게 말할 수 있는 걸까. 아니면 그냥 귀찮으니 더 이상 말하지 말라는 뜻일까. 그도 저도 아니라면 대체 무슨 의미일까. 아무리 생각해도 이건 아니거든. 누가 뭐라던 우리한테 그 일은 아직 끝난 게 아니야. 동생이 밤마다 시달리는 거, 그게 다 뭣 때문인데. 걔가 오늘 병원에 끌려간 게 다, 다 무엇 때문인데…….

-저런, 어쩐지 소설 같지 않더라니. 이게 그러니까 밤마다 동생을 괴롭히는 그 문제였단 말이에요?

그를 쳐다보던 김의 눈이 휘둥그레졌다. 김은 새삼 호기심이 동했는지 다시 노트를 집어 들었다.

동생이 밤마다 이상한 소리를 하는 줄은 그도 전혀 몰랐던 일이었다. 김이 말을 해줘서 알았다. 한 달 전쯤 복도에서 김을 만났을 때였다. 김이 복도 쪽 방을 가리키면서, 동생이 밤에 누구랑 자느냐고 물었다. 혼자 자는데요, 했더니 고개를 갸웃거렸다. 병원에 한 번 데려가 보는 게 좋겠어요. 새벽에 종종 말소리가 들리던데. 내가 그 시간에 일을 하느라 깨어 있거든요. 잘못했습니다, 다시는 안 그러겠습니다, 그러기도 하고 누굴 죽여버리겠다고도 하고…… 뭐 그런 소리가 계속 들리더라고요. 한두 번도 아니고 종종.

동생이 이 아파트에 산 지 삼 년이 되었지만 이웃들은 동생을 몰랐다. 밖에 나다니는 일이 거의 없었기 때문이다. 동생은 집에서도 제 방에만 있다시피 했다. 창문에는 검정 암막커튼을 치고 생활했다. 밖에서 누가 엿본다면서 의심을 했다. 김은 동생이 왜 그런 행동을 보이는지 궁금해 했다. 사채업자나 다단계 횡포에 시달리는 게 아니냐면서 마치 걱정하는 것처럼 요리조리 캐물었다. 소설 소재로 수집하는 느낌이 들어 불쾌했다. 동생이 책을 너무 많이 읽어서 그렇게 된 것 같다고, 동생은 늘 방 안에 틀어박혀서 책을 읽고 글을 쓴다고, 아마도 작가님처럼 소설을 쓰는 모양이라고 둘러댔다.

그 이후로도 동생의 헛소리는 계속됐다. 아니 더욱 심해졌다. 이게 다 당숙 때문이다. 당숙이 터무니없는 소리만 하지 않았더라면 괜찮았을 것이다. 당숙은 잊을 만하면 한 번씩 전화를 걸어와 그들 형제의 속을 뒤집어놓았다.

그의 말을 들은 김은 당숙을 궁금해 했다. 김은 당숙이 어떤 인물인지, 실존인물인지 아닌지 읽어도 잘 모르겠다며 고개를 갸웃거렸다. 질문 같지 않게 질문을 던지는 건 김이 자주 써먹는 수법이었다. 그는 난감했다. 김에게 당숙을 뭐라고 말하면 좋을까. 그 역시 당숙을 잘 안다고 자신할 수 없었다. 당숙보단 차라리 김에 대해 설명하는 편이 더 쉬울 것 같기도 했다.

　그는 이제까지 당숙이란 사람을 본 적이 없다. 동생 역시 마찬가지다. 아버지, 어머니 제사에 당숙은 한 번도 오지 않았다. 친척들 경조사에서도 그는 당숙을 만나지 못했다. 친척들은 모이기만 하면 당숙을 입에 올렸다. 그 양반이니까 그런 일을 해내시지, 우리 힘으로야 어림도 없는 일이었어, 라든가 이런 건 그 어른 의견부터 들어보는 게 도리 아닌가, 라면서 마치 그 자리에 함께 있는 것처럼 당숙을 치켜세웠다. 그들은 당숙이 집안의 큰어른이라 했다. 체격 좋고 인물 좋으며 학식도 많다 했다. 그래서인지 친척들 간에는 어떤 사안에 의견이 분분할 경우 당숙 말씀을 따르는 게 불문율처럼 돼 있었다. 그런 까닭에 그는, 자신을 바라보는 친척들의 데면데면한 눈길이 당숙의 태도와 관련이 있을 거라는 생각을 은연중에 하게 됐다. 친척들은 어린 나이에 부모를 잃은 그들 형제보다 당숙을 더 걱정했다. 그들은 그에게 넌지시 말하곤 했다. 당숙한테 잘해라. 그 양반이 대장부시라 별 내색이 없으셔서 그렇지 너희 집 때문에 마음고생 많이 했다. 뒤처리하시느라 힘도 썼고 말이야. 그는 고개를 주억거렸지만 당숙이 누구인지, 뭘 하는 사람인지 정확히 몰랐다. 모임에서 말없이 구석자리에 박혀 있다 일어나곤 했던지라 누구에게 물어볼 엄두도 내지 못했다. 아마도 사업가라면 크게 성공한 축에 드는 사람일 테고 관료라면 고위층일 게 분명하다고 어림만 할 뿐이었다.

　아이러니한 건 얼굴도 모르는 당숙 목소리를 그가 알고 있다는 점이었다. 그와 당숙, 두 사람이 말을 주고받은 지는 꽤 오래됐다. 어느덧 삼십여 년이 다 되어간다. 그와 당숙의 대화는 부모의 기일 즈음에 당숙이 걸어오는 전화로 이루어졌다. 그게 정말 당숙 전화가 맞는지는 솔직히 잘 모르겠다. 어느 해는 지난해와 다른 목소리처럼 들리기도 했으니까. 그러나 그는 감히 당숙의 정체를 의심하지 못했다. 전화기를 들면 상대방은 언제나 당당한 목소리로 나, 당숙인데 라며 운을 떼었다. 그러고는 제사에 참석을 못 해서 미안하다는 말로 이야기를 시작했다. 당숙이 주로 말하고 그는 주로 들었다. 당숙은 부모의 죽음에 대해 그들 형제와는 다른 생각을 가지고 있었다. 그리고 그 점을 몹시 우려했다. 당숙은 어떻게든 두 사람의 생각을 바꾸려 들었다. 당숙의 말이 옳든 그르든, 사실이든 아니든 그는 대꾸하지 않았다. 속마음은 그게 아니었지만 입으로는 네, 네 했다. 문제는 동생이었다. 당숙은 그와 통화를 하고 나서는 꼭 동생을 바꿔달라 했고 동생은 기다렸다는 듯 달려 나와 당숙과 싸웠다. 집안 행사에 한 번도 가지 않았던 동생은 당숙이 얼마나 대단한 존재인가를 몰랐다. 당숙과 통화를 할 때마다 동생은 발작을 일으켰다. 그러니까 유년기에 겪은 부모의 죽음을 용케 견디고 있는 동생이 정신병원을 내집처럼 드나들게 된 건 순전히 당숙 때문이었다. 이번의 입원도 예외가 아니었다.

얼마 전 당숙이 예기치 않게 전화를 했다. 그날은 아버지 제사도 어머니 제사도 아니었다. 목소리는 여느 때보다 더 당당하게 들렸다. 당숙은 그에게 한 종편채널의 시사프로그램에서 방송한 내용을 들먹이며 봤느냐고 물었다. 못 봤다는 말에 저런, 저런 하고 혀를 찼다. 모름지기 사람이라면 세상이 어떻게 돌아가는지 늘 눈과 귀를 열어놓아야 하는데, 하더니 방송에서 드디어 진실이 밝혀졌다고 힘주어 말했다.

―네 아버지 어머니가 죽은 건 나라 탓이 아니라 불순분자들 때문이라고 내가 그렇게 말해도 네 동생은 아니라며 고집을 부렸지 않느냐. 그런데 내 말을 뒷받침해줄 증언이 며칠 전에 방송에 나왔단 말이다. 증인들이 직접 나와서 속속들이 밝혔다고.

처음 듣는 이야기가 아니었다. 당숙은 수십 년간 줄기차게 그 주장을 되풀이해왔다. 그 당시에 현장에서 장교로 복무했던 자신만큼 그때 상황을 잘 아는 사람이 어디 있겠느냐고 하면서 불순분자들 때문에 자신도 죽을 고비를 몇 번이나 넘겼다고 했다. 자신만 그랬던 게 아니라 나라도 그놈들 손에 넘어갈 뻔했다고. 그 상황에 그의 부모는 그놈들 편에 붙은 거라고 했다.

 —물론 아버지가 불순한 사상을 가졌다는 건 아니다. 우리 집안에 그런 나쁜 피는 없지. 암, 없고말고. 그러나 상황 판단에 착오가 있었던 건 분명해. 네 아버지, 어머니가 그놈들의 정체를 알았다면 그렇게 음식을 나눠주면서 거리에서 함께 어울렸겠느냐. 철없이 부화뇌동하다가 결국은 그놈들 손에 죽었으니 이 얼마나 기가 막힌 일이냐 말이다. 그야말로 객지에서 개죽음 한 거지. 그 사태가 끝나고도 후유증이 꽤 길었다. 오랫동안 거짓이 판을 쳤어. 교과서까지 조작을 했으니 말 다했지. 하지만 난 언젠가는 진실이 밝혀질 거라고 믿었다. 한 번도 흔들리지 않았어. 과연 세월은 힘이 세더구나. 그런데 거기서 활개 치던 불순분자들 규모가 그렇게 컸다는 건 나도 여태 몰랐었네 그려. 거의 600여 명이나 내려왔다지. 하여간 증인이 출연했으니 너희도 그 방송을 꼭 보도록 해라.

 그는 당숙이 말한 증인들 인터뷰뿐만 아니라 그 인터뷰를 내보낸 방송사가 며칠 뒤 오보라며 사과방송을 낸 것을 이미 인터넷에서 보아서 알고 있었다. 하지만 아무런 반박 없이 전화기만 붙들고 있었다. 동생은 당숙에게 거품을 물었다. 그때 자신은 아홉 살, 형은 열세 살이었다고. 부모가 자신들이 운영하던 사거리 분식점 앞에서 당숙 같은 제복 차림의 남자들에게 끌려가는 것을 똑똑히 보았다고. 그날 아버지가 죽었다고. 겨우 목숨을 건진 어머니는 5년 뒤 심장마비로 죽는 그날까지 방에서 나가지 못했다고. 누가 쫓아올까 창에 검정 암막커튼을 치고 시체처럼 살았던 어머니가 그 방에서 한 일은 그저 살려달라, 죽여달라 비는 일뿐이었다고. 대체 당신들은 우리 부모에게 무슨 짓을 한 거냐고.

　당숙과 통화 후 동생은 눈동자가 돌아가고 흰자위가 번뜩였다. 당장 당숙을 죽이겠다고 식칼을 들고 설쳤지만 그건 실현 불가능한 목표였다. 동생의 분노는 그에게로 날아왔다. 묵묵부답으로 일관했던 그에게 동생은 칼을 던졌다. 너도 당숙과 똑같은 놈이라면서. 그는 동생을 똑바로 바라보지 못했다. 왜 너는 당숙에게 말하지 못하는가. 그 역시 자신에게 화가 났다. 스스로가 너무나 한심해서 방바닥에 떨어진 식칼을 들어 자신의 가슴을 찌르고 싶을 정도였다.

　김은 세상사에 관심이 많았다. 이웃의 사소한 변화에도 예민한 반응을 보였다. 평소 김은 말하곤 했다. 눈에 보이는 모든 게 소설 재료라고. 그는 김의 직업 정신에 감탄을 하곤 했다. 인터넷으로 김의 작품을 찾아봤다. 말을 걸어도 좋은 사람인지 알고 싶었다.

　최근 작품은 눈에 띄지 않았다. 김의 소설들은 대부분 십여 년 전 저작들이었다. 인터넷에는 김이 현대사의 질곡을 외면하지 않는 괜찮은 작가라는 평들이 드물지만 올라와 있었다. 스스로 3류 작가라고 비하하지만 한때는 대학생들에게 멘토로 추앙받던 시절도 있었다. 그는 오래전에 친구에게 빌려 읽었던 소설『어느 봄날』이 바로 김의 작품이었다는 것을 알게 되었다. 독일의 명문대학을 졸업한 유학생이 모국에 남다른 애국심을 가지고 귀국해 뿌리를 내리던 중 간첩으로 몰려 사형을 당하게 되는 내용으로 비분강개하며 읽었던 책이었다. 당시 그는 동생처럼 아니 어쩌면 그 이상으로 앙앙불락했었다. 동생처럼 이빨을 드러내지 않았을 뿐이었다. 그는 겉과 속이 달랐고 낮과 밤이 달랐다. 밤이 되면 그는 열세 살의 그때로 돌아갔고 투사가 되었으며 당숙에게 대들기도 했다.『어느 봄날』을 읽고 나서는 자신도 모든 걸 그렇게 까발려 보고 싶다는 생각에 밤낮으로 기록에 몰두한 적도 있었다. 다 지난 얘기일 뿐이다. 어느 해 친척 모임에 참석했다 돌아온 그는 면도날로 자신의 왼쪽 손목을 그었고 그 이후 돌부처로 살았다.

김을 처음 찾아갔던 날 그는 상대가 당황해할 만큼 많은 말을 쏟아냈다. 그렇게 떠들어 보긴 철모르던 어린 시절 이후 처음이었다. 상담할 게 있다고 김에게 말했지만 기실 무슨 용건이 있었던 것도 아니었다. 어머니 제사를 앞두고 당숙의 전화를 받았던 날 느닷없이 김이 떠올랐을 뿐이었다. 그는 무엇에 쫓기듯 이끌리듯 무작정 김에게로 갔다. 무슨 말이든 하고 싶었고 그렇게 하지 않으면 당장이라도 질식할 것만 같았다. 고작 인터넷과 책을 통해 아는 게 전부였던 낯선 이에게, 아파트 복도에서 오가다 인사만 몇 번 나눈 상대에게 어떻게 그처럼 다가갈 수 있었는지 스스로도 의문이었지만 그날 그는 매우 절박한 심정이었다. 만남이 거듭되면서 송곳 같은 말투가 이따금 거슬렸고 설핏 관음증처럼 느껴지는 남다른 호기심 또한 탐탁지 않았지만 그래도 그는 김이 싫지 않았다. 괜찮은 이웃이라고, 적어도 당숙이나 친척들과는 다른 부류일 거라고 짐작했다.

그럴 만하니까 그런 말을 하는 거겠지. 터무니없는 소리는 아닐 거야. 그는 김의 양식과 안목을 믿으려 했다. 그런데 자꾸만 의문이 들었다. 김의 말에서는 왠지 모르게 당숙 분위기가 풍겼다. 그거야말로 터무니없는 오해였다. 하지만 실체도 없는 그 느낌은 의외로 쉽게 사라지지 않았다. 파도처럼 밀려갔다가도 다시 밀려들곤 했다. 파도가 밀려들 때마다 그는 김의 속내를 떠보고 싶다는 생각에 휘말렸다. 이러다 행여 김에게 쓸데없는 소리를 늘어놓게 되는 건 아닐까 싶었다. 그만 자료를 치워버려야겠다고 생각했다. 어차피 버릴 물건이었다. 그러나 눈을 돌려 노트에 몰입해 있는 김을 보는 순간 입에서 엉뚱한 말이 튀어나왔다.

―관심 있으면 동생 대신 직접 소설을 써 보는 건 어때요? 사실 이 소재는 작가님이 적임잔데…….

그러나 김은 시니컬한 목소리로 그의 제안을 거절했다.

―난 이제 이런 거 안 써요. 연애소설이라면 모를까. 아까도 말했잖아요. 이건 시의성이 없다고. 뭐, 끝까지 물고 늘어진다면야 세상이 아주 모른 체하지는 않겠지요. 세월이 거꾸로 간다고들 하지만 모두가 나 몰라라 하겠어요, 설마. 하지만 난…… 이쪽에 관심 끊었어요.

그랬구나. 그는 심한 모멸감으로 손이 떨려왔다. 심장이 격하게 고동을 쳤다. 그는 김 앞에서 아무 내색도 하지 않으려 안간힘을 썼다. 작가의 관심사를 독자가 왈가왈부할 수는 없는 일 아닌가. 그러나 어디 실연당한 얘기 없냐고, 그거라면 내가 눈물 나게 써 줄 수 있다고 김이 덧붙이자 더는 참지 못했다. 그는 김을 노려보았다. 농담이라며 김이 껄껄 웃었지만 따라 웃지 않았다. 그러잖아도 새벽에 먼 길을 떠난 동생 때문에 속이 쓰린 마당이었다. 거기에 염산을 뿌리는 듯한 김의 말투는 견디기 어려웠다. 더 이상 김과 얼굴을 맞대고 싶지 않았다. 아까부터 머릿속에 똬리를 틀고 있던 의문 하나가 그 순간 불쑥 고개를 치켜들었지만 그는 창밖으로 고개를 돌렸다. 시의성이란 도대체 누가 판단하는 거냐고. 시의성이 없다고 누가 그렇게 단정 지을 수 있냐고. 이 자료에 대해 그런 식으로 말한다면 『어느 봄날』에서 한 등장인물의 입을 빌어 당신이 던졌던 메시지는 어떻게 해석해야 되느냐고 김에게 질문을 던지는 대신 그는 유리창에 투영된 허깨비 같은 자신에게 묻고 또 물었다.

주인공의 사형이 집행된 뒤 십여 년의 세월이 흘러 정권이 바뀌자 가족들은 국가를 상대로 소송에 나섰다. 독일 유학 중에 주인공과 가까이 지냈던 여러 지인을 어렵게 찾아다니며 도움을 요청했다. 그러나 지인들은 오래전에 끝난 문제를 새삼 끄집어내서 좋을 게 뭐가 있겠느냐면서

되레 소송을 만류했다. 주인공의 어머니는 단호했다. 끝이라니! 난 그 말에 동의 못 해요. 우리에게 청산할 게 남아 있는 한 그 문제는 결코 끝난 게 아니지요. 그건 당신들이 판단할 문제가 아니에요.

이 대목을 끄집어낸다면 김이 어떻게 반응할까, 무슨 변명을 늘어놓을까 궁금했다. 그는 끝내 입을 다물었다. 역시 이쯤에서 대화를 그만두는 게 좋겠다는 생각이 들었다. 김이 뭐라든 어차피 달라질 게 없고, 어눌한 자신이 달변가인 김을 당할 수도 없을 터였다. 그는 응급이송차가 사라진 아파트 정문 너머를 응시하며 끓어오르는 마음을 가라앉혔다.

그놈이 그놈이라니 이게 대체 뭔 소리야. 그가 동생 방으로 가기 위해 막 몸을 일으킬 때였다. 그때까지 잠자코 있던 김의 입에서 뜬금없는 말이 튀어나왔다. 그와 눈이 마주치자 김은 검지로 노트를 가리켰다.

—당숙과 당신 사이, 동생이 오해한 거겠죠?

노트에는 며칠 전 당숙과 통화를 끝낸 동생이 그에게 했던 말이 그대로 기록이 되어 있었다. 그날 동생이 던졌던 식칼이 자신을 향해 다시 날아드는 것처럼 그는 몸을 움찔했다. 동생이 노트에 그런 말까지 써놓을 줄은 몰랐다. 물론 누군가는 그런 의문을 가질 법했다. 당신은 당숙 앞에서 왜 그렇게 입을 다물고 있었느냐고. 당신은 그 지옥을 함께 겪지 않았느냐고. 같은 질문을 그는 스스로에게도 이미 여러 번 던진 적이 있었다. 질문은 언제나 그를 곤혹스럽게 했다. 지금도 마찬가지였다. 그는 구차스러운 변명 말고는 내놓을 게 없었다.

당숙과 친척들이 그래도 아주 매정한 사람들은 아니었다. 매달 얼마간의 생활비를 보내주었다. 지금 그의 일자리도 마련해줬다. 변변찮긴 하지만 밥벌이 정도는 됐다. 동생은 그런 사정을 몰랐다. 알려고 하지도 않았다. 동생의 관심사는 오직 한 가지밖에 없었으며 머릿속은 그것만으로도 포화 상태였다. 그런 마당에 그까지 그렇게 살 수는 없었다. 함께 날을 세웠다간 그들 형제는 살아남지 못했을 게 뻔했다. 당숙은 눈 하나 깜짝 않고 하루아침에 준 것들을 모조리 빼앗아버릴 수 있는 사람이었다. 그는 동생을 보살피며 어떻게든 살아남아야 했다.

김이 이해할 수 없다는 눈빛으로 그를 물끄러미 바라보았다.

―동생이 오해할 만도 하네요.

―동생은 당숙이 어떤 사람인지 몰라요.

―글쎄, 내가 보기엔 당신이 동생을 모르는 것 같은데요. 여길 봐요. 동생은 당신과 함께 싸우고 싶어 했어요. 혼자가 아니라 당신과 함께 말이죠. 동생은 당신을 원망하면서도 끝까지 기다렸다고요. 동생은 당신이 당당하게 의견을 밝혔다면 오히려 당숙 쪽에서 물러섰을 거라고 확신하고 있어요. 뿐인가요? 억지소리를 멈추고 생활비를 더 늘렸을지도 모르는 일이죠. 두 사람이 악착같이 따졌다면 어쩌면 당신은 약을 끊게 되고 동생은 암막 커튼을 걷어치웠을지 누가 압니까. 그랬다간 살아남지 못했을 거라는 말은 당신 내면의 두려움이 지어낸 핑계가 아닐까요.

―두려워하다니요. 긴 세월 할 말을 참고 사느라 나도 힘들었다고요. 분노를 억누르느라 약을 먹으면서 거의 무뇌아처럼…….

울컥한 그가 말을 잇지 못했다.

―그렇게 살아남는 게 당신에게 어떤 의미가 있는지 궁금하네요. 기억날지 모르겠는데 언젠가 당신이 내게 약을 먹는 이유를 털어놓은 적이 있어요. 우리 집에 왔을 때 왜 그렇게 손을 떠느냐고 물었더니 당신이 말했잖아요. 그때 당신이 뭐라고 대답했는지 생각 안 나요? 그러니까 당신이 약을 먹은 이유는…… 그래요, 그게 당신의 솔직한 대답이었어요. 그때는 굳이 감출 이유가 없었거든요. 당신은 당숙이…….

김의 말은 계속 이어졌다. 그는 김에게 묻고 싶었다. 당신이 당숙을 얼마나 아느냐고. 그런 당신은 왜 연애소설만 쓰는 거냐고. 무의미한 질

문이었다. 게다가 그가 보기에 김은 연애소설은커녕 이제는 소설을 쓰는
것 같지도 않았다. 절필 선언을 한 건 아니지만 벌써 10년 넘게 신작이
없었다. 여전히 세상사에 관심 많고 현미경 같은 눈을 가졌고 밤마다 자
판을 두들기지만 그건 단지 김의 오래된 습관일 뿐인지도 몰랐다. 그는
김을 외면한 채 빈 커피 잔을 챙겨 자리에서 일어났다.

　-안정되는 데 얼마나 걸릴까요?
　입원 수속은 2시간 만에 끝이 났다. 담당 의사와 상담하는 절차가 좀
길었다. 동생은 그가 원무과에 도착해 의사와 마주 앉을 무렵 보호사들
에게 이끌려 먼저 자리를 떴다. 그에게 마구 폭언을 퍼붓는 동생을 보다
못해 의사가 취한 조치였다. 상담을 끝내며 자리에서 일어서는 의사에게
그가 물었다.
　-입원 경험이 있으니 잘 아시겠지만, 증상에 맞는 약을 찾는 데만도
석 달에서 반 년이 걸립니다. 조바심 낸다고 될 일이 아니란 거죠. 기록
을 보니 전보다 상태가 더 나빠졌어요. 그동안 약을 제대로 안 먹은 모양
이에요. 이런 환자들 치료가 제일 어렵습니다. 스스로 자신을 잘 안다고
생각해서 의사 말을 안 듣고 약을 멋대로 끊어버리거든요. 결국은 다시
옵니다. 보호자 역할이 중요한 이유지요. 그래서 말인데요.
　의사는 잠시 말을 끊었다가 강조하듯 덧붙였다.
　-면회 자주 오실 거죠? 맡겨놓고 무심한 가족들이 가끔 있어서요. 장
기입원으로 가면 아예 연락 끊는 경우도 있고.
　그는 말없이 고개를 주억거렸다. 상담을 마친 뒤 원무과를 나와 동생
이 입원해 있는 7병동으로 갔다. 10층짜리 구식 건물은 우중충한 회색이
어서 오후 햇빛을 듬뿍 받고 있는데도 그늘이 진 듯 병동 전체가 어두워
보였다. 벽은 여기저기 도색이 벗겨져 시멘트가 드러났다. 5층으로 올라

가 회색 철문을 여니 정면에 간호사실 데스크가 보였다. 간호사 한 명이 자리에서 모니터를 들여다보고 있었다. 병실은 간호사실 옆으로 난 복도를 따라 좌우로 길게 배치가 되어 있는데 간호사실과 병실 사이를 천장까지 닿는 견고한 철창이 가로막고 있었다.

그는 데스크로 다가가 동생을 불러달라고 말했다. 간호사가 철창 밖 면회는 안 된다고 못 박았다. 입원 직후여서 환자 파악이 제대로 이루어지지 않아 예측 불가능한 문제가 발생할 수 있다는 게 그 이유였다. 잠시 후 복도 안쪽에서 동생이 건장한 보호사의 팔에 이끌려 걸어 나왔다. 걸음이 평소와 달리 매우 느렸다. 동생이 가까이 다가오자 그는 구내매점에서 사온 빵과 우유를 철창 사이로 들이밀었다. 이미 점심시간을 넘긴 지 오래였다. 종일 굶었을 텐데도 동생은 손을 내밀지 않았다. 흐리멍덩한 눈으로 그를 쳐다보기만 했다. 눈빛만큼은 늘 형형하던 동생이었다. 그가 데스크 쪽을 쳐다보자 간호사가 말했다.

—병실에 들어가지 않으려고 난동을 부려서 약을 좀 세게 썼어요.

그는 빵과 우유를 손에 든 채 난감해했다. 동생 옆에 서 있던 보호사가 철창 밖으로 손을 내밀었다.

—이따가 전해줄게요.

보호사는 그가 주는 것들을 받아들더니 이제 그만 가 보라는 듯 그에게 눈짓을 보냈다. 그는 잠시 망설이다가 철창 사이로 다시 손을 내밀었다. 동생은 그의 손을 잡는 대신 풀기 없이 가라앉은 목소리로 그를 불렀다.

—형…….

동생이 무슨 부탁이라도 하려나 싶어 철창 앞으로 바투 다가섰다. 동생 입에서는 아무 말도 나오지 않았다. 입속으로 뭐라고 웅얼거리기는 했으나 그것이 의미를 갖춘 소리가 되어 그에게 전달되지는 않았다. 동생이 곧 등을 보이며 돌아섰다.

−윤수야!

그는 다급하게 주먹으로 철창을 두드렸다. 동생은 뒤돌아보지 않았다. 얇은 슬리퍼를 끌며 천천히 멀어져 가는 뒷모습을 그는 우두커니 바라보았다.

난간을 짚어가며 간신히 계단을 내려온 그는 7병동 출입문 앞에 놓인 간이의자에 쓰러지듯 주저앉았다. 버스정류장으로 가야 했지만 힘이 풀린 다리가 말을 듣지 않았다. 의자에 등을 기댄 채 서쪽 하늘을 바라보았다. 기울어가는 오후의 해가 사방에 막바지 햇빛을 뿌려대고 있었다. 어렸을 때 동생은 해가 지는 것을 싫어했다. 한여름에도 따가운 햇볕 아래 몸을 달구며 뛰어놀았다. 그러던 동생이 암막커튼으로 해를 막았다. 방에는 사계절 내내 빛이 들어오지 않았다. 병동에서도 햇빛을 보기는 어려울 게 뻔했다. 그의 눈앞에 병실과 간호사실 사이에 냉정하게 쳐져 있던 철창이 떠올랐다. 환자들은 바깥출입을 할 수 없었다. 일주일에 두 번 30분 정도 보호사의 인솔 아래 병원 매점에 다녀오는 게 외출의 전부였다. 쇠창살 친 조그만 창 하나밖에 없는 병실은 불빛마저 침침했다. 쇠창살 안쪽의 어둡고 긴 복도와 천장에 매달린 생기 없는 형광등을 떠올리자 그는 돌연 심장이 멎을 듯 숨이 막혀왔다. 당숙을, 아니 자신을 도저히 용서할 수 없었다.

김의 말은 그의 속을 들여다본 것처럼 날카로웠다. 굳이 듣지 않아도 알고 있었다. 입원과 퇴원을 반복하며 폐인으로 변해가는 동생을 볼 때마다 그는 자신이 중요하다고 생각한 것들―동생을 보호하고 생활을 책임지는 것―이 다 두려움을 감추기 위한 핑계였다는 자괴감을 떨치기 어려웠다. 동생을 정신병원에 보낸 사람은 당숙이 아니라 당신이라는 김의 지적을 그는 반박할 수가 없었다.

철창 앞에서 동생은 무슨 말을 하려 했던 것일까. 그는 동생이 우물거린 몇 마디를 헤아려보려고 노력했으나 허사였다. 너도 당숙과 한패야. 똑같은 놈이라고! 새벽 공기를 흔들던 그 목소리만 환청처럼 귓전을 어지럽혔다. 그는 동생의 오해가 억울했다. 그는 당숙과 한패가 아니었다. 그렇지만 김이나 동생이 자신을 오해했다는 생각도 들지 않았다. 새벽부터 추를 매단 듯 무거웠던 그의 마음은 기어이 바닥으로 추락해버렸다.

그는 사흘을 내리 혼돈 속에서 허우적거렸다. 머릿속이 방전이라도 된 듯 깜깜했다. 나흘째가 되던 날 자리에서 일어나 동생 방으로 건너갔다. 검정 암막커튼을 젖히니 밝은 햇살이 방 안으로 쏟아져 들어왔다. 눈시울이 뜨거워졌다.

그는 며칠째 현관 한쪽에 부려두었던 자료들을 책상 위로 옮겼다. 책장 한 줄을 모두 비우고 노트들을 가지런히 정리했다. 자료 주인은 동생이니 처분도 동생에게 맡기자고 생각했다. 하지만 그 기억의 주인이 동생만은 아니었다. 그는 동생이 모르는 자신만의 기억을, 차마 의식의 수면 위로 끌어올리고 싶지 않은 검은 기억들을 몸 곳곳에 깊숙이 감추어 두고 있었다. 그것들은 전혀 퇴색하지도 유실되지도 않았다. 동생이 퇴원하기 전에 노트가 그만큼 더 생길지도 모르겠다고 그는 생각했다.

동생이 입원한 지 열흘이 지났다. 그날은 서른여섯 번째 아버지 기일이었다. 당숙은 아침에 전화를 걸어 한 유튜브 채널을 알려줬다. 그에게 꼭 보라고 했다. 특히 동생에게 도움이 될 거라고 덧붙였다. 그는 아버지 제사를 지낸 뒤 책상 앞에 앉았다. 새 노트를 펼쳤다. 열세 살의 어린 그가 초로의 그에게 말을 걸어왔다.

　　　　　　　— 2016년 '5·18문학상' 신인상 당선작/『문학들』 2016년 여름호

은주의 영화

공선옥

1963년 전남 곡성 출생. 1991년 『창작과비평』 겨울호로 등단.

소설집으로 『피어라 수선화』, 『그 노래는 어디서 왔을까』, 『은주의 영화』 등과

장편소설로 『유랑가족』, 『꽃 같은 시절』, 『그 노래는 어디서 왔을까』 등이 있음.

신동엽문학상, 오늘의젊은예술가상, 만해문학상,

요산김정한문학상, 5·18문학상 본상 등 수상.

1. 상희

내가 아버지와 함께 처음으로 영화관에 간 것은 초등학교 3학년 때였다. 지금 그 영화 내용은 기억나지 않지만, 영화를 보고 나와 길모퉁이 찻집에서 아버지는 커피를 마시고 나는 아이스크림을 먹었을 때가 떠오른다. 창밖을 한참 동안 바라보던 아버지가 문득, 딱 저런 길모퉁이였다, 내가 너희 엄마를 처음 본 게, 라고 말했다.

나는 저런 길모퉁이에서 파란 제복을 입고 호각을 불고 있었는데, 단발머리 나풀거리며 길을 건너오던 너희 엄마가 내 옆을 지나가더라. 예뻐서 호각 소리를 더 크게 냈다. 너희 엄마가 한번 더 돌아볼까 봐, 가슴을 졸였지. 정말로 돌아보더라. 숨이 멎을 뻔했지. 거의 영화였다, 영화였어.

아버지가 눈을 가늘게 뜨고서 거의 영화였다, 영화였어, 했던 순간이 내 영화의 시작이었다.

내가 두 번째로 아버지와 영화관에 간 것은 고등학교 졸업식 날이었다. 졸업식인데 나에게 특별히 해줄 것이 없어서였을 것이다. 그날 우리는 중국 지아 장커 감독의 〈스틸 라이프〉를 봤다. 원래 제목은 '삼협호인'이라고 했다. 영화를 보고 나와서 아버지와 짜장면집에 갔다. 중국영화를 봤으니 자연스럽게 중국음식을 먹으러 가게 된 것이다. 짜장면을 비비며 아버지가, 야, 좋다 좋아, 감탄사를 연발했다.

은주야, 너도 저런 영화 하나 만들어 볼래?

아버지의 그 말이 또 내 영화의 시작이다. 나는 대학 입시에 떨어진 상태였다. 영화는 대학에 가서 배워야 하지 않느냐고 물었다.

카메라 한 대만 있으면 되겠지.

카메라가 없는데? 라고 했더니,

까짓것 한 대 사지 뭐, 하고서 아버지는 내 손을 잡고 카메라 가게로 갔다. 옜다, 우리 딸 대학 떨어진 선물이다!

아버지가 내게 캠코더를 선물한 것이 또 내 영화의 시작이다. 그 캠코더 값을 갚는 데 꼬박 열 달이 걸렸다는 것을 나는 나중에 엄마가 말해줘서 알았다. 아버지도 나도 영화라는 게 돈이 드는 일이라는 것을 몰랐다. 그러나 나는 이미 영화 말고는 다른 것을 생각하고 싶지 않은 사람이 되어버렸다. 나중에 대학 영화과를 다 떨어지고 영화와는 아무 상관 없는 도서관학과로 점수 맞춰 들어갔지만, 영화가 내 천직이어야 한다는 생각을 한 번도 버린 적이 없었다. 그러나 나에게 영화의 길은 요원했다. 내가 만들고 싶은 영화는 적어도, 엄마의 언니, 그러니까 나의 이모가 다리를 절게 된 사연이라든가, 이모가 세 들어 사는 집 옆방 아이가 불의의 사고를 당해 죽었다든가, 엄마가 아버지한테 두들겨 맞고 집을 나갔는데 우리 아버지 오중철 씨가 집 나간 우리 엄마 이상순 씨를 찾으러 갔다가 근무지 무단이탈로 직장에서 잘린 이야기 같은 것은 아니라는 말이다. 내가 이 영화도 아닌 영상물을 보며 골방에서 거의 혈거를 방불케 하는 생활로 시간을 죽였던 것은 물론 내가 백수여서였다. 그런데 내가 매번 이 영상물을 보면서 경험한 이상한 현상들은 다 무엇이었을까. 내가 이상한 현상들을 겪으며 이 영상물로 시간을 죽이는 동안 엄마의 돈 없는 생활의 공포에서 오는 나를 향한 공격과 습격은 간단없이 이어졌고 아버지의 병세는 나아지지 않았고 동생은 나보다 더 늙어갔고 나의 미래에 대한 불안은 극에 달했다. 이상한 현상을 경험하게 한 그 영상물의 첫 장면은 이모의, 세상 모든 것이 다 뜨거웠다는 말로 시작되었다.

세상 모든 것이 다 뜨거웠어. 하늘의 해, 닭백숙이 끓는 솥, 아궁이 앞에 앉아 불을 때는 나, 양손으로 닭날개를 잡고 햇빛 속을 뚫고 걸어오는 아버지, 장독, 나뭇잎, 흙도 뜨거워서 나는 숨을 못 쉴 지경이 되어부렀단다.

이모의 억양은 엄마처럼 세지 않고 부드러웠다. 나는 숨을 못 쉴 지경이 되어부렀단다, 하고서 이모는 정말로 숨이 가쁜지 깊은 한숨을 내쉬었다. 이모가 그렇게 말할 때까지만 해도 내 카메라는 무심했다. 나도 무심했다. 나는 아직 카메라 바깥에 있었다.

손님은 아예 없는 날도 있고, 그날같이 산 쪽의 참나무 두 그루, 벚나무 한 그루, 마당의 감나무 한 그루 밑에 아버지가 만들어놓아둔 평상이 다 찰 때도 있어. 마당 감나무 밑 손님들이 닭날개를 잡고 마당을 가로질러 오는 아버지를 부르더라.
아저씨, 여기 얼마요?
저어기 우리 가시내한테 계산하십쇼이. 내가 지금 보시다시피 닭 잡느라고 정신이 없어서.

나는 아궁이에 불을 밀어넣고 손님에게로 종종거리며 가서 돈을 받지. 얼마요? 삼만 원이요. 삼만 원? 머시 그렇게 비싸?

돈을 치른 남자가 나를 위아래로 훑어봐. 그러고는 침을 뱉듯이 물어. 아가씨 몇 살이야?

나는 대답하지 않지. 그러면 얼라, 예쁜 아가씨가 장애가 있네이, 장애가 있어. 아이고, 아까워라 아까워. 그러면서 가. 니가 잡아먹을 것도 아니면서 머시 아깝냐 새꺄, 이빨을 쑤시면서들 간다고. 그다음엔 또 참나무 아래서 보양탕을 먹던 사람들이 급하게 아버지를 부르더라고.

선천성이요, 다쳤소?

아버지가 나를 돌아보고는,

선천성은 아닌 게 다쳤다고 봐야제. 안 그러냐이?

다쳤다고 본다면 그 시점이 언젭니까? 내가 왜 시점을 묻냐면 요새는 의술이 좋아져서 저 정도 장애는 얼마든지 고칠 수도 있을 거란 말입니다. 오늘 이 집 음식도 잘 먹고 내가 한번 좋은 일을 해 보고 싶어서 그래요. 다친 시점이……

오일팔 때 그랬습니다, 오일팔 때.

아, 그럼, 총 맞았어요?

어어어, 그것이 아니고오, 맥없이 맥없이 그랬단게애. 그냥 군인들이 퇴각험시로 뽈따구가 좀 났던개비여어. 왜 안 글겄소. 군인은 어떠한 일이 있어도 전진을 목표로 삼아야 하는데 퇴각을 하니까 군인들 심정이 좀 안 좋았던갑서. 그래서 화풀이를 한다고 한 것이 지나는 길에 장독아지도 좀 깨고 총질도 좀 하기는 했제이. 시내서는 뭐 많이 죽기도 죽었지마는 우리 동네서는 그저 닭 몇 마리, 개새끼 몇 마리 죽고 거 머시냐, 하여간 그뿐이여. 소소허다면 소소허제. 아, 근디 저것이 방에서 나오다가 달구 새끼 죽는 것을 좀 봤던 모양이여. 그것이 뭣이 어쩐다고 심적 타격을 좀 얻었던 모양이라. 한창 예민한 사춘기 때라이, 그럴 수도 있어. 충격을 먹었는가, 그 뒤로 저러요 안.

아버지가 그날따라 내가 다리 절게 된 사연을 길게 말하더라고. 날은 뜨겁더라. 날이 뜨거워서 내 속도 뜨거웠지. 꼭 아버지 때문은 아니라고.

오일팔 피해자구먼, 피해자여.

아따, 그런 말 하지들 마쑈. 저 아래 누구 집, 누구 집 해서 죽은 사람들이 얼매나 많은디. 우리 집 가시내는 직접적 피해를 입은 것도 없고 단지 달구 새끼 때문에 충격을 좀 먹은 것을 가지고 무슨 피해자는 피해자여. 어어어, 당최로다가 그런 말은……

사람들이 갑자기 '오일팔 이야기'에 열을 올리더라. 자기는 그때 어디 있었다, 무엇을 했다, 광주서 뭔 일 난지도 모르고 라면 끓여먹고 춤췄다, 라면 먹고 왜 춤을 추냐, 나도 모른다, 그냥 그랬다, 와글와글와글, 참나무 아래서 아주 신이 났더라. 신이 나 죽겠다가 또 아버지를 불러.

군인들이 그럴 때 아저씨는 뭐 했어요?

나는 요 아래 주막에서 술 묵고 있었지라.

아따, 딸이 지금 죽게 생겼는디 너무 무심했던 것 아녀어?

참나무 아래 신난 인간들은 어느새 반말이야.

내 잘못이 많지라, 내가 죄가 많아노니.

딸은 이쁘게 생겼그먼.

지 에미 닮아서 이쁘긴 이뻐라.

아줌마는 어딨어요?

진작에 가부렀어라. 쟈들 어려서 가부렀어.

새장가도 안 가고 아저씨 혼자 애들을 키웠어?

누가 이런 데 와서 고생하고 살라고 할랍디여?

아저씨, 여기 얼마야?

삼만 오천 원인디, 삼만 원만 줏쇼.

어이, 아가씨 일롸바, 오천 원은 아가씨 줄게, 이뻐서 주는 거야이.

당최로다가 그러시면 안 되는디이.

당최로다가 그러면 안 되는디이.

내가 집을 나서자, 아버지가 바쁜데 어디 가냐고 하더라. 그냥 간다고
했지. 아버지가 빨리 오너라, 하더라고. 그럴게요, 했어. 아버지는 내가
진짜로 집을 나가는 걸 몰라서 그랬겠지. 가겟집 앞에까지 내려왔다가
아무래도 돈을 가지고 나와야 할 것 같아서 산중턱 집으로 다시 올라갔
지. 아버지가, 왔냐? 얼른 보양탕 솥에 불 좀 너라. 나는 다시 아궁이 앞
에 쭈그리고 앉아 땀을 흘리며 불을 땠단다, 오살할.

오살할, 이라고 이모가 말했을 때인 것 같다. 카메라가 갑자기 입을
크게 벌리는 것 같았다. 아마 술기운 때문이었는지도 모른다. 어느 한순
간, 내가 카메라 속으로 쑤욱 빨려들어가는 것을 느꼈다. 나는 카메라 속
에서도 이모를 찍겠다고 카메라를 찾고 있었다.

엄마는 잘 기억나지 않아. 내 생각에 엄마도 아마 선한 사람이었을 거
야. 사람들이 보통 악하기보다 선하기가 더 쉬운 법이니까. 아닌가? 악
하기가 더 쉬운가? 나한테 엄마 사진이 있었어. 우리 버리고 간 나쁜 년
사진 보지 말라고 오빠가 빼앗아가서 갈기갈기 찢어버렸지만 기억은 해.
사진 속 얼굴이 동글납작한 게 채송화같이 생겼어. 채송화같이 생긴 엄
마가 악할 리가 없지. 채송화같이 생긴 엄마를 두들겨 패서 집 나가게 한
아버지도 나쁜 사람은 아니야. 착해. 너희 아버지는 징그럽게 착한 사람
이라고 동네 사람들이 다 말했어. 그렇게 착한 아버지를 버린 너희 엄마

가 복을 찬 거라고. 아버지는 술에 취해서 말했지.

　나의 실수였제. 그렇다고 나가버리냐, 어린 자식들이 울고 기다리는 줄 번연히 알면서이. 오면 좋겠지야만서도 와야 말이지. 인자 올 수도 없어. 니 엄마가 시집을 갔더라는 말은 내가 했을 것이다이.

　우리는 아버지한테 엄마가 시집갔다는 말을 들은 적이 없었어. 그날 처음 들은 거야.

　그런디 니 엄마가 시집가서 애기 낳고 잘 살다가 죽었다더라. 누가 가서 본게 느그 엄마 애기들이 아직 어린디, 서럽게 울더란다.

　아버지가 그 말을 했을 때 우리는 다 함께 울었단다. 엄마가 죽은 것은 별로 실감이 안 나. 엄마가 그리운지 아닌지도 무감각해. 근데 엄마 아이들이 서럽게 울었다는 대목에서 난데없이 서러워지더라고. 아버지와 나와 상순이가 그렇게 울고 있을 때 중학생인 오빠가 미친년 죽은 것이 뭐가 슬퍼서 우냐, 고 바가지를 집어던지더라.

　오빠도 겉은 거칠지만 속은 곱지.

　춥냐? 뭐가 춥다고 지랄이냐, 어깨 안 펴? 스을, 펴라고 했다이. 안 피네, 일루 와 콱 그냥, 피라면 피란 말이야.

　우리 어깨를 잡아당기고는, 어디선가 구해온 빵이나 오징어다리 같은 것을 쓱 건네주곤 했단다. 느이 외삼촌이.

　니 엄마 상순이도 착했다이. 남의 것을 잘 훔치긴 했지만 인정은 많았지.

　내가 언니 줄라고 먹고 싶은 것을 꾹 참고 갖고 왔으니까 먹어.

　가겟집에서 훔친 과자를 나한테 주는 거야, 저는 안 먹고 나한테 줘. 흐흐흐.

　이모가 웃었다. 분명히 카메라 속에서 이모가 웃었는데 현실에서의 나도 웃고 있었다.

돈도 못 버는 것이 뭐가 좋다고 처웃냐, 웃기를.

언제 들어왔는지 엄마가 내 등짝을 후려쳤다.

카메라 꺼 이년아. 나가서 돈 벌려면 기어나와서 얼른 밥이나 처먹어.

엄마의 거친 언사는 날이 갈수록 그 도를 넘고 있다.

이력서 넣어놨으니 연락이 올 거라고.

연락 올 때까지 카메라만 들여다보고 있으시겠다?

그럼 어떡해. 딱히 할 일이 없는데. 밥 맛있네. 흐흐흐.

방구석에만 틀어박혀 있더니 슬슬 미쳐가는구나.

내가 정말 미쳤나? 나는 정말 미친 척하면서 밥만 먹고 내 방으로 들어와버렸다.

야이, 미친 가시내야, 니가 먹은 밥그릇 설거지는 해얄 거 아녀어. 저년 수발드느라고 쉬는 날 쉬지도 못해.

내 밥그릇 씻는 설거지 소리가 요란하다. 나는 숨을 곳이 없다. 카메라가 나를 빤히 바라보고 있다. 카메라가 숨을 쉰다. 카메라가 큰 숨으로 나를 빨아들인다. 나는 저항하지 못하고 카메라 속으로 빨려들어간다. 카메라 속에서 카메라를 찾는다. 그리고 나는 알았다. 카메라 속에서는 카메라가 필요 없다는 것을. 카메라 속에서는 내가 카메라이고 카메라가 이모다. 나는 이제 이모가 되었다.

나는 엄마를 집 나가게 한 아버지가 정말 미웠다. 아버지가 미워서 공부를 잘 하지 않았는데 아버지는 내 머리가 원래 공부머리가 아니라고 판단했는지는 몰라도 초등학교 6학년 가을에 학교에서 돌아와 작대기를 가지고 개와 함께 놀고 있는 나를 오라고 손짓해서는 조용히 말했다.

니 오빠 공부시킬라니 할 수가 없구나. 상순이는 아직 어리고 니가 아부지를 도와줘야제.

나는 말 잘 듣는 딸처럼 순순히 그러겠다 했다. 순순히 그러겠다 해놓고 벽장에 올라가 서럽게 울었다. 집 나간 엄마도 밉고 아버지도 밉고 오빠도 미웠다. 밉지만 그 미움을 표현할 길이 없었다. 그래서 나는 자주 산중턱에 있는 우리 집 아래 도시를 내려다보곤 했다. 한낮에도, 저녁에도, 오밤중에도, 새벽에도. 새벽에 변소에 가려고 나온 아버지가 그런 나를 보고, 거기서 뭔 생각을 그리 하냐고 대수롭잖게 물으며 방으로 들어갔다. 아버지가 내 곁에 오지 않고 방으로 그냥 들어가버리는 것이 나는 또 견딜 수 없이 미워져서 방으로 들어갈 수가 없었다. 내가 할 수 있는 일은 그저 산중턱 우리 집에서 내려다보이는 도시를 가만히 노려보고 앉아 있는 수밖에는, 노려보고 앉았다가 가슴 한복판을 꽝꽝 치거나 득득 긁는 수밖에는. 아무리 꽝꽝 치고 득득 긁어봐도 뭔가 스멀거리거나, 뭔가 따끔거리는 증세는 쉽게 가라앉지 않았다.

검정 페인트로 토종닭, 보양탕이라고 써놓은 나무 간판은 진작에 없어져버렸어도 사람들은 우리 집에 토종닭과 보양탕을 먹으러 왔다. 나는 아버지를 도와 토종닭, 보양탕 솥에 불을 때고 손님들이 먹고 나간 그릇을 씻었다. 일을 다 끝내고 나면 돌아서서 개처럼, 아무 곳에나 대고 컹컹 짖었다. 으르렁, 혹은 가르릉도 해보다가 아무 데나 확, 침을 뱉었다. 그러면 가슴 한복판의 스멀거림이라든가 따끔거림이 조금은 줄어드는 것 같아서 기분이 좋아졌다.

골방에 틀어박혀 있으니 이가 생겼냐? 왜 득득 긁냐, 긁기를. 가슴은 또 왜 쳐, 맨날 처박혀 있어서 소화가 안 되는 거여? 나는 그때까지 내가 내 가슴을, 득득 긁다가 꽝꽝 치고 있었다는 것을 의식하지 못했다. 엄마의 비명소리를 듣고서야 내가 이상한 행동을 했다는 것을 알았다. 절대로 그러려고 그랬던 것은 아니었다. 나는 다만 이빨을 쑤시면서 나를 위아래로 훑어보고 나가다가 아깝다고 흰소리하는 인간들을 향해 침을 뱉었다고 말하는 이모를 보면서 나도 모르게 침이 고였고 이모처럼 나도 저절로 그런 행동이 나왔던 것이다. 엄마는 절규했다. 아이고오, 아이고오, 딸년이 엄마한테 침을 뱉네애, 침을 뱉아. 나도 내가 당황스러워 이번에는 아예 문을 잠그고 말았다. 언제 온 지도 모르게 갑자기 내 등 뒤에서 나를 공격해오는 엄마한테 내가 무슨 짓을 할지 몰라 겁이 났다. 엄마 말대로 카메라만 들여다보고 살아서 내 정신이 좀 이상해진 것인가. 취직을 하자, 취직을 해. 그렇지만 어디서 연락이 와야 취직을 하든지 말든지 하지. 그러고 보니 내가 이 골방에서 목적도 없이 찍어온 이모의 이야기를 들여다보며 틀어박힌 지도 한 달이 다 되어간다. 그 한 달 동안 어디서도 연락이 없었다. 한 달 전 아버지는 아침부터 술에 취해서 말했다. 고향이란 것은 돌아갈 곳이 못 돼. 노래도 안 있냐, 돌아갈 곳은 못 돼드라 내 고향이라고. 사는 게 지랄 맞아 부모 제사에 고향 한번 못 간다고 식전 댓바람부터 퍼붓는 엄마의 잔소리가 아버지를 아침부터 취하게 한 이유가 되었다. 묵묵부답으로 술만 마시는 아버지와 말이 통하지 않자 엄마의 잔소리는 결국 내게로 튀었다. 돈 벌기가 어디 쉽냐이, 니 나이 이제 서른이다, 나는 너를 열아홉에 낳았다, 남들 다 있는 애인이 너는 왜 없냐, 니가 무슨 돈으로 영화를 하냐, 회사에 취직을 해라, 고등도 안 나온 나도 살았다, 대학 나온 니가 뭣이 무섭냐…… 거의 융단 폭격이었다. 내가 반응이 없자,

그놈의 카메라만 딜다보고 있는 것이 숫제 누 집 개가 짖냐 식이제이? 뭣이 이쁘다고 카메라를 사줘, 사주길. 저놈의 카메라 때문에 헛바람이 들었어, 오중철이가 딸년을 베래놨어, 베래놓아. 내가 저 웬수놈의 카메라를 그냥 콰악.

엄마가 카메라를 부술 기세로 돌진해왔고 나는 내 유일한 재산인 카메라 한 대만 챙겨들고 집을 나와 고속버스터미널로 갔던 것이다. 내가 광주 가는 버스에 막 몸을 실었을 때, 대학 동기 경화한테서 전화가 왔다.

경화는 해외 다큐멘터리영화제에 출품할 작품을 구상 중이라고 했다. 자본 위주의 도시에서 농업이 가지는 가치와 의의를 찾아서 도시농업을 하는 사람들을 취재하다가, 그들 중 게릴라들을 만났다는 것이다.

그들이야말로 평화적 혁명가들이야. 상상해 봐. 광화문 네거리가 밤새 꽃밭으로 변해 있는 모습을. 실제로 뉴욕이나 베를린에서 그런 일이 일어났어. 그 사람들을 게릴라가드너라고 하지. 게릴라니까 이름도 전부 가명을 써. 정체를 숨기고 길 가다가 꽃씨폭탄을 아무 데나 투척하지. 그러면 빈 땅에 꽃이 피고…… 이 가공할 자본주의 사회에서 그들은 그렇게 무기가 아닌 식물로 대항하는 거야. 어때, 흥미롭지 않니?

나는 작업을 할 수 있는 돈이 없다. 당장 움직일 수 있는 교통비도 없다. 트럭 한 대 가지고 우리를 먹여살린 아버지는 지난겨울, 가구를 배달하다가 빙판길에 사고가 나서 차는 물론이고 배달하던 가구들이 망가져 가구회사에 돈을 물어줘야 할 형편이 되었다. 그나마 크게 안 다친 것만도 다행이라고 했지만 아버지는 허리를 다쳐 봄이 된 지금까지 일을 못하고 있다. 엄마 말에 의하면 엄마는 아버지 만나 하루도 쉰 적이 없는 세월을 살았다고 한다.

솔직히 책 한 권을 읽고 싶어도 한 권 읽는 데 일 년이 걸릴지 이 년이 걸릴지 모를 세월을 살고 있다, 나 이상순이가.

쉬는 날, 독서 좀 해 보겠다고 하다가 책을 얼굴에 덮고 자고 일어나서 엄마가 한 말이다.

나와 다섯 살 터울인 은영이는 휴학을 몇 번이나 했는지 모른다. 지금도 휴학 중인지 아닌지 헷갈린다. 공부보다 아르바이트하는 시간이 더 많아서다. 나도 당장 편의점 아르바이트라도 해야 하나. 그런 우리 집 사정은 경화한테 굳이 말 안 해도 알 것이다. 경화는 물었다. 광주를 왜 가느냐고. 엄마가 아침에 카메라 부숴버리겠다고 해서 피신하는 거라고 하니까 경화는 웃었다. 내가 나중에 상 받으면 우리 같이 그 돈으로 떡 먹자이. 내가 광주 간다니까 경화가 농담을 광주 억양으로 했다. 기억나는 것이 아무것도 없지만 나는 누가 고향을 물으면 이 도시 이름을 댔다. 광주. 인터넷방송 '현장'에서 일하기 전에 일했던 지역정보지 『도깨비』 사장은 내가 광주라고 말하자, 잘 안 되는 억지 억양으로, 그러니까 오은주 씨는 광주 여자네이, 광주 여자여이, 하면서 정체 모를 미소를 지었다.

내가 아는 광주 여자가 둘이 되었네, 둘이 되었어. 옛날 애인하고, 또……

직원들이 여자라는 말에 생글생글 눈빛을 빛냈다.

거, 광주 여자들은 원래 다 그런가? 광주 여자들 특징이 좀 있어이.

뭔데요, 뭔데요.

하여간 있어. 그게 뭔지는 모르지만.

말해줘요, 말해줘요.

의욕이 좀 많아, 모든 면에서. 매사에 적극적이지.

액면 그대로는 좋은 말 같기도 한데 어쩐지 기분이 나빴다. 사장은 물었다.

광주서 났으면 광주에 대해서도 잘 알겠네?

광주서 세 살 때 떠나서 잘은 몰라요.

세 살 때 떠났으면 광주 여자도 아니네, 아니여. 좀 아쉽게 되었구먼, 아쉽게 되었어. 우리 회사에 광주 여자 하나 있는 것도 좋을 뻔했는데 말이야이.

초장에 기분 나쁘면 끝까지 기분 나쁜 법. 『도깨비』를 그만둘 때 도깨비굴에서 나온 듯 기분이 아주 개운했다. 기분 좋은 여세를 몰아 '현장'에 왔는데 지금 끝이 안 좋게 되었다. 외할아버지 제사에 엄마 대신 백수가 고향에 왔다가 이모에게 듣는 고향 이야기, 기억할 수도 없는 나와 이모의 동거 시절을 나는 쓸모가 있을지 없을지도 모르면서 카메라에 담았다. 이젠 '현장'에서 쓰지도 않을 '현장 이야기'를 습관처럼 담았다. 그렇게 담아온 것을 나는 한 달째 내 골방에 처박혀 들여다보고 있다. 이력서를 넣은 어떤 곳에서도 연락이 오지 않아서 내가 할 수 있는 일은 아무것도 없다. 광주 가서 카메라에 담아온 이모의 이야기를 보고 또 보는 것 말고는. 세 번쯤 보고 났을 때부터였을 것이다. 내가 카메라 속으로 들어가기 시작한 것은. 다섯 번째 보고 났을 때, 이력서를 낸 곳 중 하나인 출판사에서 문자 연락이 왔다.

오은주 씨와는 다음 기회에 좋은 인연으로 만나뵙길 바랍니다. 저희 회사에 지원해주셔서 감사합니다.

나는 하마터면 내 휴대전화에 대고 침을 뱉을 뻔했다. 이모가 그랬던 것처럼, 컹컹, 으르르릉, 가르릉, 쾨악.

정말 알 수 없는 일이었다. 나는 이모가 음복을 하며 풀어놓는 이야기를 졸기도 하면서 습관처럼 카메라에 담았을 뿐이다. 외할아버지는 돌아가셨기 때문에 당연히 내 카메라에 담을 수 없었다. 그런데 카메라 속에서 외할아버지가 닭날개를 잡고 뜨거운 마당을 가로질러 오는 것이다. 이모가 모든 것이 다, 뜨거웠어, 닭백숙이 끓는 솥, 아궁이 앞에 앉아 불을 때는 나, 라고 했을 때 나는 내가 이모가 말하는 시간과 공간 속에 살고 있는 것 같다는 착각을 하곤 했다. 그리고 그 모든 것은 카메라 안에서 이루어졌다. 카메라 속 세상에서 카메라 밖 세상으로 나오는 순간은 늘 엄마 때문이었다.

엄마가 내 방문을 왈칵 열어젖히며, 카메라 속으로 아예 들어가라 들어가, 라고 했을 때 나는 아직 카메라 밖으로 나오기가 힘들어서 몸이 좀 뻣뻣해졌다. 그래서였을 것이다.

상순아, 너 나한테 왜 그러냐? 했던 것은.

옴마옴마, 저년이 광주 갔다 오더니 즈그 이모가 되어부렀네이, 홈빡 뒤집어쓰고 와부렀어어.

나는 그때서야 멋쩍게 웃었다.

저놈의 카메라 땜에 숫제 미쳐부렀네, 미쳐부렀어. 취직해서 빨리 돈 벌어와 이년아, 돈.

그러나 나는 돈을 벌 길이 없었다. 그래서 다시 카메라 속으로 몸을 숨겼다. 카메라 속으로 들어가 살아버렸다. 카메라 속에서 또 다른 카메라를 들고 말하는 사람을 찍다가 어느 결에 내가 그 사람이 되어버렸다. 나는 이제 오은주가 아니라 이상희다.

상순이 열다섯, 내가 열일곱 살 때 우리는 똑같이 그 광경을 우리 집 마루에서 보았다. 우리 집이 있는 언덕 아래 가겟집 여자가 내가 번개탄을 사러 갔을 때,

군인들이 다 쏴 주개분단다. 그렇게 절대로 시내 나가면 안 돼야이, 라고 말했다.

시내만 안 나가면 된다요?

하면, 나가지 말고 집에 콱 어푸러져 있어라이.

안 어푸러져 있으면요?

어푸러지든 자빠지든 니 맘대로 해라, 니무랄 것. 좌우당간 나가지만 마러라이.

마치 엄마 없는 우리의 엄마처럼 우리를 단속했다. 시내에만 안 나가면 아무 문제 없을 것이라고 우리 식구들은 생각했다. 아버지, 오빠, 나,

상순이는 그날 저녁밥을 일찌거니 해 먹고 아버지는 가겟집으로 마실을 가고 오빠는 다락방으로 올라갔다. 가겟집 아줌마가 시내 청년들은 다 숨어버렸단다. 해서 그런 것은 아니고 원래 오빠 방이 다락방이었기 때문이다. 나하고 상순이하고 둘이서 한 이불 속에 발을 넣고 있을 때였다. 어스름 속에서 와장창 장독 깨지는 소리가 났다. 시내에만 안 나가면 군인들이 사람들을 죽인 일은 우리하고는 아무 상관이 없는 줄 알았다. 나는 시내에 안 나가봐서 죽은 사람을 보지도 못했다. 나는 시내에 있던 군인들이 왜 우리 집까지 와서 우리 집 장독을 깼는지 알지 못한다. 군인들이 왜 우리 집 닭과 개한테 총질을 했는지 알지 못한다. 문을 열고 나가다가 우리 집 개가 총을 맞고 피를 뿜으며 죽어가는 것을 나는 보았다. 닭들이 살점이 너널너덜한 채로 도망치는 것을 보았다. 우리 집 개한테 총을 쏜 군인이 나를 돌아보고 개처럼 혀를 날름거렸다. 그 순간 내 몸이 딱딱하게 굳어버렸다. 손을 뻗을 수도 고개를 젖힐 수도 없었다. 내가 누워 있는데, 오빠가 나를 툭툭 발로 찼다.

우리 닭만 죽은지 아냐, 바보야. 우리 장꽝만 깨진지 아냐, 멍청아.

나중에는 장단을 맞춰 노래를 불렀다.

우리 닭만 죽은지 아냐, 바보야, 우리 장꽝만 깨진지 아냐, 멍청아.

나는 오빠 노래에 웃었다. 누운 채로 나도 그 장단에 노래를 불렀다.

우리 닭만 죽은지 아냐 바보야, 우리 장꽝만 깨진지 아냐 멍청아.

상순이는 내가 오빠하고 신이 나면 질투가 나는지 화를 냈다.

일하기 싫으니까 그러지? 꾀병 부리지 마 작것아.

아이, 아이, 뭣 때문에 아부지 속을 상하게 하냐아, 좋은 일 한다고 인나 봐라.

아버지는 손까지 싹싹 빌며 사정을 했다.

나는 일어나시 않았다. 일어나고 싶지 않았다. 일이날 수기 없었다.

오빠가 일어나라고 나를 마당으로 끌고 나갔다.

군인들이 너한테 해코지를 한 것도 아니잖아, 근데 왜 등신처럼 구냐고오, 가시내야아.

오빠가 마당에서 나를 질질 끌면서 엉엉 울었다.

아팠다, 등이. 그래서 일어났다. 일어났는데 한쪽 다리에 영 힘이 없었다. 나는 한쪽 다리를 저는 절름발이가 되었다. 열일곱 살 여름부터.

아니이, 군인들이 지랄하는 것을 똑같이 봐놓고도 누구는 멀쩡한데 누구는 뭣이 어쨌다고 막 몸이 다 굳어불고 그러냐? 나도 봤어, 나도 봤다고. 근데 왜 나는 암시랑토 안 하냐고. 오빠가 나한테 이럴 줄 알았으면 나는 차라리 그때 군인들 총에 맞아서 죽어부렀으면 싶다니까아.

학교를 안 가고 시내를 싸돌아다니다가 오빠한테 작신 얻어맞은 상순이 발광을 했다.

뭔가, 하여간 뭔가가 항상 불만이던 상순이는 집에서 훔치는 것을 넘어 저랑 똑같은 가시내들하고 작당하고서 가겟집까지 털다가 경찰서까지는 안 갔어도 온 동네 우세를 샀다. 그때 오빠한테 매타작을 당한 뒤 입술이 반나마 터져서 절규하며 집을 나갔다. 가출 청소년 이상순을 교통경찰 오중철이 계도하다가 연애를 하고 그러다가 애를 낳았다. 한참을 소식도 없이 살다가 애엄마가 되어 돌아왔다. 애엄마가 되어 돌아온 가시내를 또 아버지가 두들겨 팼다.

아무리, 아무리 내가 못났어도 애비는 애비여. 그런디, 그런디, 자식인 니가 나를 이런 식으로 배신을 혀?

그렇게 두들겨 맞으면서도 상순은 울지 않고 웃었다. 아버지를 비웃었다.

배신 좋아하십니다요이, 배신은 먼 배시인! 아부지가 나한테 뭐를 해준 게 있어야지 배신을 허든지 말든지 허제애. 아하, 그러고 본게 옛날에 엄마도 이렇게 두들겨 팼는갑제애? 그래서 엄마가 집 나갔던 모양이제?

퍼붓고 가서 영 발길을 끊을 줄 알았던 상순이 그해 봄 애까지 낳고는 살던 집을 나갔다. 집 아래 가겟집에서 나를 부르는 소리가 나서 내려가 보니, 교통경찰 제복을 입은 오중철이 은주를 데리고 가겟집 안에서 쑥 나왔다.

은주 엄마 찾아올 때까지만 좀 맡아주십쇼. 두고 보세요, 꼭 찾고야 말 겁니다.

상순이를 찾으면 찾는 것이지, 꼭 찾고야 말겠다며 입술을 앙다물 건 뭔가.

찾아서, 찾아서 어쩌려구요?

아니나 다를까,

아가리를 돌려버릴 겁니다.

은주가 내게로 온 그 아침이 공교롭게도 산중턱집이 이 세상에서 없어진 날이기도 했다. 아버지가 쓰러진 것이 내가 업고 올라온 은주 때문인 줄 알았는데, 순식간에 밀고 들어온 그놈의 포클레인 때문이었다. 아버지는 어어어어, 하다 쓰러졌다. 우리 집을 부수던 포클레인이 잠시 멈칫하다가 맹렬한 기세로 다시 일을 시작하자 아버지는 정신을 잃었다. 진작에 철거 고지가 났고 이사비용도 받았지만 우리가 미처 아침밥도 먹기 전에 와서 쓸어버릴 줄은 나도 몰랐다. 은주를 업은 채로 쓰러진 아버지를 병원에 입원시키고 새 거처를 얻는 데 하루가 갔다. 이상하게 나는 그날 신이 좀 났던 것 같다. 어떤 이유 때문인지 몰라도 그랬다. 집이 우지끈 무너질 때 아버지는 쓰러졌지만 나는 솔직히 후련하기 그지없었다.

후련하기 그지없었다고 말할 때 이모의 어깨가 크게 흔들렸다. 나도 흔들렸다. 내 카메라도 흔들렸다. 술 기운인지 잠 기운인지는 알 수 없었다. 엄마는 집을 나가고 아버지는 집 나간 엄마를 찾으러 가고 이모는 외할아버지를 병원에 입원시키고 집이 순식간에 철거되어 새 거처로 이사를 하는 이모 등 뒤에 매달린 세 살의 나를 나는 가만히 들여다본다. 내가 들여다보자 세 살인 내가, 먼저 이마를 찡그리고 그다음에 눈썹을, 급기야 입술을 씰룩이며 울기 시작한다. 이모가 등 뒤에서 우는 나를 크게 한번 추스른다. 이모 엉덩이 밑으로 내려왔던 내가 이모 허리 위로 쑥 올라간다. 오오이, 울지 마라, 울지 마, 착하다, 우리 은주. 이모가 떼끼 해주마, 떼끼. 상희는 세 살 은주한테서 나를 쫓아버렸다. 은주한테서 은주를 쫓아내다니!

언니, 나야, 나. 왜 나한테 떼끼 하는데애.

피곤에 절어서 눈 밑이 시커먼 은영이 골방문을 빠끔히 열고 이모한테서 쫓겨난 나를 새초롬히 들여다보고 있다. 언니, 자, 이제 그만 자라고. 잠은 안 자고 카메라만 들여다보니까 언니가 자꾸 이상한 거잖아아.

집주인네 뒷방, 그 집에서는 동쪽방이라 부르는 방에 세 들어 사는 땜장이 김 씨가 마당에서 땜질하는 연장을 손질하며 누구에게랄 것도 없이 욕을 했다.

순전히 도둑놈들인 거라.

나는 병원에 가져갈 죽을 끓이고 있었다. 아버지가 병원 밥이 맛이 없다고 닭백숙을 먹고 싶다고 했다. 닭백숙 끓이는 연탄불에서 올라오는 가스가 매웠다. 그래서 부엌문을 열어놓고 죽을 쑤고 있는데 김씨가 자꾸 내 쪽을 훔쳐보는 것이 역력하게, 뭉그적거리며 하는 소리였다.

그것이 칼 안 든 강도들이여.

집주인 할머니가 담배를 피우며, 뭣이 어쨌다고 씨부렁거리느냐 하자,

뭐긴 뭣 땜에 그래요. 테레비서 하는 오공청문회 때문이지. 총 있으

면 쏴 죽여버려도 시원찮을 쌍놈의 새끼들. 국가를 좀먹는 놈들이 힘 좀 있다고 염병을 하는 꼬락서니 쳐다보고 있을라니. 울화통이 치밀어 더는 못 보겠소, 장사나 나가야지.

텔레비전이 없는 나는 세상일을 알 수 없었다. 은주를 업고 죽냄비를 챙겨 나가려는데, 저희 방 앞 툇마루에 오도카니 앉아 있던 북쪽방 아이가, 마당 수돗가에 걸린 쪽거울을 보며 후이후이, 한숨을 쉰다.

한숨 쉬는 거냐고 물었더니 얼굴을 붉힌다.

아줌마 애기는 내가 쳐다만 봐도 울어요.

높낮이도 없고 어떤 감정도 섞이지 않은 말간 목소리였다.

아이는 엄마하고 둘이 사는데 어젯밤, 애엄마가 안 들어온 모양이었다. 나는 보자기를 풀어 닭백숙을 아이한테 덜어주었다.

아줌마, 닭백숙 냄비를 들고 다리를 절룩이면서 애기를 업고 가다가 넘어지면 어떡할 거예요?

내가 이 집으로 이사 들어오던 날도 아이는,

아줌마는 왜 절름발이가 됐어요?

아줌마도 우리 엄마처럼 남편이 없어요? 아줌마는 절름발이고 아줌마 애기는 못생겨서 아줌마 남편이 아줌마 버린 거 맞죠?

아이는 되바라진 질문을 너무도 정직하게 너무도 조용히 했다.

아이가 제가 먹는 죽을 은주한테도 먹이는 시늉을 하는 것이 어쩐지 안심이 돼 은주를 아이한테 맡기고 병원으로 갔다.

아이는 은주를 정말 봐주고 싶은 것이 아니었다. 아이는 너무 고적했던 것이다. 그러니까 외로워서 그런다는 것을 나는 단박에 알았다. 근지럽다는 것이 실은 외롭다는 말이라는 것을 나는 알고 있었다. 나도 예전에 산중턱집에서 산 아래 도시를 바라보고 있으면 마음이 근지러웠다. 근지러워서 가슴 한복판을 얼마나 꽝꽝 치고 득득 긁었는지 모른다.

아버지는 내가 싸온 죽을 맛나게 다 비우고는,

아이, 요새 텔레비전서 오공인가, 광준가 청문회를 헌단다. 국회의원들이 총출동해서 누가 총질을 했는지 따지고 있단다. 그런디, 아직까지는 장꽝 깨지고 닭 죽고 개 죽은 사연 가지고 따지는 국회의원은 없다냐?

나는 마당에서 땜장이 김 씨로부터 오공청문회를 한다는 말을 듣긴 들었어도 그것이 무엇인지는 잘 몰랐다. 잘 몰랐지만 그런 것 같다고 대답했다.

하기사, 그까짓 것이 뭔 큰일이라고이. 큰일도 아닌 것 가지고 보상헐 것이 없을 것이여이.

아버지 옷을 갈아입히면서 나는 아버지 등을 한 대 세게 때렸다.

암것도 아니지요, 사람도 죽었는데 닭 몇 마리 개 몇 마리 죽은 것이 뭐가 대수래요이.

아버지는 시원하다고 한번 더 쳐 보라고 한다. 얹힌 것이 쑥 내려가네, 쑥 내려가.

나는 아버지 등을 두 대 쳤다.

아이고 선허. 돈은 얼마나 남았냐. 아부지 병원비는 충분허겄냐, 못하겄냐.

또 한 대 더 쳐주라고 한다.

아이고 좋다 좋아, 니 오빠는 직장생활을 잘하고 있는가 모르겄다, 나를 너한테 딱 맡겨불고는 소식이 없다이.

더 쳐드릴까요?

고만 됐다…… 아부지가 많이 미웠지야? 인자 나는 잘란다, 그만 들어가거라.

아버지가 미운 것이 아니었다. 그렇지만 또 아버지가 미웠다. 나는 밉지 않은 아버지를 미워하는 것밖에 내 속에 일어나는 이상한 기분을 어떻게 해야 하는지 알지 못했다. 아버지 등을 친 내 손이 미워 나는 나를 쳤다.

이상하게 꼼짝할 수 없어서 일어나지 못했는데, 그런 나를 보고 웃었던 열일곱의 내가 십 년이 다 되어가는 시점에서 왜 그렇게 미운지 알 수 없었다. 오빠가 우리 닭만 죽은지 아냐 바보야, 우리 장꽝만 깨진지 아냐 멍청아, 장단을 맞추어 노래하면서 나를 쿡쿡 찌를 때 나는 웃었지, 울면 이상할까봐 바보같이 실룩실룩 쳐웃었어.

나는 이제 울고 싶었다. 내가 운다고 나를 야단칠 아버지도 없고 운다고 나를 때릴 오빠도 없으니 실컷 울고 싶었다. 나는 그 울음을 집에 돌아와서 울었다. 북쪽방 아이가 은주를 업고 엎드린 채 자다가 내 기척에 깨어나서는,

내가 만화책도 보여주고 노래를 불러줘도 계속계속 울잖아요, 업어주니까 안 우는 거예요. 얘는요. 사람이 꼭 업어줘야만 안 우는 진짜 성질 이상한 애라니깐요, 하는데 왈칵 참았던 울음이 터져나왔던 것이었다.

엄마가 내 등을 쳤다. 아이갸, 우네, 울어? 왜 우냐? 왜 울어? 왜 우냐고오, 엄마 눈에도 눈물이 고인다. 요새 니가 무엇을 딜다보고 있는지 내가 다 안다. 니 이모가 쓰잘데없이 뭐라고 뭐라고 다 지나간 옛날간날 이야기 하는 거 니 등 뒤에서 나도 다 봤다. 나는 지금까지 너희를 하늘에 맹세코 떳떳하게 키울라고 나 딴에는 죽을 둥 살 둥 발버둥을 치며 살아왔다. 그런데 오늘날에 와서 니 이모가 내 자식한테 내가 너를 이모한테 버려두고 집을 나갔니 어쨌니, 돌아보면 본인도 몸서리칠 옛날이야기를 뭣할라고 미주알고주알 해서 떡이 나와 밥이 나와, 누구 좋으라고 그러냐고오.

엄마의 절규는 최고조로 올라갔다가 갑자기 뚝 떨어지듯이 조용해졌다.

아이, 은주야, 나는 죽고 싶다. 자식한테 우세를 당하고 어찌 살아야 하나, 나도 죽고 싶은 심정이라. 그런디이, 죽고 싶어도 먹고 죽을 약 살 돈 하나가 없어 못 죽는다, 시방.

코를 팽 푼다.

엄마가 나 버리고 갔을 때 이모가 할아버지 병원에 죽 갖다주러 가는 동안 애가 나를 봐줬다네. 봐 봐, 저기 애가 나오네, 엄마 나 잠깐 저 속에 들어갔다 올게. 엄마, 울지 말고 잘 있어. 나는 카메라고 카메라는 저기 나오는 저 애야이.

울지 말라고 했건만, 카메라 밖에서 엄마가 울다가 악을 쓴다. 미친 가시내야, 아니 은주야, 내가 미안하다, 내가 잘못했다. 좋은 일 하는 셈 치고 카메라 밖으로 나오너라.

카메라 속 아이가 잠이 들고 나서야 나는 카메라 밖으로 나왔다. 나는 다시 은주가 되었다. 그새 시간이 꽤 지난 모양이었다. 거실에서 은영이가 내가 나오기만 기다리고 있었던 것처럼 앉아 있다가 발딱 일어난다.

언니 땜에 엄마가 죽고 싶다고 난리잖아 지그음. 누구는 밤새 알바하고 왔는데 누구는 골방에 처박혀서 사람 미치게 하고 엄마는 죽고 싶다 난리고 아빠는 아픈 몸에 술만 마시고오, 나만, 나만 살아보겠다고 이 고생을 왜 해야 하냐고오.

은영이가 절규했다. 안방에서는 또 엄마가 절규한다.

내가 그때 집 나가고 싶어서 나갔냐고오. 당신이 조선대 학생 이철규 잡으러 간다고 핑계 대고 집에 안 들어왔잖아. 가서 보니 이철규가 머시 깽인가 하는 머시매는 안 잡고 술이나 퍼마시고 있었잖아. 아침부터 어떤 미친년하고 노닥거리면서이. 행복한 삶이 우리 앞에 펼쳐져? 거짓말,

그때부터 거짓말을 밥 먹는 듯이 하는 인간이이었잖아아아아, 오중철이이 나쁜 놈아아아.

어허, 말은 바로 해야지이. 그것은 술이 아니고 커피였잖아아. 그리고 나는 절대로 조선대 학생 이철규를 잡으러 갔던 것이 아녀어. 택시강도 때문에 비상이 걸려 집에 못 들어온 거였지. 하도 피곤해 다방에서 커피 한잔 하고 있을 때 상순이 니가 들이닥친 거어어. 다방 레지한테, 니년은 어떤 년이냐고 애먼 소리를 하는데 내가 뿔따구가 나지 안 나냐. 누구 딸 아니랄까 봐 몇 대 쳤다고 새끼 놔두고 집을 나가고 말이야이? 처형한테 애를 맡겨놓고 너 찾으러 갔더니 너는 또 여수 쥐치포 공장에서 어떤 놈하고…… 내가 상순이 너 땜에 근무지 무단이탈로 순경 모가지가 날아갔잖아아. 길거리 헤매는 가시내 살려줬드만, 그 은공은 모르고이.

니가 나를 살려줘? 뭐? 누구 딸 아니랄까 봐? 철모르는 애 데려다놓고 니가 나를 오늘날까지 부려먹으면서이.

오중철과 이상순은 또 그렇게 싸웠다.

나는 다시 내 골방으로 들어가 카메라만 바라본다. 잠이 들었던 아이가 어느새 깨어나 있었다. 내가 만화책도 보여주고 노래를 불러줘도 계속계속 울잖아요, 업어주니까 안 우는 거예요. 진짜 성질 이상한 애라니깐요. 상희가 운다. 상희 울음 때문인지 카메라가 흔들린다.

울어라, 상희야, 천지가 진동하도록 울어라 상희야, 하늘이 바다가 되고 바다가 하늘이 되도록 울어라 상희야, 그 울음 다 울고 나서 비 갠 꽃밭에서 춤이나 춰 보자 상희야……

사위는 조용했다. 늘 시끄럽다가 갑자기 조용한 것에 놀라서 카메라 밖으로 나왔는지는 알 수 없었다. 식구들은 술에 취해서 혹은 울음에 지쳐서 혹은 피로를 이기지 못하고 다들 잠든 모양이었다. 조용한 속에 나오는 소리가 내 입에서 나오는 소리라는 걸 나는 그때야 알았다. 울어라 상희야, 천지가 진동하도록 울어라 상희야, 하늘이 바다가 되고 바다가 하늘이 되도록 울어라 상희야, 그 울음 다 울고 나서 비 갠 꽃밭에서 춤 이나 춰 보자 상희야, 내 입에서 나오는 소리가 주문인지, 노래인지는 알 수 없었다.

내 입에서 소리가 잦아들고 나서야 나는 카메라의 화면이 정지된 것 을 알았다. 화면은 정지됐어도, 내가 만화책도 보여주고 노래를 불러줘 도 계속계속 울잖아요, 업어주니까 안 우는 거예요, 애는, 진짜 성질 이 상한 애라니깐요, 하는 소리는 계속 카메라 밖으로 나와 내 골방 안에 흘 러다녔다.

이력서를 넣었던 곳 중 지원해줘서 감사하다는 출판사 문자 말고는 아직 어디서도 소식이 없다. 나야말로 집을 떠날 때가 됐다는 것을 나는 알았다. 입은 옷 그대로 카메라만 챙겨들고 집을 나섰다.

또 어디 가냐. 니 동생은 짠지가 되도록 돈을 버는데 너는 돈도 없는 것이 카메라 하나 달랑 들고 어디를 가냐고오. 저 망할 것이 대답도 안 해 대답도.

엄마는 선잠을 자고 있었던 모양이었다.

어이, 가만 놔두어. 저도 다아 생각이 있어서 그러는 것 아니겠어어, 아이고 허리야.

허리 아프담서 술은 뭣할라고 퍼마시냐고오.

나는 조용히 현관을 열었다. 부옇게 동이 터오고 있었다. 붉은 아침노 을로 이름만 맨션인 낡은 우리 집, 동산맨션 301호 녹슨 창문이 붉게 빛 나고 있었다.

내가 광주에 거의 도착했을 무렵, 경화한테서 전화가 왔다. 근 한 달만이다.

　지난번 게릴라가드너 건은 날아가버렸어. 지원금 좀 타보려고 했는데 떨어져버렸다고. 근데 새로운 아이템이 떠올랐어. 이번엔 가까운 데서 찾았지. 너 아직 취직 안 했지? 못 했다고? 잘됐다. 너나 나나 백수잖아, 그니깐 백수 이야기나 좀 해볼까 해. 학교 때부터 우리도 실은 안 해 본 거 없잖아. 커피점 알바에, 영화제 도우미, 베이비시터, 아 참, 제주도에 귤 따러 가기도 했지. 하도 많아 생각도 안 나네, 하여간, 너하고 내 얘기를 하려면 니가 나를 찍고 내가 너를 찍어야 하니까 니 도움이 필요하다고. 지금 어디야? 광주 가고 있다고? 내가 전화할 때마다 광주를 가네. 좀 이상한데. 뭐라고? 애를 만나러 간다고? 너를 업어줬다고? 걔 만나고 오면 꼭 연락해줘, 꼬옥.

　이모는 생업인 식당 일로 바빴다. 한 달 전 외할아버지 제삿날 저녁처럼 한가하게 옛날이야기를 할 상황은 아니었다. 자신이 해준 옛날이야기로 동생 집안에 분란이 났다는 것을 안 이모는 다시 또 옛날이야기를 하려 하지 않는다. 외할아버지 돌아가시고 엄마가 돌아옴으로써 이모와 나의 석 달간의 동거생활은 끝났다고 했다. 그러고 나서 이모는 이 집으로 왔다. 내가 너를 업고 왔다 갔다 하는 것을 본 이 집 주방장의 꼬드김에 내가 넘어간 거라고 말하는 이모의 입술이 일그러졌다. 이모는 그 주방장과 애도 하나 낳고 살다가 이혼을 했다. 이모부가 손님하고 바람을 피워서 그랬다나 어쨌다나. 내가 그 인간 만나 남은 것은 딱 두 가지뿐이야. 이 식당하고 우리 성복이. 이모 아들 성복이는 지금 미국 유학 중이다. 이번에는 옛날이야기 대신 성복이 자랑에 바쁘다. 우리 성복이는 나같이 되지 말라고 나는 이렇게 날마다 열심히 일해서 돈을 번다, 나는 부모복이 없어 못 배웠으니 너라도 미국같이 큰 데 가서 맘껏 배우라고 보내놨는데 돈이 좀 들기는 든다, 고 밀하면서도 이모는 행복한 미소를 지었다.

근데 은주야, 참 이상한 일이다. 생전에 누구한테 그런 말 안 하다가 니가 와서 처음으로 옛날이야기를 쏟아놓고 났더니 그 뒤로 그렇게 잠이 잘 온다. 너 오기 전에 어떤 방송에서 나와서는 내가 요리하는 것을 찍어 갔다, 저 벽에 붙어 있는 생방송 〈생생맛집〉 저거 말이여. 그때 한번 카메라 앞에 서는 연습이 되어놔서인지, 말이 술술 잘 나오더라. 나는 편하다만 너희 집이 분란이 났다니 미안하네, 미안해, 상순아, 미안하다이.

이모는 꺼진 카메라에 대고 장난스럽게 외쳤다. 나는 내가 광주에 다시 온 이유를 아직 말하지 못하고 있다. 그것을 이모한테 어떻게 설명할 길이 없다. 내가 이모를 찍고 가서 한 달을 골방에 박혀서, 찍을 때는 아무 생각 없었던 이모 이야기를 보고 또 봤다, 그러다가 내가 카메라가 되어버렸다, 카메라는 이모가 되었고 이모는 내가 되었다, 그런데 자꾸 아이가, 나를 업어줬다는 아이가 했다는 말이 내 방에 흘러다녔다, 그러니 내가 어떻게 해야 하느냐고 하고 싶었으나, 그러지는 못하고, 우리 집 안부를 묻는 이모의 물음에 엄마, 아버지가 이십 년도 훨씬 전 일로 다툰 일을 전했다. 조선대 학생 이철규를 잡으러 간다고 나간 아버지가 집에는 안 들어오고 다방에서 술을 마셨다고 우기는 엄마와, 택시강도 때문에 비상이 걸려 밤샘 근무를 하고 피곤해서 커피를 한잔 마셨다고 주장하는 아버지 말 중 이모는 어떤 게 맞는다고 생각하느냐고 물었다. 이모는, 조선대 학생 이철규가 누구야? 왜 그 애를 잡으러 가, 교통경찰이? 하다가, 그쯤에서 오중철과 이상순의 싸움에는 별 관심을 보이지 않았다. 사실 나도 엄마, 아버지의 근황을 전하고 싶은 마음은 없었다. 내가 조선대 학생 이철규는 몰라도 그때 그 철규는 알아, 걔 성이 뭐였드라? 성도 모르겠다. 하도 오래돼서 기억이 하얗게 바래버렸어. 오래된 글자처럼. '오래된 글자처럼' 바래버린 기억 속에 문득 생각났다는 듯이,

지금 박선자가 저기 산다, 멀리도 아니고 바로 저어기. 이모가 가리키는 곳은 이모의 대구탕집 맞은편에 있는 호프집이었다.

인성이 엄마 박선자가 옛날에 철규 엄마다. 철규, 아따 오랜만에 들어보는 이름이다이, 내가 그 집으로 이사 들어갔을 때 처음 보는 나를 보고, 아줌마는 왜 절름발이가 됐어요? 아줌마가 절름발이고 아줌마 애기가 못생겨서 아줌마 남편이 아줌마 버린 거죠? 물었던 것이 어제 일같이 생생해. 눈이 말간 조그만 머시매, 우리 아들, 아이고오. 보고 잡다야, 우리 철규, 하면서 이모 눈에 못물 같은 눈물이 고요히 고인다.

2. 철규

가게 안은 썰렁했다.

내가 인제 막 나왔거등, 뭐 드실라고?

나는 맥주를 시켰다. 손님이 없어서인지 인성이 엄마, 아니 철규 엄마, 박선자가 내 앞에 앉았다. 미장원에서 파마를 하다 왔는지 머리에 두른 보자기 틈으로 플라스틱 파마롤이 보인다.

어디서 오셨을까? 광주 여자가 아니구먼. 나는 딱 보면 안다고. 서울 여자들은 뭔가 특징이 있어. 하여간 뭔가. 후후후. 영화 찍는 사람이죠이? 카메라 들고 다니는 것 보니까 딱 그쪽 계통 같아. 내 말 맞죠?

영화를 만들고 싶어하는 사람이에요.

멋지네, 꿈이 있는 사람은 멋있는 거여이.

철규 엄마, 박선자는 명랑했다. 초면인데도 스스럼없는 반말 비슷한 말투도 불쾌하다기보다 오히려 경쾌했다. 시키지도 않았는데 오징어 한 마리를 알맞게 구워와 내 앞에 앉아 북북 찢었다.

내가 철규 엄마를 만나 보고 싶다고, 아니 철규를 만나 보고 싶다고 하자 이모는, 철규는 지금 세상에 없다고 말했다.

너를 업어줬던 철규는 시방 여기에 없고 먼 데로 갔단다. 한 번 가면 못 돌아오는 세상으로 갔단다. 그 어린것이, 그렇게 빨리 가버렸단다. 그러니, 철규 엄마를 만나더라도 호프집이니까 술이나 한잔 갈아주고 와라. 요새 아주 말썽쟁이 아들 땜에 죽을 맛이란다, 선자가. 새 남자가 생겼는데 인성이 땜에 연애전선에 장애가 많아, 아주. 나이 오십이 넘어도 연애에 골몰하는 것이 박선자는 청춘이다, 청춘이야.

아가씨는 말이 별로 없는 사람인가? 하기사 나 같은 사람보다는 조용한 사람이 더 멋있제애. 나는 시끄럽다고 우리 애가 아주 질색을 하잖아.

'우리 애'는 철규가 아니고 인성이라는 말썽쟁이 아들인가? 내 방에 흘러다니던 소리들은 이제 내 속에서 흘러다니다 못해 뒤엉키고 있었다. 내가 만화책도 보여주고 노래를 불러줘도 계속계속 울잖아요, 업어주니까 안 우는 거예요, 애는, 진짜 성질 이상한 애라니깐요.

영화를 만들고 싶다고 한다면, 뭔 영화? 드라마 같은 건가? 영화 안 본 지도 진짜 오래됐다. 한 병 더 할라고?

취기가 오를수록 철규의 목소리는 이제 나를 쿵쿵 친다.

박선자는 부산하다.

저녁장사 준비를 하나도 안 해놨어. 다 해놓고 머리도 풀러 요 앞 미장원에 갔다 와야 하고, 대구탕집 상희 씨하고는 아는 사인가? 지난번에도 카메라 들고 와서 그 집서 자고 갔잖아이? 나는 뭔 방송국 사람이 또 왔는가 했지이.

내가 만화책도 보여주고 노래를 불러줘도 계속계속 울잖아요, 업어주니까 안 우는 거예요, 진짜 성질 이상한 애라니깐요.

뭐여어? 아가씨 왜 그래? 왜 그러는 거여어? 아가씨, 이름이 뭐여,

어디서 온 거여!

내가아 만화책도 보여주고 노래도 불러줘도 계속계속 울잖아요, 업어주니까 안 우는 거예요.

아이고오, 우리 철규네, 우리 철규여, 죽은 우리 철규여, 철규야아아아아아.

철규 엄마 박선자의 통곡 소리에 정신이 들었을 때, 나는 대낮부터 마신 술에 내가 취한 것을 알았다. 낮술은 되도록 조심해야 한다고 언젠가 아버지가 한 말은 맞는 것 같았다.

철규 엄마 박선자가 아침 일찍 대구탕집 문을 두드렸다. 박선자의 호프집에서 맥주로 취했는데 또 이모의 대구탕집에서 소주를 추가한 결과로 비몽사몽 간에 박선자의 울음소리를 들었다.

아가씨가 우리 철규를 어떻게 알고이, 우리 철규가 아가씨여. 아가씨속에서 우리 철규가 나와서 엄마, 엄마 하고서 덜덜 떠네애. 아이고오 철규야아, 눈이 툭 불거지고 얼굴이 시커먼 것이 꿈에 나타난 지 아부지하고 똑같애. 그 어여뻤던 우리 철규가, 그 열무싹같이 어린 내 새끼가이.

사설이 잦아들며 코를 팽 푼다. 그 순간, 나는 켠 기억이 없는데 카메라가 절로 움직여 박선자한테 간다. 좌르르, 카메라가 숨을 쉬기 시작한 것이다. 숨을 쉬기 시작했으니, 카메라는 이제 곧 피가 돌고 살이 붙게 될 것이다. 박선자가 카메라 앞으로 바싹 다가앉는다. 오메 오메 철규야아, 내 새끼야아. 눈물 젖은 뺨을 카메라에 부빈다.

우리 철규하고 나하고 그렇게 둘이 살았어. 우리 철규가 아부지도 없이 그렇게 살았다고. 세상에 있는 것이라고는 애오라지 나 하나뿐이여, 우리 철규한테는. 그런디 칠없는 내가 혼자 사니라고 그랬겠제이, 내가 젊어서, 철이 없어서 말이여이. 내가 집에 안 들어간 담날 우리 철규가 가게로 찾아와서 그러더라고.

엄마 왜 집에 안 왔어? 연탄불 꺼져서 추웠단 말이야, 엄마가 없어서 추웠단 말은 못 하고 연탄불이 꺼져서 추웠다고 말이여어어어어어엉. 철규야아아아아, 엄마가 잘못했다아, 엄마가 잘못했어어어어. 내가 못 들어간 이유가 있었단다. 집주인 할망구가 방세 안 준다고 갈군게애, 방세 만 들어 갈라고오.

어느 순간, 박선자 울음이 딱 멈추었다.

내가 우리 철규한테 물었어. 할망구가 뭐라고 안 하디? 우리 아들이 그러더라고.

나보고 염병을 한다고 했어. 개가 지랄하니까 내가 발길질 한 번 했거든. 그랬더니 나한테 염병을 한다고 하더라고. 근데 엄마, 염병이 뭐래?

집세 안 준다고 할망구가 우리 철규한테 염병을 한다고 했다는 거야. 그 어린것한테 염병을 한다고.

그럴수록 집주인네 개한테도 잘하고 해야지, 나는 속도 없이 우리 아들한테만 야단을 쳤지. 우리 아들도 속이 없기는 마찬가지여, 호호, 집세 주면 되잖아, 하더라고, 그놈이. 내가 그랬지. 장사가 안 되는데 어떻게 돈을 주냐. 엄마 지갑에 돈 있잖아, 이놈이 언제 봤는지 내 지갑에 돈 있는지를 알아. 내가 화장실 갔다 온 새에 이놈이 지갑을 갖고 튀었더라고, ㅎㅎㅎ.

박선자가 울다가 웃었다.

울다가 웃는 박선자의 뒤를 이상희가 이었다.

그날, 비가 오는데, 돈이 없어서 그 비를 홈빡 맞고 가겟집에서 집까지 걸어온 자네가 내 멱살을 잡았지. 지갑 내놔.

자네가 안 들어오니까 철규가 우리 방에서 잤다고. 혼자 춥다고 웅크리고 있길래 아줌마 방에서 자거라, 했더니 아뭇 소리 않고 곱게 와. 지갑을 손에 꼭 쥐고 놓지를 않길래, 내가 안 가져갈 테니 놓고 자라고 했어. 애가, 지갑에서 울 엄마 냄새 나요, 하더라고.

당신이지? 우리 아들한테 내 지갑 훔쳐오라고 시킨 게 당신이지. 내 멱살을 잡고 흔들어. 나도 박선자 머리채를 잡고 흔들었지.

오지 마, 다시는 나타나지 말라고, 울 엄마도 가서 안 왔어, 그래도 나 잘 컸다, 그러니 당신도 오지 마. 당신 안 와도 우리 아들은 잘 클 거니까.

안 돼요, 아줌마, 울 엄마 가지 말라고 해요, 엄마, 가지 마, 엄마아.

그날 동쪽방에 사는 땜장이 김가만 아주 신났지. 이쪽 방 사는 년이든, 저쪽 방 사는 년이든, 아무나 한 년이라도 걸려만 봐라, 어떻게든 해볼 날만 기다리는 음흉한 놈이란 걸 누가 몰라, 놈 숭악한 속을 우리는 다 알지. 우리를 순 바보로 아는 멍청한 김가가, 우리 쌈하는 거 구경하는 재미에 홀딱 넘어가 아주 신이 났어.

싸워라, 싸워. 싸워야 큰다. 아이고 비야, 석 달 열흘을 그냥 푹푹 내려부러라이, 내려부러. 발까지 구르며 노래를 해, 그놈이.

땜장이 흉내를 내며 문으로 간다.

어라, 비가 오시네, 봄비가 내리시네. 비도 오는데, 장사는 무슨 얼어 죽을 장사냐이. 오늘은 문을 닫아야겠다. 박선자야, 울지 말고 오늘은 나하고 술이나 한잔하자. 술이나 한잔하면서 가슴속 묻어둔 이야기나 실컷 하거라. 언제 우리가 이런 날이 있었냐, 너나 나나이? 영화 하는 우리 은주 덕분이다이, 우리 은주 덕분이여.

이모가 대구탕집 문을 닫았다. 비가 와서인지 문을 닫자 실내가 어두컴컴해졌다. 이모는 불을 켜지 않았다. 내 카메라에서 나오는 빛이 실내를 푸르게 비췄다. 나는 주저없이 빛 속으로 들어가려고 했다. 그런데 이상했다. 철규가 빛의 끝에서 터벅터벅 걸어오고 있었다. 이윽고 카메라는 철규가 되었다. 박선자와 이상희가 동시에 카메라를 향해 소리쳤다. 철규야아아아.

4학년 첫날, 3학년 때까지 친하게 지냈던 김학수하고 김학수 돈으로 오락을 하다가 내가 이기니까 김학수가 화가 나가지고 나를 쳤다. 내 돈으로 이긴 것이 아니어서 나는 맞고도 가만히 있었다. 가만히 있는데도 계속 쳐서 나도 한 대 쳤다. 내가 한 대 치니까 김학수가 나를 세 대 쳤다. 내가 가만히 있으니까 김학수는 더 치지 않고 가버렸다. 우리가 서로를 치는 것을 본 사람은 아무도 없었다. 심심해서 여기저기를 빙글빙글 돌다가 김학수 아버지가 개를 키우는 자개공장 뒤 산으로 갔다. 김학수 아버지는 개를 서른 마리 정도 키우는데 한 마리가 울면 개들이 한꺼번에 울고 그치면 한꺼번에 그쳤다. 그 울음소리가 동굴에서 울리는 소리같이 좀 이상했다. 개들한테 돌을 던지면 그 울음소리를 들을 수 있을 것 같았다. 돌 하나를 던졌는데, 개들은 조용했다. 두 개를 던졌지만 실패였다. 세 번째는 조금 성공하려다 말았다. 네 번째 돌을 던지려고 하는데 언제 온 지도 모르게 온 자개공장 남자가 오줌을 누면서 내 팔을 아프게 비틀었다.

사는 게 좆같지? 그러니까 너도 죽고 싶은 거구나, 새끼.

남자가 지퍼를 올리는 사이 도망쳐 오는 길에 엄마가 그전에 우리가 세 살았던 우물집 아줌마하고 싸우는 것을 봤다. 우물집 아줌마보다 엄마 힘이 더 센 것 같았다. 그래서 안심을 했다. 엄마가 이기나 지나 전봇대 뒤에서 지켜봤다. 엄마가 이겼다. 이제 우리는 우물집에 밀린 방세, 전기세, 우물세, 오물세를 떼먹을 수 있게 되었다. 세상에서 가장 사나운 우물집 여자를 이겨버린 엄마가 자랑스럽고 또 창피했다. 그런데 우물집 아줌마는 사람들한테 왜 우물을 그냥 쓰게 안 하고 돈을 받는지 알 수 없었다. 물을 자기가 만드는 것도 아니면서 돈을 받는 게 정말 이상했다. 우물집 아줌마네 돈통에는 돈이 얼마나 많을까. 우물집 아줌마네 돈통을 상상만 해도 침이 꼴깍 넘어가서 목구멍이 근질거렸다. 엄청 무거울 것이다, 그 돈통은. 아무리 무거워도 나는 그런 돈통을 한번 꼭 들어 보고 싶었다. 그런 돈통 하나만 엄마한테 주면 엄마가 얼마나 행복해할까.

카메라 밖에서 두 사람이 카메라 안을 숨 죽이고 바라보고 있다. 철규야, 말 좀 해라, 말 좀 해. 너는 지금 어디서 뭐를 하고 있는지 말을 하라고 말을. 오메, 우리 철규가 뭐라고 하네, 뭐라고 해, 내가 우물집 여자하고 싸우고 있다고 하네, 싸우고 있다고 해. 숭악한 년 우물집 년하고 머리끄덩이를 잡고 싸우고 있다고 해.

상희가 질세라 선자 뒤를 잇는다.

나하고도 한번 싸웠지. 우물물 쓰는 데 돈 백 원씩을 내야 하는지 알게 뭐야. 제한급수라고 물이 안 나와서 은주를 업고 우물터로 가 빨래를 하는데 여자가 나를 미틀어불더라고, 사정없이 미틀어부러. 돈 백 원, 우물세 안 냈다고. 그래놓고는 어라, 병신이네이, 다리병신이여이, 하면서 들어가부러. 다리병신을 미틀었다고 남들이 욕할까 봐 겁났던 모양이야.

철규야, 우리 말 들려? 들리면 어서 말 좀 해 봐라이. 좋은 일 한번 하는 셈치고 말 좀 해 봐.

우리는 그날 저녁에 이사를 했다. 내가 무서워서 가는 것이 아니라 더러워서 간다고 하고 엄마는 수도가 설치된 집으로 짐을 옮겼다. 리어카를 빌려서 짐을 실었는데 딱 두 번 왔다 갔다 하니까 이사가 끝났다.

새로 이사 들어온 집주인 할머니는, 우리 집은 백 년도 넘은 집이야.

백 년도 넘은 집 중에 이렇게 좋은 집 봤는가? 이 집이 바로 그런 집이야, 백 년도 넘은 중에 제일 좋은 집이라고. 잘 알아들었는가? 왜 눈만 말가니 뜨고 대답이 없어? 우연히 왔지마는 좋은 집인 줄을 알고 그에 맞게끔 방세 같은 것 밀리지 말고 살자고이? 그런디, 이상하네이, 식구가 왜 둘뿐이여?

엄마는 눈도 깜짝 안 하고,

애아빠는 미국 갔죠.

미국서 언제 와?

돈 벌면 오겠지요, 하하하하…… 어어어어엉.

웃음이 끝나기도 전에 엄마는 울어버렸다.

딴살림을 채렸는가아…… 끄응. 벅구야, 벅구 어딨냐아. 할머니가 애먼 개를 부른다.

에이씨, 개 같은 할망구 같으니라구. 나가는 할머니 뒤에 대고 엄마가 입술을 움직여 욕을 했다. 나는 엄마가 그렇게 욕하는 것을 본 적이 있다. 엄마는 소리 안 내고 욕하는 능력이 있다. 입술을 빠르게 움직여서 상대방이 눈치 못 챌 정도로 욕을 하는 것이다. 4학년 때 담임 선생님이 가정방문을 왔다가 돌아가는데 뒤에서 엄마가 욕이 분명하게 입술을 움직였던 것이다. 나는 엄마가 왜 욕을 했는지 모른다. 엄마, 우리 선생님한테 욕했지, 하니까 엄마는 아니, 그러는 것이었다. 엄마한테는 분명히 욕을 했으면서 아니라고 발뺌하는 재주도 있다는 것을 나는 알았다.

교양 없는 할망구 땜에 기분 나빠 죽겠네, 자자 자.

운 것이 기분 나빠 우리는 짐도 정리 안 하고 잠부터 자버렸다. 아니, 자자고 했던 엄마는 잠을 자지 않았다.

니 아부지가 말이야, 꿈에 나타났더라. 어이, 나네 나, 나란 말이여. 보니까, 눈이 툭 튀어나오고 얼굴이 시커먼데 목소리 들어 보니 니 아부지가 틀림없어. 니 아부지는 니 아부진데, 겁나게 무서워. 사람이 아녀, 딱 봐도 죽었어. 나란 말이여, 왜 안 본가, 나를. 당신이 무서워서 그러지. 그놈들이 나를 죽여서 여기다 파묻었어. 내가 그날, 당신이 나가지 말라고 했는데도 나가서 지금 이렇게 죽은 몸이 되어부렀네. 그런 줄이나 아소이. 나는 죽었어. 그러니, 인자 자네는 나를 잊어버리소이. 잊어불고 잘 살어이.

니 아부지는 역전 세차장서 일했단다. 차 닦는 디 말이여. 그 전날 니 아부지 직장 사람들이 군인들한테 잽혀갔단다. 니 아부지는 마침 그날 집안일로인가, 하여튼지 간에 집안에 뭔 일이 있어갖고 출근을 안 해서 화를 면했는디, 직장이 어뜨케 됐는가 가 본다고 기언씨 나가갖고 여적지까지 소식이 없다가 십 년이 다 되어가는 시점에사 내 꿈에 나타났더라. 시커먼 시체가 나타나서 지가 나라고, 니 남편이라고이. 니가 막 돌이 지났을 때였다이, 너 돌 지나고 며칠 안 지나서 니 아부지가 행불이 되었단게. 행불, 행방이 불명이 되었다는 뜻이여이. 니 돌 때, 니 아부지가 너를 안고 얼매나 좋은가 열 바쿠를 돌더라, 어지럽도 안 한가, 열 바쿠를 돌아. 니가 까르륵까르륵 해대는 것이 좋아서 열 바쿠를 돌았다니까, 니 아부지가. 자냐?

자면서도 나는 엄마 말을 다 들었다.

오메, 빗지락을 빠치고 왔다아, 우물집 년 지랄통에 빗지락을 빠치고 왔어. 아이고 아까라. 아이고 아까.

새집으로 이사한 첫날, 빗자루 빠뜨리고 온 것을 아까워하다가 엄마도 잠이 들었다.

니 아부지가 죽고 없는 세상에서 니 엄마는 돈 때문에 싸웠다, 철규야.

니 엄마 박선자는 밀린 방세 때문에 머리끄덩이를 붙잡히고 나 이상희는 그놈의 백 원 때문에, 물속에 처박혔단다, 철규야.

머리가 희끗한 두 여자가 카메라를 번갈아 들여다본다.

듣고 있냐, 철규야, 니 엄마 말소리 들리냐? 내가 좀 늙었다. 세월이 몇 년이냐이, 안 늙고 배기겠냐. 아이, 철규야, 왜 아무 소리가 없냐, 설마 엄마 얼굴 잊어먹지는 않았겠지? 니가 아무리 먼 데로 갔어도 엄마는 엄만디, 잊어불면 안 되겠지? 글지? 지금이라도 그 속에 있으면 여기로 나와 봐라. 나와서 엄마랑 이야기도 하고, 너 이 세상 있을 때 못 했던 것 다 해 보고 하루만이라도 있다 가거라. 엄마는 그것이 소원이다, 철규야.

니 엄마한테 오는 길에 아줌마한테도 오너라. 너하고 나하고 짧은 인연이었지마는 나는 너를 한시도 잊은 적이 없단다. 나는 니가 우리 은주를 업어주고 노래해주고 춤춰준 것을 알고 있지. 니가 얼마나 착한 애란 것을 니 엄마도 모르고 세상 사람 다 몰라도 나는 알고 있단다. 너는 니 엄마 아들이지만 나한테도 사랑하는 내 아들 철규였단다, 철규야.

축구나 한판 하자. 김학수가 내 어깨를 툭 쳤다. 나한테 사과하려고 그러는지도 몰랐다. 그러나 김학수가 자꾸 태클을 걸었다. 도저히 못 참겠어서 이번에는 내가 김학수 다리를 걸었다. 김학수는 넘어졌다. 얼굴도 좀 긁혔다. 선생님이 김학수 얼굴이 왜 그러느냐고 물었다.

왜 대답이 없어.

김학수가 대답하지 않자 나한테 물었다.

제가 김학수와 축구를 하다가 김학수가 자꾸 태클을 걸어서 제가 화가 나서 발을 걸어 넘어져서 얼굴이 긁힌 것입니다.

철규, 니 아부지 뭐 해?

돌아가셨습니다.

한 사람의 인성은 환경이 아니라 습관이 만든다. 박철규는 지금부터라도 사과할 일이 있으면 바로바로 사과를 하는 습관을 들여야 한다. 자, 사과해라.

사과 몰라?

사과하라니까.

사과해, 자식아.

안 해?

담임의 손이 결국 내 머리통 위로 날아왔다. 우리 집 키우는 개도 박철규 너보다는 낫다, 인마. 말을 너무 안 들어, 말을. 낼은 꼭 학교에 어머니 모시고 나와라. 어머니하고 너에 대해 상담 좀 해야겠다. 이대로는 도저히 안 되겠어. 너는 이대로 가면 사람 새끼가 아니고 개새끼가 된다, 개새끼이.

엄마는 집에 들어오지 않았다. 엄마는 돈을 벌어야 들어올 수 있다고 했다. 엄마는 오늘도 돈을 못 번 모양이었다.

어머니는 왜 안 나오셨지?

………

왜 말 안 해?

………

왜 말 안 하냐고 묻잖아아.

………

이 새끼가!

………

어제보다 더 세게 내 머리통을 내리쳤다. 우리 집 개도 듣는 말을 사람 새끼가 안 들어, 사람 새끼가. 어떠한 일이 있어도 내일은 꼭 어머니 모시고 와라이.

김치는 있고 밥이 없으면 그냥 김치만 먹어도 맛있다. 밥이 없어서 그냥 김치만 먹어도 배가 고파서인지 맛있었다. 김치 한 번 먹고 물 한 모금 마시고 김치 한 번 먹고 물 한 모금 마시고 하다 보니 배가 불러서 더 먹을 수가 없었다.

김치 맛있냐?

땜장이 아저씨가 김치를 한가닥 북 찢어 먹으며,

음, 맛있구나, 맛있어. 니 엄마 솜씨가 좋아, 김치도 맛있게 담그고 이. 아들놈, 생기기도 잘생겼다. 니 엄마는 언제 오냐, 어제도 안 들어오신 모양이구나. 엄마한테도 무슨 사정이 있겠지. 인생은 참 복잡한 것이란다, 생각보다 복잡해. 니 엄마 인생이 복잡하니, 니가 고생이다, 니가 고생이여. 옜다, 김치 잘 먹어서 주는 것이니, 이것으로 몸에 좋은 우유하고 빵 사먹어라. 사아랑으을 팔고오 사아는 흙바람 소오개애. 아저씨가 장사 잘해서 돈 벌어올 테니까 집 잘 보고 있어라이.

땜장이 아저씨도 엄마하고 똑같이 돈을 주면서 우유와 빵을 사먹으라고 한다.

나는 수돗가 거울을 보고 후이후이를 세 번 정도 했다. 그렇게 했더니 어젯밤 엄마가 끝내 안 들어올 것 같은 느낌이 들 때부터 시작됐던 후이후이가 겨우 멎었다. 후이후이는 내가 지은 근지럼의 이름이다. 머리가 근지럽고 등이 근지러워서 죽을 것 같을 때, 괜히 후이후이, 하니까 재밌었다. 후이후이는 거울을 보면서 하면 더 재밌다. 근지럼은 멎었지만 나는 심심해서 후이후이를 몇 번 더 했다.

왜 거울을 보고 한숨을 쉬는 거냐?

옆방 아줌마는 냄비를 싼 보자기를 들고 애기를 업은 채 어디를 가려는 모양이었다.

아줌마가 보자기를 풀어 닭백숙을 나한테 덜어주었다.

나는 왜 한숨을 쉬느냐는 아줌마 물음에는 어쩐지 부끄러워 대답하지 않고 아줌마 애기를 쳐다봤다. 애기가 울었다.

아줌마 애기는 내가 쳐다만 봐도 운다. 못생긴 애가. 아줌마 애기는 왜 내가 쳐다만 봐도 울어요?

저도 엄마가 없어서란다.

아침에 일어났을 때 엄마가 끝내 안 들어온 것을 알고 후이후이를 세 번하고 세수를 하려고 나왔는데, 집주인네 마당에 핀 진달래꽃 빛깔이 왠지 근지러웠다. 그날따라 나한테 고분고분한 벅구 코도 근지러웠다. 등이 근지럽거나 머리가 근지러운 적은 있어도 마음이 근지러운 건 그때가 처음이었다.

오늘은 학교 안 가나부지? 잘되었구나, 아줌마 올 때까지 우리 은주 좀 봐주려무나.

마음 한복판이 근지러워서 나는 은주를 봐주기로 했다.

야, 니 이름이 뭐냐. 아 참, 은주라고 했냐? 반갑다. 니 가짜 엄마가 지난번 나한테 라면을 줄 때, 자기는 안 먹고 나한테만 딱 한 개 남은 계란을 주더라. 근데 너는 왜 맨날 우냐? 니 엄마가 가짜 엄마라서 우는 거냐?

은주를 옆에 두고 만화책을 보고 있는데 애가 더럽게 운다. 원래 못생겼는데 우니까 진짜 못생겼다. 애기들은 다 성질이 좋은 줄 알았는데 이 가시내는 성질도 못된 것 같다. 세 살이라는데 싹수가 노란 것 같다.

너도 염병하는 애냐? 너도 만화책 볼래?

애는 도리질을 하며 계속 앵앵거린다.

야, 그러면 내가 노래해줄까? 개구리 소년 뺨빠바 개구리 소년 뺨빠바 니가 울면 무지개 연못에 비가 온단다 비바람 몰아쳐도 이겨내고 일곱번 넘어져도 일어나라 울지 말고 일어나 뺨빠바 피리를 불어라 뺨빠바…… 계속 운다. 요리 보고 조리 봐도 음음 알 수 없는 둘리 둘리 빙하 타고 내려와 음음 친구를 만났지만 일억 년 전 옛날이 너무나 그리워 보고픈 엄마 찾아 모두 함께 나가자 아아아아 외로운 둘리는…… 하는데 외로운 둘리는……

계속 운다.

아, 맞다, 너도 근지러워서 우냐? 내가 그럼 춤춰줄까? 얼씨구씨구 돌아간다 꼴뚜기별에 꼴뚜기 죽지도 않고 또 왔네 절씨구씨구 돌아간다 꼴뚜기별에 꼴뚜기 죽지도 않고 또 왔네.

운다, 또 운다. 한 대 때려줄까 하다가 에라 모르겠다, 하고서 업어줬더니 그제야 울음을 그친다. 그런데 뭔가 등허리가 축축한 것이 오줌을 싼 것 같다. 세 살이나 먹었다는데 옷에 오줌을 싸다니, 못된 것이 멍청하기까지 한 것 같다. 그래도 우는 소리 듣는 것보다는 나은 것 같아서 계속 업은 채로 만화책을 보는데 허리가 끊어질 것처럼 아프다. 우리 엄마 허리가 끊어지지 않은 이유를 알겠다. 나는 적어도 은주처럼 맨날 우는 바보 같은 애는 아니어서 우리 엄마는 허리가 끊어질 정도로 나를 업어줄 필요가 없어서였다. 적어도 나 정도는 돼야 하는데 말이다. 그래도 할 수 없지. 니가 우는 것은 다 이유가 있을 것이다. 은주를 업고 엎드려서 만화책을 보다가 나는 깜빡 잠이 들고 말았다.

내가 와서 보니 철규가 우리 은주를 업고 자다 일어나서 대뜸 한다는 소리가 그래.

내가 만화책도 보여주고 노래를 불러줘도 계속계속 울잖아요, 업어주니까 안 우는 거예요, 애는요, 사람이 꼭 업어줘야만 안 우는 진짜 성질 이상한 애라니깐요.

그때 내가 두 애기를 보듬고 어뜨케 울었는지 몰라. 하여간 실컷 울었어, 내가.

실컷 울었다고 말하는 상희는 고요한데, 박선자가 부들부들 떨고 있다.

카메라를 껐으면 좋겠네, 껐으면 좋겠어.

꺼진 카메라 앞에 박선자가 두 손을 모으고 무릎을 꿇었다.

쇠고랑을 차는 한이 있어도, 내가 이 말을 해놓고 죽는 한이 있어도 말을 해야겠지, 말을. 철규야, 이 엄마를 용서해라. 그리고 이 엄마를 잊어버려라. 나도 인자부터 너를 잊어버릴 테다, 잊어버리고 새 인생을 살아갈 거다. 너도 다 털어놓고 훨훨 날아가라. 니 가고 싶은 데로 날아가라. 우리 인생에는 그런 시기가 있단다. 막 미쳐 돌아가는 시기가 말이여이. 남한테 절대로 털어놓을 수 없는 한 시기가 있는 모냥이여, 우리 인생이. 그때 내가 그랬단다. 니 엄마 박선자 인생이 그때 막장 인생이었어.

그 일 있기 며칠 전, 우리 철규가 그날따라 해사하게 웃음서 내 품으로 달려와 지갑을 주더라고. 지갑을 주고는 이번에는 내 옷에다 코를 대고 킁킁거려. 뭐 하고 지냈냐니까 아줌마 애기를 봤다고, 그런데 못생긴 애가 맨날 울더라고 해. 그랬냐고 하고 애를 내려다봤어. 눈코는 지 아부지 닮고 입은 나 닮은 것을 그때 알았다고, 내가. 우리 철규가 그렇게 생겼다고. 말그름한 그 눈이 나를 빤히 올려다보는데, 억장이 무너지더라고, 억장이. 그 순간까지도 속을 못 차리고 엄마는 친구들하고 스트레스도 풀 겸 꽃놀이를 다녀올 테니, 엄마 없는 동안 우유하고 빵을 사먹으라고 돈을 줬네, 미친년이 밥해줄 생각은 안 하고 돈을 줬어. 그때도 나는 야가 학교를 안 가고 산이건 어디건 짐승같이 쏘다니는 것을 몰랐지, 몰랐다고. 돈 번다는 핑계 대고 젊은 삭신이 애먼 사랑에 눈이 멀어서, 지 새끼가 학교를 가는지 밥을 먹는지 몰랐다고. 엄마 지갑이나 낚어채가는 새끼가 쳐다보기도 싫고 외롭더라고, 내가 내 새끼를…… 죽인 것이나 마찬가지여. 내가 준 삼천 원 중에 겨우 천 원 쓰고 갔어. 주머니를 열어 보니, 돈 이천원이 있더라고. 비에 흠뻑 젖어서 있더라고. 휴우.

나도 말해야겠네. 진짜 말 못 했는데, 울 아부지 제삿날 우리 은주한테도 못 한 말을 철규한테 할라네, 우리 아들 철규 앞에서는 할라네. 자네가 오지 않아서 철규는 이제 내 아들이 된 셈이지. 적어도 그해 석 달간 철규는 선자 자네 아들이 아니라 내 아들이었다고. 아들아, 어디를 제일 가고 잡냐, 바다를 가고 싶대, 나도 바다를 그때까지 한 번도 안 가 봤어. 바다 구경을 갔지. 은주를 업고 철규 손을 잡고 갔다고.

박선자 자네한테 다시는 오지 말라고 악을 쓰고 났으니 꼼짝없이 철규 엄마가 되는 수밖에 없었지. 나는 아이들과 여행을 하고 싶었어. 그래서 바다로 간 거여. 은주를 업고 철규를 데리고 바다를 구경하고 나니 어디로 가야 할지 막막하드만이. 선창에서 아무 섬이나 가는 배를 탔네. 아이들을 업고 걸리고 섬 가운데로 난 길을 걷고 있는데, 남자 둘이 우리를 따라오고 있는 것을 알았지.

아줌마, 죽기 전에 우리한테 좋은 일 좀 하시지. 다리를 절룩이는 거 보니 사연이 좀 있는가 보네. 사연 있는 여자가 좋지, 싱겁지 않아서 좋을 거야. 낄낄낄.

철규야, 엄마 손 꽉 붙잡아.

응, 엄마. 걱정 마.

철규도 제법 의젓하게 대답하더라고. 그러나 사내들의 힘을 감당하기에는 내 아들 철규는 너무 어렸어. 우리는 섬 가운데 소나무 숲으로 끌려갔다고.

철규야, 은주 좀 보고 있어. 내가 아저씨들 혼내고 올게.

나는 아이들이 보이지 않는 더 깊은 숲으로 달려 들어갔지. 힘껏 갈 수 있는 끝까지 갔다고. 그것이 내가 할 수 있는 최선의 선택이었다고.

사내 둘이 느긋하게 나를 따라오드만.

그놈들이 바지를 추켜 입으면서 그래. 죽이기에는 애가 둘이나 있다고. 애들 봐서 죽이지는 못하겠다고.

철규가 나를 살렸어. 내가 숲에서 나왔을 때 철규가 은주를 업고 나를 기다리고 있더라고. 철규는 울지 않았고 은주도 울지 않았다고. 나도 울지 않았지. 다만 갈매기만 울드만. 파도만 울드만. 우리는 결코 울지 않았다고. 철규도 나도 아뭇 소리 안 했어. 그냥 가만히 있었어, 울지도 않고, 그것이 다여. 자네 안 들어오는 동안 우리한테 그런 일도 있었다고. 그러나 그것은 암것도 아니라고, 살았으면 된 거라고. 박선자야, 그냐, 안 그냐.

은주야, 인자 카메라 켜라.

밖에 아직도 비가 오는지 그쳤는지 알 수 없었다. 어두운지 밝은지도 알 수 없었다. 우리는 가만히 기다렸다. 카메라 속에서 철규가 나타나기를. 철규가 카메라 안에서 밖으로도 나오기를.

나를 보세요, 엄마. 나도 엄마 보니까 엄마도 나 봐요. 엄마는 내 엄마잖아요. 그러니까 무섭다고 딴 데 보지 말고 나를 보라고요.

박선자가 조용히 말했다. 가만, 우리 철규 목소리가 들리네. 분명히 우리 철규여. 우리 철규가 먼 데서 이 못난 엄마한테 오고 있다고.

산길을 한참 타고 가니 갑자기 큰길이 나왔다. 마침 버스 한 대가 올라오고 있어서 나는 버스를 탔다. 산꼭대기에 있는 절로 가는 버스였다. 언젠가 어린이날 엄마와 함께 그 버스를 타고 절에 놀러 간 적이 있어서 나는 그 버스가 절에 가는 버스라는 걸 알고 있었다. 엄마는 어린이날이라고 남들 다 가는 놀이공원에 가면 기분만 잡치니까 절에나 가자고 했었다. 절에 가서 집에서 싸온 김밥만 까먹고 다시 버스를 타고 금방 내려오긴 했지만 차창에 스치는 바람 냄새를 맡을 수 있어서 좋았다. 버스 안에는 나 말고 아무도 없었다. 나는 버스 맨 뒷자리로 가서 작년에 내가 맡았던 바람 냄새를 맡으려고 창문을 열고 고개를 내밀었다.

야 새꺄.

나는 움찔했다.

잘못하면 모가지 날아간다, 고개 집어넣어라이.

나는 밖으로 길게 뺐던 목을 얼른 자라처럼 집어넣었다.

너 어디 가냐.

절에요.

왜 이 시간에 학교 안 가고 절에 가. 당장 내려 자식아. 내려서 학교 가.

나를 내려놓고 산으로 올라가는 버스 뒤꽁무니를 향해 돌멩이를 던져 봤지만 돌멩이는 차에 닿지 않았다. 터덜터덜 내려오는데 마을이 나타났다. 지게를 진 할아버지가 지나가다가 또 나한테 욕을 했다.

야, 이놈 새끼야. 너는 누구냐?

박철규인데요.

박철규가 누 집 새끼여. 니 아부지가 누구여.

군인들이 죽여버린 것 같아요. 우리 엄마 꿈에 나타나서 그랬다는데요.

애비 없는 후레자식이구먼. 이 시간에 학교도 안 가고 말이여이. 학교 가, 이 시러죽일 후레자식놈아.

할아버지가 작대기로 나를 몰아냈다. 나도 엄마처럼 해 보고 싶어서 할아버지 뒤에서 빠르게 입술을 움직여 욕을 했다. 사람들 눈에 띄는 것이 귀찮아 그만 길 아닌 곳으로 들어갔다. 잡풀이 우거져서 걷기는 무척 힘들었다. 아무래도 길을 잃은 것 같았다. 길을 잃어도 사람들 눈에 띄지 않는 것이 좋을 것 같았다. 아아아아, 타잔처럼 소리를 질러 봤다. 조용했다. 아무도 내 소리를 못 들은 것 같았다. 새소리만 들렸다. 정글숲을 헤쳐서 가자 엉금엉금 기어서 가자 악어 떼가 나올라 악어 떼 코끼리 아저씨는 코가 손이래 머리가 하늘까지 닿겠네, 뒤죽박죽이지만 콧노래도 나왔다. 한참 동안 덤불을 헤쳐가다 보니 바위가 나왔다. 나는 바위 위로 올라갔다. 내가 눕기 딱 알맞은 바위였다. 바람이 불어와서 땀으로 축축한 등을 쓸어주는 것 같아 기분 좋았다. 이제 내려가는 길만 잘 찾아놔야지. 그래서 다음에 꼭 다시 와야지. 여기는 내 놀이터다. 아무도 모르는 나만의 놀이터. 땀이 어느 정도 식어서 바위 아래로 내려갔다. 바위 밑에 크진 않지만 굴이 있었다. 여기서 놀다가 비가 오면 저 굴속으로 들어가도 좋을 것 같았다. 어디 한번 들어가 보자. 굴속은 내가 허리만 약간 구부리고 누우면 적당한 크기였다. 엄마도 툭하면 집에 안 들어오는데, 나도 이제부터 집에 안 들어가고 이 굴에서 살아야지. 이 굴은 이제부터 내 방이다. 나는 굴 입구인 바위 밑을 손으로 팠다. 조금만 팠는데도 방이 금세 넓어졌다. 칡줄기로 입구를 장식했다. 꽃이 달려 있어서 향기가 좋았다. 엄마가 시킨 대로 사온 우유와 빵을 향기 나는 내 방에서 먹었다. 배는 부르고 바람이 얼굴을 간지럽혀서 기분 좋게 졸음이 왔다.

부스럭거리는 소리에 눈을 떴다. 날이 어두워졌다. 약간 겁이 났다. 겁이 나니까 다리에 힘이 좀 없어지는 느낌이 들었다. 산속이라 그런지 사방이 금방 캄캄해졌다. 산에서는 어둠이 호랑이처럼 쏜살같이 오는 것 같았다. 눈물이 나려고 했지만 참았다. 어차피 나한테는 방도 있다. 나는 바위 밑 내 방으로 들어갔다. 웅크리고 앉아 있으니까 먹을 것 생각이 났다. 아줌마가 준 닭죽, 엄마가 담근 김치를 생각했다. 언젠가 엄마가 해준 감자튀김, 아줌마가 해준 볶음밥도 생각했다. 그런 것들을 생각하니 기분이 훨씬 좋아졌다.

서창선이라고 하더라고. 자기가 우리 철규 담임이라고. 그러시냐고,
깍듯이 인사까지 했네, 이 등신이. 나중에사 알았지. 김빛나라고 우리 철
규 짝꿍이야, 그 여자아이가 그래, 담임 선생이 철규 머리통을 때렸다고.
그 뒤로 철규가 학교를 안 나왔다고. 우리 철규가 학교를 못 가고 산속을
헤매고 다녔어. 산속을 짐승처럼 헤매고 다녔다고. 본 사람이 더러 있어.
어떤 영감이 그래, 죽은 애가 당신 애였소? 쥐알만 헌 놈 하나가 학교에
있을 시간에 이리 갔다 저리 갔다, 산속을 헤매고 다니는 것을 보고 내가
야 이놈아, 학교를 가야지 이 시간에 왜 산속을 헤매고 다니느냐고 야단
을 좀 쳐준 적이 있소. 내가 딱 보니, 죽은 놈이 바로 그놈이더란 말여.
말 들어 보니 그날밤에 대학생 한 명이 검문에 걸려 쫓기고 있었다등만.
이 어린애가 저 잡을라고 쫓아온 사람들인 줄 알고 그 밤에 쫓기다가 어
이없이 사고를 당한 거여. 어둠속에서 발을 잘못 디뎌 벼랑 아래로 떨어
진 것이여. 벼랑 아래 바위에 머리가 파삭 깨져부렀어. 그렇게 그날밤에
이 산에서 두 놈이 쫓기다가 죽은 것이여. 두 놈 다 자기만 쫓아오는 줄
알았겠제이.

　그 영감이 우리 철규를 마지막으로 본 사람이여. 우리 철규가 어땠는
지, 그 영감 보면 우리 철규 마지막 모습이라도 들을 수 있을까 싶어 갔
는데, 그 영감도 지금은 죽었어. 이젠 아무도 없어. 우리 철규 살아 있던
마지막 모습을 아는 사람이 아무도 없어. 경찰서에서 오라고 해서 갔어.

　박철규 군은 1989년 5월 3일 22시경에 광주시 청옥동 제4수원지 부
근 야산에서 단순 추락사한 것으로 판명되었습니다이.

　의사와 검사의 사인이 있는 서류를 들고 경찰서에서 나오는데, 시내
에서 학생들이 철규를 살려내라, 고 데모를 해. 우리 철규를 왜 살려내라
고 하나, 왜 그러느냐고, 우리 철규를 당신들이 아냐고, 왈칵 물었지. 대
학생들도 울어. 울면서 나한테 물어. 이철규 누나냐고. 아니라고, 나는

박철규 에미라고 했지. 말하자면, 죽은 애가 철규는 철균데 우리 철규가 아냐. 그 철규는 대학생이래. 철규를 살려내라고 데모하는 사람들한테 물었어. 대학생 철규는 왜 죽었답니까. 무슨 사건으로 수배를 당했는데 수원지에서 시체로 떠올랐대. 시체를 보니, 그냥 죽은 게 아니고 고문을 받다 죽은 흔적이 역력하더래. 그래서 사람들이 철규의 죽음을 밝혀내라고 데모를 한다고 하더라고. 대학생 철규가 부럽더라고, 그때는. 우리 철규는 어떻게 죽었는지, 열한 살 우리 철규의 죽음을 밝혀내라는 사람은 아무도 없었어. 내가 혼자 어떻게 해. 우리 철규는 대학생도 아닌데. 그래도 이상해. 철규를 살려내라는 말이 꼭 나한테 하는 말 같아, 나보고 철규 살려내라고 사람들이 종주먹을 들이대는 것 같아.

철규야, 내가 이십 년도 넘어서, 이십 년이 다 뭐냐이, 하여튼지 간에, 인자사 너를 불러 본다. 내 아들, 철규야아. 말은 솔직하니 다해서 시원은 하다마는, 너를 보고 싶은 마음은 여전히 사무치는구나, 철규야, 왜 카메라 속에서 나오지를 않는 거냐, 박선자가 카메라 속을 바짝 들여다본다. 마치 카메라 속에만 들어가면 철규를 만날 수 있을 것처럼.

밤이 되니까 추워졌다. 아무리 먹을 것을 생각해내려 해도 더 떠오르는 것이 없었다. 잠은 안 오지만 차라리 잠을 자버려야 할 것 같았다. 엄마가 안 올 때도 나는 기어코 잠을 자버렸다. 이럴 줄 알았으면 낮에 아무리 졸음이 와도 꾹 참고 내 방을 좀 더 근사하게 꾸밀 걸 잘못했다. 사람은 눕지 않고도 얼마든지 잘 수 있고 심지어 서서도 잘 수 있다는 말을 김학수한테 들었지만 나는 그렇게 잘 수는 없을 것 같았다. 어떻게든 자버리려고 손바닥으로 땅을 다진 후 누우려는 순간이었다. 산 아래서 번쩍이는 불빛이 올라왔다. 악, 악, 거기 서, 고함 소리도 났다. 우두두두하는, 쫓아가는 소리인지 도망가는 소리인지 하여간 뛰는 소리도 들려왔다. 저쪽으로, 저쪽으로, 하는 소리도 났다. 잡아, 잡아, 하는 소리도 났다. 내 바위 밑 방이 발각됐는지도 모른다. 아래쪽에서 비치는 서치라이트가 내 얼굴을 스치고 지나갔다. 저기다, 저기야, 어디, 어디, 저기, 저기. 나는 내 방에서 튀어나왔다. 저 자식이다, 놓치지 마, 빛은 점점 이쪽으로 오는 것 같았다. 나는 그제야 알았다. 사람들이 나를 잡으러 왔다는 것을. 분명히 철규 이 자식이라는 소리를 들었다. 서창선이 나를 잡아오라고 시켰을까. 학교에 안 오니 기어코 잡아서 학교 데려오라고 경찰들한테 시킨 것인지도 몰랐다. 틀림없이 그럴 것이다. 그쪽이다, 그쪽으로 도망간다, 잡아라, 철규 이 쌍놈의 새끼.

짧은 순간이었는지 아니면 긴 시간이었는지는 알 수 없었다. 내가 너무 오래 이곳에 누워 있는 것 같았다. 이제 그만 툴툴 털고 일어나 우물집 아줌마가 화를 내든 말든 우물터로 가서 대충 씻고 집으로 가서 약 바르고 엄마 올 때까지 텔레비전을 보다가 배가 고플 테니 밥을 먹거나 밥이 없으면 라면을 먹거나 옆집 아줌마한테 먹을 것을 좀 달래서 먹어야겠다고 생각했다. 그저께 저녁에 상희 아줌마가 해준 카레라이스는 정말 기가 막히게 맛있었다. 지난 일요일 낮의 팥죽은 또 어떤가. 엄마가 해준 먹을 것 중에서는 밥과 라면이 생각났다. 작년 내 생일에 엄마가 해준 것은 흰쌀밥에 소고기미역국, 라면에 떡볶이였다. 내가 맛있는 것을 좀 해달라고 하면, 내가 그런 것을 할 줄 몰라 안 하는 줄 아냐, 사는 게 재미가 있어야지, 해놓고도 그다음 날쯤 부쳐준 부침개는 우리 엄마 최고의 요리였다. 엄마는 아마 사는 것만 재미있으면 최고의 요리사가 됐을지도 모른다. 옜다, 맛난 것, 하면서 커다란 부침개를 프라이팬째로 턱 내놓을 때의 엄마 얼굴은 꽃이 피어난 것처럼 예뻤다. 엄마가 들어와 있으면 또 맛있는 것 좀 해달라고 떼도 써 봐야지. 그러나 꼼짝할 수가 없었다. 어디선가 꽃냄새가 났다. 5월이니 그럴 만도 했다. 눈만 조금 돌려도 하얀 산벚꽃이 온 산을 덮었고 보라색 칡꽃, 노란색 원추리꽃, 또 무슨 꽃, 꽃들이 난리도 아니었다. 사방은 조용한데 우우, 이이, 어어, 하는 새소리가 들려왔다. 저렇게 울다 새들도 이제 곧 잠들 것이다. 나도 얼른 집에 가서 자야 하는데, 이 차가운 바닥에서 자면 안 되는데, 그러면 나는 얼어 죽을지도 모르는데, 자꾸 졸음이 몰려왔다. 엄마는 친구들하고 꽃놀이를 잘 갔을까. 엄마는 꽃놀이에 가서 무슨 꽃을 보고 올까. 엄마가 꽃놀이 가 있는 동안 우유와 빵을 사먹으라고 준 돈이 얼마나 남았을까. 만화가게에서 오백 원어치 만화를 봤고 떡볶이 삼백 원어치를 사먹었고 버스를 한 번 탔으니 이천 원 정도가 남았을 것이다. 이제 여기서 빨리 툴툴 털고 일어서서 집에 가면 먼저 라면을 끓여 먹어야지. 계란도 넣고 파도 넣고. 우유하고 빵도 사먹어야지. 그런데 자꾸 잠이 온다. 움직일 수 없는 내 몸 위로 찬 이슬이 내리고 머리 위에서 꾸루루꾸루루, 밤새 소리가 났다. 나는 꼭 엄마하고 여기로도 꽃놀이를 와야겠다고 생각했다. 엄마랑 꽃놀이를 와서 춤추고 노래하고 싶었다.

철규 손에 삼천 원을 쥐여주고 꽃놀이를 갔다고. 나 좋다고 하는 놈하고 천지사방을 돌아다녔어. 그렇게 지랄 발광하고 있을 때 우리 철규는, 아무도, 아무도 오지 않는 산속 벼랑 밑 바위 위에서…… 어디 가서 말을 못 하고 살았어. 천벌 받을 일을 내가 어디 가서 말하느냐고. 그랬는데, 인자사 하네, 내가 인자사 우네. 울도 못 했지. 죄인이 울 수나 있간디. 근데 정말 이상하네이. 카메라 안에서 자꾸 우리 철규가 보이는 것이 참말로 이상해. 저것이 뭔 조홧속일까. 우리 철규가 나한테 노래하고 춤추자고 하네, 거기는 꽃밭이라고 거기로 오라고 하네. 여기로는 안 오고 거기로만 오라고 하네. 그곳이 아무리 좋다 해도 카메라 속으로 내가 어찌

들어갈 것이여이.

나도 섬에서 몹쓸 일 당한 걸 누구한테도 말 못 했다가 이번에 했네. 야한테도 안 한 말을 방금 해부렀다고.

박선자와 이상희가 카메라를 부둥켜안는다.

우리가 철규한테 못 한 말을 카메라한테 했네, 카메라가 우리 철규여. 철규야, 너는 더 할 말이 없느냐? 할 말이 있건 없건 간에 카메라를 끄지 않으마. 절대로 끄지 않을 테니, 카메라 속으로든, 어디로든 오기만 오너라.

상희가 카메라를 들여다보며 소리쳤다. 그 순간 카메라가 꺼졌다. 내가 끈 것이 아닌데, 그랬다. 알 수 없는 일이었다.

이모가 가게 문을 활짝 열어젖혔다. 밤새 오던 비가 그치고 어느새 아침이 와 있었다.

야야, 저어기 노랑나비 봐라, 봄은 봄인갑다, 노랑나비가 날아가네, 노랑나비가.

초로의 두 여인이 노랑나비를 쫓는 순간은 카메라에 담지 못했다. 카메라가 고장 난 것은 아닌 것 같은데, 도무지 열리지가 않았다. 고속버스 터미널로 가려고 택시를 타는 순간, 경화한테서 전화가 왔다.

너 업어줬다는 아이는 만나봤어? 내가 얘기한 너와 나의 영화 생각해 봤어? 근데, 은주야, 우리가 정말로 영화를 만들 수 있을까? 근데 영화가 뭘까? 영화는 너한테 뭐냐?

경화는 술을 한잔한 것 같았다.

집에 도착했을 때는 오밤중이었다. 식구들은 모두 잠든 것 같았다. 나는 조용히 내 골방으로 들어갔다. 골방에 들어와 습관처럼 카메라를 켰다. 광주에서 갑자기 꺼졌던 카메라는 내 골방에서 정상적으로 켜졌다. 카메라를 켜는 순간, 카메라 속에서 처음 보는, 그러나 익숙한 느낌의 소년이 카메라 속에서 물끄러미 나를 바라보고 있었다. 철규였다. 아직 할 말이 더 남아 있는 모양이었다. 나는 엄마의 공격을 막아내기 위해 커튼부터 내렸다. 빛은 완벽하게 차단된 것 같았다. 사방은 조용했다. 빛은 오직 카메라 속에서만 나왔다. 한줄기 빛 속에 철규가 있었다. 철규는 나를 바라보고 나는 철규를 바라보았다. 무슨 말이라도 할 것 같았는데 한참이 지나도록 철규는 아무 말이 없었다. 오랫동안, 철규는 카메라 밖을 뚫을 듯이 응시하고 있었다. 그 침묵이 너무 단단해서, 뭐라고 말을 붙여볼 수조차 없는 그런 침묵이었다. 오랜 침묵의 뒤에 소년 철규는 카메라 저편으로 사라졌다. 내 영화가 소년 철규의 그 오랜 침묵의 끝에서부터 시작되었음을 나는 아직 알지 못한 채 어둠속에 앉아 있었다. 사위는 아무 일도 없었다는 듯 여전히 조용했다.

— 『창작과비평』 2016년 봄호/공선옥 소설집 『은주의 영화』(창비, 2019년)

가죽가방

범현이

1962년 광주 출생. 2016년 〈무등일보〉 신춘문예로 등단.

2019년 목포문학상 본상 수상.

소설집으로 『여섯 번째는 파란』 등.

미술 관련 산문집으로 『작가탐방: 글이 된 그림들』 등이 있음.

현 광주 '오월미술관' 관장, 미술비평과 전시기획 전문가로 활동 중.

내가 어떤 목소리에 발을 멈춘 건 화장실로 가는 계단 앞에서였다.

카페에 들어설 때부터 요의를 느꼈던 나는 커피 주문을 하자마자 화장실로 달려가던 길이었다. 몇 개의 탁자를 지나고 화장실로 가는 뒷문을 나서서 막 계단을 오르려고 할 때 몇 명의 남자들이 계단 위에서 이야기를 나누고 있었다. 그런데, 그 가운데 한 목소리가 오랫동안 기억 속에 남아 있는 목소리를 떠올리게 했다. 삼십 년 전, 어느 새벽에 들었던 목소리를 나는 지금까지 기억하고 있었다. 꽤 부드러운 목소리. 귓바퀴에 또렷하게 내려앉을 것 같던 그 목소리. 아무리 많은 시간이 지나도 기억에서 지워지지 않은 목소리. 얼굴과는 다르게 그 목소리만은 내 기억에 문신처럼 또렷하게 남아 있었다.

나는 계단을 오르면서 남자들을 바라보았다. 그 가운데서 한 남자와 눈이 마주쳤다. 그는 머리숱이 적고 곱슬머리였으며 안경을 썼고 중간키에 몸피가 큰 사람이었다. 피부는 약간 가무잡잡했고 나이가 나와 비슷해 보였다.

하지만 내가 기억하는 목소리는 그와 잘 연결이 되지 않았다. 나는 삼십 년 전, 어느 날 밤을 함께 보낸 얼굴을 기억하지 못하고 있었다. 내게 남아 있는 것은 목소리뿐이었다.

나는 계단 중간에 잠시 멈춰서 그를 바라보았다. 삼십 년 전 들었던 목소리의 주인은 틀림없는 그였다. 그런데 그의 얼굴은 삼십 년이라는 시간은 차치하고라도 한 번도 보았던 기억이 없는 얼굴이었다. 하긴 삼십 년이라는 세월은 웬만한 기억 같은 건 퇴색시키고도 남을 만큼 긴 시간이긴 했다.

나는 지금도 기억한다. 무지무지 뜨거웠던 늦은 봄날을. 심장이 터지도록 숨 가쁘게 달리곤 했던 이 도시의 밤을. 우리를 쫓는 검은 그림자들을 피해 껌껌한 골목으로 턱밑까지 차오른 숨을 참으며 숨어들던 삼십 년 전 나는 스무 살이었다.

스무 살은 열정의 온도가 가늠되지 않는 나이다. 되돌아보건대 모든 일에 있어서 생각보다 패기와 의욕이 한발 앞서 나가는 나이가 스무 살이었다. 한마디 구호와 뛰어다니는 발에 실리는 힘만으로도 우주의 공기를 팽팽하게 만드는 나이. 그때는 스무 살도 스물일곱 살도 모두 스무 살로 불렸다.

스무 살의 목소리는 모두 똑같았다. 대학교 정문 앞에 겹겹이 쳐진 바리케이드를 뚫고 거리로 뛰쳐나갈 때도, 최루탄이 난무하는 거리를 질주할 때도 우리는 한목소리였다. 모두의 목소리에는 핏발이 섰고 비장해서 가슴이 뜨거웠다. 목소리 톤이 평소보다 몇 옥타브는 높았다. 우리를 이탈하는 목소리는 단 한 사람도 없었다. 학교와 전공학과 따위는 무의미했다. 피로 집권한 군부 정권에 맞설 수 있다는 것만이 중요했다.

'물러나라. 물러나라. 전두환은 물러나라!'

오직 맨주먹뿐인 대열은 언제나 길었다. 나는 긴 대열의 중간쯤에서 준비한 돌을 넣은 가죽가방을 메고 구호를 따라 외쳤다. 대열의 위치는 자주 바뀌었다. 성급한 목소리가 대열을 제치고 앞으로 나갈 때면 제 속도를 유지하던 목소리는 또 다른 목소리와 열을 이루었다. 대열을 유지한 채 앞만 보고 달리다 보면 어느 사이 제일 앞줄을 달리고 있었고, 최루 가스에 눈이 매워져 잠시 주춤대면 어느새 백골단에게 잡힐 것 같은 거리에 있기도 했다. 하지만 그런 건 중요하지 않았다. 중요한 건 대열을 벗어나지 않고 옆 사람과 보폭을 맞추며 군부독재와 싸우는 것이었다. 그날 내 옆에는 짧은 곱슬머리의 남학생과 나처럼 커트 머리를 한 여학생이 속도를 맞추고 있었다. 그때도 대열은 4열이나 5열 횡대였고 속도는 빠르게 걷는 속도였다. 그렇게 대열을 이룬 스무 살들은 돌발 상황이 생기면 눈빛을 교환하고 일제히 뛰기로 했다.

　금남로에서 도청 앞 광장에 이르렀을 때 우리 스무 살들은 대열을 향해 사방에서 튀어나오는 백골단을 발견했다. 그동안의 정렬이 무색할 만큼 우리의 대열은 순식간에 흩어졌다. 서로 눈빛을 교환할 시간도 없었다. 긴박한 순간이었다. 백골단은 하나같이 하얀 헬멧을 머리에 쓴 청색의 사복 차림이었다. 그들이 휘두르는 곤봉은 우리의 속도를 순식간에 따라잡았다.

　눈에는 이상한 광채가 번득였다. 보통 평범한 일상의 사람에게서는 찾아보기 힘든 눈빛이었다. 일개 대대쯤 될 것 같았다. 나는 그 가운데서 보통 키에 보통 체격의 백골단과 눈이 마주쳤다. 우리 스무 살들을 꼭 잡고 말겠다는 살기 어린 표정과 불이 붙은 화살이 장전된 것 같은 눈빛을 보는 순간 티브이에서 보았던 한 장면이 빠르게 스쳐 갔다. 상대방을 단숨에 박살 내기 위해 어금니를 악무는 추격자의 눈빛. 네 발이 묶이고 목이 나무에 매달려 버둥거리는 개의 두개골을 한방에 박살 내려 하는 눈빛. 그 눈빛과 마주한 순간 나는 반사적으로 몸을 돌려 뛰기 시작했다. 그렇지 않으면 티브이 화면에서 보았던 것처럼 머리가 터져 곤죽이 될 게 뻔해 보였기 때문이었다.

억울한 생각이 들었다. 나는, 우리는, 제대로 된 자유와 민주를 찾기 위해 거리로 나왔을 뿐이었다. 자유란 게 무엇인지 학습으로만 겨우 깨쳤을 뿐 구체적인 정의는 알지 못했다. 학습한 자유를 누리면서 살아 본 적도 없었다. 자유 비슷한 자유 말고 진짜 자유를 찾기 위해 천 리 밖에 있는 군부에 저항했을 뿐이고 입술에 침만 묻히는 민주 말고 진짜 민주를 찾고 싶어서 맨주먹을 휘두르며 거리로 뛰쳐나왔다. 진짜와 가짜를 식별하는 능력을 키웠으므로 진짜를 달라고 소리친 것뿐인데 군부는 그것이 죄라고 곤봉을 휘두르고 최루탄을 퍼붓는다. 그렇게 우리를 단죄하려 한다. 점점 숨이 가빠오고 심장이 터질 것 같은데도 내 머리에는 쉴 새 없이 이런 문장들이 줄을 이었다.

모든 일이 그렇지만 돌발 상황이라는 것은 언제 생길지 예측하기 어려운 것이다. 백 퍼센트의 발발 확률과 비례해서 예측하기 어려운 시기 때문에 대열은 늘 긴장을 놓지 않았다. 그것은 조각을 위해 커다란 돌덩이를 앞에 두고 있는 사람의 심정과 비슷할지도 모른다. 이 비유는 미술 대학에 다니면서 생긴 습관이었다.

내가 보기에 사람들은 대체로 이렇게 생각하는 것 같았다. 예술을 공부하는 사람들은 정치나 정세라는 낱말과는 전혀 어울리지 않는다. 어떻게 예술이 정치와 어울릴 수 있는가. 예술은 그냥 정치의 보호를 받아야 하는 나무가 아닌가. 내가 스무 살 때는 이런 고정관념이 더 심각했을 터였다. 하지만 나는 스무 살이었다. 4B 연필과 조각칼과 붓을 내던지고 언제든지 긴 대열을 따라나설 수 있었다. 예술도 총이 될 수 있다, 설사

총이 되지 못한다면 총을 숨길 수 있는 가방이라도 되어야 한다는 생각도 했었다.

내 주장을 누구보다 열렬하게 지지해 준 사람은 같은 미술대학의 선배였다. 그러나 나는 선배를 잘 몰랐다. 군대를 다녀온 복학생이라는 것과 모든 작품에 화강암만을 사용한다는 것 정도가 전부였다. 선배는 차갑고 단단한 돌에 기쁨과 슬픔과 분노를 조각하지 않는 것으로 그리운 표정을 만들어 놓고 있었다. 선배의 작품을 보고 있으면 아무런 가망이 없다 하더라도 언제까지고 한없이 누군가를, 혹은 어떤 날을 기다릴 수 있을 것만 같은 생각이 들었다. 선배의 주제는 화강암을 만나서 살아나는 것 같았다.

내가 투쟁적이며 예술과 어울리지 않는 독서모임에 나가게 된 건 선배의 영향이었다. 하지만 같은 시대를 사는 사람으로서의 막연한 책임 때문에 독서모임에 참여했을 뿐이라고 설명했고 사람들도 내 말에 머리를 끄덕였다. 그게 나라는 사람이었다. 남자 따위는 별 관심이 없고 특별한 재능이 있는 것도 아니면서 미술의 모든 것에만 열정을 쏟는 여자. 미술이 역사의 방향을 바꿀 수도, 혁명의 도구가 될 수 있다고 믿었던 여자. 짧은 커트 머리와 헐렁한 점퍼 때문에 멀리서나 뒤에서 보면 꼭 남자 같은 여자.

그런데 또 그게 나였다. 나는 독서모임의 회원이 되고 나서야 내가 선배에 대해 가진 호기심의 종류를 정확하게 파악할 수 있었다. 그랬다. 나는 단지 돌과 붓의 차이가 궁금했던 게 아닌가 싶다. 그때 내가 느낀 건 돌과 붓의 차이는 있을 테지만 결국 추구하는 것은 하나라는 것이었다. 우리는 정으로 돌을 쪼고 붓으로 캔버스를 채우듯 치밀하게 생각하고 구성해서 시위를 계획해 나갔다. 정치는 예술을 보호하고 지지해 줘야 하지만 예술은 정치에 맞설 수 있어야 했다. 또 그래야 한다는 게 우리 스무 살들의 생각이었다.

모든 일이 계획한 대로 이뤄지는 것은 아니다. 선배가 말하기를, 우리는 화강암을 조금씩 정으로 쪼아서 하나의 작품을 만들 듯 자유와 민주주의를 이뤄 나가야 한다고 했는데, 나는 솔직히 우리가 정이나 제대로 쪼고 있는지조차 의심스러웠다. 아무것도 분별이 되지 않았고 그 무엇도 판단하기 어려웠다. 무차별적으로 휘둘러지는 곤봉 앞에서 우리의 대열은 자주 흐트러졌고 곤봉을 맞으며 끌려갔고 일부는 백골단이 알지 못하는 골목으로 빠르게 스며들어 갔다.

나도 그 길 가운데 하나를 찾아 들어가야 했다. 심장이 터져 버리기 전에, 곤봉에 맞아 곤죽이 되기 전에 어딘가로 숨어들긴 해야 했다. 그것도 다른 사람이 숨어들지 않는 골목을 찾아야 했다. 그래야 몸을 숨기고 살인적인 눈빛과 곤봉을 피할 수 있으니까. 그래야 다시 대열을 만들어 저항할 수 있으니까. 선배의 말처럼 화강암을 정으로 쪼아 근사한 작품을 만들 듯 어디에도 부끄럽지 않은 자유다운 자유를 성취하고 학습했던 진짜 자유를 누릴 수 있을 테니까. 곤봉에 부서진 팔과 다리로는 다시 거리를 달리며 싸울 수 없으니까. 그럴듯한 변명들이 아주 작은 골목 입구마다 널려 있었다. 나는 그 가운데서 지린내가 진동하고 시커먼 바닥이 찐득거릴 만큼 더러운 골목으로 뛰어들어 갔다. 메고 있는 가죽가방 속에서 채 던지지 못한 돌들이 달그락거리며 쉼 없이 소리를 냈다. 뒤에서 나를 쫓아 뛰어오는 운동화 소리도 쉬지 않고 들려오고 있었다. 가방 안의 돌들을 버리면 더 잘 달릴 수 있을 텐데 가방을 열고 돌을 던질 여유가 내게는 없었다. 숨이 턱에 차서 질식할 것만 같은데 그 발소리는 지치는 느낌이 전혀 없었다.

나를 쫓는 발소리와의 간격은 점점 좁아지고 있는 것 같았다. 그런데 길조차 더 이상 갈 곳이 없는 막다른 골목이었다. 어느새 어둠이 내리고 있는 골목, 앞으로 나갈 수도 없고 뒤돌아서 갈 수도 없는 상황 앞에서 나는 온몸이 떨리도록 절망했다. 골목의 대문은 모두 굳게 닫혀 있었고 깜깜해져 있었다. 어느 집도 불은 켜지지 않았다. 비릿한 냄새가 진동하는 막다른 골목에서 나는 생각했다. 이제 나는 죽었다!

그때, 이제 백골단에게 잡혔구나. 이게 끝이다. 억센 힘을 가진 손이 내 머리채를 잡아채는 것 같은 느낌으로 절망한 바로 그때, 아주 조금 열려 있는 대문 하나가 보였다. 나는 0.1초도 생각할 겨를이 없이 그 대문을 박차고 안으로 들어갔다. 내가 낡고 오래된 집의 마당으로 들어서는 것과 희미하게 불이 켜진 한 방에서 주인인 듯 보이는 여자가 나온 것은 거의 동시였다. 그녀는 헐떡이는 내 숨소리를 듣자마자 상황을 알아차렸고 늘어선 방 가운데 가장 끝 방을 손으로 가리켰다. 나는 신발을 신은 채 그 방으로 뛰어들어 갔다. 그러자 주인 여자는 뒤쫓아 달려와서 방문을 닫았다. 모든 게 순식간이었다.

고작 두 평 정도밖에 되지 않을 것 같은 작은 방이었다. 나는 캄캄한 어둠 속에서 숨을 죽이고 납작 웅크렸다. 가슴이 터질 것 같았다. 숨소리마저 죽이기 위해 손으로 코와 입을 가렸다. 묵직한 운동화 소리가 타다닥 소리를 내며 마당으로 들어오는 소리가 들렸다. 이어서 방문 열리는 소리와 느린 목소리가 운동화 소리의 주인에게 말했다.

"혼자세요?"

나는 나도 모르게 고개를 들고 방문을 바라보았다. 운동화 소리의 주인은 조금의 시간차도 두지 않고 대답했다.

"씨발. 미친년 여기 들어왔지? 체크무늬……"

시간 차이를 두지 않기는 방문을 열고 나온 목소리의 주인도 마찬가지였다.

"여긴 사창가인데. 여자라니. 휴— 여긴 한물 간 사람만 오는 곳인데…."

슬리퍼 소리가 방 쪽으로 몇 발짝 다가왔다.

"방문 열어 봐도 돼. 세상이 시끄러워 요즘은 그나마 찾는 사람도 없어."

잠시 밖이 조용했다. 아주 잠시, 그 잠시의 시간은 내가 살아온 시간과 맞먹을 터였다. 소름이 돋았다. 목울대를 넘어오는 신물이 느껴졌다. 침을 삼키는 소리가 천둥소리 같아 손으로 입을 더 틀어막았다. 헐떡이며 방에 뛰어드는 내 등 뒤로 방문을 닫던 주인 여자를 떠올렸다. 운동화 소리의 주인이 텅 비어 있는 모든 방문 앞을 말없이 스캔하고 있는 상황도 함께 그려졌다. 나는 더욱더 숨을 죽였다. 신발도 벗지 못한 채 쭈그리고 앉아 덜덜 떨고 있는 몸이 어금니로 느껴졌다.

그때 운동화 소리의 주인이 정적을 깼다. 처음보다 조금은 안정된 목소리였다.

"데모하는 년들은 모두 빨갱이야. 모조리 잡아 죽여야 해."

와당탕 무언가를 발로 차는 소리와 함께 운동화 소리는 대문 밖으로 멀어졌고 어딘가로 또 뛰어가고 있었다.

나는 방바닥에 털썩 주저앉았다. 신발도 벗었고 그동안 참았던 숨도 비로소 길고 깊게 토해졌다. 고개를 들어 작은 방 안도 둘러보았다. 메고 있던 무거운 가죽가방도 방바닥으로 내려놓았다. 썩은 우유에 싸구려 향수가 섞인 냄새가 나는 것 같았다. 그제야 한 사람이 또 있었다는 사실을 발견하고 깜짝 놀랐다. 다른 사람이 있을 거라는 생각은 하지도 못했기 때문이었다. 밖의 상황에 신경 쓰느라 방 안은 살피지도 않았다. 그런데 흩어진 대열이 그 방 안에 또 있었다.

그와 나는 깜깜한 방에서 서로 맞은편 벽에 기대고 앉아 밤을 새웠다. 밖으로 나갈 수도 없는 상황이었고 긴장을 풀고 잠을 잘 수도 없었다. 과도한 긴장 때문에 잠이 올 것 같지도 않았다. 불을 켤 수도 없어서 얼굴도 모르는 그와 내가 그 밤에 할 수 있는 것이라고는 밖에 귀를 기울이며 조금씩 이야기를 나누는 것뿐이었다.

그는 조용하고 짤막짤막하게 시국과 정세에 대해 자신의 견해를 이야기했다. 국민을 우롱하는 군부독재에 대해 비판도 했고 자유와 민주주의는 화강암을 정으로 쪼아 작품을 만들 듯 이뤄 나가야 한다는 선배의 말에도 그는 동의했다. 그러니까 예술과 정치를 별개의 것으로 나눠 생각해서는 안 된다는 말도 했다. 예술이 사회를 변혁하는 힘이 되어야 한다고도 했다. 우리는 지금 잠시 흩어지긴 했지만, 연잎 위의 물방울들처럼 곧 다시 하나의 커다란 물방울로 모일 거라고도 했던 것 같다. 죽을 때까지 변절하지 않고 민주주의를 향해 끝까지 싸울 것이라고 그가 말했던 것도 같다. 나는 내가 만든 가죽가방에 돌을 담지 않아도 될 그때까지 싸울 것이라고 했다. 그것이 내가 그 어떤 것보다도 튼튼하게 가죽가방을 만든 직접적인 이유가 될 것이라고 말했던 것도 같다. 투쟁이란 힘으로 밀어붙이는 싸움이 아니라 시간과 인내의 싸움이라는 말도. 각자의 방향에서 첫 마음으로 싸우다 보면 운동의 연대 선상에서 우리가 다시 만날 수도 있을 거란 말도. 그렇게 긴장을 하며 이야기를 하다 지치면 가끔 각자의 팔로 안은 각자의 무릎에 얼굴을 묻고 아주 잠깐씩 졸기도 했다.

밤은 생각보다 길었고 밤이 깊어질수록 외부에서 들리는 소음은 시끄러워졌다. 느닷없는 헬리콥터 소리가 부산스럽게 들렸고 골목을 달리는 발소리도 다시 들렸다. 서로 얼굴도 모르는 남녀가 함께 보내는 밤은 버거웠다. 하지를 한 달 정도 남긴 때였는데도 날씨까지 추웠다. 그런데 그게 내 생각만은 아니었던 모양이었다. 아마도 시간이 새벽 서너 시쯤 될 때였던 것 같은데 그가 팔로 안아 세운 무릎에 턱을 괴면서 그러는 거였다.

"시간이 흘러가는 모습, 이렇게 지켜보는 거 처음이에요. 사물의 명암이 분과 초마다 조금씩 달라지는 것을 처음 봐요. 우리도, 나라도, 자유도, 민주주의도 이렇게 조금씩 달라지겠죠?"

나도 그의 이 말에 깊이 공감했다. 우리가 삶을 사는 것은 과거를 만들어 내는 거라는 것. 초침이 똑딱! 하고 지나가는 순간 일 초가 과거로 흘러간다. 시곗바늘 소리에서 슬프거나 다행스럽다는 감정이 느껴진 것도 그때가 처음이었다.

사물이 어둠 속에서 희미하게 다시 돌아날 무렵 그는 구석 자리에서 일어났다. 자신의 자리로 돌아가기에 여인숙의 환한 아침이 스무 살의 우리에게는 어색하고 부끄러운 곳이었으니까 당연한 일이었다. 나도 돌이 들어 있는 가방을 다시 멨다.

지난 저녁, 내가 숨어들 방을 가리키고 등 뒤로 방문을 닫던 주인 여자의 방은 아직 깜깜했다. 하지만 주인 여자가 일어났다 해도 내게는 돈이 없었다. 그 역시도 마찬가지인 것 같았다. 그와 나는 최대한 소리를 죽여 마루를 내려섰고 신발을 신고 마당으로 들어섰다. 그리고 그곳에서 유정여인숙이라는 녹슬어 가는 간판을 보았다.

그는 마당으로 내려서기 전에 "잠깐만요." 하며 나를 돌아보았다. 얼굴이 깡마르고 적당한 키의 그와 여자로서는 큰 편인 내 눈이 어스름 속에서 부딪쳤다.

"우리, 이름이나 알고 헤어지죠. 난 G대학의…."

분명히 그는 그때 자신의 이름을 내게 말했다. 그러나 불행하게도 나는 그의 이름을 유정여인숙에서 나오자마자 잊어버렸다. 아니, 귓등으로 들었다고 해야 맞을 것 같다. 그가 자신의 이름을 말하며 손을 내밀었을 때 나는 그와 나누었던 이야기를 생각하고 있었으니까. 또 미술패들은 모두 무사할까. 집합시간인 오후 8시를 넘긴 나를 재수 없이 연행되었다고 여기는 것은 아닐까 하는 생각이 들었으니까. 희한한 기억력은 이름이 아니라 그의 목소리만을 기억에 남겼다.

대학을 다니는 사 년 동안 나는 강의실보다 거리에서 더 많은 시간을 보냈다. 정의만이 세상 전부인 것처럼 삶의 모든 것에 대해 투쟁 정신으로 일관했다. '정의는 반드시 승리한다.'가 삶의 좌우명이 된 지는 오래전이었다.

어느 사이 나는 선배의 말을 잊어버리고 있었다. 삶 역시 화강암을 정으로 쪼아 작품을 만들 듯 이뤄 나가야 하는데 내게는 인내보다 추진력이 앞장을 서곤 했다. 내게 프러포즈를 하던 선배에게 낭만적 놀이를 할 시간이 없다며 야유를 보낸 것도, 결혼은 사치이며 살아 있는 동안 한 발자국도 투쟁을 양보할 수 없다고 말한 것도 그 때문이었다. 그리고 나는 선배를 잊어야 했다.

그를 다시 만난 것은 그때였다. 내가 신문사에 들어가 문화부 기자 3년 차일 때였다. 5·18광주사태가 5·18민중항쟁으로 명칭이 바뀌고 민주화운동을 했던 사람들에게 국가유공자 카드가 지급되던 해였다. 신문사에서는 5·18민중항쟁 유공자들을 인터뷰 형식으로 채록해 사회면에 연재하고 있었고 나와 또 다른 동료 기자는 그 일을 하던 중이었다. 그때그는 동료 기자와 인터뷰를 했고, 한낮의 무더위에 지친 나는 그가 가지고 있는 민주화운동 자료를 촬영하거나 중요한 부분은 옮겨 쓰고 있었다. 하지만 그가 유정여인숙에서 함께 밤을 보낸 사람이라는 것은 기억해 내지 못했다. 단지 낯선 느낌이 들지 않았던 것과 어디선가 만난 것 같았지만 그마저도 난 묻지 않았다.

당시 그는 꽤 잘 나가는 인사가 되어 있었다. 대도시에서 트라우마 센터를 운영하는 동시에 민주화운동단체의 회장직을 겸하는 인사는 그밖에 없었다. 국가에서 지원되는 보조금 외에도 각종 국책사업에 연줄을 대고 막대한 자금을 운용하고 있었다.

인터뷰를 진행하는 내내 나는 그를 스무 살 무렵 함께 대열을 이뤄 달렸던 지난날의 동지 정도로만 생각했다. 유정여인숙 같은 건 꿈에도 생각하지 못했다. 사창가 뒷골목의 낡고 허름한 여인숙에서 함께 밤을 보낸 남자라고는 상상조차 할 수 없을 정도로 그는 달라져 있었기 때문이다.

그에게는 자유 비슷한 자유를 감언이설로 속삭이는 군부의 독재자 같은 느낌도 살짝 났다. 민주화운동단체의 회장이라는 데도 이 느낌을 나는 끝내 지우지 못했다. 학생운동을 등에 업고 고리대금 사업을 하고 있는 느낌. 과거의 학생운동 경력이 가장 빛나는 장신구 같은 느낌. 잘 단련되어 반짝 윤기까지 도는 팔뚝과 꽤 무게가 나갈 것 같은 금팔찌와 금목걸이를 보는 순간 그 생각은 더해졌다. 자본이 좌지우지하는 세상에서 살고 있고 그때와는 다른 사회적 여건들로 어떻게 행동해야 더 잘 먹고 잘살 수 있는지 알고 있는 세상 속의 한 사람처럼 여겨졌다. 그리고 그것을 나무라고 싶지도 않았다. 한 번 보고 말 흔하디흔한 사람이었고 기껏해야 5월이 되면 티브이 안에서 트라우마 센터를 경영하는 민주인사로 잠깐 비춰질 테니까. 자유를 외치던 사람도 자본주의 안에서는 시간의 흐름과 현재의 위치에 따라 변질될 수밖에 없다고 혼자 단정해 버렸다.

돌이켜 보건대 그것은 어디까지 내 느낌이었다. 나는 그가 그인지 끝내 알지 못했다. 얼굴은커녕 이름도 기억하지 못했고 인터뷰도 직접 하지 않았던 내게 그는 그렇게 느낌으로만 남았다.

내가 과거의 기억 속을 다녀오는 어느 사이 그의 일행이 흩어졌다. 일부는 아래층 카페로 내려가고 또 일부는 화장실로 들어갔다. 그들은 길어야 이삼 분이면 다시 카페에서 마주할 것인데도 인사들을 꽤 요란하게 했다.

"먼저 내려가서 있을게. 빨리 갔다 와."

"어, 빨리 갔다 올게. 먼저 가 있어."

그 가운데서도 그의 목소리는 유난히 귀에 쏙쏙 들어왔다. 빨리 갔다 올게. 먼저 가 있어. 얼굴과 이름은 기억나지 않고 목소리만 기억에 남은 그는 화장실을 향해 몸을 반쯤 돌리면서 말했다. 화장실 앞이 한산해지자 계단을 하나 오르던 나는 다시 걸음을 멈추고 그의 뒷모습을 바라보았다. 이름이 떠오르지 않기는 마찬가지였다.

그때 하나의 생각이, 헤어질 때 손을 내밀며 말하던 그의 이름을 떠올리려 안간힘을 쓰는 내 뒤통수를 기습적으로 때렸다. 어쩌면, 동료 기자가 인터뷰했던 사람과 그가 동일인이라는 게 맞을지도 모른다는 것이었다. 그마저 십여 년 전의 일이어서 정확하게 말할 수는 없지만, 동료 기자가 찍은 사진과 그의 모습이 비슷하다는 데 불현듯 생각이 미친 거였다. 그 생각이 들자마자 머릿속에서는 기억과 추리의 재편집이 일사불란하게 이루어졌다. 그 순간 요의는 어디론가 사라져 버렸다.

나는 여전히 계단 중간에 서서 그가 들어간 화장실을 골똘하게 바라보았다. 내가 목소리만 기억하는 사람이라고 해서 최근의 일까지 까맣게 잊어버린다는 말은 아니다. 짧지 않은 기자 생활을 하는 동안 기억력도 꽤 늘어났다. 그것은 삶의 필요성으로 훈련된 기억력이었다. 동료 기자가 인터뷰한 사람과 화장실 앞에 있었던 그는 같은 얼굴을 갖고 있고 화장실 앞에 있었던 목소리는 오래전 유정여인숙에서 함께 밤을 보낸 사람의 것과 같은 목소리라는 것을 말이다.

나는 한숨을 쉬며 고개를 젓고 계단을 올랐다. 그제야 내가 화장실에 가는 길이었다는 것과 참을 수 없는 요의가 다시 느껴졌다. 그때까지도 남자 화장실 입구는 조용했다. 나는 진저리를 치며 남자 화장실 입구를 잠깐 바라보고 여자 화장실로 들어갔다.

뜻밖에 나는 화장실 앞에서 그와 마주쳤다. 그는 함께 화장실에 들어갔던 일행들과 거리를 두고 나오는 길이었고 나는 미처 마르지 않은 손의 물방울을 털며 나오는 중이었다. 나는 옆으로 비켜 가려는 그를 동시에 비키려다 다시 부딪히고 다시 비키려다 그와 눈이 또 마주쳤다. 그리고 마침내 그가 걸음을 멈추었다. 그를 확인하고 싶다면 기회는 걸음을 멈춘 때뿐이었다. 나는 잠깐 마른 침을 삼켰다. 목소리에 대한 기억력은 나를 아는 사람이라면 모두 인정하는 것이지만 삼십 년 만에 다시 듣는 목소리였다. 삼십 년이라는 시간은 기억의 착오를 얼마든지 유발시킬 수도 있는 시간이었다. 일단 나는 내 기억이 맞는지 확인을 해보기로 했다.

"……. 혹시, H거리 뒷골목에 있는 유정여인숙을 아세요?"

그는 다시 나를 비켜 가려다 의아한 눈으로 나를 바라보았다. 은빛 테 안경 속의 두 눈이 의문 부호로 가득했다.

"유정여인숙……이라니요?"

물론 지금 H거리 뒷골목에 유정여인숙 같은 건 없다. 유정여인숙은 이미 오래전에 재개발이라는 이름으로 사라졌다. 언제 사라졌는지 모르게 사라져 버린 자리에는 세계의 모든 음식을 맛볼 수 있는 최신식의 전문 레스토랑 건물과 보세 옷들을 취급하는 로드숍들이 들어서 있었다. 유정여인숙이 아직도 있다면 도심의 오래되고 낡은 건물 때문에 주목을 받았을 것이고 그가 의문에 가득 찬 눈으로 반문하는 일도 없을 터였다. 삼십 년 전 그때 그가 유정여인숙의 간판을 보지 않았다면 그가 그 여인숙을 기억하지 못하는 것도 당연한 일일 것이었다.

"그럼 혹시 가죽가방은 아시겠어요?"

문득 자신이 참으로 한심하게 느껴졌다. 목소리의 주인을 확인해서 뭘 어떻게 하자는 것도 없었다. 그날 우연히 함께 같은 공간에서 밤을 지새운 것이 전부였던 그와 나였다. 단지 그 하나의 사실이 삼십 년의 시간을 훌쩍 뛰어넘어 스무 살 때의 공감대가 다시 형성될 수도 없는 노릇이었다. 스무 살이었을 때는 함께 분노할 줄 알았고 함께 싸울 줄 알았다. 함께 대열을 이룰 줄도 알았다. 하지만 지금은 대열이 이뤄지지 않는 시대였다. 화강암을 정으로 쪼아 작품을 만들 듯 무언가를 이뤄 가겠다는 열정이 희미한 그런 시대가 되었는데, 스무 살은 아득한 과거가 되었는데, 뭘 어쩌자는 생각도 없이 그날의 목소리 주인을 확인하려는 내 자신이 참을 수가 없어졌다. 나는 얼굴이 뜨거워지는 것을 느꼈다. 갑자기 담배 생각도 간절해졌다.

"제가 기억하는 목소리와 너무 비슷해서요. 목소리요….."

그런 나를 그는 잠시 빤히 쳐다보았다. 그리고 지극히 사무적인 어투로 조용하게 말했다.

"저는 기억을 잘못합니다. 백골단을 피해 어딘가로 숨었던 기억은 너무나 자주여서 어딘지 알 수도 없고 유정여인숙은 더더군다나 기억에 없군요. 또 누군가와 한 공간에서 밤을 지새웠다는 것은 전혀 기억에 없습니다."

순간 나는 그의 눈을 바라보았다. 기억한다는 대답을 기대한 것도 아니었지만 그의 얼굴 피부가 과거 어떤 일이라도 지금껏 쌓아 올린 이력에는 아무 영향도 미치지 않을 것이라고 여길 만큼 단단해 보인다는 생각이 들었다. 나는 더 이상 아무런 말도 하지 못했다.

말을 마친 그는 계단을 내려갔다. 내 귀에는 삼십 년 전의 그 목소리와 방금 전의 목소리가 같은 파장으로 울리고 있는데 그는 모르겠다는 말을 남기고 일행에게로 돌아갔다. 나는 단단한 그의 뒷모습이 카페 안으로 사라질 때까지 붙박인 자리에서 움직이지 못했다.

결국, 나는 커피도 제대로 마시지 못했고 담배도 제대로 피우지 못했다. 평소에는 그토록 달게 마시던 커피와 달게 피웠던 담배가 아무 맛도 느껴지지 않았다. 한 잔의 커피와 한 개비의 담배로도 풀리고 남았을 피로가 더욱더 전신을 누르는 기분이었다. 그냥 지나칠 걸 그랬다는 후회와 이미 예상했던 자괴감이 피로를 한층 더 가중하고 있었다.

하필 아침에 30년 전의 가죽가방을 메고 나온 것도 한심하게 느껴졌다. 대학교 2학년 여름 무렵에 난 시위 현장용으로 튼튼한 어깨끈이 달린 가죽가방을 만들었다. 가방 안에 돌을 가득 넣고 다니던 나는 시위 현장에서 이름 대신 가죽가방으로 통용이 됐고 나를 알지 못한 이들마저도 가죽가방! 하면 아! 하고 아는 체를 했을 정도로 가죽가방과 나는 한 몸이 되었다. 열 번이 넘는 이사와 나이를 먹어 가는 동안에도 나는 가죽가방을 버리지 못했다. 창고에 처박혀 있던 가죽가방이 일 년에 한 번 햇빛을 보는 날이 있었는데 며칠 전이 바로 그날이었다. 장마를 앞두고 가죽 제품을 꺼내놓고 왁스 칠을 하는데 대학 시절의 가죽가방이 눈에 보였고 30년 전의 시간이 하나둘씩 기억이 났다. 팽팽한 긴장감이 그립기도 했고 가죽가방이 기억하고 있는 시위 현장들이 몇 군데나 되었을까 하는 쓸데없는 생각도 들었다. 군데군데 세월의 흔적으로 희끗해지고 낡아 느슨해진 가죽가방을 메고 나온 건 팽팽하게 내달렸던 지난 기억을 떨구지 못해서였다.

결국, 나는 담배 두 개비를 다 피우지 못하고 카페를 나왔다. 가죽가방 안에 담배와 라이터를 집어넣다가 돌멩이가 오래전 그 모습 그대로 있는 것 같아 오소소 소름이 돋았다. 빨리 집에 들어가서 샤워를 한 다음 시원한 캔 맥주를 하나 마시고 싶다는 생각뿐이었다. 삼십 년 전의 목소리 같은 건 잊어버리고 싶었다. 이미 스무 살의 세상은 지나갔으니까. 학생운동의 경력이 빛나는 훈장처럼 여겨지는 시대니까. 나는 반쯤 남은 담배를 차창 밖으로 내던지고 천천히 주차장을 빠져나갔다. 카페 건물을 오른쪽으로 돌아 골목으로 들어서 두 블록쯤 달리면 나오는 큰 길이 집으로 가는 길이었다.

언짢은 기분을 털어 버리기 위해 심호흡을 하고 주차장에서 나와 자동차 두 대가 겨우 비켜 갈 수 있는 골목으로 막 들어섰을 때였다. 카페 건물이 끝나는 지점 맞은편에 은행나무 한 그루가 있는데 그 나무 옆에 서 있는 그가 보였다. 내 차의 불빛이 강렬하기도 했고, 목소리에 대한 기억력이 자신 없어지기도 했고, 확실하다고 할 수는 없었지만 틀림없이 화장실 앞에서 만난 그였다. 그는 일행을 카페 안에 남겨 뒀는지 혼자였다. 그의 모습을 본 순간 오래전 선배가 했던 말이 떠올랐다. 선배가 말하길, 돌을 조각하는 것은 정으로 긴 시간을 쪼아 작품을 만드는 것이라고 했다. 잘못 쪼아진 돌을 원 상태로 돌리는 건 차라리 폐기 처분하는 것이 시간을 절약하는 방법이라는 그의 말과 그러므로 처음부터 천천히 첫 마음을 잃지 않고 온 마음을 다해 돌을 바라보며 정을 쪼아야 한다는 말이 생각이 났다. 그의 모습이 그렇게 잘못 다듬은 조각 같았다. 나는 두 눈을 부릅뜨고 골목에 서 있는 그를 노려보았다.

나는 차를 세우고 다시 그에게 묻고 싶었다. 하지만 또 그렇게 해서 뭘 어쩌겠다는 것인지가 생각이 나지 않았다. 나는 그의 앞에서 잠시 브레이크 페달을 밟았다가 다시 가속 페달로 오른발을 옮겼다. 가죽가방 속으로 넣은 오른손에는 차에 오르기 전 주차장에서 주운 작은 돌 하나가 만져졌다. 속도계 바늘은 10Km/h 이하로 떨어지다가 금세 50Km/h를 훌쩍 넘어섰다.

— 『풍선과 유산이 든 가방』(광주전남소설가협회 제11집, 심미안, 2016년)/
범현이 소설집 『여섯 번째는 파란』(문학들, 2020년)

마지막 새벽

전용호

1957년 전남 순천 출생. 전남대 재학 시절 '들불야학' 강학으로 활동.

5월항쟁 당시 투쟁위원회에서 「투사회보」를 제작·배포하다 투옥.

1998년 〈광주매일〉 신춘문예로 등단.

소설집으로 『오리발 참전기』 등과 창작동화로 『천개의 소원』이 있음.

저서로 『전두환 쿠데타 군부가 쏘아올린 바벨탑』, 광주5월민중항쟁의 기록

『죽음을 넘어 시대의 어둠을 넘어』(개정증보판. 황석영·이재의·전용호 공저) 등.

만해문학상 특별상 수상.

광주전남소설가협회 회장, 한국작가회의 자유실천위원장 역임.

1

　어둠에도 등급을 매길 수가 있다면 지금 이 도시를 감싸고 있는 암흑은 몇 등급일까. 불빛 하나 없는 암흑에서 희뿌연 건물의 형체만 아스라이 드러난 도시는 마치 파장 난 시골의 장터처럼 스산하기만 하다. 불규칙한 직사각 모양으로 서 있는 빌딩들은 금방이라도 순식간에 무너져 내릴 듯이 버티고 있는 것조차 힘겨운 듯 보인다. 빌딩 사이의 허공으로 열려진 하늘도 멀리 각진 건물의 끝과 맞닿아 먹물 어둠의 짙고 옅음으로 지상과 하늘을 겨우 구분하고 있을 뿐이다. 때마침 뒤덮은 구름 때문인지 하늘에는 지금쯤 반짝거려야 할 별마저 보이지 않는다. 휑하게 비어 있는 아스팔트 도로는 빌딩 그늘에 가려 마치 절벽처럼 암흑에 묻혀 있다가 지나가는 시민군 순찰 차량의 헤드라이트 불빛에 간헐적으로 드러나곤 할 뿐이다. 이미 물을 뿜는 것을 포기한 대신 며칠간 많은 사람들이 올라와 소리치고 흥분하고 울부짖던 연단 역할에 충실했던 분수대는 고장 나 있는 커다란 로봇처럼 녹슨 송수관만 둥그렇게 두른 채 차가운 금속의 반사광만 내쏘고 있다. 분수대 저편으로는 마치 오래전부터 내내 그래 온 것처럼 움직이는 것이라곤 아무것도 없다.

어두워지면 도청 앞 광장과 시가지에 사람들 발길이 끊기기 시작한 것이 며칠째다. 엊그제부터는 도청 앞 철문을 사이로 아주머니와 총을 멘 청년 시민군이 실랑이를 벌이는 풍경이 자주 보이곤 했다. 도청에서 시민군으로 활동하는 자식을 찾아 집으로 데려가려는 부모들이었다. 계엄군이 광주에 진입한다는 소문이 돌던 어제부터는 도청을 찾는 부모들이 부쩍 더 많아졌다. 자식이 따라나설 때까지 아예 도청 정문 앞에 누워 꼼짝 않고 버티던 아주머니도 있었다. 결국 민원실 지하 무기고에서 경비를 서던 대학생 아들은 어머니를 따라 집으로 갔다. 그 아들 대신 그날 당직이 아니었던 신학대 학생이 경비를 섰다. 그 신학생은 군대에 갔다가 제대한 후 히틀러 정권에 반대하여 저항운동을 펼쳤던 독일 신학자 본 회퍼 일대기를 읽고 목사가 되겠다고 늦은 나이에 신학대에 입학한 만학도였다. 가을에 결혼을 약속한 약혼녀가 있어서 저녁에는 귀가하였다가 아침에 도청에 나와 무기고 경비를 섰다.

일행은 스쿨버스를 분수대 광장에 주차하고 도청 안으로 들어갔다. 카빈총을 어깨에 메고 경비를 서던 정문 보초 시민군이 신분을 따지지 않고 오히려 수고한다는 말을 건네며 문을 열어 줬다. 서로 어느 정도는 얼굴이 익은 상태였다. 본관 1층 상황실 앞마당에는 몇 명의 시민군들이 총을 들고 이리저리 움직이고 있었다. 시내 어딘가로 출동하려는 기동순찰대원들이었다. 일행은 바로 며칠 전부터 식당으로 사용하고 있는 민원실 2층 강당으로 올라갔다. 이미 저녁밥 때가 지나서 그런지 식당에 사람들은 그다지 붐비지 않았다.

수백 명의 사람들이 하루 세끼씩 휩쓸고 지나간 식당은 널브러진 식탁들이며 미처 치워지지 못한 음식 자국들로 어지럽기 짝이 없다. 아래층 주방에서는 저녁 마지막 설거지가 한참이다. 아직 애티가 가시지 않아 여고생으로 보이는 여자 아이들과 젊은 아가씨들, 나이 지긋한 아주머니까지 열댓 명쯤이 모여 있다가 쟁반에 주먹밥과 김치를 가져다주었다. 아마도 늦게 들어오는 그들을 보고 오늘밤 식사의 마지막 대열쯤으로 생각하는 눈치였다. 시민군들이 이곳저곳을 돌아다니다 보면 밥 먹는 것을 잊어 먹기 일쑤였다. 그러다 식당에 들어와 음식 냄새를 맡으면 불현듯 배가 고파졌다. 그들도 식당에 들어서자마자 갑자기 배가 쓰리듯이 시장기가 돌았다.

"매번 감사합니다. 오늘도 고생 많으셨죠!"

"뭘 이까짓 것 갖고… 총 들고 다니는 총각들이 더 고생이지. 아이고, 이런 고생 백번 천번 해도 좋으니 군인들이나 얼른 항복했으면 좋겠소."

"그렇지요. 우리도 아줌마들이랑 똑같은 마음이어요."

"그런데 총각들 어디 밖에서 새로 들은 이야기 없소. 오늘밤 그놈들이 진짜로 쳐들어온다던가?"

상을 차려 주던 아주머니가 정색을 하면서 물었다.

"글쎄요, 우리도 정확히는 잘 모르겠어요. 어저께 아침 군인들이 탱크를 앞세우고 바리케이드를 넘어 농성동 한전 앞까지 쳐들어왔다가 수습위원들이 담판을 짓자 다시 철수했잖아요. 오늘은 군인들이 도청까지 쳐들어올 것이라는 소문이 무성해요. 그렇지만 어디 놈들이 그리 쉽게 들어올 수 있겠어요, 말만 그렇지."

"그렇지, 도청에 사람들이 이렇게 많이 버티고 있는데 어디 함부로 들어올 수 있겠어, 우리를 다 죽이고 들어온다면 몰라도. 그런데, 총각! 아까 상황실장이 밥 먹으러 와서는 하던 말이 맘에 짚인단 말이여! 오늘밤은 어쩔지 모르니 일 끝나면 집에 들어갔다가 내일 아침에 나오라고 하더란 말이여. 오늘밤은 진짜로 그놈들이 쳐들어오는 걸까?"

"에이, 아주머니도. 혹시 그럴지도 모른다는 말이겠죠. 그 말 한마디 때문에 그렇게 신경 쓰셨다면 다른 사람 같았으면 벌써 애가 타서 죽어 불었겠소."

"하긴 그래. 놈들이 들어오려면 어저께 들어와 불었겄제. 이렇게 뜸 들일 필요 없이잉."

진우가 태평하게 대꾸를 했다. 긴장도 일상화되면 익숙해지듯 서로 다 천연덕스럽다. 오히려 지금은 곧 다가올 죽음의 공포보다 한 끼의 식사와 한숨의 잠이 훨씬 더 절실하다. 아주머니는 그래도 믿기 어려운지 고개를 절반쯤 끄덕거리며 주방으로 들어갔다. 종종걸음으로 걸어가는 아주머니의 뒷등이 동그맣다.

진우 일행은 며칠째 대학 통학 버스에 마이크를 달고 시내 중심가에서 변두리 주택가까지 돌면서 유인물 배포와 함께 가두방송을 하고 있는 중이다. 하지만 오늘은 평소와는 좀 다른 날이었다. 시간이 걸리더라도 시내 전 지역을 샅샅이 돌아다니며 방송해 달라는 본부의 특별 지시가 있었기 때문이다. 방송 내용은 '만약의 오늘 밤 비상사태가 발생하면 시민 모두 도청 앞 광장으로 집결해주십시오!'라는 내용이었다. 그래서 홍보반원들은 시내 변두리의 주택가 골목 구석구석까지 돌아다니며 방송을 하였다. 그러다 보니 밤이 깊어져 때늦은 저녁을 먹게 된 것이다. 시내는 계엄군의 도청 침공 디데이가 오늘밤이라는 소문이 무성하여 분위기가 뒤숭숭하였다.

"아이고 형님들, 식사 다 끝났으면 빨리빨리 우리 본부로 돌아갑시다. 여기가 우리 동네가 아니라고 몸이 편하지 않네요, 잉."

남수가 어리광을 피우듯 가자고 재촉을 했다. 아니나 다를까, 역시 정섭이가 금방 끼어들며 핀잔을 주었다.

"아따, 벌써 숙소로 가면 오늘 저녁 바깥 구경은 다 해 불어야! 배도 차고 하니 지휘본부에 들러서 민철이 형 얼굴도 보고 담배도 몇 갑 구해 가지고 들어가자. 일찍 가 봐야 보초 서는 일밖에 더 있냐!"

남수는 철물공장의 프레스공이고 정섭이는 신문사 지국 총무다. 둘은 동갑내기로 야학에서 만나서 공부는 물론이고 반장까지 서로 차지하겠다고 경쟁했던 사이다. 평소에도 장난이 심했다. 상황이 위급한 지경에 놓였다고 해도 그들의 장난을 막기가 쉽지 않을 것 같았다.

"그래 어떻든 좋다. 오늘은 비상상황이니까, 우리도 좀 더 신속하게 움직이자. 나하고 준호는 지휘본부에 들러 특별한 사항이 있나 확인해 보고 갈 테니까, 너희들은 먼저 홍보본부로 들어가거라."

진우가 말을 끊었다. 남수와 정섭이, 그리고 나머지 일행들은 아쉬운 듯 천천히 늦장을 부리며 식당을 빠져나갔다. 준호는 진우를 따라 청년들이 총을 메고 이리저리 오가는 복도를 지나 2층 지휘본부로 들어갔다. 지휘본부는 소란하기 그지없다. 무전기는 찍─찌이찍거리며 탁한 전신 음향을 연신 내뱉고 있고 전화기의 벨도 여기저기서 시끄럽게 울어대고 있다. 전화기 속에서 쏟아 내는 소식들은 대치 중인 지원동이나 화정동 어디쯤에 배치되어 있을 시민군들이나 주민들로부터 군인들의 움직임에 관한 제보들일 것이다. 낡은 마룻바닥에 회색의 칙칙한 시멘트 벽으로 둘러싸인 상황실은 무전기와 전화벨 소리 게다가 대원들의 상기된 목소리까지 뒤섞여서 야전 참호의 분위기를 자아내고 있었다. 준호는 덜컹거리는 나무 문을 거칠게 열어젖히며 총을 멘 채 들락거리는 시민군들의 발자국 소리조차 처음에는 신경이 쓰였는데 나중에는 긴장조차 느껴지지 않았다. 벽 한쪽에 서너 명의 청년들이 잔뜩 긴장된 표정으로 대기해 있는 것이 어제와는 다른 모습일 뿐이다.

메모지에 무엇인가를 적고 있던 민철의 얼굴은 표정이 없이 담담했다. 문을 열고 들어서는 진우 일행을 보자 민철의 얼굴에 미소가 번졌다.

"오늘은 많이 늦었구나. 고생한다. 자 담배 한 대씩 피고…"

담배를 꺼내던 민철은 이윽고 목소리를 낮추더니 속삭이듯 말을 시작했다.

"너희도 대강 분위기는 알겠지만 상무대 군인 사택 근처의 주민들이 '계엄군들이 오늘 밤 도청으로 쳐들어가려고 돼지고기 회식까지 시켜 줬다'라고 전화를 해 왔는데, 진행되는 국면에 비추어 볼 때 상당히 신빙성 있는 정보라고 판단했다. 그래서 현재는 본부와 각 거점의 경비를 강화하고 비상 전화를 계속 1시간 간격으로 교신하고 있다. 그러나 자정 이후 교신이 되지 않을 때는 계엄군들이 시내에 침투하면서 전화선을 끊은 것으로 간주하고 모두들 각자 위치에서 독자적으로 전투를 시작하도록 최후 명령까지 내렸다. 그러니 너희 홍보본부도 그렇게 따라야 한다. 우리 집행부 임원들 모두는 결사 항전하기로 결단을 내렸다. 오늘 밤만 넘기면 내일은 예비군 동원령을 내려 몇백 명 더 무장을 강화할 수 있으므로 계엄군이 쉽게 공격해 오지 못할 것이다. 참, 너희 홍보본부에 충원시키려고 낮에 모집된 자원자 중 몇 명을 대기시켜 놨으니까 이따 같이 데리고 가거라."

진우도 대략 예상은 하였지만 상황이 그렇게 절박하게 돌아가는지는 몰랐다. 그들은 벽 옆에 얌전히 앉아 있는 청년들을 힐끗 바라봤을 뿐 아무런 말도 할 수가 없었다. 민철의 비장한 분위기에 압도되어서이기도 했지만 더 솔직히 말한다면 아직 세상 돌아가는 물정을 모르는 그들에게 '비상'이니 '전투' 같은 단어들은 감당하기 버거운 것이었다.

2

그들이 홍보본부에 도착하니 시곗바늘은 어느덧 자정을 향해 달리고 있었다. 대원들은 아직 취침 전이었다. 안쪽 널찍한 사무실은 이미 며칠째 대자보 작성과 헌혈 봉사자 모집을 담당하던 여자들 차지였고 바깥 사무실이 남자들 공간이었다. 진우와 준호가 들어서자 도청 소식이 궁금했던지라 모두들 우르르 모여들었다. 일행과 함께 온 세 명의 청년들만 제외한다면 다들 지금 며칠째 동고동락을 해 온 전우들인 셈이었다. 진우가 목소리를 높여 지휘본부에서 들었던 내용을 설명했다.

"여러분, 오늘도 고생이 많으셨지요. 그렇지만 오늘 밤이 고비인 것 같습니다. 방금 지휘본부의 윤민철 대변인으로부터 전달 받은 내용은 오늘 밤에 군인들이 쳐들어올 가능성이 높다는 것이었습니다. 모두들 계엄군이 쳐들어오면 싸우기로 했답니다. 우리 홍보반은 어떻게 하면 좋을까요? 본부의 결정을 따를까요? 아니면 지금이라도 해산할까요?"

갑자기 조용해졌다. 침묵이 흘렀다.

"우리도 본부와 보조를 같이해야 하지 않겠습니까!"

무거운 적막을 자르듯 순호가 또박또박 말을 뱉어냈다.

"순호 형 말이 맞는 것 같네요. 그리고 오늘 밤 놈들이 쳐들어온다고 확인된 것도 아니잖아요. 오늘 아침에도 그놈들이 쳐들어오다가 다시 물러갔잖아요."

남수가 당연한 것을 왜 묻느냐는 듯 퉁명스럽게 말을 뱉었다.

"그렇지, 오늘 밤 꼭 쳐들어온다는 것이 아니잖아. 가능성이 높다는 것이지."

누군가 혼잣말처럼 중얼거렸다.

"맞아요. 그렇게 해요. 아직 결정된 것은 아무것도 없잖아요!"

뒤쪽 구석에서 여자의 음성이 들렸다. 그러자 여기저기에서 '맞아요, 맞아!'라고 동감을 표하는 발언이 튀어나왔다. 그것이 신호라도 되듯 사람들은 웅성거리기 시작했다. 그것으로 회의는 끝이었다.

정문과 이층 유리창 쪽으로 먼저 서너 명이 보초를 섰다. 두 시간 간격으로 교대하기로 했다. 여자들은 안쪽 사무실로 들어가고 나머지 사람들은 의자와 바닥에 담요를 깔고 눈을 붙였다. 전등이 꺼지고 촛불이 켜졌다. 유리창에는 담요를 겹으로 둘러 빛이 새어 나갈 염려는 없었다. 며칠째 밤마다 했던 일이라 이미 익숙해 있던 참이다. 상황실에서 데리고 온 청년들은 담요를 덮고 누워 있지만 자꾸만 몸을 뒤척거렸다. 눈을 감고 있지만 잠을 못 이루고 있는 것이 분명했다.

며칠째 그곳에서 밤을 새웠지만 취침 시간을 정하여 잠을 자기는 사실 오늘이 처음이었다. 어제까지만 해도 투사회보, 차량 홍보, 대자보 등 각 역할을 맡은 사람끼리 각자 공간을 나누어 따로따로 생활하였다. 처음으로 전체가 규율을 정해 활동을 시작한 날이었다.

"아참, 오늘 도청에 들어오신 분들, 지금 이렇게 위험한 상황인데 어떻게 도청에 들어올 생각을 하게 되었나요?"

새로 온 세 명의 청년들을 보고 진우가 물었다. 꼭 누구를 지목해서 묻는 것은 아니었다. 그러자 마른 체구의 짧은 곱슬머리 청년이 천천히 일어서며 대답을 했다.

"저는 대학생은 아닙니다. 재수생입니다. 그러나 19일부터 대학생들을 따라 시위를 같이했습니다. 그러다 동구청 앞에서 공수대원에게 쫓기다 골목으로 숨어들어 가정집 담을 넘어 겨우 피신했습니다. 죽을힘을 다해 뛰어서 겨우 도망쳤죠. 그 뒤로 겁을 먹고 내내 집에 숨어 있었죠. 어제 처음으로 시내 나와서 시민궐기대회에 참여했어요. 그리고 오늘 궐기대회에서 시민군을 모집한다고 해서 YMCA에 모여 있다가 도청으로 들어왔어요. 그동안 제가 집에 숨어 있는 동안 별 생각이 다 들더군요. 마치 누군가가 '너는 비겁한 놈이야, 비겁한 놈!'이라고 내 귀에 대고 소리치는 것 같았어요. 어제 궐기대회에 참가했다가 이렇게 시민군으로 합류하게 되니 지금은 마음은 무척 편합니다."

청년은 잠시 뜸을 들이더니 작심한 듯 계속 말을 이었다.

"사실 저는 교회 청년회 활동을 하고 있습니다. 우리 교회 청년회는 여러 가지 클럽이 있는데 저는 그중 〈한알〉이라는 성경을 공부하는 모임에 나가고 있습니다. 모임 이름 '한알'은 유명한 함석헌 선생님의 『한알의 소리』라는 잡지의 제목에서 따온 것입니다. 밀알 한 알이 이 땅에 떨어져 뿌리를 내리고 꽃을 피워 또 씨를 맺게 되면 수십 수백 개의 밀알을 만들어 내듯이 우리들도 그런 밀알 한 톨이 되자는 취지에서 만들어진 모임입니다, '한알', '한올', '한아름', '한우리', 다 비슷비슷한 말로 우리 젊은이들이 모두 모여 하나의 공동체를 만들면 더 맑고 밝은 세상을 만들 수 있다는 그런 믿음을 가지고 만들어진 모임입니다. 19일 이후 집에 내내 숨어 있는 동안 나를 괴롭혔던 것은 어쩌면 그 '한알'이라는 단어였던 것 같습니다."

곱슬머리의 청년은 눈을 깜박거리며 며칠 전을 회상하듯 느리게 말을 맺었다. 실내는 잠시 숙연해진 듯싶었다. 약간의 정적이 흘렀다. 그 정적을 깬 것은 의외의 인물이었다. 그는 곱슬머리와 함께 도청에서 왔던 3명의 청년 중 다른 1명이었다. 얼굴은 하얗고 맑은 빛에다가 입술이 가늘고 곱게 생긴 속에 가지런한 치아의 용모로 마치 앳되고 해맑은 여자아이처럼 느껴지는 청년이었다.

"방금 이분이 하신 말이 너무나 제 경험과 비슷하여 저도 모르게 이렇게 말이 튀어나오는군요. 저는 대학교 1학년 학생입니다. 그러나 종교는 갖고 있지 않습니다. 저도 5월 18일부터 21일까지 시위에 적극적으로 참여했습니다. 그런데 군인들이 진짜 실탄을 장전해서 우리 시민들을 향해 쏘아 댈 때 너무나 무섭고 놀라서 그 이후 집에 계속 숨어 있었습니다. 하지만 집에 내내 숨어 있는 동안 너무나 괴로웠습니다. 무슨 종교적 느낌의 가책이나 암시 같은 것은 아니었습니다. 그동안 시위에 참가하면서 열심히 외쳤던 내용들이 집에 숨어 있는 동안 다 사라져 버릴 것만 같았습니다. 그것이 나 자신을 못 견디게 했습니다. 저도 사실 오늘 도청에 들어와 시민군으로 합류하고 나니까 마음이 홀가분합니다."

흰 얼굴의 청년이 말을 마치자 분위기는 더욱 숙연해진 채, 그러나 모두의 가슴 저 밑바닥으로부터 형언하기 어려운 따뜻한 기류들이 전신으로 퍼지는 느낌이었다. 사회자 역할을 해 온 진우가 분위기를 바꾸려는 듯 말머리를 돌렸다.

"참 오늘 처음 참여하신 분들께 변변한 소개할 시간도 갖지 못하다가 잠자리에 들어서야 이렇게 대화 자리가 마련이 되었네요. 상황이 너무 급하게 흘러가다 보니 서로 인사할 경황이 없었던 것입니다. 자 늦었지만 서로 인사라도 합시다. 저는 최진우라고 합니다. 대학교에 다니는 3학년 학생입니다. 우리 홍보본부는 투사회보, 대자보, 차량 홍보, 궐기대회 행사 진행 등의 활동을 맡아 하는 팀입니다. 여러분과 오늘 이렇게 만나게 된 것도 인연인 것 같습니다."

진우의 비위 좋은 말에 모두들 엷게 미소를 띠었다. 이어서 "나는 투사회보 등사를 하고 있는 박인철이라고 합니다, 가만히 이야기를 들으니 당신들은 다 대학생들인 것 같은데, 나는 고아 출신으로 조그만 회사의 수금사원입니다. 당신들은 여기에서 죽으면 시체라도 찾아다가 묻어 주고 울어 줄 가족이 있지만 나는 그럴 사람도 없어요, 아무튼 반갑습니다." 인철이가 어색한 표정으로 고아임을 밝히며 인사하고 나자 준호 차례가 되었다.

"저는 최준호라고 합니다. 현재 대학 2학년 학생입니다. 두 분 이야기를 들으니 참 감회가 새롭습니다. 저는 18일부터 시위에 계속 참여했습니다. 그러다 24일부터는 이곳 홍보본부에서 활동을 하고 있습니다. 여러분, 계엄군이 공격할 거라는 소문이 계속 나도는 데도 모두들 집에 가지 않고 이렇게 도청에 남아 있다는 것은 정말 대단히 용기 있는 행동이라고 생각합니다. 반갑습니다."

이어서 순호가 일어나서 짧게 자기소개를 하였다.

"안녕하세요, 저는 공장에서 금형을 만드는 노동자입니다. 지금은 투사회보 팀에 속해 있습니다."

"저는 고등학교 3학년 이철희입니다. 형님들, 제발 집에 가라는 말은 하지 마세요. 집이 장성인데 버스가 끊겨서 갈 수도 없어요."

한동안 자기소개가 계속되었다. 젊은 청년들의 의기란 이런 것일까. 공수부대원들에게 쫓기며 벌여 온 며칠간의 시위, 갑작스럽게 총을 쥐고 벌인 전투, 광주를 빠져나간 계엄군들, 그 후 승리를 지속하기 위한 광주 내부 공간의 자치활동, 화순, 담양, 장성, 나주 등까지 퍼져 나갔던 교통로가 점차 끊기면서 외곽에서부터 포위해 들어오고 있는 계엄군, 군인들이 시내로 계속 죄어들어 온다는 속보들, 이런 긴박한 상황 속에서 얼마 만에 맛보는 인간애인가! 촛농이 녹아내리며 만들어 내는 노란 불꽃과 담요를 반쯤 덮은 채 책상다리로 앉아 인사를 나누는 십여 명의 청년들이 만들어 내는 분위기는 세상과 절연된 채 그들만의 공간에 있는 듯한 착각을 일으킬 정도였다.

3

밤이 깊어 가자 하나둘 잠이 들기 시작했다. 사회를 보던 진우는 며칠째 제대로 쉬지도 못하면서 홍보팀을 이끌어 왔지만 아직도 기력이 남아 있는지 고등학생 철희와 오늘 처음 시민군으로 도청에 들어온 청년들을 상대로 속사포처럼 신나게 말을 쏟아 내고 있었다.

"저 남미의 볼리비아라는 우리나라의 충청북도처럼 바다가 없는 나라가 있습니다. 그곳에서 체게바라라는 젊은 혁명가가 군인들에게 밀림에서 잡혀 처형되었습니다. 체게바라는 쿠바에서 카스트로를 도와 쿠바혁명을 성공으로 이끈 주역입니다. 혁명이 성공한 후 카스트로는 게바라에게 쿠바에 남아 정치개혁을 함께하자고 권했는데 이를 뿌리치고 남미 대륙 전체를 혁명으로 해방시켜야 한다고 대륙의 중심에 있는 볼리비아로 날아갔습니다. 볼리비아는 남미 대륙에서 밑으로는 칠레와 아르헨티아, 옆으로는 페루와 우루과이, 위로는 브라질의 5개국과 연해 있어서 이론상으로는 볼리비아가 혁명에 성공한다면 인접 5개국으로 혁명 수출이 가장 용이한 나라이기는 하지요. 하지만, 단점으로는 인접 바다가 없기 때문에 육로를 차단당해 버리면 물자수송은 물론이고 퇴로까지 차단당해 꼼짝없이 전멸을 당할 수밖에 없는 그런 지형이기도 합니다. 결국 게바라는 볼리비아 정글에서 미국의 CIA와 정규군에게 쫓겨 다니다 체포되어 처형되었다는 이야기가 있습니다…"

진우 특유의 '체게바라 남미 혁명론' 강좌가 또 시작된 것이다. 다른 사람들은 신기하고 흥미 있게 들릴지 모르지만 준호는 벌써 세 번째나 들었던 터였다. 체게바라라는 비쩍 마른 몸매의 수염이 더부룩하게 자란 카키색 군복의 서양인 얼굴이 자꾸 어른거리며 준호는 어느새 잠의 나락으로 떨어지고 있었다. 꿈인지 생시인지 체게바라라는 서양인이 미국 군복의 군인들에게 체포되어 나무에 묶인 채 총살당하는 장면이 뇌리를 스쳐지나가면서 점차 의식이 희미해져 갔다.

5월 21일 군인들이 시내에서 철수한 이후, 그간 도청에는 졸속으로 구성된 지도부가 '항전'과 '투항'이라는 상반된 두 가지 의견으로 갈리어 변변한 대응조차 하지 못했던 상황이었다. 너무도 갑작스레 진전된 상황에서 시민들의 통일된 의견을 모으기가 어려웠을 뿐 아니라 계엄군이 파견한 첩자들이 도청 안에까지 침투해서 방해 공작을 하였기 때문이다. 그래서 어제까지 닷새 동안이나 예비군 동원은 물론이고 청년 조직조차 제대로 가동시키지 못했던 것이다. 그러나 그동안 두 갈래로 반목하고 있던 투쟁파와 투항파가 25일 오후에 극적으로 통합함으로써 '민주투쟁위원회'라는 어엿한 지도부가 출범했던 것이다.

각고의 어려움 속에 탄생된 민주투쟁위원회는 그동안 미루어 놓았던 산적한 과제를 하나씩 풀어 가기 시작했다. 26일 낮에 기동타격대를 조직하고 오후에 외신기자회견을 가졌다. 기자회견은 그동안 광주에서 벌어진 며칠간의 참상을 세계 각국의 기자들에게 직접 폭로함으로써 현 정부에 압력을 가하자는 의도로 처음 열렸다. 27일부터는 동별 주민들의 비상 연락 체계와 예비군 조직도 동원하기로 계획되었다. 도청 지휘본부와 상황실, 타격대와 보급반, 기타 치안과 장례를 집행할 부서를 정비하고 홍보본부도 YWCA회관에 상주하도록 하였다. 그동안 자발적으로 차량 방송과 투사회보 제작, 대자보 작성 등 선전활동을 담당했던 극단 광대와 송백회, 들불야학 팀들은 홍보본부에 배속되어 도청과 YWCA회관을 오가며 활동을 하게 된 것이다.

그러나 만약에 오늘 밤 계엄군이 진입한다면 사실 시민군들은 크게 반격하지 못한 채 격퇴당하고 말 것이다. 시민군들이 가지고 있는 무기는 너무 열악했다. 총이라 해도 낡은 카빈 소총과 구식 M1 소총이 전부다. 그나마 대부분 예비군 무기고에서 노획된 것들로 정비 불량이거나 이미 고장 나서 제대로 작동되지 않았다. 게다가 시민군이라고 해야 아직 군대도 가지 않은 어린 노동자이거나 대학생, 고등학생이거나 생업에 종사하고 있던 주민들로 사격은커녕 방아쇠도 제대로 당길 줄 모르는 상태였다. 그런데 시민군들이 상대하고 있는 적들은 어떠한가. 그자들은 어엿한 대한민국 정규군으로서 고도의 살상 무기인 M16 자동소총으로 무장한 특수부대 공수특전단과 20사단 군인들이었다. 그들이 거기에 전차나 헬리콥터까지 동원하여 앞세우고 진격해 온다면 시민군들이 일거에 패배할 것은 눈에 불 보듯이 너무도 명확한 이치였다. 냉철하게 현재의 조건을 따져 보면 죽음이 바로 눈앞에 있다는 사실을 부정할 수 없었다. 준호도 이제야 죽음이라는 단어가 실감이 나며 손끝에 만져지는 느낌이었다.

21일 오전이었다. 도청 앞 분수대 광장에서 무장을 한 공수대원들과 금남로에서 수만 명의 시민들이 대치를 하던 날이었다. 20일 밤에 광주역에서 군인들의 총에 맞아 머리가 부서지고 복부에 피가 맺혀 있는 두 구의 시신이 수레에 실려서 금남로를 순회하고 있었다. 준호는 몰려들던 인파를 헤치며 간신히 가까이 접근해 그 흉한 시신을 봤을 때도 참혹하다는 느낌은 있었지만 그다지 심하게 놀라지 않았다. 그랬던 그가 시신이 있던 자리에 불현듯 자신이 눕혀져 있는 모양과 겹쳐 보이며 이제야 죽음이란 단어가 가슴에 와 박히는 것이었다. 준호는 정작 도청 앞 상무관에는 육십여 구의 시신이 안치되어 있는데도 유독 그 시체만이 가슴에 떠오른 이유를 알 수 없었다.

도청 2층 지휘 본부에서 민철은 머릿속으로 상황을 정리해 보고 있었다. 자정이 넘어가도록 시내 외곽을 돌고 있는 기동순찰대로부터는 계엄군의 동향에 대해서 별다른 소식이 없었다. 어제 오후 계엄군 지휘관들과 상무대에서 협상을 하다 돌아온 김성룡 신부와 홍남순 변호사가 뱉어대던 말이 떠올랐다.

"그놈들이 오늘 밤에는 반드시 쳐들어온다고 합니다. 우리한테 대놓고 공표하듯이 말합디다, 뻔뻔스러운 놈들이여!"

대표위원 두 분은 기가 막힌다는 듯이 머리를 옆으로 흔들어대며 혀를 끌끌 찼다.

민철은 어쩌면 오늘밤도 무사히 넘어갈지 모르겠다는 생각이 들었다. 아니, 마음속으로 절실하게 원하는 바람이었다. 그렇지만 이제 자정을 갓 넘겼으니 동이 트려면 아직 한참이었다. 그는 대변인실 앞 복도로 나가 유리창을 열고 밤하늘을 쳐다보았다. 자정이 지난 도청 밖은 두려움과 불안으로 마음이 무거운 시민군들의 심사 따위는 아랑곳없다는 듯이 초여름 밤의 자태를 뽐내고 있었다. 그 순간, 온갖 생각이 뇌리를 스치고 지나갔다. 재작년에 사고로 먼저 쓰러져 간 박기순 강학, 지금도 YWCA에서 투사회보를 열심히 찍어대고 있을 인철이, 순호, 남수, 영란이, 어디에 숨었는지 소식이 없는 박관현 학생회장, 임곡 고향집의 어머니, 아버지, 여동생들….

새벽 2시쯤 상황실에서 외곽지역 순찰대원들에게 전화를 해서 계엄군 동향을 점검하기 시작했다. 그때쯤부터 계엄군의 움직임이 순찰대의 시선에 잡히기 시작했다. 지원동, 서방, 농성동, 백운동 쪽에서 대규모의 병력이 어둠 속에서 이동하고 있다는 무전이 들어오기 시작했다. 상황실장이 비상을 때렸다. 그동안 제대로 눈도 붙이지 못했던 터라 사람들은 대부분 아무 곳에서나 이리저리 누워서 자고 있었다. 사방에서 코고는 소리가 진동했다.

"비상이다! 비상이다! 계엄군이 쳐들어오고 있다!"

갑자기 '비상! 비상! 비상!' 이라고 외치는 소리가 도청 밤공기를 갈랐다. 도청 안 여기저기에서 비상이라는 소리에 잠깬 사람들이 부산하게 움직이기 시작했다. 청년위원장은 가두방송차를 내보내서 시민들에게 알려야겠다고 생각했다. 재빨리 문안을 작성하여 상황실로 보냈다. 마침 상황실에는 가두방송 한 팀이 그날따라 귀가하지 못하고 쉬고 있던 참이었다. 가두방송 팀은 스피커가 달린 차에 운전수 1명, 원고를 읽을 사람과 스피커 등 음향 기계를 조작하는 사람 등 최소 3명으로 조를 짜서 움직였다. 여성들의 목소리가 호소력이 있었기 때문에 원고를 읽는 사람은 대개 여성으로 선발해서 배치했다. 그날 상황실에 남아 있던 가두방송반은 충장로 음악다방에서 음향 기계를 조작하면서 DJ를 하던 청년과 대학 다니면서 국악 공부하던 여학생으로 구성된 팀이었다. 둘은 가두방송 차를 타고 방송하라는 지시가 있었지만 군인들이 밀려들어 온다는데 차를 타고 길거리로 나갈 엄두가 나지 않았다. 어쩔 수 없이 상황실 안에 설치되어 있는 도청 옥상 스피커로 연결되는 방송을 시작했다.

"시민 여러분, 시민 여러분, 지금 계엄군이 쳐들어오고 있습니다. 사랑하는 우리 형제자매들이 계엄군의 총칼에 죽어 가고 있습니다. 우리 모두 일어나서 계엄군과 끝까지 싸웁시다. 우리는 최후까지 싸울 것입니다. 우리는 광주를 지키고야 말 것입니다. 광주시민 여러분, 우리를 잊지 말아 주십시오. 우리는 최후까지 싸울 것입니다. 시민 여러분, 지금 계엄군이 쳐들어오고 있습니다."

낭랑한 여성의 목소리는 도청 옥상의 동서남북 네 방향으로 퍼진 고성능 스피커를 타고 시내 전역으로 퍼져나갔다. 애절한 목소리는 동쪽으로는 학동과 지산동, 북쪽으로는 산수동과 풍향동, 계림동, 서쪽으로는 금남로를 넘어 유동까지, 남쪽으로는 사동을 넘어 백운동까지 울려 퍼졌다.

4

꿈속에서였을까? 준호는 정글 속에서 M16 자동소총을 들고 카키색 군복을 입은 채 어딘가 밖으로 나아가는 일단의 대열에 합류해 있었다. 대열은 몇 명이 채 되지 않은 낙오병들이었다. 모두들 지쳐 있었다. 대열의 맨 앞쪽에는 더부룩한 머리와 수염의 서양인이 가고 있었다. 지도자인 듯싶었다. 준호는 그 사람이 어디에선가 본 듯했지만 도저히 이름이 떠오르지 않았다. 그 사람은 뒤를 돌아보며 뭐라고 외치며 앞으로 서둘러 가기 시작했다. 대열들도 걸음을 빨리하여 달리기 시작했다. 선두의 그 서양인은 더욱 빨리 달렸고 그 뒤를 따라 사람들이 급히 달렸다. 준호도 서둘러 따라갔다. 그러다 언덕을 넘어서면서 그만 준호는 옆으로 굴러 넘어졌다. 그는 대열에 합류하기 위해 다시 일어나 급히 발길을 내딛었다. 그러나 준호의 발걸음이 앞으로 나가질 않았다. 준호는 자꾸만 헛발질이 되면서 대열에서 점점 멀어져 갔다. 준호는 앞의 대열을 향해 멈추라고 소리를 질렀다. '멈춰! 멈춰라! 아, 아, 아…' 멈추라는 소리를 질러대는데 누구 하나 돌아보지 않고 점점 더 멀어져만 갔다. '야! 야! 멈추란 말이야…' 이제는 목에서 소리도 나오지 않았다. 온몸은 누군가에게 결박당한 듯이 답답하며 움직일 수도 없다. 그때 어디선가 마이크 소리가 들려왔다.

"시민 여러분! 시민 여러분! 지금 계엄군이 시내로 쳐들어오고 있습니다. 시민들께서는 지금 모두 도청 앞 광장으로 나와 주시기 바랍니다. 시민 여러분, 시민 여러분……."

준호는 그 소리가 잠결에 들은 것인지 생시에 들려오는 소린지 구분이 되지 않았지만 순간적으로 정신이 번쩍 들며 눈을 떴다. 찢어질 듯 외치는 여자의 목소리는 계속 반복되면서 귓속으로 파고들었다. 잠이 아직 덜 깨어 비몽사몽 상태였지만 '아, 계엄군이 마침내 시내로 진입해 오고 있구나.'라는 생각이 번뜩 들었다. 순식간에 잠이 말끔히 가시고 말았다. 말로 형언하기 어려운 공포가 머리와 가슴 그리고 손끝 발끝까지 일시에 전류가 흐르듯 느껴지며 온몸에 오한이 몰려들었다. 이가 딱딱 마주치면서 손발이 떨리고 마침내 얼굴 근육까지 경련하기 시작했다. 머릿속도 희뿌연 연기가 가득 찬 듯 흐릿한 상태에서 무엇인가 섬광과 같은 수많은 조각들이 화살처럼 빠르게 스치며 떠다니고 있었다.

시위를 하더라도 총 들고 도청에 들어가지 마라며 한동안 팔을 잡고서 놓지 않던 어머니, 옆에서 그 모습을 보면서 눈물 흘리며 울고 서 있던 여동생들, 5월 16일 저녁 분수대에서 성대하게 치렀던 횃불 행진, 다정하게 지냈던 동아리 후배들, 지난 봄, 당돌하게 먼저 다가와 사귀자고 고백했던 후배 여학생, 찰나에 온갖 기억의 조각들이 뇌리를 떠돌고 있었다.

준호는 '내가 이렇게 약해 빠진 사람인가.'라는 생각이 들었다. 그는 정신을 차리기 위해 스스로에게 말을 걸었다. '이렇게 떨면 안 된다. 자, 심호흡을 하자.'라고 중얼거리며 호흡을 길게 내쉬었다. 두 손으로 가슴을 X자로 감싸듯 어깨를 잡고 숨을 멈췄다가 팔을 벌리면서 숨을 내쉬는 동작을 반복하였다. 차츰 몸이 진정되기 시작했다. 잠바를 걸치고서 총을 챙겨 든 후에야 겨우 안정이 되었다. 비로소 계엄군이 정말로 쳐들어오고 있다는 느낌이 들었다.

계엄군의 공격을 알리는 방송 소리에 여기저기에서 잠을 자고 있었거나 경비를 서던 사람들이 앞마당으로 모여들었다. 순식간에 사오십 명을 넘는 사람들로 마당이 가득 찼다. 총을 들고 경비를 서던 고등학생들, 뒷방에서 투사회보를 찍던 들불야학 학생들, 전날 오후에 열렸던 제5차 시민궐기대회를 평가하고 오후에 열기로 한 제6차 궐기대회 계획을 짜 놓고 한숨 자고 있던 극단 광대 단원들, 대자보를 붙이고 모금과 헌혈할 사람들을 모으러 다니던 송백회 회원들과 여성 노동자들과 그 전날 모여든 청년 학생들이 잠을 자다가 뛰쳐나왔다. 여자들도 족히 열댓 명은 되었다. 황망하게 모여든 사람들은 당장 무엇을 해야 할지 몰랐다. 사람들은 몇 시간, 아니면 몇십 분 후에 들이닥칠 알 수 없는 그 어떤 것에 대한 불안과 공포로 아무 말도 없이 서로 얼굴만 바라볼 뿐이었다.

사람들 속에서 강당 쪽으로 걸어 나온 진우가 차분하게 가라앉은 목소리로 이야기를 시작했다.

"도청 지휘본부와 전화는 끊겼습니다. 방금 들렸던 소리는 도청 상황실에서 우리 여자 대원이 했던 방송입니다. 기어이 계엄군들이 시내로 쳐들어오고 있습니다. 여러분 우리는 어떻게 하면 좋겠습니까? 의견을 내주십시오."

잠시 침묵이 오갔다. 투사회보 팀의 곱슬머리 청년이 손을 들고 이야기했다.

"어제도 새벽에 계엄군이 화정동에서 진입을 시도하다 수습대책위원들과 시민들이 막아 결국 돌아간 적이 있었잖아요. 신부님, 변호사, 어른들이 농성동 앞 도로에서 군인들과 대치하다 쳐들어오려면 먼저 죽이고 가라며 길바닥에 눕자 물러나지 않았습니까! 오늘도 공격하다가 날이 밝아 오면 퇴각하지 않을까요?"

모두의 바람과도 같은 말이었다. 사람들 무리의 중간에 총을 메고 있던 청년이 손도 들지 않고 톡 쏘듯이 말을 내뱉는다.

"어제는 날이 훤한 아침이었고, 오늘은 지금 캄캄한 새벽 3시여, 그러면 결론은 뻔한 것이지, 무슨 꿈같은 이야기여, 잔말 말고 총이나 하나씩 나눠 갖고 경비나 철저히 서야 해. 살아도 함께 살고 죽어도 함께 죽는 것이지 뭐…"

잠시 침묵이 공간을 갈랐다. 진우가 다시 발언을 하였다.

"여러분 이제 우리가 취할 수 있는 행동은 두 가지 중 하나라고 생각합니다. 하나는 모두들 생명의 안전을 위하여 피신을 하는 것입니다. 다른 하나는 총을 들고 계엄군이 물러날 때까지 투쟁을 하는 것입니다"

장내는 작은 숨소리 하나 없이 조용했다. 이어서 진우가 말을 계속했다.

"지금 쳐들어오는 군인들은 대한민국 정규군입니다. 게다가 장갑차와 헬리콥터와 공수부대까지 있습니다. 우리에게는 예비군 훈련장에서 견본용으로 쌓아 둔 낡은 구식 총이 있을 뿐입니다. 전투라면 이건 싸움이 되지 않습니다. 그러나 우리 뒤에는 지켜보고 있는 수많은 광주 시민들이 있습니다. 저들이 우리들 생명을 하나씩 앗아갈 때마다 그만큼의 대가를 언젠가는 치러야 할 것입니다. 총을 들고 싸웁시다. 다만 여자들과 고등학생들은 지금 바로 피신을 시킵시다!"

잠시 침묵이 흐른 후 통바지에 머리를 묶어 내린 여자가 손을 들어 이야기를 했다. 어제 궐기대회 마지막 부분에서 노래 지도를 했던 음악대학 학생이었다.

"싸우려면 함께 싸웁시다. 왜 여자라고 총 못 쏩니까? 우리도 가르쳐 주면 그대로 할 수 있습니다. 지금 여러분들과 함께 동고동락한 지가 벌써 며칠째입니까. 그런데 제일 중요한 시간에 여자들만 빠져나가라는 겁니까!"

그러자 한쪽에서 고등학생이 볼멘소리로 투덜댔다.

"우리 고등학생들도 마찬가지입니다. 우리도 형님들과 함께 싸울 수 있습니다. 교련 시간에 기본 총검술도 다 배웠단 말이에요. 나는 죽어도 못 나가요, 한 발도 못 움직입니다 …."

장내는 숙연해지며 처연한 분위기로 가득 찼다. 진우가 수습을 하듯이 결론을 내렸다.

"자 시간이 없습니다. 지금 총도 부족합니다. 여자들하고 고등학생들은 여러 사람들의 의견에 따라 피하는 것이 좋겠습니다. 지금 길게 이야기할 시간이 없습니다. 피신하는 것도 쉽지 않습니다. 거리에 잠복해 있는 군인들에게 먼저 사살될지도 모르는 상황입니다."

그때 어디 멀리에서 총소리가 아득하게 들려왔다. '두두둑 두두둑' 하고 연발로 쏘아대는 총소리에 이어 '다탕 다탕' 하는 단발성 총소리도 들리기 시작했다. 계엄군이 쏘아대는 M16 자동소총 총소리는 '두두둑 두두둑'이고 시민군의 M1 이나 카빈총이 내는 소리는 '다탕 다탕'이었다. 진우가 다시 단호하게 말을 끊었다.

"여러분 많은 의견이 나왔습니다. 지금 여기 계신 우리 모두의 심정은 똑같습니다. 모두 함께 싸우고 싶은 심정입니다. 지금 이 시간에 도청과 YMCA와 광주공원과 시내 외곽에 우리 시민군들이 포진해 있습니다. 우리들이 가지고 있는 화력은 보잘것없습니다. 그러나 우리 뒤에는 민주주의와 정의를 염원하는 수많은 응원군인 국민이 있습니다. 오늘 밤 싸움에서 우리는 승리할 수 있습니다. 계엄군이 비록 적이지만 같은 국민입니다. 그들이 같은 국민인 수백 명 광주 시민군 모두를 죽이고 시내로 들어오지 못할 겁니다. 여자들과 고등학생들은 피신을 해주십시오. 단 몇 시간입니다. 아침이 되어 우리가 살아남아 승리를 하게 되면 분수대에서 또다시 승리의 시민대회를 열어야 되지 않겠습니까! 그럴 때 여러분들이 다시 나오셔서 행사를 진행해 주셔야 되지 않겠습니까. 고등학생 동생들도 마찬가지입니다. 제 이야기를 결론으로 맺고 따라 주었으면 좋겠습니다."

"옳소!"

"맞습니다, 그렇게 합시다!"

여기저기에서 동의하는 말들이 이어졌다. 앞에 함께 투쟁을 하자고 발언을 했던 음악대학 여학생이 다시 말을 하였다.

"알았습니다. 여러분 모두의 뜻이 그러신다면 저희들은 잠시 피신을 하겠습니다. 여러분, 우리가 승리하겠지만 혹시라도 전투가 격렬해지더라도 목숨만은 꼭 보존해야 합니다. 저희들은 마음속에서라도 여러분 곁을 지키고 있겠습니다. 반드시 이겨서 아침에 분수대에서 다시 만납시다. 그러면…"

여학생은 채 말을 내뱉지 못하고 흐느끼고 말았다. 여기저기에서 흐느끼는 울음소리가 터져 나왔다. 여자와 고등학생들이 피신하는 것으로 결론이 났다. 여기저기에서 서로 작별을 고하는 인사가 오고갔다. 진우는 그동안 발행되었던 투사회보를 몇 부씩 손에 잡히는 대로 집어 짐을 챙기고 있는 음악대학 여학생에게 건네주었다.

"여보세요. 이 투사회보를 가져가 보관해 주겠어요. 전투가 벌어지지 않아 아침에 다시 만나게 되면 돌려주세요. 혹시라도 전투가 벌어져서 못 만나게 되면 보관해 주세요. 훗날 역사의 기록으로라도 남을 수가 있겠지요."

"알았습니다. 제가 보관하고 있을게요. 부디 몸조심하세요."

여학생은 투사회보 꾸러미를 소중한 문서인 양 조심스럽게 받아 가방에 넣었다. 그 모습을 본 진우는 목젖이 움찔 경련을 하며 눈시울이 뜨거워지는 것을 느꼈다. 그 자리에 있다가는 눈물이 나올 것 같아 얼른 돌아서서 정원을 가로질러 방안으로 들어가 버렸다. 잠시 후 여자들과 고등학생들이 옷을 챙겨 입고 뒷담을 넘어 장동 로터리 방향으로 빠져나갔다. 군인들이 잠복해 있지 않으리라 예상되는 지산동, 산수동 방향으로 목표를 정해 출발했다.

5

상황실장이 사람들에게 총과 실탄을 나눠 주기 위하여 도청 앞마당에 소집을 시켰다. 맨 먼저 3층 회의실에서 수십 명의 청년들이 도청 앞마당에 모였다. 어제 오후 궐기대회가 끝난 후 최후까지 도청을 지키겠다고 몰려든 청년들이었다. 예비역 대위라는 사람이 인솔하고 있었다. 어제 오후 모여든 사람들은 2백 명이 넘었다. 그중 절반은 고등학생들이었다. 진행요원들이 YMCA강당에 청년들을 모아 주먹밥을 먹였다. 청년들은 식사를 마치고 삼삼오오 모여서 대화를 나누고 있었다. 그런데 일행 중에서 자신이 예비역 대위라고 신분을 밝힌 사람이 갑자기 나타나 총기교육을 시켰다. 그 사람의 절도 있는 행동에 모두들 집중해서 교육을 받았다. 예비역 대위까지 나타나서 시민군에 합류하니 모여든 사람들의 사기가 올라갔다. 총기교육이 끝나자 상황실장이 예비역 대위를 지휘관으로 삼고 군대 갔다 온 사람들 오십여 명을 따로 모아 도청으로 데리고 갔다. 맨 먼저 도청 앞마당에 모인 사람들이 바로 그 일행들이었다. 도청 여기저기에서 총기를 받기 위해 사람들이 모여들었다.

민철도 건물 앞마당으로 내려갔다. 도청 안 사무실에서 쉬고 있던 투쟁위원회 간부들도 모여들고 있었다. 상황실과 기획실, 조사부, 대변인실의 청년 학생 봉사대원들이 긴장된 표정으로 총을 받기 위해 차례를 기다렸다. 상황실장이 총을 받은 사람들을 팀을 나누어 배치를 하였다. 먼저 예비역 대위가 30여 명의 시민군을 데리고 계림동 광주고등학교 방향으로 출발했다. 시민군은 십여 명씩 팀을 이루어 전일빌딩, 백운동, 광주공원 등 외곽으로 출발했다.

YMCA강당에 모여 있던 청년 학생들도 열을 지어 도청으로 들어왔다. YWCA 홍보본부의 대원들도 총을 받기 위해 모여들었다. 상황실장이 배치를 위해 자리를 뜨자 잠깐 대열이 흐트러졌다. 대변인인 민철이 대열 앞으로 나서서 짧게 연설을 했다.

"여러분! 계엄군들이 이 시각 현재 도청을 점령하기 위해 탱크를 앞세우고 쳐들어오고 있습니다. 우리들은 어떻게 해야 합니까. 그냥 도청을 비워 줘야 합니까? 아닙니다. 우리는 저들에 맞서 끝까지 싸워야 합니다. 그냥 도청을 비우고 물러나면 그동안의 투쟁은 헛수고가 되고 원통히 죽어간 영령들과 역사 앞에 죄인이 됩니다. 죽음을 두려워 말고 투쟁에 임합시다. 역사가 우리를 평가할 것입니다!"

민철은 연설을 끝내고 총을 나눠 주었다. YMCA에서 온 일행 중에는 교련복을 입은 고등학생들이 많이 섞여 있었다. 민철은 고등학생들은 집으로 돌아가라고 권했다. 몇 명은 총을 받지 않고 도청을 나가기도 했지만 대부분은 가지 않겠다고 버텼다. 민철은 대열 중에서 들불야학 제자인 순호와 남수를 발견하고 깜짝 놀랐다. 공장에 다니는 남수는 17살로 학교에 다녔다면 고등학교 2학년이었을 미성년자였다. 민철이 둘에게 간곡하게 말했다.

"너희들은 그냥 집으로 돌아가거라!"

남수가 씨익 웃으며 대답했다.

"싫어요. 형님은 남아 있으면서 우리만 가라고요?"

민철은 야학에서 학생들에게 자신을 '형'으로 불러도 좋다고 했다. 그 후로 남수는 민철을 선생님으로 부르기보다는 형이라 부르길 좋아했다. 민철은 그들이 결코 피신하지 않을 것이라 생각하고 할 수 없이 총을 모두 나눠 줬다. 그 후 민철은 지휘본부의 동료들과 함께 민원실 2층 복도로 올라가 유리창 앞에 서서 금남로를 향해 총을 겨눴다.

취사반에 있던 여성들은 설거지를 마치고 아침 식사 준비까지 마치자 자정이 넘고 말았다. 줄곧 서서 일을 해선지 다리가 무지근해지며 온몸에 피곤이 몰려왔다. 그동안 숙소로 쓰던 2층 부지사실로 가서 쓰러지듯 잠에 곯아떨어졌다. 부지사실은 바닥에 초록색 카펫이 깔려 있어 얇은 담요만 깔고 자도 5월 초여름 날씨에 전혀 추위가 느껴지지 않았다. 모두들 바닥에 등을 대자마자 곯아떨어지고 말았다. 비상이 떨어지고 방송 소리가 나도 대부분 잠에서 깨어나지 못했다.

박병규는 취사실 부식 담당이었다. 쌀과 반찬 재료를 구해 오는 것이 주된 임무였다. 쌀이나 주먹밥을 가져가라는 시민들의 전화가 심심찮게 걸려 왔다. 그러면 재빨리 차를 타고 가서 싣고 왔다. 시내 여기저기 재래시장에서 아주머니들이 모여서 밥을 짓고 김치를 담가 보내왔다. 그는 마지막 설거지를 거들고 여성 대원들이 2층 부지사실로 가자 민원실 소파에서 잠이 들었다. 그는 비상 소리에 잠이 깼다. 재빨리 벽에 기대 뒀던 총을 쥐고 도청 앞마당으로 나왔다. 도청 안에 있던 사람들이 몰려나오고 있었다. 도청 옥상 스피커에서 계엄군이 쳐들어오고 있다는 내용의 방송이 연속 이어 흘러나오고 있었다. 순간적으로 취사반 여성 대원들이 떠올랐다. 2층 부지사실로 뛰어 올라갔다. 부지사실에는 여성대원들이 잠에서 깨어 웅성거리고 있었다. 박병규는 여성들을 도청 뒤 신부님이 대책위원으로 활동하는 남동성당으로 피신시켜야겠다고 작정했다.

여성들은 비몽사몽 잠도 덜 깬 상태로 박병규를 따라 도청 뒤 골목길을 지나 남동성당으로 들어갔다. 성당 문을 두드리니 수녀님이 나와서 그들을 성당 안으로 받아들였다. 그리고 안쪽의 어린이집에 머무를 수 있도록 했다.

취사반의 어느 여성이 도청으로 가려는 박병규에게 말을 건넸다.

"시민군 아저씨, 도청에 가지 말고 여기서 우리와 함께 숨어 있으면 안 되나요?"

여성들이 모두 간절한 눈길로 박병규를 바라보았다. 박병규는 그녀들의 말대로 그곳에 머물고 싶었다. 그러나 도청에 남아 있는 사람들의 얼굴이 떠올랐다.

"아니, 괜찮습니다. 별일 있겠어요! 염려 마세요. 아침에 다시 만납시다."

박병규는 떨어지지 않는 발길을 돌려 도청으로 향했다.

장교 출신 송 대위는 도청 앞마당에서 무장한 청년 30명을 데리고 시내 북쪽에 있는 고등학교 근처로 갔다. 광주교도소에 주둔하고 계엄군이 공격해 오면 도중에서 공격하기 위해서였다. 고등학교 앞에 육교가 있었다. 송 대위는 대원들을 육교를 중심으로 앞뒤 도로와 육교 위에 나누어 배치했다. 그는 대원들에게 자신의 명령 없이는 절대 총을 쏘지 마라고 당부했다.

고등학교를 졸업하고 군대에 갔다 와서 공무원 시험공부를 하고 있던 황인수는 나이가 많아서 YMCA에 모인 시민군 의용대 1조 조장이 되었다. 그의 조에 20명쯤 배치가 되었다. 황인수는 대부분의 조원들이 얼굴색이나 말하는 폼이 고등학생쯤 되는 것처럼 느껴졌다. 처음 300명쯤 모였을 때 고등학생들은 집으로 돌아가라고 해서 100명쯤 빠져나갔다. 그래서 남은 사람들 중에는 고등학생이 없는 줄 알았는데 그게 아니었던 것 같았다. 상당한 수의 청년들이 고등학생이 아니라고 속이고 남아 있었다.

1조는 도청 앞 10층 건물인 전일빌딩에 배치가 되었다. 그는 대원들을 데리고 전일빌딩으로 갔다. 전일빌딩에는 신문사와 방송국, 도서관과 회사 사무실들이 있었다. 금남로에 접한 정면의 셔터는 굳게 닫혀 있어서 측면으로 돌아 비상계단이 있는 출입구로 들어갔다. 그는 대원들을 데리고 3층에 올라갔다. 그곳에서 대원들을 각 층으로 나누어 경비를 서도록 하였다.

민철 일행은 민원실 2층 복도 유리창에서 거총 자세로 정면을 바라보고 섰다. 모두 군대를 다녀왔기 때문에 총을 다루는 법을 모르지 않았다. 기획실장 김영철은 군대 사격훈련에서 특등사수였다. 도청 앞에 서 있는 회화나무의 짙은 검정색 실루엣이 검은빛 바탕 밤하늘 색깔보다 진하게 드러나는 것으로 보아 여명이 트이고 있었다. 누구도 입을 열지 않았다. 한동안 침묵이 계속되었다.

민철은 순간순간의 정적이 영원한 시간처럼 느껴졌다. 그는 적막한 시간을 참기 힘들어, 아 이대로 아침이 오지 않는다면…, 아니면 차라리 시간이 빨리빨리 흘러서 훤한 아침을 금방 만들어 버렸으면… 하고 바랐다.

6

그때쯤 어디에선가 총소리가 들려왔다.

드르륵 드르륵… 드르륵 드르륵…
따콩, 따따콩, 따콩…
총소리는 들렸다가 멈췄다를 반복하기 시작했다. 총소리의 간격이 차츰 빨라졌다.

홍보본부에서도 총소리가 들려왔다. 준호는 총소리 사이로 찾아드는 정적의 고요함이 두려움을 한층 더 가중시킨다고 생각했다. 준호는 불현듯 어렸을 때 월남전쟁에 파병되었다가 돌아온 삼촌의 말이 떠올랐다. 삼촌은 불꽃 튀는 전투보다도 정글의 암흑 속에서 보이지 않는 적과 대치했을 때가 훨씬 더 무서웠다고 했다. 준호도 총성이 끝난 후 총성이 또다시 언제 시작될지 모르는 상황에서 다가오는 고요함이 더 무서웠다.

준호는 두려움을 잊고자 총구를 겨눈 채 창 너머를 길게 응시하고 있는 인철을 바라보았다. 그리고 소심함을 숨기듯이 일부러 굵은 목소리로 말을 건넸다.

"형님. 무슨 생각하나요? 조용하니까 은근히 무섭네요. 아무 말이라도 한번 해 보쇼. 무섬증이라도 덜게."

인철은 준호를 돌아보며 웃으려고 했는지 순간적으로 얼굴 근육이 실룩대듯이 찌프러졌다가 펴졌다. 그도 긴장을 하고 있었던 것 같다. 이윽고 가지런한 이빨을 하얗게 드러내며 말하기 시작했다.

"무섭지. 나도 역시 무섭긴 마찬가지다. 그렇지만 우리 두려워하지 말자. 상황이 불리하게 되어 최후의 순간이 온다 해도 우리 떳떳하게 죽자."

인철이 조금 뜸을 들이더니 말을 이었다.

"넌 집이 여기 광주랬지. 부모님은 다 잘 계시니?"

"예. 부모님은 두 분 다 살아 계셔요. 내가 이남 사녀 중 차남이에요. 형님은 어떻게 되요?"

준호가 되물었다.

"너는 행복한 놈이다. 나는 부모가 누군지도 모른 채 갓난아기 때부터 고아원에서 줄곧 살아온 혈혈단신이다. 그렇지만 나는 지금까지 내가 외롭다거나 불쌍하다고는 한 번도 생각해 본 적이 없다. 아마 그건 천성이 낙천적이고 강한 성격을 가져서 그런지도 모른다. 그런데 오늘 누군가를 죽이기 위하여 총을 겨누고 있다고 생각하니 죽음이라는 것이 별것 아니겠구나 하는 생각이 드는구나."

호흡이 끊기듯 잠시 숨을 돌리며 쉬었다.

"나는 고아원에서 자란 후로 신문팔이며 식당 종업원 노가다 구두닦이니 해서 안 해 본 것 없이 다해 봤다. 그래서 그동안 삶이 괴로울 때면 죽어 버리고 싶다는 생각을 수백번이나 했고 사실 죽을 뻔한 고비도 여러 번 넘겼었다. 그런데 어느 날인가부터는 그런 죽음의 충동이나 혹은 그런 값싼 죽음을 결코 받아들여서는 안 되겠다는 결심을 하게 됐지. 아마 그건 우리 고아의 외로운 장례식을 보면서 느낀 감정이었을 거야. 부모와 가족이 없는 고아들이 죽었다고 치자. 누가 장례나 제대로 치러주겠니. 동사무소나 구청에서 직원이 나와 시체 검안하고 싸구려 관에 뉘어 어디 변두리 공동묘지에 묻어 버리고 끝나겠지. 그런 꼴을 몇 번 본 뒤로는 너무 억울해서 결코 그렇게 죽지는 않기로 했지. 그래서 지금까지 오기로 살아왔는지 모른다."

인철의 신상 이야기는 사실 처음 듣는 이야기이다. 인철이 고아 출신으로 안 해 본 것 없이 다 해 본 사람이라는 것은 귓결에 들어서 알고는 있었지만 정작 본인이 자기의 신상에 대해서는 일체 이야기를 안 했기 때문에 그러려니 하고 지내 왔던 것이다. 인철은 지금은 어디 신협의 수금사원으로 자전거를 타고 상점을 돌면서 그날그날의 예탁금을 모아 예치시키는 일을 맡아 하고 있다. 그 직장도 형을 평소에 착실하고 야무지다 해서 곱게 보아 온 신협의 상무님이 일을 맡겨 준 것이다.

인철이 이야기는 계속되었다.

"난 지금도 지난 20일 밤을 잊을 수가 없다. 그날 난 하루 종일 금남로에서 공수대원들과 죽을힘을 다해서 싸웠었다. 하지만 소강상태에 돌입했고 난 지쳐 집으로 돌아왔다. 그리고 밤 아홉 시쯤 누워 있는데 어디선가 노랫소리가 아스라이 들려와 그 소리를 찾으러 밖으로 나왔다. 그리고 참으로 감동적인 광경을 보았다. 그것은 무등경기장에서부터 시작된 차량의 행렬이었다. 크고 작은 차들은 안이고 밖이고 할 것 없이 사람들이 가득 타고 있었지. 어디서 그렇게 많은 차들과 사람들이 쏟아져 나왔는지… 마치 서울이나 다른 지역에서 우리 광주 시민들을 지원하러 군대를 보낸 것 같았다. 모두들 애국가나 통일의 노래같이 모두 알고 있는 노래들을 합창하고 있었지. 난 그때 느꼈다. 아 이것이 해방이라는 거구나, 아 이것이 통일이라는 것이구나…라고. 사실 그때부터 난 우리 광주 시민이 의로운 투쟁을 하고 있다는 확신을 갖게 되었다. 그리고 난 그때부터 세상을 미워하지 않기로 했고…"

그때 훨씬 가까이서 총소리가 들려왔다.

드르륵 드르륵 …, 따콩 따콩 따따콩 …, 드르륵 드르륵…

총소리에 놀랐는지 남수가 부스럭거리더니 버럭 소리를 지른다.

"형님들 총소리가 점점 커져요. 그놈들이 저 앞까지 온 것 같아요."

인철이 침착하게 남수를 진정시켰다.

"남수야, 이쪽으로 오거라, 너무 놀라지 말고."

남수는 준호와 인철이 사이로 파고들며 쑥스러운지 누구에게라고 할 것 없이 나지막하게 혼잣말을 뱉었다.

"'드르륵' 소리는 저놈들의 M16 자동소총이고 '따콩'은 우리 시민군의 구식 카빈소총 소리인데 지금 우리 시민군들이 총에 맞아 쓰러지고 있다고 생각하니 가슴이 답답해서 미치겠어요."

또다시 총소리가 들려왔다. 총소리는 점점 더 커지며 가까워지고 있었다.

드륵 드르륵…, 따콩 따따콩…, 하나 두울 셋 네엣 다섯…, 드륵 드르륵…, 따콩 따따콩…

하나, 두울, 세엣, 네엣…, 준호는 어느덧 자신도 총소리의 간격을 세고 있음을 알았다.

— 전용호 소설집 『오리발 참전기』(문학들, 2019년)

너를 따라가면

이현석

1984년 출생. 2017년 '중앙신인문학상'으로 등단.
소설집으로 『다른 세계에서도』 등. 장편소설로 『덕다이브』 등이 있음.
2020년 젊은작가상 수상.
직업환경의학과 전문의.

그 언니 후랑크후르트로 간댔나.

거기 가면 집도 주고 옷도 준댔나.

예나 지금이나 동네에서 제일 큰 외삼촌 댁보다 훨씬 큰 대궐 같은 집이랬다. 외화에 나오는 여우들이 입을 법한 옷가지도 받는댔고, 보들보들한 수건도 양껏 쓴다 했고, 집보다 옷보다 수건보다 무엇보다 사람대우받는댔다. 그 언니 그래서 제 말마따나 지금쯤 슈바빙 돼 있으려나. 버려진 못자리서 몰래 피던 마麻도 맘껏 피고, 마셔 보고 싶다 노래 부르던 포도주도 원 없이 마시면서 그렇게 멀리멀리 가 있으면,

이 난리도 모르겠지.

*

너희들의 안전을 책임질 수 없다. 부담되면 오지 마라. 간호과장님의

전언이라며 병원에서 비상 연락망을 돌린 것은 출근 30분 전인 20일 오후 2시 반경이었다. 동료 간호원들과 함께 기숙사를 나선 정혜는 도보 5분 거리인 병원 신관 건물의 후문으로 들어갔다. 5층 일반외과 병동으로 올라가니 집에서 통근하는 다른 간호원들도 벌써 거기 도착해 있었다. 그들도 같은 내용의 전화를 받았다. 그래도 오고 싶다면 간호모를 쓰고 간호복을 입고 와라. 어찌 됐건 우리는 환자를 지켜야 한다. 그게 우리의 일이다.

책임간호원 선배는 이브닝 번 간호원들에게 수간호원 선생님이 3층 수술실에 지원을 가 있다고 말했다. 선배는 수쌤이 곧 올라올 거라며 그동안 데이 번들에게 환자 인계를 받고 있으라는 지시를 내렸다. 정혜는 보조 의자를 들고 스테이션 접수대 책상으로 갔다. 작년에 정혜와 같이 이 병원에 입사한 윤희는 복부둔상 환자들이 주로 입원한 전날과 달리, 오전에만 자상 환자 세 명이 수술을 마치고 병동에 올라왔다고 했다.

곤봉으로 모자라 이젠 대검까지 쓰는 거지.

그렇게 읊조린 윤희가 입술을 깨물었다. 그러고서 윤희는 오전에 1층 응급실에서 최루탄이 터졌다는 말도 전했다. 환자를 가장한 불순분자를 수색한다는 명목이었다. 미친놈들, 여기까지 연기가 퍼져서 지금껏 열어뒀잖아. 윤희가 창문으로 턱짓을 하고는 고개를 숙여 업무인계일지를 마저 적었다. 최루탄 냄새는 정혜도 익숙했지만 맵고 역한 그 냄새는 남아 있지 않았다. 대신, 열어젖힌 창문으로 꽃가루 냄새가 봄바람을 타고 물씬 풍겨 들었다. 일지의 업무 확인란에 연필로 줄줄이 체크 표시를 하던 윤희가 문득 정혜를 보더니 그리고 누가 들었다던데……, 라며 속삭였다.

병원을 폭파시킬지도 모른대.

에이, 설마.

아니야, 누가 진짜 들었다고 했어. 병원 곳곳에 폭탄을 설치했다는 말도 있고, 폭격기를 보낼 거라는 소문도 있어.

아무리 그래도 그렇지.

정혜가 미심쩍다는 듯이 고개를 갸웃거리고는 윤희처럼 업무 확인란에 줄줄이 체크 표시를 했다. 인계를 마친 정혜는 창문을 닫으러 스테이션 앞의 창가로 갔다. 창틀에 뽀얗게 쌓인 꽃가루를 후- 불어내는데 창밖으로 병원 주차장이, 그 한가운데에 물이 끊긴 중앙 분수대가 보였다. 분수대 물은 전날 오전부터 끊겼지만 양옆으로 가지런히 심긴 주목나무들은 밤사이 더욱 파릇하게 물이 오른 듯했다. 창문을 닫은 정혜가 허리를 펴자 분수대 앞쪽에 빨간 벽돌로 지어진 3층짜리 구 본관 건물과 그너머 병원 앞 오거리가 한눈에 들어왔다. 평소라면 한창 혼잡했을 시간이었지만 깨진 보도블록이 즐비한 오거리에는 어느 편에서 뿌렸는지 모를 삐라들만 나뒹굴었다.

수쌤은 오후 3시 20분경에 병동으로 올라왔다. 군데군데 얼룩진 수술복을 그대로 입고 온 수쌤은 간호원들을 스테이션 안으로 불러모았다. 이 시간부로 전 간호과는 2교대로 전환한다. 알다시피 밖은 위험하다. 당분간 우리 파트는 빈 분만실에서 숙식한다. 우리 병원은 중증환자들 위주로 받기로 했다. 일반 환자는 최대한 퇴원시켜라. 상황이 더 심각해진다면 응급실, 중환자실 등으로 인력을 차출할 것이다. 또박또박 비상근무 체계를 설명하던 수쌤이 갑자기 팔짱을 끼고는 불만 서린 얼굴로 간호원들을 둘러봤다.

그리고 니들도 머리가 달렸으면 생각이란 걸 좀 해라.

수쌤은 목소리에 날을 세웠다. 내 들어보니 헛소리가 아주 창궐을 하더구나. 얘들아, 동란 때도 병원은 안 건드렸다. 제발 좀 아서라, 라고 말한 수쌤이 눈을 부라렸다. 만에 하나 그런 일이 생긴대도 우린 죽기를 각오하고 환자들을 지켜야 한다. 가장 가까이에서 환자를 보살피는 사람이 누구냐? 교수야? 전공의야? 아니다. 우리야. 우리 간호원들이다. 그렇지 않니?

예, 맞습니다.

열댓 명의 간호원들이 입을 모아 대답했다. 기합이 들어간 목소리에 흡족한 표정을 지은 수쌤은 그래, 일들 보고 있어, 라며 한층 부드럽게 말하고는 수술실로 내려가는 비상구 쪽으로 걸음을 옮겼다.

정말 그런가.

접수대 책상으로 돌아가며 정혜가 생각했다. 수쌤 말대로 설마 그러기야 하겠느냐만, 싶으면서도 혹시나 그런 일이 생긴다면 과연 그렇게 해야 하는 걸까, 라는 의심이 들었다. 대피시킬 수 있는 환자들은 다 대피시키고 우리도 도망쳐야 하지 않나, 라고 생각하던 정혜가 제자리에 앉아 머리를 훌훌 털었다. 스며든 잡념을 그렇게 흩어내는데 닫힌 창문을 뚫고 경적이 들려왔다. 아주 멀리는 아니었으나 제법 먼 곳에서 자동차 수백 대가 한꺼번에 경적을 울려댔다.

누가 들으라는 듯이,

제발 들으라는 듯이,

누구라도 제발 좀 들으라는 듯이.

그런데 이상하지.

왜 그렇게 고요했나. 분분히 퍼지던 그 시각의 볕처럼 수쌤의 말도, 경적 소리도 귓바퀴만 맴돌다 사라져버리는 것만 같았다. 바깥에서 들려오는 소음을 뒤로한 채 정혜는 자신이 맡은 병실들을 순회했다. 매시간 혈압과 맥박을 측정하고 섭취량과 배설량을 체크하면서 정혜는 지시대로 일반 환자들에게 퇴원을 권했다. 이곳이 집보다 안전할 거라며 계속

남겠다는 사람도 더러 있었지만 대부분은 저녁 식사 시간이 되기 전에 병동을 빠져나갔다.

수술실에서 보낸 환자들은 저녁 시간이 넘어서도 계속 올라왔다. 정혜는 수술 중간에 잠시 짬을 내어 교수들과 회진을 온 주치의에게 추가 오더를 내달라고 했다. 주치의는 약속 처방해둔 걸 보고 알아서 해달라고는 앞서가는 교수들을 헐레벌떡 뒤쫓았다. 그 모습을 보며 정혜는 입을 삐쭉였으나 그래도 이렇게 자기 재량이 많아질 때 일할 맛이 더 나긴 했다. 다시 병동을 순회하기 시작한 정혜는 당일 입원한 자상 환자들을 우선하여 살폈다. 그중 몇 명이 심한 통증을 호소하기에 정혜가 그들의 배에 길게 덮인 드레싱을 벗겨냈다. 빨갛게 부어오른 봉합 부위 주변으로 열감이 느껴졌다. 수액 연결관의 유량 조절기를 보며 항생제가 제대로 들어가는지 확인한 정혜는 상처 주위로 소독약을 꼼꼼히 발랐다. 그러고는 병동 약국에서 모르핀과 데메롤을 가져와 수액대의 항생제 약병 옆에 달았다. 마약성 진통제를 충분히 정주한 덕인지 밤이 깊어지면서 환자들은 바깥일을 까맣게 잊은 듯 하나둘 잠에 들었다.

자정 무렵의 병동은 조용했다. 정혜는 등화관제 훈련 때처럼 병동을 돌아다니며 불이 꺼진 병실에 커튼이 잘 쳐져 있는지 확인했다. 밖으로 빛이 새지 않게끔 커튼을 정리하고서 최소한의 조명만 밝힌 스테이션으로 돌아오니 책임간호원 선배가 틀어둔 라디오에서 몇 해 전에 유행한 은희의 노래가 낮은 볼륨으로 흘러나왔다. 정혜의 간호전문학교 후배인 화숙은 그 시간이 되어서야 스테이션에 한 대밖에 없는 외선전화기로 집에 전화를 걸었다.

엄마, 나 며칠 못 들어갈 거 같아. 아니야, 아니겠지. 글쎄. 여느 때 같지 않잖아. 몰라, 모른다니까. 응…… 엄마도 몸조심하고. 진수 절대

밖에 나가지 말라 그러고.

화숙은 짤막한 통화 끝에 남동생을 걱정했다. 그저께인가, 남자 고등
학생이 탱크 위로 올라갔다가 변을 당했다는 소문이 돈 터라 신경이 많
이 쓰인 모양이었다. 수화기를 내려놓고 자기 자리로 돌아간 화숙은 퇴
원환자 차트를 마저 정리했다. 보통 때였으면 후배들이 가져온 주전부리
를 나눠 먹으며 쉬어갈 시간이었지만 모두 약속이라도 한 듯 각기 자리
를 지켰다. 낯선 침묵이 감도는 스테이션에는 추억의 노래만 잔잔히 흘
렀고 정혜는 개인 기록지에 적은 것들을 병동 종합기록지에 베껴 쓰면서
라디오에서 나오는 가락을 속으로 흥얼거렸다. 그렇게 흥얼대다 보니 오
래전에 잊은 줄로만 알았던 가사들이 새록새록 떠올랐다. 하굣길이면 레
코드 가게 앞을 떠나지 못하던 정혜였다. 신작로 한편에 오도카니 서서
스피커에 귀를 기울인 정혜가 많이도 듣던 노래들이었다. 정혜는 은희의
노래도 좋아했지만 은희보다는 이장희였고, 이장희보다는 이연실이었으
며, 이연실보다는 트윈폴리오를 좋아했다.

하, 씨발……
그러고 보니 그 언니도 참 좋아했지.
정혜처럼 레코드 가게 앞에서 노래를 듣다가 감정에 북받쳐 저 혼자
욕설을 뇌까릴 정도로 그 언니는 트윈폴리오를 좋아했다. 그 목소리에,
그들이 번안해 재창조한 노래에, 그리고 그 노래에 스민 이국의 정서에
언니는 완전히 심취해 있었다.
그러니까 8년 전, 중학생이던 정혜가 A시의 외삼촌댁에 살 때였다.
그 무렵 정혜가 원래 살던 B직할시에 수출 호황을 타고 골덴, 벨베틴, 홀
치기, 쓰므기 등 각종 직물공장이 들어서면서 전국에서 모여든 여공들은
마땅한 거처를 찾을 수가 없었다. 구청 공무원이었던 정혜의 아버지 임

진탁은 빚을 내어 오래전 유곽으로 쓰인 건물을 사들였는데, 첫 달 통장에 찍힌 임대 수익을 본 그는 정혜의 어머니 곽계화의 만류에도 아랑곳없이 구청을 나왔다. 진탁은 건물을 담보로 이런저런 사업에 손을 댔으나 잘못 선 연대보증 한 번에 수십 명에게 사글세를 주던 진탁 일가는 불과 몇 달 만에 사글셋방으로 옮겨가야 했다. 이미 시내의 대학을 다니며 장학금을 꼬박꼬박 받던 맏언니는 그리 살라 두고, 오빠는 없는 가산에도 장남이니 재수학원엘 보냈고, 막내는 막내에 아들이라 직접 챙겼지만 죽일 놈 살릴 놈 소리에 반폐인이 된 진탁 대신 도나스 가게에서 일하며 가장 노릇을 해야 했던 계화에게 정혜는 덜어내야 할 입이었다. 이리는 못 산다는 계화의 성화에 A시에서 전매업을 하는 외삼촌 내외가 정혜를 맡아주었으나, 기센 년이네, 남편 잡아먹을 년이네, 독한 년이네 하며 온 동네가 뒷담을 하던 계화와는 정반대의 수식으로 불린 외숙모가 온정으로 정혜를 맡아주었으나 정혜는 저를 긍휼히 여기는 그 눈빛을 그저 사랑으로 여길 만큼 바보가 아니었다.

정혜가 외삼촌댁으로 돌아가는 길은 그래서 멀었다. 멀어서 먼 게 아니라 둘러둘러 가서 멀었다. 종례를 마치고 학교를 나온 정혜는 시내의 레코드가게 앞에 자주 멈춰 섰다. 사장님 취향인지 스피커에는 김추자와 양희은의 노래가 많이 나왔지만 기다리다 보면 트윈폴리오의 노래도 꼭 한 번은 나왔다. 이미 사라져버린 그 모습 어디서나 찾을 수 없어, 남겨진 웨딩케익만 바라보며 하염없이 눈물 흘리네, 라고 흥얼거리며 원하는 노래까지 다 듣고서야 송창식처럼 음, 음, 음, 허밍을 하면서 마을 어귀까지 간 정혜는 그러고도 동네 바깥을 빙빙 돌았다. 폐가 주변을 도는 날도 있었고, 추수가 끝난 논을 가로지른 날도 있었다. 실개천을 따라 걷기도 했고, 이름 없는 언덕에 오르기도 있었고, 이름 모를 야산 둘레를 걷기도 했다.

씨발 천재 새끼……

어느 여름 오후, 그 언니도 정혜처럼 레코드가게 앞에 서 있었다. 번쩍이는 에나멜 핸드백을 어깨에 메고 퉁퉁한 몸에 꼭 맞게 수선한 간호복을 입은 채로 짝다리를 짚고 선 언니가 그렇게 혼잣말을 하고는 고개를 아래로 떨궜다. 정혜도 아는 사람이었다. 두어 달쯤 전에 외삼촌댁 건너건너 있는 하숙집에 새로 들어온 간호보조원이었다. 그즈음 사촌 동생들과 정혜의 등굣길에 배웅 나온 외숙모도 그를 보며 오 박사네 의원에서 새로 뽑은 직원이라고 일러준 적이 있었다.

오 박사님은 꼭 저렇게 도화살 낀 것 같은 애들만 뽑더라.

외숙모는 저만치 앞에서 마을 어귀를 나서는 언니의 뒷모습을 보며 혼잣말을 했다. 저 봐라, 꼴이 저게 뭐냐. 아이들 등굣길에 배웅 나온 다른 어른들도 동네서부터 몸매가 훤히 드러나는 유니폼을 입고 출근하는 언니를 손가락질했다.

저렇게 다니면 저가 정말 간호원이라도 된 거 같나.

외숙모는 간호복을 입고 출근하는 언니를 볼 때면 그런 말을 하고서 혀를 끌끌 찼다. 동네 사람들과 아무 교분 없이, 눈인사조차 않고 나갔다가 밤이 이슥해져서야 헝클어진 차림으로 돌아오는 언니를 두고 동네엔 온갖 말이 나돌았다. 오 박사님이 전에도 딱 저런 애들 뽑아서 정분난 거, 그 집 사모님만 모르고 온 동네가 다 알아서 우세였잖니, 라고 말한 외숙모가 정혜를 보며 우리 정혜, 행여 저런 것들이랑은 말도 섞지 마라, 좋은 것만 보고 듣기에도 짧은 게 인생이다, 라고는 정혜의 교복 매무새를 단정히 고쳐주었으나 그때의 정혜에게 트윈폴리오의 노래를 다 듣고서 혼자 훌쩍이는 사람을 쳐다보지 않을 재간 따위는 없었다.

뭘 봐? 사람 우는 거 처음 보니?

눈물을 훔친 언니가 정혜를 흘겨봤다. 그렇게 쏘아붙인 언니는 정혜에게 등을 돌리더니 신작로를 따라 터벌터벌 걷기 시작했다. 정혜도 그 언니처럼 신작로를 걸어 외삼촌댁이 있는 동네로 갔다. 마을 초입의 갈림길에 다다른 정혜가 마을로 들어가지 않고 옆길로 빠지려는데 앞서 걷던 언니가 팩 돌아봤다.

너 왜 자꾸 졸졸 따라와?

따라가는 거 아닌데요, 집에 가는 건데요.

뭐래는 거야. 너희 집 저쪽이잖아.

언니가 어이없어하며 피식거렸다. 뜻밖의 말에 주춤거린 정혜는 그, 그, 하며 더듬기만 하다가 저도 모르게 소리를 높였다.

그, 그러는 언니 집도 이쪽 아니잖아요!

기가 막힌다는 듯이 코웃음을 친 언니는 집 같은 소리 하고 앉았네, 라고 궁싯거리고는 또다시 정혜에게서 등을 돌렸다. 정혜는 밭 사이에 난 샛길을 지나 야산으로 향하는 언니를 뒤따랐다. 산 둘레를 걷던 언니는 밖에서 보면 길처럼 보이지도 않는 좁은 길목으로 들어갔다. 발길이 쉬 닿지 않은 오솔길 길바닥은 푸릇푸릇했고, 길가에 차양처럼 햇살을 가린 잡목들 사이로 어른 가슴높이께 자란 수풀이 무성했는데 그 길 중간에 멈춰선 언니가 수풀 속으로 두 팔을 집어넣었다.

근데요⋯⋯

수풀을 헤집던 언니는 뜸을 들이는 정혜를 귀찮아하는 낯으로 바라봤다.

누가 천재 새끼예요?

정혜의 물음에 한쪽 눈만 치뜨면서 황당하다는 표정을 지은 언니는 넌 그걸 질문이라고 하니? 당연히 송창식이지, 라고 툭 내뱉고는 수풀을 헤치고 그 안으로 들어갔다. 오솔길에 홀로 남은 정혜는 씩, 하고 웃음을 지었다. 상기된 얼굴로 언니처럼 수풀을 헤친 정혜가 고개를 안으로 들이미니 너른 풀밭이 보였다. 못자리로 쓰려고 다져뒀는지 가운데가 움푹 팬 풀밭에는 잡초들이 곳곳에 군락을 이루고 있었다. 언니는 경사면에 퍼질러 앉아 핸드백에서 성냥갑과 돌돌 만 연초 한 개비를 꺼내 불을 붙였다. 연기를 내쉰 언니가 경사면에 비스듬히 눕더니 안을 들여다보는 정혜를 보지도 않고 말했다.

거기서 뭐 하냐? 안 들어와?

*

맞교대를 한 정혜가 3층 분만실로 내려온 것은 21일 아침 7시 20분경이었다. 빈 침상에 몸을 누인 정혜는 모포를 끌어올려 햇빛을 가렸다. 일반 환자들이 대거 빠져나간 병원은 평시보다 한산했다. 인계 거리도 많지 않았고 간호과에서도 특별한 추가 지침을 내리지 않았다. 그렇다고는 해도 이상하리만치 고요한 아침이었다. 밤을 새운 탓에 정혜는 눈을 감으면 금세 곯아떨어질 것 같았지만 고요함이 자아낸 묘한 기운에 쉽게 잠에 들지 못했다. 한참이나 뜬눈으로 있다가 깜빡 잠에 들어도 자기처럼 잠을 설치는 다른 간호원들이 부스럭거리는 소리에 곧 깨어나곤 했다.

너 후랑크후르트 아니?

소세지?

말고, 말고.

컴컴한 모포 속에서 정혜가 실눈을 떴다. 이번에는 얼마나 잤을까. 모포를 들춰 분만실의 벽시계를 볼까 싶다가도 그러면 정말 잘 수 없을 것 같아 정혜는 도로 눈을 감았다. 그럼에도 한번 달아난 잠은 다시 오지 않앉고, 꿈결인지 잠결인지 모를 찰나에 떠오른 그 언니와의 대화만 더 또렷해졌다. 지난 자정께 그 언니를 처음 떠올린 후로 정혜는 그 언니를 자주 생각했다. 그 언니를 만나지 않았다면 정혜는 지금 이곳에 있지도 않았을 테니까. 운수소관 따위 개나 주라며 멀리멀리 떠날 거란 말을 돌림노래처럼 하던 그 언니를 못 만났더라면 정혜 역시 멀리멀리, 더 멀리, 영영 떠나겠다는 생각을 못 했을 테니까. 연초에 불을 붙인 언니가 길게 숨을 내쉬면 수풀로 둘러싸인 못자리에는 잘 삶은 걸레 냄새가 퍼졌다. 세상 누구보다 편안해 보이는 자세로 비스듬히 누워 마를 피우다 정혜가 심심해할 즈음이면 언니는 너 알지? 나 곧 거기 갈 거다, 라며 입을 열었다. 거기 가면 정원에 화초가 정성스레 가꿔진 대궐 같은 집이 있다 했고, 자기는 그 집 거실에서 드레스 밑단이 발끝에 끌리지 않도록 치맛자락을 홀홀 들 거랬다. 한낮에는 융이 덮인 소파에 파이프를 물고 앉아 루이제 린저를 읽을 것이며, 저녁이면 코니 프란시스나 에바 가드너를 닮은 벽안의 친구들과 밤새 포도주를 마실 거라고도 했다. 그럴 리가 없음에도 마치 전에 거기 살아 보기라도 한 것처럼 언니는 그곳의 정경과 일상을 눈앞에 그려질 듯이 말했는데, 만날 때마다 조금씩 다르게 꾸며내는 언니의 이야기는 그때까지만 해도 극장에 가 보지 못했던 정혜에게 끊이지 않고 이어지는 외화나 진배없었다.

어찌 그리 잘 지어냈나 몰라.

기껏해야 지금 내 나이뿐이었을 텐데.

그래서 더 그랬나. 정혜도 언니처럼 거기 가고 싶었다. 후랑크후르트든, 백림이든, 어디든 정혜는 지금쯤이면 자기도 구라파 어딘가에 있으리라 믿었다. 중학교를 마치고 본가에 돌아왔을 때, 빵 가게를 차려 갓 운영하기 시작한 계화는 간호원이 되어 독일로 가겠다는 정혜의 뜻을 극렬히 반대했다. 일손이나 거들다 시집이나 가야 할 년이 헛꿈 꾸지 마라,

아프레걸입네 비트니크입네 떠들어대니 너 따위 계집이 뭐라도 될 것 같으냐, 저 양반 공명심에 여식까지 대학물 먹인 건 맏이 하나로 족하다. 그렇게 저주를 퍼붓는 계화에게 진탁이 내가 못난 탓이다, 저 하고 싶은 대로 하게 해주라고 고래고래 고함을 지르며 계화가 차린 밥상을 엎어버리지 않았다면 독일은커녕 집에서 멀리 떨어진 C 직할시로 가겠다는 계획부터 무산됐을지도 몰랐다. 그리하여 하루 한 대밖에 없는 시외버스를 타고 굽이굽이 산길 넘어 이곳에 올 적에는 조금만 있다가 아예 이 나라를 떠나 다시는 돌아오지 않으리라 굳게 마음먹었으나 간호전문학교를 다니는 동안 독일은 간호원 수급을 멈췄고 물거품이 된 꿈에도 집으로 돌아가고 싶지 않았던 정혜는 이곳에 남기로 했다.

그러므로 그것은 어떤 사명감 때문이 아니었다.
어떤 책임감 때문도 아니었고 어떤 숭고함 때문은 더더욱 아니었다.
그러니까 오후 1시 10분경, 갑작스런 총성에 정혜가 몸을 벌떡 일으켰을 때, 끊임없이 이어지는 총성에 일제히 침상 아래로 내려간 간호원들이 바닥에 엎드린 채 우왕좌왕하고 있는 사이, 다급히 울리는 내선전화를 받은 책임간호원 선배가 총상 환자들이 밀려들고 있다며, 모두 1층으로 내려가야 한다고 외치자 청진기와 혈압계 따위를 챙긴 정혜가 비상계단 위층에서부터 앞다투어 내려온 의료진들 사이로 제 몸을 밀어넣어 아래로 내달린 까닭은 그 순간 그곳에서 그렇게 하는 것 외에는 달리 할 수 있는 일이 없어서였다.

비상계단을 내려온 정혜가 1층 비상구로 나와 처음으로 마주한 광경은 이미 야전으로 변한 로비였다. 30병상 남짓한 응급실이 순식간에 포화되면서 원무과 직원들은 중앙계단을 통해 스프링 매트리스를 위층에서 끌고 내려왔다. 엑스선실에서 나온 방사선사들이 매트리스를 받아 로비 바닥에 깔면 간호원들과 인턴, 그리고 외과계 레지던트들이 2인 1조, 3인 1조가 되어 환자들 옆에 붙었다.

여기 좀 도와줘요!

응급실 쪽에서 환자를 업고 로비로 들어온 인턴이 외쳤다. 그리로 달려가 인턴과 함께 환자를 매트리스에 눕힌 정혜가 환자를 빠르게 훑었다. 이마에 길게 찢은 남색 와이셔츠 조각을 칭칭 두른 환자는 의식이 없어 보였다. 트리아제에서 환자의 가슴팍에 붙인 종이테이프에 '파추하, 남, 후두부 관통상, 신경외과'라고 적힌 것을 본 정혜는 환자의 왼팔에 혈압계를 감으며 파추님 바이탈 체크하겠습니다, 라고는 청진기에 귀를 기울였다. 그러나 백지장처럼 변한 환자의 팔에서는 아무 소리도 들리지 않았다. 정혜 맞은편에 무릎을 꿇고 엎드린 인턴도 당황하기는 마찬가지였다. 환자의 왼팔 오금을 찌른 주삿바늘 팁에 핏방울이 맺히지 않는데도 인턴은 연신 그곳만 찔러댔다. 정혜가 환자의 허벅지를 가리키며 선생님, 페모랄로 해요, 페모랄, 이라고 하니 정신을 차린 인턴이 대퇴 혈관을 찾아 다시 컷다운을 시도했다.

됐어요, 됐어!

인턴의 말에 곧바로 수혈 팩을 연결한 정혜가 두 손을 위로 치켜들었다. 저항이 느껴질 정도로 팩을 쥐어짰음에도 환자의 혈색이 돌아오지 않자 펜라이트로 동공반사가 남아 있는 것을 확인한 인턴은 답답하다는 듯이 환자의 가슴을 쾅쾅 두드리며 파추님! 파추님! 이라 소리쳤다.

이 멍청한 새끼야, 그게 이름이겠냐.

어느새 그들 곁에 온 신경외과 레지던트 치프가 인턴을 옆으로 밀치며 한심하다는 투로 나무랐다. 치프는 환자의 이마를 감싼 와이셔츠 조각부터 벗겨냈다. 드러난 환부를 보면서 푸ー 하고 바람 빠지는 소리를 낸 그는 가운 주머니에서 검은 매직을 꺼내 환자의 가슴팍에 붙은 종이 테이프 끝에 '가망 없음'이라고 갈겨썼다.

소생 불가능한 환자는 저기 소수술실로 옮긴다.

환자의 양쪽 겨드랑이에 손을 넣으며 치프가 말했다. 인턴은 시퍼레진 얼굴로 환자의 가랑이 사이에 들어갔다. 그들이 환자를 들어올리고서야 정혜 눈에도 그게 들어왔다. 환자는 파란색 추리닝 하의를 입고 있었다.

그런 환자들이 꼬리에 꼬리를 물고 로비로 밀려들었다. 하얀 블라우스에 청원단 원피스를 입은 환자는 청치마, 여, 복부총상, 일반외과. 정장 바지 허리춤에 묵직한 열쇠고리를 찬 환자는 열쇠뭉치, 남, 사지관통상, 정형외과. 검은 바탕에 파란 줄무늬가 들어간 티셔츠를 입은 환자는 검파상, 남, 우측 흉부총상, 흉부외과.

의식을 잃으면 이름도 잃었다.

가까스로 임시의 이름을 얻은 사람만이 로비까지 들어올 수 있었다. 그럼에도 로비는 응급실 복도부터 원무과 접수대까지, 바닥에 뉘인 환자들로 발 디딜 틈이 없었다. 방사선사가 가져온 검파상님의 필름을 천장 형광등에 비춰본 흉부외과 레지던트가 정혜에게 환자를 수술실로 올려달라고 했다. 정혜는 환자를 이동식 침대 카트로 옮겨 승강기까지 조심조심 밀고 갔다. 3층으로 올라간 승강기가 내려오길 기다리는데 발바닥이 아려왔다. 두 손으로 카트 손잡이를 짚은 정혜는 번갈아가며 깨금발을 들었다. 정혜가 이렇게라도 숨을 고른 것은 총격이 시작되고 2시간여 만이었다.

어이, 피 모자란다! 혈액원에 재고 없대?

승강기 근처에서 두부열상 환자의 상처를 봉합하던 성형외과 교수의 외침에 정혜가 그쪽을 쳐다봤다. 수액도 부족해요, 데메롤도! 그보다 멀리서 정혜 또래의 간호원이 소리쳤다. 그 간호원 바로 옆의 매트리스에서 환자의 다리를 붙잡은 정형외과 레지던트가 고관절 탈구를 도수정복하는 동안, 환자가 몸부림치는 것을 막기 위해 책임간호원 선배가 체중을 실어 그 환자를 누르고 있었다. 그 너머 로비 한쪽 끝에는 화숙과 다른 신규 간호원 몇 명이 처치에 사용한 겸자와 메스를 곡반에 담아 재사용이 가능하게끔 알코올 솜으로 박박 닦아냈다.

땡, 하는 청명한 소리와 함께 승강기 탑승구가 열렸다. 로비에서 시선을 거둔 정혜가 카트를 안으로 밀어넣었다. 문이 닫히니 환자가 내는 가쁜 숨소리만 조용한 승강기 안을 메웠다. 견딜 수 있을까. 환자의 창백한 안색을 살피며 정혜가 생각했다. 환자가 입었던 검은 바탕에 파란 줄무늬가 들어간 티셔츠는 가운데가 길게 잘려 양옆으로 펼쳐진 지 오래였다. 드러난 맨가슴 위에 두껍게 쌓인 패드는 환자가 숨을 쉴 때마다 조금씩 더 붉어졌다. 살 수는 있을까. 환자를 내려다보던 정혜가 고개를 푹 숙였다. 간호복 치맛자락이 반절 넘게 검붉은 빛으로 물들어 있었다.

나는 살 수 있을까.

간호사 캡 아래서 머리카락이 쭈뼛 서는 듯했다. 미처 느낄 새도 없던 공포가 한꺼번에 몰려왔다. 정말 여기서 죽는 건 아닌지, 만에 하나 그리 된다면 대체 누구를 원망해야 하는지……

말 같지도 않은 소리 좀 그만해!

흉부외과 수술방으로 환자를 들여보내고서 수술실 복도를 뛰어다니는 써큘레이팅 간호원들을 피해 정혜가 회복실 쪽으로 나가는 길이었다. 중앙수술실 한가운데의 물품 준비실에서 들려온 수쌤의 목소리에 정혜가 걸음을 멈췄다.

내가 없는 말 했어? 어제 수색하러 들어온 놈들이 그랬다며!

누군가 지지 않고 수쌤에게 대거리를 했다. 문짝이 없는 물품 준비실 밖으로 그들이 다투는 소리가 고스란히 새어나왔고 그쪽으로 다가간 정혜가 안을 슬쩍 들여다봤다. 외래와 병동 등지에서 지원을 나온 시니어급 간호원들이 문을 등지고 나란히 앉아 삶은 가제와 패드를 양은 들통에서 꺼내 작업대 위에 한 장씩 쌓고 있었는데 수쌤과 시비가 붙은 다른 병동 수간호원 선생님은 수쌤을 보며 연이어 언성을 높였다.

너도 들었을 거 아니야? 오늘 밤에 헬기로 폭탄 떨어트린다잖아! 싸그리 다 뭉개버릴 거라잖아! 너는 걱정 안 되니? 아니, 종식이는 걱정 안 돼? 나는 걱정돼! 내 자식새끼들, 엄마 없이 클까 봐 걱정돼 죽겠다!

주체하지 못하고 말을 쏟아내는 상대방을 향해 수쌤이 벌컥 고개를 틀었다. 정혜는 수쌤의 뒤통수밖에 보이지 않았으나 수쌤을 마주 본 상대방이 착잡한 얼굴로 한숨을 내쉬는 것만큼은 똑똑히 보였다. 상대방이 작업대로 다시 몸을 돌리면서 잠잠해지는 듯했지만 수쌤이 떨리는 목소리로 아무 일 없을 거야, 쟤네도 미치지 않고서야, 라고 중얼거리자 몸서리를 친 상대방은 도저히 못 참겠다는 양 환자들이 깔려 있는 회복실 쪽을 가리키며 소리질렀다.

야! 너는 저 꼴을 보고도 그런 말이 나와!

그 손을 따라 수쌤이 반사적으로 문밖을 내다봤다. 그와 눈이 마주친 정혜는 화들짝 놀라 고개를 조아렸다. 예상치 못한 얼굴을 마주한 수쌤도 곤혹감을 감추지 못했다. 정혜가 죄송합니다, 죄송합니다, 라고 연거푸 말하고는 도망치듯이 수술실 밖으로 빠져나갔는데 그전까지 그에게서 보리라고는 생각지도 못했던, 두려움이 그렁그렁 맺힌 눈망울은 머릿속에서 도무지 지워지지 않았다.

나 죽었으면?

정혜가 그 언니가 피우던 마를 뺏어 핀 어느 날, 약에 취한 언니는 옆에 누운 정혜에게 연초를 건네며 해 볼래? 하고 물었다. 그러고선 막상 정혜가 그걸 잡으려 들면 돌았니? 라며 정혜 손을 탁 치면서 저 혼자 비실비실 웃었다.

해 볼래? 돌았니? 해 볼래? 돌았니?

언니가 성대에 힘이 하나도 안 들어간 목소리로 계속 깐족이자 정혜가 풀밭에서 몸을 확 일으켰다. 연초를 잡아챈 정혜는 언니 보란듯이 연기를 빨아당겼다. 정혜가 콜록콜록 기침을 하니 두 손으로 뒤통수를 괸 언니는 흐느적흐느적 웃었고 정혜는 약이 올라 더 깊이 빨아당겼다. 그렇게 몇 번이나 쑤욱 빨아당기다 보니 어느 순간부터 숨이 차기 시작했다. 열이 올랐고 몸도 덜덜 떨려왔다. 숨을 헐떡이던 정혜의 눈앞이 노래지면서 이내 정혜는 풀밭으로 픽, 하고 쓰러졌다.

언니는 그로부터 며칠 뒤 종적을 감추었다.

밀린 하숙비를 떼어먹은 채 야음을 틈타 사라진 언니를 두고 그간 마을에 파다하게 퍼졌던 소문은 사실로 굳어졌다.

왜 걔가 사람들이랑 말을 안 섞었겠냐. 저도 부끄러운 줄 아는 거지.

외숙모도 그런 말을 했다. 전쟁고아라더라, 작부였다더라, 약쟁이라더라, 라는 최초의 소문들은 오 박사가 제 버릇 개 못 주고 또 저가 뽑은 보조원이랑 정분이 났다는 소문으로 이어졌다. 마을 사람들은 오 박사의 아랫도리 일에는 식상해하면서도 언니가 오 박사네 의원에서 오 박사의 애를 뗐다는 소문에는 광적으로 흥분했다. 말은 돌고 돌아 오 박사네 사모님 귀에도 들어갔다는 말도 들려왔고, 그 말은 사모님 보는 앞에서 애를 뗐다는 말로 바뀌기도 했다. 그렇게 한껏 부풀어오른 말은 언니가 사라지면서 편리하게도 진실이 됐는데 사람들은 진실로 바뀐 소문에 더는 관심을 두지 않았다.

정혜는 외려 더 궁금해졌는데.

이를테면, 그 언니 그래서 정말 후랑크후르트 갔을까, 같은 것들. 대 궐 같은 집에서 외화에나 나올 법한 드레스도 입고 보들보들한 수건도 양껏 쓰며 제 말마따나 슈바빙 되었을까, 같은 것들. 그래서 정말 그 언 니 바람대로 사람대접 받고 있으려나, 같은 것들. 이제와 생각하면 절대 이루지 못할 꿈이라는 생각도 들었지만, 그때도 정혜는 약에 취한 언니 가 어디선가 주워들은 말들을 짜깁기해 나오는 대로 지껄인다는 것을 은 연중에 느꼈지만, 그럼에도 어쩐지 그 언니는 정말 거기에 가 있을 것만 같았다.

야, 너 죽은 줄 알았다.

얼마나 지났을까. 여전히 뒤통수를 받치고 비스듬히 누운 언니가 말 했다. 정신을 차린 정혜가 잔디를 짚고서 비틀비틀 상체를 일으켰다. 해 는 뉘엿뉘엿 저물고 있었다. 구부정한 정혜의 등에 대고 언니는 너 집 안 가도 되냐? 라고 심상하게 물었다. 정혜는 뒤로 고개를 돌려 언니를 내 려다봤다.

나 죽었으면?

뭐?

언니가 정혜를 흘겨보면서 날카롭게 되물었다.

나 죽었으면 어쩌려고?

무표정한 얼굴로 자신을 응시하는 정혜를 말없이 바라보던 언니가 별 안간 깔깔 웃어대기 시작했다. 숨이 넘어갈 것처럼 몸을 좌우로 흔들며 웃어대던 언니가 코웃음을 치고는 야, 하고 정혜를 불렀다. 그리고 그 언 니 조막만 한 입을 오물거렸지. 그렇게 뭐라 뭐라 중얼거렸다. 그래서 그 언니 무어라 했나.

그 언니, 그래서 뭐라 했던가……

요즘 누가 이런 걸 써. 안 그래요?

딴생각에 잠겨 있던 정혜가 매트리스를 맞잡은 남자 행정직원을 보며 벌게진 눈을 끔벅였다.

아까 내가 말했잖아, 요새 다 스프링 매트리스 쓴다고. 이게 십수 년 전에 미국에서 원조받은 거래요. 그 돈 들여서 이런 걸 주느니 밀가루나 더 줄 것이지. 안 그래요?

지하창고에서 함께 솜 매트리스를 옮겨오는 내내 조잘거리던 행정직원이 응급실 여닫이문을 안으로 젖혔다. 행정직원은 자신이 먼저 들어갈 테니 자기처럼 매트리스를 모로 세우라고 땍땍거리는 투로 정혜에게 말했다.

저녁 무렵, 아군이 무기를 획득했다는 소식이 들려온 뒤로 총격은 중단됐다. 로비와 응급실은 아직 북적였지만 새로 들어오는 환자가 끊기면서 중상자들은 수술실이나 중환자실로 올라갔고 후순위로 밀렸던 경상환자들도 늦게나마 처치를 받을 수 있었다. 치료에 당장 참여하지 않아도 되는 의료진들은 로비 바닥에 주저앉아 숨을 돌렸다. 하나같이 넋이 나간 얼굴로 앉은 사람들 틈에서 정혜도 감겨오는 눈꺼풀을 비볐다. 분만실에서 선잠이 들었던 시간을 빼더라도 스물대여섯 시간은 뜬눈으로 지낸 셈이었다. 몇몇 의료진들이 맨바닥에 드러눕기에 정혜도 몸을 누이려는데, 1층을 총괄하고 있던 간호과장님이 쉬고 있는 사람들에게 다가와 솜 매트리스를 가져오라고 지시한 것이 오후 5시 50분경이었다.

무지하게 처치 곤란이었는데 하필이면 요긴하네.

행정직원은 뒷걸음질을 치면서도 계속 조잘댔다. 수면박탈 때문인지 면전에서 조잘거리는 소리가 멀리서 들려오는 듯했다. 정혜는 그 소리에 머리가 아파왔다. 솜 매트리스를 세로로 세워 응급실 처치실의 유리창에

덧대고 나니 행정직원이 정혜 쪽으로 다가와 잔소리를 했다.

에헤이, 여기 창문 다 안 덮었잖아요. 이 사람이 왜 이래.

지끈거리는 머리를 꾹꾹 누른 정혜가 대꾸를 않은 채 매트리스를 옆으로 끌어당겼다. 유리창을 완전히 가린 것을 확인한 행정직원이 손바닥으로 매트리스를 툭툭 두드렸다.

저도 방탄용으로 쓰일지는 몰랐겠지, 안 그래요?

또다시 말을 걸자 화가 치민 정혜는 충혈된 눈으로 그를 노려봤다. 하지만 무연한 얼굴로 매트리스를 바라보는 그의 옆모습은 차올랐던 화를 누그러트리게 했고, 수고하셨다며 기운 없이 인사를 건넨 정혜는 처치실 밖으로 걸음을 옮겼다. 그런 정혜를 놓칠세라 행정직원이 졸졸 쫓아오면서 아니 근데, 라고 또 무언가를 조잘거리는 찰나,

고막을 찢는 굉음이 들려왔다.

발파 현장을 방불케 하는 충격음이 병원 외벽을 무자비하게 때렸다. 응급실 유리창들이 연달아 깨졌고 건물마저 흔들리는 듯했다.

뭐야! 이거 뭐야!

행정직원이 바닥에 바짝 엎드리며 소리쳤다. 머리를 감싼 정혜도 그의 옆에서 몸을 웅크렸다. 순식간에 다시 아수라장으로 변한 병원에서 비명이 터져 나왔다. 소강상태에 긴장을 늦추고 있던 사람들은 갑작스러운 공격에 어찌할 바를 모르고 본능대로 행동했다. 많은 이들이 바닥에 엎드리거나 몸을 움츠렸고, 어떤 이들은 침상 위의 환자를 제 몸으로 감쌌다. 누군가는 그런 사람들을 바닥으로 끌어내리려고 했고, 정혜는 몸을 부르르 떨면서 누구에게 하는지 모를 기도를 했다.

죽고 싶지 않다.

제발, 죽고 싶지 않다.

죽더라도 지금은 아니다.

그리고 얼마 있지 않아 거짓말처럼 총격이 멈췄다. 정혜의 간절한 기도가 통하기라도 한 것처럼, 외벽을 세차게 때리던 충격음이 일거에 중단됐다. 사람들이 고개를 들어 사색이 된 낯으로 주위를 두리번거리는데 반쯤 열린 응급실 정문으로 시커먼 물체가 빠르게 날아들었다. 반합처럼 생긴 쇳덩이가 쩡, 하는 소리를 내며 바닥에 부딪혔다. 두어 번 튕긴 쇳덩이가 정혜 가까이에서 팽그르르 돌았다.

죽을 수 없다.

정혜가 웅크린 사람들을 둘러보았다. 죽어서는 안 된다. 정혜가 몸을 일으켰다. 왜 죽어야 하나. 우리가 왜, 죽어야 하나. 바닥을 짚고 일어난 정혜가 떨리는 몸을 가눴다.

다 나가!

정혜가 온 힘을 다해 외쳤다.

다 나가야 돼! 나가!

정혜가 사방으로 길길이 뛰며 소리쳤다.

폭탄이야! 나가! 나가라고!

갈라지는 목소리로 목청이 터져라 소리질렀다. 거듭된 외침에 진이 빠져 몸을 비틀거리면서도 정혜는 멈추지 않았다. 혼미해진 정신 탓인지 제 목소리마저 제 귀에 제대로 들리지 않았다. 제 몸 같지도 않은 눈가에서 저도 모르게 눈물이 터져나왔다. 쏟아지는 눈물이 줄줄 흘러나온 콧물과 범벅이 됐다. 축축해진 얼굴 아래부터 열이 오르면서고 어느 순간 숨이 턱 막혀왔다. 숨을 헐떡이는 동안 시야가 급작스레 뿌예졌다. 눈앞이 노래지면서 지근의 사람들마저 아스러지는 듯했다.

정신 차려! 최루탄이야!

행정직원이 휘청거리는 정혜를 붙잡으며 소리쳤다. 투척된 쇳덩이에서 매캐한 연기가 뿜어져 나오고 있었다. 행정직원은 정혜의 한쪽 팔을 뒷목에 걸치고서 정혜를 로비로 끌고 갔다. 아닌가. 그게 아닌가. 몽롱한 기운 탓인지, 연기 탓인지 응급실에서 로비로 대피하는 사람들이 흐릿하게 보였다. 아니라면, 그게 아니라면……

정신을 잃은 정혜의 몸이 축 늘어졌다.

정혜를 부축한 행정직원의 몸이 한쪽으로 기우뚱거렸다.

*

세상이 끝나고 인류가 절멸한다면 이런 풍경일까.

드넓은 대로에 단 한 사람도 보이지 않았다. 대로변의 가게들은 모두 문을 걸어잠갔다. 철제 셔터 사이로 군데군데 깨진 유리창 아래에는 파편 하나 남아 있지 않았다. 투석에 사용했던 보도블록 조각도 보이지 않았고 거리에 뿌려진 삐라들도 흔적을 찾을 수 없었다.

깨끗했다. 너무나도 깨끗했다. 병실에서 깨어난 정혜가 무언가에 홀린 듯이 병원 밖을 나섰을 때도 마찬가지였다. 신관 건물 외벽에는 총탄 자국들이 엇비슷한 높이로 점점이 박혀 있었다. 그 한끝에 처치실 유리창은 산산이 조각나 있었다. 전날 덧대어둔 솜 매트리스는 그대로였고 매트리스 가운데 생긴 작은 구멍으로 만개한 목화처럼 솜털이 뭉울져 있었지만 발아래에는 누가 치우기라도 한 것처럼 유리 조각 하나 밟히지 않았다.

22일 오후 1시 10분경, 정혜는 병원 앞 오거리에서 이어지는 대로의 초입에 서 있었다. 세상은 그대로인데 사람들만 증발해버린 그 거리에서 정혜가 저 끝의 소실점을 바라보았다. 마치 누가 거기 있기라도 한 듯,

정혜는 아주 오랜 시간 그곳을 보았다. 소실점 너머로 검은 연기 한 줄이 가늘게 피어오르고 있었다.

그뿐이었다.

대로에는 아무도 없었다.

하, 씨발⋯⋯

깊은 잠에 빠졌던 정혜는 언니의 목소리를 들었다.

씨발, 천재 새끼.

언니가 레코드 가게 앞에 서서 혼잣말을 했다. 언니, 언니, 하고 불러 보았지만 언니에겐 정혜의 목소리가 닿지 않는 듯했다. 언제인가 보았던 장면이었다. 그걸 깨달은 정혜가 웃음기를 머금고는 언니를 쳐다봤다. 언니는 고개를 푹 숙일 것이다. 그리고 훌쩍일 것이다. 어, 어, 우네. 정말 운다. 언니, 울어요? 어차피 들리지 않을 거란 생각에 정혜가 놀림조로 묻는다.

정말 울어? 진짜?

언니가 고개를 홱 돌려 정혜를 째려본다. 흠칫 놀라는 정혜를 보며 언니가 히죽거린다.

야, 너 죽은 줄 알았다.

떼지도 않은 입술로 그렇게 말한 언니가 정혜에게서 등을 돌린다. 언니는 신작로를 따라 터벌터벌 걸어간다. 신작로에는 희뿌연 연기가 가득하다. 정혜는 언니를 뒤따라간다. 내딛지도 않은 걸음으로 정혜가 언니의 뒤를 따라간다. 동네에 가까워질수록 연기가 차츰 자욱해진다. 눈을 따갑게 하고, 열이 오르게 하고, 숨길을 막아버릴 연기라는 걸 정혜는 알지만 눈이 따갑지 않다. 열도 오르지 않는다. 숨도 마음껏 쉰다. 그렇다면 이건, 연기가 아닌가. 연기가 아니라면 이건⋯⋯

정혜는 인기척을 느꼈다. 주위를 둘러보니 개천 방면으로 난 길목에 중학교 교복을 입은 여자아이 둘이 전봇대 뒤에서 정혜처럼 주변을 살피고 있었다. 정혜를 본 아이들이 깜짝 놀라 몸을 숨겼다가 다시 고개를 빼꼼히 내밀었다. 정혜 말고는 아무도 없음을 확인한 아이들은 전봇대 뒤에서 나와 병원 앞 오거리로 후다닥 뛰어갔다. 뜀박질하는 두 아이의 뒷모습 너머 빨간 벽돌로 지어진 구 본관 건물이, 그 뒤로 하얀색 신관 건물이 한눈에 들어왔다. 정혜도 아이들처럼 병원으로 향했다. 피가 굳어 뻣뻣해진 간호복이 정혜가 걸을 때마다 쩍, 쩍, 갈라지는 소리를 냈다. 아무도 없는 오거리를 가로질러 병원으로 들어가는 정문에 이르자 정문 양옆의 시멘트 문설주 사이로 사람들이 삐져나와 있는 게 보였다.

이 줄이죠? 여기 맞죠?

아이들 중 한 명이 맨 끝에 선 중년 여성의 소맷자락을 흔들면서 물었다. 그렇다고 대답한 중년 여성이 아이들을 제 앞에 세웠다. 사람들은 저마다 앞사람의 뒤통수를 보며 한 줄로 서 있었다. 그들 가까이로 다가가니 정문에서 구 본관 건물 현관까지 사람들이 늘어서 있었다. 거기서 오른쪽으로 꺾인 행렬은 빨간 벽돌로 된 외벽을 따라 옆으로, 옆으로 이어졌다. 등 뒤에서 울리는 경적 소리에 뒤돌아본 정혜는 소형트럭 한 대가 병원 앞 오거리를 천천히 지나가는 것을 보았다. 화물칸 앞 짐받이를 붙잡고 선 사람이 확성기를 입에 대고 같은 말을 반복했다. 시민 동지 여러분, 병원에 피가 부족합니다. 가능하신 분은 병원으로 가서 헌혈에 동참해주십시오. 시민 동지 여러분, 병원에……

……이건, 꿈이구나.

그렇게 깨닫기 무섭게 시야를 가리었던 연무가 걷혔다. 연기가 연기가 아니었던 것처럼 신작로도 신작로가 아니었다. 언니를 뒤따르던 정혜가 서 있는 곳은 다름 아닌 대로. 언니가 대로를 걸어간다. 병원 앞 오거리에서 이어지는 대로를 언니가 걷는다. 대로 끝에는 눈부시게 하얀 빛이 있다. 저만치 앞서 걷는 언니를 보면서도 정혜는 앞으로 나아가지 못한다. 발을 구르고, 손도 휘휘 내저어 보지만 정혜는 그 자리에 붙박힌 듯 한 발자국도 내딜을 수 없다. 하얀빛 안으로 스며들어가는 언니 뒤에다 대고 정혜가 언니, 언니! 하고 부른다.

죽었으면?

정혜가 외치듯이 묻는다.

나 죽었으면 어쩌려고?

정혜는 사람들 옆을 걸었다. 구 본관 건물의 측면을 지나, 주차장 가운데 줄지어 심긴 주목나무를 따라 행렬은 이어졌다. 더디게, 더디게 앞으로 나아가는 줄에는 고등학교 교복을 입은 학생들이, 어깨를 들썩이며 흐느끼는 사람들이, 손을 잡고 굳은 얼굴로 나란히 선 노부부가, 손 그늘을 하고서 줄담배를 피워대는 아저씨들이 있었다.

내 피가 더러워, 더럽냐고!

아저씨들 중 하나가 앞에 서 있던 역전 유흥가의 작부들과 실랑이가 붙은 모양이었다.

네 피만 피고 내 피는 피 아니야!

작부 한 명이 내지르는 고성에 아저씨가 할 말을 잃고 담배만 뻑뻑 피워댔다. 주차장 분수대를 서너 바퀴 휘감은 줄은 꼬리가 길게 늘어진 높은음자리표처럼 신관 건물로 이어졌다. 전날 저녁까지만 해도 로비에는 많은 환자들이 남아 있었지만 이제 다들 병동으로 올라간 듯했다. 전날의 일이 꿈이라도 되는 것처럼 깔끔하게 비워진 그곳은 헌혈을 하러 온 사람들로 가득했다. 원무과 직원들이 사람들을 로비 한편에 마련된 임시 채혈장으로 안내했고 임상병리사들과 간호원들이 그곳에서 채혈을 진행하고 있었다.

왜 안 돼요, 왜?

아까 그 아이들 또래로 보이는 남학생이 보조 침대에 리넨을 덮은 임시 채혈대 앞에서 울먹였다. 제 피라도 써주세요, 제발요. 그래 주시면 안 돼요? 아이의 키에 맞춰 허리를 굽힌 간호원이 열여섯 살 밑으로는 헌혈이 안 된다며 아이를 달랬다.

미안해, 누나가 정말 미안해.

화숙이 아이의 등을 토닥이며 말했다. 아이를 돌려보낸 화숙이 채혈대 옆에 앉으려고 몸을 트는데 인파 속에 섞여 있는 정혜와 눈이 마주쳤다.

선배님!

잰걸음으로 정혜에게 다가온 화숙이 몸은 괜찮으냐고 걱정스런 얼굴로 물었다. 정혜는 희미하게 웃으며 고개를 끄덕였다. 아이고, 이게 뭐야. 아직 옷도 안 갈아입었네. 화숙은 정혜의 간호복을 매만지다 빈 채혈대 뒤로 늘어선 사람들을 흘깃 돌아봤다.

여기 잠시만 맡아주실래요? 저 화장실도 다녀오고 선배님 갈아입을 옷도 가져오게.

응, 다녀와. 천천히 다녀와.

정혜가 차분한 목소리로 대답하며 고개를 주억였다. 채혈대 옆에 앉은 정혜는 종종걸음으로 멀어지는 화숙을 바라보았다. 인파 속으로 사라지는 화숙을 보자 잠에서 깨기 직전, 하얀빛으로 스며들어가는 언니의 뒷모습에 대고 울부짖던 자신이 홀연히 떠올랐다. 시야를 가려오는 하얀빛이 너무나 시려 감아버렸던 눈을 살며시 떴을 때, 내리쬐는 쨍한 볕에 얼굴을 찌푸린 정혜가 언니의 목소리를 들었던 그 순간을.

낸들 알겠냐. 뭐 이렇게 누워 있었겠지.

그러고서 언니는 다시 두 손으로 뒤통수를 받쳤다. 움푹 팬 풀밭에 누워 언니는 가만가만 눈을 감았지. 너 근데 진짜 집 안 가도 돼? 라고 심드렁하게 물으며.

채혈 적합자입니다.

임상병리사가 정혜에게 쪽지를 건넸다. 제 차례를 기다리던 사람이 임시 채혈대에 누웠다. 정혜는 쪽지에 적힌 이름을 부르며 신원을 확인했다. 맞다고 대답한 헌혈자가 와이셔츠 왼쪽 소매를 걷었다. 그래서 그 언니 정말 거기 가 있으려나. 정혜가 고무압박대로 헌혈자의 팔을 묶었다. 거기 가서 집도 받고 옷도 받았으려나. 알코올 솜으로 팔오금을 닦은 정혜가 조금 따끔합니다, 라고 나직하게 말했다. 팁에 핏방울이 맺히자 정혜가 수혈 팩을 연결했다. 빈 팩 안으로 들어온 피가 검붉게 휘돌아 쳤다.

1980년 5월 22일의 오후.

정혜는 투명한 팩 안에 조금씩 차오르는 피를 묵묵히 지켜보았다.

─『웹진 비유』, 2020년 5월/
이현석 소설집 『다른 세계에서도』(자음과모음, 2021년)

쿄코와 쿄지

한정현

1985년 출생. 2015년 〈동아일보〉 신춘문예로 등단.

소설집으로 『소녀 연예인 이보나』 『쿄코와 쿄지』 등.

장편소설로 『줄리아나 도쿄』 『나를 마를린 먼로라고 하자』 등이 있음.

오늘의작가상, 젊은작가상, 퀴어문학상, 부마항쟁문학상 등 수상.

내 이름은 쿄코(きょうこ), 저는 한국인으로, 한국식으로 하자면 경자입니다. 서울 경京 아들 자子를 쓴 이름이냐고요? 잠시만요, 그전에 중요한 것을 이야기해야만 해요. 이름보다 더 중한 것이요. 그런 게 있다니, 네, 그런 게 있게 되었네요. 있게, 되었습니다.

나는 과거에서 왔습니다. 아니, 과거에 있습니다. 아, 그것도 아니에요. 나에게는 이곳이 현재. 나의 소중한 영소에게는 이곳이 나의 과거. 그러면 나는 어느 시간 즈음에 있는 사람, 이게 더 좋을 것 같네요. 영소는 아마 35년이 지난 다음에 이 편지를 보게 될 거예요. 그럼 이건 행운의 편지가 될까요? 영소가 열셋 무렵 유행하게 되는 그 행운의 편지 말이에요. 누군가의 과거가 어떤 이에게는 행운이 될 수도 있는 걸까요? 네, 사실 저는 그랬으면 좋겠습니다. 이 편지가, 그리고 나의 과거가 영소에게 행운으로 기억되면 좋겠습니다.

자, 드디어 다시 이름입니다. 태어난 직후 모부가 지어준 이름은 김경녀. 그 시절 서울로 가야 뭐라도 한다는 생각에 넣은 이름이겠지요. 그래 봤자 당시 여성들의 서울이란 대부분 공장 지대였을 텐데요. 어쨌거나 경녀는 스물이 되던 해 김경자로 개명합니다. 경녀의 녀는 女. 나는 처음에 이것을 子로 바꾸어요. 녀女가 자子가 되어버린 이유는 말하지 않아도 짐작 가능하니까 생략, 해 볼까도 했는데. 영소, 나의 영소가 그걸 궁금해합니다.

"있지, 엄마. 나 궁금한 게 생기고야 말았어."

영소가 여섯 살 무렵이에요. 유치원을 다녀온 길이었지요. 영소는 어디서 배웠는지 하고야 말았다, 는 말을 쓰곤 합니다. 그리하여 궁금한 게 생기고야 만 여섯 해의 영소. 그중 처음이 바로 나의 이름입니다.

"엄마는 왜 경자가 되었어?"

우리는 그날 곧장 집으로 향하지 않았어요. 목덜미에 손수건이라도 둘러줘야 하는 조금은 쌀쌀한 날씨였는데 그만큼 공기도 차분하여 바람을 쐬어주고 싶었던 거죠. 문방구에 들러 한창 유행했던 호돌이 열쇠고리를 영소에게 쥐여주고 동네 놀이터에도 들릅니다. "왜 호순이는 없어?" 이렇게 말하는 영소에게 어라, 그러네. 하고 맞장구를 쳐주기도 하고 그네에도 앉혀줍니다. 이번엔 모래를 가지고 영소와 호돌이를 호순이로 바꿔 만들어요. 그러다가는 또, 생각해 보니 나는 무슨 호돌이 반대말로 호순이를 떠올렸나 싶어 아예 새 이름을 지어주자 해 봐요. 그리고 그제야 내 이름 이야기를 시작하지요. 내가 경자가 된 건 고등학교를 졸업하던 해였습니다. 당시의 나, 김경녀에게는 어린 시절부터 친구인 혜숙, 미선 그리고 영성이 있었어요. 우리가 언제나 같은 반이었다거나 하는 건 아니에요. 내 고향은 광주가 아니라 구례이기도 했고요. 또 그때는 중·고등학교도 입학시험이라는 게 있었으니까요. 공부를 아주 잘했던 혜숙이는 수석으로 전남여고에, 그런가 하면 아들들은 광주일고에 가야 한다는 전통이 있는 집안 출신의 영성이는 과외까지 받아가며 가까스로 그곳에 입학하게 되었고요. 미선이는 종교적 희망을 따라 살레시오여고로 갔습니다. 참 이상하지요. 그래도 우리 넷은 늘 많은 이야기를 나누었으니까요. 그런데 고등학교를 졸업하니까 심지어 누군가는 도를 넘어야 하는 일도 생긴 거예요. 이번엔 조금 겁이 났어요. 우리 때는 서울이 다 뭔가요, 대구도 멀고 멀었는데요. 88고속도로를 무작정 대여섯 시간이나 달려야 나오는 곳이었던 거예요.

'너희 말이야. 시집가고 장가가고 가정 생기면 다 각자의 길인 거야.'

넷이서 길을 걷고 있으면 어른들이 여, 하고는 저렇게 놀렸죠. 대부분 장난인 기세였지만 가끔 영성에게는 한심하다는 듯 혀를 차는 어른도 있었지요. 기집애들하고만 어울려서 사내놈이, 하는 식이었어요. 그 뒤로 나는 그 어른을 보면 절대 인사하지 않았어요. 그런 기억 때문인가요, 사실 장난과 시비는 익숙해졌다고 느꼈거든요. 하지만 정말로 이별 앞에 서게 되니까 그런 장난이나 시비를 더는 받아들이기가 어려웠어요.

"우리 우정을 위해서 혈서를 쓰든가 아니면 나무 아래서 술을 마셔야 그럴듯한 걸까." 영성이가 문득 제안했죠. 영성이는 학교에서 아이들이 돌려보던 무협지를 떠올린 모양이에요. 그러다 이내 고개를 저었어요. 자신이 즐겨 읽던 고전들도 뒤져 봤지요. 되레 기운이 조금 더 빠진 것 같았어요. 영성이에게 왜 그러냐 물으니 이러더군요. 책을 많이 읽었다고 해서 반드시 좋은 사람이 되는 것만은 아닌 것 같다고요. 고전이라고 불리던 책 속에서 우정을 맹세하는 내용이라곤 남자 대여섯이 모여 피를 보거나 술을 나눠 마시는 게 전부였기 때문에요. 사실, 나와 친구들도 잠시간은 그런 방법들을 고민했었습니다. 그러나,

"세상 어디에선가는 진짜 칼에 베여 죽어가는 사람도 있을 텐데." 신학대에 입학하게 된 미선이 망설였고,

"맞아, 감염의 위험도 있어!" 저 멀리에 있는 의대를 수석으로 가게 된 혜숙이 맞장구를 쳤습니다.

그렇다면 저의 생각은? 그러게요, 피를 떠올렸을 때 폭력적이지 않은 것이라곤 헌혈, 수혈과 같은 합법적인 의료뿐이었는데…… 여기까지 생각하고 있는데 불쑥, 혜숙이 이번엔 어쩐지 분노를 다스리는 목소리로 이렇게 중얼거렸어요.

"피로 얽혀서 폭력적이지 않은 게 없어, 집에 있는 가족들만 봐도 그렇잖아? 난 너희랑 피로 얽힌 가족은 안 되고 싶어."

혜숙의 말에 잠시간 침묵. 사실 혜숙은 전남대 의대를 희망했습니다. 하지만 장학금을 받긴 어려웠나 봐요. 그때 혜숙이네 오빠가 몇 년째 재수 중이었거든요, 혜숙이는 장학금을 받지 않으면 대학에 가기 힘들다고 했어요. 우리 중 누구도 혜숙의 그런 결정에 뭐라고 하지 못했어요, 왜냐면 혜숙은 집에서 네, 라는 말 외엔 거의 하지 않는다고 했거든요. 말대꾸라도 하는 날엔 오빠에게 헛간으로 끌려가 주먹으로 얼굴을 맞는대요. 우리는 그 말을 듣자마자 목이 움츠러드는 것 같은 공포를 느낍니다. 얼굴을 들면 헛간에 쏟아지는 피. 내 가족이 나를 그렇게 때린다면 그것은 무슨 공포일까요. 사실 혜숙이가 그런 말 하기 전까지 우리는 혜숙이네 오빠를 글쓰기 상도 받고 반장도 하는 모범생으로 알았거든요. 사실 저는요, 누군가에게 질문을 하는 타입은 아니에요. 하지만 그날은 참기 어려웠던 것 같아요. "대체 너네 오빠는 널 왜 때리는데?" 처음이었습니다. 나의 질문도, 내 말에 혜숙이 아무 대답도 하지 않았던 것도요. 물론 폭력 앞에서 인간은 그 두려움에 압도되어 침묵하기도 한다는 걸, 그때는 몰랐지요.

"자, 그럼. 방법이, 뭐가 있을까? 피보다 강하게 얽힐 방법 말이야."

영성이 무언가 제자리로 돌려놓겠다는 듯 말을 이었습니다. 말이라는 게 참 신기합니다. 혜숙네 오빠에 대한 증오로 맹렬하던 내 신경이 그 방법이라는 것을 향해 뻗어가니까요. 그러다 음악 시간에 선생님께 들은 이야기가 떠올랐어요. 러시아로 간 유명 작곡가가 그의 친구들과 이름 끝을 모두 참 진眞으로 바꾸고 진짜의 삶을 맹세했다는 거 말예요. 그러면 우리는 무엇으로 바꾸지? 너희는 무엇이 정말 되고 싶은 거니?

"나는 아들이 되고 싶어."

불쑥 혜숙이 그렇게 중얼거립니다. 남자? 혜숙의 말에 이번엔 미선이 낮게 되물으며 영성을 힐끗 봅니다. 사실 혜숙네 오빠에 대해 말할 때마다 미선과 영성은 말없이 듣기만 했었습니다. 어느 날엔가 영성은 자신처럼 말이 없는 미선이를 보며, 우리 베로니카 자매님은 나만큼이나 겁이 많잖아 하고, 자조인지 비난인지 모르겠는 말을 하기도 했습니다. 미선이 또한 그런 영성을 보는 시선이 복잡했지요. 사실 영성이나 미선이의 그 잠잠한 속은 아무도 모를 일이었지요. 그즈음 나는 아마, 인간의 마음이란 이렇게 하나인 듯 붙어 있어도 결코 알 수 없는 부분이 생겨버리는 것이라고, 영소가 먼 훗날 '생겨버리고야 말았다'고 하는 것처럼, 우리 사이에도 각자의 무언가가 생겨버리고 만 것이라고 느끼고 있었으니까요. 그리고 그 시작은 아마도…… 네, 우리는 가끔 고해성사 가는 미선을 따라가곤 했는데요. 그날은 혜숙과 저만 따라갔습니다. 영성은 제 아빠를 따라서 양복을 맞추러 간 날일 거예요. 헌데 영성이네 부모님은 그 애가 종종 내 옷을 입어 본다는 건 알고 있을까요? 그런데 또 왜 나는 그런 영성이를 떠올리면 마치 누군가 내 심장을 밟는 것처럼 마음이 아파올까요? 이런 생각을 한편에 담아두고서, 또 한편으로는 베로니카 자매님은 오늘 무슨 죄를 고했을까, 이런 생각도 해 봅니다. 그때 한쪽 구석에서 담배를 피우던 혜숙이 꽁초를 비벼 끈 뒤 내게 손짓을 합니다. 잘 들어 봐, 경녀야. 시작은 이러했지요.

"그건 순전히 은유야."

"국어 시간에 나오는 은유? 그 은유?"

"그래, 그렇지."

"뭐가 은윤데?"

"난 아들이 되고 싶은 게 아니라 아들 대접이 받고 싶어."

"아, 근데 그건 나도."

"어라. 그건 너도?"

"어, 아마 그건 미선이도 그럴걸?"

"다들?"

'음, 여자가 되고 싶은 영성이 빼고?' 이 말은 하지 못했어요. 영성이가 여자가 되고 싶다는 것과 혜숙이 아들 대접을 받고 싶다는 것. 어떤 면에서는 같지만 또 한편으로는 몹시 다르다는 걸 알고 있었습니다. 그 같고 다름에 대한 생각은 오래 지속된 것 같아요. 20여 년이 흐른 다음 영소의 말에도 나는 둘을 떠올렸거든요.

"엄마, 있지, 우리 삶은 말이야. 어쩌면 서로를 가로지르며 나아가고 있는 건지도 몰라."

"가로질러? 서로 연관이 있다는 거야?"

"그렇기도 하고. 아, 엄마. 그렇게 복잡한 표정 하지 말고 그냥, 그…… 우리가 가족인 건 맞고 그렇게 하나로 묶여서 말해지기도 하지만 또 거기서 엄마는 엄마의 역할이 있고 난 딸이라는 역할이 있어서 어떤 면에서는 입장이 달라지기도 하는 것처럼…… 에이, 심각한 거 아니야. 어쨌거나 그렇게 가로지르다 보면 서로 교차되기도 하는 거니까 어딘가 에서는 만나는 거 아니겠어?"

알 듯 말 듯한 영소의 말에 나는 다시 그 둘을 생각해 봅니다. 영성이 가 그렇게 바라던 전교 1등을 하던 여성으로서의 혜숙이. 그러나 아버지가 판사인 집안에서 돈 걱정이라고는 해 본 적 없는, 세상이 그렇게 반기는 아들인 영성이. 내가 골똘해 보였는지 영소가 고개를 갸웃합니다. 그런 영소에게 나는 그저 웃어 보이고 맙니다. 하지만 마음속으로는 영소에게 혜숙이와 영성이, 미선이의 이야기를 해주고 싶어요. 이렇게 시작하는 거죠, 이를테면.

혜숙이와 영성이에 대해서 조금 더 말해 볼게요. 우선 혜숙이부터예요.

광주는 시위가 아주 거센 곳이어서 시내버스에서 30분씩 앉아 있는 건 일도 아니었는데요, 어느 날 내 옆에 앉아 있던 영성이가 무릎으로 내 왼쪽 다리를 툭 치는 거예요. 영성이는 항상 다리를 붙이고 앉아 있던 애였어요. 무슨 일인가 봤더니 시위대 사이에 혜숙이가 있었죠. 손을 흔들려는데 영성이가 내 팔을 잡습니다. 보니, 혜숙이가 대학생으로 보이는 남자와 골목길로 숨어들고 있었어요. 문득 미선네 성당에서 하던 양서협동조합 모임에 갑자기 열심이던 혜숙이 떠올랐어요. 게다가 군이 들불야학 수업까지 들었죠. 혜숙이는 대학만 들어가면 꼭 자신도 그 야학에 속할 거라 했습니다. 내가 하자고 할 땐 끄떡도 없던 혜숙이의 변화가 어리둥절했는데 영성이가 미소를 머금으며 이렇게 말하네요. "좋아하는 사람을 따라 다른 세계로 갔구나, 혜숙이는." 하고요. "다른 세계?" 조금은 의아한 표정으로 되묻는 내게 영성이는 고개를 작게 끄덕이며 웃어 보여요. 영성이는 사랑 소설을 많이 읽어서 그런가, 가끔 내가 이해 못 할 소리를 해요. 한번은 '움직이고 싶어, 큰 걸음으로 뛰고 싶어, 깨부수고 싶어, 까무러치고 싶어, 까무러쳤다가 10년 후에 깨고 싶어' 이러길래 놀라서 그게 다 무슨 소리야? 했더니 좋아하는 시를 기억나는 대로 말한 거래요. 교과서에서도 못 본 시이고 영성이는 내게 광주일고 독서회도 나가지 않는다고 했는데, 그런 책들은 다 어디서 구하는 걸까요?

조금 더 신기한 건 그다음 날부터예요. 영성이가 성당에 나온 거예요. 영성이는 자신이 성당에 가면 사람들이 기집애 같은 애를 좋아한다고 저를 놀릴 거라고 했었어요. 내가 곤란해지는 게 싫은가 싶으면서도 섭섭했죠. 하지만 영성이도 혜숙이처럼 다른 세계에 발을 디뎌 보려는 걸까요. 이 이야기를 들으면 영소는 그런 말을 하겠죠? 아마도 혜숙이와 영성이는 어느 순간 서로의 인생을 교차했을 거라고요. 교차하면, 언젠가는 마주치게 되는 거니까 혜숙이와 영성이도 어느 한 지점에서는 같아졌을지도 모르겠어요. 그렇게 나온 성당에서 영성이는 아이들에게 시나 소설을 읽어주었어요. 어느 날엔가 "이 여자 시인은 공장에 다니면서 시를 썼대." 하며 읽어준 시는 나처럼 문학은 전혀 모르는 사람에게도 참 좋았어요. 그런데, "이 시대의 아벨은 누구예요?" 한 아이가 신부님께 그 시 제목에 나온 이름에 대해 물었어요. 미선은 다음 날 영성에게 선의가 항상 선의로 남을 수 있는 건 아니라고 말했어요. 잠시 입술을 말던 미선은 이런 말도 덧붙였습니다. 좋은 환경에 있는 사람이 갖는 정의가 약한 사람들에게는 가끔 독이 될 수도 있다고요. 약한 사람들은 보호받기가 더 어렵기 때문이라고요. 영성이는 아무 대답도 하지 않았지만 미선의 얼굴에 드리운 그늘을 본 것 같았어요. 곧 그 일을 그만두었죠. 하지만 혜숙이는 아니었어요. 시 제목 사건 이후로 미선이네 성당에서는 아이들을 가르치는 일이 잠시 중단되었는데 혜숙이는 곧 다른 성당에서 아이들을 가르친다고 했어요. 그 대학생 오빠와 함께하는 곳일까요? 이유야 무엇이든 하고자 하는 일은 밀고 나가는 혜숙이답다, 하고 생각했죠. 그런 혜숙이는 여자에겐 인기가 있었지만 남자에겐 아니었어요. '너는 입만 다물면 괜찮은데.' 남자 선배들은 이런 말을 했어요. 나는 설마 그 대학생 오빠라는 사람도 혜숙에게 그런 말을 하는 걸까? 하고 걱정했어요. 혜숙이는 그 오빠가 전남대를 다니며 학생운동을 하는 정의로운 사람이라고 했지만 내 눈엔 썩 좋아 보이진 않았어요. 왜냐면…… 그 오빠가 어느 날 혜숙이 친구라고 우리 넷을 불러 다방에서 아이스크림을 사준 적이 있었어요. 그날 그 오빠가 피우는 담배 연기에 내가 잔기침을 하자 영성이가 계속 손부채질을 해줬어요. 혜숙이는 담배를 피워도 그렇게 담배 연기를 사람 얼굴에 내뱉듯 한 적이 없었는데 말이에요. 이윽고 영성이가 내게 손수건을 꺼내서 건넸는데 그 모습을 보던 그 오빠라는 사람이 이렇게 중얼거렸어요. '혜숙이랑 영성이 너, 둘이 바뀌면 딱 좋은데.' 혜숙이는 그 말을 미처 듣지 못한 것 같았지만 영성이와 나는 그 말을 들었습니다. 영성이는 어릴 때부터 그런 말을 자주 들어서인지 웃고 말았지만 나는 식은땀이 났어요, 나는 알고 있어요. 영성이가 무엇을 감내하고 있는지, 나는 잘 알고 있었어요. 영성이가 하루는 저에게 그런 말을 했었습니다.

"나는 남자 성기랑 여자 성기를 모두 가지고 태어났대."

내가 고개를 갸웃하자 영성이가 이번엔 구석으로 나를 데리고 갔습니다. 그러고는 가방을 열어 무언가를 꺼내줬죠. 그것은 피가 묻은 팬티였어요. 한 달에 한 번 이런 게 나와, 라고요. 하지만 그때 우리는 고작 고등학교 입학 전이었어요. 나는 영성이가 아픈가 싶어서 얼른 병원에 가자고 했습니다. 영성이가 미소를 지으며 고개를 저어요. 그러면서 자기는 남자와 여자 둘 모두의 염색체를 가지고 태어났대요. 그런데 생각하기에 자신은…… 여자래요. 자신을 과외해주는 의대생 선생님께 부탁해서 책을 구해 보았대요. 그러면서 나중에 돈을 벌면 아주 멀리 가서 자신의 삶을 선택할 거라고 했어요. 그런데, 어렵게 그 말을 꺼낸 영성이를 두고 나는 다짜고짜 이런 생각이 떠올라요. '나는 그럼, 누굴 좋아하는 거지?' 이후 내 속에서는 많은 사람들이 스쳐 지나갑니다. 어린 시절을 보냈던 읍에서 같이 살던 그 삼촌들 같은 건가? 아니면 여자랑 결혼하겠다고 해서 집안에서 쫓겨난 이모할머니? 생각에 잠기느라 나도 모르게 미간을 찌푸린 모양이에요. 영성이는 쓰다듬듯 내 미간을 펴주며 이렇게 말하네요.

"그러게, 나 같은 사람은 들어 본 적 없지? 나도 내가 인간인지 아닌지 많이 생각했는데."

혹시 누가 그런 말을 해? 나도 모르게 소리를 높인 게 민망해서 입술을 안으로 마는데 영성이가 웃음을 터뜨립니다. 하지만 정말 그래요. 영성이가 인간이 아니라뇨? 나는 영성이를 알던 순간들을 떠올립니다. 시골에서 전학 왔다고 놀림받던 나에게 가장 먼저 인사를 건네주던 아이, 내가 감기에 걸렸을 때 혼자 자취를 하는 내 방에 와서 콩나물국을 끓여놓고 가던 아이, 자신에게 시비 거는 사람들은 웃어넘겨도 우리에게 고약한 농담을 하는 놈들에게는 달려가 사과까지 꼭 받아내는 아이, 다른 이들이 시끄러울까 봐 공공장소에서는 소곤거리듯 작은 목소리를 내는 아이. 그런 네가 인간이 아니면 대체 누가 인간이야?

하지만 나는 저런 말을 다 하는 대신 정말 하고 싶은 말 한마디만을 겨우 꺼내놓습니다.

"영성아, 나중에 나도 데리고 가."

나는 그런 생각을 했던 것 같아요. 이모할머니는 자신을 버린 가족들의 바람과 달리 친구인지 애인인지 모를 어떤 할머니랑 죽을 때까지 잘 살았어요. 내 말에 영성이는 잠시 눈을 감았다 뜨며 이렇게 말해주었어요.

"경녀야. 나는, 난 너랑 같아."

혼란스러운 마음은 그 웃는 얼굴과 말 속에 흩어집니다. 그래, 네가 행복하다면…… 가끔 좋아함은 이렇게나 편리하죠. 모든 걸 설명하지 않아도 되니까요. 영성의 아버지는 아들을 얻기 위해 영성의 어머니와 재혼했다고 들었어요. 하지만 나는 영성이 남자든 아니든, 성기가 두 개든 한 개든, 사람들이 기집애 같은 놈을 좋아한다고 놀리든 말든 전혀 상관

없습니다. 사실 이상한 건 사람들이에요. 누군가를 좋아한다는 게 왜 놀림거리죠? 게다가 나도 여잔데 왜 자꾸 내 앞에서 기집애 같은 애 좋아하면 안 된다고 하죠? 그냥 기집애나 기집애 같은 게 만만한 모양 아니었을까요? 그리고, 사실은 뭐랄까요. 내게는 딸을 아들로 키우는 아버지는 없었지만 남동생에겐 야구 글러브를 사 주면서 저에겐 자전거조차 사주지 않는 아버지는 있었어요. 다리에 상처라도 나면 어떡하냐, 했지만 진실은 다른 데 있었습니다. 처녀막이 터지면 어쩌냐는 것이죠. 아버지고 뭐고 좀 징그러운 느낌이었습니다. 미선이도 어느 날엔가, 여자는 남자보다 신에게 가깝게 다가갈 수 없는 걸까? 이런 말들을 했어요. 생각해 보니 성당에서 미사를 진행하던 신부님은 모두 남자라는 게 떠올랐어요. 그런데 우리 중에서도 혜숙은 역시 꽤나 심각했어요. 그 대학생 오빠 때문인지 아니면 혜숙이를 때리는 오빠 때문인지 하여튼 오빠 때문에 혜숙이는 기숙사 생활이 가능하면서도 우리와 멀어지지 않을 수 있는 전남대 의대를 희망했던 건데요. 결국 혜숙이는 자신을 때리는 오빠의 재수 비용 때문에 기어이 장학금을 주는 타 도시의 대학으로 가게 되었어요. 거긴 신사임당의 고향이다, 자애로운 어머니 신사임당의 땅 어쩌고. 혜숙이는 어른들이 그런 말을 하면 퉤퉤 하는 시늉을 하고 돌아서곤 했습니다.

'하지만 혜숙아, 아니, 혜자야. 그해 봄, 그날 나는 바랐어, 네가 그곳에 계속 있었기를 말이야. 물론 네가 사랑하는 사람을 위해 다시 광주로 돌아왔다는 것을 알았어도 나는 너를 말리지 못했겠지……'

모래 장난에 여념이 없는 영소 앞에서 경녀 아닌 경자는 그런 말을 중얼거려요. 물론 이렇게 제가 미래를 보게 될 줄도 몰랐지요. 사람들은 나

보고 인지 장애니 조기 치매니 하는 것 같아요, 젊은 날 내 기억이 트라우마가 되었다나요? 내가 말하는 게 미래라는 걸 믿지 않고 말이죠. 그래요, 사람들이 말하는 '아직 오지 않은 시간'으로 미래라는 것이 굳어진다면 나는 미래를 보는 게 아닐지도 모르죠. 왜냐면 미래란 내게…… 어쩌면 끝나지 않은 과거가 이어지는 것인지도 모르니까요……

당시 혜숙이는 광주를 떠나기 전, 어떻게든 담뱃불을 실수인 척 흘려서 헛간을 홀랑 태워버리겠다고 했어요. 아들내미 주겠다는 소를 탈출시키고 헛간은 태워버리는 거야. 소를 죽일 수는 없잖아. 혜숙은 그러면서 다시 한번 자기는 꼭 아들 대접이 받고 싶다 했네요. 그러나 남자 되는 건 싫다. 이렇게요.
"그럼 아들을 이름에 넣어버리자."
다시, 혜숙이 말했습니다. 나는 영성을 바라봤습니다. 미선이는 깊은 숨을 들이쉬었지요. 영성이는 가만히, 마치 작은 모래를 골라내듯 신중한 목소리로 말해요. "내가 영자가 되면, 그러면 여자 이름 갖는 거네?"
그래요, 그 영자 말이에요, 30년이 흐른 뒤에도 불리는 그 이름 영자. 결혼 지참금 마련을 위해 성판매 여성의 일을 계속하게 되는 영자, 그러다가 그 돈을 떼어먹히자 포주의 집과 자신의 몸에 불을 붙이는 그 영자 말이에요. 그런데 참 신기하죠? 다들 책을 읽고 영화를 보면서는 그 영자를 동정하지만 실제 영자들을 보면 손가락질했으니까요. '너도 공부 안 해서 좋은 남자 못 만나면 저렇게 되는 거야.' 아버지도 늦은 밤 금남로 뒤편의 여자들을 향해 그런 말을 했습니다. 혜숙이가 영성이의 어깨를 툭, 한번 치며 묻네요. "판사집 아드님, 영자의 삶, 감당할 자신 있니?" 여성과 남성을 동시에 가지고 태어난 영성이에게 그 삶은 선택이 아니었어요. 어쩌면 그때 처음으로 선택지 앞에 선 것일지도 몰라요. 물론 영성이는 알고 있었을 거예요. 그 이름을 갖는다고 해도 어떤 면에서는 여전히 영자와 영성이의 삶은 같을 수 없다는 것을요. 그게 아마, 여태 혜숙이가 제 오빠 이야기를 할 때 묵묵할 수밖에 없던 이유겠죠. 그래도 용기를 내보고 싶었던 걸까요. 잠시 골몰하던 영성이가 곧 고개를 크게 끄덕입니다. 나는 영성이의 그 짧은 침묵과 금남로 뒤편의 여자들을 보며 너무나 쉽고 빠르게 혀를 차던 아버지가 선명하게 대조되는 것 같았어요. 그러자 나 또한 함께 끄덕일 수 있었어요. 곧이어 미선이도 큰 숨을 내뱉듯 고개를 끄덕입니다. 네, 그렇게 혜자, 미자, 영자 그리고 나 경자까지 모두 자 자 돌림의 공동체가 되었습니다. 우정으로 만들어진 가상 아들들의 공동체. 그런데 얼마 뒤 여기서 다시, 우리는 생각해요. 굳이 우리가 또 그놈의 아들 될 이유는 뭐지?

"너네한테 아들을 권하고 싶진 않어. 아들 되기 전에 인간 되는 거 고려해 보는 게 어때?"

그렇게 갖고 싶다던 흔한 여자 이름을 갖게 된 영자가 다시 한번 이런 말을 했고,

"그럼 최종적으로 인간 자者?"

미선이 그럼 이거는, 하는 표정으로 물었을 때, 이번엔 내가 다시 말했습니다.

"스스로 자自, 는 어때?"

영자가 미소를 짓네요. 혜숙이는 오, 하는 표정을 지어 보이고 미선이는 고개를 끄덕입니다. 그때까지 실제 아들 자子로 개명 신청이 완료된 것은 나 경자, 하나뿐이었거든요. 차라리 이 기회에 스스로 자自로 모두 정정 신청을 마치면 되겠다고, 다들 그런 생각이었습니다. 그렇게 우리는 아들들의 공동체를 통과하여 최종적으로는 스스로의 공동체로 들어가고자 했습니다.

아, 지금 생각해도 조금 고소하달까 그런 거 있어요. 이제 혜자가 된 혜숙네 오빠는 군대에서 사람을 때려 영창에 갔습니다. 처음엔 기쁘면서도 억울한 것도 있었어요. 혜자가 맞을 땐 어른들 모두 오빠가 동생을 가르치다 보면 때릴 수도 있지, 하더니만 군대에서 선임을 때렸다고 바로 경찰이 와서 처단해줬다고 하니까 기막히고 그런 거예요. 그래도 일단은 혜자가 헛간에 불을 질러 범죄자가 되지 않아서 다행이라고 생각했어요. 나쁜 놈은 그놈이니까요.

"사실 나 날마다 고해성사 때 그 말 했어."

확실히 속이 시원하다는 내 말에 미자, 베로니카 자매님이 저 말을 꺼내며 이렇게 덧붙여요. 날마다 혜숙이 오빠가 꺼졌으면 좋겠다고 기도하는 저를 벌하여 주십시오, 했다고요. 그렇게 모두 다, 어쩌면 폭력에 대해선 같은 마음이었던 거예요. 그런데 그건, 30년 후의 영소도 마찬가지인 모양이에요. 이제는 컬러텔레비전 앞에 앉아 있는 영소와 나. 우리는 여동생을 야구방망이로 때린 어떤 놈의 뉴스를 봅니다. 그렇게 사람을 때려놓고 살해 의도가 없었다며 상해치사로 풀렸다네요. 흥분한 영소가 저런 놈은 고소미 맛을 제대로 봐야 한다는 둥, 웬 과자 이름을 가지고 와서 흥분합니다. 아무리 시간이 흘러도 다 소용없구나, 내가 중얼거리자 영소가 엄마 때도 그랬어? 하며 눈을 반짝이네요. 이야기해달라는 거지요. 그런데 대체 어디서부터 이야기를 해야 할지, 그저 이름에 관한 이야기만 중언부언해 봅니다.

"있지, 엄마. 그런 걸 보고 요즘은 뭐라고 하게."

"뭘? 그런 게 뭐야? 내 친구들? 우리를 보고 부르는 말도 있어?"

"진정한 연대라고 하지 않을까."

"연대? 시위하는 거?"

"아니, 꼭 시위만을 말하는 거 아니고. 요즘은 시위도 별로 없어. 평생 시위에 안 나가 본 사람도 많은걸? 아, 이걸 뭐라고 설명하면 좋으려나. 가만있어 봐, 엄마의 자는 우리가 다 아는 그 아들 자子였기 때문에 이것이야말로 진정한 미러링이라고도 할 수 있으려나?"

"미러, 미러 뭐?"

연대야 그래도 아는 단어지만 미러링은 또 뭘까요. 아마 영소가 이걸 물었을 때 한국과 일본, 세계 곳곳에서는 여성과 소수자의 목소리를 찾고자 하는 시도가 많아졌을 거예요. 미래의 어느 부분이 어둡지만은 않아서 나는 안심이 됩니다. 그런 영소의 이야기를 듣고 나는 미래의 내가 낙관하는 사람이 되어 있기를 간절히 희망해 봅니다. 그런데요, 나는 영소가 그런 말을 할 때쯤은 정말 다른 사람이 되어 있어요. 나는 연대나 시위 같은 말을 들으면 숨이 차오르는 사람이 되어버렸습니다. 엄마는 5·18을 겪은 것도 아니잖아? 영소가 이 말을 하면 더 질색하는 표정이 돼요.

엄마. 그런데, 엄마는 5월 18일에 어디에 있었어?

그러게요, 저는……

나는 1958년 전남 구례에서 태어나 국민학교 입학 직후 광주로 이주하여 중·고등학교를 다닌 후 광주의 한 대학에 진학했습니다.

사실 지방대라고 해도 그 시절 여자가 4년제에 진학하는 건 어려운 일이에요. 아들에게 줄 돈을 딸에게 주는 집은 거의 없었어요. 게다가 고등학교 때까지도 나는 아버지의 교육열에 못 이겨 겨우 중간 등수를 유지하는 학생이었어요. 돈 때문에 혜숙이조차 원하는 대학에 가지 못했는데, 이런 생각에 망설여졌지만 그때 내가 그 기회를 잡았던 건 바로 좋아함, 설명이 필요 없는 그 유일한 것 때문이었죠. 영성이, 영자와 같은 대학에 들어가게 되었거든요. 영자는 집안에서 바라던 법대가 아닌 일문과로 입학하게 되었는데요, 처음엔 영자의 아버지가 영자에게 재수를 안할 거면 당장 군대에 가라고 했대요. 그런 아버지를 영자의 어머니가 울면서 가로막았다는 건 광주 바닥에서 유명한 일화가 될 정도였고요. 비록 영자의 모부는 그렇게 비극의 주인공이 되었지만 나는 어쩐지 점점 행복해지는 것만 같았어요. 게다가요, 영자는 대학을 졸업하면 멀리 갈 거라고 했잖아요. 이 아이를 따라가려면 나도 돈이 있어야 했죠. 그 시절 여자가 그나마 생활이 가능할 만큼 돈을 벌려면 사무직이 되어야 했으니 대학 졸업장이 필요할 것 같았고요. 거기에, 영자가 가려는 먼 곳이 어딘지는 몰라도 일문과를 간 걸 보면 일본일 것 같기도 했고요. 이번엔 일본어를 좀 해야 할 것 같았죠. 외국어를 배우려면 역시나 대학을 가야겠고요. 그런데 막상 영자는 자신이 일문과를 선택한 건 어떤 시인의 시 때문이라고 했어요. 오키나와 출신의 여자 시인이 쓴 시래요.

"그 시 제목이 뭔데?"

"「헨젤과 그레텔의 섬」. 제목 근사하지? 아직 시집으로는 안 나왔지만."

영자가 씩 웃으면서 태평양 전쟁 때 섬에 남겨진 어린 소녀의 시선이 담긴 시집이라고 덧붙여줍니다.

"오키나와라는 섬이 있대, 너도 들어 봤지?"

"아, 미자한테 들었어. 일제 때 광주 교구 신부님이 오키나와에서 오신 와키다 신부님이었다고."

"응, 근데 거기는 원래 일본 땅도, 미국 땅도 아니었고 평화로운 곳이었나 봐. 전쟁도 폭력도 없이, 동물과 사람들이 어울려 평화롭게 살던 아름다운 섬."

"그런데 일본이 또 침략한 거야? 조선에 그랬던 것처럼?"

"응, 근데 갑자기 일본이 섬을 지배하면서 그런 질문들을 하기 시작한 거야. 넌 일본인이냐, 오키나와인이냐. 아니면 설마 너 조선인? 이런 거 말이야. 그때 오키나와 사람들과 조선인들은 거의 같은 취급을 당했대. 전쟁 때 죽은 오키나와인들의 시신을 수습해준 것도 조선인들이고. 그래서 위령비가 있다지. 아무튼 그래서, 오키나와인들은 살기 위해서 자신이 일본인이라는 걸 어떻게든 증명해야 했대. 모두가 마음으로는 일본이 싫었겠지만 그렇다고 모두가 그런 순간에 용기 있게 정의를 말할 순 없는 거니까."

영자 네가 남자인지 여자인지 증명해 보라고 말하면서 사실은 네가 남자라고 말하길 바라는 그런 사람들이 그곳에도 있던 걸까. 그런 사람들은 전쟁 중 섬에 홀로 남겨진 소녀에게도 일본인인지 아닌지를 물어서 죽이려고 했던 걸까. 그들은 어떻게 사람을 단 한 가지 조건만으로 설명할 수 있다고 생각한 걸까. 내가 아무 말도 하지 않고 그저 자신을 바라보기만 하자 영자는 아마 내가 그곳에 대한 설명을 더 듣고 싶어한다고 생각한 모양이에요. 영자는 이윽고 어떤 문장을 하나 말해주었어요. '들어 봐, 경자야. 사람은 말이야. 잊고자 하는 일에 보복을 당하기 마련이래.' 고개를 갸웃하는 내게 영자가 그 말의 의미를 덧붙입니다. 그 말은 오키나와를 연구한 유명한 학자가 역사 속에서는 기록되지 못했을 대다수의 오키나와 사람들을 기억하자는 의미로 했던 거래요, 절대 반성하지 않은 일본 정치인들을 향해서요. 나는 그 말의 뜻은 다 알지는 못했지만…… 적어도 일본이 조선에게 한 것처럼 오키나와 사람들을 죽이고 죽이고 반성하지 않은 것만은 알 것 같았어요. '꼭 기억할게, 영자야. 나라도 꼭.' 하지만 나는 이런 저런 말은 그저 삼켜버리고 다른 말을 중얼거렸어요.

"전쟁 중이어도 아이는 자라고 섬에는 꽃도 나무도 피어났나 봐……"

내 말에 영자가 자신도 그 섬에 가 보고 싶다 했어요. 그러고는 곧 그 시를 다시 읽어줍니다. 시의 모든 내용을 기억하는 건 아니에요. 다만 그 시의 마지막 문장만은 선명합니다.

그것은 작고 투명한 유리잔 같은 여름이었다

하지만 그런 여름을 사람들은 사랑이라 부르는 듯했다

그 아름다운 섬으로 가자, 우리도. 나는 그렇게 영자를 생각하며 공부에 매달렸습니다. 성적은 날이 갈수록 좋아졌어요. 그해 여름, 장학금을 받아서 영자와 함께 갔던 라이브 다방도 떠오르네요. 이거는 너무나 제가 좋아하는 기억이에요. 그때 충장로에는 '그랑나랑'이라는 라이브 다방이 유행이었어요. 제일 컸어요. 또래와 데이트라고 하면 주로 볼링장 아니면 라이브 다방이었어요. 가서 종일 음악 듣고 신청곡 적어 내고 또 음악 들어요. 그러다가 '돈까스후비까스' 가서 계란 프라이 추가해서 돈가스 먹고 하이트 맥주 좀 마시면 너무 좋은 날인 거예요. 조선대 다니던 애들은 중심사도 많이 갔죠. 정문 앞에서 무등산 넘어가는 버스가 많으니까요. 나도 장학금 받은 돈으로 영자와 '그랑나랑'에 갔다가 돈가스 먹었답니다. 그런데 이 이야기를 하는 내 표정이 너무 좋았나요? 듣고 있던 영소가 웃음을 터뜨리네요. 기껏 광주에 대해 말해달라고 그렇게 조르더니요.

"엄마. 무슨 대학을 놀려고 다녔어? 웬 상호가 그렇게 줄줄 나와? 결국 요약하면 뭐야, 데이트 하러 다녔다, 이거 아니냐고."

영소는 그즈음 대학에서 강의하는 사람이 되었어요. 방학 때도 소논문인지 뭔지를 쓴다고 조사를 하러 돌아다녀요. 그런데 언제부터인가 자꾸만 광주에 대해 묻네요. 인터넷 찾아보라니까 그냥 '사람들'이 궁금하대요. 내가 헛기침을 하자 영소가 못 말리겠다는 듯 고개를 몇 번 저으며 웃습니다.

"엄마, 지금 그 자리엔 다른 게 있겠지?"

"그러게. 아마 많이들 변하니까. 그래, 뭐 변해야 좋지."

"내가 구글 로드뷰로 광주 한번 보여줄까?"

퍼뜩, 광주를 보여주겠다는 영소의 말에 나는 고개를 저어요. 그냥, 그대로…… 어떤 것은 그저 그대로. 변해야 좋다고 했지만 사실 어떤 건 그대로 둬도 좋겠다 싶어요. 이를테면 그때 나에게 시를 읽어주던 영자의 목소리라든지요. 아니, 근데 아련한 건 아련한 거고 영소의 오해는 풀어줘야겠습니다. 나 김경자가 어디 사랑 때문에만 사는 사람이겠어요?

"영소야, 이 엄마 그저 사랑밖에 난 몰라 아니다?"

영소의 장난에 나도 짐짓 더 근엄한 표정을 지어 보여요. 그런데, 조금 더, 솔직하자면 사랑이라는 게 그런 건지도 모르겠어요. 시작은 영자뿐이었을지라도 과정은 나 경자와 영자가 함께했죠. 나는 처음으로 내가 무언가를 결심하고 거기에 열심이었던 게 좋았어요. 장학금을 받은 학기에 김경자, 석 자가 대자보에 새겨지는 것을 보고 깊은 쾌감도 느꼈습니다.

저 말을 해두고 보니, 훗날 미자가 우리에게 신학대를 가겠다고 선언한 날이 떠올라요. 수녀님이 되는 거야? 다들 그렇게 물었던 이유는……

미자의 어머니는 무당입니다. 그리고 할머니는 일본인이래요. 일제 강점기 때 일본의 집이 너무 가난해서 한국으로 돈을 벌러 온 거라고 해요. 그렇게 온 일본인 중에 가난한 여자들은 대부분 현지처가 되거나 카페나 호텔의 여급으로 일했는데, 일본이 철수할 때 이들은 데려가지 않았대요. 미자의 외할머니도 조선에 온 일본 남자의 현지처가 되어서 미자의 어머니를 낳았는데 그 일본 남자 혼자 본국으로 돌아가고 외할머니와 미자의 어머니는 데려가지 않았대요. 일본에서는 재조 일본인과 조선 현지처 사이에 태어난 아이를 인정하지 않는 사회 분위기가 있었다던데 사실 정확히는 모르겠어요. 소문에 의하면 미자의 어머니가 무당이 된 건 일본인도 한국인도 아닌 채로 할 일이 없어서 그랬다던데 이것 또한 잘 모르겠습니다. 왜냐면 미자는 학교에서 친일파라고, 더러운 피라고 괴롭힘을 당하곤 했으니까 그런 걸 물어보면 가슴 아플 거라 생각했어요. 얼굴에 일본인이라고 써 있다나요? 그런데 일본인과 한국인을 얼굴로 구분하는 게 가능한가요? 나는 사실 속으로만 그렇게 분노하고 말았어요. 혜자는 조금 더 분명했어요. '대단하신 나의 조상님이 일본인이나 중국인이면서 한국인이라고 했을 수도 있잖아? 단일민족이라고 얼굴 어디에 써 있냐?'라고요. 그리고 영자가 된 영성이는,

"그냥 베로니카와 어머니의 종교가 다른 거, 그뿐 아닐까."

아마도, 그렇겠죠? 뭐가 됐든 나는 미자가 자신의 종교를 갖게 된 것이 좋아 보였어요. 왜냐면 한번은 미자에게 무슨 죄를 그렇게 많이 지은 거냐고 우리가 물었거든요. 그러니까,

죄를 열심히, 말할 수 있는 게 좋을 뿐이야, 라고, 미자가, 베로니카 자매님은 그렇게 대답했습니다. 물론 그때는 '죄를 말할 수 있다', 이것이 쉬운 문장이지만 진심으로 어려운 일이라는 걸 잘 몰랐죠. 그저 나는 미자가 좋은 게 있다니 좋다고 생각했어요. 그것이 종교든 무엇이든 말예요.

자, 그러면 나 경자는 그로부터 몇 년 후 대학원에 진학했나요? 유학을 준비했나요?

아니요.

아니요? 그럼 저는 어디에 있나요?

나는 서울 광화문 뒤편의 재수 학원에 있습니다. 여자의 인생은 좋은 남편을 만나는 것으로 결정된다고 믿었기에 딸을 영부인과 대학 동기로 만들고자 했던 아버지의 뜻에 따른 거지요. 당시 나는 장학금으로 학비를 해결하는 것 외엔 경제권이라고는 없었으니 순순히 재수 학원으로 가

게 된 거예요. 불행했느냐면 당연히 그렇다고도 할 수 있는데 또 어떤 면에서는,

"다행일지도 몰라."

어느 날엔가 미자가 그렇게 중얼거렸다지요. 그해 봄, 도망친 사람들을 숨겨주기 위해 성당 문을 열었던 미자가, 군인의 만행을 담은 유인물을 제작하여 미사 직전 나눠주었던 베로니카 자매님이 말이에요. 며칠 후 어느 정신 병원에서 머리가 하얗게 센 채 발견된 미자가 그런 말을 끝없이 중얼거렸다지요.

"정말 다행이야. 네가 없어서."

그리고 또 한 사람. 시집을 읽고 머리를 기르는 그 아이를 용납할 수 없던 아버지가 군대에 보내버린 영성이, 영자가 그런 말을 했습니다.

"경자야, 정말 네가 아무것도 보지 않아서, 정말 다행이야."

1980년이 다 가기 전 겨울이었습니다. 말바우시장의 팥칼국숫집이 성황이었던 기억으로 보아 아마도 동짓날이었나 봅니다. 그날 나는 장기 휴가를 받은 영자와 함께 미자가 있다는 성신병원을 찾아갔습니다. 하나 기억에 남는 것이라면 군복을 입은 소영성이 군복을 입은 다른 남자들을 볼 때마다 어깨가 움츠러들도록 몸을 떨었다는 것입니다. 나는 이전보다 더 홀쭉해진 영자를 데리고 돈가스를 먹었습니다. 괜찮아, 괜찮아. 영자는 누가 묻지도 않았는데 그런 혼잣말을 하곤 했어요. 하지만 정작 머리가 하얗게 센 미자를 마주했을 때 영자는 조금도 괜찮은 것 같지 않았어요. 한참 만에야 여전히 몸을 떠는 영자를 대신해 내가 미자에게 고해성사 없는 삶이 답답하지 않냐고 묻습니다. 차마, 그날 이후 있었던 일들은 말하지 못하고요. 그해 5월 이후 계림성당과 남동성당의 신부님들은 도망 중입니다. 감옥에 가신 분들도 계시다 들었어요. 하지만 미자에게 더

이상의 충격을 주고 싶지 않았어요. 그런데 미자는 어쩐지 가뿐한 목소리로 이제 성당에 가지 못하는 건 괜찮다고 합니다.

"내 죄를 말할 수 있는 거, 그거 이제 필요 없으니까."

"왜, 미자야. 정말 좋아했던 거잖아. 게다가 혜자 아이도 찾았어, 감사하게도 성당에서……"

나는 뭐가 그렇게 다급했던 걸까요? 나는 혜자의 이름을 말하던 내 입을 가립니다. 하지만 미자의 시선은 어느새 군복을 입은 소영성에게 고정된 채였죠.

"왜냐면, 신은 그곳에 있는 게 아니라 광주에 있었거든, 그 군인, 모든 걸 멋대로 할 수 있던 그 군인. 설마 그 군인이 인간은 아니었겠지?"

나는 영자가 조금씩 뒷걸음질 치는 걸 보았어요. 영자의 팔을 잡으려고 했어요. 미자는 이제 막 말문이 터진 어린아이 같습니다.

"그러니까, 가장 죄 많은 건 바로 그 신이야."

소영성에 고정되어 있던 미자의 시선이 이번엔 영자의 얼굴로 향합니다.

"너도 혜자 같은 사람들에게 총을 쐈니?"

나는 순간 의자를 박차고 일어서 영자를 뒤에서 꽉 끌어안았습니다. 영자가 뒤로 넘어갈 것만 같았어요. 무언가 빠져나간 것처럼 느껴지던 영자를 끌어안으며 미자가 앉아 있던 곳을 바라보았을 때, 그곳엔 죄 없는 백발의 노인이 베로니카 자매님 대신 있었습니다.

그래, 미자야, 그런데. 너 대체 정말 무엇을 본 거니? 그리고 영자 너는 또 무엇을……

그로부터 다시 시간은 흘러 우리는 또 다른 봄들을 맞이했습니다. 그래요, 5월은 어김없이 있으니까요. 영자는 그때 지산동, 조선대학교 쪽으로 넘어가는 산수오거리에 나와 함께 살았습니다. 영성이는 입대하자마자 최전방으로 배치되었어요. 그런데 영자는 그곳에서 기간을 다 채우지 못했습니다. 그 봄에 광주에 와서 사람 죽이는 일을 했대, 이런 수군거림과 함께 돌아온 영자는 이제 부모님과 함께 살지 않았습니다. 미쳐서 돌아왔다는 사람들의 말과 달리 영자는 나와 함께 살던 그 방에서 행복해 보였습니다. 머리를 길렀고 남자 옷을 입지 않았어요. 시집을 곁에 두고 하루에 한 편씩 읽어주기도 했습니다. 가끔씩, 자다가 생전 하지 않던 욕설을 할 때가 있긴 했어요. 그 욕설 섞인 잠꼬대의 마지막엔 어쩐지 축 늘어진 것 같은 체념의 말투로 이런 말들을 했습니다. "난 그냥 나예요. 광주 사람도, 북한 사람도 아니고 남자도 여자도 아니고 그냥 나라고요." 하지만 내가 흔들어 깨우면 곧 말간 얼굴로 웃어 보였습니다. 그렇게 나와 영자는 가을도, 겨울도 함께했어요. 다시 봄이 왔을 때 나는 이제 정말 모든 것이 괜찮아진 것 같다고 느꼈습니다. 그런데, 그날은 5월 치고는 더웠습니다. 마치 여름의 한가운데 같았죠. 나는 그날 무명녀로 되어 있던 혜자 아이의 출생 신고를 했어요. 영자에게는 깜짝 발표를 하려고 말을 하지 않은 채였죠. 본가에서 몰래 반찬도 몇 가지 챙겨 나왔습니다. 영자의 어머니께서 간혹 돈과 반찬을 아버지 몰래 두고 가셨지만 그걸로 해결이 다 안 될 때가 있었거든요. 도둑처럼 반찬을 챙길 땐 풀이 좀 죽었었는데, 막상 영자와 살던 동네 어귀에 이르러서는 영자에게 아이의 이야기를 할 생각에 마음이 부풀었습니다. '우리 아이의 이름은 무엇으로 할까? 네 이름을 따서 소영이로 할까? 소영이, 근데 혜자는 여성스럽다고 안 좋아할 거 같기도 하고. 그럼 영소 어때? 네 이름 앞 두 글자를 뒤집어서 말이야.' 이런 생각 끝에 이제 우리가 정말 피보다 강한 것으로 얽혔을지 모른다고 느꼈을 때였습니다. 문 앞에 서자 영자가 내게 읽어주던 그 시가 방 안에서 들려오는 듯했어요. 내 착각이었을까요? 하지만 그때 나는 아, 그래. 이제 정말 괜찮아진 것 같다고, 나는 정말 그렇게 생각을 했습니다.

깊은 숲속에서 양치식물의 포자가 금빛으로 쏟아지는 소리가 났다
부뚜막 안에서 마녀가 되살아나고 있었다
그이의 호주머니에 더는 빵 부스러기나 조약돌이 남아 있지 않았다

나는 그 시의 마지막 두 문장을 여전히 기억하고 있었어요. **"그것은 작고 투명한 유리잔 같은 여름이었다. 하지만 그런 여름을 사람들은 사랑이라 부르는 듯했다."** 이 문장 말예요. 그리고 앞선 문장도 다시 들으니 그때는 시 전체가 기억이 나더군요. 그런데 그날 알았어요. 내가 그 시에서 단 한 문장만은 아예 잊고 지냈다는 것을요. 바로 이 문장이었어요.

그렇게 짧은 여름의 끝에 그이는 죽었다……

내가 문을 열었을 때 방 가운데 떠 있는 것처럼 조금씩 흔들리던 영자의 발. 그리고 그 발밑으로 덩달아 흔들리던 그림자 속에 남겨졌던 영자의 편지.

경자야, 너는 아무것도 보지 못한 거야. 다 잊어. 다 잊고 살아가. 나도, 그 무엇도.

영자야…… 너 소영자는 소영성으로 대체 무엇을 해야만 했니, 무엇을 그렇게 잊어야만 하니? 그렇게 묻기도 전에 가버린 그 아이가 본 것은 아마도.

내가 떠난 그해 광주에서는 민주화항쟁이 있었습니다.

"엄마. 엄마는 고향이 광주잖아. 그러면 엄마도 5월 18일을 알아?"

처음 영소가 그것을 내게 물어왔던 건 김대중 대통령이 당선되고 광주가 다시 뉴스에 나오기 시작했을 때예요. 뉴스에서는 흑백의 전남도청 사진이 나오고 있었습니다. 나는 대답하는 대신 뉴스를 꺼버렸습니다. 어리둥절한 표정의 영소가 나와 텔레비전을 번갈아 보는 때에 나는 참지 못하고 콘센트마저 뽑아버립니다. 할 수 있다면 나는 아마도 온 동네의 전기를 내려버렸을 것입니다. '엄마 그때 〈뮤직뱅크〉를 못 보게 했단 말이야.' 영소는 이렇게만 기억합니다. 미안해요, 나는 그저 뉴스를 끄고 싶은 거였어요.

"하지만 엄마. 엄마는 그곳에 없었잖아?"

그래요. 나는 그곳에 존재하지 않았습니다. 하지만 그렇다고 해서 내가……

"그럼 엄마. 엄마는 대체 어디에 있었어?"

나는 당시 한참 재수 학원에 적응하느라 전라도 사투리를 안 쓰려 안간힘을 다하고 있었을 뿐입니다. 전라도에서 왔다고 하면 빨갱이라는 말을 들을 때였어요. 나는 김대중 이런 사람들에게 관심도 없는데, 좀 억울했어요. 나는 전라도 말이 하고 싶을 땐 이미 군대에 가게 된 영자에게 편지를 썼습니다. 경자가 씀, 까지 쓰고 나서 자 이제 됐다 하고 다시 나가 서울말을 쓰며 다녔습니다. 그날도 다르지 않게, 그렇게 5월 18일이 내 곁을 지나치는 것만 같았습니다.

광주에 간첩이 나타났대.

1교시가 시작될 무렵 학원에서는 사람들이 그런 말을 하며 웅성거렸습니다. 간첩이라니. 곧장 군대에 있는 영자가 떠올랐어요. '여기는 온통 전라도 사람뿐이야, 매일 손발톱을 잘라서 봉투에 넣으래. 언제 죽을

지 모르니까.' 한번은 영자가 자신이 있는 곳은 그저 날마다 살인 기술을 가르치는 데라고, 이 안에서도 더 약한 사람을 골라내 그 기술을 쓰는 것 같다고 편지를 보내왔어요. '여자 같은 애들은 항상 표적이 되는 것 같아. 그러니까 나 같은……' 그 편지를 받고 다급하게 면회 신청을 넣기도 했습니다. 그 면회 신청은 거부당했지만요. 영자가 편지를 보내올 때마다 겉봉에 씌어진 소영성이라는 이름이 퍽 낯설어서 답장으로 보낸 편지에는 소영자에게라고 쓰기도 했었는데요. 그래도 나는 고개를 저어 생각을 멀리 보내 봅니다. 영자도, 더불어 혜자도 전라도와 멀리 떨어진 곳에 있으니 이럴 때는 차라리 다행이라는 생각만 했습니다. 나는 뒤돌아보지 않았습니다. 나와는 무관한 일이야. 그렇게 중얼거렸습니다.

나와 상관없는 일이야. 나와는.

나는 그렇게 5월 18일을 통과해가는 것만 같았습니다. 하지만,

나와는?

그래요. 하지만 나는 알고 있었잖아요, 혜자와 영자를 차마 떠올리지 못했다 해도 이미 그곳엔 미자가 있었습니다. 그렇게 신부가 되고 싶었지만 수녀가 될 수밖에 없는 베로니카 자매님이 있었습니다. 그리고 사랑하는 남자와 뜻을 같이하기 위해 광주로 되돌아간 혜자가 있었습니다. 이후 그 남자와 자신이 추구하는 정의가 조금은 다르다는 걸 알고 홀로 되길 택한 혜자가, 그러나 아직은 광주를 벗어나지 못했던, 어느 순간에는 자신의 배 속에 있는 아이를 위해서, 그런 아이들이 죽어가는 걸 그대로 볼 수만은 없어서 시위에 나섰던 혜자가……

나와는 무관한 그곳에 그렇게.

거기에 있었습니다. 그리고, 거기에는.

또 그 반대편에서 총을 겨누었던, 칼로 사람을 찔렀던. 아니, 그러라고 명령을 받았던 영자가 있었습니다. 압니다, 모든 군인이 다 영자는 아

니에요, 절대 아니에요. 그러니 그저 영자라고 하겠습니다. 그렇게, 영자가 그곳에 있었어요. 그리고 다시, 여자의 삶을 선택한 영자를 받아들일 수 없던 소영성의 부모가 죽어서까지도 소영성으로 사망 신고를 한, 소영자가 소영성인 채로 또 그렇게 있었습니다. 영성이가 아닌 영자와 함께 살았던 나는 아무런 제도적 힘이 없어서, 그렇게 소영성인 채로 보내야 했던 소영자가 정말 그곳에 있었습니다.

"엄마, 있지. 사람은 왜 죽어?"
"응?"
"나는 왜 태어났고 아빠는 왜 죽었어?"

영소의 질문에 다른 사람이 추가되었습니다. 어린 시절부터 아이들의 놀림을 받는 건 괜찮다고 하던 영소였습니다. 그리고 그때 우리는 이미 오키나와로 이주한 뒤였지요. 30년 후에는 오키나와도 유명한 관광지가 되지만 그때는 본토와의 거리도 멀고 한국에서도 아는 사람이 별로 없었지요. 단 한 사람, 소영자 빼고 말이에요. 해외 일자리 중개업소에서도 오사카와 후쿠오카를 추천했습니다. 하지만 나는, 그래요, 오키나와로 가고 싶었어요. 사람들에겐 그저, 영소랑 먹고살 일이 있으면 어디든 간다고 답했습니다. 영자 덕분에 배우게 된 일본어가 내게 큰 힘이 되어 주었죠. 그렇게 온 오키나와, 이곳에서 나는 경자, 여전히 경자지만.
처음 체류 신고를 하던 날 버벅대던 나를 도와 서류를 받아 적던 직원이 경자? 하더니 서울 경京 아들 자子로 내 이름을 기록했습니다. 그가 확인을 위해 나를 한번 올려 보았지만 나는 그것을 빤히 보고도 아무 말을 하지 않았습니다. 아들 자子가 아닌 스스로 자自. 스스로의 공동체는 그 뜻이었는데 말이에요. 혜자, 미자, 그리고 영자…… 나는 고개를 돌렸습니다. 그리고 그렇게 경자京子, 쿄코가 되었습니다. 쿄코로 사는 것, 아무 문제도 없는 것만 같았지요. 나는 열심히 일했고 영소를 키워냈으니까요. 영소가 고등학교에 들어갈 무렵엔 마음에 맞는 남자와 몇 년을 함께 살기도 했습니다, 시집을 좋아하던 점잖은 일본 사내였죠. 그리고 그사이, 아무도 내 이름을 부르지 않았습니다. 영소 엄마, 저기 이모, 김 여사, 김상…… 단 한 번, 영소를 일본의 학교에 입학시키려던 그때 빼고는요. 가족 관계를 살펴보던 영소의 담당 선생님이 왜 아빠가 없는지 물어왔던 것입니다. 사실 무례하지 않은 의례적인 질문이었어요. 그러게요, 그런데 영소가 태어나기 위해 영소의 아버지가 죽은 건 아닙니다. 삶과 죽음이 그렇게 순차적으로 이뤄진다면 차라리 평안에 이르기가 쉬울 테지요. 하지만.

"영소야. 네 아빠는."

"응."

"자살했어."

그 말의 의미를 묻지도 않고 그저 '죽었다'는 말 자체에 눈물을 흘리던 어린 영소가 이제는 벌써 삼십 대 중반을 훌쩍 넘어갑니다. 나는 그때까지 영소가 막연히 동아시아 역사를 전공한 후 대학에서 강의를 하는 정도로 알고 있었어요. 영소는 그중에서도 한국학을, 한국학 중에서도 광주에 대해서 공부하고 있었더군요. 5월 18일에 대해서 말이에요. 나는 아무 말도 하지 않았습니다. 하지만 그제야 나는 삶이라는 걸 어렴풋하게 알 것 같았어요. 죽음이 아니라, 겨우 삶에 대해서요. 그것은 뭐랄까요. 아주 탄력이 느슨한 고무 밴드 같은 걸 늘 허리에 감고 있었다는 느낌, 그 느슨한 탄력감 때문에 느끼지 못했을 뿐 나는 아주 천천한 탄력으로 그곳으로 돌아가고 있었던 것일지도 모르겠어요. 하지만 나는 그렇다 치고 영소는 대체 무슨 예감이었던 걸까요?

"나와, 정말 상관이 없는데, 엄마. 그렇지?"

영소가 그렇게 말했습니다. 무어라 대답도 하기 전에 눈물이 흘러내렸습니다. 그걸 아시나요? 태풍이 불면 온 사위가 깜깜할 것 같지만 태풍 가운데 들어가면 바람이 잠잠하고 무엇보다 맑은 하늘을 볼 수 있습니다. 나는 태풍이 많은 오키나와에 와서야 그걸 알았습니다. 눈물도 그런 것 같아요. 눈물이 흐르면 처음엔 앞이 흐리지만 나중엔 오히려 시야가 맑아지죠. 평생 나는 어떤 곳에 비켜서서 울음을 삼키기만 했다는 걸 알았습니다. 그렇게 또렷하고 깨끗한 시야에 그제야 울음을 간신히 참고 있는 영소의 얼굴이 들어왔습니다. 그 얼굴과 나란히, 혜자와 미자가, 그리고 영자가 그곳에 있었습니다. 나는 아마도 무슨 말인가를 더 하려고 했던 것 같아요. 하지만 그즈음엔 나도 부디 평안에 이르고 싶었던 것 같습니다.

"그런데 왜 이렇게, 고통스러운 걸까, 엄마."

연구를 하면 할수록 말이야, 영소는 내 너머로 시선을 둔 채 속삭이듯 중얼거립니다. 어쩌면 영소도 나처럼 이제 평안에 이르고 싶었던 걸까요. 영소는 나를 자신의 연구에 기록할 거예요. 5월 18일 그곳에 있었고 그날 이후 더는 어느 곳에도 있지 않은, 그러면서도 내 주위 어디에나 있는 혜자, 미자, 그리고 영자,에 대해서요. 그 후엔 아마도⋯⋯

*

여기서부터 이것은 나, 김영소의 기록이다. 김영소의 기록엔 그러나 김영소는 존재하지 않는다. 그러므로 저 말에서 잠깐 나는 머뭇거렸다. 김영소의 기록?

이것은 쿄코라 불렸던 쿄지 상, 김경자 씨의 기록이다.

김경자, 호적상 한자 표기는 金京子, 1958년 1월 30일 전라남도 구례 출생. 동명중학교와 살레시오여자고등학교 졸업. 그로부터 3년 후 광화문 재수 학원에서 대학이 아닌 또 다른 학원으로 다시 자리를 옮긴다. 그 사이 어떤 일이 있었는지 자세히는 나도 모른다. 다만 이미 그때 나는 갓난아이로 존재했다. 내 아버지는 내가 존재하는지도 모르는 시점에 죽었다고 했다.

"자살이야."

그 말을 하는 엄마의 목소리엔 떨림이 없다. 아버지는 엄마의 오랜 친구 중 한 명이었다고 한다. 엄마가 그를 좋아했던 이유는 뭐였을까. 단 한 번, 그런 이야기를 했었다. "그 사람은 참 다른 남자들 같지 않게 뭐든 조심스러웠어. 목소리도 크지 않았고 버스를 타면 다리를 모으고 앉았거든. 뭔가…… 반대야." 뭐가 반대라는 걸까. 엄마는 누군가의 이름을 중얼거렸다. 얼핏 혜, 그리고 자라는 글자가 들렸지만 엄마의 또 다른 이야기가 이어졌으므로 그 이름에 대해선 다시 묻지 못했다. 어쨌거나 아버지에게 이상 행동이 온 것은 광주에서 살게 되면서부터였다. 왜 그곳이었을까. 둘은 서로에게 모든 걸 말하는 사이였지만 단 하나만은 말하지 못하는 사이기도 했다. 광주, 5월 18일. 그렇게 광주에 내려온 지 얼마나 흘렀을까. 그렇게 얌전해서, 다른 남자들 같지 않아서 엄마가 좋아했던 그는 밤마다 소리를 지르고 욕설을 내뱉고 머리를 쿵쿵 벽에 찧기도 했다. 후에야 알았다. 아버지는 그때 군대에 있었다. 그날 밤, 손발톱을 모두 깎아 편지 봉투에 넣어 부모님께 보내려던 그날 밤, 그는 전라도 출신이라는 게 확인된 뒤 다른 전라도 출신들과 광주로 보내졌다. 거기서 그가 무슨 일을 보았는지 엄마도 정확히는 모른다고 그랬다. 그가 그렇게 죽을 줄은 더 몰랐을 것이다.

엄마는 내가 열넷 무렵 오키나와로 거주지를 옮겼다. 바뀌어버린 환경에 종종 입을 다물고 시위 아닌 시위를 하던 그즈음 나에게 엄마는 종종 '전생의 업보다, 업보야.' 이런 말을 중얼거렸다. 아버지의 죽음에 대해선 담담하던 엄마도 나에게는 침착하지 못했던 거다. 사실 나는 그런 엄마에게 할 말이 없는 자식이었다. 엄마가 온갖 과외며 학원을 보내줬는데도 잘하는 게 없었다. 그나마 본토의 대학으로 입학한 게 유일한 효도였달까. 신기한 건 엄마는 그것 때문인지 내 학창 시절을 모두 좋게만 말한다는 거다. 마치 내가 일본으로 간다니까 잘사는 나라로 간다고 그저 부러워하던 한국에서의 친구들처럼 말이다. 한국은 IMF로 힘들 때여서 이해할 수도 있었다. 하지만 엄마는 어째서였을까. 반에서 따돌림을 당하던 사람은 총 네 명, 나와 재일 조선인 아이, 그리고 동성애 스캔들을 일으킨 아이, 자기가 남자라고 주장하던 아이. "더러운 피." 사람들은 나를 보고, 나와 함께 따돌림당하던 아이들을 보며 종종 그런 말을 했다. 지나고 나서야 알았다. 폭력은 그저 약한 이들에게 유사하게 반복되고 있을 뿐이라는 것을. 나는 가방에 과도를 하나 넣어 다니기 시작했다. 나를 지키기 위해서, 라고 되뇌었지만 마음속으론 나를 모욕하던 인간들의 얼굴을 그어버리고 싶었다. 아니, 그보다는 그 인간들 앞에서 보란 듯이 내 손목을 그어버리고 싶었다. 내 피를 봐, 너네 피와 다르지 않다고. 폭력은 그렇게 약한 존재에게 늘 자신을 파괴하는 방식의 자기 증명을 요구한다. 과도는 괴롭힘이 심해질수록 크기가 커져서 나중엔 식칼이 되었다. 아마, 엄마에게 그 식칼을 들키지 않았으면 나는 아마도……

"아, 엄마. 아빠도 자살했다며!"

식칼을 발견하자마자 싱크대로 달려가 던져버린 엄마가 전생의 업보를 꺼내 들기 시작했을 때였다. 내 말에 엄마는 잠시 아무 말 없이 나를 바라보기만 했다. 엄마는 아버지 이야기를 하면서 운 적이 한 번도 없었다. 동요도 없었다. 그런데 그날은 엄마가 좀 달랐다. 너, 너. 너희 아빠는. 너희 아빠는. 조금은 넋이 나간 사람처럼 그런 말을 중얼거리던 엄마.

"전혀 죽고 싶지 않았어. 살고 싶었어. 그 아이는 너무나 살고 싶었어."

거기 있던 모두가 그냥 살고 싶었던 거야. 엄마가 그렇게 말했을 때, 왜였을까. 나는 다시 물었다. 엄마는 나를 사랑해? 아니면 미안한 거야? 엄마는 그 질문에 아무런 답도 하지 않았다.

그런 내가 본토의 대학에 갈 수 있었던 건 나하 중심부의 학교에서 외곽으로 전학을 결정하고 그곳에서 역사 과목을 들으며 공부에 흥미를 느꼈기 때문이었다. 우익 교과서를 채택하지 않았던 학교였기에 오키나와의 역사와 조선인들의 역사, 재일 조선인의 역사를 배울 수 있었고 나에게도 발언권이 주어졌었다. 아이러니하게도 나는 내가 왜 이곳에서 혐오의 대상이 되어야 했는지를 배우면서부터 안정을 찾았던 거다. 왜냐면 그것이 나의 잘못이 아니라는 걸 알게 되었으니까. 게다가 역사 선생님은 가끔 교과서가 아닌 시집이나 소설을 가져와서 오키나와에 대해 이야기하기도 했다. "말하는 방식은 다양할수록 좋아." 시는 잘 이해하지 못했지만 역사 선생님의 그 말이 좋았다. 선생님이 오키나와 출신의 시인 미즈노 루리코의 『헨젤과 그레텔의 섬』이라는 시집을 읽어준 날, 나는 전학 이후 절대 가지 않았던 나하 중심부로 나가 백화점 안에 있는 서점에 찾아갔었다. 아직 모노레일이 없던 때라 쨍쨍한 볕을 고스란히 받으며 버스 창가 자리에 붙어 앉아 갔던 기억이 선명하다. 그런 기분에 열심히다 보니 역사 선생님과도 어느 정도 친해졌었는데, 하루는 선생님이 나를 불러 한국에서 온 손님들을 안내해줄 수 있냐고 물었다. 일반적인 관광이라면 엄마가 허락하지 않을 것 같다는 생각에 바로 거절했을 텐데 그들은 미군 기지와 조선인 위령비를 둘러본다고 했다. 내 말에 엄마는 어디서 오신 분들이냐고 물었다.

"응, 광주. 5·18 피해자 유가족분들하고 관련 연구하시는 분들이래. 그게 오키나와하고 무슨 연관인지는 모르겠지만."

순간 엄마의 등이 미약한 경련을 일으킨 것처럼 보였다면 과한 걸까. 하지만 엄마는 그 일을 반대하지 않았다. 며칠 동안 나는 광주에서 왔다는 그 손님들에게 나하시에서부터 미군 기지, 조선인 위령비까지 모두 안내했다. 기억에 남는 사람은 한국에서 온 가이드 나나 씨와 연구자 경아 씨였다. 여자가 우리 셋뿐이기도 했지만 둘다 일본어에 아주 능숙했고 어리다고 반말을 하기도 했던 다른 사람들과 달리 나에게 깍듯이 존댓말을 했기에 좋은 인상이었다. 특히 경아 씨는 일에 치여 늘 긴장 상태였던 나나 씨와 나를 도와 자연스레 일본어 통역도 맡아주었다. 하지만 처음엔 그가 주는 좋은 인상에도 쉽게 마음을 열지는 못했었다. 당시 일본이나 한국이나 갑자기 오키나와를 주목하는 분위기였는데, 사람들이 주목하는 오키나와란 뻔했다. 버려진 땅, 소외받은 땅, 미국과 일본의 폭력으로 얼룩진 땅. 나는 처음엔 경아 씨도 마찬가지라 생각했다. 그런데 경아 씨는 언제나 내 생각을 벗어난 사람이었다. 기껏 위령비나 미군 기지 앞에 데려다 놓으면 점심으로 먹은 오키나와 전통 소바나 맥주 이야기를 해댔다. 그 점이 나에겐 오히려 편안하게 느껴졌다. 뭐랄까, 엉뚱하게도 경아 씨라면 남편이 자살하고 홀로 생계를 책임지면서 남겨진 아이를 키우겠다고 오키나와로 이주한 엄마를 마냥 불쌍하게 보진 않겠다는 마음이 들었던 거다. 그래요, 오키나와엔 그런 폭력이 분명히 있었죠. 하지만 소바도 있고 맥주도 있고 고구마도 있네요. 엄마랑 나는 가끔 싸우고 그래도 또 웃을 때도 있어요. 나는 그런 말들이 자꾸 하고 싶었다.

며칠을 함께 다니다 보니 사람들은 묻지 않아도 서로의 이야기를 할 때가 있었다. 어느 날엔가는 경아 씨 이야기가 나왔다. 한국에서 온 줄 알았는데 경아 씨는 조선적 재일 남편과 결혼해서 지금은 도쿄에 살고 있다고 했다. 일본에서 세상 오갈 데 없는 처지가 조선적 재일인데 경아 씨가 가졌던 마음은 대체 뭐였을까. 경아 씨는 그런 사정을 다 알고 내린 결정이었을까. 그때까지 나는 눈에 띄는 게 싫어서 불편도 질문도 최대한 참는 편이었는데 경아 씨에게는 질문을 하고야 말았다. 대뜸 무슨 연구를 하는지 물었던 거다.

"나는, 식민기 한국에 현지처로 있었거나 호텔 여급으로 취직하러 왔던 일본인 여성에 관해 연구해요. 그들 대부분은 일본에서도 한국에서도 하층이었고요. 일본 제국이 패망한 후 철수할 때도 본국으로 데려가지 않았죠."

"저, 그런데…… 실례지만 그러면 5·18하고 그게 무슨 연관이에요? 이번 여행은 5·18 유가족 분들이나 관련 연구를 하는 분들이 오시는 거라고 들었는데요."

"네, 관련이 없을 수 있죠, 그런데, 음…… 영소 씨, 나도 뭐 하나만 이야기해도 될까요?"

내가 작게 고개를 끄덕이자 경아 씨는 고맙다는 듯 웃어 보이고 잠시 입술을 말았다.

"내가 한국에 살 때 말이에요. 그때 한국에서 재조 일본인의 손녀를 취재한 적이 있었어요. 신학대를 다니던 중 5·18을 겪으셨고 그 충격으로 하룻밤 만에 머리가 하얗게 센 여성분이었죠. 그분을 뵌 날, 내가 그랬었어요. 공적인 자료에는 신부님들에 대한 기록뿐인데 어떻게 이 일에 관여가 된 것이냐고요. 그러다 뭔가 스스로도 이상한 거죠. 그래요. 거기는 수녀님들도 계시고 성당에 다니던 사람들도 있었고. 나 조금은 당연한 걸 그제야 깨달은 거죠. 아니, 당연하다고 생각되는 것 외에는 다 당연하지 않은 것으로 취급하면서 배제하며 살았다는 걸 깨달은 거죠, 그렇게 옳은 일 하며 산다고 자부했던 내가 말이에요.”

그랬다. 사람들은 너무나 당연하다고 생각하는 것이 있기에 그 당연함에 들어가지 않는 것을 굉장히 불편해할 때가 있다. 그럴 때 어떤 사람들은 그 불편하게 만드는 존재들을 아예 지워버린다, 가령 학교에서 나와 같은 존재…… 그리고 어쩌면, 엄마와 아빠와 같은.

“그때 그분이 그런 말씀을 하시더라고요, 어릴 적 외할머니가 재조일본인이라 한국에서는 친일파라고, 또 일본인들에게는 현지처 자식이라고 더러운 피라고 욕을 먹었는데 이제는 광주 사람이라고 빨갱이라고 욕을 먹는다고요.”

더러운 피…… 이 말에 난 무언가 한 대 맞은 기분이 되어 경아 씨를 조금은 빤히 바라보았다. 경아 씨가 한숨처럼 낮게 말을 이어갔다.

“사실 이렇게 결연하게 말했지만, 솔직히는 논문 쓰고 잊었었어요. 그런데요, 하루는 여기 넘어와서 혐한시위대를 마주친 거죠. 그들이 지나가길 기다리며 길 한쪽에 서 있었는데 어떤 사람이 저를 똑바로 보고 말하더라고요. ‘한국인, 더러운 피.’ 그때, 생전 나를 본 적도 없는 사람이 나를 증오하고 혐오하고 있다는 걸 알았어요. 그날 집에 돌아와 이유도 없이 샤워를 내가 몇 번이나 했는지 몰라요. 이상했죠. 그러다가 그 다음엔 나도 처음 보는 그 남자를 붙잡아 욕을 하고 싶다는 생각에 잠이 오지 않을 정도였어요. 그런데 내 말에 남편은 그저 한숨을 내쉬더니 이렇게 말하더군요. 이제 그런 말에 익숙해져야 할지도 모른다고 말이에요.”

경아 씨, 나도 그 말을 들은 적이 있어요, 나를 알지도 못하는 사람들에게조차요. 나랑 같이 따돌림당하는 애들도 들었죠. 한국인이라서, 동성을 사랑한다고 해서, 자신의 성별을 받아들이지 않는다고 해서요. 그냥 우리보고 더럽대요. 이 말은 목에 걸려 나오지 않았다. 이 말을 하면 오래 참았던 울음이 먼저 나올 것만 같아서였다.

"그때, 잊고 있었다고 생각했던…… 광주에서 뵈었던 그분이 떠오르더라고요. 그러면서 어렴풋하게 이런 생각이 들기 시작했어요, 뭔가…… 우리가 연결되어 있다는 생각. 어쩌면 서로의 삶을 교차하고 있다는 생각."

나는 경아 씨의 말을 들으며 내내 엄마를 떠올렸다. 어떤 시절의 기억에 대해선 아주 모르는 사람처럼 고개를 숙이고 눈을 감아버리는 엄마. 그때 왜 나는 줄곧 엄마를 떠올리며 이제 다시 볼 수 없을지도 모르는 경아 씨에게 그런 말들을 한 걸까. "그런데요, 경아 씨. 엄마가 자꾸만 자신은 과거에 있대요, 미래를 봤대요. 엄마는 누구와 무엇으로 연결되어 있는 걸까요?"

하지만 난 이내 다시 고개를 저었다. "그래요, 뭐…… 엄마가 왜 그러는지 내가 알아서 뭘 하겠어요. 어쨌거나 이제 나와는…… 정말 상관없는 일이잖아요?" 그때까지 묵묵히 내 말을 듣던 경아 씨가 가만히 미소를 지어 보였다. 어쩐지 조금은 낮고 쓸쓸했던 그 미소 끝에 그가 해준 마지막 말은 이거였다.

"'사람은 잊고자 하는 일에 보복을 당하기 마련이다.' 제가 공부를 시작할 때 영향을 많이 받은 오키나와 연구자가 한 말이에요. 전쟁의 기억을 지워버리려는 일본 제국을 향해 한 말이었죠. 음…… 영소 씨, 어떤 사람들은요. 죽어도 꼭, 살아 있는 것 같잖아요? 또 어떤 사람들은 살아남았어도 늘 과거에 사는 거 같기도 하고 말예요."

그날 경아 씨와의 만남 이후 다시 20여 년의 시간이 흘렀을 때 나는 연구를 위해 최종적으로 광주행을 선택하겠다고 엄마에게 말했다. 광주라는 말에 주저앉던 엄마. 엄마는…… 그곳에 없었잖아? 내 말에 아무 대답 없이 눈물을 흘리던 엄마. 그곳에 있다고도 없다고도 할 수 없었던 엄마는. 그곳의 많은 사람이 그러했을 것처럼 위로할 수도 받을 수도 없는 시간을 모두 떠안아야 했던, 살아남은 사람이 아닌, 그저 그곳에 남겨진 사람이었던 엄마는.

"엄마는 어디에 존재하는 사람이야?"

아주 작게 입을 열어 무언가를 중얼거리던 엄마. 엄마, 뭐라고 말하는 거야? 무얼 말하려고 하는 거야? 자세히 들어 보니 그것은 누군가의 이름들이었다.

그 이름들을 소리 내어 부른 엄마는,

그렇다면 엄마 경자 씨는

이제 평온에,

이르렀을까.

이것은 나 김영소가 엄마인 김경자 씨를 써 내려간 기록이 될까, 아니면 기억이 될까. 서울 경京 아들 자子의 쿄코 상이라고 불렸던, 실은 스스로 자自를 쓰는 경자 씨는 조기 치매 증상으로 마지막 몇 달을 병원에서 보냈다. 첫날 쿄코 상이라고 씌어진 침대의 글자를 기어이 쿄지 상으로 바꾸겠다 고집을 부리던 엄마는, 어느 날엔 "혜자야, 너 이제 아들 대접 충분히 받고 있어?" 하고 물었고 또 가끔씩은 "미자야, 나도 죄를 말할 수 있을까?" 이렇게 묻기도 했다. 나는 혜자도 미자도 아닌 엄마 딸 영소라고 화도 내고 달래 보기도 했지만 소용없었다. 그 이름들이 어린 시절 들었던 엄마의 친구들 이름이라는 게 떠오른 이후에는, 평생 부르지 못한 그 이름을 마음껏 부르고 싶나 해서 그저 고개를 끄덕여주거나 맞장구를 쳐주었다. 그렇게 그곳에서의 몇 달, 그날은 아침부터 엄마의 시선이 내 어깨 너머 어딘가를 향하고 있었다. 텔레비전을 걸어놓은 자리였는데 여태는 엄마가 그곳을 응시한 적이 없었다. 시선을 따라 돌아본 곳에서는 1980년 그 군인이 법원 앞에서 자신의 무죄를 주장하는 한국발 뉴스가 나오고 있었다. 냉소를 머금으며 볼륨을 조금 높여보려 할 때였다. 엄마가 무어라 중얼거리기 시작했다. 부탁을 들어주지 못해 미안해, 가만 들어 보니 누군가에게 엄마는 끝없이 사과 중이었다. 이번엔 미자 이모한테 미안한 거야, 아니면 혜자 이모야? 내가 다시 엄마에게 돌아섰을 때였다. "나 너를 잊지 않았어…… 영자야." 영자? 처음 듣는 이름이었다, 경자 씨가 자신의 생에 마지막으로 소리 내어 부른 이름이기도 했다. 그리고 그 이름을 부른 경자 씨가 다시 그 군인이 나오고 있는 텔레비전의 화면을 똑바로 바라보며 남긴 말은 이거였다.

"사람은 잊고자 하는 것에 보복을 당하기 마련이다."

쿄코 상이 아닌 쿄지 상이 그곳에서 웃으며 울고 있었다. 여느 때보다 맑은 눈으로.

— 『문학과사회』 2021년 봄호/
한정현 소설집 『쿄코와 쿄지』(문학과지성사, 2023년)

*소설의 사유에 도움을 준 자료

고정희, 『이 시대의 아벨』, 문학과지성사, 2019(개정).

권김현영 외, 『남성성과 젠더』, 자음과모음, 2011.

노영기, 『그들의 5·18: 정치군인들은 어떻게 움직였나』, 푸른역사, 2020.

최승자, 「나의 詩가 되고 싶지 않은 나의 詩」, 『이 시대의 사랑』, 문학과지성사, 1981.

미즈노 루리코, 『헨젤과 그레텔의 섬』, 정수윤 옮김, 읻다, 2016.

스티븐 로우즈·리처드 르원틴·레온 J. 카민, 『우리 유전자 안에 없다』, 이상원 옮김, 한
　울, 2009.

우치다 준, 『제국의 브로커들』, 한승동 옮김, 길, 2020.

쓰루미 슌스케, 『다케우치 요시미』, 윤여일 옮김, 에디투스, 2019.

코델리아 파인, 『젠더, 만들어진 성』, 이지윤 옮김, 휴머니스트, 2014.

박진경·미야지마 요코, 「카페의 식민지근대, 식민지근대의 카페: 재조일본인 사회, 카
　페/여급, 경성」, 『한국여성학』 제36권 제3호, 한국여성학회, 2020.

송혜경, 「일제강점기 재조일본인 여성의 위상과 식민지주의: 조선 간행 일본어 잡지에서
　의 간사이(韓妻) 등장과 일본어 문학」, 『일본사상』 제33호, 한국일본사상사학회, 2017.

유경남, 「사회운동 관점에서 본 광주YMCA·YWCA와 5·18항쟁」, 『한국기독교와 역사』
　제53호, 한국기독교역사연구소, 2020.

윤선자, 「한국천주교회의 5·18 광주민중항쟁 기억·증언·기념」, 『민주주의와 인권』 제12
　권 2호, 전남대학교 5·18연구소, 2012.

이선윤, 「제국과 '여성 혐오(misogyny)'의 시선: 재조일본인 가타오카 기사부로(片岡喜
　三郎)의 예를 통해」, 『일본연구』 제39집, 중앙대학교 일본연구소, 2015.

정호기, 「천주교회의 '5월운동'과 사회참여: 1980년대 전남지역의 활동을 중심으로」,
　『신학전망』182호, 광주가톨릭대학교 신학연구소, 2013.

Baudewijntje P. C. Kreukels & Antonio Guillamon, "Neuroimaging studies
　in people with gender incongruence", *International Review of Psychiatry*,

28(1), Gender Dysphoria and Gender Incongruence, 2016, pp. 120~28. (DOI: 10.3109/09540261.2015.1113163)

Dick F. Swaab, "Neuropeptides in Hypothalamic Neuronal Disorders", *International Review of Cytology*, vol. 240, Elsevier Academic Press, 2004, pp. 305~75.

Giancarlo Spizzirri et al., "Grey and white matter volumes either in treatment-naïve or hormone-treated transgender women: a voxel-based morphometry study", *Scientific Reports*, 8, 2018. (https://doi.org/10.1038/s41598-017-17563-z6)

Mairead Enright et al., "POSITION PAPER on The Updated General Scheme of the Health (Regulation of Termination of Pregnancy) Bill 2018". (https://lawyers4choice.files.wordpress.com/2018/08/position-paper-1.pdf)

Timothy Cavanaugh, "Sexual Health History: Talking Sex with Gender Non-Conforming & Trans Patients". (https://fenwayhealth.org/wp-content/uploads/Taking-a-Sexual-Health-History-Cavanaugh-1.pdf)

기꺼이 어려운 인터뷰에 응해주신 분들께 감사를 전합니다.

민주유해자

손병현

1972년 경기 가평 출생. 1999년 〈광주일보〉 신춘문예로 등단.

소설집으로 『해 뜨는 풍경』 『쓸 만한 놈이 나타났다』 『순천 아랫장 주막집 거시기들』 등.

장편소설로 『내 곁에 유령』 『동문다리 브라더스』 등이 있음.

홍철은 어두컴컴한 방 안에 앉아 있었다. 철 지난 선풍기처럼 웅크린 실루엣은 켜켜이 먼지가 쌓인 채로였다. 방바닥 신문지 위에는 소주 두 병과 마른오징어 한 마리 그리고 착화탄 두 개가 놓여 있었다. 홍철은 명상에라도 잠긴 듯 가늘고 긴 숨을 내쉬었다. 머릿속은 고요한 상태로 아무런 생각이 없었다. 그냥, 살 속의 기름이 녹아내리듯 지난 삶이 흘러내렸다. 막상 결단을 하고 보니 차라리 마음이 편안했다. 육신을 휘감고 있던 수많은 칡넝쿨에서 풀려난 것처럼 해방감마저 드는 것이었다. 홍철은 저도 모르게 쓴웃음이 흘러나왔다. 지금 이 순간 유일한 위안이 소주 한 잔이라니 세상 참 별것 없구나 싶었다. 드르륵- 지난날의 목을 비틀듯 소주병을 돌려 땄다. 생의 미련을 부여잡을 마땅한 아쉬움 하나 없다는 사실이 그저 허탈할 뿐이었다. 홍철은 어쩌면 아주 오래전부터 이미 이런 순간을 예견하고 있었는지도 몰랐다. 더 이상 감당할 수 없을 마지막 순간과 맞닥뜨릴 것이라는 사실을 숨죽여 기다리고 있었던 것이다. 유리컵 가득 소주를 따라서 죽 들이켰다. 홍철은 어느 순간부터 자신이 무서웠다. 고통을 잊고자 술을 마시면 누군가 제 몸속에서 스멀스멀 기어 나왔다. 그것은 거울 속 제 모습인 것 같지만 실상은 과거로의 회귀를 인도하는 환영이었다. 홍철은 자신을 이끄는 길라잡이를 따라서 과거의 어느 시점으로 불려가곤 했다. 목줄이 차인 짐승처럼 시종 끌려다닌 홍철은 악몽의 어디쯤에서 소스라치게 놀라 깨어나곤 했다.

상무대 영창은 새내기 대학생 홍철의 영혼을 영원히 가두어버렸다. 작은 화장실이 딸린 교실 크기의 그곳에 150명가량의 남자들이 수감되어 있었다. 총 6개의 영창에서 뿜어져 나오는 사람 열기는 그해 봄을 여름으로 기억하게 할 정도였다. 옆 사람과 살이 맞닿은 채 정좌 자세로 몇 시간씩 앉아 있다 보면 그대로 정신을 잃어버리기도 했다. 고개를 수그린 채 맨홀 속으로 빨려 들어가듯 정신이 빨려 들어가는 것이었다. 순번에 따라 이름이 호명되면 한 사람씩 불려나갔다. 북한의 지령을 받았느냐? 김대중과 사전모의 했냐? 간단한 질문 끝에 혹독한 고문이 뒤따랐다. 아무런 저항도 하지 못한 채 몽둥이와 주먹을 맞아야 했고 알몸인 채로 얼차려를 받아야 했다. 매와 얼차려는 견딜 수 있었지만 수치와 치욕은 견디기 어려웠다. 홍철은 생각을 하지 않으려 머릿속을 깨끗이 비워내는 연습을 했다. 생각이 깨어 있으면 미쳐버릴지도 모른다는 본능적 염려 때문이었다. 다행인지 불행인지 홍철은 군홧발에 걷어차인 왼쪽 복숭아뼈에 금이 가서 퉁퉁 부어오르는 바람에 국군통합병원으로 이송돼 치료를 받고 일주일 만에 풀려날 수 있었다. 하지만 상무대에서의 그 일주일은 홍철의 뇌 속에서 칼로 도려내고 싶을 만큼 끔찍한 기억이었으며, 두고두고 남은 삶을 갉아먹는 암 덩어리로 진화했다.

홍철은 진통제 세 알을 입안에 털어 넣고 소주를 부어 삼켰다. 마지막 순간까지 진통제로 육신을 다스려야 견딜 수 있다는 사실이 그저 씁쓸할 뿐이었다. 홍철은 시시때때로 찾아드는 통증 때문에 값싼 진통제를 달고 살았다. 통증은 혹한의 눈보라처럼 사정없이 물어뜯었다. 살이 찢기고 뼈가 긁히는 느낌에 정신이 말라비틀어졌다. 의사는 고문 후유증 때문이라며 마땅한 처방을 하지 못했다. 하루하루 진통제로 버텨야 하는 홍철은 입에 침이 마르듯 살이 말라갔다. 장시간 집중이 불가능한 홍철은 다니던 대학마저 그만두어야 했다. 그렇다고 마냥 집안에 틀어박혀 있을 수 없었던 홍철은 먼 친척이 운영하는 자동차공업사의 정비공으로 들어갔다. 수시로 진통제를 먹어야 했지만 그나마 몸을 부리는 일은 정신을 집중하는 일보다 견딜 만했다. 하지만 그곳도 오래 다닐 수는 없었다. 어느 날 공고를 막 졸업한 신참 정비공이 큰 실수를 했다. 핸들을 고정시키는 여섯 개의 나사를 조이지 않고 차를 출고시킨 것이었다. 대로변에 나가서야 핸들이 덜렁거린다는 사실을 발견한 여성 운전자는 사고라도 당한 듯 혼비백산한 얼굴로 다시 들어왔다. 반장은 다짜고짜 어린 정비공의 뺨을 후려쳤다. 정비공은 고개를 숙인 채 땅바닥만 쳐다봤다. 반장은 한 손으로 가느다란 정비공의 목을 움켜쥔 채 다른 한 손에 들린 멍키스패너로 때릴 듯 위협을 가했다. 그 광경을 목격하던 홍철은 그만 욱― 구역질이 치밀어 올랐다. 그동안 애써 억누르고 있던 분노의 쇠사슬이 뚝 끊어지는 순간이었다. 홍철은 저도 모르게 방금 차에서 떼어낸 낡은 소음기를 집어 들어 반장의 머리통을 후려쳤다. 자신을 향해 곤봉을 내려치던 공수부대원의 환영이 반장의 형상에 오버랩 되면서 짓눌렸던 감정이 폭발한 것이었다. 반장은 기절한 채 바닥에 쓰러졌고 홍철은 제정신이 아닌 듯 한동안 멍하니 그렇게 서 있었다.

벽에 걸린 희뿌연 결혼사진을 바라보던 홍철은 눈물을 삼키듯 잔을

털어 마셨다. 잠깐이라도 기억하고 싶은 순간이 있다면 애잔한 결혼생활
이라고 할 수 있었다. 홍철은 자신이 결혼해서는 안 될 사람이라는 사실
을 잘 알고 있었다. 자신도 자신이 무서운데 누군가에게 그 무서움을 전
가시킨다는 것은 생각만으로도 끔찍한 일이었다. 아내는 여동생이 다니
는 서점의 동료직원이었다. 서점에서 단짝이었던 둘은 종종 집에까지 놀
러와 시간을 보내곤 했다. 그쯤 홍철은 자동차공업사에서 쫓겨난 후 집
안에 틀어박혀 있었고, 가족과도 몇 마디 나누지 않을 정도로 말수가 줄
어 있었다. 홍철은 아내가 집에 오는 날이면 혹여 여동생에게 창피가 될
까 문밖 출입을 조심했다. 하지만 신실한 그리스도인이었던 아내는 그런
홍철을 전도대상으로 삼았다. 아내는 마리아가 예수의 발에 향유를 붓
고 자신의 머리털로 그 발을 닦았던 것처럼, 올 때마다 싱싱한 과일을 준
비한 채 방문을 두드렸다. 그러면 그럴수록 홍철은 더욱 굳게 문을 닫아
걸었다. 군홧발에 차였던 왼쪽 발목이 재발해 수술했지만 결국 절뚝이
게 되었고 그 여파로 대인기피증까지 생긴 상태였다. 상황이 그렇다 보
니 세상을 향한 울분과 분노가 부지불식간에 치밀어 올라 난폭한 모습을
드러내 보이곤 했다. 모두가 잠든 밤, 불현듯 화가 치밀어 오르면 알몸
인 채로 온 동네가 떠나가라 악을 질러대며 마당을 뒹굴었다. 아무도 말
리지 못할 그 광기는 눈 안의 불처럼 이글이글 타오르는 것이었다. 가족
들은 그런 홍철을 두려운 듯 바라만 볼 뿐이었다. 무연히 바라보는 가족
들의 시선에는 밀어낼 수도 그렇다고 껴안을 수도 없는 피붙이로서의 복
잡한 비애가 깃들어 있었다. 그런 가족들에게 아내는 구세주나 다름없었
다. 가족들은 협잡하듯 결혼을 부추겼다. 홍철은 더 이상 집안에서 버티
지 못할 것이라는, 더 이상 버텼다가는 혈육 간의 참상을 맞이하고 말 것
이라는 사실을 똑똑히 알고 있었다. 그러던 찰나 보상이 이루어졌다. 군
대가 도시를 휩쓸고 간 지 꼬박 10년 만이었다. 호프만 방식으로 계산된

보상은 작은 한옥의 전셋집을 마련할 수 있을 정도였다. 홍철은 죄짓는 짓인 줄 알면서 아내를 따라 교회에 나갔다. 홍철은 어쩔 수 없이 선택한 결과였지만 아내는 하나님의 뜻으로 받아들였다. 한 영혼을 구원했다는 믿음으로 눈물을 흘리는 아내를 바라보면서 홍철은 진정 하나님이 계신다면 지금 당장 이 가련한 여인을 자신에게서 데려가 달라고 빌고 또 빌었다.

거울은 우중충한 홍철의 얼굴처럼 부옇게 때가 껴 있었다. 방 한쪽 구석의 비스듬히 세워진 거울 속에 웅크린 홍철이 들앉아 있었다. 살짝 고개가 기운 부스스한 얼굴의 공허한 눈빛이었다. 늘 똑같은 회색 옷을 입고 있는 홍철의 얼굴 거죽은 오래전 죽은 사람의 그것과 다름없었다. 홍철은 담배를 피워 물었다. 천천히 아주 오랫동안 들이마셨다 길게 내뱉었다. 후- 뿜어지는 연기 속에 이미 생을 마감한 구속부상자회 동료들의 얼굴이 얼비쳤다. 지금까지 스스로 생을 마감한 숫자가 얼추 50여 명이었다. 한때는 투사였지만 생을 마감하는 순간에는 세상으로부터 단절된 부랑자일 뿐이었다. 동지들은 정신과 치료를 받거나 배우자의 도움으로 겨우 연명하다 스스로 구차한 생을 마감했다. 왜 이렇게 되어버렸을까. 서로들 만나면 마주하기가 거북할 정도로 우울한 낯빛을 달고 있었다. 한때는 피다 지고 만 꽃을 다시 피워 보겠노라 수많은 집회에 앞장섰지만 이제는 된서리에 꺾어진 꽃모가지처럼 힘없이 주저앉은 상태였다. 세상을 향해 외치던 함성은 이제 이명처럼 귓속을 괴롭힐 뿐 더 이상 바람이 되어 날아오르지 못했다. 세상을 향해 외치면 외칠수록 세상과 멀어지는 고독 속에서 하나둘 화석이 되어갔다. 해마다 오월 행사는 거창했지만 가슴속 슬픔과 분노는 씻어지지 않았다. 여기저기 휘돌다 결국 메아리로 되돌아오는 외침은 차곡차곡 가슴속 절망으로 쌓였다. 세상의 변화를 위해 앞장섰지만 정작 남은 것은 불편한 육신과 피폐한 정신 그리고 가난뿐이었다. 폭도와 빨갱이라는 꼬리표는 훈장처럼 따라붙는 찬사였다. 세상의 바리케이드는 갈수록 좁혀들었고 그러는 사이 동지들은 하나둘 열사들 곁으로 떠났다. 아무도 비겁하다고 하지 않았지만 동지들은 스스로 죄인의 굴레를 덧씌웠다. 죽어가는 사람을 외면한 채 구차하게 건진 목숨은 이미 산목숨이 아니었다. 살아남았다는 것은 안도가 아니라 형벌이었다. 홍철은 살아남은 자의 덫에 걸릴 때면 달리는 차에 뛰어들고 싶은 충동이 불현듯 솟구치곤 했다. 그 죽어가는 찰나의 무연하고 선한 눈망울을 도저히 떨쳐낼 수가 없었던 것이다.

부르르 부르르― 전화기가 몸을 떨었다. 홍철에게 걸려올 전화라고는 없었다. 드물게 걸려오는 전화도 광고일 경우가 대부분이었다. 홍철은 아직까지 투지 폴더폰을 사용하고 있었다. 투지 폴더폰으로도 홍철의 관계는 충분히 커버되고도 남았다. 아무런 기대가 없는 손동작으로 덮개를 열자 회사번호가 눈에 들어왔다. 홍철은 열었던 덮개를 다시 닫고 담배를 피워 물었다. 곧이어 부르르― 문자가 들어왔다. '정 씨, 오늘도 제끼는 거야. 제발 좀 그만둬라 부탁이다.' 택시의 입출고를 담당하고 있는 사무장이었다. 홍철은 종종 일을 나가지 못한 채 제 돈으로 사납금을 채워 넣었다. 그만큼 회사는 수입금이 줄어드는 형국이어서 못마땅할 수밖에 없었다. 갑자기 찾아온 통증에 시달리다 보면 도저히 운전대를 잡을 수 없을 정도로 몸 상태는 좋지 않았다.

결혼한 홍철은 아내의 소개로 책 배달을 했다. 책 도매점에서 작은 서점으로 책을 배달해주고 다시 재고를 거둬들이는 일이었다. 책은 삶의 무게만큼이나 버거웠다. 불편한 왼쪽 다리에 자꾸 무리가 갔다. 그래서 오른쪽 다리에 힘을 실었더니 오른쪽 다리마저 관절에 이상이 생겼다. 홍철은 그만둘 수밖에 없었다. 아픈 다리도 문제였지만 정작 견디기 어려운 것은 사람들의 불편한 시선이었다. 늘 사람들 눈을 피한 채 말없이 배달만 하는 홍철을 사람들은 탐탁잖게 생각했다. 군홧발 아래 엎드린 채 개처럼 두들겨 맞던 그 순간 홍철은 사람으로서의 자존감을 잃어버렸다. 동등한 입장에서 사람을 쳐다볼 수 없는 홍철은 사람 대하기가 불안하고 두려웠다. 거래처 직원들은 홍철이 가면 서로들 대면하기를 꺼렸다. "오일팔 때 맞아서 저렇게 됐다잖아." 수군거리는 소리가 황급히 빠져나오는 홍철의 뒷덜미를 물어뜯었다. 홍철은 아내 때문이라도 더 이상 책 배달을 할 수 없었다. 아내는 서점 직원들 사이에서 남편 잘못 만난 불쌍한 여자로 불리었다. 아내는 불쌍한 여자가 맞았다. 하지만 사람들이 추측하는 그런 불쌍한 여자는 아니었다. 정작 아내가 불쌍한 이유는 홍철의 삭아들지 않는 분노 때문이었다.

다음으로 선택한 일이 신문배달이었다. 최대한 사람을 대면하지 않으면서 할 수 있는 직업이 무엇일까 궁리한 끝에 찾아낸 일이었다. 홍철에게 신문배달은 최적이었다. 도시가 깨어나기 전 조용히 배달을 끝내고 들어와 죽은 듯 곯아떨어지면 하루가 갔다. 사람들이 잠잘 때 깨어 있고 깨어 있을 때 잠을 잤다. 마치 유령처럼 살아가는 삶에 홍철은 안도했다. 하지만 계속해서 오르내려야 하는 계단은 간절한 아내의 기도 소리처럼 괴로운 것이었다. 건물의 계단을 수없이 오르내려야 했던 홍철은 더 강한 진통제가 필요했고, 급기야 병원에서 모르핀 주사약을 처방받았다. 하지만 그것도 내성이 길러지면서 하루에 한 번 맞던 것을 네 번까지 늘려야 했다. 계속 찔러대는 주삿바늘에 엉덩이는 너덜너덜했고, 잠재된 약기운 때문에 정신은 몽롱했다. 살아 있어도 살아 있는 것 같지 않은 가수면 상태의 기분은 참으로 더러운 것이었다.

홍철이 마지막으로 택한 직업은 택시기사였다. 앉아서 할 수 있는 일이었고, 브레이크와 가속페달을 옮겨 밟는 오른쪽 다리만 사용하면 되었다. 그리고 마스크를 쓰면 손님들과 대화를 최소할 수 있었다. 홍철은 일부러 잔잔한 음악을 틀어놓고 택시를 운행했다. 음악이 틀어져 있으면 말을 걸려던 손님도 음악에 젖어들곤 했다. 하지만 우연찮게 태운 손님이 자신을 알아보는 경우도 있었다. 눈썰미 좋은 학교 동창들은 마스크 밖으로 드러난 얼굴과 눈빛만으로도 홍철을 알아봤다. "야, 너 홍철이 아니냐? 오일팔 민주유공자가 택시가 뭔 말이냐?"라거나 "홍철이 너 오일팔 때 부상당해가꼬 연금 받음시롱 잘 산다는 소문 있더만 이것이 어찌된 일이냐?" 소리로 반가움을 표시했다. 하지만 홍철은 그들이 하나도 반갑지 않았다. 홍철은 민주유공자가 맞지만 연금도 그 어떤 후원금도 받지 않는, 그저 먹고살기 위해 아픈 몸을 움직이는 택시기사일 뿐이었다. 수많은 보수단체에서 5·18구속부상자나 유가족 앞으로 연금과 각종 이권이 부여되고 있는 것처럼 가짜뉴스를 퍼뜨리고 있었다. 홍철은 정부로부터 5·18민주유공자증을 받았다. 하지만 자신이 유공자라는 사실을 떠올릴 때마다 그 옛날 남루한 차림으로 상가에 찾아들어 구걸하거나 갈취를 일삼던 상이군인이 생각났다. 그들도 나라를 위해서 목숨 걸고 싸웠을 테지만 국가가 외면하자 부랑자의 모습으로 서민들을 괴롭히다 종당에는 기피 대상으로까지 전락하고 말았던 것이다. 수많은 5·18구속부상자들이 당시의 상이군인처럼 주변인과 가족의 피를 빨며 사회의 기생충처럼 살아가고 있었다. 세상과 단절한 채 살아가는 구속부상자들 중에는 기초생활수급자로 겨우 연명하는 경우도 많았다. 그러다 마지막은 쓸쓸한 죽음이었다. 택시에 탔던 동창들은 적선하듯 지갑을 털어 던져놓고 후다닥 내리곤 했다. 먹다 버린 감자처럼 덩그러니 던져진 그것을 바라보는 홍철은 그저 씁쓸할 뿐이었다. 민주유공자가 적선의 대상이라니 허―허― 실소가 터져 나오는 것이었다.

홍철은 옷장 문을 열고 단벌 양복을 꺼내 입었다. 벌써 30년이나 지난 양복이었지만 입을 기회가 없어 새것이나 다름없었다. 홍철은 행여 좀이나 슬지 않을까 매년 꺼내서 볕을 쬐고 드라이를 맡겼다. 처갓집으로부터 결혼 예복으로 받은 양복은 아내나 다름없었다. 골동품처럼 진귀한 풍미까지 자아내는 양복은 홍철을 그 옛날 다시 새신랑으로 보이게 했다. 단정하게 양복으로 갈아입은 홍철은 아내의 얼굴을 떠올렸다. 생각만으로도 마음이 아려오는 아내는 오뚝이처럼 생기발랄하고 긍정적인 사람이었다. 홍철의 수없는 가학을 견디면서도 언제나 깨끗한 얼굴로 다시 일어서곤 했다. 홍철은 마지막 순간을 양복을 입고 맞이하리라 오래전부터 생각했었다. 가장 슬펐지만 가장 기쁘기도 했던 결혼식처럼 그렇게 입장하고 싶었다. 홍철은 결혼식 내내 땀을 뻘뻘 흘렸다. 양복은 갑옷처럼 딱딱했고 두 다리는 돌덩이처럼 무거웠다. 나 살자고 한 여자를 구렁텅이로 몰아가는구나. 짓누르는 죄책감 때문에 결혼식이 장례식처럼 느껴졌다. 신혼여행 첫날밤, 경주의 한 여관에서 홍철은 잠든 아내의 얼굴을 물끄러미 바라보며 뜬눈으로 밤을 새웠다. 아내는 아주 편안한 얼굴로 두 팔을 위로 뻗은 채 만세자세로 잠들어 있었다. 차라리 이 여자를 지금 목 졸라 죽여 버리는 편이 앞으로 당할 끔찍함에 비해 덜 괴로울 것인가. 홍철은 자신도 모르게 눈물을 주르르 흘렸다. 홍철의 걱정처럼 아내의 불행은 당장 찾아들었다. 수시로 찾아드는 고통을 잠재우기 위해 홍철은 진통제와 함께 강소주를 들이켰다. 뱀의 혀처럼 몸속으로 술기운이 퍼지면 스멀스멀 기지개를 켜듯 움츠려 있던 괴물이 고개를 쳐들었다. 어떤 무서운 짓도 서슴지 않을 흉측한 몰골의 괴물을 마주한 아내는 어린아이처럼 작아진 채 벌벌 떨기만 했다. 혼잣말처럼 쌍소리를 해대며 옷을 찢어발기는 괴물은 급기야 유리병을 깨서 제 몸에 자해를 해대는 것이었다. 아내는 오돌오돌 떨어대며 하염없이 눈물을 흘렸다. 어쩔 때는 선 채로 오줌을 싸기도 했다. 그렇게 온 집안을 휘젓던 괴물은 급기야 쫓기는 개처럼 구석지에 처박혀 살려달라고 두 손을 삭삭 비벼대는 것이었다. 아내는 그런 괴물 앞에 무릎을 꿇은 채 "주여! 이 가련한 영혼을 구원하소서." 눈물의 기도를 드리는 것이었다.

홍철이 새로이 담배 한 개비를 피워 물었을 때 부르르— 문자 한 통이 들어왔다. 또 한 명의 동지가 임대아파트 화단으로 떨어져 내렸다는 부고였다. 홍철은 휴— 깊은숨을 내쉬었다. 아파트 베란다를 밟고 올라서는 그 길이 얼마나 멀고 힘들었을까. 필시 그도 술의 힘을 빌었을 것이었다. 베란다로 떨어져 내린 그는 살아남은 자의 형벌 때문에 환청을 앓고 있었다. 옆집에서 총소리가 들린다는 이유로 여러 차례 흉기로 위협해 몇 차례 구속까지 됐었다. 민주유공자에서 민주유해자로 돌변한 그는 주변인들을 수없이 괴롭히다 끝내 자신을 죽이는 방법을 선택했다. 자신이 죽지 않은 한 그 트라우마에서 벗어나지 못하리라는 사실을 그는 잘 알고 있었던 것이다. 홍철은 동물의 왕국에서 상처 입은 가젤이 스스로 그 고통을 끝내기 위해 사자 앞으로 천천히 걸어 나가서 잡아 먹히는 광경을 본 적이 있다. 무리에서 떨어져 나온 가젤은 한참을 그렇게 물끄러미 무리를 바라보다 사자 앞으로 담담히 걸어갔다. 홍철은 그 상처 입은 가젤의 최후를 바라보면서 눈물을 흘렸다. 짐스럽지 않게 정직하게 소멸하는구나. 마음속으로 박수를 보냈다. 홍철은 어느 순간부터 그 가젤을 동경했다. 홍철은 상무대 영창에서 마주한 그 꺼져가는 눈빛 때문에 살아 있어도 산목숨이 아니었다. 부지불식간에 찾아드는 그 투명한 눈빛은 온몸을 결박하듯 순간 얼어붙게 만들었다. 그것은 꼭 잠잘 때만 나타나는 것이 아니어서 무연한 일상 중에도 교통사고처럼 찾아들었다. 그렇게 한번 진저리를 치고 나면 구겨진 종이처럼 마음이 우그러든 채 한동안 정신을 차리지 못했다. 그 눈빛은 끝까지 저항하지 못한 채 나는 살아남았다는 자책이 되어 야금야금 정신을 파먹었다. 홍철을 그러잡고 놓아주지 않는 그 무연한 눈빛의 주인공은 상무대 영창 안에 같이 수감되었던 '우정'이었다. 홍철 또래의 가무잡잡한 우정은 앞줄에서 좌측으로 두 번째 앉아 있었다. 오른쪽 손등에 새겨진 조잡한 글씨체의 '우정'은 보기만 해도 웃음이 나오는 것이었다. 친구들끼리 바늘로 잉크를 찍어 새긴 듯 촌스런 우정 문신은 묘한 기시감을 자아내기도 했다. 찾아보면 홍철의 몸 어디에도 똑같은 우정 문신이 새겨져 있을 것만 같은 그런 친근함까지 느껴지는 것이었다. 우정이 고개를 처박았다 다시 일으켜 세우기를 서너 차례 반복하고 있었다. 졸고 있는 것이었다. 불려나갔다 돌아오지 않으면 죽은 것으로 치부하는 살벌한 분위기 속에서 존다는 것은 죽겠다는 것이나 마찬가지였다. 그러다 크르륵– 코까지 골고 말았다. 영창 밖에서 보초를 서던 군인이 살금살금 기어들어 오는가 싶더니 군홧발을 치켜들어 힘껏 머리를 내리밟았다. 퍽– 바닥에 머리가 밟힌 우정은 홍철과 눈이 마주쳤다. 묘한 평안이 깃든 투명한 우정의 눈빛은 홍철의 눈 속으로 쑥 빨려 들더니 그대로 꺼져버렸다. 군홧발에 목이 부러진 우정은 그 순간 절명하고 말았던 것이다. 홍철은 그 광경을 목격하고도 꿈쩍하지 못한 채 계속 정좌자세로 앉아 있었다. 홍철뿐만 아니라 그 누구도 찍소리 한마디 못한 채 주검을 목도할 뿐이었다. 홍철은 자신을 바라보고 있는 우정의 눈을 떨쳐내려 스스로 눈을 감아버렸다. 온몸의 땀구멍에서 눈물 같은 땀이 줄줄 흘러나왔다.

홍철은 청테이프를 풀어서 현관문 틈새부터 막기 시작했다. 방 한 칸 짜리 다세대 주택은 현관문과 미닫이 창문만이 바깥세상과의 유일한 통로였다. 이제 그 마지막 통로를 차단하려 했다. 그동안 참 오랫동안 버텼다 싶었다. 주변의 도움 없이는 불가능한 일이었다. 반면 또 그만큼 주변인들을 귀찮게 했다는 소리였다. 연기가 빠져나가지 않고 홍철이 다 마시려면 꼼꼼히 붙여야 했다. 마지막까지 민폐를 끼친다고 생각하니 마음이 편치 않았다. 인적 드문 곳에 버려질까 싶기도 했지만 그럴 수 없는 사정이 있었다. 집주인 할머니께는 미안하지만 집에서 끝낼 수밖에 없었다. 홍철은 가끔 자신이 시위에 참가하지 않았더라면 어땠을까 되돌아보곤 했다. 남들처럼 행복하게 살고 있을까 아니면 방관자의 심정으로 죄책감에 시달리며 살고 있을까. 홍철이 시위에 참가한 것은 순전히 깃발 든 여자 때문이었다. 홍철의 기억 속에 깃발 든 여자는 한밤중 연못 속에 떠오르는 달처럼 아주 선명한 것이었다. 최루탄이 난무하는 흙탕물 같은 도심 시위현장에서 하얀 깃발은 한밤중 십자처럼 불을 밝히고 있었다. 홍철은 대인시장에서 식료품도매점을 운영하고 있는 아버지의 심부름으로 자전거를 탄 채 소금 배달을 다녀오던 중이었다. 빈 자전거를 끌고 충장로를 지나던 홍철은 막대기 끝에 흰 천을 묶어 흔들어대는 중년 여자를 보았다. 키가 큰 마른 체형의 여자가 뭐라고 외치며 깃발을 흔들었고 그 뒤로 수많은 사람들이 열 지어 따르고 있었다. 사뭇 기이한 광경에 홍철은 자전거 페달을 굴려 가까이 가 보았다. "여러분! 지금 수많은 시민들이 병상에서 피를 흘리며 죽어가고 있습니다. 우리들의 피가 그들의 생명을 살릴 수 있습니다. 헌혈을 하실 분들은 지금 제 뒤를 따라주십시오. 우리는 지금 광주기독교병원으로 가고 있습니다." 어느 소설가의 부인이라는 여자는 온전히 제 한 몸으로 거대한 파도를 일으키고 있었다. 감정이 싹 가신 비장감마저 감도는 여자의 낯빛은 강철처럼 단단한 의지만이 빛나고 있어서 그 어떤 삿된 기운이 범접하지 못할 정도였다. 홍철은 회오리바람에 휩쓸리듯 여자의 성난 파도 속으로 뛰어들었다. 마치 불길 속에 뛰어든 것처럼 온몸이 뜨거워진 홍철은 활활 타오르듯 대열을 따라서 기독교병원으로 향했다. 눈으로 확인한 기독교병원의 참상은 이루 말할 수 없었다. 수많은 시체와 부상자들이 병원 복도와 침상에 뒤섞여 그야말로 아비규환이었다. 홍철은 수많은 사람들과 나란히 누워 피를 뽑았다. 애써 외면했거나 관심 없어 했던 광주의 참상이 뽑아지는 피처럼 심장을 뛰게 했다. 홍철은 특별한 신념이나 의협심도 없었지만 피를 뽑고 나자 마음이 달라졌다. 타고 온 자전거를 버려둔 채 곧바로 시위대에 합류했다. 분명 몸 안의 피는 빨려 나갔지만 혈기는 치솟는 기분이었다. 지금껏 온순하기만 했던 홍철은 시위대 틈바구니에서 목이 찢어져라 구호를 외치며 돌을 집어던졌다. 그동안 잠자고 있던 이성이 깨어난 것인지 아니면 이성을 잃어버린 것인지 알 수 없었다. 서로 대결한다는 것이 무서워서 친구들과도 한 번 싸워 본 적이 없는 홍철은 어느새 시위대 맨 앞줄에 서 있었다. 기독교병원 옆 침상에서 나란히 피를 뽑던 여고생이 공수부대원에게 붙잡혀 발길로 걷어차이고 있었다. 홍철은 개머리판으로 여고생의 머리를 내려치려는 공수부대원의 허리를 붙잡고 뒹굴었다. 옆에서 달려온 공수부대원까지 두 명에게 둘러싸인 홍철은 개처럼 짓밟혔다. 무수히 내리꽂히는 곤봉과 군홧발에 홍철은 까무룩 기절하고 말았다.

창문까지 꼼꼼히 테이프를 바른 홍철은 싱크대 찬장을 열었다. 싱크대 찬장에는 아내가 사용하던 냄비가 들어 있었다. 아내의 손때가 묻은 냄비를 마주하자 가슴이 먹먹했다. 치밀어 오르는 회한에 목이 멘 홍철은 이빨을 꽉 깨물었다. 냄비 바닥으로 눈물이 뚝뚝 떨어져 내렸다. 홍철은 냄비를 그러안은 채 한동안 숨죽여 흐느꼈다. 늘 그랬던 것처럼 아내가 울지 마라 등을 다독여주는 것 같았다. 홍철은 흐르는 눈물을 닦아내며 냄비 속으로 착화탄을 집어넣었다. 아내와 마주 앉아 냄비 속 찌개를 떠먹던 기억이 떠올랐다. 소고기 한번 제대로 사준 적이 없지만 아내는 늘 명랑했다. 홍철은 또 한 잔 소주를 따라서 죽 들이켜고 오징어 다리를 씹었다. 오징어다리 하나도 버거운 썩은 어금니 같은 인생이었다. 홍철은 연거푸 술잔을 기울였다. 술이 취해야 깨지 않고 숙면인 채로 갈 수 있을 것이었다. 세상에 아무런 미련이 없듯이 가는 길도 그렇게 평안하고 싶었다. 한때는 불의에 저항했다는 자부심과 긍지를 아편처럼 스스로에게 부여했다. 하지만 아편은 말 그대로 단방약일 뿐 종당에는 더 큰 비참한 최후를 맞이하게 마련이었다. 세상의 밑불이기를 바라는 심정으로 협회 사무실에 자주 얼굴을 비쳤다. 협회 사무실 풍경은 늘 비슷했다. 그 늘진 얼굴들끼리 모여서 옛날얘기를 하거나 어느 단체에 힘을 보태자는 의논이었다. 그날도 홍철은 우두커니 앉았다 점심때가 되어 끓여내는 라면 몇 가닥을 빨아마셨다. 나가서 사 먹을 형편도 안 되고 그렇다고 굶을 수도 없기에 라면이나 국수로 그냥저냥 점심을 때우는 식이었다. 그러던 중 시비가 시작되었다. 동지 중 한 명이 수입금은 어쩌고 허구한 날 팅팅 불어터진 밀가루나 퍼먹이는 것이냐며 투덜거렸다. 하지만 아무도 대꾸하지 않았다. 대꾸할 거리도 안 되었지만 대꾸할 힘도 없는 것이었다. 하지만 한번 말을 꺼낸 동지는 기어이 답변을 듣겠다는 심정으로 목소리를 높여 다른 불만까지 토로하기 시작했다. 그러자 임원인 다른 동지가 자판기 몇 대에서 거둬들이는 수익이 얼마나 되기에 밥을 사 먹자는 것이냐며 한마디 쏘아붙였다. 협회에서는 공공 시설물에 자판기 몇 대를 들여놓고 그 수입금으로 자체 경비를 사용하고 있었다. 보나마나 간사 급여도 간신히 챙겨줄 수 있는 정도였다. 하지만 신경이 날카로워진 두 동지는 급기야 쌍소리를 질러대며 멱살을 잡기에까지 이르렀다. 그러면서 테이블이 밀렸고 대접의 라면 국물이 홍철의 허벅지 위로 쏟아졌다. 욕이라도 얻어들은 듯 홍철은 쏟아진 라면 국물에 화들짝 얼굴이 붉어지고 말았다. 낡은 소파처럼 우두커니 앉았던 홍철은 벌떡 일어나서 상을 들어 엎어 버렸다. 겨우 동전 몇 푼 거둬들이는 수입으로 라면이나 몇 가닥 빨아먹는 처지에 멱살잡이까지 한다는 것은 너무 처절한 것이었다. "이럴 바에는 운동이고 뭐고 다 집어치우고 각자 호구지책이나 책임집시다. 그만 때려치우잔 말이오." 협회 사무실은 여덟 개의 대접에서 쏟아진 라면가닥으로 난장판이 되었고, 모두들 막장의 인부처럼 쭈그려 앉은 채 말이 없었다. 그 푸르던 의기는 전부 어디로 잃어버리고 잔돈푼에 핏대를 세우는 쭉정이들로 변해 버렸는지 세월이 한스럽기만 할 뿐이었다. 사무실은 그렇게 한동안 벌판의 눈보라 속에 놓여 있었다. 홍철은 늙은 이들처럼 먼산바라기를 하고 앉았는 동지들을 향해 허리를 숙여 작별인사를 건넸다. 아무도 잡지 않았고 아무도 잘 가라 인사를 건네지 않았다. 그것이 동지들과의 마지막이었다. 절뚝이는 다리를 끌고 협회 사무실을 걸어 나오는 홍철은 간이라도 떼어낸 듯 한없이 허수하고 서러워서 건물 기둥을 붙잡은 채 한참을 그렇게 꺼이꺼이 울음을 토하고 말았다.

홍철은 탁— 라이터를 켰다. 파란 불꽃이 피어올랐다. 조금 전 소주와 함께 삼킨 수면제가 가물가물 꿈속으로 이끌었다. 흔들리는 불꽃 속에 아내의 기도 하는 모습이 얼비쳤다. 아내는 홍철을 위해 평생을 기도했다. 그리고 어제야 비로소 하나님은 아내의 기도에 응답했다. 퇴근 후 TV를 켜놓은 채 저녁을 먹던 홍철은 그대로 밥상을 때려 엎었다. TV 화면에 비친 군인들의 훈련 장면이 화근이었다. 군홧발 아래서 개처럼 굴복했던 그날의 환영에 사로잡힌 홍철은 주체할 수 없는 복수심 때문에 눈이 돌아갔다. 잠자던 괴물이 깨어난 것이었다. 옆에서 빨래를 개고 있던 아내는 새파랗게 질린 얼굴로 놀란 가슴을 움켜쥐었다. 홍철은 집어들 뭔가를 찾다 아내가 사용하고 세워둔 다리미를 발견했다. TV에서는 총을 멘 군인들의 열병식이 거행되고 있었다. 다리미를 집어 든 홍철은 TV를 향해 힘껏 내던졌다. 퍽, TV 브라운관이 깨지면서 조각난 영상들이 지지지- 소리와 함께 춤을 췄다. 가일층 흥분한 홍철은 또 집어던질 뭔가를 찾았다. 핏발 선 홍철의 눈에 띈 것은 목침이었다. 두통에 시달리는 홍철이 치료용으로 베고 자는 것이었다. 홍철은 악귀의 손아귀처럼 목침을 꽉 움켜쥐었다. 깨진 TV 브라운관은 계속해서 지지지- 소리와 함께 현란한 춤을 췄다. 그것을 완전히 부숴버릴 심산으로 목침을 높이 치켜들었을 때, 와락 달려든 아내가 홍철의 다리를 붙잡았다. "예수그리스도의 이름으로 선포하노니, 내 남편의 몸속에 있는 마귀사탄은 묶임 받고 썩 물러갈지어다." 순간 홍철은 손에 들었던 목침으로 아내의 머리를 힘껏 내리쳤다. 퍽-퍽-퍽-, 아내의 머리가 TV 브라운관이라도 되는 듯 정신없이 내려치던 홍철은 한순간 손에서 힘이 쑥 빠져나갔다. 홍철의 다리를 붙잡았던 아내의 손이 스르르 풀리는가 싶더니 방바닥으로 힘없이 쓰러져 내린 것이었다. 뭉개진 아내의 머리에서 장미처럼 붉은 피가 천천히 흘러나왔다. 방바닥에 주저앉은 홍철의 엉덩이로 아내의 뜨듯한 피가 잦아드는 숨결처럼 젖어들었다. 아내는 그렇게 머리가 깨진 참혹한 모습으로 이틀째 방바닥에 누워 있었다. 홍철은 그 이틀 동안 우두커니 아내의 곁에 앉아 있었다. 모든 것이 끝나버린 듯 아무런 감정이 없었다. 유일하게 생각나는 것은 동물의 왕국 속 가젤이었다. 상처 입은 가젤처럼 일찍 용기를 내지 못한 자신이 한없이 원망스러웠다. 홍철은 피로 물든 아내의 얼굴을 한번 쳐다본 후 착화탄에 불을 갖다 댔다. 지지지- 연기와 함께 불꽃이 튀었다. 이제 비로소 모든 것이 소멸될 시간이었다. 홍철은 수첩 속에서 민주유공자증을 꺼내들었다. 그만 화인과도 같은 민주유공자증을 반납하고 싶었다. 평생 민주유공자가 아니라 민주유해자로 살아온 지난날이 아쉽고 부끄러웠다. 홍철 안에 똬리를 튼 괴물도 불길 속에서 함께 사그라질 것이었다. 불길 속에 던져진 민주유공자증은 화르르– 이글거리며 타올랐다. 가물가물 밀물처럼 잠이 몰려왔다. 홍철은 천천히 기어서 아내의 곁에 누웠다. 매캐한 연기가 콧속을 파고들었다.

– 손병현 소설집 『쓸 만한 놈이 나타났다』(문학들, 2021년)

장인표 상사, 공적을 청원하다!

채희윤

1954년 목포 출생. 1989년 〈한국일보〉 신춘문예로 등단.

소설집으로 『한 평 구 홉의 안식』, 『곰보아재』, 『별똥별 헤는 밤』, 『스무고개 넘기』 등.

장편소설로 『소설 쓰는 여자』 등이 있음.

광주전남작가회의 회장, 광주여자대학교 교수 역임.

현 오월문예연구소 소장.

1

좋습니다. 일이 기왕 요라고 어긋난다면, 나도 신속히 작전 변경헙니다, 17계 가도멸괵假道滅虢. 낙하훈련, 천리행군을 밥 묵듯 헌 대한민국 공수부대 상사로 제대한 남자가 나, 장인표요. 힘들게 만들어 버젓이 키워 논 아들이 아버지 대망을 막겠단 말, 그것 아니요? 결국 지 아버지를 폐급으로 본다는 말과 진배없는 거제.

인생 세 번째 마지막 기회를 위해 수년 계획헌 거사를 막는 것, 요것 보다 더 나쁜 불효가 어딨겠오. 성질대로 허자면 원산폭격으로 정신교육 좀 시키고 잡은디, 솔가해 자식 거느리고, 병원장이란 사회적 지위까정 있는 놈을 그렇게는 못 헐 노릇이고. 지금 내 속은 곽란 난 듯 오장은 뒤틀리고 육부가 꼬이는 열기로 귀코헐 것 없이 구멍마다 연기가 솟아난 께, 내가 화상 입은 도깨비 꼴이오 시방.

물론 이번 일은 내 실습니다. '귀신처럼 접근하여 번개처럼 타격하고 연기처럼 사라져라'는 공수단 구호를 각인시킨 내가 어쩌다가, 의사니 교수니 하는 사람 앞에 붙은 상표에 혹해서 좀체 안 허던 경솔한 판단을 했은께라. 며느리가 네 번 만에 남아를 포태허고, 장인과 합쳐서 만든 병원이 전국에서 몇 개 안 읎다든 종합병원 원장이 된 아들에, 마누라 수술까지 잘 끝나 퇴원하니, 식솔들이 얼씨구 좋아 난리치는 바람에, 나까지 살짝 부화뇌동헌 댓가지라. 변명 쪼까허자믄, 가장이란 사람이 중병 든 마누라 퇴원해, 가시나들밖에 없던 집에 손자 생겼는데, 빌려 온 고양이 같이 무덤덤힐 수가 있것소?

오늘처럼 속이 뒤집힐 때는, 마당에 나가서 시내를 봅니다. 좀 보세요, 그야말로 광주 시내가 거의 한눈 안으로 옴싹 들어오제라? 나, 장인표 집이 을매나 당당허게 높이 서 있는지 알 것이라? 마당에 나설 것도 읎이 거실 대청에 서서 팔만 벌리면 광주 전체가 내 품속에 있고, 무등산마저도 두 팔 안에 가둘 수 있단 말이오. 한 번 더 보쇼, 거리며 건물들이 모두 다 내 발밑에 있는 것을. 눈높이에 있는 것허고 눈 아래 있는 것허곤, 같은 것도 천양지차 달리 뵈는 법이지라, 암요. 눈 아래 있고 팔 아래 있는 것은 만만하게 보여서, 싸워 볼 만허고.

사람들 일생에 딱 세 번 기회가 있다는데, 그것이 딱 맞아떨어졌습니다. 첫 번째가 마누라 땜샐까라 결혼 땜샐까라, 그 처음이. 포도시 먹고 살 정도 소농 집의 독자로 태어나서, 공부 대충대충해서 공고 졸업허고, 공단에 있는 작은 공장에 취업했다가, 거기서 마누라를 만났지라. 상고 졸업을 한 달 앞두고 경리 보조로 예비 취업 나온 학생였는디, 인물도 적당허고, 성격 모나지 않고, 가정 형편도 고만고만. 이래저래 나허고 비근비근허다 생각해 열심히 꼬셨지요. 남자들 공식따라, 이듬해 벚꽃 구경으로 홀린 다음, 술 취한 척해가며 여인숙에서 개통식을 해버렸제라. 그 뒤로 협박과 회유로 살을 몇 번 섞었는디, 여름도 못 넘겨 명국이 놈이

들어서요. 나 스물하나, 즈그 엄마 스무 살에.

상처허고 홀아비로 7년째 사는 아버지한테도 면목 없었지만, 또 여러 군데에 낯짝도 팔렸지만, 특히 장인 될 양반이, 대인시장에서 주먹 꽤나 쓴다는 소문에 식겁했습니다. 입막음 가름해서 병무청에 가 즉시 입대서류에 도장 찍고, 내친김에 마누라 데리고 동사무소에 가서 혼인신고 해버렸지라. 댓바람 타고 일사천리로 처가에 가서 이마를 땅에 박고 고두백배 사죄하며 당신 딸 책임지겠다는 맹세로 일단락 지었지요. 선친에겐 둘이 가서 큰절 올리고, 손바닥 불붙을 정도로 잘못을 빌어 겨우 넘기며, 마누라를 아버지께 맡겼소. 명국이 두 살, 내가 말뚝 하사돼서 강원도로 불러올릴 때까지 뺑이치며 하사관 교육을 수료허고, 진짜로 훌륭한 대한민국 특전사로 거듭났당께라. 자식과 마누라 먹여 살릴라면, 유일한 방법이 이것이라 생각했은께라.

맞습니다. 남자는 군대를 가야 헙니다. 겁나서 도망치듯 간 군대에서, 숱한 기합과 정훈교육, 유격훈련으로 지친 몸으로 일과를 끝내고 귀대하는 가을 어느 날 오후에, 나는 인생 처음으로 대한민국, 내 조국이라는 절대명제와 대면했습니다. 블록 담장 위 원형 철조망 사이로 군데군데 소나무와 미루나무 사이로 보이는 푸른 하늘과 흰 구름 아래에서 들리던 군가. "겨레의 늠름한 아들로 태어나 조국은 지키는 보람찬 길에서…" 그 노래에서 평생 처음으로 내가 대한민국 국민임을 확신혔고, 나 같은 별 쓰잘데없는 놈도 조국을 위해, 이 한 몸으로 국민의 의무를 실행함으로써, 대한민국 남자 중 하나가 되어 있다는 사실에 눈물까지 흘려버렸당께. 국가가 이런 찌질이 인표를 멋진 남자로 인정하고, 호명했다는 것에 진실로 감동했단 말이오.

그런께, 그래서 인제 내가 그 국가에 요청을 헐라고요. 내게 첫 대면한 조국 대한민국의 훌륭한 군인이었음을 자부하며 살게 해달라고요. 그란디, 아들이란 놈이 아버지 대망을 꺾을라고 안 허요, 그 참! 걱정은 안 해라. 26계 가치부전. 어리석게 보이지만, 미친 것은 아니득기, 부사관으로 30년 넘게 멸사봉공헌 나는 절대 만만히 꺾어지는 잡목이 아니랑께라. 아버지를 아직 이해 못 혀 딴생각하것제만, 아직 머리 총총하고 힘도 마누라를 번쩍 들 정도는 되고.

그날 식사가 거반 끝나는 참에, 여름밤 달빛이 유리창으로 스며들어 밀물처럼 작작히 만정하고, 열어 놓은 살창으로 뒤란 대나무 몇 그루가 바람에 슬몃슬몃 움직이며 내는 소리는 대청마루에 스치는 마누라 한복 치마 소리처럼 들립디다. 반주로 마신 양주 몇 잔이 내 인생에 대한 자부심을 끌어 올려 마음이 보들 눅진해진께, 나 장인표가 생각을 몇 번 궁글다가, 마침내 몇 년을 준비한 일을 의논헐라고 서재로 불렀지라. 나는 평생을 아래 사람들, 마누라하고도 의논 같은 것을 안 하던 사람인디, 걱정쪼까 사라지고 술 몇 잔에 흥감해서 좀 실수를 헌 듯허요.

"편히 앉어라. 허심탄회 의논 좀 허려고헌께. 으흐음. 장원장은 아부지가 정년 다 못 채우고 제대헌 것은 알제?"

"예. 집안도 크게 일으키시고, 저도 자리를 잡고 해서…."

"그것도 반 뿐이여. 정년도 못 채우고 제대헌 아부지가 뭘 허고 살았제?"

"두문불출하시며 공부하셨습니다. 컴퓨터도 배우시고."

"3분에서 2는 맞는디 고것도 다는 아니고. 내가 여기다가 터를 잡은 이유가 뭐라 생각허냐?"

"친척들이 간 유촌에는 물水이 많아 토土가 낀 저하고 안 맞다며, 이곳으로…."

"거작 맞췄네만 전부는 아니여. 암, 자네 땜새 옮긴 것은 맞는디, 사주는 핑계였네. 느그 남매 더 크게 될 것이고, 후손들은 더 번창헐 텐디 반미 농가에 빚쟁이, 품앗이꾼으로 대접허는 친척들과 떨어질라고 그런 거여."

"아이고, 참 아버님. 요즘 세상에 그런….”

"형. 요즘 세상이라고 사람 사는 세상 아니여? 사람 사는 세상은 끝도 없이 나누고 가르는 거이 법칙이고 질서여. 힘 있는 놈덜이 세상 질서로 차별을 맨드는 걸 알게되니, 절로 각성이 되야서 아버지가 죽을 고생함 시로도 어쩌든지 장교 될라고 시험을 몇 번 봤다이."

서랍을 열어, 대학노트 몇 권, 파일첩 두 권, 양면지에 봉투 등을 서탁에 늘어 놓고, 아들을 살폈지요. 소위 내과의사라 맨날 놈의 속만 들여다 본담시롱, 제 아버지 속은 모르는지, 유격장에 온 신삥 고문관처럼 물끄러미 서탁허고 나를 번갈아 봐라. 동곳을 빼는 것은 성미 급헌 내 차지니 으짜겠소. 마른기침으로 운을 떼야제.

"군문에만 있다가…"

나는 자동적으로 곁에 마누라가 없는 것을 확인했지라. '오메. 군문이라께. 누가 들으면 사관학교 나와서 별 달고 예편헌 줄 알것소.' 함시롱 늘 초 치는 소리만 헌단 말이오.

"군대에만 있다가, 사회로 나온께 세상이 요지경이여. 아버지가 한 2년 동안 이런 사람 저런 사람 적잖이 만나 봤어. 그래 보니, 좋은 놈들보다 나쁜 놈들이 많드라. 허으흠, 느그는 기억 못 허겠지만 아버지 장교시험 세 번 보고 다 떨어졌다. 그렇게 들이 파고해서 필기시험 성적은 좋은디야, 꼭 2차에서 낙방이여. 삼 년하다 포기해 부렀다. 마침 부사관 제도를 바꿔, 원사를 맹글어, 상사 위에 놓고야 초급 장교들과 비슷허게 맞춘다고, 다 조삼모사여. 느그 아버지 그 원사도 못 했다. 퇴직할 때까지 노력했는데 안 되드라. 이 년 먼저 제대헌 것도 그래서고. 내가 놈보다 못 혀서 그랬것냐. 아니여! 흐흐흠. 아버지가 광주 사람이라 그런 거여.

그 5월에 7여단 33대대 공수부대원이라 그런 거여."

파일북을 펴는 내 손이 저절로 떨리고, 어쩐지 서러워서 건기침을 억지로 했습니다. 책장 갈피를 넘기다가 철심으로 꽂힌 양면지에서 멈추고, 매만졌어라. 장인표 인생의 멍엣상처 같아서라. 수십 년간 내 혼이 이렇게 꽂혀 있는 것 같습디다. 상황판단이 안 서는지, 긴장했는지, 아들 손가락이 방향없이 옴지락거린 버릇이, 제 할아버지 닮았네요.

편철된 양면지를 꺼내, 겉표지를 넘길 때까지, 동지 때 개딸기를 본 듯 아들이 눈을 치켜뜨더니 내 눈을 가림없이 봅디다. 10 마지기 땅 사드릴 때조차, 나는 선친을 이라고 당당히 본 적 없는디. 지놈헌테 쏟아부은 내 재산이 얼매나 되는지 알아도 이리 당당헐까라?

제번하옵고, 자고 이래로, 한 국가의 권위는 국가의 사실상(의) 존재 자체나 국가가 행사하는 사실(적인) 힘에서 비롯되는 것이 아니라, 국가의 진리성, 말하자면 오직 국가목적인 인간의 실(체를?)존을 위한 수단, 한 개인의 윤리적인 자기보전과 도덕적인 자기발전에 봉사하는 유용한 수단이라는 신뢰에 기초하고 있다고들 헙니다. 당연히 국가권위에 대한 국민의 복종의무는 국가라는 (단위가) 국민의 자유와 안전을 보호할 의지와 능력을 갖고 있는 데에서만 지속헌다고 사료됩니다. 인간이 국가를 위해 존재하는 것이 아니라 국가가 인간을 위해 존재해야… 항명죄라는 것은… 국민원인 장인표 하사가 허필 고향인 광주이기에 '1980년 5월 17일 연대장 윤국현'의 그 명령 거부한 것이 아니…. 국민의 군대란 군인의 충성이 지향하는 최고의 대상은 오직 국민이며, 따라서 국민을 주인으로 섬기는 군대를 의미한다는 우리 국군의 최고의 목표를 확실히 인지하고 있었으며, 그 이타적 의무감은 진정한 군인정신의 귀감이라고 보여지… 오히려 정당한 대한민국 국민의 정의감에 불탄 데에서 비롯되었음을 인정해야 할 것으로 생각…. '5월 광주민주화운동'은 이미 군사정권의 잘못된 행위였음이 밝혀졌…. 국가를 위해 30년 이상 근무한 한 부사관의 억울함을 두루 살피시고… 억울함을 외면하지 않으시려면, 철저한 조사와 규명을 통해서 위에 올린 민원 사항에 대하여 정확하고 분명한 답장을 내려주시기 앙망합니다. 부사관 명예제대자 장인표 상사 올림.

지 아버지가 강시나 우주인이라도 된답디까? 아들이 입을 점차 벌려 감시롱 내 민원을 듣더니만, 읽기를 마치자, 벼락 맞은득기 입을 다물어 붑디다. 한참 동안. 내용을 들었은께, 아버지의 고통을 알고 위로해주거나, 통곡해줘도 시원찮을 판국에.

"육본 민원실로 보낼 탄원서다. 으짜냐, 행정서사는 좋다든디? 몇 군데만 손보면 되것다고."

"그러니까, 아버님. 이걸 육본에 민원으로 넣겠다는 말씀이죠? 뭘 하시려고요? 우리 정도 살면서 정부 보조비 필요없잖습니까? 연금이 인상된다 해도, 그게 얼마나…"

으째 이런 일이. 부끄럼에 섞이 돌고, 야간하강 때 사라진 낙하지점 신호로 공포감이 주던 심장압박증이 나타나 내 몸을 쥐어짜는 아픔에, 서탁을 발로 차버렸어라. 물건들이 흩어지자, 아들 명식이 놈이 재빨리 무릎을 꿇고 머리를 숙입디다. 앞이 안 보일 정도로 화가 치밀어 소리 한 번 지르고 안방으로 건너오다 발을 두 번 접질렀는데 통증도 읎습디다.

"가라! 필요읎어! 불혹 넘고, 자석도 키움시롱 아버지 심정을 그라고 몰라! 인자, 아버지는 긴 전쟁을 할 거여. 평생 못 삭힌, 곪아서 숭터뿐인 명예와 권리를 찾을 거여. 느그 아버지 후퇴허는 사람이 아니란 거는 알지야? 느그들 도움 읎어도 꼭 해낼 것이여!"

2

서석대가 더운 여름 공기에 아렴칙허게 멀어지는 모양도, 구름 없이
도 흐릿한 날 때문인지 푹 꺼져 가라앉은 광주 모습을 관측허고 있자니
숙취 뒤 냉수 땡기득기 목이 타네요이. 그래도 금남로에는 시내버스가
달릴 것이며, 도청 분수대와 뼈따구만 남은 도청 건물들도 바람 덜 찬 풍
선처럼 느리게 튀어 오르겠제라. 원수놈의 전남대도 오른편으로 보이고
라. 흐으음 그라제라, 기회란 놈은 때로는 굴욕까지도 요구헌께 참을 인
忍자 한 번 더 써야지라. 덜 식은 울분도 삭힐 겸 앞마당, 뒤란의 채마밭
까정 댕기며 물을 주고 들어오자, 안마의자에 앉아 텔레비 보던 마누라
가 묻네요.

"밤에 믄 일이 있었소? 으째 자석들이 환자 엄마보다 썽썽헌 아부지
안부를 더 챙긴다요. 당신 늙어서 효도 받을란갑소이."

"민어 부레 초장에 빠진 소리허고 자빠졌네. 옷이나 줘. 우체국 댕겨
올랑께."

내친김에 가야 허지라. 나는 우체국에 가서, 등기우편으로 민원서류
를 육군 본부에 보냈습니다. 승패와 관계없이 군인이라면 오로지 죽기를
각오로 싸우는 것만이 진정한 전사의 명예를 이루는 것. 거기다가 나는
하나 더 보탭니다. 일사보국으로 군문에 바친 내 순정. 누구 노래처럼 푸
른 옷에 흘러간 아까운 내 청춘만이 아니라, 나 비슷헌 군인들 몫까지 헐
라고요. 그런께 나는 역사적 일을 하고 있단 말이오. 인자는 답신 기다리
며 다른 작전 짜는 것이 내 임무네요.

세상에, 생각없이 후다닥 만들어 놓은 내 새끼가 공부를 그라고 잘할
줄을 뭔 수로 알았겠습니까. 하나도 안 갈쳤는데 열을 깨달아라. 텔레비
연속극 제목으로 한글을 깨우쳐서, 책을 줄줄 읽는 다섯 살 아들을 봄시

로 확신을 가졌어라. 우리 집안이 파벽할 것을요. 저놈으로 내 인생은 달라질 것이라고. 억울하게 맞아, 너무 고통스러워, 혀를 깨물어 자살까지 생각했던 내가 어리석게 보이더란 말이오. 오 년 터울로 명지가 들어서자마자, 나는 가족을 광주 아버지께 다시 내려보냈습니다. 실업계 나온 직 부모들을 능가하려면 더 잘 더 많이 배워야지라. 광주가 강원도 전방보다야 더 교육도시 아닙니까? 자식들 교육비에 보탤라면 나는 전방에 있어야 했지라, 수당 한 가지라도 더 받아야 할 때였은께. 그란디 봤지라, 우리 아들 허는 짓. 내 인생의 두 번째 기회는 천만에도 자식들이 아닙디다. 자식들은 부모 인생에 기회가 못 되는 것들이라, 삼동 추위에 양지바른 언덕배기 정도 온기는 될란가는 몰라도.

우리 선친 평생을 밭 400평 논 7마지기 소농으로 겨우 밥 빌어먹지 않고 살면서, 제발 열 마지기만 넘으면, 놈 부끄럽지는 않것는디를 노래처럼 불렀습니다. 아버지 은혜를 갚겠다고 내 피와 땀으로 만든 봉급을 몽땅 떨어 적금 붓고, 거기에다 100만 원 빚까지 내어서 10마지기를 사서 17마지기 중농으로 만들어 드렸지라. 우리 아버지, 눈물 핑 돈 눈으로, '명국아. 할아부지가 네 복으로 소농 챙피는 면허고 죽을란갑다. 니 낳고 느그 아부지가 저리 철이 들어서.' 아닙니다. 아부지. 아이가 아니라 군대 짬밥이 나를 이렇게 버젓하게 맨들었습니다는 말하지 않고요.

네. 논이 두 번째 기회였지라. 괘념하는 아버지를 위해, 말뚝 기념으로 가입한 군인재형저축으로 산 논이 내게 돈벼락을 내립디다. 그 변두리 마을이 신도시가 될 줄 꿈이라도 꿨겠냐고요. 논을 산 지 딱 9년 8개월 된께, 시청, 경찰청 등 관공소 반이 넘게 이전하게 되고, 그 바로 30m 떨어진 우리 논은 금값이 되붑디다. 다른 사람들 땅은 도로니 뭐니 등등으로 수용도 됐지만, 귀퉁이에 있던 우리 논은 고스란히 대로 맞닿은 상업지역 알짜배기로 환골탈태헙디다. 요건 문중에 충실한 아버지의 노고에 대한 하늘의 보답이며, 타고난 내 재물운인께, 가히 하늘이 내게 준 두 번째 기회라고 봅니다. 진화타겁. 36계 승전계에 나오는 계략, 불난 틈에 때려잡자. 깔축없이 다시 땅에 투자혀서 몇 바퀴 돌린께, 조물주 위의 건물주가 됐제라. 암도 몰랐을 거요, 마누라허고 나는 은제나 가난한 군인 가족으로 살았은께요.

상사 장인표 복귀했다!

나는 대문에 들어서면 늘 자석들을 불러 마당과 현관 아래로 내려서 귀가 인사를 하게 했지요. 아내 역시 나란히 서서 군모를 받아들게 해서, 아버지 위엄을 가르쳤습니다. 장교 시험을 포기한 다음부터는 더 강화했어라. 아들은 양어깨를 꽉 잡아 힘으로 순종을 느끼게 하고, 딸은 머리를 쓰담는 것으로 복종을 가르쳤지요. 머리 좋은 것들은 어리고 약헐 때부터 단단히 잡아 놔야 허는 건 신병 훈련 원칙이제라. 부모를 가볍게 여기지 않게 잘 훈련시켰더니, 몸과 정신에 배드만요.

늦공부로 사리가 텄지요, 나 역시라. 의사와 교수 부모 정도 될라믄 대략 갖춰야 헐 상식이 있지 않것어요? 소싯적 공부도 부족허고 30년 넘게 군대서 교본대로만 살았는디, 또 사돈이란 분이 의사라는디, 무식으로 망신을 사서 자식들 챙피허게 헐 것 없지라. 그래서 학이시습學而時習을 했지라. 사전에, 옥편까지 찾아감시롱 신문 여섯 개를 읽을라치면, 하루가 거작 갑다. 내가 모르는 것이 그라고 많다는 사실도 환갑되야서 알았은께. 신문지 위에 포스트-잇으로 모른 글자나 내용을 써놓았다가 컴퓨터에서 찾아 알아내고, 한자도 연습해서 익혔지라. 노느니 염불한다 안 헙디요?

어느 날은 '馬革裹屍'라고 써놓았더니 딸년이 보고, '마혁이시'로 읽다, 내가 써놓은 쪽지를 보더니, 열없는지, '말 마, 가죽 혁, 쌀 과, 시체시, 후한서, 마원전' "우리 아버지 서당 훈장님 해도 되겠네." 헙디다. 더불어 걷 이자가 아니었네로 추임새까정이라. 그때 내가 깨달었지요. 내 새끼들 공부 잘헌 것도 다 내 유전자의 작용이란 것을이라. 컴퓨터가 내 선생이었제. 진짜 36계를 컴퓨터에서 낱낱이 읽을 때는 눈물이 날 정도였은께. 이것들을 군대 때 알었다믄, 그 대가리에 피도 덜 마른 쏘가리 진배없는 위관급 장교들의 포장된 무시도 없었을거요이.

날마다 체부 오는 시간을 기다려 문 앞에서 기다리고 기다리다 열흘 만에 온 국가기관 답장은 기를 막고, 염장에 화톳불 놓아 분 형세요, 지금이라.

귀하가 보낸 민원에 대해서는 우리 쪽에서도 많은 시간과 노고를 기울었지만 관련해 어떤 자료나 기록들이 남아 있지 않고, 인적 물적 증거를 찾을 수가 없으니 양해바랍니다.

알량헌 방석집 기둥서방 삼경에 새납 불다 곤장 맞을 말뽄새 보십쇼이. 박봉에도 멸사봉국 정신으로 국가를 지키기 위해 40년 다 되게 고생 헌 제대군인에게 보낸 두 줄도 못 된 답장을. 참습니다. 복수하려는 사람은 먼저 인내하는 방법을 배우라고 했은께. 퇴역 군인을 대하는 못된 처사에 복수하는 방법은 필사적으로 목표지를 탈환허는 것이라. 나는 재차 보냈습니다. 이번에는 '내용증명'이라는 법적 방법까지 동원했지라. 시간은 잡아서 회로 처먹었는지 열흘이나 된 날 점잖게 민원과장 이름으로 답장이 왔제만, 내용은 여전히 맹탕입디다. 다시 똑같이 해서 보냈어라.

그 뒤 몇 달을 그믐치에 젖은 이른 보리싹처럼 보냈습니다. 혹시 좋은 소식 담은 등기를 받을까 허고, 외출도 삼가고 기달렸지라. 반년 만에 참을 수 읎어서 직접 육본 민원실을 찾아 나서기로 작정했지라. 그래도 아들이라고 기특하게 명국이가, 병원 계약 로펌 변호사를 대동시켜 줍디다. 허참, 대우가 달라져. 민원과장이 직접 나와서 상담실로 모시드랑게. 대한민국이 평등하다고라? 그 평등헌 것을 갈칠라고 신병들 빤쓰까지 같은 색으로 입힌단께라. 콧구멍 두 개 달린 것이 다 이유가 있는 법이지라. 그 평등 쌀눈만큼만 내게 줬으면 노구 이끌고 용산까지 왔을까라? 군행정관들 그 평등 제대로 했으면 나를 서리 맞은 배추처럼 은결들게 했을까라잉?

마음 없는 아부를 가면으로 삼은, 잎사귀로 기둥 덮는 못난 나무 같은 과장은 겨우, "당시 대대장이었고, 또 직접 폭행을 명령한 윤 중령을 찾아서 사실 확인서 등을 받아와, 첨부하신다면, 귀하의 명예회복에 큰 도움이 될 수 있을 것 같다."는 입발림을 늠실거리다가 한마디 더하며 마감헙디다. 필요 이상 민원은, 업무 방해에 해당돼 법적 대응에 해당될 수 있다는 협박까지 살짝 얹더란께요. 멸사봉공으로 단 한 번도 물러섬 없이 국토방위와 훈련지도 해온 공수 장인표에게, 빛나던 청춘과 젊은 몸을 받쳐 일사보국 전력 헌신한 전역 군인에게 이렇게 허는 것이 차별이고, 물리쳐야 할 민주주의의 적들 아니것소?

대동한 변호사는 도움이 안 되어 미안허다 했지만, 다는 헛수고 아니었습니다. 산이 막히면 넘어가고 물 막으면 헤엄치고, 길 막히면 돌아가면 되제. 나는 그래서 끝까지 헐랍니다, 외롭겠지만. 그래도 아들이 변호사까정 붙여준 것을 본께 이제 제법 때가 익은 것 같지 않는가라?

3

낮곁 지나자 우리 뜰에 나뭇잎 사이를 헤집듯 떨어뜨리며 내리던 햇볕이 아스팔트를 녹여내겠다는 듯 전력을 다해 쬐고, 대항군 자처헌 아스팔트 역시 연대 훈련 중 진지 수호허는 양 강력 저항처럼 그 반사열과 반사광이 담을 넘어오는 것을 보는 순간 생각이 떠오릅디다.

으째 그 생각을 이제껏 못 했을까라? 이마를 치며, 즉시 차시환혼 17 계로 작전변경하며, 공개적으로 전시상태로 돌입합니다. 제대하면 다 끝인데 그런 것까지 챙기냐고 숭보던 『수양록』, 『비망록』, 곰팡이 슨 낡은 『병영수첩』들을 다 동원해서 저인망으로 훑었지라. 경력증명서를 바탕으로 연도별 지역별로 기억나는 부대원 인명표를 만들어 동기, 후임, 부하, 상관들에게 편지나 전화로 연락을 할라고요. 1980년 5월부터 다른 연대로 차출 받은 10월까지 기록들을 생각헌께, 절로 내 고통의 시간과 좌절된 인생이 더위처럼 속을 질러대구만요. 비분에 눈앞이 흐리고 강개로 혈압이 올라 차마 펴보지 못했소. 그란디, 이제야 직면해야겠다 마음 굳게 먹습니다. 비밀보호법인가 개인정보 뭔가로 절대로 정보를 줄 수 없다니 직접 찾을 수밖에요. 내가 가진 것이 시간과 돈뿐이디. 인제 진짜 FTX(실전모의훈련)입니다. 진돗개라도 발령하고 싶지만, 부사관 권한으로는 택도 읎지요.

육본에 댕겨온 며칠 후 모든 식구를 집합시켰습니다. 그날 젊은 체부가 등기라고 도장 갖고 나오라 해서 좋아했는디, 내 것이 아니라 딸이 교수됐다는 등깁디다. 아들이 지 동생 교수임용 축하하는 식사라도 하자는 연락을 했다니 금상첨화였지라. 이제 아들까지 낳아, 한층 당당해진 며느리까지 참석시키기로 맘먹었고라. 조상향화 안 꺼지게 했으니, 인자부터 진짜 우리 식구지라. 이제사 인동장씨 조손 삼대가 완성됐으니.

"명국이 자네 말대로, 여러 번씩 생각해 봤다. 그란디 아니여. 아버지가 돈 몇 푼 받자고, 보훈병원 무료 이용헐라고 이번 일 시작헌 사람으로 봤다믄, 자네는 아버지 자석 아니여. 이 세상에는 제 것 뺏겨도 모자란 놈이지만, 있는 것 못 찾아 묵는 놈은 더 모자란 놈이여. 아버지 전후사를 다 말헐 수는 없제, 아무리 자식들이라도 이해헐 수 없는 것도 있고잉. 뭔 일로 항명이라고 똥물 토하게 맞고, 부대에서 낙인찍히고, 종당에 부적응 심사해서 타 부대로 전출시켜 잘라부려. 나중에 대대장이 내 인사서류에 부적응자라고! 작전 지역 출신 부적응자라고, 딱지 붙은 것을 장교 시험 세 번 떨어져서 알았다! 그 딱지가 아버지를 나보다 못헌 동기들한테 평생을 뒤처지게 했어. 신병훈련소에 가자마자 향도로 뽑힌 나를. 그래도 최선 다해서 노력하면 되것지 허고 평생을 바친 한심한 바보였어, 느그들 아버지는. 딴 것 읊어, 고것을 바로 잡것다는 거여. 군대는 일반 직장이 아니라, 전쟁터여. 군대에서 뒤처지는 놈이 패잔병이고, 패잔병헌테 남은 건, 포로 아니믄 전사여. 모두가 느그 아버지를 그라고 생각했것제, 살아 있는 허깨비 군인이라 비웃고이. 제대허고 3년 군법도 공부허고, 군사법도 알아본께 그것이 틀린 거여. 알고도 안 허는 것은 모르는 놈보다 더 처진거리여! 아버지가 양동시장 채전 마당에 떨이 배추나, 대인시장 어물전에 잘라 던진 고등어 꼬리로 요대로 썩으란 말이여!"

세월이 얼만데 그 생각만 나면, 그때와 똑같이 분노로 몸이 떨려부요. 아내도 처음 듣는 이야긴지 나를 보는 눈에 물빛이 어립디다. 그런데, 자식들은 파리 삼킨 두꺼비처럼 눈만 깜빡이고 있습니다. 며느리는 손자를 가슴속으로 집어넣듯이 불안한 눈을 제 남편 뒷통수에 고정헌 채로, 교수 딸은 거실 바닥 먼지라도 찾아내려는지 갈퀴눈을 좌우로 돌려쌉니다요.

"육본 모시고 갔던 변호사가 그러는데 아주 힘든 일이랍니다. 자기 판단으로는 성공하기 힘들겠다고…. 다르게 할 방법이 없을 것 같다고."

"그래서 포기허라고? 그 변호사는 같이 들어놓고 윤 대령 찾아 사실 확인만 해오믄 된단 소리는 쏙 뺐구만이."

"아니, 그런 말씀은 아니고. ……그러면 저희들이 어떻게 해드리면 좋겠습니까?"

"뭐, 크게 도울 거 읎어. 가끔씩 변호사헌테 물어봐주고, 정보나 좀 찾고, 쓸것 쪼까 써주면 돼. 하늘이 도울 것이여, 아부지를. 여기까정 온 것 봄시로 모르것냐들?"

"그려, 인제 느그들이 아버지 뒤를 받쳐야제. 자네들 키울라고 고생을 을매나 헌 분인디. 동절기 천리행군 때마다 동상 걸려 몇 달을 쩔뚝거리고 근무했어야이."

지들 엄마 눈물 한 방울이 내 한 시간 설득보다 낫습디다잉. 뭐랍디요, 마혁과시도 제대로 못 읽은 교수 딸은, 만우난회헌 고집이라고 고상 떨며 한마디 보탰지만 아니지라. 고집이 아니고, 하늘의 도리를 따르는 순천이며, 그것이 그날 나도 모르게 솟구치던 그때의 내 정의를 증명하는 유일한 방법이라고 확신한단 말이여라. 아시지요, 사필귀정! 그것을 위해서 죽을 정도로 당한 고문 같은 폭력에 두 주일을 먹도 못 허고 죽은 개처럼 던져진 내 생명을 돌려받은 사명이며, 역시 나 우리 가문에 돈벼락을 내리신 하늘의 안배라고 믿소, 나 장인표는!

속전속결로 다음 날부터, 반년을 투자했는디 성과는 투자를 보상해주지 않는다는 진리에 일단 무릎을 꿇었지라. 레저용 수입제 SUV 차까지 출고해서, 묻고 물어 전국을 횡행했고라. 나는 한번 시작하믄 흐지부지 않는 사람이란 말이오. 늙으니 시력부터 보상을 요구허고, 국토의 난개

발로 옛날 주소로 집 찾는 것이 불가능허드만이라. 피로 맺은 전우, 동기 말뚝 최원사는 대한민국 어디에 있을 텐디, 고향 동네서 겨우 알아낸 전화번호도 아니고, 주소도 틀립디다이. 부대원 몇은 어찌어찌 연락이 닿는데, 장교인 소대장에서부터 모든 것이 막혀버려요. 계급은 군복을 벗어도 층하가 있드랑께. 특히 7공수 33대대는 위관급부터 창해일속 흔적조차 없어. 윤대령이던 옛 전우던, 육본이던, 보훈처건. 딱 한 장의 등기우편, 한 군데만 뚫리면. 그물이고 진지고 한 군데 허물어지면 금세 와해가 되는 것이 전투훈련 FM이 아니것어라. 여러 변명으로 8개월 버티다, 인제 패배를 자인해야 헌다는 사실에 좌절에 맥이 빠집니다.

이럴 때 남자들헌테 이발소가 안성맞춤이지라. 기운 빠진 남자들 힘나게 해준 데는 여러 군데 있는디, 나한테는 이발소만 헌 데가 없당께. 학교 구내 이발소에 학생들은 읎고, 나이 꽤나 된 남자들만 득실득실 모여서 세상 모든 소문과 이야기를 거래하득기 주고받는 뎁니다. 하늘이 나를 돕습디다. 나는 그날 거기서라 운명처럼, 5월 유공자라고 떠벌리는 사람을 만났어라. 이발 다허고, 자판기에서 공짜배기 달달헌 커피컵을 뺍시로 흰소리를 사설로 품다. 나도 머리 다 깎고 솜씨 좋은 이발소 아짐씨가 해 주는 면도 중이라 눈을 감고 경청헐 수밖에 없었지라.

"그때 천변 저짝 양동철물점에서 일할 땐디라 철물점 친구들 따라서, 4월부터 5월 초까정 도청에 몇 번 나가 애국가나 광주출정가도 합창허고 전경들헌테 돌도 몇 번 던졌어라. 그때 광주 사람이면 안 헌 사람이 읎었제. 20일 그 친구들이 찾아와 함께 가자혀서, 아세아 버스를 타고 '전두환은 물러가라' 목청껏 외치다 본께, 와, 진짜 내가 민주투사가 되불란께라. 철물점 사장인 작숙한테 잡혀가 뒤지게 맞고, 그 뒤로는 못 나다녔지라. 한 10년 지났는디, 친구덜이 찾아와 유공자 서류를 내잔께는 설마허고 여차꼴로 냈는디, 워따, 어느 날 유공자 됐다고 연락이 왔당께는. 완전히 식은 죽 먹기여라, 유공자 되는 거. 친구 한 놈이 공수헌테 맞아터져, 병원 입원했고, 그때 업고 데리고 가서 입원시킴시롱 내 이름도 들어갔는디. 그것이 증거드만이라. 우리사 보상금은 쪼까 받았제만. 국가유공자, 그것이 뭐시기, 그랑께 광주 사람으로 잘 살았다는 명예증명서제."

홍두깨가 앙가슴을 가격헌 듯이 아파서 요동치는 나를, 면도하던 아짐씨가 이상헌지 팔뚝으로 가슴근을 사정없이 눌러붑디다. 안 그랬다면 내 목이 면도칼에 쓱 짤라져 목 읎는 구신이 됐을지도 몰라라. 땅이 흔들리는 줄 알았어라. 들었지라, 지금 저 말? 전쟁 같은 내 고향 비참한 폭압에 내가 가담히지 않은 것만에도 다행이라고 생각허고 살았습니다. 동족 살상 같은 고향 비극에 내가 끼어들지 않아서 천만다행에 하늘의 가호라고 믿었은께요. 맞아 뻗어서, 그 만행을 못 본 것만도 천행으로 생각했느이까라.

전경에게 돌 던지고, 물러가라 몇 번 했더니, 유공자가 됐다고 자랑허는 소리가 송곳처럼 내 심장을 파고드네요. 너는 누구냐, 장인표. 너는 으뜧게 살았냐. 이 사람이 유공자라믄, 나는 훈장 받고 국가 1급 유공자가 되도 열 번은 됐어야제. 면도하고 머리 감고 나서 보니, 그 사람은 이미 가버렸고, 사람들 대화 아파트 투기로 옮겨가는디, 내 머리에서 다른 세계가 열리고 있었습니다이. 아조 죽는 법은 읎으니.

4

이발소에서 돌아온 그날처럼, 내가 외골수에 한심한 놈이란 걸 느낀

날이 당최 없었지요. 3년 수행혈 때, 내 심원의 출발점인 5월 공부는 안 했것소? 한국 현대사의 가장 큰 역사적 사건이 내 고향 5월 광주민주화운동이라고 박혀 있는 책들이 부지기수여라. 전쟁이고 혁명이고 그때, 현장에 있어서 최선을 다했으면 그것을 사명을 다헌 것입니다. 전추 잘 해서 살아났고, 혹이나 포상이나 받으면 더 장땡이고라. 혁명이고 뭐고 그때 현장에 있어서 최선을 다해서, 이라고 좋아졌다면 그것으로 마감해야지라. 그라요, 내가 군대에 너무 오래 썩어 있어서, 군대식으로밖에 생각 못 허서 미안허요.

그런디 오늘 본께 그게 아니네요. 나는 기필코 오월의 유공자가 돼야 헙니다. 그럴 자격이 누구보다, 적어도 철물점 그 유공자보다는 충분허다고 믿소. 그래서 내 손자들에게 할아버지가 진정한 광주 5월 유공자며, 진정한 남자에, 훌륭한 대한민국 공수였단 거를 사진처럼 박어놓을라요.

이런 생각을 헌께, 꺼졌던 전의가 다시 발바닥에서 솟구쳐 올라오고, 온몸 근육에 힘이 뻗치기 시작헙디다. 명예회복뿐 아니라 국가유공자 되는 길이 조명처럼 비치드랑께요. 17계 포전인옥抛磚引玉. 암만, 벽돌 같은 것 버리고 보석인 옥을 가져야제.

그라제, 쇠뿔도 단김에 빼야것다 생각하고, 거실에 들어가는데, 마누라가 보는 텔레비전에서 귀 땡기는 소리가 들렸습니다. 걸음을 멈추고 들으니, 5월 단체에서 어떤 정보이든 알려만 주면 최선을 다 정리해 주겠답디다. 일전쌍조. 더 생각헐 것 읎제라. 득달처럼 달려가 아주 정중허고 부드럽게 민원서를 일필휘지로 썼지요. 요런 것도 자주 쓰다본께, 나 행정서사나 사법서사해도 밥묵고 살것습디다.

며칠 동안, 맘이 가라앉으니, 힘도 생겨 마당으로 나가 도수체조를 하루에 두 회차 했습니다. 몸에 밴 운동을 거듭 마치니 기분도 좋았지요. 오후 체조하는 때, 빠른 속도로 달려온 급살맞을 차가 우리 담장에서 급정거헙디다.

"아버지 나와 계시네. 오늘도 등기 기다리세요?"

8년 같이 살던 남편과 일조에 이혼허고 혼자 따로 살겠다는 딸을 마누라가 사정사정해서 집에 데려다 놓았더니, 영락 염치없는 조 발막이여. 성깔 팽패론 것이사 아버지인 나 닮은 거라, 뭐라 헐 수 없는데, 믄 말을 한마디해도 비틀어해서 내 속 지르는 데 소질 있는 여식이라요.

"믄 소리여? 등기는 두 시나 세 시 오는디. 지금 다섯 시구만…. 너는 오늘 빠르다이."

마누라가 말을 채어 가서 참았제, 급정거로 호통 한번 치려 도스리고 있는디.

"아버지. 제발 그만하세요. 이번엔 5월재단에도 보냈드만."

"그랬다. 내가 민원 사신 보낸 것을 으뜻게 알았냐, 아부지 미행허냐?"

"내가 정말 못 살아, 아버지. 1년 넘게 해서 뭐 없으면 포기할 줄도 아셔야죠."

"막혀 못 가면 뚫고 가는 기백이 군인정신이여. 군인에게 포기는 읎어. 내가야 지금껏 한 구멍만 팠는디, 들어 봐라이? 5월항쟁에 대해 어떤 정보라도 주면 다 알아서 처리해 준다고, 그 재단에서 광고를 냈어야. 돌아가든 질러가든 가기만 허면 되는 거 아니여. 국군이 못 헌다면 5월재단이 허믄 되것제, 장 교수 우리 딸?"

"아버지. 33 공수부대는 5월논쟁 핵심이라고요. 잘 아시는 군대 용어로, 뇌관이요."

"시방 뭔 날다람쥐 방귀 뀌는 소리 허는 거여. 33대대 이야기 아니랑께. 아버지는 국민의 군대이고, 군인의 충성의 대상은 오직 국민이며, 따라서 국민을 주인으로 섬기는 군대가 되야허기 때문에, 광주에서 무력은 안 된다고 해서, 죽을 만큼 당했고, 그것은 5월 유공자 자격이 충분하다는 거여. 생각헐수록 쥐새끼 호랑이 콧수염을 뺄 힘이 난 거가 다 아버지의 애향심이고, 광주정신이 내 몸에 백혀 있어서 그랬것제."

"오메. 그날 생각허니 참. 오빠 임신 4개월째였는디, 속이고야 엄마도 헌혈을 두 번이나 했어야. 시장 사람들이랑 주먹밥 맹글어 외할메허고 시민군들 차에 실어줬다이."

느닷없이 끼어든 아내의 말이 딸과 나의 한판 전투를 또 막습니다. 아내는 거실에 서서 까치발을 하더니 도청 근처를 내려다봅니다. 으쩐지 아련하게 젖은 눈이 백열전구처럼 밝게 빛나더란께라.

"세상에나 느그 오빠도 좋았던가비여. 전대병원에서 헌혈하고 철길로 샛길로 계림동 외갓집에 오는디, 그날따라 엄마헌테 발길질을 쎄게 허더라이. 잘 했어, 엄마. 칭찬허듯기. 그때 광주는 진짜로 하나였다이, 누구 헐 것 읎이."

몽몽한 목소리로 말하는 아내 때문인지, 딸의 날카로운 말투가 시르죽고 있습니다. 혼수모어, 21계. 혼란에 빠뜨린 다음 고기 잡자.

"그랑께 내 주장은 요거여. 광주 시내 길바닥에 굴러댕기는 돌팍 하나 주서 던지고, 군인 전경헌테 한 대 얻어터진 것에 비허면, 내 고향 광주 사람들에게 폭력 행사는 대한민국 군인의 의무가 아니라고 말해서, 린치를 당한 느그들 아버지는 독립유공자급이란 거여! 그란께, 광주항쟁에 일조헌, 일조가 뭐여? 크게 기여헌 사람이라는 인정받겠다는 거여. 그래서 윤 대령을 찾아주라는 거여. 우리 집안도 민주의 광주에서 진짜 광주 사람답게 살아야 안 허것냐?"

"광주를 폭력에 휩싸이게 만든 놈들인데, 밝히면 자기들 죽을 것 뻔히 아는 놈들이 알려 주겠어요? 아버지를 만나고 싶답니다, 오월 단체에서요. 아버지께 뭔가 얻고 싶겠지요."

그때 나는 아주 악랄한 계략에 빠진 것이지라. 영창에 안 보낸 것도, 병원에 못 가게 한 것도, 연대장에게 보고 없이 린치로 마감헌 것도. 보복은 하면서 물적 증거를 안 남기려는 계산이었다는 것은 곧 알았지라. 이미 다른 부대로 내쳐지는 그 순간에.

"착검, 발포. 보고체계확정…. 한 가지라도 증명할 수 있어요? 없다면서요? 뭘로…"

가슴이 터질 듯허요. 벙어리 냉가슴을 나처럼 뼈저리게 느낀 놈은 읎을 거요. 야. 그렇제라. 내친김에 깊이깊이 내려 앉히고 꽁꽁 숨겼던 상처를 터지지 못허게 박아놓은 거멀못을 뽑기로 했습니다. 그러면 좀 더 이해 해줄까라, 내 자식들이?

"아버지가 상병에서 하사관 지원허고, 공수로 갔다이. 몸 튼튼하고, 머리도 잘 돌아가서 차출했것제. 그래 갖고 7공수 33중대 복무했는디, 5월 17일 전남대에 풀어 놓더라. 그란디, 안 되겠어. 내 중학교 동창들을 봤당게. 즈그는 나몰랐것제이. 완전군장허고 총 들고 있었은께. 작전지역에 무장공비 난입해, 현지 빨갱이나 좌경분자랑 합세해서 준전쟁 상태라고. 그래서, 수단 방법 가리지 말고 처단하라고 했는디. 내가 본께 아니여, 절대로 아니여. 학교도 사람들도 내 고향 광주는 그대로여. 그래서. 내가 못 헌다고, 특히 고향에서 으뜻게 그러것냐고. 이번만 열외 병력 해달라고 했제. 소대장이 대대장에게 나를 끌고 가더라. 항명죄라고, 사형 아니면 영창에 넣는다고 했어도 나는 차마 못 하것다 거부했어. 나도 모르것다. 그때 이상헌 힘이 아버지를 막는 것 같더랑께. 군인 돼서 대한민국 국민이란 것 깨달았을 때, 그 순간 마음에 느낀 감동. 그것이 나헌테 힘을 줘서 저항헌 것 같아. 갑자기 개머리판으로 가슴을 내리치면서 나를 때리기 시작허는 데, 맞아서 기절한 것은 털 나고 첨이여. 으뜨게 많이 맞았는지, 작전실로 쓰던 건물, 화장실에 갇혀 소변이 터졌는데도 몰랐은께…. 전기불도 없이 어둡고, 밥도 안 줬지만 굶은 것도 모를 정도로 맞았다이, 온몸이 피투성이여. 눈덩이 부어서 눈도 못 떴제. 의식을 못 찾아 부대가 전남대에서 빠져나와 교도소로 이동했다고, 서 하사, 아버지 동기가 젓가락으로 입 비틀어 물을 먹여 주면서 알려줘서 알었다. 31사단과 교대 근무 중이라고. 그런디, 대대장이 다시 명령허는 거여. 이제는 명령을 복종허것냐고. 못 헌다고 했제. 그랑께는 다시 고문 같은 폭행을 당했다. 발길질 삽자루 각목에…. 부대 사기를 꺾는 놈이라고. 공군비행장까장 들것에 실려 이송했어야, 위매, 일주일 지난께사 몸이 움직여지더라. 귀대해서도, 아버지를 읊는 병력 취급허고. 거기서 끝났다믄, 이라고 함원은 안 갖제. 대대장이 그래. 너, 나 만나서 생명 유지한 걸로 알아. 내가 네 생명의 은인이다. 사고 보고도 없을 것이고 항명은 아예 없던 것으로 할 테니, 대신 너도 병원 치료받지 마라. 아픈 것 좀 견뎌. 소대장에게 약 구해놓으라 했으니 그것 처바르고. … 군인이 작전지역이 고향이라고 항명을 해. 무장공비가 침투해 반란을 일으켰는데! 지시봉으로 명치를 쑤시며 가슴에 대못을 박어, 너는 특전사 공수의 수치다. …느그 아버지… 군인으로 수치스런 짓… 안 혔다!"

한참을 그대로 있다가 어둑해 거실로 들어섭니다. 된장국 냄새가 풍기고, 모녀 둘이 나란히 서서 저녁 준비허며 이야기 나눕니다. 이른 망월이 맹하게 떠 있고, 늦여름 해거름 바람이 슬몃슬몃 마당으로 스며들어 나무들을 흔드는디, 흔들리는 나뭇잎처럼 들리는 마누라 목소리가 심회를 건드요.
"광주는야, 원보 스님 말대로 그때는 화엄시상이었어야. 광주 사람덜

상부상조 보시허는 선남선녀였당께. 물건만 아니라 정도 마음도 그라고 나눴당께는. 우리 모두가 한 식구나 같았어야. 그렇께 5월 광주것제이."

　맞습니다. 나는 5월 유공자 되기에 결격 사유가 없다고 믿습니다. 자기 공적서 얼마든지 멋지게 작성헐 수도 있으니요. 응당 대접받을 자격 있은께, 국가유공자 대열에 기꺼이 합류하고 말 것이라. 인제, 막판입니다. 34계, 고욕계. 내가 대한민국 모든 신문방송에 호소문 광고를 내서라도 기어코 내 목표 유공자 고지를 탈환헐랍니다. 여기까지 터울거리며 왔는디, 더 못 나간다믄, 공수부대 장인표가 아니제라.

– 『내일을 여는 작가』(한국작가회의, 2022년 하반기호)

편집자의 말

　이런 군더더기 덧붙임이 필요할까 하는 마음으로『오월문학총서』소설 편집을 마감하려 한다. '발표된 작품을 일일이 찾아서 전집으로 엮었으면…' 했던,『오월문학총서』2차분(2013년 출간) 편집자 말에 깊게 공감한다. 대상이 된 작품들 모두 훌륭함에도, 제외할 수밖에 없었던 마음이 지금도 아린다. 무릇 총서란 더 포괄적인 지평에서 더 많은 작품을 수록하는 것이 그 이름에 대응하는 것이기 때문이다.

　'오월항쟁'은 우리에게 하나의 에포크(epoch)였고, 40년을 훌쩍 넘긴 오늘도 여전히 그렇다. 특히 문학예술에서는 우리 작가들의 현재형 에포크로서 작동하고 있음을, 수집된 대상 소설들을 살피면서 더 깊이 체감할 수 있었다. 그래서 보다 더 심화시키고, 보다 더 확대하여 온전히 자리매김하지 못한 '오월정신'을 승화시켜야 한다는 책무를 우리 대다수 작가들이 무겁게 지고 있다는 것을 실감할 수 있었다. 중견 작가와 신인 작가들이 쓴 오월의 소설들이 그것을 실증적으로 보여주고 있지 않은가.

　우리 편집인들이 수행한『오월문학총서』2차분 소설들은, 목차에서 보이듯이 30년을 넘는 꽤 긴 시간적 스펙트럼을 갖는다. 이는 지난 1차분에서 놓쳤지만, 오월의 의미가 충분한 작품들을 수록하는 것이 보다 총서다운 기획이라는 우리들의 선정 기준에 따른 것이다. 이는 아마 다음의 기획에서도 유효한 기준이 될 것이라 믿는다. 다음으로, 우리는 '오월'의 본질을 놓치지 않으면서도, 그것의 의미를 심화시키고, 의의를 확장하고 있는 작품들을 주목했다. 시간은 어느 것도 온전히 보관하지 못하며 제대로 소환하지 못한다. 더구나 삶의 형태들이 바뀌며, '오월' 역시 그 변화와 함께 다른 양상으로 지각되며, 이해되어야만, 하나의 역사적 현존으로 입상화되기 때문이다. 세 번째로는, 남다른 시각으로 '광주 오월'을 드러내고 있는 −기법상이든 의미론적이든− 작품들에 주목하는 것 역시 정당한 변별 기준이 될 것으로 판단하여, 그러한 작품들에 시선을 두었다. 마지막으로 우리는, 우리 지역 작가들 −아직도 그 트라우마에서 온전히 벗어나지 못하는− 의 작품에 그려진 오월의 다각적 모습들에도 시선을 둘 수밖에 없었다. 이곳에 거주하는 작가들에게 '지금−여기'는 항용 강한 자장으로 우리 지역 작가들을 끌어들이고 있는 블랙홀이며, 하나의 현상임을 누구보다 깊이 이해하기 때문이다. 이러한 기준들로 수집된 엄청난 작품들에서 이번 총서에 들어갈 15편의 작품들을 선정했고, 그 결과는 지금 여러분이 보시는 결과로 마감되었다.

그러나 여전히 아쉬움은 남는다. 우리의 선정이 반드시 옳다는 확신도 자신감도 들지 않기 때문에 더욱 그렇다. 훨씬 먼저는 최선을 다해, 애쓰며 탈고했을 많은 작가들의 좋은 작품을 곁에 놓아두어야 하는 안타까움이 크기 때문이다. 그러함에도 총서란, 연속적으로 보완되는 것을 전제로 만들어지는 일련의 작업이기에, 다음을 기약하기를 바라는 생각으로 서운한 마음을 달래보기로 했다.

우리의 '오월광주'를 적확한 인식력과 새로운 예술적 감각으로, 걸출한 걸작들을 창작해주기를 바라면서, 이 총서가 강력한 도화선이 되어주길 바란다.

2024년 5월

오월문학총서간행위원회 소설 부문

책임편집위원 채희윤, 김형중

오월문학총서◀2
소설

초판 1쇄 찍은 날 2024년 5월 14일
초판 1쇄 펴낸 날 2024년 5월 18일

엮은이 오월문학총서간행위원회

펴낸곳 (사)5·18기념재단
주소 61965 광주광역시 서구 내방로 152(쌍촌동) 5·18기념문화센터 1층
전화 062-360-0518
팩스 062-360-0519

만든곳 문학들
주소 61489 광주광역시 천변우로 487(학동) 2층
전화 062-651-6968
팩스 062-651-9690
전자우편 munhakdle@hanmail.net
등록 2005년 8월 24일 제2005 1-2호